幸福的黄丝带

全国司法干警优秀作品选（2018）

高　文◎主编
李　芙　席逢遥◎副主编

法律出版社
LAW PRESS · CHINA

前　言

中国共产党第十九次全国代表大会提出，发展中国特色社会主义文化，就是以马克思主义为指导，坚守中华文化立场，立足当代中国现实，结合当今时代条件，发展面向现代化、面向世界、面向未来的，民族的科学的大众的社会主义文化，推动社会主义精神文明和物质文明协调发展。

作为中国特色社会主义文化重要组成部分的我国司法工作文化建设，在以习近平为核心的党中央正确领导下，在新一届司法部党组强有力的部署下，全国各级司法部门，牢牢掌握意识形态工作的领导权，在广大司法干警中大力培育和践行社会主义核心价值观，加强思想道德建设，极大地繁荣和发展了司法工作文化，为推动我国社会主义文艺，推动文化事业和文化产业发展作出了重要贡献。

作为司法部直属理论研究单位的司法部预防犯罪研究所，主要从事预防犯罪工作研究、监狱工作研究、社区矫正工作研究、强制戒毒工作研究、国际犯罪与刑事司法研究、司法人权与国际司法人权研究及《犯罪与改造研究》期刊的出版，一直承担着推动和繁荣我国的司法工作文化发展的重要使命。

2003 年 12 月，司法部预防犯罪研究所创意并精心策划和组织，创办了一本着眼于对服刑人员、强制隔离戒毒人员以及其他违法犯罪人员开展教育改造的法治类通俗读物——《黄丝带》，解决了全国没有一本专门适合违法犯罪人员阅读的连续出版物的现状。20 世纪 20 年代，在美国有一名刑满释放的人给他妻子写了一封信，如果她还接纳他，就在门前的老橡树上挂一条黄丝带，他看见了就会回家，否则，他就远走他乡。等他走到家门口时，看见老橡树上挂满了黄丝带。由此，黄丝带成为了呼唤回归的一种象征，黄丝带的目的就是以亲情感动失足者、以真诚规劝失足者、以真情唤醒失足者，《黄丝带》由此而得名。

《黄丝带》创办 15 年来，全国有数以千万计的违法犯罪人员受到了她的教育，《黄丝带》不仅被越来越多的违法犯罪人员亲切地称为他们改造过程中的良师益友，而且还是全国基层的监狱、强制隔离戒毒所和公安看守所干警帮助教育改造违法犯罪人员的重要助手。如今，黄丝带的宗旨和理念已经为越来越多的人所认同，成为我国司法工作文化建设的一个重要组成部分。

为了更好地利用黄丝带的影响力，推动司法工作文化向更高水平发展，同时，也为了发现并培养更多优秀的司法工作文化建设人才，2016 年 3 月，司法部预防犯罪研究所开通了《幸福的黄丝带》微信公众号，通过编辑刊登新闻报道、散文、小说、杂文、游记、回忆文章等体裁，在为全国司法干警提供一个抒发情怀、展示才华和基层司法工作风貌、交流人生体会平台的同时，也向社会公众宣传报道了司法干警的精神风貌和司法行政工作改革与发展的巨大成就。创办以来，《幸福的黄丝带》因其独特鲜明的宣传视角和精心的稿件编排，迅速赢得了广大读者的信任和喜爱，成为司法工作对外宣传和交流的重要窗口，也为社会公众了解和支持司法工作架起了桥梁。

《幸福的黄丝带》的开通，迅速发现、聚拢并培养了一大批优秀的司法干警文化创作人才，激发了他们为繁荣司法文化的创作积极性，极大地推动了司法工作的文化建设。

在办好《幸福的黄丝带》基础上，司法部预防犯罪研究所根据党的十九大提出的“坚持思想精深、艺术精湛、制作精良相统一，加强现实题材创作，不断推出讴歌党、讴歌祖国、讴歌人民、讴歌英雄的精品力作”要求，精心汇编了 2017 年卷《幸福的黄丝带——全国司法行政干警优秀作品选》，于 2018 年 2 月由法律出版社正式出版。这本书的出版，对于全国司法系统正在开展的以习近平新时代中国特色社会主义思想特别是政法思想为指导，切实提高政治站位，坚守安全底线，践行改造宗旨，统筹推进以政治改造为统领的五大改造，积极反映我国司法系统文化建设的丰硕成果，进一步繁荣和发展我国的司法工作文化起到了极大的推动作用，受到了全国广大基层司法干警的热烈欢迎。

为此，司法部预防犯罪研究所决定在出版 2017 年卷《幸福的黄丝带——全国司法行政干警优秀作品选》的基础上，继续编辑出版 2018 年卷《幸福的黄丝带——全国司法干警优秀作品选》，以期为更好地繁荣和发展我国的司法工作文化作出贡献！

目录
Contents

师生篇

爱情篇

乡情篇

情怀篇

友谊篇

理想篇

成长篇

父亲篇

母亲篇

亲情篇

节日篇

职业篇

四季篇

励志篇

山水篇

师生篇

我的那本蓝皮书

王雪峰

年过不惑，寓目之书难以尽数，许多书匆匆翻过，犹如“风吹水上鳞”，至今已经了无记忆。但有本书却不时找出来翻看，从中汲取智慧和勇气。

这本书虽不过是一本普通的大学教材，但对我来说却有着特殊的意义，承载着我的一段人生经历。书的名字是《简明中国教育史》，作者为北京师范大学的王炳照、郭齐家、刘德华、何晓夏、高奇五位先生。这本淡蓝色封面 32 开的小书是我读大学时的课本，当年书的装帧很简陋，如今多次再版后颇显大气，在教育学界几近无人不知。

我于 1990 年考入哈尔滨师范大学，专业是接受调剂的，用当时的话说叫服从分配。通知书拿到手，看着“教育系”三个字我真有些傻眼，因为我对这个系到底学什么、毕业了能干什么一无所知。

入学之后，经辅导员耳提面命，渐渐对教育系有所了解，原来这个系是培养教育管理和研究人才的。但对偏爱文史的我来说，整天捧读“××教育学”或“××心理学”很有些不甘心。大概在大二的时候，学校开设了中国教育史课程，教育思想史上那些灿若星辰的名家名篇一下子吸引了我。那本由王炳照、郭齐家等先生编写的课本越读越有味道，越读越觉得有深度，使人有“仰之弥高，钻之弥坚”之叹。孔孟、老庄、程朱、陆王的思想自不必说，近代教育家如蔡元培、梅贻琦、梁漱溟、陶行知等每位都似一座无法逾越的高峰。诚如哲学家张岱年先生所说，中国古代的哲学家都是一定意义上的教育家，所以，学习中国教育史无疑是一种思想史和哲学史的研修。可以说，大学四年给我留下印象最深的课程就是中国教育史，而翻阅最多的教材就是《简明中国教育史》。

毕业后我继续在学校攻读硕士学位，偶然的机缘在一位师姐家看到墙上贴着手抄的《般若波罗蜜多心经》，刹那间心生欢喜，不能自已。师姐告诉我，那是她在北京师范大学访学期间郭齐家教授抄送给她的。

郭齐家，那不就是《简明中国教育史》的作者之一吗？看着那工整、遒劲的字迹，我的内心充满了景仰之情。硕士毕业后，我来到河北一所高校工作，四年后又抱着“求道”的心态准备考博。备考时翻出《简明中国教育史》，郭齐家的名字再次映入眼帘。出于对传统文化的喜爱，我毅然选择报考中国教育史方向，导师自然填的是郭齐家先生。幸运的是，当年我以总分第一的成绩被录取，历经十年，那本淡蓝色封面的小书引领着我从哈尔滨师范大学走入了北京师范大学。

初次登门拜见导师，但见郭先生面容清癯、不怒自威，那神态让我想起《陈寅恪的最后二十年》一书封面上的寅恪先生。当时的谈话早已经忘却，只记得内心泛起抑制不住的激动：十年了，我终于修成正果，成了《简明中国教育史》作者的弟子。全国读这本书的考生有多少呀，我竟如此幸运！

准备毕业论文期间，郭先生送给每名学生一份手抄的《般若波罗蜜多心经》，并嘱咐我们每日诵读三遍，以修安忍、静虑、智慧度。

十年之后再见先生手书《心经》，令人感慨万端。在郭先生眼里，儒释道是传统文化的精髓，他自己就是被传统文化所“化”之人。先生对传统文化是真热爱、真相信，同时也是真下力气传播。他的文章皆有感而发，“笔端常带感情”，他参与撰写的《简明中国教育史》之所以能感染读者，长盛不衰，盖源于此。

2009年，《简明中国教育史》作者之一王炳照先生遽归道山，其他三位先生也早已退隐学界，唯郭先生年近八十仍为弘扬传统文化奔走。每次捧读《简明中国教育史》总是想起司马迁的那段话：“‘高山仰止，景行行止。’虽不能至，然心向往之。余读孔氏书，想见其为人。”

古往今来，以生命体悟得来的文字，或许都有这样的功效，这也正是该书得以一版再版的原因。

（作者系中央司法警官学院监狱学学院教授）

严师牟乃文

尉迟玉庆

严师出高徒。

不少父母希望孩子在学校里能够碰到严师。我不算什么高徒,但幸运的是碰到了一位严师,对我的人生影响不小,他就是我高中班主任牟乃文老师。

高二时,由于地理课不再是高考科目,原来担任班主任的地理老师张天一不再担任我们的班主任。

新来的班主任会是谁?同学们都很好奇。那天,张天一老师和一位老师走进教室。这位老师身材不是很高,看起来非常健壮,国字大脸,非常严肃,戴着一副时兴的变色眼镜,头发很有特点,几乎都是直立的,让人不禁想起了鲁迅先生。张老师介绍说,这位老师就是接替他担任班主任的牟乃文老师。

牟老师教我们班政治课。他是一位严师,有种不怒自威的威严感。牟老师当年只有三十三岁,在我们眼里却显得非常成熟,后来高中毕业二十年大聚,有同学说,我们高中毕业时,牟老师三十五岁,比大聚时的我们还年轻,但感觉当年的老师比二十年后的我们还要成熟得多。可能是当年牟老师给我们留下的印象太深刻了,年龄差一直存在吧。

牟老师要求严格,铁腕治班。他讲明了班级的纪律,然后就严格执行。在天蒙蒙亮时,他就到操场,等我们班住宿的同学们集合列队到操场跑操。我们跑操时,他在旁边慢慢跑步,有时还会按照中医养生的方法做一些健身动作,如抱住耳朵鸣天鼓等。我们上晚自习时,他也会在窗外巡视,让坐在后排的同学们经常产生紧张感。晚自习结束时,他会在教室外目送同学们回宿舍。如果牟老师听说谁回宿舍之后又出去打台球或者看录像(那个年代,高中学校的后面就是台球桌、录像厅的比比皆是,吸引了不少社会青年和部分高中学生),或者在休息日时去了不该去的玩乐之地,便会第一时间找那个同学谈心,所以,我们班因为贪玩耽误学习的同学很少。

我们上高中那会儿，老师对待犯错误的同学基本上都是做耐心细致的工作，方式上以个别谈心为主。只有一次，老师集体批评了我们住宿的男生：宿舍管理的大爷对我们住宿学生要求非常严格，经常在熄灯后到各个宿舍门前偷听、偷看，看看同学们是否在聊天或者点小蜡烛学习，这些都是宿舍管理规定不允许的。高三时，我们正处于青春期，比较叛逆，认为大爷的这种管理太严格了，而且采用的手段不够正大光明，就和大爷开了一个玩笑。宿舍的同学们商量好了，等熄灯后，大爷在门外偷听时，我们故意大声说：宿管大爷真可恶，对我们管理太严格，啥时等他骑车回家时，几个同学埋伏在某个地方，拦住他，揍他一顿。大爷听后赶紧走了，我们则在宿舍里哈哈大笑。结果，大爷报告了班主任。第二天，我们正在上数学课，班主任满面乌云，走进教室，和数学老师打招呼后，把我们宿舍同学叫到他办公室，一顿狠尅，批评我们跟一个正常管理的老大爷作对，没有出息。尽管我们解释是开玩笑，老师还是不肯原谅我们，让我们去跟宿管大爷赔礼道歉，最后以向大爷赔礼道歉了事。

牟老师对学生一视同仁，不管学生的家庭背景如何、学习成绩如何。记得当时县委书记的女儿在我们班，老师没有给予任何特殊关照。对于家庭条件好、有炫耀之嫌的同学，老师会提醒他注意自己的行为。对于家庭条件不好的学生，老师能够在能力范围内给予帮助。我的家庭经济条件不好，有一次宿舍失盗，我一个月的饭票被小偷偷走，吃饭成了问题，牟老师知道情况后，在班里发起募捐，解了我的燃眉之急。

牟老师的管理很有一套，他根据学生的实际情况，确定每个人的努力目标和学习方法，可谓因材施教。对于学习成绩好的同学，牟老师会欣赏，但也会时不时地进行敲打；对于学习成绩不太理想的同学，牟老师总是鼓励他们不气馁，努力提升自己，弥补自己的不足，确定自己合理的目标。在牟老师的关心下，我们都能够根据自己的实际情况有针对性地学习，同学们你追我赶，不甘落后，整个班级形成了较好的学习氛围，班风很好，学校领导在安排学生插班时，喜欢把学生安排到我们班。

牟老师讲课水平很高，能够结合日常生活中的现象和事例对政治课中的道理进行阐述，使政治课离现实生活并不遥远，让学生原本容易感到空洞、枯燥无味的政治课变得很有意思。到高考之前的几个月，牟老师开始用讲解专题的方法来训练我们答题方法。不少题目来自于历年高考。他讲解时，不仅是给答案，而且是教方法，让不少学生恍然大悟，那一年我们班在高考中的政治成绩很不错。

牟老师对学生的爱是大爱。有一次，一个住宿同学晚上流鼻血不止，原因不明。牟老师很着急，虽然很晚了，但还是和身为班长的我租车去了那个同学的老家，把同学的父母接到学校进行处理。高中毕业前夕，其他班级的学生们开始写临别赠言，牟老师却在班级里严禁这种做法，他认为这种做法会动摇同学们的军心，涣散备考的斗志。在他看来，同学们即使高考之后，也能够联系上，来日方长，感情可以慢慢表达，没有必要在高考前来表达。我们虽然觉得老师要求很严厉，但仔细想想，他说得很有道理，就没有写临别赠言，几十年后，我们班的同学们联系得依然不错，验证了牟老师的远见。

牟老师对我们的严厉，让我们受用终身，也让我们忘怀不了他。高中毕业以后，我们班很多同学的婚礼，包括我的婚礼，牟老师作为特邀嘉宾，都参加了。在婚礼上，有牟老师和同学们到场，让我觉得非常温暖。

现在，只要我回故乡，就肯定要去看望牟老师。和他喝酒聊天，谈天说地，听他朴实无华的讲述。

遇到这样有大爱的严师，是我人生的一种幸运！

（作者系北京市监狱管理局办公室主任）

教官钱大

武子渲

第一次见到钱大,是在暑期报名时。钱大脸上微笑着,给我们这些参加面试的同学和蔼可亲的第一印象。

再次见到钱大,是走进警校开始军训时。警校对无规无矩的新生的各项要求严格规范,钱大严肃的脸上便很难再见微笑。本就胆小的我怕被训,在心里祷告,离钱大远点吧。但怕啥就来啥。军训第二天,我和室友吃完饭刚想出食堂门,远远地看见钱大站在食堂里,就想悄悄地溜过去,却不曾想早被钱大瞅到,叫住了我们。我们站在那里不敢直视他的眼睛,钱大严肃地教导我们如何做一名合格的警校学员,做个懂礼貌的学生。忐忑中听完了钱大的训话,敬畏也与之俱增。

从那天起,我便认为钱大对我们总是严肃、不苟言笑的。军训的某天早上,我吃完早饭,看到钱大提着油条、鸡蛋快步向男生公寓楼走,心中在想钱大怎么不在食堂吃呀?后来才知,钱大了解到一名学生饭卡没钱,没吃早点,担心高强度的训练他会吃不消,特意买了给那同学送过来,并嘱咐吃完再练。刹那间,莫名的感动充斥我的内心,粗犷如钱大这样的男人,竟有如此细腻情感的一面,关心学生是这么得无微不至。

平时在家都是衣来伸手饭来张口的我,在警校凡事都得自己干,对自己做的每一件事都自我感觉良好。也许就因为这种自我满足的心理,在一次检查内务中,我的被子被查出不合格,并要求周五加训。周五本是外出放松的时间,我却要留在学校叠被子,当时的心情是满满的委屈与不理解。接到妈妈电话时也抱怨了几句,本以为妈妈会理解我的委屈,但妈妈却超出预料地笑了,并语重心长地说:“严是爱松是害,大队长严格的管理教育是对你们爱的另一种表现形式,严格地要求做好每件事,哪怕是叠被子、整理书桌那样的小事,都是在培养你们认真做事的态度,培养你们一丝不苟的性格。”

妈妈的话，让我再次从头到尾回味钱大的苦口婆心，瞬间对自己放松的心态感到惭愧。更是下定决心叠好被子，经过苦练，终于在周五的加训中得到了钱大的表扬。

一次，我因体育课上训练不小心将腿摔伤，打了石膏，在家待了近半个月。那时临近期末考试，我落下了很多功课。回校后，钱大抽时间到班里看我，帮助并督促我加快学习速度，把课程都补上了。

如今，来到警校已有两年，我再不会抱怨钱大的批评，而是更多地去找出错误，改正缺点。我每每去大队部，心情总是坦然的，坦然面对钱大的批评、坦然面对自己的缺点、坦然地在钱大的指导下改正缺点，越变越好。我也从当初的在陌生人面前讲话不敢抬头的小丫头，蜕变到如今的校主持人。我主持的多次活动获得老师同学们的一致好评。潜移默化的改变是必然的，前提是幸运地来到了十六大队，浸润在钱大的严格管理与无声大爱之中。

现在，坐在办公室桌前的钱大，偶尔也会因我们的成长露出开心的笑容。

此时的我才真正理解钱大，才知道钱大平时板着的面孔是被厚重的责任感逼出来的，他也有颗细腻温柔的心。

钱大，你是我爱戴的教官！

（作者系江苏省司法警官高等职业学校 1613 班学生）

我最爱戴的老师

张东波

秦老师是我的小学老师，三年级接的我们班。

秦老师不仅长得好，待我们学生态度更好。有一次，我闹眼病，母亲为我点了眼药膏，秦老师见了，问我眼睛怎么了？内向的我竟然没有说出话来，只是流泪。没想到，晚上，秦老师竟为此来家访了。

还有一次，秦老师在周末布置让我们准备素材，下周考作文。放学后，我发愁了。回到家，我还是在想着考作文这件事，脑子里一点思路也没有。我请教爸爸如何写，爸爸告诉了我，可我总感觉爸爸说的像口语，一点闪光的词汇也没有。临睡的时候，我突然想起秦老师说过的话。秦老师说，可以到街上看宣传栏，上面贴的许多内容可以抄下来模仿用。第二天下午，我和刘同学就上街去了。石家庄解放路商场一带是最繁华、最热闹的地方，广场上到处竖立着各式各样的板报，墙壁上都贴满了。我们各取所需地在相距不远的地方各抄各的，最后，又相聚在新华书店门前抄。我俩越抄越带劲，暗中还有比拼，以至忘记了时间，天黑了，新华书店都掌灯了。营业员看见了我们，一个劲儿地夸我们。我们抄的好词语实在是太多了，一个小小的本子差不多抄满了。

第二天下午，老师让我们往卷子上誊写自己写的作文。我根本就没有打草稿，怎么抄啊？没有办法，直接往上写：先把作文题目写好，愣了一会神儿，然后，就照着自己的想法一气呵成写满了卷子。

翌日上午，秦老师把我写的作文在课堂上念了一遍，然后说，张东波写的作文非常好，他是以一个小学生的眼光和想法写这篇作文的，紧密地联系了实际。而且，在文中还恰到好处地引用了毛主席的话，文章最后给人以力量。这篇作文卷面整洁，标点符号运用得当，没有一个错别字，理所应当的是满分。秦老师说完话，同学们对我报以热烈的掌声和赞美的微笑，有的还向我竖起了大拇指。

这是我第一次写好作文！以前在写作文的时候，总是感觉没内容写，没有词,脑海里一片空白,常痴痴地望着窗外,咬着铅笔发呆,但这次却一飞冲天了。是秦老师的表扬和鼓励,为我打开了向上的空间。

我们东马路小学在石家庄是有点名气的,经常有外来学校的老师观摩学习,有时还有报社进行宣传报道。有一回说是《石家庄日报》要来记者给我们学校照相,学校从各年级中选了品学兼优的同学作代表,秦老师选了我。那几天,每天下午我们都在等着记者来,可是,不知什么原因一直没有等来。这件事过去快半个世纪了,我始终记得!

在我受教育的岁月中,有许许多多的老师值得我学习和敬仰!这些老师帮助我打开了一扇扇新美的窗口,给了我智慧的钥匙,哺育、扶助着我一步步向上攀登,不断创造和超越自己。

在这些老师中,让我最爱戴的老师就是秦老师,她的名字叫秦凤茹!

(作者系河北省石家庄市第二强制隔离戒毒所民警)

裘 老 师

法号鸵鸟

已经在监狱工作两年了，我还是想念我的超声医师裘老师。

两年前，在我们二楼超声科门口，时常会有人小声问，裘医师上班了吗？当打听到裘医师今天不上班时候，脸上总会露出一丝失落的表情，嘴里喃喃抱怨着白跑一趟。

我心里独白道：麻蛋，老子不是超声科医生，这不是瞧不起我吗？

我的白大褂最上面的一个风纪扣掉了，一百八十斤的体重加上霸气外露的胸毛和络腮胡子，患者见我这午夜杀猪的模样，总会安慰性地补上一句，其他超声医师也不错，但我就是喜欢找裘医生看病。

放心放心，我是不会吃醋的，因为裘医生是我敬重的前辈和老师。

裘医师是医技科的主任，戴眼镜，剪着齐耳朵的短发，脸上总是挂着微笑，走路很轻，总好像怕踩死路边的花花草草。或许这就是患者喜欢裘老师的原因吧。

裘老师在仕途上自甘淡薄，在业务上却是自己给自己压分量。裘老师追踪病人，往往利用的是自己的空闲时间，下班了，裘老师去病房追踪病例，经过多年的积累，对于一些疑难病例，已经了然于心。

一次值夜班，来了一个产妇，羊水都破了，急忙来做超声确定胎位。正好裘老师在身边，吩咐我赶快送产房的分娩中心，因为胎儿头部都出来。原来这么简单，才明白，巅峰手艺人，不拘泥教科书。我对裘老师钦佩不已：如果按照教科书的诊断标准，我估计在孕妇大肚子上找半天也不可能找到胎儿头部。想到这里，我后脊背发凉。妇保院，来做的都是大肚子跟小孩子居多，现在畸形的胎儿多，一个不小心，产妇生出一个破嘴巴（兔唇）或者先天性肢体残缺，碰巧那就是你做的超声检查，那你就得小心了。

一个医生，最难的就是得到病人的认可，但裘老师做到了：上虞论坛上曾出现过一则《感恩一辈子的人——区妇保院裘医生》的文章，院办收到过鹤琴小学老师的感谢信，还有病人或病人家属直接送到科室的锦旗。

裘老师是上虞劳模，绍兴市最美医生候选人。那一天，《上虞日报》记者来了，裘老师身材瘦小，但形象高大，我是人肉背景，装一个打字员，露出了八颗牙齿，笑得比谁都灿烂！因为能够跟我敬重佩服的老师一起工作，三生有幸。

一次跟单位的伙伴海边聚餐，我说以后我老婆怀孕，我也要找裘老师检查。一个产科医生提醒我，你这不是自砸招牌吗？我解释到，裘老师的技术，我服气！

如今，虽没有再联系过裘老师，但师恩难忘，愿裘老师一生平安、幸福！

（作者法号鸵鸟，原名朱明，系浙江省未成年管教所民警）

导师马臣文

陈继康

学校进行第二届"桃李提优"选拔,第一届阴差阳错没选上,心里暗自憋了一股劲儿,走马观花般地浏览导师简介时,一个亮眼的名字跳进我的眼帘。

"马臣文"

"谁知一朝君臣意,报得千秋臣子心",不知道为什么看这个名字,我就觉得这个老师肯定不简单。再看对他的介绍,山西大同人:一个山西汉子能够走出烟煤之地来到烟雨江南肯定是有他的过人之处,于是,在第一志愿上满怀期待地填写了他的名字。

记得很清楚那天是周五,小雨淅沥。一个陌生的电话打来,电话那头传来一个很清脆的男音,原来是马老师!他让我中午去他那面试。未见其人先闻其声,我开始对电话那头的人满怀憧憬。

推开马老师的门。一副黑框眼镜,一双黑布鞋,马老师果然潇潇洒洒。

熟悉之后,马老师跟我讲起了他的过去:从小生活在山西大同一个贫穷落后的镇上,父母都是煤矿工人,他不愿像他的父母一样一辈子生活在这里,于是他开始读书,大量地阅读,知识改变命运这句话在他身上得到了很好的印证。一步一步他走出了那个落后的小镇走出了山西,他说他能有今天的这一切真的是靠读书,是书籍给了他与命运斗争的机会,而他也没有放弃,紧紧地抓住了这个机会并走向了成功。

马老师的经历让我反省:为什么自己没有将书本看得如此之重呢?为什么父母老师老生常谈的那句"多看书"没有听进去呢?从那天以后,我暗下决心,以后就跟着马老师了,好好地学习!

但是,我心里也慢慢地有了一个疑问,马老师只会看书吗?他能够很好地享受生活吗?生活中除了书本还有很多很好的东西啊!

一天晚上,我在办公室整理文案,忽然马老师来了一句,"昨晚看球了吧"。

我怔住了，忙问："马老师您也看欧冠决赛了？"

"对，我觉得尤文上半场其实踢得真不错。"

我惊讶于原来生活中的马老师还有这一面，那个晚上我俩讨论了很久很久。

还有一次，马老师赶一份第二天就要上交的很重要资料，以至于忘了时间，一个电话打来，是马老师的女儿，说爸爸答应好的今天早点回家陪她的，电话那头孩子似乎很不开心。

马老师二话没说，立马放下手中工作收拾整理资料准备回家。我说，"马老师，明天就要交了，您能完成吗"？

"和女儿相比什么都不重要，我今晚在家加夜班完成吧！"马老师这句话让我觉得把世间歌颂父亲伟大的诗词篇章全用在他身上都不为过。

"率性而为，方为真人"，遇到了这样的马老师，我想我是幸运的，要格外珍惜！

（作者系江苏省司法警官高等职业学校1552班学生）

教师的荣光

覃秋林

我四岁时就开始去放牛了。上学前，母亲经常将牛拉上山，让我随父亲或大哥到他们任教的学校，说是跟学。

那时村里很多孩子交不起学费，每年秋冬学期开学前，往往一个孩子几块十几块钱的学费，让不少的农村家庭一筹莫展。在我的记忆中，乡村小学教师的工资一直微薄。开学前父亲和大哥经常用工资的一半，甚至是全部，换来挤满教室的一张张鼻涕虫笑脸。

我常疑问，是因为学生多，还是别的什么缘故，父亲和大哥教授的班级，孩子们的朗读声，比起旁边其他班级而言，洪亮，也更有底气！

尽管父亲与大哥对我自小熏陶，言传身教，但我目睹着母亲每天拖着不足九十斤的身体，与七十多岁的爷爷奶奶，没日没夜地在地里竭力刨食，才能勉强养活一家十几口人。羸弱的母亲一次又一次地因胆管结石在床上翻滚呐喊，父亲和大哥却拿不出足够的钱送她去城里的医院做手术。看着两个大男人尴尬地杵着，他们不遗余力灌输予我的所有关于教师的光荣与梦想，顷刻化为乌有。

后来，父亲和大哥来往奔袭几十公里的教书日子结束了——他们调到离家附近的小学任教。小学离镇近了，学生家庭相对富裕些，而且教师的工资也涨了。父亲和大哥终于能存些钱交给母亲和大嫂。可惜好景不长，教师的工资竟然被拖延好几个月，甚至全年都发不下来。这种状况延续至父亲退休，他老人家只好经常向我化缘，理由充分：三哥出生几个月的小儿子患上水痘，每天抱到镇医院打针；我爷爷肺结核住院，出院后需要加强营养；春节到了，我知道你们城里的干部会发一些过节费的……

再后来，我家乡广西南宁市江南区苏圩镇，成为全国有名的蔬菜生产基地，一年四季，挂着上海、南京、北京、广州等全国各地车牌的卡车，大大小小鱼贯而至，小镇也热闹起来。镇里居民们纷纷打扫自家庭院，开起了家庭小旅馆，让这些远途奔波、前来收购蔬菜的老板们,有个歇脚的地方。只是这些老板们没有休息踏实,就接二连三地到镇派出所报案。有人说放在枕头下面的钱包,莫名其妙地少了几张十元钱的钞票;有人说床头的大哥大不翼而飞了——那年月的大哥大所代表的社会地位、相对价格不亚于现在的高配置宝马。

最后,这些个老板争相入驻了我们家。因为房间有限,他们商议着轮流岔开入驻。他们从上海、南京、北京、广州等这些我从来没有到过的大城市,给我们家带来礼物。比如,送给我上小学的侄女一个精致漂亮的笔盒;大嫂一条丝绸围巾;我母亲两套膝盖处加厚的新秋裤。当然啦,还有给我父亲和大哥的瓶装酒,以及过滤嘴香烟(父亲抽了几十年自家种植的烟叶)。

那年西瓜季节,我带两岁的儿子回老家,见到五个老板落脚大哥家。大哥家屋小,只有三个床位出租。我纳闷地问:别家大把空床位,你们怎么都挤这儿?!

他们笑了,比画着满意的手势:我们将两个床铺一拼便是,挺好的!你问我们为什么宁可挤在你家,而不去别的?倒不是因为你当警察的缘故,而是因为你大哥是教师,你父亲以前也是老师,你们家是教师世家,我们住得安心。放心吧!妹子,我们给你妈妈是五份人头的房钱!

这一刻,我忽然发现大哥家的屋子一片光亮,我真真切切地沐浴在了教师的荣光中了!

(作者系广西壮族自治区女子监狱民警)

补　　课

温子义

1981 年,我就读于内蒙古昭乌达蒙族师专(现为赤峰学院)中文系,张万友老师教授现代汉语。

张老师的身材不算高大魁梧,但炯炯有神的目光中流露出自信和坚毅;声音不算高亢,但语音纯正,用"字正腔圆"或"珠圆玉润"来形容不算过分。

上现代汉语音韵课的时候,为了解决我们内蒙古西部地区同学普通话发音困难、汉字读音不准的问题,张老师特意让我站起来用家乡音读字,由于性情怯懦、自卑且有点自闭,我竟然没有出声。还是其他同学替我读了几个字。

放学后,张老师特别约我和同学去他那仅约三十来平方米的"陋室"补课。

刚进门,热情善良、温柔勤巧的师母就让我们洗手擦脸,然后变戏法式地给我们端上了一大盘热气腾腾、色鲜味美的韭菜鸡蛋包子。那一刻,天是冷的,地是生的,老师、师母的心却是热的,温暖了我。

张老师体会到了我的感受,拍拍我的肩头,一字一顿地说:"子义呀,普通话语音并不难学,关键要多练习多体会。只要细心认真、锲而不舍,没有什么难关不能攻下来的。"

品尝了师母的家常手艺,张老师对我又是一番音韵学考证,我也终于无拘无束地接受张老师的"耳提面命"。

那一天,张老师终于搞清楚了我们河套人发言是在无韵母字的前边加"ng",在每个字后边加"ng"。找到了我发音的症结,张老师又指导和矫正了我前后鼻音的发音方法。

从此,我买了面小镜子,开始对口型、学练普通话,在张老师和雷广钧等同学的帮助下,通过上千次的反复训练,我的普通话有了较大长进,结业考试取得九十五分的好成绩。对过三十年,如今说起普通话来,家乡人竟然挑不出什么毛病。即使遇到赤峰人也常以老乡相攀,他们居然也听不出一点破绽。

1983年参加工作后，虽然没有继续跟老师走现代汉语教学或研究的路子，但我在工作上刻苦钻研、尽职尽责。每当怀着激情草草写完一篇文章想送审或投稿的时候，我的眼前就浮现出张老师那一丝不苟的神情，于是，冷静下来，每天继续坚持修改或请教领导、同事直至满意为止。每当领导流露出些许赞美之词时，我的心里总是不由自主地想到张老师当年对我的严格要求、谆谆教诲。现在，我自己的下属看到我总是小心翼翼，颇为不解，他们说："老师究竟怕谁？"我说："怕我的（张）老师！"

韩愈《劝学》上说："骐骥一跃，不能十步；驽马十驾，功在不舍。"我就是这样一个驽马，在领导和同志们的帮助下，在张老师等老师、同学们的鼓励下，通过多年的努力，为党的强制隔离戒毒工作信息调研、新闻宣传做了一点事情，取得了一点成绩，并由此受益匪浅，足迹踏遍祖国大部分地区及欧洲诸国。

能有今天的些许成绩，饮水思源、归根结底与张老师诲人不倦的教育和帮助密不可分！

日前，从同学王洪山那里得知张老师七十大寿来临的好消息，眼前立刻浮现张老师那慈祥的面容。就让学生我在祖国北疆巴彦淖尔献上对敬爱的张老师的祝福，祝他老人家健康长寿，全家幸福美满！

（作者系内蒙古自治区五原强制隔离戒毒所民警）

爱情篇

我把生活过成了诗——致我们的二十年

高　文

牵手那天
我信誓旦旦
要为她写一首诗

二十年过去了
我没能为她写出诗
却把生活过成了诗

1998 年的 4 月 16 日，我西装革履和她并肩骑行，前往海淀区民政局。
突如其来的一阵小雨过后，黑色的西装上满是泥点点儿。
她笑了，我乐了，北京的春雨原来是泥雨！
狼狈，却有趣着。
成为诗(湿)人的我豪情大发，拉着她的手，说要为她写一首诗。

一年过去了，我们徜徉在二人天地里，自由自在。
她问我，给她写的诗呢？
我想了想，开始酝酿。

五年过去了，我们牵着儿子的小手，眼里全是童话的世界。
她又问我，给她写的诗呢？
我张了张嘴，还在酝酿。

十年过去了，我们搬进了新居，满耳唱响着《北京欢迎你》。

她再问我,给她写的诗呢?
我挠了挠头,还得酝酿。

二十年过去了,儿子成了大小伙,我们都生出了白发。
她却不再向我问起给她写的诗。
我问她,忘了吗?
她抿而不答,指指我,又指指儿子。
我明白了。
我和她,还有儿子,我们在一起的日子就是诗!

(作者系司法部预防犯罪研究所副所长、研究员)

我心永恒

庞会武

十六年的婚姻,十八年的情感……

从相识到相知,从相爱到相亲,我们直面坎坷、共历风雨,我们共享温馨甜蜜、笑语欢颜……

初识时,我们单纯懵懂,一见钟情;
相爱后,我们倾情投入,激情浪漫;
婚姻中,我们共度风雨,享受平凡……
曾经,我们共享芳华;
曾经,我们痛哭流涕;
曾经,我们共渡难关……
如今,我们年少的面容已经不在;
如今,我们经历的风雨已成往事;
如今,我们彼此的心智越发成熟……
岁月,让激情逐渐消逝;
岁月,让生活趋于平凡;
岁月,让你我越发从容……
风霜雨雪,变化的,是你的容颜;
沧海桑田,不变的,是我的初心!

(作者系河北监狱管理局民警,于结婚十六周年纪念日将《我心永恒》写给深爱我的妻子)

亲爱的，我是你坚强的后盾

宋　平

亲爱的：

我们分别才几十小时，但我却无比想念你了。

当初你决定去扶贫，一去将是三年。我不以为然地说，去吧，我支持你，做你坚强的后盾。

当你真正走后，我才感到困难：儿子要升初中，暑假要上课，每天天亮以后，家里都有一大摊子事情等着我。那天儿子发烧，外面下着暴雨，儿子问我，你怎么还不回来？你为什么要去大凉山？问得我好心酸。有时，面对长期病重的父亲，异地工作的哥哥一周才能回来一次的现实，我真的有些后悔了。

不过，当你给我打电话讲乡里的事，越来越多地说这是"咱们"乡、"咱们"村，今天去给"咱们"村村民上夜校扫盲班，明天去给"咱们"的特困户送米油，后天去给"咱们"的乡亲做禁毒宣传……慢慢地，我感觉也和你一道融入了那个遥远而偏僻的乡村，你的工作好有意义，我为你感到骄傲。

所以，我要在暑假带儿子去看看你说了许多次的"咱们"乡。

去你那好艰难！

我们顶着骄阳，眼见高速公路变为崎岖山路，翻越海拔三千米的高山，衣着从短袖凉鞋换成长衣厚袜，经过十几个小时才终于到达了你还将工作三年的地方——"咱们"乡。

乡政府旁边是低矮的土房，街道狭窄而凌乱。短短一个月，人群中的你，瘦了、黑了。来到了你的寝室，一股霉臭味扑鼻而来，摸着湿润的被套，我无法想象你如何能睡？你笑着说有电热毯，叫我放心。你叫我怎么能放心啊？

你告诉我，"咱们"乡一天只吃两顿饭，一次买的菜要吃一周，平时大家工作比较忙，是由一个彝族大姐帮你们做饭。我到你们厨房，那是什么条件呀，没有自来水，没有电炒锅，只有一个土砌成的灶台。我挽起衣袖洗菜给你做饭，那山里的水冰凉刺骨,让我的手好疼、好疼,但真正疼的是我的心。吃饭时你嘴里不停地说,终于吃到了家里的味道。看着你开心的样子,我真想留下来天天给你做饭。

这次暑假来看你,你说当地马上要进入秋冬季节,孩子们还穿着单衣单裤,让我们给他们带点秋冬的衣物。我和儿子就发动周围亲朋好友,收集了百余件秋冬外套。下午,你说咱们出去走走吧,看看附近的小朋友,拿上亲友们捐赠的衣物和糖果。我说我不吃糖,你刮了一下我的鼻子说,小笨蛋,这不是给你吃的!你已经很久没有如此亲昵地刮我的鼻子了。当你牵着我的手时,我感到特别幸福。

来到外面坝子上,一个小女孩和他弟弟正在晒荞麦。你说,这家女孩跟儿子一样十二岁,上小学三年级,母亲去世了,家里有一个病重的父亲,哥哥出去打工了。我们送给她三件冬天的外套,小女孩不停地说"卡莎莎",我当即决定要资助她,这事没有和你商量,相信你也会同意吧。

幸福的时光总是短暂的。转眼间我们要走了,又留下你孤零零的一个人。我就想哭,你却安慰我,说这里挺好的,空气清新、乡民淳朴……这又是你的幽默吗?我可幽默不起来呀,我的爱人!

未来的三年还很长,长到儿子将从一个儿童成长为一个少年;未来的三年也很短,短到脱贫就在眼前。

我们相信通过你和"咱们"乡的努力,这场扶贫攻坚战一定能取得胜利,"咱们"乡会变得越来越富裕、美丽!

这次来看你,让我不再后悔当初的决定,也更加理解你的坚持。

儿子有我管教,父母有我照顾,你不要牵挂。

妻:平

于 2018 年 8 月 14 日深夜

(这是一位妻子写给丈夫的信。妻子叫宋平,丈夫叫黄昕,两人都是四川省眉山强制隔离戒毒所民警。2018 年 6 月 30 日,黄昕响应四川省司法厅号召,赴凉山州昭觉县特口甲古乡参与扶贫攻坚。宋平利用暑假带着孩子去凉山探望丈夫,看到丈夫工作生活的艰辛,了解到了当地脱贫攻坚的紧迫,回家以后,她通过这封书信表达了对丈夫的理解、支持和思念。)

(作者系四川省眉山强制隔离戒毒所民警)

父母爱情

张　恋

父亲是沙洋农场场长的儿子，排行老三，俗话说中间的孩子最不讨人爱，上不着边下不着地，如夹心饼干。母亲是农场林业工人的女儿，大大的眼睛，自然卷的一头长发。

父母同在一个农场长大，根正苗红的父亲凭借天资聪颖在班上当班长，而母亲天生害羞，任怎么努力却只能数学勉强及格。父亲常恶作剧于课间背后扯母亲一把头发，害她转身嗔怪他时却被老师发现挨了批评。母亲恼羞成怒，课后不理他，放学背着帆布包回家时，却被嬉皮笑脸的父亲拦住，递她一张纸条后转身就走。母亲打开纸条看后，一抹红云顿时晕染了脸颊。父亲经常佯装问作业窜至母亲家的小院里，嘴似抹了蜜般喊后来成了他丈母娘的“庞阿姨”，使出九牛二虎之力帮她家里打扫卫生，忽悠她弟弟为他传递情书、通风报信，他们俩从前的时光就是那样的慢，那样的唯美……

“上山下乡”那会儿，正值青春的父母一同追随着浪潮下放。那个春光明媚的日子，两人坐着大卡车一齐奔向下放的地方：虽然那么偏僻，那么贫穷，那么遥远，仿佛离县城十万八千里。但，两人你眼中有我我眼中有你，时常偷偷亦步亦趋漫步河边哼着“九九艳阳天”，那段日子虽清苦，却也过得如蜜糖般甜！

再以后，父亲参军当了光荣的解放军战士，成为了坦克兵。母亲则去了沙市，成为纺纱女工。

在 1979 年对越自卫反击战中，身为军人的父亲，写下了一封家书，做好了回不来的准备，这让母亲整日里泪眼涟涟，翘首盼君归。

终于，父亲复员回来了！这一刻，再也不等了：不管两地分居如何艰难，“我们就要在一起！”

1983 年，父母领了结婚证，没有新房，没有当今迎娶新娘的豪车，也没有财产，有的只是红红的结婚证和红红火火的日子。

母亲很知足,婚后不久她就怀孕了。那年月,没有新鲜水果和鲜牛奶供应,母亲孕吐得厉害,日渐消瘦憔悴。父亲看在眼里痛在心中,尽管已是数九寒天,父亲依然深一脚浅一脚地在冰天雪地里砸开冰河捕小鱼为母亲熬汤,想尽法子寻找能够开胃的食物。

1984 年初的那个飘着雪花的凌晨,我呱呱坠地,正在农场中队值夜班的父亲闻讯匆匆赶到医院,抱起睡梦中的我,欣喜地对母亲说:“为纪念我们的爱情,女儿就叫恋恋吧!”

两天后,在回家路上,父亲一直抱着襁褓中的我,没有拦到一辆回家的车。瑟瑟寒风中,父亲心疼地搂住我们母女俩,发誓要让我们过上好日子!

以后的工作中,父亲似拼命三郎,母亲则一如往常悉心照料家里琐事。日子一天天过去,当年的母亲已不是人面桃花的模样,父亲亦不是意气风发少年郎。但他们仍恩爱如初:父亲发福了,母亲逗他让他每天早晚坚持散步,不然不帮他打洗脚水;母亲爱吃水果,父亲也有条件买各式各样的水果,但为不让她血糖高只许她限量吃;母亲爱美,出差回来的父亲常买合体且漂亮衣衫,纵然岁月在母亲脸上留下细纹,母亲仍是父亲心中最美的“珍儿!”

那一天,我问母亲:“爸给你的鸿雁传书藏在哪里呢?”

母亲竟有些羞涩,她的那张笑而不语的脸颊,忽然让我想起了父母的那本结婚证,是那样的红!

(作者系湖北省洪山监狱民警)

瓜地青春

刘应尧

工作后的第四个春天，我在新疆兵团的连队瓜地班种西瓜。

瓜地班只有三个男的，其余全是妇女。班长是湖北籍的中年男子，“瓜把式”是半辈子和瓜打交道的孙老汉，而我还是二十岁的毛头小伙。

瓜地班春天劳动的序幕是开瓜沟。我牵一头体壮的黄牛，在离连队较偏远的东滩地给劲地拉犁，班长和孙老汉轮换着扶犁把。随着犁铧前行，一条S形瓜沟闪现于身后。一帮妇女拿着铁锹紧随其后，用铁锹把雏形瓜沟的土铲向两边，拍平拍实。

在犁第二条瓜沟时，黄牛要起了牛脾气，喘着粗气，站在原地一动不动。我用力拽鼻绳时，它不但不走，而且用牛角把我挑起，摔在地下，速度之快，让我猝不及防。

眼前的一幕，把班长和孙老汉惊呆了。没等他俩反应过来，恼羞成怒的我迅速站起，用鞭子抽打黄牛，而它却纹丝不动。班长气愤不过跑过来，拿起一根木棍狠狠地教训了黄牛一顿。班长、黄牛都喘着粗气，而我更是气呼呼的。

休息了半个钟头后，班长来到黄牛前，左手抓牛鼻绳，右手摸摸它的耳朵和脑袋，然后牵它继续干活。奇怪，黄牛又恢复了先前的乖顺。

瓜沟整好开始灌水，等整块地的瓜沟被水浸透后，停水两天就开始播种瓜籽，一周后瓜沟埂上便长出了嫩绿的瓜苗。之后是松土、施肥、浇水、压秧、打叉……当瓜秧爬满瓜沟间的空地，瓜秧结出的小坐瓜由最初樱桃般大小，迅速长大，一天一个模样。

随后就会惊奇地发现，瓜秧上的茎叶宛如仙女托翠盘，亭亭玉立。朵朵雄花在瓜秧与茎叶间，像号手争相高歌；那毛茸茸鸡蛋般大的小西瓜，惹人喜爱，不由得想去摸一摸、亲一亲。

瓜熟的日子眼看就到了，班长指挥全班在瓜地旁搭起个看瓜的棚子，还支起两张床,看守瓜地的任务就落在我和孙老汉的身上。

瓜正熟时,一天能有六七辆汽车来拉瓜,光靠“瓜把式”一人摘瓜显然来不及。班长说次日摆擂台,考考三人的鉴瓜技术再增补一名新“瓜把式”。

摆擂台的前一夜,我躺在床上睡不着。忽然想起距离连队四五里远的阿苇滩有个维吾尔族老汉,听说他是和瓜打了一辈子交道的“老把式”,第二天我就告诉班长回了一趟家,找到了那个维吾尔族老汉。

那个维吾尔族老汉见我这个陌生的汉族小伙拿着礼物进他的屋子时,很惊诧地让座。等说明来意,他爽快地答应了我。喝完奶茶,他领我去了他的瓜地。

维吾尔族老汉在瓜地仔细寻找,然后用手指给我看一颗瓜秧和一个西瓜,说:“瓜秧根部与西瓜之间如有四个瓜须枯黄,这说明西瓜熟了。”

他摘下那个西瓜,抱回屋用刀切开,果真瓜熟得很好。自那一刻起,我学会了在瓜秧上鉴别瓜熟的技术。

次日摆擂台如期进行。班长说,我们三人各摘两个西瓜当场亮相。竞赛结果:我摘的瓜熟得最好,其次是“瓜把式”,第三名是班长。

班长赞叹地说:“这个小刘还看不出,竟有这样好的挑瓜技术,真不简单!”

我谦虚地说:“瞎碰的!”

从那天起,我成了新补选的“瓜把式”。

瓜熟的日子,天气格外炎热,而瓜棚前却十分的凉爽。口渴时摘个西瓜吃,顿时清凉渗透全身。我那时的心情,宛如瓜田碧波荡漾的绿色,凉爽中夹着丝丝的清香。瓜棚前出现了少有的热闹,买瓜的人络绎不绝,像赶集一样。

一天,瓜地来了两位清纯美丽的少女,胳膊上带着红卫兵的袖章。原来她们是参加连队夏收的高二学生,班长吩咐招待她们。我立刻挑了两个上好的西瓜招待稀客。

吃瓜的时候,我随意抬眼,瞅见其中一位丁香般的少女正望向我。那一刻,恍若云霞灿烂,瞬间的光亮融化了我……

此后的瓜地,到处都藏着我痒痒的快乐。无论冬夏,我总能在营部露天放映场里寻觅到她的身影。后来,在中学任教的我,在校园又见她把笑脸开得如太阳花一般灿烂。

可那时我忙于匆匆教学。

再后来,她也匆匆去工作。

总以为人生只有相聚，谁曾想原来还有错过，还有遗憾，还有来不及。

错过最初求爱的勇气，便落下一生的遗憾和那无尽的思念……

瓜地里的青春，已过去很多年了，但我仍忘不了她望向我的那一瞬间，忘不了她把笑脸开得如太阳花一般的灿烂。

那个夏天，瓜地里的青春，我一直记在心里……

（作者系甘肃省临夏监狱民警）

结婚后，我可以不戴婚戒吗

王　存

我年龄不小了，还没有找到我生命中的那一半，因为我的每一天都非常忙碌：起床、洗漱、穿戴整齐、出门、吃早餐、到单位、换警服、迅速进入工作状态……这就是我工作六年以来的常态。

工作间隙，望一望窗外，随手翻开日历，在一个日期上用红笔画了个圈，其实没什么大事，只是日历上我三十岁了。

想着这个特殊的日子，爸妈肯定会轮流攻势，逼问个人问题。好吧！这样的战争从二十六岁开始一直持续到了现在，我从“进攻”变成了“防守”。

我只是想嫁给爱情，所以，我一直在坚持，只是偶尔也会觉得疲惫，尤其是即将成为三十岁的剩女，过了少女时的冲动，底气似乎没有那么足了，但心里的声音还是那么强烈：结婚无关先后，幸福不分年龄！更何况我还是一个对婚姻仪式感非常强的女生。

《小王子》里说：仪式感就是使某一天与其他日子不同，使某一个时刻与其他时刻不同。也许结婚前和结婚后的日子并不会发生翻天覆地的改变，只是我觉得，仪式感为每一个普通的日子和动作，标定它背后的精神内涵，我想每一天都有不一样的体验。

我并不是一个矫揉造作的女孩子，脱去这身藏蓝色，我平凡得很普通，但对于结婚，我没能逃过俗套，我有过很多幻想：不需要不切实际的骑着白马的新郎，也不需要铺满玫瑰花瓣的红毯，只需要我未来的爱人从我父亲的手上接过我的手的那一刻，可以单膝跪地对父亲郑重承诺，他会代替父亲爱我、宠我。他不用担心会因为流泪而损坏了他在我心中的大男人形象；相反，我会因为他的忠诚、真实、感性而更爱他。

只是我穿上了藏蓝色制服，这就注定了监狱人民警察将是我毕生追求的事业，注定了我谈论婚嫁时，我也要遵守监狱警察的警容风纪：警察不能戴首饰。

我要请我未来的爱人原谅;我不能够每天都把戒指戴在左手的无名指上,请我未来的爱人支持我作为一名监狱人民警察的选择;让他包容我这个“任性”的小请求,我一定会用我的行为,让我未来的爱人相信,每当我们十指相扣的时候,他一定会感觉到承诺在耳边,幸福在身边!

我幻想着,幻想着,多次“穿越”到了婚礼现场,我未来的爱人身着黑色的新郎礼服,当着亲朋好友的面,郑重念出婚礼誓词:我娶你,做我的妻子。我愿对你承诺,从今天开始,无论是顺境或是逆境,富有或贫穷,健康或疾病,我将永远爱你、珍惜你直到地老天荒。我承诺我将对你永远忠实,你可以在婚后不戴婚戒!

(作者系云南省第一女子监狱民警)

最后一枚叶子

刘高艳

她穿着乳白色的雪袍,乌发如瀑布飞泻,居中一枚宝石蓝的小发卡,蝴蝶似的栖在她柔顺的长发上。她默坐的神态,在我看来有些月的格调、荷的韵致,就那样悄悄地、轻轻地,尊严又坚定。

同事告诉我:他们是一对夫妻;他曾是一所县级重点中学的语文教师,她在一家幼儿园上班;他进来七年,她往返奔波也七年了。

年关将至,作为服刑人员的家属,特别是妻子,一想起邻居欢快的鞭炮声,眼泪和怨气时常忍都忍不住的。而她走过腊月的寒风,双颊却没有冷凄和忧伤,也没有失望和埋怨。她的目光淡淡的、柔柔的,又透着执著和坚强。

看得出,她对自己的男人有信心,对将来的日子有把握,对不久的团聚充满了实现的勇气。

我感觉来自于她的一些东西无形中把我的眼睛握紧,在我心里沉淀下来,让我产生了牵肠挂肚的流连。

同事说,在酒精的教唆下,他人对她一堆侮蔑的话轻易地就崩溃了他被爱充盈的理智,握笔的手竟一拳打向别人的致命处,他们新婚不久的幸福日子随即被彻底打翻了。

从此,她背负孤独、寂寞和沉重的舆论,对他望眼欲穿;而她只有盼到寒暑假才能来看看他,送些衣服鞋袜和温暖的话。

七年了,她的青春开始失水打折,可她对他的感情依然与当初一样饱满。这一点,他们默默而丰沛的对视,两束熟悉而陌生的目光,超越时间和事件,汩汩流淌,相汇相涌:窗边一缕微弱的阳光打到他的脸上,他有些近视的眼开始发酸,她仿佛早预备着似的即时递过去一块面巾纸……在那一瞬间,他们的眼神胜过千言万语,他们的表情一样的柔软多汁,七年的分离和磨难竟丝毫不损他俩珠联璧合的默契。

一个三十多岁的女人的温柔能保持到我看到的状态,不知她当初是怎样的柔似水呢?

白天,她是幼儿园里的一只蜻蜓,心和羽翅一样透明,以慈爱和温柔启发、培育孩子们的心智。我想她会藏在一棵树的后面不动,当孩子们带着胜利的表情蹑足靠近,她或者立刻飞啦,或者故意看着别处束手待毙。孩子们的笑脸像一朵朵花,紧紧围着她,盛开。她一定会感觉自己是一群孩子的母亲,这时任何别的什么都无法近身。

然而,放学后,校园死一般的静。她只能默默地望着窗外,直到月亮挂上那棵梧桐树。她也许会无数次回想丈夫靠着梧桐吟诵的神情,久久地一动不动,只一任泪水打湿前襟和衣袖。曾经的诗情画意,哪怕生活的点点滴滴,应该都是她珍爱的藏品。

听说她在给他的信中写道:我坐在屋里,手却在遥远的大墙外面,摸寻着秋天留给冬天的,最后一枚叶子!

他就是她的最后一片叶子。结婚七年,她还是一个人住在一个人的办公室里(那是她一个人的家)。更不幸的是,她的父母也在他入狱的这几年里相继辞世。

他,如今不仅是她不能聚首的丈夫,还是她唯一的亲人、永远的牵挂。

会见结束了。她起身看着他轻轻地说:"脚不好,记着晚上烫烫,冻伤了,影响劳动。年后我再来,你还需要啥随时写信啊!"

我看到了她那种盈满期待的目光,又一次闪烁起来,凝聚在刚才的那个方向上。我知道,她是用叮咛覆盖离别的泪水。

他所在的分监区警察说,她几乎每次来都给他带好多书,而且都是非常有用的书,所以他的宣传和文化教学工作做得越来越好。她又是怎样设身处地地思量、千辛万苦地准备他的精神营养品的呢?她以女人的胸怀和韧性无声地将他心底的希望点燃,把他悔过向善的良知叫醒,将真善美高高举起在他的眼前,把他前行的路面彻底照亮。他们的团聚还会远吗?

下楼的时候,她的雪袍像风衣一样飘起来,长发更是飞扬。我看不到她的表情,但我推想,即便淡定的她面对年关,内心也一定很不平静。

她走出了监狱大门,走出了美好又沉重的一次相聚。她身后的路面干燥,可脚前也许已被自己打潮。不过,我相信她的明天,在等她;她一定会苦尽甘来。

望着她颀长端庄、黑白分明的背影，又想起她信中的话——我坐在屋里，手却在遥远的大墙外面，摸寻着秋天留给冬天的，最后一枚叶子！

盛夏遗赠给寒冬的一株冰荷花，我见到她，便不能忘了她。

（作者系陕西省庄里监狱民警）

下辈子还做你的妻

苏玉秀

温馨浪漫的环境、舒缓轻柔的音乐、柔和的灯光，一切都是那么的令人迷醉！

今天是老公特意在咖啡厅包厢为我举办的只有我们两个人的生日宴，在这样的环境里过生日，我们还是第一次呢！

蛋糕上的红烛轻轻地摇曳着，映衬着老公的脸庞：二十年了，老公还是那么英俊，岁月虽然给了他几条皱纹，但更增添了几分成熟，更有男性魅力了。

“宝贝，送给你！”老公神神秘秘地从包里拿出一个包装精美的盒子。

这么多年了，老公一直叫我宝贝。他说永远把我当宝贝一样宠着爱着。

“什么礼物？”

“猜猜！只能猜一次哦，如果猜不中，你就亲我三次，如果猜中了我就亲你三次！”老公调皮地朝我做鬼脸。

“猜不出，我服输！”我嘟着嘴撒娇地看着老公。

“那还不快过来兑现！”老公坏坏地看着我。

老公一直都是这样，生活上挺有情趣的！这也是我喜欢他的原因之一，跟他在一起，他都会逗我开心，让我心里暖暖的，每天都充满欢乐！

老公是监狱警察，我和他是在一次朋友聚会上认识的。

一见面，我就被他英俊的外表迷住了，当朋友介绍说他是监狱警察时，我更加喜欢，因为当警察一直是我的梦想。我没到过监狱，对监狱没有什么了解，只知道他是个非常不错的男生，又是警察，为人正直、老实，值得托付终身。

到了监狱我才知道，监狱离市区有六十多公里而且还是崎岖不平的山路，晴天车辆经过时扬起的尘土让你看不到前面的车和路，到达目的地时，人已经被黄尘包裹了。他说，这就是他工作的地方，指着墙说，那里面就是他管理的服刑人员。

天哪！这似乎与世隔绝的地方就是监狱啊！他就在这种地方工作啊！监狱警察与我想象的差得太远！我想象的监狱警察就像电视上的公安警察一样，挎着手枪，非常威武的样子。

他说，他每天的任务就是押着一帮服刑人员进行甘蔗等大田作业，常常日晒雨淋的，晴天一身汗，雨天一身泥的，晚上还要给服刑人员上课、进行思想教育等。

哦！难怪他那么黑！确实非常辛苦！

尽管如此，还是没能动摇我的决定，就这样，我成了一名监狱警嫂。

当警嫂听起来不错，但真正做起来就难了。

由于工作的性质，加上两地分居的缘故，老公根本顾不上家，家里的一切都是由我来打理。

不记得多少次，我身体不适时都是咬着牙硬挺着坚持下来的。

印象最深的一次是，有一天我眩晕症发作，天旋地转，晕倒在沙发上，还吐了一地，等我清醒回过神来，只能自行处理自己的呕吐物，当时我想，如果我一病不起该怎么办？身边连个倒水的人都没有，更别说有人煮吃的了，想想也挺可怜的！

有一次孩子半夜发高烧，在家什么方法都试了也无法退烧奏效，我急得像热锅上的蚂蚁！只能去医院了。当时北风呼呼地吹，还夹杂着小雨，在路边等了近半个小时，才等到一辆出租车，真不知道我右边抱着孩子、左边拿着包撑着伞是怎么到医院的！

当然，还有很多无法言语的苦……

这些苦我没跟老公说过，怕老公知道了不安心，影响工作；更不敢跟父母提起，我出生在一个干部家庭，从小养尊处优，一直生活在城市里，是父母的掌上明珠，本来他们就不赞成我们的婚姻，要是让他们知道了岂不心疼死了。

我们的工资都不高，除了日常的开支所剩不多，当年物资也很匮乏，记得我们的电视机还是省吃俭用几个月才买回来的，姐妹们都说我变了，变成整天围着家庭转、不爱娱乐的大妈。

确实如此，由于没钱也没闲，一些逛街、唱歌、跳舞之类的娱乐我都很少参加了，要知道我曾经是个能歌善舞、非常爱美的姑娘呢！

她们也说我好亏，嫁给一个监狱警察，把自己的人生都给搭上了，什么娱乐都参加不了，人生该享受的都享受不到。

可我并不这么认为，这十几年来，虽然生活艰难些，但老公对我挺好，这么多年，老公只要回来，就主动承担一切家务，临走时还把我们的生活安排得妥妥帖帖的。

老公也是一个十分有责任心、正义感的人，有一次我跟他去市场，他果敢地抓住一个正在偷盗别人钱财的窃贼。还有一次，一个老人跌倒，很多人都不敢去扶，老公毫不犹豫地扶起老人，送老人去医院并通知了老人的子女，事后老人的子女千恩万谢。还有好多好多……

他工作也非常认真负责，作为监区长的他，所在的监区一直是自治区文明监区，他也多次被评为自治区优秀监狱人民警察。

这几年监狱布局调整，老公的单位搬迁到市区附近，我们终于结束了两地分居的生活，加上这几年从优待警，我们的生活条件也大大改善了。

现在只要老公在家就从不让我插手家务，他说老婆干了十几年家务了，该是他表现的时候了。

我觉得有这样的老公挺幸福的！

“你一个城里的千金，嫁给我让你吃了这么多的苦，如果有下辈子……”老公深情地望着我说。

“下辈子我还做你的妻！”

我立即打断老公的话，并用手把老公的嘴堵住，老公顺势把我揽入怀中。

（作者系广西壮族自治区北海监狱民警）

写情书的日子

邹　敏

给老公准备出差的物品,突然翻出了一大堆情书。

这些二十多年前的信封,边缘已经有点折烂了,泛黄的纸张有淡淡的霉味,字迹倒还清晰。抽出一封,那些如烟的往事,便冉冉走近了二十多年后的自己……

那时候没有手机,电话也是单位办公室的,接电话的时候旁边总有关注的耳朵,除了官方语言,基本不会把情绪放进去,写信就成了表达爱意的唯一选择:写信的时候面对的只是自己的心,可以大胆地说一些当面不敢说的情话,这一点特别适合我们曾经历过的那个羞涩的年代!这种沟通简直就是为老公这种字写得漂亮却腼腆内向的男生量身打造的。

那时候写信不像现在发信息这么方便。因为怕写的时候思绪被打断,总是在一天的工作结束,又陪同事朋友聊完天,洗漱好后,才打开台灯,郑重其事地拿出信纸,将钢笔里的墨水灌满,在草稿纸上练练手,认认真真开始写!

那时候,写信总是要字斟句酌,反复推敲,写完了先看上两遍,感觉满意,就像完成了一件名垂千古的画作,心生得意;不够满意,会纠结半天,要不要重新写?还是明天再写一封,把自己的心情补充一下?

写完了信,会拿出自己特意在邮局选的信封,看看上面的花色和寄言,慎重地写下那个每时每刻都放在心里的名字和地址,再看一遍信,确认无误地装进信封,涂上胶水,大事终成地松一口气,心满意足地躺下……

现在看那时信里的有些内容,不禁哑然失笑:在那个信息不发达,看书必须靠自己买的年代,人的内存基本靠学校里语文课上剩下的一点底子,词汇枯竭的时候真想直接把自己的心装进去寄给对方。搜肠刮肚找点文艺范儿装装门面!有含蓄的古诗词,有王国维的诗,有席慕蓉的诗,甚至还有费翔的歌词……总是在信的末尾,壮着胆子写上一句"想你了,多吃点饭,照顾好自己!"

那时候老公在中队，偏僻荒凉，除了看电视，唯一的娱乐就是打扑克牌“升级”，爱情之于他就像沙漠里的水，要牢牢抓住靠它活命一般！看那时候的信基本都是两天一封，估计每次收到回信已经不记得是回的哪封信了。

老公的中队离镇子有二十几里路，他当时唯一的家当就是自行车，为了寄信，不知道补了多少次车胎。有时候碰巧中队的拖拉机出去，他就可以享受一次“豪华敞篷跑车”的待遇。回信一般是先到场部，中队的内勤会隔天把所有的文件、信、报刊一起带回，也许是等待得太心焦，好多信封都是被老公撕烂了又粘上的，看到那皱皱巴巴的粘痕，可以想见看信时的心急和晚上灯光下粘信的小心翼翼！

写信的历史在我们结婚把家安在中队后结束了。此后的生活里多少风风雨雨，有时候在吵架后我会矫情地拿出他当初的信，发狠要撕了它们，虽然知道我是装腔作势，老公仍然一把抢过去，幽幽地说上一句，“等老了，我念给你听！”

也许在木讷的老公心里，这些信就是他此生最浪漫的证明！

或许就是这点所谓的爱情垫底，我们经风历雨依然彼此握着对方的手。

想起木心的那句话，“那时候时间过得很慢，一辈子只够爱一个人！”

（作者系湖北省沙洋平湖监狱民警）

乡情篇

思　　乡

张　晶

一、故乡在徐州

好不容易的休息日，拿出好友王川的《千古江山》。这是一本关于镇江风土的记述。其中一段与徐州有关，按照王老师的考证，所谓镇江，就是早先的"南徐州"。两晋南北朝时期，由于兵荒马乱，徐州作为"兵家必争之地"，是当时荒乱的中心。大批的徐州人被迫南迁，其中很多人在镇江落脚。这些远离故乡的人，出于对老家的怀念，便把镇江称为"南徐州"。事实上，现在的镇江，也有多处以南徐命名的地名。如镇江市委市政府门前的景观大道，就叫南徐大道。"南徐州"，这让我对镇江有了特别的情愫。把镇江当成我的第二故乡，该是顺理成章的。

其实，我们每一个人在说起故乡时，都有着坐标的参照：如果在国外，会说中国是故乡；如果在国内，会说某省是故乡；如果是省内，会说某市、某县是故乡。

以此说来，我的故乡在哪里呢？

我是江苏人。当然，江苏就是我的故乡。江苏的美，如画，如诗。如果是一个作家，哪怕是如我一样蹩脚的作家，在抒情时，一定会是：啊，江苏！在中国浩浩荡荡的文明史中，写赞美江苏的诗文的名家名段，可谓群星璀璨，数不胜数：远者如王羲之、李白、刘禹锡、苏轼、欧阳修、王安石；近者如朱自清、陶行知、陆文夫、范小青、赵本夫、储福金、苏童等。所以，江苏的知名度、品牌深刻而广泛地影响着国人。

早年，由于工作的关系，我经常东奔西走，走南闯北。每每遇到了外省市的朋友，他们一定会不自觉地流露出羡慕并且些许嫉妒恨的表情。我常常在内心很得意，骄傲自己生活在江苏，很下意识地消费着先哲贤达、社会名流对于江苏金牌美誉的贡献。每每遇到外省的朋友,他们好像要表达的疑惑是:富足、发达、文明为什么偏偏是江苏呢?我知道他们心目中的江苏是指太湖浩渺、运河帆影,或者淮河烟波、秦淮风情,或者吴韵汉风、满眼风光,或者秦淮氤氲、维扬大餐或者是龙凤呈祥、霸王别姬,或者是江海联通、悟空连云,或者是云锦刺绣、紫砂碧螺……

虽然我生活在江苏的地域里,但我不能说江苏是我的故乡,因为这样说不符合中华文化的表述方式,会贻笑大方的。

我会说,我的故乡是徐州。

徐州古称彭城,已有六千多年文明史。帝尧时建大彭氏国;徐州还有二千六百多年建城史,是江苏境内最早出现的城邑。原始社会末期,尧封彭祖于今市区所在地,为大彭氏国,徐州称彭城自始起。史料记载,春秋战国时,彭城属宋,后归楚,秦统一后设彭城县。夏禹治水时,把全国疆域分为九州,徐州即为九州之一。故有"自古彭城列九州"的说法。徐州五省通衢,更是北方进军南方的咽喉之处地光是有历史记载的战争就有四百余次。如今的九里山古战场,已经劈为游览景区,成为后人凭吊怀念古英雄的圣地。汉画像石,在中国的文明里,独到而优雅,苍劲而清秀;楚王陵的兵马俑丰富而华美,璀璨而多姿;以徐州为中心的淮海战役,雄浑壮阔,车流滚滚,奠定了新中国创立的基础……徐州的文化积淀,深深地奠基了这座城市的风骨,成就了今日辉煌古城的典雅风范。

1974 年,时为少年的我,第一次从农村走进如此伟大、宽阔、美丽、富有的城市。尽管以现在的眼光看,那时的徐州其实还很破旧、还很脏。然而,那时成长在农村的我,真是人们说的"不是流口水,就是望呆"的样子。那个夏天,我在徐州停留了十来天的时间,只是在大哥工作单位的方圆百来米的附近玩玩,我不敢到更远的地方,大哥在工作之余带我出去溜达。那时的云龙山五十三参,那时的兴化寺大佛的耳朵,都让我小小的心灵为之洞穿。

1980 年底,我远去湖北荆门,在徐州等待火车时刻的两天时间里,多次在文化宫附近的淮海东路的新华书店转悠。我不敢一次在书店里停留很长的时间,我的内心里,居然有做贼的感觉,怕被营业员发现我这个带着原生态味道很足的人,流露出的那种期待、占有的眼神。因为,我平生第一次看到有这么多的书,还有挂满墙壁的书法、绘画(其实,那时的书画都是印刷品)。

那时的书店是柜台式的,不像现在的开放状态,可以蹭书看。而且,我身上没有钱。所以,那次眼睁睁地看着这么多的书,而自己没有一文钱来买,心中的焦急、失望、无奈以及相伴随的占有、获(攫)取的欲望欲,该是现在的青年人难以想象的。第二年的四月,从荆门返回时,我再次来到淮海路的那家新华书店,再次重复着半年前的那种进入、出来的徘徊,用带着钩子的眼神,再饱眼福,并在不舍中悻悻地回到农村。

1981 年 10 月 5 日,在我的生日的那一天,我从农村转身而跨入省城南京时,路过那个新华书店的心情,尽管已经从迷离、难过转为欣喜、舒朗,可是,依然无奈:囊中羞涩。所以,在 1981 年的寒假,当我再次回到了徐州的那个书店时,终于用结余退掉的伙食钱,买了两本书:一本是《中国地图》,一本是《世界地图》。

现在回想起来,当时买书的思考一定是两点:一是我一直到高中毕业,没有见过地图的挂图,也没有见过地球仪;二是我的地理考试,是我 1981 年高考时分数最高的一门课,八十九分的成绩,据说是沛县的第八名。以后,从南京回徐州,已经比较频繁,而每一次回去,我都会在那个在我心里留下强烈印记的新华书店转身凝视。那里有我最初的梦想与困惑,原始的期待与无奈,甚至具有启蒙意义的奋起与拼搏。其实,我当时完全可以向我的大哥借钱或者要钱。可是,在那时我小小的心灵里,伸手要钱,是一个不好的品质。我无法开口,哪怕是自己的亲哥哥。我也可以向父母开口,可父母为我的上学,已经倾其所有。所以,将愿望埋葬,是最好的选择。

前些日子,我再次路过了凝视多次的那个承载我复杂的人生情绪和朦胧的人生梦想的书店时,一片披着新绿的市民公园代替了老旧的书店。我的心中一阵的难过:那个并不显眼的书店,其实一直在我深深的记忆里若有若无地呈现,如同美丽的海市蜃楼。

那个时候,我知道徐州师范学院的名气,也在到云龙山的路上,看到过那个让人亮瞎眼的招牌,可是,敬畏和遥不可及深深地刺痛甚至扼杀了我脆弱的心灵。当时,我清楚自己的道业,远没有资格进入这样的学府,哪怕去浏览一下、见识一下。所以,后来到徐州出差时,就选择住在了徐师(现在为江苏师范大学)旁的汉园宾馆,借以表达那种向往而畏怯的纠结心态。

现在的徐州,雄踞济南、合肥、南京、郑州中间的独特区位,当仁不让地成为了淮海经济区的中心城市。

“一城青山半城湖”的风致代替了往日煤城的脏乱差景象。蓝天白云、碧波荡漾，已经成为这个千年古城的新常态。

我的故乡徐州，已经成为了一片热土，吸引着来自四面八方的朋友来此创业、创新和创优！

二、籍贯是沛县

我说徐州是我的故乡，感觉有些欺世盗名，至少会发生小小的误导：别人会以为我是在徐州城里长大的孩子。

其实我是地地道道的农民，或者说是专业的农民。我直到二十生日的那天，才从农村走出，走向省城南京。

很多人都有填写籍贯的经历。据说，按照基本的规范，籍贯是指祖宗八代生活的地方，而现在是指自己的父辈生活的地方。对于我来说，无论是祖宗八代，还是父辈，我的籍贯一律得填沛县，就是沛县，没有办法！

沛县是哪里？很多人不知道。有的人说，沛县是邳县吧，沛邳不分。我在费劲解释的同时，内心里会笑话那些不知沛县的朋友。其实，也不是笑话，而是内心就觉得，他们怎么可以不知沛县呢？！

沛县就是小沛。小沛，就是三国演义中被罗贯中描写的小沛。那里发生的三国故事，你可以不知道。吕布在沛县上演辕门射戟，平息刘备与纪灵的纷争，你也可以不知道。刘备在小沛苦心经营六年，经历人生苦乐，你也可以不知道。沛县是京杭大运河的重要渡口，曾经在漕运中发挥过重要作用，同样也可以不知道。问题是，刘邦被称作沛公，分明说的是：刘邦是沛县人，这个你应该知道的。因为刘邦，因为楚汉之争，因为汉朝，成就了今天的汉族、汉语、汉字……所以，沛县又被称为“大汉之源”。

说起刘邦，尽管传言的刘邦在当年有着痞子的种种劣迹，可是，这些劣迹形象，在沛县人的心中，是对刘邦的抹黑、恶搞。相反，刘邦在沛县有着至高的美誉。

据说刘邦出生后不久，秦王路过沛地，见紫气东来，便有谋士演说，此地必将出天子，秦王便下令搜索。刘邦母亲获悉噩讯，立即抱儿逃命。可是，四周城门皆封堵，插翅难逃。在这紧急的档口，襁褓中的刘邦伸出了小小的手指，指向东北。母亲抬头望去,果真在东北角出现了一个小小的门洞。可是,当刘邦母子刚刚出城不久,追兵又到。危难之际,他们跑进了庙里,刚刚躲藏好,蜘蛛便将庙门重新织好蛛网。秦兵一看,料定他们没有进入,就急匆匆赶往别处。稍定,他们继续东逃,眼看就要到沛县了,追兵又至。母亲见一农夫在耕田,情急之中,便将刘邦藏在犁沟之中,然后,轻轻覆盖上泥土,强作镇静,与农夫说话,以此蒙过了追兵。秦兵一离去,母亲就赶紧去找刘邦,刘邦居然就在马蹄的下面。母亲担心刘邦会不会被马踩死了。幸运的是马蹄只轻轻地停在刘邦的旁边。母亲还是担心小小的刘邦会不会被泥土憋死,但奇迹再次出现,一只蝼蛄爬在刘邦的鼻子下面,替刘邦拱土通气。小小的刘邦看到蝼蛄,有些恶心,就立即将蝼蛄一掐两段。母亲看了,责怪刘邦的鲁莽和没有情意。刘邦知错,随手掐了一段麦秸秆,将身首异处的蝼蛄插连为一体。蝼蛄重新复活。于是,我们现在看到了所有的蝼蛄,都有了这样的通管。于是,这就构成了"小五门""蜘蛛封门""马歇蹄""蝼蛄救命"的故事。

刘邦来到沛县的第一站,现在的名字叫"刘邦店"。在读高中时,我去过那里。刘邦店,就在今天的安国镇,如今的一个普普通通的村庄。

刘邦是一个重情重义的人。当他坐稳皇帝宝座后就衣锦还乡,来到了沛县那个于他有恩、成就他事业的地方。于是,刘邦的一曲《大风歌》,霸气、豪情,绵延二千余年,至今余音绕梁,不绝于耳。

沛县的发展,当然不能躺在祖先的功劳簿上。沛县人在改革开放的年代,正续写着往日《大风歌》的豪迈与辉煌:前几年一举跨进了全国百强县的行列。特殊农业、现代工业、传统矿业以及旅游业,成为支撑沛县发展的重要支柱。

与沛县经济发展一样日新月异、突飞猛进的还有沛县的文化,这文化如今被概括为四个字:讲究、有种。

先说"讲究"。这里的讲究,不是吃穿用的阔绰、大手大脚的那种讲究,而是更多地倾向于对于一个人的义气和担当的描述。怎样的义气和担当,才是沛县人字典里的"讲究"呢。这里做一个通俗的定义:沛县人凡事要个面子,你给他足够的面子,他会让人感动不已。这大概这就是沛县人的讲究了。

举例子,也许能更好理解沛县人的讲究吧。当年我大哥在徐州工作,这在二三十年前的农村,可是件了不起的事。于是乎,我大哥成为了全村人在徐州的全权代表:什么买药、染整衣服布料以及日常的购物,都成为我大哥每次回家的必做功课。单说染整衣服,哪家需要什么样的布料,需要什么样的颜色,需要什么样的款式,回来的这一次记好,下一次回来,就必须办妥。

那时的交通不便,我大哥每次回来,都是在距家五公里的杨屯镇下车后,步行回家。而每次他背着染整的衣服,累得筋疲力尽。可是大哥每次都是乐呵呵的,为乡邻办了好事,他自己就有了从未有过的满足。再次回徐,自然重复着同样的故事。乡邻们一传十十传百,所以,一次比一次的任务繁重。更加让人头疼的是,村里人要到徐州看病,大哥就成为义务帮扶者,病人以及连同照顾的人,吃喝在我大哥那里不说,病看好了,出院了,出院的钱都是大哥结的账,为此,他不高的工资常常都要搭进去了。还有到徐州游览的,为图省钱,也住在我大哥那里吃喝。大哥好面子,尽可能好好地招待。为此,大哥在老家落得了"讲究"的好名声。

受家风影响,我也"讲究",但是,比大哥还差一大截,因为有些事我是帮不上、办不了的。可因为沛县的"讲究",托办的人,就有了很高的期待,而办理的人,因为各种政策、制度障碍,难以办妥,难以让请托者满意。这样,受托者就极可能面临"不讲究"的指责。我就是常常被指责的人。我的秘诀是,尽可能不和乡邻有太多的联系。于是乎,很多的乡邻,又找到我老家的二哥,找二哥要我的手机号码,或者让他与我联系。而我和二哥有过约定,我让他说,不知道我的联系方式。如此一来,我的二哥就常常替我无辜地担负了"不讲究"的恶名。在"讲究"这个精神里,我确实欠缺了些,真是枉做了沛县人。

再说"有种"。这是说沛县人的义气。愿意为朋友两肋插刀。这反映出沛县人的憨厚、耿直、诚实、勇猛。在我对沛县文化的理解里,"有种",也隐含有鲁莽、彪悍的含义。但鲁莽和彪悍的含义相对较弱。如同样对于一个问题有不同的看法、争议,沛县人和苏州人的处理方式就迥然不同:苏州人,以吴侬软语来评出个是非曲直;而沛县人认为拳头更能说明一切。简洁、明快,没有时间磨牙。

也可能生活在南方久了,对于沛县文化,竟慢慢开始难以完全认同了。

一般籍贯只写到县,如果再具体一些,我的籍贯是沛县安国镇。

安国镇是沛县西北的一个镇,一个并不显名的地方。即便在徐州圈里,很多的人并不知道安国在哪里。

说到安国镇,必须抬出的是"五里三诸侯"的故事。

所谓“三诸侯”是指汉初的安国侯王陵、绛侯周勃、颍阴侯灌婴,他们的故居皆在今徐州沛县安国镇境内。绛侯周勃生于周田村,安国侯王陵的府第在安国集,颍阴侯灌婴的食邑在灌婴村,三地呈品字形,相距均五里,故称“五里三诸侯”。据《汉书·王陵传》记载,王陵归属汉王刘邦之后,项羽劫持其母,企图招降王陵。王陵便派使者前去与项羽谈判。王陵的母亲私下送别使者时,哭泣着对他说:“请转告王陵,要尽力辅佐汉王,不要因为顾念老母而对汉王三心二意。”为断王陵的牵念,王陵母说完拔剑自刎。西汉建立后,高祖刘邦封王陵为安国侯,在他的故乡修建了安国寺,安国集之名即来源于此。

灌婴被看成是南昌城的创建者。据《禹贡》记载,汉高祖五年(前202年),灌婴奉命驻军当地,修筑“灌城”,开创了南昌的建城历史,并取“昌大南疆”和“南方昌盛”之意,定名“南昌”。南昌水陆交通发达,形势险要,自古有“襟三江而带五湖”之称。灌城因此成为南昌的别称。

王陵、周勃、灌婴都是汉初重臣,为刘邦夺取政权立下了汗马功劳,又为巩固汉政权出了大力,都官到丞相。这只是个代表性的说法,秦初,徐州一带藏龙卧虎,人才辈出,风云人物、王侯将相何止这三人。

如今的安国,经过了改革开放的洗礼,也成了全县的重点镇之一。那种苦叽叽的日子,已经一去不复返了。乡亲四邻中,不少人自己开办了保温公司、建筑公司,一个社会主义新农村的雏形,正在万千景象中铺展开来。

三、家乡的姚桥河

说到乡土,难忘的是故乡的那条小河,那条只是我们当地十里八乡的乡亲们才懂得她的名字的一条极普通、极普通的小河。

小河有一个极朴素的名字——姚桥河。小河通向有着光荣英雄历史的微山湖。

小河的河面在夏天发大水时,才有十来米宽,平时也就四五米宽。就是在夏季,我们到微山湖去捞水草,也从来没有在这一条河里撑过船。

在我对故乡的记忆中,姚桥河的普通在于她的小巧,小巧到她只能灌溉和在夏天时让我们小朋友在河里逮鱼。

在三十多年前,村里在姚桥河建起了灌溉站。我们习惯叫电灌站。我们村投资了好几万元,从公社专门拉了一条高压线到电灌站。电灌站启用的那一天，整个村里就像过节一样热闹，老少爷们都跑到电灌站看稀奇。

我们一大群天真的小孩子，站在水渠上与流进水渠的水比，看谁跑得快。一开始，我们跑在水流的前面，可跑着跑着，就跑不动了。任凭河水顺流而下，流向干涸的土地。我隐约地记得，过去粮食的亩产也就是四五百斤，有了姚桥河水的灌溉，粮食的亩产一下子就上去了。前几天，我打电话问起一个初中的同学去年的收成，他自豪地告诉我，小麦的亩产有九百斤，水稻有一千三百斤呢。实现了乡亲们几十年来的"吨粮田"的愿望。

家乡的土地是沙土地，每年春天的干旱季节，一遇上刮风的天气，就沙尘飞扬。那沙土的结构极细，抓在手里，不一会，就会从你的手缝隙里"沙沙"地彻底地流出。我们小孩子，都喜欢玩这种"游戏"：努力把自己不大的手，使劲地张开，要抓"很多很多"的沙土，无论你的拳头握得怎样紧，沙土都会从手缝里慢慢地流出。那时的我们对沙土的感情是特殊的，不管沙土脏不脏，这边正在玩沙土，那边大人一喊吃饭，我们就会把手里的沙土撒出去，两只手和起来拍一拍，再在自己的衣服上擦一下，回到家里，拿起东西就吃，家长也不会管的。

家乡原来是不种水稻的，大米是稀有之物。谁家能隔三差五地吃上大米饭，那一定是被邻居艳羡。记得母亲在世时经常说到的故事就是，我的侄子三四岁的时候，看到邻居的一个和他年龄差不多的小孩子在吃大米饭，就赶紧凑上去，越凑越近，小侄子眼睛呆呆地、羡慕地看，小嘴不停地鼓动，后来实在忍不住了，就把邻居家小孩子的脸上黏的几粒"拿"下，放进自己的嘴里。这一情景，恰好被母亲看到，令善良母亲耿耿于怀的是，那个邻居家小孩子的家长就在旁边，尽管我们两家是好邻居，又是很亲的本家族，但他就始终没有盛一碗，哪怕是一小碗米饭给我侄子。后来因为有了姚桥河水的灌溉，家乡从此过上了衣食无忧的生活，一日三餐都能够吃上了大米白面，尘土飞扬的日子，从此也就一去不复返了。

家乡的姚桥河还是一个"地理分界线"。南方人一提到"徐州人"，第一个反应就是，徐州人是"侉子"。现在人，称呼"侉子"，好像是温馨的。在南京也有不少叫"徐州老侉子"饭店、羊肉馆、酒店，他们把"侉子"当成了一个品牌。市场经济，这些都可以理解的。而在过去，"侉子"却是一个不友好的称谓。

在我的家乡，我们称呼"边里"的人是"侉子"或者"侉头"。所谓"边"，就是姚桥河南侧的一条护河的大堤。我们住在姚桥河的南侧，叫"边外"。我们说的“边里”，就是在姚桥河以北的地方。据可靠的说法，“侉子”是一百多年前的山东移民。“侉子”的长相、讲话、习俗与我们“边外”的人有很大的不同。他们大多长很大的门牙、尖尖的下巴、长长的脸，我们戏称那是他们吃“煎饼”硬是拽的。他们的土话，我们也很难听得懂，我们说调皮，他们称“索计”，我们说“煎饼”，他们的土话叫“硍咛”（读轻声）。“边里”“边外”，通婚也不普遍，尤其是很少有“边里”的姑娘嫁到“边外”来的。他们喜欢吃羊肉，少吃猪肉。那时，听大人们说，“侉子”特别有骨气，血性刚强，为人仗义。他们很少吵架的，吵架的节奏太慢，不能表达自己的情绪和想法。更喜欢打架，越是看到“血”就越是打得凶。我高三复读时，我的一个同桌是个“侉子”。我们俩的感情非常好。有一天，我们开玩笑达成一个协议：一个月不讲话，谁先讲话，谁就算输了。我们这样的好朋友，达成这样的荒唐协议，大家都不相信，不可能做到的。起初，我想违背协议，和他搭话，尤其是这样的玩笑协议，算不了什么的。可我的同桌竟然不为所动，我也就无趣了。后来，果真坚持了一个月。让我没有想到的是，因为一个荒唐的“协议”，我们俩的感情从此受到了不可逆转的伤害，中间好像有了隔膜，友情慢慢地疏远了。

“侉子”的大部分人家会织布。每到赶集的时候，他们就把各种花色的白布、花布拿到集市上出售。用现在的眼光看，那些老棉布应当属于手工艺品。可惜，现在在市场上再也看不到这样的织布了。

在我七八岁的年龄时，我经常被母亲派到“边里”去。去干什么？用现在人的话说，就是我那时具备了简单市场经济的头脑。我母亲是小脚，不能参加生产队下地干活的劳动，但母亲会纺线。于是，母亲就凑我星期天的时间，让我到“边里”去拿棉花，帮人家纺线。再到下一个星期天，把纺好的线交给人家，再接下要纺线的棉花，如此往复了大半年的时间。好像是纺一斤棉花，工钱是七八毛钱。可要将一斤棉花纺成线，得三四天的时间。现在想来，那时人们的诚信，真是没得话说，我一个少年儿童，谁也不认识：我不认识人家，人家也不认识我，也不写欠条、借条、收据什么的，当然，写了也是没有用的，到哪里找我去呀！就这样，靠诚信，就相互托付了各自的人格与良心。

说起来，家乡的小河，又绝不是一般意义的小河，她传承延续着家乡的文化，承载着我无尽的乡愁。我已经有近三十年没有再见到家乡的小河——姚桥河，甚至也不曾在梦里相遇。

家乡小河,我心中的河,你还好吗?!

我在安国生活了整整二十年。二十岁的那天,我走出了农村,来到了省城南京。如今三十多年了。可离家的时间越长,就越有了思乡的情结。那里的水土滋养了我,那里的父老乡亲哺育了我。我的心,我的身,都属于这块温暖而湿润的土地,都属于这里仁爱而厚道的乡亲。尽管那时我的家乡是那么的贫瘠,可那毕竟是生我养我的家乡。她再贫瘠,也是我度过青春少年的地方。

夜深人静的时候,我常常想起我的家乡,想起爷爷的糖精茶,想起奶奶温柔的双手,想起父亲的臂膀,想起母亲的剪纸,想起大叔的笑容,想起大婶的笑声……

如今再回家乡,那些喊着我爷爷的孩子,绕在身旁,他们多是以小名介绍他们真正的爷爷奶奶,一时竟有"少小离家老大回,乡音无改鬓毛衰"的梦幻感觉了。

[作者系江苏省司法警官高等职业学校党委书记、校长,江苏省司法行政学院院长(兼),研究员、二级作家]

婚　　宴

石长青

近二十年,没少参加婚礼,也没少品尝婚宴上的美食,但对婚礼越来越不伦不类,婚宴越来越豪华奢侈,总有一种说不出的感觉,在讲究排场、互相攀比的背后,似乎潜藏着一股与结婚扯不到一起的东西。究竟是什么东西?陋习?虚荣?抑或是敛财、腐败?……它为何既让当事人疯狂,又让旁观者疯狂?最初,想不明白,说不清楚。

我这人有个毛病:一时想不明白的问题,干脆不想;一时说不清楚的事情,干脆不说。

忽然有一天,我自认为,不仅想明白了,而且能说清楚了那种潜藏的东西,大概可以概括为两个字:那就是浮躁。对不对,留给专家们去评判,我没工夫研究这种现象,也没那水平阐释这种现象。写这篇小文,仅仅是为了追述自己关于吃的经历罢了。

1972 年参军之前,我参加了几次婚礼,吃了几次婚宴,印象最深的是曾经参与操办一位好友的喜事和喜宴。那位仁兄才华横溢、品貌超群,“文革”中成为风云人物,曾做过保定地区革委会一主要领导的秘书,后回到县里,结婚时任某局副局长。

从筹备婚事到举办婚礼,用了大约两个月时间。这两个月,主要是筹措婚礼用品和婚宴食品。

一、服装

那时候,不像眼下,又是礼服又是婚纱的那么气派,但起码要有一套像样的行头啊。难就难在不论是买成衣还是买布料,没有足够的布票都不行。幸好,在物资供应紧张的年代,并不缺少人情味儿。找有关部门特批一点,再找亲朋好友凑一点,布票就有了。一对新人只需要抽出一两天时间,跑趟北京或者天津,新衣也就 OK 了。

二、烟酒糖

结婚,喜烟、喜酒、喜糖、喜花生、喜瓜子是必不可少的。花生、瓜子好办,当地就产,商店有卖。烟也不是大问题,六毛钱一包的中华,五毛九一包的云烟、红山茶、红塔山等,太贵,免了吧。保定产的佳品,牌子够响亮的,保定的价格是两毛四一包,县城也就加一分钱,再弄点价格相近的前门、恒大之类,档次算是不错了。至于酒,茅台、五粮液,绝对真货,绝对高档,可是,对于每月工资只有三四十块钱的人来讲,别说买,想都不敢想。但是,一两块钱一瓶的各类名酒到处都有,我记得那次婚宴,每桌还上了一瓶杏花村汾酒呢。

烟酒糖这几样物品,最让人伤脑筋的就数糖了。保定生产的水果糖,剥开粗糙的糖纸,里面的糖块混浊浊、黑乎乎的,不好看。奶糖呢,想剥开同样粗糙的糖纸都不容易,那纸和糖是粘在一起的,艰难地去掉包装,把糖放进嘴里一咬,不费些劲儿,上下牙是分不开的,嚼到最后,还会剩一些残渣,不好吃。凡有身份,就讲体面,让贵宾们吃本地糖,多掉价呀!为此,只好左询右问,拜托去京津出差的同事或者朋友,捎些糖果回来,婚礼婚宴进行时,摆到桌上的糖果,是一水儿的高级货,虽没有令人期盼的上海大白兔、米老鼠,毕竟还是以北京的杂拌为主,有包装精美的水果糖,有又甜又香的红虾酥,有绵软可口的高粱饴……以致在婚礼婚宴上,各色人等面对糖果,发出的啧啧声不绝于耳。

三、米面肉蛋

当年,米面肉蛋这些都是定量供给、凭票购买的。尤其是大米白面,属于细粮,只占粮食定量的百分之三十。但是,摆婚宴,无论如何也不能给每桌上盘玉米面窝头吧?(哈哈,这几年,在不少地方,窝头已是婚宴上必备主食之一,只是并非传统的玉米面窝头)怎么办?好说!国家对米面肉蛋的供应控制很严,这是事实,一旦遇有特殊情况,比如婚丧嫁娶,只要个人申请,单位证明,而且要求别太过分,准能像解决布票一样,得到特别关照,量虽不大,管保够用。我清楚地记得,那位仁兄结婚时,就是走的特批手续,由我陪他到我们粮食局的供应站,用粮证购买了五十斤一袋的面粉,外加几斤食用油。此外,猪肉和鸡蛋,也都是通过类似的方式解决的。

那个年代，不讲究随份子，多数情况下，往往是几拨儿要好的同学、同事、朋友，私下一商量，每人出两三块钱，分头买些日常生活用品，作为贺礼送给当事人，无非是两块多钱一对的枕巾、三四块钱一对的暖水瓶以及差不多价钱的一套茶具、十块钱上下一条的双人床单，反正都是很普通的东西。当时，我见到的最贵重的礼品，算是丝绸被面了，买两个也就二十多块钱。

我对那场婚礼的过程，印象是模糊的，只依稀记得一位县委副书记主持，讲了一些诸如革命的婚礼、革命的情意、革命的伴侣之类冠冕堂皇的话。结婚仪式上最精彩的节目，不过是安排一对新人同时咬一颗用红线吊起的水果糖。就这，还触动了在场所有人的兴奋点呢！

那位仁兄住县城北关，婚宴就设在他家，屋里院里大约摆了十来桌酒席。按照当地风俗，菜是八碟八碗，具体是哪八碟哪八碗，没记全，只恍惚记得，凉菜有一盘煮熟的大枣和栗子，吃的时候，听一老者说，枣栗子，取谐音，是“早立子”之意。热菜很丰盛，但令我至今未忘的，则是高阳首创，后来打入保定，再后来享誉河北乃至华北的锅包肘子。怎么做的不知道，反正是外焦里嫩，另有春饼、葱丝、面酱等，吃法如同北京烤鸭，很好吃，吃了还想吃。据说，锅包肘子还曾受到慈禧老佛爷青睐而被列入“宫廷菜”呢！

前两年，我与那位老兄应邀参加另一老友孩子的婚礼，同坐一桌，面对奢华的酒菜，竟有意无意地提到四十几年前他的婚宴。

一番唏嘘，在所难免。

（作者系原《特殊园丁》社长、主编，《黄丝带》总策划）

故乡的柿树园

刘　龙

清晨下楼，后楼一棵小树上挂着十多个橘黄色的小灯笼，煞是抢眼喜人，原来是一个个金灿灿的柿子，心便一下飞跃起来，飞回到故乡的那片柿树园。

我的故乡在安徽省的巢湖北岸，幼年时曾在外婆家待过一年半岁月。外婆家的后院很大，种有六七棵对我来说抱不过来的大树，好在树干不高就分叉了，我常常顺着树的大丫爬上去，等待外婆从田间劳作后回来。

那树的叶子是椭圆形的，树冠很大很密，浓荫遮天蔽日。有时我藏在绿叶间，故意让外婆在树下团团转地找，我却在树叶间哧哧地笑。其实外婆早就知道我在树上，但她每次总要在树下转上两圈，并大声地呼唤，然后才笑着把我从树丫上抱下来，故作嗔怪地嘟囔着："这小东西，你藏哪去了，把外婆找累死了。"这是那段岁月中我最大的快乐。

我不像表哥表弟那样，能叫出这天天攀爬树木的名字，但我发现树的枝叶间结出了许多小青果，并且在一天天地长大。

一日，我好奇地用手指着那些青果问："外婆，那是什么呀？"

"噢，那是柿子。"

"柿子干什么用的？"

"吃的呀！"

于是，我记住了它是吃的。第二天当大人们下地后，我摘了一个，一口咬下去，那种涩苦麻的味道，后悔得当时我恨不得把自己的舌头和嘴唇一起用刀割下扔掉。待外婆回来后，我便委屈地说："外婆，那柿子不能吃！"

这一说差点没把外婆笑岔了气，外婆抹着笑泪说，"小傻瓜，柿子还没熟呢，哪能吃呀！"我一脸茫然。

几天后，外婆摘了一个最大的青柿子，挺神秘地把我领到离园不远处的水田边，然后把青柿子埋到稀泥里，悄声告诉我："对谁都别说啊！"

我知道外婆指的是表哥表弟们,我点点头。

第二天,外婆带我去水田边扒出了那个柿子,外皮仍然是青色的,外婆将它清洗干净后递给我,我却犹豫着,外婆似乎看出了我的担心,笑着说:“吃吧。”

我小心谨慎地用牙试探性地咬了一小口,再用舌尖舔了舔,咦! 怎么一点也不苦涩了,而且脆脆的、甜甜的,我笑了,外婆也笑了。

两天后的早晨,舅舅和表哥把树上的大青柿子捡大的选摘下来,外婆将它们一个一个码放在一个口小肚大的坛子里,灌满开水,滴两滴烧酒,最后封紧坛口,只隔了一夜,表哥即挑到集市上去出售,外婆说,这叫抢早市,能卖个好价钱。在表哥的筐里外婆摸出一个大柿子随手塞给我,皮仍然是青的,咬到嘴里,依然清脆,但多了一分香气。

又过了几天,外婆用胸前的围裙包着十几个柿子,将它们放在一个竹簸箕里面,用灶膛里的草木灰将它们捂严实,再在上面盖一层从山上割回的茅草,大约一个星期以后,外婆小心翼翼地从草木灰中将柿子一一捡出,这时的柿子已经通体橘红,鼓胀透明得可以看见内核了,软软的。外婆将其中一个柿子洗净后揭去一小块皮,让我用嘴对着破口吸,顿时一股甜凉的液体流进嘴里,滑进胃里,舒爽瞬间传遍全身。这是村里那些没牙的老太太们常用的方法,但外婆一个也没舍得吃,全进了我的小皮囊。

在故乡的一年多时间里,外婆还教会我一些做人的浅显道理。有一次表哥骑着牛,路过柿子园时,顺手偷摘了两个碰头的柿子揣怀里了,他以为外婆不知道,其实外婆和我都看到了。

外婆告诫我:“别学你表哥,本分的人走到人家瓜田边,鞋带松了都不弯腰去系。走到果树下,冒子被风吹歪了,都不会举手去扶。你表哥倒好,唉!”外婆边说边摇头。

我问:“为什么呀?”

“免得人家说闲话呗!”外婆不识字,但瓜田李下的道理讲得却浅显明了。

秋去冬来,当柿树叶子落尽后,爸爸就快来接我回白湖了。一天,外婆牵着我的手,将我领到园内西南角的一棵大柿子树跟前,告诉我说:“你是在外婆家出生的,你的胞衣(胎盘)就埋在这棵柿子树的根下。”然后缓缓地抬起头,看着南方喃喃地说:“记住,孩子,这儿就是你的根。”

离开故乡,离开那片柿树园,一晃五十多年过去了,听说老家的那片柿园依旧,柿树尤在,只是外婆早在我上小学尚未毕业时就已经故世。

我怀念故乡,怀念那片柿树园,更怀念和外婆相处的短暂岁月!

(作者系安徽省白湖监狱管理分局民警)

我家乡的小龙虾

赵　桥

这几年,江苏的大街小巷都是盱眙小龙虾,从十三香到十八香,引得饕客们垂涎三尺。除了盱眙的小龙虾名满天下,湖南、湖北等地也兴起小龙虾产业,食用小龙虾也蔓延到全国很多省份。甚至,如名嘴白岩松所说,2018 年莫斯科世界杯,除了中国足球队没去,所有的中国元素都能看到。这不,首先去俄罗斯、去莫斯科的,不是球迷,而是十万只小龙虾!

20 世纪 70 年代中期以后,我的家乡小龙虾之多,用“泛滥成灾”来形容并不为过。门前的小河、小沟里,有的是小龙虾。春天,小龙虾尚小,没有多少肉,大家很少抓它;夏秋两季,小龙虾不仅肉质饱满,还有虾黄,抓的人渐多,但都是我们这样十多岁的小孩,没有哪个大人会到河里去摸小龙虾的。那年头,鱼虾甚至螃蟹都不值钱,又有谁会去捉小龙虾回来吃呢?我和弟弟经常是摸了满脸盆的小龙虾回来,祖母往往一声不吭,端起脸盆,转身就“哗啦”一下倒进门前的小河里,说是没有时间忙给我们吃。只是偶尔会把小龙虾洗净,去头,和面粉搅和到一起,摊成饼,不是现在常见的红烧的、蒜泥的等吃法。

记得鲁迅在《社戏》里说过,虾是水世界里的呆子。小龙虾更是,很好捉。我们捉小龙虾的方法一般有三种:一是钓。用一根尺把长的小树棍,缠上缝衣服的线,线的一头栓上蚯蚓就行了。小龙虾多,比钓鱼简单多了,有时一根线上能钓两三个小龙虾。即使拎到半空中,小龙虾还得意忘形地忘不了钳子上的美味,不会松开跳到水里去。待你用手抓住它的后背时,它还紧紧钳住蚯蚓不放。二是摸。小龙虾很少在深水活动,一般都在岸边的水草或茭瓜叶子边待着,你从它的后边悄悄用双手抄过去,它听到动静,一退,刚好跑到你的手心里。虾,都是退着走的,你从它的正前方去捉,基本是空手的。三是掏。门前的小河边,很多洞。小龙虾的洞不同于螃蟹洞。螃蟹洞一般刚好淹没在水面下,扁平而弯曲,往往还有供逃逸的“后门”。龙虾的洞大多在接近水面的岸上,圆而直。最主要的，小龙虾洞有个最明显的标志，它的洞口常有一堆淤泥堵着，有的还很新鲜，让人一看就知道。生活在洞里的小龙虾还有一个特点，一般都是雌雄一对，单独一个或三个的情况很少见。从洞里掏小龙虾需要点胆子，不小心就会被它钳住。还有一点切记，离水面有一段距离的洞不要去掏，洞中空无一物无所谓，就怕有一条摸上去毛拉拉的水蛇在等着你。

吃小龙虾应是一种消遣，有空的时候，三五好友聚在一起，就着啤酒，吃着红灿灿、香喷喷、辣乎乎的小龙虾，这是一种诗意的生活，有一种“不亦乐乎”的感觉。

听人说，我们那里原来并不产小龙虾，不知是从什么时候有了它，并迅速繁殖、蔓延开，到了多得“成灾”的地步，甚至在稻田里打洞安家了。夏秋的早晨到门前的河边洗脸时，栖息在岸边的小龙虾受到惊吓后，一起向小河中间退去，总是“惊起小龙虾一片”。但我们家乡的小龙虾可谓是“来也匆匆，去也匆匆”，到 20 世纪 80 年代中期人们开始把小龙虾看做美味佳肴时，小河里的小龙虾已经是稀罕之物了。到 80 年代末，我们家乡已经很难见到小龙虾的身影了。

岂止是小龙虾，原先河边、稻田多的是的鱼虾、螃蟹、黄鳝、泥鳅，都难觅踪迹了。个中原因，不言自明，令人唏嘘。

（作者系江苏省句容监狱民警）

合肥的小吃

蒋　莉

小吃,味美价廉又快捷方便。久居合肥的我,对本地的小吃颇有心得,现略记一二,供吃货们鉴赏。

合肥好吃的早点常藏在不起眼的街头巷尾,在那人流穿梭嘈杂的菜市场转角处,“贾不假”包子店的沙汤值得细细品尝:白瓷碗中打入嫩黄的鲜鸡蛋,再用香浓的高汤冲入,顿时,蛋液缕缕如花散开,鸡丝条条相伴旋转,香菜叶点点翠绿,另有千张木耳沉浮其间,几滴香油,一把胡椒,色香味俱全,趁热喝下,顿觉舒坦。沙汤在合肥很多的早点铺都有,但唯独“贾不假”家的最让人上瘾与回味,独特处在于,他家汤的鲜、咸、香不多不少恰恰好,这个度就是技术。

午饭时分,经过市区步行街的鼓楼巷内,一定要吃一份“荣面馆”的拌面和口水鸡,我从少女时代吃到中年光景,它们美味依旧:细韧、油润的面条,浇上赤香的肉酱,撒上鲜绿的葱花,拌一拌,色泽红亮,咸鲜微辣,十分入味。口水鸡则肉块白嫩,红红的油辣子淋于其上,吃得人嘴巴发麻,口水直流。中午在这里吃饭的,多是附近百货公司的员工,她们往往世故精明、口齿伶俐又开朗健谈,边吃边八卦各种人事,充满人情味且生机勃勃地生活着,让我这样容易悲观失落的人常感染到她们的一份活力。所以如果哪天心情不好时,那就到“菜面馆”来吃一份拌面加口水鸡,感觉会好很多。

工作一上午,下午茶要搭配些好点心。说到点心,“詹记”糕点店的门口常年排着长队,都等着买他家的招牌“无水蜂蜜蛋糕”。出于从众心理,我也去排队买来吃过,大失所望,一块好蛋糕应有的香、软、润它都差一截。失望之余却意外觅得另一份惊喜,“詹记”的“海苔肉松饼”十分好吃,入口时,最外层是海苔的香和脆,伴着肉松的咸和鲜,然后抵达甜软的蛋糕饼,最后是丰富的沙拉酱的惊喜。多种口感混合在一起,滋味绵绵不绝。另一家蛋糕店“采蝶轩”内的一道点心“罗宋包”,也十分赞,这是一种类似大馒头的面包品种,比面包结实,比馒头细腻,浑身散发着黄油和焦糖混合的诱人气息,薄酥皮里是醇厚香甜的肉质,手掰有劲道,入口易消化。这种升级版的大馒头,个头不小,吃完一个可以安心工作到晚饭时分。

晚饭需要养生,最好是白粥小菜。提到小菜,数合肥著名的快餐店“老乡鸡”和“蒸小皖”,这两家都是经营安徽风味的家常菜,菜单如老母鸡汤、红烧排骨、清蒸鱼之类,大部分菜的味道并无惊喜之处,但这两家各有一道超赞的拿手小菜,即前者的“凤爪蒸豆米”和后者的“农家五味香”。“凤爪蒸豆米”顾名思义就是咸鸡爪蒸鲜毛豆米,鸡油浸润过的豆米油绿饱满,腌过的鸡爪则切碎点缀其间,舀一勺入口,豆肉咸香,鸡爪筋道,寡吃拌饭都是佳品。“农家五味香”的五味是干笋、油渣、芥菜、雪里蕻和萝卜干,均细细切碎,一起干炒,喷喷香,夹一撮入嘴,有时是芥菜的脆,有时是肉渣的鲜,又或者是笋的韧,真是口口不同,样样精彩,不知不觉得多喝一碗粥。

合肥的小吃,虽然不起眼,却让生活的乐趣都藏在那津津的饕餮中了。

(作者系安徽省白湖监狱管理分局民警)

站前的那条路

王　喆

站前有一条路，它连接着站台与车站广场。

刚开始它是一条泥土路，一到雨雪天气，就变得泥泞不堪。

小时候，每次有机会去站前广场，我都会驻足一会儿，看着来来往往、拎着大包小包行李进出的人们，观察着他们的面部表情：有即将踏上旅途、离开这座城市的不舍，有送别亲友眼里饱含热泪的低落，有结束旅程、再次踏上这片热土的兴奋，有接站亲友眼里的激动和欣喜……

记得那时母亲说，有一天我也会踏上站前的这条路去远方。听着母亲的话，看着拥挤的人流和忙碌的这条路，我脑海里极度想象着几年后我踏上这条路的情景。

后来，我高中毕业了，真的踏着这条路去外地求学了，也从那时起，这条路也升级成为水泥硬化路。

那一天，父母拎着大包小包的行李送我去上学，行李很重，我一路抱怨着母亲装的东西太多，应该轻装出发，而母亲回应最多的只是笑笑，更多的回应则是沉默。

时间一分一秒地过去，即将开启人生新旅程的我却不时地抬头看站台上的时刻表，总抱怨着时间过得太慢，却丝毫有感受到，这一别将离家越来越远，离父母越来越远，更没有体会到，从这一刻起，父母的牵挂却愈加浓烈与沉重。

从那一天起，来来回回，一次又一次地踏足家乡的那一条越来越熟悉的站前路。每一次都经历着难以言说的欢喜与忧愁，每经历一次，岁月都会在父母的脸上留下痕迹，伴随着青丝变华发。

大学毕业，我走上了工作岗位，在又一个陌生的城市，面对着陌生的乡语、陌生的味道、陌生的山水，一点点适应，一天天熟悉，一寸寸融入。

工作的关系，很少回家，但每次回家依旧会踏上家乡的那条站前路，每次都重复着那种熟悉的心路历程。

车站前的那条路,联结着远行的游子对家乡的情感,见证着一代又一代人的成长。

2018 年的春运如火如荼地进行,脑海里便又浮现了这条路的画面:此刻的它应该依旧“很忙”。

这时身旁的收音机里传来了熟悉的歌声,我被吸引其中,“回家的路,数一数一生多少个寒暑,数一数起起落落的旅途,多少的笑,多少的哭……”

谨以此文献给远方漂泊打拼的游子!

(作者系江苏省高淳监狱民警)

故 乡

李永平

我的故乡在陇上的一座县城，它是李氏故里，是药材之都，也是渭水之源。她就是陇西。

2015 年 7 月 1 日，毕业后的我带着行囊登上飞往库尔勒的航班，故土从此远离。

韦应物有诗云：“故园眇何处？归思方悠哉。淮南秋雨夜，高斋闻雁来。”

阔别家乡已两年半之久，这时光有芳华，这岁月有天涯。作为中文学子，我随着生活与工作的不断交融，对《罗马假日》里那句忠告的理解变得越来越深刻：“要么旅行，要么读书，身体和灵魂必须有一个要在路上。”

我将身体留在工作，灵魂沉入书籍。

我怀念故乡的雪，它有着“撒盐空中差可拟，未若柳絮因风起”的妖娆，更有“战退玉龙三百万，败鳞残甲满天飞”的磅礴。幸运和感动的是我生日当晚，这里也蓦然飘了几瓣雪。

距离故乡千山万水的我，如今一身戎装于高墙内，把忠诚教育与党的十九大精神揣于胸间。因为在身着警服实现梦想的那一刻，我便深深铭记“忠于党，忠于祖国，忠于人民，忠于法律”，担当绝不是件一笑而过、谈笑风生的事。

自我们监狱搬迁以来，领导与民警共同放弃休假，用同心同德的凝聚力和决战决胜的战斗力迎接警力严重短缺、监管改造模式新转变的挑战。

虽然面临高强度的工作压力，但我绝无丝毫的埋怨与叹息，每天案头上那些厚厚亟待完成的材料，是我肩负的责任，我只将所有对故土和她的想念埋藏在心间，努力地工作和学习。

我在这里，看着远离故乡千山万水的原野上野花一片，把对故乡的思念装进衣兜，把破了梦境的歌儿洒向星辰，拍一拍戎装，朝着那鲜花盛开的春天和都塔尔的琴声走去。

（作者系新疆生产建设兵团且末监狱民警）

故乡的香椿

杨　涛

一种以季节命名的植物嫩芽,在熬过一场寒冬之后的老树皮上萌发,携带着大自然对人类的眷顾,在山间平原上一丛一丛挺立,成为这个季节人们餐桌上特有的食物,这就是香椿。

香椿的颜色艳丽,泛红的叶子上光亮可鉴,独有的香气,让人欲罢不能。或烫熟凉拌,或和鸡蛋一起翻炒,都会让人惊艳这种植物的美味。

记忆中老屋的院子里就有一棵粗壮的香椿树,每到大地回暖的时候,那一颗颗嫩芽就会从枝头探出头来,在暖风中舒展开叶片。

妈妈会在合适的时候将香椿采摘下来,用开水氽熟,挤干水分,用自己地里出产的菜籽油烧热后泼上去,就会锁定这种独有的香味,待颜色暗下来,就变成一道随时可以取用的下饭菜。

陕西人对各种夹馍的钟爱,随着各种各样的丰富内容变化万千,香气四溢的卤肉可以进入馍中,简单的油泼辣子也可以吃得火热酣畅,而香椿入口的清新脱俗则可以让夹馍得到质的升华,让不喜肥腻暴躁的人有了新的选择,宛若馍中君子,独立其间。

上高中的时候,学校后勤部门搞了一片试验田,一片不大的土地上竟然插满了一根根“木棍”,后来这些木棍发出芽来,细看之下竟然全都是香椿树。于是,每年春天的时候,食堂的早饭都会把香椿作为特色菜呈现在菜谱上,空气中总是弥漫着一种特有的香味,伴随着早读的琅琅读书声越飘越远。

农村饮食的丰富多彩,抵消了相对贫瘠的物质生活带来的不便,在越来越快速的城市化进程中坚守着自己的阵地,可以说是最为持久的地域“身份证”,无论走到哪里都不会失效。

老家的香椿就像是生长在那个时代的记忆中,稀松平常,并不觉得高端,它有着田间地头那种随遇而安的质朴,有着春风拂面的温和舒服。

一个以“春”命名的食物，在往日的春天里绽放得竟如此绚烂，让我时常想起那些春天里的旧日时光，那些个享受着美味的早晨，那些个弥漫着清香泥土气息的往日春天。

（作者系新疆生产建设兵团北野监狱民警）

久别的味道

黄　莉

朋友送来了自家地里种的青菜。

好久没有吃到这么好吃的青菜，我感受到一种久别的味道：父亲种的青菜味道。

一晃，父亲离开我们快三年了。

在我的记忆里，从小到大，父亲从来没有打骂过我和哥哥，而我和哥哥从小就是吃着父亲种的菜长大的。

父亲和母亲都是从农村出来的，除了我和哥哥，还有两边的父母需要赡养。为了节省家庭开支，父亲就和母亲种些菜地，让家人吃上"物美价廉"的蔬菜。

以前吃父亲种的菜的时候，我没啥感觉，就是觉得母亲每天炒的菜不论是种类，还是分量都太多了。但父亲还会抱怨母亲，怎么这个菜没有炒，那个菜没有炒。即便这样，父亲种的菜家里也吃不完，父亲经常把自己种的菜送给左邻右舍，吃过的都赞不绝口。

父亲退休后，时间多了，这些地自然满足不了他的需求。于是，他就向周边去开荒，菜地越种越多。除了种一些蔬菜外，父亲还种花生、芝麻、黄豆等。

父亲种地和我们上班一样，每天一大早，他就拿上工具去菜地，直到中午或晚上母亲做好了饭，他往往还没回来。

我们都劝他，说他现在年纪大了，家里的条件也好了，让他少种些。他口头上答应，行动上却总不落实，一家人都拿他没办法。

成家之后，虽然都住在一个县城，但从父母家到我家差不多五六公里，平日里父亲会打电话让我回家拿菜，很多时候我都嫌麻烦，懒得去。父亲便给我送到家里。慢慢的父亲就养成了一个习惯，每周他都会骑着他的二八自行车给我家里送菜，一个来回十几公里，就为了我能吃上他种的菜。

种地是父亲的一个爱好。他说种地就像干工作一样，要勤勤恳恳、兢兢业业。土要翻好,地要整平。什么时候播种,什么时候间苗,水要怎么浇,肥要怎么施,都是有讲究的,你要是不用心干,就没有收获。每次去地里叫父亲回家吃饭时,看到父亲种的菜总是一行行,一排排,整整齐齐,绿油油的,旁边种地的叔叔阿姨都夸父亲种的菜是这附近最好的。我想,这或许也是父亲喜欢种地的一个原因吧。

种地也是一种锻炼。父亲的身体因而一直都很好,虽然六十多岁了,但是他依然每周骑自行车给我送菜。这种幸福一直围绕着我,直到父亲的突然离去。

好长时间,我都接受不了这个事实:从送父亲到医院,再到父亲离世,这一切是在不到一天的时间内发生的,母亲的头发就是那时全白了。

母亲的心脏不好,在十多年前又出过一次车祸,腿也不太方便。在我们收获了父亲种下的最后一次果实后,母亲将父亲的菜地一块一块地送给了左邻右舍。从此,家里就再也吃不到自家地里种的菜了。

我怀念和父亲在一起的日子,怀念父亲种的菜的味道,怀念他和我们在一起的点点滴滴。

父亲种的青菜味道,永远永远都在我们的心里!

(作者系湖北省沙洋监狱管理局民警)

煤　炉

宋春峰

过完了春节，春天便如约而至，也就意味着寒冷的结束。每到这时，就会想起北方农村的家，想起帮助家里度过严寒的温暖小煤炉。

每年入冬，一直到春节过后的长达四五个月的时间里，北方大部分时间都在阴冷中度过，尤其是乡下，一片肃杀衰败的景象。如果是冬阳暖照的日子，也不刮西北风，正午时分还能享受到片刻的惬意。这时候，就能看到弓着腰的老辈人两只手互揣在袖子里，找个背风的地方，晒着太阳，聊着农家人的喜怒哀乐。

即便是暖和的日子，早晨和晚上也出奇的冷，连大地都冻得硬邦邦的，偶尔下几场冬雪，阴坡上的积雪，经久不化，北风就掺杂着冰雪的刺骨寒意直往屋子里和人的脖子里钻。因此，一到冬天，人们衣着臃肿，瑟瑟缩缩，颇有种老态龙钟的感觉。

不过，有了煤炉，农家人的冬天就不再那么漫长和难挨了。冬天来临前，家家户户就装好了煤炉，买下够一个冬天用的煤块，这种煤就和黑色的石块一样，有些投机的商家会把真的石块掺杂在煤块里，哄骗庄稼人。石块在煤炉里一烧，就立马“原形毕露”了，庄稼人善良实在，也不去埋怨什么，说一句“都是受苦受累的，不容易”，就笑呵呵地不当回事了。煤炉里烧上一炉火，即便外面大雪纷飞、天寒地冻，屋子里也暖暖的，那窗户里面的湿湿的热气都凝聚成了的水道，像一幅流动的画。

冬天，地里的庄稼不用理会，无精打采的麦苗只等来年开春重新焕发生机。农人们白天找点营生，忙忙活活地倒也闲不下来，做的都是体力活，干得头上热气蒸腾，暂时得以忘却冬的严寒。夜晚，全家人围坐在煤炉旁，吃饭、聊天，女人们做点手工活，拿着一个针线笸箩，给家人的衣服缝缝补补，常有村里的嫂子大娘来串门，女人们就一边忙着活计，一边围着煤炉畅聊着农家人的开心事。

农家人冬天最热情的好客方式，就是当客人来了，把煤炉燎得很旺，让屋里暖和和的，直热得人把大棉袄脱下来才算完。

男人们最流行的休闲娱乐方式是喝酒：到了冬天，辛苦了一年的农家人，也该歇歇了，这个时候女人们也不再催促男人们去干些什么，炒几个小菜，盛一碟自己腌制的白菜或者萝卜，给男人当下酒菜。在那沉寂如水的冬夜里，经常见到农家小院里亮着星星点点的灯光，时不时传来一家男女老少开心的笑声。

生煤炉也是一件有趣的事，虽然看上去是件挺简单的事，却并不那么容易。农村的孩子从小就学会生炉子，点煤炉是很重要的家务事。懂事的娃，在冬日里父母外出干活回来前，就会把煤炉燃得很旺，给父母沏上一壶热茶，农家的娃娃懂事乖巧着呢。

小煤炉不但能取暖，还能做饭。过了大半辈子穷苦日子的农人们，最怕浪费，日子都算计着过，反正怎么也是烧煤，当然要尽可能地发挥煤炉最大的用处。有时候，会在煤炉上放一个烧水壶，倒也不急于把水烧开，就那样慢腾腾地烧着。农家人一日三餐吃什么，是有些计划的，比如晚上要吃煮花生，那吃过晌午饭，女人们便会把花生洗干净，放在小煤炉上慢慢煮着，过一会儿，水煮花生的香味就从屋里飘出来，惹得家里的孩子们揭开锅盖抢着吃。有时候，在小煤炉上烤个红薯或馒头，吃得也是津津有味。

后来，农村发生了翻天覆地的变化，农家人的日子就像煤炉里的炭火一样，越过越旺。人们满足了物质生活，也开始追求美好干净的环境，虽然煤炉实用，但毕竟煤炉冒烟还有炉灰，不跟形势了，慢慢地就越来越少见了。温暖了农家人一个又一个冬天的煤炉逐渐被替代，尤其是年轻人家里都安装了暖气或者空调，唯有年老一些的人家，还是点着能取暖、能做饭的煤炉，陪伴着煤炉，煤炉也陪伴着老人，诉说着老辈人未完待续的故事。

毕业后参加工作来到了南方。这里的冬天比北方要暖和一些，也不见农村的那种煤炉，煤炉更加远离了我的生活，偶尔回老家探望老人，才会又闻到煤炉的煤烟味，听听农家人新发生的故事。

于是，我便愈加思念那曾经相依相伴的小煤炉了。

（作者系江苏省龙潭监狱民警）

香 油 情

张建坤

香油，就是芝麻榨出来的油，有的地方也叫麻油、胡麻油。在我们皖北地区一直都叫香油，所以，刚来到南方工作那段时间，有人说麻油的时候，我还好奇哪里又多了一个新产品。

过去，香油因其产量低、种植制作工序烦琐而显得珍贵，再加上其独特的香味，更成了家家餐桌上必备、老少皆宜的美味。

如果凉拌菜不加上点香油，就好像这道菜没做完一样，所以在一道凉菜做成之后，我总是滴上几滴香油，洒一点香菜，这时候端上桌子才叫完美登场。

作为北方人，我对香油的感情深到无论做什么菜都想放上几滴，最后我都分不清是对香油的真爱还是这个程序已经成了固化的习惯。

我做菜并不是太多，但喜欢倒腾，多年摸索，也算是小有收获，许多家常菜看上一两遍就能上手，偶尔休息就会到处兜售我的“手艺”，只算是买账的人并不多，爱人算是一个，也算是铁粉吧。为了留住这唯一的铁粉，我丝毫不敢怠慢，拿出十二分的努力去讨好。她爱吃包子、饺子等面食（一个南方妹子硬生生被我带出了北方人的爱好），我就研究一些不同馅的饺子、包子，渐渐成了我的看家本领。但过程并不是那么一帆风顺。刚开始做，味道总是差了那么一点点，偶然一次，错把香油当成色拉油倒进馅了，当时还为这么奢侈的浪费而懊恼，平时都是一滴一滴地吃，这次一下倒进一勺多。但包子出锅后，味道瞬间提升了好几个档次，爱人惊呼好吃，由此可见香油在促进家庭和谐方面也起到了巨大作用，算是意外收获吧。

近些年，随着生活水平的提高，香油的获得已经很容易。但在我小的时候，这绝对是一个紧俏的商品：农民辛辛苦苦几个月种植出来，或直接卖或榨出油再卖掉，都是用来换钱补贴家用的，绝对舍不得吃。我们家也差不多，但是印象当中，每年都有那么几个月能吃上香油，在一大碗“妈妈牌”手擀面里面滴上一滴,面条吃完,碗都是铮亮的。蒸鸡蛋里面滴上一滴香油,那绝对是人间美味,有时候特别馋,都要装病才能“骗”上一碗。我一直都很佩服,老妈明明把芝麻卖掉给我交学费了,又从哪里变出来的香油。这段经历也是我儿时抹不掉的美好回忆。

现在,不管市场上卖的香油宣传有多宏大、包装有多精美,但总是吃不出儿时的味道,我不会选择从市场上购买,这和品质无关,就是一种感觉吧。

如今的我,特别地幸福,因为每年都能吃到爸妈亲手制作的香油。家里已经不怎么种地了,父母年纪大了,也没有种地的现实需求,我们一直劝二老“退休”颐养天年,但忙碌了一辈子的父母,怎么也闲不下来,闲下来一段时间身体反而出毛病了。经过多轮“较量”,最终保留了一块土地,种上一些自己吃的谷物,算是打发时间吧。众多谷物轮流换,但芝麻从不缺席,每到九月收割完新芝麻之后,老妈就打电话问啥时候回家带香油,我也就屁颠屁颠地跑回家去领赏了。每年做出来的成品油差不多有一两斤,产量好的时候也就三斤左右,我一般会带走一斤,差不多能吃三四个月,大概到年底。

去年由于管理不善,芝麻产量比较低,做出来的油可能都不足两斤,老妈还是硬给我带走了一多半,说剩下的足够他们俩吃的了。没曾想,今年过完年,老妈又说可否带点香油走,说欢欢(我爱人)喜欢吃,我一看就是之前倒剩下的那一半,他们没舍得吃,顿时心里五味杂陈,什么话也说不出来。

他们已经没有什么可以给我了,除了爱。

(作者系安徽省白湖监狱管理分局民警)

老四合院

汪炜红

楼房住久了，很想念老四合院。

春天的雨后初晴，去了一趟，在门口突然闻到一股泥巴的味道，立即停顿下来，呼吸呼吸，深呼吸……这种过去从不曾在意过的味道，深深地打动了我。

那一天，这股泥腥气把整个四合院团团围住，我搬来小椅子，坐在院子向阳的位置，闭上眼睛晒着太阳。阳光照在脸上，我像一个被掏空了前尘往事的人，被阳光遍布了内心每一个角落，幸福的种子破土而出。

许是打开铁门时，门锁撞击声惊扰了邻居，她探进脑袋，发现是我，略带责备地怪我回来了不去她家坐坐。

远亲不如近邻。那时候，我们捧着碗串门，没了油盐自己去取，我的孩子也是在她们手上传来转去长大的。

还是刚怀上女儿的时候，行动不便，丈夫出差数日，不放心我独自在家，把我托付给邻居。到了中午，邻居奶奶送来一碗肉丝面，上面卧了两个煎蛋。她说家里没菜，怕我吃不下，就单独给我下了面条。尽管我不爱吃面条，但是那一次，我吃得精光。

这位邻居奶奶如今也和我在一个小区紧邻的单元一楼。某天上午我听到她在自家的院子里和闺女说话，就伏在阳台上叫了好几声，她才听见，我知道她开始老了，老得耳朵有些背了。

有一天，老邻居和我聊起这位奶奶，说她想搬回去住，尽管她家住一楼，仍然有个小院子，但她坚持认为楼房不接地气，好久都没出门了。

以前在四合院时，我们坐在香樟树下摘菜聊天，晚饭后邀着一起散步，一圈圈地走，一趟趟地晃。现在没人喊也没人陪，关起门来在家看电视睡觉。老奶奶的脸上的确又老了很多，而且行动越发地迟缓。

说来真好笑，搬进四楼五年里，只在去年遇到过对门一次，以前只知道对门有人住，是谁还从来没遇到过，只是凭脚步和开关门的声音判断主人回来，又走了，究竟何人，一概不知。

楼房住得让人越来越小心翼翼，我顺手把肥皂放在窗外铝合金托架上晾晾，谁知它会掉下去。第二天，二楼拦住我问，我才知道打破了她家的伞面雨篷，赶紧道歉，赶紧赔偿，巧在她家就是做雨篷的，死活没要我一分钱，还微笑着嘱我下次注意点就行。

后面那栋的四楼可就没这么幸运了，二楼在阳台外晒了沙发垫，被四楼没脱水的衣服打湿，二楼老太太仰起脸对着楼上一顿好骂，吓得四楼站在阳台里都不敢伸出脑袋。

要想大家相安无事，干什么都得小心：在家走路小心点，凳子椅子小心点，晒东西小心点，小心让人都绷得紧紧的，这是素质的体现。可我还是喜欢大大咧咧素面朝天的四合院。

四合院的纱门很破了，我亲手找木条钉起来，很丑，却能遮挡蚊虫；四合院的电扇坏了，我换成了新的。如今，它们仍然在那里，还有两床棉被，和结婚时的一套老家电、家具。我和丈夫说，抽个时间把它打扫一下，偶尔回去住住吧，丈夫点头赞同。

只是四合院书房后面的那一片水杉林不在了，它们被伐得一棵不剩，窗口突然之间变得空荡荡的，那些欢乐其间的鸟儿，它们都去哪儿了？去年，我在四楼听到杜鹃划过的“割麦插稞，割麦插稞……”恍惚还在四合院呢。

那时四合院周围的麦地一片金黄，收割机正隆隆地来回穿梭，空气里到处弥漫着泥土之上草汁的香气。

只可惜，四合院的生活都已成为过去，成为美好的回忆。

（作者系安徽省九成监狱民警）

情怀篇

追求幸福生活是治病的最大价值

高 文

1993年夏天，刚来北京的我，不太适应北京的干燥环境，上了火，牙齿肿胀，疼了好些日子，只好去北京口腔医院看专家门诊。大夫诊断是龋齿，需要拔牙，让我牙齿消肿以后就立即来找他拔牙，不然的话会引起败血征及其他一系列毛病，吓得我不轻。

北京口腔医院应该是全国治牙水平最高的医院，给我看牙的又是专家，他的话由不得我不听。

开了治疗单，我去交费处交费，一路上捂住疼痛的腮帮子，我忽然想着年纪轻轻的就要少一颗牙，脚步就慢了。

我想起了父亲，他原先的门牙有些外露，影响美观，就拔了，装一颗假牙。结果，是美观了，却影响了附近的几颗牙，慢慢地这几颗牙也就不属于父亲了。尽管大夫向我保证说装的假牙不会影响别的牙齿，但我还是怀疑自己是否会重蹈父亲的覆辙。于是打定主意，把大夫开的消炎药吃了，消消肿，以后若犯牙痛时再视情况考虑拔牙。

那以后没过几天，牙痛就好了。一转眼，二十多年过去了，我竟然再也没有犯过牙痛，那颗被大夫判了死刑的牙齿还在坚不可摧地帮助我消灭我所喜爱的干果和肉骨头。

1999年，刚满三十二岁的我，忽然不明原因地消化道大出血。医院组织最好的大夫给我会诊，又使用各种仪器让我经历了一番酷刑般的检查后，主治大夫告诉我，需要开刀治疗。我们单位的财会把手术费缴了后，确定手术的日子很快定了下来。

那段日子我很煎熬，大夫始终不肯告诉我得的是什么病，开的是什么刀。

我做了很坏的打算，大夫不告诉我，肯定是我的病很严重了，但我不能就这样不明不白地挨一刀。于是，在即将手术的前一天，我找到主治大夫，和他谈了很长时间。

在我的软磨硬泡下，大夫终于合盘托出了对我的治疗方案。要点就是两条：一是怀疑我得了平滑肌肉瘤，一种要命的恶性肿瘤；二是开刀寻找这个肉瘤并割除掉。

我问大夫平滑肌肉瘤是否得到确诊，他说没有，但可能性非常大。我又问大夫开刀怎么寻找肉瘤，他说根据检查结果，要把怀疑附着肉瘤的那段肠子截除，大概九至十四厘米长。我再问大夫截除肠子后对生活会有什么影响，他安慰我说，影响不大，可以装一个漏子，碍不了什么大事，他本人在这方面就有许多成功的案例。

主治大夫信心满满地给我描述我未来的生活，一再强调不会太影响我的正常生活，但我眼前却立刻有一个没有希望的残疾年轻人的身影在晃动。

不，那不应该是我，那绝对不能是我！

我当即就对大夫说，谢谢您，我已经知道我的情况，我要出院了。

主治大夫很吃惊，劝了我很长时间，来看我的同事也劝我听大夫的话，但我还是在本该做手术的日子办理了出院手续。

如今，这么多年过去了，我健康快乐地生活着。

但我也常常后怕：如果当初我失去了自己的判断力，轻信了大夫的决定，我所丧失的就绝不仅仅是好的身体，我丧失的恐怕就是我整个一生和家庭的幸福！

在这两件事情上，我遇到的两位主治大夫其实都是非常负责任的，他们对我很关心，尤其是后一个大夫，为我组织了好几次专家会诊，我想开刀的决定应该是专家组会诊的意见，我对他们无可厚非。

但我与他们的出发点却存在很大的不同：他们追求的是治疗，是消除可能的病因，因而在判断中，稳妥可靠是他们的价值选择。而我，追求的是快乐幸福的生活，一旦失去了健全的身体，我就将失去人生的一切意义，因而在判断中，超越生死的冒险成为我唯一的价值选择，我成功了！

从那时起，我坚定了一个信念：对于疾病的治理，绝不要轻易以放弃对幸福生活的追求为代价，即便是关乎生死，也千万不要放弃。

绝不放弃！

（作者系司法部预防犯罪研究所副所长、研究员）

连长与猪头

石长青

我那年参军，在新兵连集训结束后，被告知去师电影组当放映员。没过多久，师政治部又让我们三个新放映员下连锻炼，为期一年，这是部队的新规定，否则以后不能提干。

1973年3月6日上午，我去某团三营七连报到。连长姓舒，三十多岁，浙江人，1960年入伍，参加过中印边境反击战。舒连长中等身材，黑红脸膛，眼睛很小，却极具穿透力，扫人一眼，冷飕飕的，直让人心里发毛，浑身不自在。

连队的伙食，虽赶不上师部机关，但与新兵连相比，菜的种类要多一些，做得味道也好一些，只是面食太少，隔一天一顿。

我报到那天，放下行李，收拾好床铺，在驻地熟悉了一下环境，就到了午饭时间。饭是大米饭，菜是炒莴笋和炖土豆，多少还加了点肉。我端着碗吃了几口，发现米饭里似有异物，仔细一瞧，几条干瘪的米虫以及几个残废的蛹壳几乎挤破了我的眼眶！顿时，不争气的胃里似翻江倒海，吃下去的那点饭菜涌到了嗓子眼，差点吐出来。我悄悄走近放置在饭堂门外的猪食桶，把剩下的半碗饭倒了进去。

接下来，只要吃米饭，我只盛一点点，并浇上半碗开水，反复搅和，把漂浮起来的小东东一个个挑拣出来，再倒掉开水，就着菜勉强填进嘴里，嚼也不敢嚼，囫囵着咽进去了事。

我的举动引起战友关注，有人私下指责，也有人公开同情。

我下连锻炼的班是炮一排二班，班长是江苏泰兴人，1970年入伍；副班长姓童，南京市人，1971年的兵；另几个老兵分别来自山西临汾、广东增城；还有三个是我同年的新兵，其中，从北京市煤气公司入伍的霍姓战友，后来成为我一生的好朋友。

童班副是个热心人，我来的当天就和我套近乎，缺点是口无遮拦，该说的不该说的，往往顺嘴秃噜。刚认识，他就拉上我，又叫来霍，讲起了舒连长的趣闻轶事。他说，老舒已经干七八年连长了，之所以提拔不了，是因为他太贪吃，不信你们注意观察，凡有战士探家归队，他一准儿凑去，闹着品尝土特产。更绝的是，连里每次杀猪，猪头都要归他。对此，全连上下很有意见。一次，连革命军人委员会（简称革委会）开会，一战士提的意见十分尖锐：为什么连里只见杀猪，不见猪头？难道咱连养的猪不长头？这话传进了老舒耳朵，他大为光火，当即集合全连，命令那名战士出列。

连长问："一个猪有几个猪头？"

战士答："一个。"

问："一个连有几个连长？"

答："一个。"

连长："（面向队列）刚才我问他答，大家听清楚没有？"

队列："（众口一词）听清楚了！"

连长："好！一个猪只有一个猪头，一个连也只有一个连长，那么，你们说，连里杀了猪，连长不吃猪头，谁吃？"

……

他讲得眉飞色舞，我们听得啼笑皆非。尔后，他又故作深沉地对我说："你一定要小心哎！仅仅被战士们关注，倒无关紧要，假如被舒连长关注，立马就有关紧要了啊！"

怪就怪童班副那张乌鸦嘴！

我到连队的第三天，在吃午饭的当口，就在我用小饭勺扒拉碗里的物什时，我的第六感官告诉我：情况不妙！

果不其然，我一抬头，舒连长正径直朝我走来！那一刻，我面部的尴尬定格了，举在空中的小饭勺定格了，全连干部战士的目光也定格了。

他走到我跟前，先是死死盯着我手上的碗，面无表情地盯了足有十秒钟，才移动那双小眼睛，狠狠地扫了我一眼，压低声音，说："不清除骄、娇二气，还想回师部当放映员？"说罢，转身而去。

我呆若木鸡，大脑一片空白，茫然不知所措……

当晚点名，舒连长没有讲评这件事，算是给我留足了面子。

但躲过初一，躲不了十五，他已私下给我们班长交代，开班务会，对我进行批评帮助。

开始时，班务会发言并不热烈，甚至跑了题，说米饭里确实有不少虫，还你一言我一语地讨论原因。班长急忙制止，并率先批评我有骄、娇二气。童班副也赶紧顺杆爬，背了一句贪污和浪费是极大的犯罪的毛主席语录，又背了那首锄禾日当午的古诗，还一本正经地告诫我，只有牢记阶级苦，才能紧握手中枪。其他人也轮番讲了些节约的大道理。

接下来，班长让我表态。我自然不敢放肆，自己给自己上纲上线做检查，怎么深刻就怎么说。

也许是有些怨气，也许是不大服气，讲着讲着，我居然讲大米里不该有虫，说参军前我在粮局工作，知道国家规定，粮库的粮食不允许生虫，保管不当生了虫，一是要追究责任，二是生虫的原粮只能做饲料，不允许送粮食加工厂制作成品粮；如果粮店对成品粮保管不当生了虫，同样要追究责任，而且不允许出售。我们连吃的大米里有虫，如果买来就有，应该找粮店理论；如果买时没虫，说明炊事班保管有问题……

我明知道应该悠着点，适可而止，否则，让连长知道了，无异于引火烧身，可话已说到那个份上，箭既离弦，不发也得发呀，是福是祸，随它便吧，顾不了那么许多了！

我的一番慷慨陈词，全班人非但没有反感，还一致建议班长向连长如实汇报大米不应该生虫的理由。

翌日上午，炮阵地上，一排长受命组织训练。班长悄悄说，连首长全去炊事班了。

中午，伙房外一片空地上铺了很多炮布，司务长带着炊事员们在晾晒米面。

又过了两天，炊事班库房的墙上新开了一个窗。

日久见人心。随着时间推移，我发现了舒连长的更多优点。他对我的教育、帮助和启发，为我的军旅生涯打下了深厚的根基。

几个月后，与连长闲聊，趁他高兴，我问他猪头的事。他说：“肯定是小童那小子干的好事！小童人很聪明，多才多艺，也能干，可惜嘴太大。原本是我把听来的传闻讲给他听的，谁知他转脸就安我头上了。”

我忙说：“他不过是觉得好玩儿，博大家一笑，了解你的人，谁相信那是真的？”

他笑了，眼睛更小了，但眼神特温和。

（作者系原《特殊园丁》社长、主编，《黄丝带》总策划）

幸福的黄丝带，每日的清晨沐心

丁祖胜

一直想为《幸福的黄丝带》微信公众号写点什么，却迟迟没敢动手：受累于繁杂事务之中，真正能心境宁静，寻一空间，以小我方式坐下来，写点不掺杂任何利益色彩、属于自己真实情感的文字很难。

黄丝带很久远，有故事；微信是新玩意，质感鲜活；《幸福的黄丝带》微信版则是亲切的，陪伴着我们迎接满怀希望的每一天。这一点，在一次出差的途中，得以完整版体验。

那次手机电量不足，停摆。

这样也好，无来电干扰，无定点追踪，至于各类信息一路杀过来，管你要不要，打包硬塞地被欺负，也避免了。

奇怪的是，总觉得有所不适，还表达不出来。想前思后品中间，就是不得味。站着摸摸腰，不疼；坐着拍拍臀部，也不痒；揉揉眼睛，没沙子；清清嗓子，有腔没调还是老样；想想脑子，应该没进水。这些自我体检的套路行不通，只能摸排了。

于是，重要的事务、重要的节点、重要的事项，逐一还原原生态，很快就找到了根源，是阅读：清晨清新的文字宴，因为手机罢工，没享受到，缺的一顿大菜，这便是《幸福的黄丝带》！

没有《幸福的黄丝带》，职业化精神感受便少了那一份幸福感。皆因窜场没停息，少了早茶的淡雅，导致隐含的不适。

此后，又有一次焦虑，某休息日的上午，十点多才推出新文，之前的两个多小时等待，反复快频率关注，再次证实了那份深厚的时时期待。那次是在高速上开车，只能委托身边的人，过十分钟刷个屏，看看推送了啥美文。

司法行政人，以文学的方式把职业情感流露出来，点滴感悟，滋润着这个群体，不经意间，成为一种精神营养。有偶然的邂逅，有必然的内在牵挂。平台的质朴和真诚,后幕的辛劳和认真,形成了没有承诺却比承诺更有声的信任。

这里的文字,亲切感超越了时空,消除了隔膜,聚合了职业感悟。大司法的人文情怀,静静地流淌,滋润。那些难忘的片断,南疆守望北疆的相思恋情,顽强伫立的胡杨精神。监狱农场来了,质朴的影像白湖,清新的静坐乔司,气魄的大沙洋;秋天的遇见,三兄弟彼此演绎和见证着农业监狱的发展历程。美丽中国来了,那北国边疆晶莹的冰凌世界,海岛浪花浪漫的天涯海角之约,温润迷人的云南之春。一天一文,一段一记,一景一物,清晰明朗。新警报到,给你讲警二代的故事,精彩;老警回眸,那西北政法劳改系的记忆,真切。半边天寻访,女人四十不唠叨,依旧是书痴姑娘,很近。专家访谈,岁月铭记《犯罪与改造研究》光荣奋斗三十年,很亲。

当初的平台一推送,大家眼睛一亮。我们有了自己的文化阵地,有了相聚欢聚的家园。谈教育首篇《父母的约束》,谈生活《幸福的婚姻最大秘诀》,谈观点《信仰一定是做出来的》……从当初的文字版到图文并茂,从美图并推到配乐朗诵,编辑、作者、读者,自媒体、多媒体,彼此交融共鸣。《幸福的黄丝带》,其魅力和影响力,尽情绽放。

恰逢风情满洲里,又见蓝色青海湖;腊梅花儿开惊艳,原味玉米品纯情。

监狱、戒毒、矫正、法援……

大司法行政事业,《幸福的黄丝带》,事业无声更有声!

(作者系安徽省白湖监狱管理分局民警、高级工程师、二级作家)

老刘的文具盒

赵桂琴

生活在甘肃的人，因受自然、经济等条件制约，很多人都有过物质匮乏带来的刺痛。经过四十年的改革发展变迁，人们的生活、工作环境虽已经发生了翻天覆地的变化，但成长中养成的许多习惯仍然保持着：节俭得近乎吝啬、朴实得接近傻瓜等。

如今，快速发展的生活已让许多年轻人不知道前辈们在过去的艰苦岁月里经历了什么，稍有本事的人走出甘肃后几乎都愿意留在发展较快的地方，只是那些始终生活在黄土高坡上的人都清楚，甘肃省普通大众的生活既不像很多人印象中的那么贫困不堪，也不像有些人描述的那般富饶美丽。在建设美丽甘肃的今天，我们都活得很真实，像所有生活在这个美好时代的人一样活得热气腾腾。

一天下午，我们监狱原技术科"60后"的民警老刘，因工作岗位调整挪办公室后，抽空在整理自己的私人物品，看到自己有一个破旧的文具盒，里面装满了各种绘图工具。

我们发现老刘对这个文具盒非常珍爱，问了原因之后，我的思想触动较大，便立即用手机随手拍照留影，并开玩笑说等监狱有了数字陈列馆了，一定要把这个文具盒作为文物展览，让后来的监狱人也了解一下曾经让这代监狱民警职工个人珍爱的东西。

老刘说，这个破旧的文具盒是过去那个年代最漂亮的，文具盒中那些陪了他大半生的办公用品都是他亲自设计并让服刑罪犯在狱内生产制作的：制图三角尺、卡尺、削笔刀等，因为监狱建设初期，尤其是20世纪七八十年代里，监狱几乎都是自给自足，单位买不到的东西很多都是监狱自己创造的。

仔细观察身边的监狱民警职工，"60后"的老同志似乎个个过日子精打细算，像老刘这样珍藏一个旧文具盒者属于监狱最朴素的文化人，也是心中装满回忆的真实人。

现在很多人感觉“60后”这代人普遍是守财奴，旧东西舍不得扔，有钱也舍不得花。我所知道的“60后”这代人，普遍因为他们的父母几乎没过过几天富有的日子，许多人因孩子多又都要供读书，拮据的生活被嵌入了整个成长阶段，长身体时大家普遍的粗茶淡饭、穿补丁衣服，工作之际许多人要回报原生家庭的养育恩，当生活的担子一点点担在肩上后始终负重前行，这代人不是不会享受，而是前路漫漫初心不改，面向未来脚步不停，在经历了太多的发展转型后许多行为已经成为习惯，更成为一种品质，比如节俭朴素、勤劳善良等。

品味人生，我觉得珍惜旧物件是因为很多人在慢慢老去时还有许多珍贵的回忆和心中的挂念，不是因为贫穷买不起更好的替代品，确实是为了那些曾经的追求及获得感。

再仔细琢磨老刘这个破旧的文具盒，不仅有监狱发展的印记，还深藏着在那个奋斗年代中付出的才华和心血，直接体现了“60后”的节俭朴素，折射出了“60后”这代人活在真实中的勇气和智慧。

（作者系甘肃省平凉监狱民警）

牌楼的树

高思思

我的故乡是牌楼农场，就是今天的新疆维吾尔自治区喀什监狱。

自我爷爷那辈起，牌楼人秉承“先植树后造田”和“哪里有田，哪里就有树”的信念，在塔克拉玛干沙漠边缘那片荒芜的土地上，种出了绵延近百公里的白杨林、浪漫有趣的梧桐林、魁梧多情的旱柳、苍劲有力的松树林和数十种果树。

牌楼的树就和牌楼人一样，从不同的地方奔赴来，把荒漠变成绿洲，不管春夏秋冬，不管酷暑严寒，始终挺立着，坚守着，奉献着，用青春坚守在牌楼这片土地上，用生命捍卫着牌楼的平安。

牌楼的白杨林是牌楼的名片，是所有牌楼人的骄傲。有人统计过，间距为一米，把白杨树一字排开，能从牌楼一直排到北京！

在我小时候，白杨树林是最佳的捉迷藏场所，高大粗壮的白杨树为大家提供了很好的隐匿地点。在白杨树林玩耍总能发现各种菌类，尤其是一种被牌楼人称为“水蘑菇”的菌类，这种菌类拿回家洗干净，用干辣皮子葱姜把羊肉爆香，再和水蘑菇炒在一起，那叫一个回味无穷，不管拌面还是就米饭都能吃个一大碗。

当夏日来临，我总是会和小伙伴一起去啤酒花地的白杨林挖“屎爬牛”。有时候一两个小时便可以挖满满一罐子，然后拿回家喂鸡吃，据说鸡吃了会提高产蛋量。每当沙尘肆虐的时候，白杨树林都发出哗哗的响声，像是唱起了雄壮的歌，又像是吹响了战斗的号角，这样的声音让幼时的我听着心里很踏实。

牌楼的白杨就像是牌楼的人，团结，总是成行成林地出现。向上，所有枝叶都向上努力伸展着，直到长成参天大树，不甘落后。淡泊名利，白杨树不追求雨水，也不贪恋阳光，即使再贫瘠坚硬的土地，只要有一点水，一个枝叶种在哪里就在哪里扎根，种在哪里就在哪里成材。

要问牌楼的啥树长得最好，那肯定是柳树。牌楼的柳树林大多分布在水渠周围,这其中长得最茂盛的,当属公安大渠两边的旱柳。那里的旱柳基本都有两人环抱那么粗。记得牌楼变电所旁边的那段公安大渠是每个孩子的天堂。小时候,有一棵柳树倒了,从大渠这边搭到大渠那边形成了一个天然的独木桥。每年在洪水下来之前,孩子们都喜欢坐在这个独木桥上把脚丫伸到水里,看着清澈的水里小鱼小虾游来游去,享受着阳光从柳树叶缝隙中洒在身上温暖柔和,斑驳的阳光投射到水里星星点点,如梦如幻。年少的小伙伴们最爱坐在桥上唱歌,一首接一首,不知疲倦。有些调皮的孩子用脚撩起水花洒大家一身,惹得大家纷纷开始“反击”,有些干脆跳进水里游个泳。这样的时光总是让人忘了时间,让人流连忘返。

梧桐林是牌楼农场的“后起之秀”。20 世纪 90 年代初,场部开始种植梧桐树,梧桐树很受牌楼这片土地的滋养,没几年就从小树苗长成枝繁叶茂的大树了。梧桐树长在孩子上学的必经之路上,那里便成了孩子们的乐园。梧桐树的树干光滑而粗壮,树与树之间交错生长,孩子们最喜欢爬到树上去,从这棵树爬到另一棵,占“树”为王,常常为了保卫自己的树而发动“战争”。秋天来临的时候梧桐树上结满了球形的种子,可爱又好玩,孩子们最喜欢比谁收集到的种子最多,谁收集到的种子长得最好看。梧桐林里最多的就是孩子们的笑声、嬉戏打闹声。梧桐树林是在牌楼长大的孩子们回忆中不能忽略的一部分。

牌楼的果树品种很多,有苹果树、梨树、桃树、杏树、桑树、葡萄树、枣树、核桃树、无花果树……这些果树分布在牌楼农场家属院周围。一到了春天,家属院就变成了花儿的海洋,杏花开完桃花开,桃花落了梨花开,梨花开完苹果花开,有一种你方唱罢我登场的架势。

说起牌楼的果树,不得不提沙枣树,沙枣树在花期来临的时候,整个场部都是淡淡的花香味。早上推开窗户,花香扑面而来,一整天人的心情都很好。所有的老牌楼人说起沙枣树都有一种情怀:在过去物资极度匮乏的年代,沙枣树养活了多少牌楼人!

小时候那些夏日的傍晚时分,总有老人坐在门前的果树下乘凉。白胡子的老爷爷坐在摇椅上手里拿着扇子边扇风边有声有色地讲故事,就连最调皮的孩子都变得安静了,小伙伴们围坐在老爷爷的周围,听得聚精会神。直到听到大人的呼唤才依依不舍地回家去。因为牌楼日照时间长、水源丰富,所以牌楼的水果果实饱满、果肥汁甜,秋天降临的时候,到处都能看到被沉甸甸的果实压弯了枝头的果树，有时候伸手就能摘到果子，可是很少有人会摘果子吃，大家都在等待丰收的时刻来临。在丰收的那天，果子从果树上被摘下来，成筐地放在家属楼单元门口，各家各户自己拿，可是谁都不会贪多，只拿属于自己的那一份。这是属于牌楼人的盛宴，也是属于所有牌楼人的美好时刻。牌楼的果树用它最大的诚意，满足着一代又一代牌楼人的味蕾，丰富着一代又一代牌楼人的回忆。

如果你要去牌楼，你一定要去看看牌楼的树。如果你在牌楼，你一定会惊讶于牌楼的树。如果你已经离开了牌楼，你一定忘不了牌楼的树。

牌楼的树就是牌楼人的魂，牌楼的树就是牌楼人的精神，牌楼的树就是牌楼人永远抹不去的美好回忆。

（作者系新疆维吾尔自治区第一监狱民警）

你好,后沟水库

童　江

工作了多年,耳濡目染的人和事儿很多,要感恩的也很多,提起笔来,我忽然不想写这些,而是想写写朝夕相处的后沟水库。

水库位于监狱后方一眼望不到头的深沟,距监狱驻地约五里路,是借着山川地势外加水泥拦坝,形成的一个锐角三角形水库。

后沟水库碧水透彻,鸟飞鱼跃,两侧巨大的山体拦住八面来风,静静的水面成了映照蓝天白云的优雅镜子。风调雨顺时,源头活水啾啾不断,虫鸟齐鸣,水库仿佛一个绅士,展露自己的饱满和优雅,恭迎我们这些平凡而伟大的游客。

到了雨季,接二连三的暴雨,总会让水库饱和,和黄河一样黄的洪水顺着坝沿趁势而下,形成一道威风凛凛的瀑布。

干旱季节,山上的溪流中断,没有棱角的鹅卵石暴露在风里煞白煞白的没了生气,这时的水库萎缩成了一片养鱼的池,但那中央一汪青碧的潭水,却依然标志着顽强不息的生命。

水库两侧的青山高大而神秘,大大小小的松树是这里的霸主,山体上簇拥着的石块很奇特,像鹅卵像花生也像碎开的核桃。若干万年前,这里是一片汪洋大海,感谢地壳的运动变迁和退去的海水,才有了如今水库两岸绮丽的风景。

后沟水库的冬景独好,水面早早结冰,被寒气刺红脸蛋的孩子,总是顶着大人们悬着的心体验着飞一般的感觉。两岸的雾凇美轮美奂,那晶莹的树挂其实不是雪,而是雾滴在极寒的天气里结成的冰晶,胸怀大爱的冰花对遇到的花草树木统统给予最热情的拥抱,这时,水库的冰面在太阳光照下光芒四射,亦如银河下凡,这是最具万种风情的北国风光。

后沟水库是我紧张生活的调节剂,我习惯把水库抽象成一朵永开不败的花,去那里走走,偶有细风掠过水面悄然而至,如轻纱撩拨一缕黑中带白的秀发,酥溜溜的感觉搅和不了幽深的宁静,这已成了我生活中的一种乐趣。

刚工作那会儿,来水库就是随便走走,偶尔还会舔舔嘴,馋着水里的鲜鱼。后来次数多了年龄长了,吃喝玩乐成了其次,便有了触景生情的看法:一个默默无闻的小水库,甘愿几十年如一日屈尊映衬两侧的青山,淡然自若,不惊不乍,若钢铁般坚韧,又恰似神女看穿生死静谧而安详。这种来之安之守之奉献之的精神,值得我们每一位干警深思和学习。

你好,后沟水库,明天见!

(作者系陕西省崔家沟监狱民警)

种　　菜

张东波

我从小就喜欢种丝瓜、眉豆和向日葵。

那时的我,跟哥姐们一起,在自家房前屋后,见缝插针地种满了蔬菜以及点缀的花卉。种下种子后,每天就期盼它们发芽。长出嫩叶后,丝瓜伸出嫩绿的纤丝般的手向上缠绕,像绿色的音符;眉豆用自己的身体攀爬,演绎成大红大紫的景象;向日葵、无花果既能尝鲜,又能美化。哈哈笑、五样花、指甲花、馒头花们,是美丽的点缀,是头上的插花,是指甲上的美颜。它们五彩缤纷,给我们的童年带来了无尽的乐趣。

上山下乡后,我主要与玉米、麦子等农作物打交道。对大队碧绿滴翠、别具一格的菜地好生羡慕。但直觉告诉我,种菜比种粮更难!

2016 年,我终于有时间租地种菜了,先是在开心农场历练,种出来的大白菜没有芯,西红柿疙疙瘩瘩,不成样子。试种一年后,我尝试着农家院与大田分别种,看哪个效果更好。一年下来,大田胜出。于是,从今年开始,一门心思扑在大田种菜上了。

租种前,租主已让拖拉机耕好了地。我看浇地方便,就毫不犹豫地选择了他家。

一粒粒小小的种子,是有记忆的。它们知道往哪里扎根,知道何时钻出土来,知道何时开花结果,正所谓“一分耕耘,一分收获”。所以,我一到菜地,顾不上换鞋,放下行囊就开始大干,总感觉时间过得太快,恨不得一下子把活干完。然而,地里的活是干不完了,即使我天天住在地里,也到处是活,没完没了。后来呢,我想明白了:种的是心情,玩的是休闲,是享受,要有时有晌,干会儿歇会儿。

种好菜,学问可不小。既要动脑动手,更要手脚勤快,不怕麻烦。比如,最难调理的西红柿,它喜阳又怕曝晒,是娇气的物件儿。我经过很长时间的摸索,才终于让一株株绿秧子结上了红红的、沉沉的、多多的拥挤在一起的果子。红了的西红柿，咬吧吃吧炒吧，吃进嘴，送进肚，那绝不是市面上的西红柿味道可比的，那是一种酸酸甜甜的真味道！

种菜比骑行、爬山等项目好，除了呼吸新鲜空气、与大地亲密接触、锻炼身体外，它还有一种看得见、吃得着、心里美的获得感：鲜菜一下来就很多，自己根本吃不过来，就送人鲜菜，心有欣慰。大田里，偶尔有短瓜少茄现象，那都不是事儿。咱吃九个，人家摘一个，是人家看得起咱！菜农之间，互相送菜的现象常有发生，比比皆是。

今年最先种下的胡瓜很快收完，茄子、豆角长势非常好，黄瓜摘不过来，老了的生菜已经绣成了苞苞，土豆吃不过来，就暂存在地里，等着我收获的还有青椒、尖椒。

站在大田，看着那玉米整整齐齐站好了军姿，腰间已挎好了上了子弹的枪炮，我就觉得种菜虽然苦点累点，但那即将收获的感觉却是十分美好！

（作者系河北省石家庄市第二强制隔离戒毒所民警）

无名的池塘

王福星

很早就想写这池塘,尽管在别人看来,它仅仅是一个没有名字、普通得不能再普通的池塘。

池塘位于闽西监狱南苑干警家属区一隅,面积不过六七亩。池塘是什么时候开挖的,我说不上来,但至少在十多年前我就知道有它了。

池塘离我的住处也很近,从家里下楼,只要走上几分钟,就能来到池塘边。

人到中年后,池塘几乎是我每天散步的必经之处,可以这么说,池塘边的每寸土地,都留下过我的足迹。它就像一位相识多年的知己,每天都在静静地等候我去亲近它、探访它。

池塘是美丽的。盈盈一池碧水,倒映着天光、云影和池塘边四季变幻的风景:春天来临,池塘边的碧桃开满了红艳艳的花朵,杨柳绽开了嫩绿的新芽,菜畦里的油菜花也开出了满园的金黄,招引得蜂飞蝶舞,美得让人心醉。夏至时节,池塘里新开出密匝匝的碧绿的荷叶,叶片上镶嵌着晶莹剔透的水珠,在阳光辉映下越发晶亮灵动,微风乍起,荷叶上的一些水珠便会“叮叮咚咚”落入池中,好似少女的纤纤玉指抚动琴键般的美妙音乐,美得让人痴迷。中秋之夜,一轮明月从东边天际升起时,水中也会出现一轮皎洁的圆月,与天上的月亮交相辉映,美得让人窒息。偶尔一两只萤火虫从塘边悠悠飘过,让人在亦真亦幻中穿越回了童年的时光。隆冬季节,池塘边的一些树木和竹林仍然枝繁叶茂,保留着苍翠碧绿的底色,让人在冰霜肆虐、草木荒芜的季节里,依然看到了一片生机和希望。

池塘是宁静的。这里能听到的,只有惊蛰过后,当天气变暖时,池塘中小径旁传来的“呱呱”蛙语;只有盛夏时节,当轻风掠过池塘时,塘中荷叶摇曳发出的“沙沙”轻响;只有在秋风渐起时,草丛间水涧旁传来的“唧唧”虫鸣;只有当寒霜初降、万物萧瑟的清晨,从空旷的池塘四周,从那几株老树枯藤上,传来的不知栖息在哪里的小鸟不甘寂寞的“啾啾”鸣唱。偶尔,在万籁俱寂的夜晚,当未眠的我信步走向池塘,晚风中竟然能够听到轻轻荡漾的水声,就像池塘发出的轻微呼吸,让我似乎感受到了它生命存在的气息。

池塘是无私的。它一年四季敞开博大的胸怀,接纳各式各样的人走进它的世界:有散步健身、垂钓休闲和在柳树下的石凳上依偎着恋爱的,有在池塘边荒草地上荷锄挖地种菜的;有表情悠闲、轻松自在的,有满面春风、心存喜乐的,也有心事重重、面色忧郁的,还有失意落魄、愁眉不展的;有步履艰难、两鬓斑白、由子女们搀扶着的耄耋老者;有蹒跚学步、牙牙学语、由父母牵引着的毛头小孩;还有风华正茂、血气方刚、让我见了感到羡慕的青春少年。

池塘是质朴的。这里的美没有经过人工的刻意雕琢,一切都自然天成,带着原始的美、朴实的美。当你看到细雨霏霏之时,一个人披着雨衣、戴着斗笠,在池塘边安静垂钓;当你目睹夕阳西下之际,两个淘气的孩童,光着脚丫在池边捕捞鱼虾;当你面对日暮晨昏,几位勤劳的附近居民在池塘周边的荒地上挥汗如雨,开垦出一排排整齐的菜畦,并且种下瓜果豆荚、应季鲜蔬时,你一定会为这里生态的美、田园的美而动情。

池塘也是孤独的。它独自位于监狱的这个偏僻角落,大多的时候,它都是孤僻的、静寂的、无声的,也是不被人重视、不被人理解的。也许,它也曾经向往过大路上车来人往的热闹;也许,它也曾经倾心过街市里高楼大厦的繁华;也许,它也曾羡慕过公园中百花争艳的娇贵。但最终它还是选择了在这里,选择了寂寞中的坚守;拒绝了所有的喧嚣和诱惑,独自守护着心灵的那份宁静与专注;学会了淡定与从容,向人们呈现出生命气质中的淡泊与安然。

漫步在池塘之间,我时常看见不远处那些身着警服的监狱基层民警,匆匆走进监区大门,开始他们一天繁忙的工作。

在我看来,他们的无私奉献、甘于寂寞和执著坚守的精神,就是这池塘的真实写照!

(作者系福建省闽西监狱民警)

小　屋

陈江南

打开生锈的门，推开尘封的窗，拂去挂在阳台上的蛛丝网，我又回到了这间即将易主的小屋。一件一件清拣小屋的旧物时，一种无法言喻的感觉涌上心头。

小屋不大，六十九平方米，两室一厅，坐落在原监狱子弟学校第二幢宿舍楼东单元西一楼，是学校的福利分房。

1998 年，从平房到楼房，这份质的飞跃曾让我和老公雀跃不已。那年夏季长江涨大水，家家户户都接到了防洪通知。为抢在洪水之前住进这间才装修的小屋，一个周六中午，我和老公临时邀约几个好友，冒雨提前搬了家。

当晚我们夫妻俩沉浸在乔迁的喜悦中，收拾小屋过半夜才沉沉睡去，竟浑然不知就在当晚，荆江大堤遭受史上最大洪峰侵袭，水位高达四十五点三二米，几个帮我们搬家的朋友当晚都吓得一夜无眠。

从此，小屋成了我们婚后的第二处居所。搬家后不久，父亲出差，我们将母亲接来小住。当时母亲因中风偏瘫失语，但意识却很清晰。为帮母亲打发时光，每晚，我们一起坐在客厅的转角沙发上，看为她租来当时正热播的电视连续剧《还珠格格》光碟。母亲看得兴致盎然，经常忍不住笑出声来，有一晚还看过了转钟……

餐厅墙壁正中央还挂着母亲生前最喜欢的那张全家福。照片上，刚满周岁的女儿被剃了胎发，成了一个光头小丫，在我和老公怀里甜甜地笑。为了给女儿断奶，我在朋友家小住了三天。第三晚回家时，怕女儿复吸，我刻意躲着女儿。女儿却似乎闻到了我的气味，正咿呀学语、蹒跚学步的她一次又一次，推开通往客厅的每一扇门，嘴里含糊不清但却执著地喊着“妈妈”，直到精疲力竭才沉沉睡去。当晚，我让老公睡我和女儿中间。谁知到了半夜，我突然被女儿的哭声惊醒，依稀看到一个小身影不顾一切地蹬着小胳膊小腿，奋力从老公身上爬过来,直到一双小手紧紧抱住我的脖子,才不无委屈地喊着“妈妈,妈妈”再次睡去。一个幼小的生命对我如此依恋,那一刻,我终于忍不住,将汗涔涔的女儿紧紧拥在怀里……

餐厅也是小屋最有烟火气的地方。因为老公好点小酒,每日午间、傍晚,总有一道道下酒菜在厨房与餐桌之间传递,然后一家人在餐桌上大快朵颐。众多菜品中,唯有小龙虾令我们百吃不厌。特别是夏季,隔三岔五,总有蒸虾、炒虾球或是油焖大虾上桌。当时菜市场小龙虾一斤只卖五毛钱,即便如此,也极少有人问津。也因此,很多人对我钟爱小龙虾很不理解。有一次我们吃蒸虾正带劲,几个朋友突然造访,惊讶于我们吃虾的盛况,盛赞我家“满桌金黄”……

主卧室是我和老公十年的双栖之所。写字台上曾绽放过一朵娇艳的玫瑰,那是我访友深夜归来,一向“木讷”的老公给我的情人节惊喜。抽屉里,还存放着他的中教高级教师资格证。亲手教出来的学生获得过全国化学竞赛一等奖,一直是老公的骄傲;因为监狱体制改革不得不离开心爱的教师岗位,至今让他引以为憾。转岗后,他坚守着特殊园丁的岗位,继续坚持着诲人不倦的教师情怀……

在主卧靠窗的大衣柜里,我又看到了那个小铝合金框。它是 1998 年秋,我参加邻近县城赈灾福利彩票抽奖,获得一等奖的见证。那天中奖后回家路上,经过学校门房时,门卫师傅见上面红纸黑字写着“一等奖壹万元”六个字,还在笑我“为县城抽奖做广告”,我窃笑不已,心中却激动万分。当时我月工资只有五百元,因装修小屋欠了八千多元外债,压力山大,每天早餐只敢吃一个两毛钱的小笼包。就在中奖当天,我一口气还清了所有欠款,晚上还请同事们吃了一顿大餐庆祝。第二天早餐时,我毫不犹豫点了一碗三块钱的牛肉面……

靠床的电脑和电脑桌是我送给老公的生日礼物。后来,我迷上了写作,又听朋友介绍,说是用电脑写、改稿特方便,便央求老公让我试试。不想这一试便尝到了甜头,此后我便不由分说地夜夜强占了电脑桌,老公多次抗议无效,又见我稿子不断发表,只得默许。那些年,几乎每夜,老公都是伴着电脑主机的轰鸣声入眠……

不知不觉,我们在小屋度过了十年光阴。后来因为女儿上学,我们到邻近城市买了商品房,小屋在被闲置了九年后,终于易主。清拣全部旧物,关上生锈的门，走下台阶后，我不由得再回首，回望这间满是回忆的小屋。尽管它满面尘灰、门锁已锈，但这里每一个房间都曾经流淌过我们的欢笑，每一件旧物都镌刻着曾经的芳华，每一段旧时光都值得我们永远回味、珍惜……

（作者系湖北省江北监狱民警）

接　班

苏玉秀

又到休假时节了,身边的同事忙着计划利用假期好好出去旅游。小倩想,母亲去世得早,父亲不容易,在远离城市的监狱农场把自己拉扯大,从没出过远门。

现在自己在市里一家金融单位工作,父亲退休后跟自己在一起生活,已经十多年了。由于平时忙于工作、照顾孩子,没时间带老人出远门,父亲单独出门远行,自己又不放心,因此父亲一直没出过远门。这次休假带他出去走走吧!也是对父亲的一种孝敬。

在父辈们的记忆中,首都北京是最伟大的,让父亲去天安门广场走一走,到他最敬重的毛主席他老人家曾经站过的天安门城楼看一看,游一游故宫。

小倩想,不用说,父亲一定会高兴的,父亲高兴就是最大的孝顺。

“去北京旅游?”父亲有些惊讶。

“怎么不乐意?”小倩感觉父亲没有自己想象的开心。

“北京是我一直梦想要去的地方,不过,这次我更想去一个地方。”

小倩好奇,还有什么地方能比北京有更大的吸引力?

“我想去宜林监狱。”

宜林监狱对小倩来说真是太熟悉了,那是她父母工作过的地方,也是她生长的地方,听说由于监狱布局调整,准备搬迁到城里,名称也改了,叫春州监狱,新址小倩没去过,不过据说挺好的。

“是的,我想去宜林监狱看一看,再不去监狱就搬迁完了。”

自从父亲退休跟自己到城市生活后,一直没有回去过。父亲是宜林监狱的开拓者,那里是他曾经挥洒青春和汗水的地方,想想肯定有许多值得回味的故事,也有很多难以忘怀的战友,他对那个地方肯定非常怀念。小倩也想去看看,那里也有许多自己童年的回忆,还有一些儿时的伙伴呢!

小倩非常理解父亲,更多的是支持。

转眼到了休假时间,带好旅游的行头,开上私家车,一家人快快乐乐地出发了。

一路上,父亲兴致勃勃,一边回忆过去的事情,一边夸赞路边的风景,说多年不出门,外面变化好大,变得更美了。

看着孩子般兴奋的父亲,小倩非常惭愧:这么久才带父亲出远门,这次一定要好好弥补一下,让父亲尽情地玩个够。

几个小时的路程,父亲仍不觉累,不时探头张望,并一路感慨地说过去进一趟城多不容易,要颠簸好几个小时,这条路是唯一一条通往城里的路,以前不知道走过多少次,过去坑坑洼洼、弯弯曲曲的,现在笔直平坦了许多。

小倩何尝没有深切的感受呢! 过去由于交通不发达,要进一趟城很不容易,印象中小时候很少进城,只是在假期到大姑家时才能感受城市的生活。虽然现在道路变得平坦,交通也方便了许多,但进城也要将近两个小时,更不用说享受城市的生活了。

"差不多到了,你看,过前面那座山就到了。"

小倩能不知道吗? 她是在宜林监狱出生的,小时候还经常跟小伙伴们到那座山登山游玩呢!

"到了! 到了!"随着房屋的渐行渐近,父亲高兴地叫道。

"小倩,到前面的那棵大树停车。"

车刚停稳,父亲就迫不及待地走下车来。

"这棵树是当年我种的,现在都长这么大了,枝繁叶茂了!"父亲感慨道。

小倩想,能不大吗! 都这么多年了!

抬眼望去,这里条件虽然比过去小倩在时好些,但与都市的现代生活还是有较大的差距:低矮破旧的楼房、匮乏的物质条件、单调简陋的生活设施、寂寞无聊的夜生活……

当时,一些人由于忍受不了这里的环境条件都想方设法调到城市,父亲也有条件调到城里的,但为了事业他硬是留了下来,说如果个个都调走,那这里的服刑人员怎么办? 父亲要求小倩毕业后接自己的班,也当一名监狱警察,为这事小倩还跟父亲怄过气呢! 小倩埋怨父亲只为事业,不为子女考虑,后来虽然理解了父亲,但想想要把自己的青春耗在这里,小倩可不愿意,她想自己可没父亲那么伟大，小倩还是想当城里人，过城市丰富多彩的生活。毕业后，小倩没按父亲的要求当监狱警察，而是按自己的意愿留在城里工作了。

“看，那座房子是当年我带人一砖一瓦盖起来的，那座水塘也是我带人一铲一铲挖出来的，那些树也是当年我带人种的……”看到熟悉的一切，父亲如数家珍，不时拿出相机拍起照来。

看着父亲兴致勃勃的样子，小倩被父亲对监狱事业的执著和热爱所感动，此时她也深深理解了父亲当年的决定。

“老王，是你吗？真的是你吗？”一位老者一边打招呼一边兴冲冲地走过来。

“啊，是老张啊！”父亲也高兴地叫了起来。

“这么多年不见，你还是那么精神！”

“还精神呢！都老了，你看，小倩都这么大了。”父亲指着一旁的小倩说道。

“张叔好！”小倩礼貌地问候道。

多年不见，张叔也老了许多，像父亲一样，岁月也在张叔的脸上烙下深深的印记。张叔和父亲是同事，也是监狱农场的开拓者。张叔的女儿阿凤跟小倩一样，也在这里出生，是儿时的好伙伴，好久不联系了，也不知道现在阿凤怎么样了？

“张叔，阿凤现在怎么样了？”

“她现在也在这个单位，接我的班，我这就打电话告诉她你来了。”说着，张叔就拿出电话打了起来。

不一会，阿凤就到了，一身警服装扮，英姿飒爽的，好久不见，阿凤越来越漂亮了。

一阵寒暄过后，阿凤说：“今天我正好要搬家到监狱新址，待会你们跟我到新家参观参观如何？”

“太好了！我们也正想去呢！”

听说春州监狱就在城里，规划设施还非常不错呢！小倩和父亲都非常期待。

参观完监狱旧址宜林监狱，在阿凤的带领下，小倩和父亲顺利到达监狱新址春州监狱。

笔直的大道、整齐崭新的宿舍楼房、漂亮的办公大楼、功能齐全的运动场所,这是老一辈想都不敢想的。

今天搬家的人较多,宿舍楼前很多人正忙着搬运东西。

“前面正在搬东西的那家是老陈家,走,看看去。”

“老陈! 你看谁来了?”

“啊! 是老王啊! 没想到还能见到你啊! 这么多年了,你到大城市了,我以为你都忘了我们了!”

“一条战壕里的战友,怎么会忘记呢?”

“没想到老了还能变城里人,而且住在条件那么好的生活区里……”

“是啊! 太好了,真为你们高兴!”父亲感叹道。

看着与旧监狱农场有着天壤之别的生活环境、工作条件,听着几位久别重逢老一辈监狱警察的叙旧与感慨,从小在监狱农场长大的小倩此时几番感怀涌上心头。

哪个不希望在优越的环境条件下工作? 谁不愿意享受都市绚丽精彩的生活? 但老一辈监狱人民警察为了监狱事业,甘愿放弃优越的生活,在艰苦的环境条件下执着坚守,默默奉献,献了青春献子孙,却无怨无悔。不正是有许许多多像父亲这样的老一辈监狱人民警察的坚守付出,才撑起监狱工作的一片天,使监狱得以稳定、社会获得安宁吗?

以前,由于自己的原因,没能接过父亲的班,明年儿子就要大学毕业了,让他也考监狱警察,替自己接过父亲的班,完成父亲的心愿。

小倩想,父亲一定会高兴的。

(作者系广西壮族自治区北海监狱民警)

今昔保安沼

周红军

保安沼地区位于内蒙古东北部，地处大兴安岭东南麓与松嫩平原西北端的交错地带。明万历年间，这块含有嫩江及绰尔河流域的一万一千一百五十五平方公里的草地被成吉思汗的十六世孙博弟达喇分给九子阿敏，当做牧场。

20世纪50年代初，父辈们带着服刑人员走进这片仅有飞禽走兽的草地，成立了保安沼农牧场，后改为保安沼劳改农场、保安沼劳改支队和保安沼监狱。后期，在保安沼周围还相继成立了新河农场、乌塔其农场和乌兰农场，但外人知之绝少，外面的人一提到保安沼就会说："那地方出三样东西：大米、蚊子和劳改犯！"

父辈们建场之初所经历的艰难困苦，是我们第二代"监狱"人根本无法想象的：父亲和他的战友们从河南省押解服刑人员来到这片没有炊烟的草地，在二百二十七平方公里的荒野中筑巢、垦荒、垒坝、修渠、铺路。

我多次听父亲讲过，20世纪50年代初，他们带着服刑人员一路走一路筑拦洪大坝，一路走一路开荒，一路走一路挖土修路，几个月回不了家是家常便饭。

他们晚上住的是随走随装拆的帆布帐篷，夏秋的蚊子让他们吃尽苦头。当时没有厕所，服刑人员和干部都只能在草地方便，屁股露出来，蚊子就叮上去，如果十几人同时方便，同时拍屁股打蚊子的声音如同在会场上热烈鼓掌。

夜里服刑人员不准出来（其实服刑人员畏惧蚊子也不敢出来）就往箍有三道铁圈的木桶内撒尿。臊味弥漫，把脑袋缩进被里，憋热得上不来气，探出头来，熏得不敢喘气，干部的帐篷内也是这种情况。黄黄的尿液覆盖着泡沫，如同刚倒出的啤酒，干部和服刑人员都称这种木尿桶为"啤酒桶"，干部比服刑人员更遭罪，还要值班、查铺和点人数。

我是1963年出生在新河农场的，从记事时就看到服刑人员一色灰囚服，着装还算齐整,可干部却穿自家衣物,质量差、颜色不同,膝盖屁股上也全是各种颜色的补丁,凑在一起,更像一群逃荒的。这种情况一直持续到1982年正式着警服为止,这才像一支队伍。

那时,带家属的干部们住的多是不足三十多平方米的土坯房,低矮得几近趴伏状,远看像一座座土坟头。屋内阴暗、潮湿,北墙和土地面常年长有绿色植被,四季都散发着霉烂的异味。厕所是共有的,每几排平房间才有一个公共厕所,早上解手处于高峰,外面站着很多急等如厕的人,这种情况一直持续到1990年初人们住上了楼房,方告结束。

可以说,如果没有父辈们夯实的基础,保安沼这座摩天大厦根本就无法从沼泽中耸起!

保安沼地区格局是这样的:三个劳改农场,以保安沼劳改农场最为闻名,还有乌塔其和乌兰劳改农场,每个劳改农场各辖三四个劳改大队(现在的监区),十几个劳改大队经年累月从事着农业劳动。

保安沼定"点"后(不再流动劳动),服刑人员被关押在"干打垒"(用土夯实的土质墙)的土墙内。两扇监院大门多是厚木板自制的,开时用人力往左右推。当时,居家的院门大都是柳条编夹的、一人左右宽窄。对比之下,监院那两扇大木门便觉好巨大、好壮观。

白天服刑人员出工后,大门就敞开着,我们小孩很容易跑进大院中玩耍。那时的服刑人员监舍全是土坯房或半土半砖的平房,房内一律是南北大炕,大炕占了三大现场中的两大现场,即生活现场和学习现场。大炕中的过道有一个用大油桶锯成一半自制的铁火炉,这个铁火炉和大炕的炕洞是用来烧稻草取暖的。服刑人员伙房也要烧稻草来蒸窝头、炖汤,这样,就得用四挂大马拉的大马车常年往大院内送草,于是通往监院大门那坑坑洼洼的土道上,一路草屑、一路马粪球。

常听父辈们训诫和教导:"对敌人(服刑人员)仁慈,就是对人民犯罪!"这句话形成了我幼时的世界观,认为对服刑人员就得使用暴力,讲道理就是仁慈的表现,就没有立场。

童年时,父亲对待时时犯有小错的我,抄起就近的东西就打,很少用道理来说服。每当我在外面闯祸了,有人说:"告他爸去!"我最怕的就是这句话,一旦真告了,接下来就得挨一顿胖揍,有理也不容你解释。如果打得不太重,母亲也多漠然不语,认为教育孩子就是这样。在较长的一段时间里,我也一直认为:说百句理,不如给一巴掌管用。

在很长的一段时间里,儿子犯错误的时候,我也像早年父亲对待我那样,操起就近的东西就打,极少耐下心来以理服人,儿子畏惧我如同畏惧老虎一般。当然,后来的事实让我改变了这种践踏他人尊严的传统陋习。

服刑人员宿舍北墙和土地面同样潮湿和长有绿色植被,霉烂味和异味更浓,令人窒息。那会儿服刑人员劳动多,娱乐少。如果下雨天不出工,服刑人员就躺在被窝里边大谈自己在外面时是如何享受和如何有本事等,多为演绎性的,把自己吹弄得像孙悟空和土行孙般的有本事,彼此都明白,但都不互相揭露,图的就是那会儿短暂的精神快乐。

公正地说:保安沼地区能建设成今天的规模,也和服刑人员的辛勤劳动分不开。

当时,每个场部只有一个大商店,为防盗,门和窗户都用卷帘似的木板条封闭,上班叫开板,下班叫关板,没有上下班之说。

商店内没有几样货物,让孩提时代的我印象最深的是店内果类只有一种:国光苹果,一毛六分钱一斤。很少有人买,太贵!当时每个场子都有大片的沙果园,沙果每斤二分钱,就这价格,每家都还不舍得买。小时候,吃到沙果的我就算吃到水果了。

根本谈不上有娱乐活动的父母常年就一套衣服,让我经常有一种强烈的感觉:每天抱着柴火进进出出还未到四十岁的母亲是那么苍老!

当我用带钩的铁丝推铁圈满路跑时,大马(公路)路给我的印象太深太深,路面完全是用土铺的,土质带有黏性,一下雨车轮就像掉进泥潭里,整个车轮被糊死,寸步难行。晴天日头一晒,再经车轮碾压,路面变得忽高忽低,像浪头一样涌向天边,车辆在这浪头间行驶,如同蜗牛在上下蠕动,半天不挪窝。

我上小学时,路面发生变化,马路铺上了鹅卵石,鹅卵石大的有馒头大小,虽然不再泥泞,但车辆行驶在上面,剧烈的颠簸能把人的五脏六腑都揪扯出来。农场唯一的平坦处似乎只有公家的场院。

那会儿我特别羡慕城里人走的路,每当我进城里,在平坦的路上,我总爱多走,不去坐车,充分享受由平坦带来的快感。

1982 年春,撤销新河农场建制,成立乌塔其劳改农场。这年我毕业并被分配到乌塔其基建大队当工人。

我的任务是从爆破后的土坑内取土，并用车把土推到五百米外的窑地。当时的运输工具只有自制的两轮人力车，上坡全靠人力前拉后推。一车土近千斤，一天要拉几十车才能完成定额任务，有的人累得晚上尿了床都不知道了。

那会儿我每月挣十八元五毛钱和四十二斤定额粮食，一毛二分钱带肉的菜都舍不得吃。推土最费的是鞋，已经露出脚趾头的胶鞋我也不舍得扔。

虽然又苦又累，但看到由我们亲手推的土变成一垛垛红彤彤的砖，并建成厂房、家属房时，我非常地欣慰和自豪：能为家乡的建设流汗，回报这片养育我的土地！

1982年10月，我光荣参加了中国人民解放军，在河北省张家口服役，1985年10月退伍。回来后我发现，这儿的情况慢慢地开始变化。

这时的大院墙较以前进了一大步，全部由红砖砌成，水泥勾缝，墙高两米五，服刑人员居住的土地面铺了砖地面。

服刑人员的伙食虽然还比较单调，吃上白面馒头算改善伙食了，但可以往家写信，要腌咸肉、肉类罐头和各种吃食，服刑人员家属来探亲，大包小裹装的全是吃的。

那会儿已经偶有听到“服刑人员也是人，不得打骂，要尊重服刑人员人格”的说法，只是这种新理念被当地的干部和群众在不自觉中抵触着，很多人觉得这说法荒唐、可笑：对犯罪的人不准打骂，以后谁还害怕犯罪，好人还能扬眉吐气吗?!

直到发生一件事教育了人们，人们才真正感觉到时代真的变了。

我有一个同学中专警校毕业，上班不久，被老同志管理服刑人员的方法所传染，因服刑人员不服管理给其两个耳光，打掉两颗牙。服刑人员上告到驻监单位的检察官那儿，检察官令我同学交代清楚事实经过，写出书面材料，并当众宣布，我同学的行为已经触犯了法律。我同学只得一边写经过，一边找被打的服刑人员承认错误，恳请其撤销上告。

这个事件在各个押犯单位引起轩然大波：打服刑人员是为了管理服刑人员，不厉害点能管住服刑人员吗？这也算违法，以后谁还敢管服刑人员？那就拿服刑人员当贵宾吧！

干部们尽管发牢骚、讲怪话，发泄着不满和愤懑，但这件事也教育了他们，许多人冷静下来一想，得出一个道理：时代确实变了，再随意打服刑人员就要祸及自身。虽然当时的干部们想不到更深层的道理，但仅仅有了这一点的感触，打骂服刑人员的现象也就骤然减少了许多。

这之后，随着监狱大兴文明管理，尊重和保证服刑人员的人格和权利，就被保安沼地区所有的监狱民警和当地人所接受。

1985 年那会儿还有一处变化，即服刑人员偶尔能看一场露天电影。

那会儿，冬天里对白天完不成任务的服刑人员的惩罚是晚饭后刨厕所旁边的尿冰山或剥麻秆。

曾有一个调皮的服刑人员相当认真地喊道："今晚来电影啦！两部片子呐！"

来电影对精神生活极度匮乏的服刑人员来说，其惊喜程度不啻家里来了亲人带来了大包肉食，于是众人陡然亢奋起来，齐崭崭问道："都有什么片子?!"

"水银灯下刨尿兵"和"夜战麻秆"！

众人明白后，监舍内传出少有的哄笑声。

20 世纪 80 年代后期，监内开始有了黑白电视，那时收看得靠室外立杆的天线，效果相当差，满屏幕雪花，人体扭曲错位，就是这样，不到关电视时间，服刑人员们也舍不得离去。

1985 年 10 月，我被分配到已经更名为"乌塔其劳改支队"的修配厂，这是保安沼地区最大的工厂，生产农具、暖气片等产品，我从翻砂工一直干到了副厂长。

1990 年开始，保安沼地区经济陷入了低谷，各单位虽已经更名为监狱但却靠自负盈亏维持，工人们发不出工资，着实贫穷了几年，不少人只得放弃了家园和工作，背井离乡外出谋生。直到 1994 年《监狱法》颁布，监狱干警吃皇粮，监狱才起死回生了。

经济稍有好转，一些人开始追求更高的生活质量：买轿车！只是买的都是城市淘汰下来的二手车。常见几个人凑在一起互相攀比：甲的车三千元，乙的车五千元，丙的车最好，八千元。没有人买新车，过万就是天文数字，买不起！

1998 年 7 月，嫩江遭遇百年不遇的洪灾，随时可能破坝，人人都感受到了灭顶之灾的危险。但保安沼的人们没有后退，在沈阳军区的支援下，筑坝、打桩子、扛沙袋，硬是战胜了洪魔，保住了家园。但内涝严重，水稻严重减产。

1999年5月初,保安沼地区灾后重建开始:高天上彩旗猎猎,工地上人涡旋转,昔日空寂、街可罗雀的乌塔其喧闹起来。楼群、商铺和广场等如春笋般拱出这片草地,乌塔其一夜之间变成了繁华的小城镇。

街里地面全部硬化,由水泥彩砖拼成各种图案,像一幅幅图画。晚饭后,人们总爱在这平、直、实的广场上散步,心情愉悦,稀罕得不得了。

人们住上楼房,退休后的老干部不再以搂树叶、劈树根和掏炉灰度日,而是到监狱为老干部和退休人员成立的娱乐室消遣:打麻将、下棋、跳舞等。老人们感慨道:临末了,终于赶上了好日子!

1999年初,保安沼、乌塔其和乌兰监狱同时大兴土木,仅用一年多的时间,三座规模宏大的现代化监狱同时耸立于绿树环抱中。

2000年底,乌塔其监狱把散落在这片土地中的四个监区全部(以前的大队)收拢进新的大院中,开始了全新的规范化管理。

2000年11月,乌塔其监狱成立警卫大队,任命我为大队长,管理监狱大门、接见室、禁闭室和巡逻队。以前,我一直从事企业工作,考上公务员后也未到监狱工作过,对于监狱老认识多于新认识。

上班不久,我目睹了一件事,它对教育我今后用什么方法对待他人,起着脱胎换骨的作用。

通辽看守所往我们这儿投送新犯。临别时,押解新犯来的一名中年警察握住一个带有络腮胡的新投犯的手,并瞅着其他五名新投犯,微笑道:"再见了!你们在这儿好好的,早点回家来!"

六名新投犯一起轻松地笑着,挥手向中年警官告别道:我们在这儿一定会好好的,再见,警官!

监狱那黑黢厚重的铁大门是令陌生人产生恐惧和瘆人的标志,在这大门下,中年警察没有提"监狱"二字,把监狱称为"这儿",这就使新投犯减轻了敌对,滋生了温暖。

服刑人员也没有提"监狱"二字,双方不言而喻:这儿就是监狱,是惩罚和教育人的地方。

回想以前,和服刑人员握手,想都不敢想,就是和服刑人员家属握手都是立场问题,会受到斥责。

以前,干部晚8点后必须撤出监院,不准留在监院内。夜里干部一走,组长就成为活阎王,服刑人员管理服刑人员,后果严重。胆小的服刑人员给组长献殷勤,求得平安;胆大的、不甘受欺负的就和组长对着干,牢头狱霸就这么产生了。

2000年以后,干部开始进监舍值班,零距离管理服刑人员,这种改革对当地人来说是从未有过的新鲜事物,是一个大举措、大进步。

现在每个监区都有值夜班干部,巡逻队配合,还有带班的监狱领导。以服刑人员管理服刑人员和牢头狱霸的怪相一下就销声匿迹了,监内也稳定了。

我负责监狱大门后,还从未去过服刑人员的新监舍楼。

2000年12月15日,我值班,来到一监区三楼,立即目光为之一震:雪白的墙壁在日光灯照射下,炫人眼目。白瓷砖铺就的走廊两侧各摆一溜花盆,绿色掩映着红花,加上暖气片发出阵阵暖流,使我如同置身于春天里。当我看到服刑人员使用的那如同白瓷饭碗般洁净的便池时,我一下就联想到父亲说的那箍有三道铁圈的木尿桶。

我看到服刑人员宿舍门侧挂有检察院信箱和监区长信箱,觉得很新鲜,对一旁的值班服刑人员脱口道:"这个信箱打开过吗?"从内心来说,我以为这是摆样子给人看的。

"不打开,挂它干什么?"值班服刑人员像看外星人一般瞅着我,弄得我很是狼狈。

我走到会议室门口,立即被掌声欢笑声吸引住了:在容纳百人的会场里,面东墙摆放着一台34吋的大彩电,此时电视里正播放着陈佩斯的小品"警察与小偷",服刑人员们边笑着边议论边宣泄着情感,我一下又想到了服刑人员躺在被窝里享受的精神大餐和20世纪80年代中期发生的"夜战麻秆"的故事。

在警官值班室里,我看到二十三岁的警官小张,他是去年才分到监狱工作的新警官。小张正在处理一起服刑人员间发生的矛盾,他一直微笑着听服刑人员讲事情的经过,之后才指出双方各错在哪里,违反了罪犯行为规范的哪条,有理有据,态度温和,绝没有以前看到的干部管理服刑人员时的蛮横和强势。

两名服刑人员心服口服地走了。我感慨地对小张说:"现在管理服刑人员和以前那会儿完全不一样了。"

"我听老同志讲过以前是如何管理服刑人员的",小张接着往下说道,"以前那些管理方法已经成为历史了。现在的警官,尤其是一线的警官要有综合素质,还必须在具体的工作中表现出来,不然就会被淘汰出局。咱们赵监狱长是主抓服刑人员教育改造的,他每次在管教会上都反复告诫我们:你们是最前沿的警官,更要努力学习法律和业务来提高自己,监狱的方针是以改造人为宗旨,在管理和教育服刑人员中一定要做到依法、文明,要以理服人。”

赵监狱长是非分得特清楚,警官和服刑人员之间发生冲突,若错在警官,他绝不护犊子,严厉批评你,要求写出深刻检查来,并保证绝不再犯。所以,服刑人员对警官处理不服时,开口就那句:“我找赵监狱长去!”你别不信,警官们怕的就是这句话。

这句话让我又想到小时候在外面惹祸后,那句:“找他爸去!”之后回家发生的就是一顿胖揍,有理也不容你分辩。

“我是政府,我说的话不对也对!”这句话是以前干部们常挂在嘴上的,随着时代已消失得无影无踪了。

夜深沉了,我却难以入眠,监狱内天翻地覆的变化,让我这个对监狱外行的警官产生了紧迫感,我一定要抓紧学习,才能赶上队伍。

从此以后,我再遇到儿子犯有小错,一改以往使用的暴力方式,变得富有耐心起来了。我总是先耐心倾听儿子讲事情的经过,允许儿子分辩,再和颜悦色地向儿子讲明道理,指出事情危害和可能出现的后果。

开始,儿子像看外星人般盯住我。久了,儿子不再害怕我,主动和我讲一些学校发生的事情,问我怎样处理合适,我也总是耐心开导。我和儿子的关系变得是父子又像同辈朋友。

后来,儿子说了句:“爸爸,你可以去学校当老师了!”的话让我激动不已,同时亦感到,我正向一名合格的监狱警察看齐。

我和当地驻军(武警部队)的许大队长交上了朋友。许大队长性急,一上来脾气,对士兵时有骂语。我对许说:“你要尊重他人,现在监狱内对服刑人员都不再骂了,你骂一句,服刑人员马上就往检察官信箱投条子,马上就有人找你。”

信奉不打不骂不出好兵的许大队长惊愕地看着我说:“这是真事?!”

从那以后,我看到许大队长对士兵虽严厉有加,却再无骂语了。

一天,我忽然发现,现在的服刑人员家属来探监都是空手来的(其实这种情况很久了,只是我没有发现),我惊讶地问他们,为什么不给亲人带些食品?

服刑人员家属告诉我说，他们（指服刑人员）来信不让带吃的，这儿有了超市，存点钱就行了。现在监狱伙食比外面一般人家都好，早餐有牛奶、鸡蛋、包子等，中晚餐一荤一素，随便吃，只要不浪费就行。他们都吃油腻了。

我听呆了，管理监狱大门的我还一直以为：对被惩罚的服刑人员还在限质限量呢！

现在，常有服刑人员家属指着监狱门前那笔直平坦的水泥路面说，你们监狱大门口的路这么干净，连一片树叶都没有。服刑人员家属的话仿佛又让我看到以前监院门前的情景：坑坑洼洼的土道上，一路草屑、一路马粪球。

现在楼里有暖气，伙房用的是蒸汽和液化气，靠烧稻草做饭的时代已经成为传说了。

监狱的变化与时俱进。2007 年，保安沼地区的服刑人员全部收回监内，不再从事农业劳动。监内建起了工厂，服刑人员从事来料加工劳动。

2000 年初，乌塔其监狱大门仅有一道，还是按电钮的，人行通道的小侧门还是铁门插儿，要靠室内的人用手抽动。到了 2014 年时，乌塔其监狱大门设备完善，完全进入高科技管理时代，一道大门变成三道，分有 A、B、C 门。A 门由武警把守，B、C 门由警卫队管理，全部由电子遥控器开启。三道门间共设有两道阻车器。车辆进出，司机要接受摄像头自动摄像，出院时二次接受自动摄像，比对成功后方可放行。人行通道设有六道门，皆要刷卡。六道门有两处由人直接管理，警官出院时先刷开两道门，再刷卡进入设有虹膜识别器的栅栏的室内，用眼比对虹膜识别器，语音提示识别成功后，警卫队值班人员用鼠标点确认，警官方可出来。再经武警门，刷卡在屏幕上显示本人照片，武警比对确认后放行，警官才能真正脱离监狱门的管理。

乌塔其监狱在警官管理上也进入正规化和规范化，每个人都得背会《监狱法》《岗位责任》和《六条禁令》。还要不定期考试，内容就是法律和业务知识。

责任落实到每一个人头上，警官们每年都要签署责任书、承诺书和保证书等。

监院内年年都有基础建设，大小车辆涌入涌出，加上天天都有新投犯和外来看病住院的服刑人员等，监狱大门热闹得像早市一般。

自从服刑人员不出外工后，服刑人员唯一脱逃的出口就是监狱大门。上级领导多次强调：监狱大门是重中之重，是监狱最危险的地方。全国偶有罪犯脱逃,几乎都是利用车辆等从大门混出来的。

我肩上的担子比任何人都重,我几乎时刻都在寻找大门留有潜在危险的漏洞,一经发现,马上开会落实。我一直认为,发现漏洞容易,最难坚持的就是落实。我要抓的就是两个字“落实”。

所以,除了节假日门口鲜有车辆外,我几乎天天坐在值班室里,监督值班警官落实制度。

在我任警卫大队大队长的十八年中,乌塔其监狱大门从未出现过一起罪犯脱逃和其他安全事故,为监狱的安全作出了贡献。十八年来,我先后获得三等功三次,获得内蒙古监狱系统优秀党务工作者等荣誉。我认为,这成绩是从坚持不懈抓落实中得来的。

如今的保安沼地区,居高俯瞰,绿色的农作物逐浪般涌向天边,如海洋般壮阔与浩渺,平坦宽阔的柏油路如同一条黑色的带子飘向天边。

那些以前下岗的工人,如今躺在家里睡觉,每月都会领到一千六百元的工资。他们每年都有二十亩地,租给他人也会收入万元,如果摆个地摊,就会过上较富裕的生活了。

买二手车的故事也成为笑话。人们再凑在一起,说的是甲新买的车十万元,乙的车十五万元,丙的车高配如何等。

2018 年,我母亲已近八十岁,却不服老,参加了跳舞队,还经常为抢排头“争风吃醋”,而我常想起孩提时代的母亲,抱着柴火进进出出还未四十岁,却是那么苍老!

一天,母亲谈起我早逝的爸爸,忽然高声对我说:“你爸爸是个遭罪的命,你现在好了,两口子就在大楼里,窝洗、窝吃、窝拉的,地方宽敞还是用不了。别忘了你爸爸是咋过来的。你现在是监狱的门神,管好大门,你才会有今后好生活!”

母亲的话,让我想起那句“不忘初心”的警句,由此回首保安沼地区数十年的发展历程,更让我感慨不已:现今保安沼地区的建设如同一幅美丽的画卷,我为自己能在这幅美丽的画卷上勾勒一笔而感到由衷的自豪!

（作者系内蒙古自治区乌塔其监狱民警）

暖暖的秋雨

刘世民

秋雨的天，很冷，即使加了衣我还是不断打着寒战！

可是，当看到我写的《心馅月饼》在《幸福的黄丝带》上刊发出来后，我一下子就暖了。

走进生产车间，迎面碰到监区长商凯，没等我说什么，他先开了口："刘哥，咱家'单件流'的试点真有成效，第三季度咱们监区生产效益全监狱第一。"

"太好了！"

"'双节'过后，禁烟令开始执行，我刚才把干警工作区，服刑人员监舍、生产区都检查了一遍，厕所的便池子、垃圾桶也看了，一个烟头都没有，还不错！你接班后把吸烟室的点烟器挨个看看，坏了马上换。换气扇也瞅瞅。对了，刘哥，乐呵呵的，有啥好事啊？"

"我在《幸福的黄丝带》上发了一篇文章！"

"这抽空我得好好看看。那我交班了。"他把"值班"的袖标别在我的衣袖上，看我穿得少，又补了一句："这么大岁数了，多穿点！"我的心又暖了一下。

我带领管教科的同志巡视到了洗衣房，几名服刑人员在洗床单，其中一名在洗囚服，整整的一盆。我询问："怎么这么多囚服？"

"报告教导员，这是病犯某某的，他昨晚又拉到裤兜子里了。我刚洗完床单，顺便帮他洗一洗。"这名服刑人员站到一旁解释。主管干警肖鹏解释："某某最近大小便失禁，我们专门安排他护理。一场秋雨一场凉，衣服、被褥又给某某准备了一套。"

"所有的老弱病残都是这样的吗？"

"是。"看着三十岁刚出头，留着寸发，意气风发的小伙子，我的心头越发地暖了。

巡视完，回到办公室，脚下有些凉，是雨水把鞋垫阴湿了，正寻思着怎么办，被分监区长滕国雷撞见,他问我:“领导,多大的鞋?”

“42 的。”我顺嘴回答。

“我给你找副新鞋垫,不然,让我们这些孩子多过意不去!”他要起了嘴皮子。

我穿着垫上新鞋垫的鞋,脚上真的温暖了很多。出门的工夫,正好撞见监狱长侯士顺和监区长商凯陪着省督导组的人来生产车间。他们一会严肃认真,一会开怀大笑,亲自检查了《干警值班登记》《刃器具检查登记》等业务材料。最后对我们说:“一个农业监狱弄成这样很不错了!‘十九大’安保完成得很出色。”听领导夸奖,我偷笑了一把。

陪领导检查一圈下来,已经是中午。虽然风小了,雨也小了,但天更冷了,且是有点刺骨的冷。可我心里洋溢的乐融融的暖意却让我非常受用。

刚在监院外办公室坐下,手机就响起来,是援疆的王健打来的,赶忙接听,他的声音坚定而洪亮:“刘哥,挺好吧!”

“挺好,你去新疆一晃半年了,够辛苦的了!”

“没啥,人一辈子不经历点能说出口的事就白活一次。难得的是单位、家里对我支持。这半年以来,我感觉和家那边没什么两样了。这次选择我无怨无悔!男人趁年轻不选择安逸!对吧!”

我的心一下沸腾了,火山喷发的暖,受不了的热。

这时,国雷敲门进来,满头的尘土,整身的警服都成了土色的了:“刘教,听说你写的文章登了,快把公众号地址给我,我们大家分享一下。”他扫描了二维码,转身离开的功夫,我问了句:“扒房子(破旧仓库的苇棚)怎么把你弄成这样?”

“我是兼职安全员,万一出点问题多不好。我一个农村孩子,埋汰点不算什么!”他朝我淡淡一笑,离开。看着他离去的背影,我心里更加的暖。

半小时后,国雷又打来电话:“刘教,我把你的文章分享给咱五监区群了。”我一愣,似乎有些不满:“胡闹!不是谁都喜欢的。”

他笑了:“哪是胡闹!咱‘五监区有你,我自豪’是有正能量的群啊!”

听了他的话,虽然阴沉沉的天还在淅淅沥沥飘着寒雨,可落到我身上是暖的!风也是暖的了!

(作者系辽宁省北镇监狱民警)

我爱“中”字

陈俊明

在成千个汉字里，我较偏爱“中”字：孔孟贤人待人接物讲究不偏不倚，“中庸”之道，人长得要“中看”，说话要“中听”，东西要“中用”，重要的地方是“中枢”；双方发生矛盾纠纷，要找个“中间人”来说和，协商解决；不小心溅到强酸溶液，赶快拿碱液来“中和”；有能力的人叫“中坚”，有担当有魄力的称之“中流砥柱”，连老祖先也把我们民族取名“中华”，我们国家古时称“中原”，现在为“中国”。

我已届不惑，步入中年，中年男人就像“中”字里的那一竖，是一个家庭里的顶梁柱，撑起整个家：父母年事已高，伤病疼痛常有，要照料；儿女尚幼，养育教育不可缺少，需顾到。

如同屋梁要取年轮长久、没有虫蛀、木质密实、不弯不曲的硬直木材，中年男人也唯有自身健康硬朗，坚强笔直地挺立，才能抗御风雨，稳稳地撑住温馨安全的幸福小家。

现在网络上总喜欢把中年和油腻两字挂起钩来，以“油腻大叔”贬低中年男性，我极不赞同。中年人刚褪去青年的稚气，又未染上老年人的暮气，成熟干练、稳重睿智，正是清爽，何谈油腻?！娱乐圈内年轻小鲜肉我记不得几人名字，倒是喜好陈道明、李幼斌、张嘉译等中年演员的表演，不做作，有风骨，独自一派，让人钦佩。

单位里，我也算是个中层，此处“中”字的那一竖既像根导管，又像条纽带，上传下导，把高层的施政理念、设计意图，贯穿到基层操作执行；将基层实际情况反馈上去，以供决策参考，沟通联系两端。合格的中层，对高层交办的事，不是只作“收发室”，高层往往言语简练，只提理念精髓，中层会融会理解，由一及三，领会要义，丰富完善，结合基层实情，传达部署，既是精神传达，也是具体工作布置；同时，基层反馈，也不会事无巨细，将所有牢骚非议个体情况，只顾原样转述，既耽误决策者时间，也容易造成误导，须纷杂中取有用者，具导向性、群体性、重要性的，向高层反馈，且提供自己有价值建议，供选择决策。

“中”的甲骨文字形，是撑着旌旗的旗杆，中年的中层，不正是我们社会的“中坚”，各行业领域内的旗帜标杆吗？

挺直脊梁，堂堂正正的“中”字，甚为我爱。

（作者系江西省景德镇监狱民警）

一个胆小女人的幸福生活

旷春荣

我留意了一下，每当冬季阳光温暖的日子，出现在街头晒太阳、聊天的大多数是老太太。她们三个一群、五个一伙聊天、打牌，兴致盎然地谈天说地，谈论身边的物是人非。

我为这事问过老妈，她回答说："男人们年轻时劲用得太多，累得很，所以先行一步休息去了。你们这里还好，还能看见一些老头，老家小区活动中心许多人的老头子早早地就走了，像你爸能活到八十岁的较少。"

我问老妈，你和她们都玩些什么呢？老妈说，就是一起聊天，说说各家的琐事，家长里短。老妈就给我说了一个老姐妹的故事，我觉得挺有意思的，就全文记录了下来：

我是一个胆小的人，什么都怕：怕生人，不敢离开熟悉的地方；怕打雷，怕闪电，怕蛇，怕虫子，怕鬼，怕一切丑陋、凶险、激烈、未知的事物和人。打记事起，我就好像爹妈的小尾巴，甩也甩不掉。即使这样，我还是会常常吓得面红耳赤、吱哇乱叫、眼泪扑簌直流：就为一只不知哪里冒出来的老鼠、一个响雷、一个鬼故事。

好在爸妈并不嫌弃，碰到这样的情况他们都会护着我。即使后来我有了一个弟弟，一个妹妹后，他们对我依然如故，我很感谢爸妈，但在我九岁那年美好的童年结束了。我妈因病去世，留下了我这个什么都怕的大女儿和一个四岁的儿子，还有一个八个月大的小女儿，我爸一下子又老又憔悴。

家里遭到这样的变故，三个嗷嗷待哺的孩子，爸一个人应付不来，没有办法，小妹妹让我姑姑领养，我和弟弟跟着爸爸生活。爸爸又当爹来又当妈，我自己又胆子小，不敢领着弟弟到处乱跑，只能带着他在家里玩，因此弟弟的胆量也不大，怕生。但他是男孩子，除了怕生，其他的都还好。这样的日子虽苦，我们小孩子却不觉得难过，因为有爸爸的疼惜爱护。但这样的日子仅仅过了五年，因后妈的到来而打破了。

我继母带了一个和我弟弟年龄相仿的女孩子叫香菊,日子就越来越磕磕绊绊了。妹妹和弟弟一般大,又是天不怕地不怕的,争强好胜,弟弟压根儿就很怕她,其实我也怕,但我们主要还是怕继母。因为只要是妹妹哭了或是向她告状,那弟弟就免不了挨打、挨饿。我已经十三四岁了,不好打,但会挨骂。比如家务活没干好,弟、妹没照顾好都挨骂,有时顺带捎上爸爸。有一回,弟弟被继母打得太狠,又不给饭吃,爸爸实在不忍心,看不下去了,背地里把我和弟弟拉到一边对我们说:“要不,我不和她过了。”我和弟弟当时就哭出了声。受了这么久的委屈爸爸不是没看到,他不是不心疼我们。爸爸看到我们哭,也流泪了,把我们搂在怀里,三个人一起流泪。这情景到现在还不时地浮现在眼前。

哭了一阵后,弟弟说同意爸爸的提法。我想了想,对爸爸和弟弟说不同意爸爸和后妈分开。弟弟一听急了,我就说爸爸要到队里挣工分,在田里做事一天,回来还要做家务,那不更累！再说我终究是要嫁人的,不会和弟弟一直生活,到时我嫁人后谁给你们做饭、洗衣呢?不和这个后妈过,另一个后妈也不见得比她好。爸爸听了我的话,哽噎声更大了,弟弟半信半疑地看着我,这件事就这样过去了。此后,后妈对我和弟弟态度和善了许多,妹妹与弟弟起争执的时候不会一味训斥弟弟,应该爸爸与后妈谈了什么让她有所触动吧。

在我十八岁的时候经媒人介绍结婚了。老公和他妹妹是由我婆婆一手带大的,我公公去世得早,母子三人相依为命,也很不容易。我婆婆是一个要强的女人,男人拿十工分,她也拿十工分。我进门后,她很喜欢我。我从小胃口就不好,长得较弱,高瘦高瘦的,婆婆总是让我多吃点、多休息。我的胆小害羞在我们那一带是出了名的,地里的活她摸都不让我摸,一是怕我碰到什么虫呀蛇什么的,二是我也怕生,只让我做点家务。婆婆让我感觉到妈妈又回来了。

因为婆婆和老公都到队里挣工分,小姑子要上学。结婚后几个月我都待在家里,待得有些烦,当时正是1958年大办集体食堂的时候,大队书记说:“新媳妇菜做得好吃,人也不错,干脆到大队食堂做事,挣点工分蛮好。”于是我就到食堂来干我这一辈子第一次外出也是最后一次需要离开家干的活。

我每天到食堂去做事,地里的活不会做,但洗衣、做饭的事情难不倒我,活也做得麻利,食堂的一帮师傅都很喜欢我,也信任我。有一天中饭过后,食堂的师傅们都走了,就我一个人在忙最后的清洗工作,我听到食堂门口有苍老沙哑的声音问:“有人吗?”我闻声出来,看到一位佝偻着腰,头发灰白杂乱、胡子拉杂、脚穿草鞋、衣着褴褛的老头,正有气无力地拄着棍子朝里张望。他看到我,眼睛一亮,说,“行行好,小姑娘,给点吃的,我好饿啊!”虽然老人家面相不凶,蛮慈善的,可我还是很怕。我不敢上前,也不敢说话,只是惊慌地看着他。

这个老人家看我也不是个厉害的主儿,就坐在食堂门槛上,继续和我说:“我从河南来,现在要回家,我家在赣南。我身上本来是有点钱的,但在路上碰到了一个和我一样想回家的男人,他身上没钱,就分了一半的钱给他,可在剩下的路上我的钱被偷,身无分文,又无力气干活,只好靠要点吃的走路回家。姑娘,你给我点吃的,你也应该是个好人。”

我听着他慢慢说完这些,就添了满满一大碗饭,盛了两盘剩菜,放在桌上,然后又装了一盘馒头放在边上,对他说,“老人家,你吃饭吧,这些馒头你带路上吃,我回去有点事”,就急慌慌地跑回家去。快走到家门口的时候碰到大队书记,就对他说:“书记,食堂有个叫花子,那饭和馒头是我给他吃的。我害怕,不敢待在食堂,你去看看,等他吃完了我就去收拾。”

书记转身就朝食堂走去,回头还说了一句,“叫花子你也怕?!”

下午再去食堂做饭的时候书记还在那,他对我说,“那个叫花子应该是个可怜的人”,然后他又笑着说,“你呀,从小到大,这个胆量就没长大过。不过你好善哦!”

在食堂做了半年,我怀上了。许多味道都不能闻,吃什么吐什么。婆婆看得心疼,说什么也不让我到食堂干活了,从此我就回家操弄家务、带孩子,再也没有到家门以外的地方干过活了。

我怀孕的时候胃口不好,婆婆和老公就到水渠、沟里抓些鲫鱼、黄鳝来改善生活,家里的鸡蛋也主要是给我吃。可我总吃不进,偷偷和上小学的小姑子打商量,让她替我吃。开始她不同意,怕婆婆骂她,可后来看到我作势要当她面倒掉这些东西时她舍不得,心疼,就同意了。这样,她高兴,我高兴,婆婆和老公也高兴,我觉得这生活可真好。

大儿子生下来后坐月子,我还是吃不进,只想喝米汤。整个月子我就靠米汤淘饭养着,别的吃得很少。虽然这样,大儿子还是被我养得胖胖的,身体蛮好,这对我来说也是一件幸运的事情。

我结婚后,我娘家一家人也相处得蛮平静。一家人不说相亲相爱,但也和和气气的,没有后妈刚来时的那种吵吵闹闹。这确是因为我爸和我姐弟三人那次谈话后的结果。后妈也不是个心狠的人,虽然她蛮泼辣,但也讲道理。看到我和弟弟的变化后她也变得温和了一些,蛮不讲理的妹妹也谦让多了。弟弟和妹妹读书都不错,后来弟弟考上师范当了老师,妹妹上了护校做了护士。

我的小姑子从我嫁进门来就和我蛮亲。我外面的活干不了,但做饭、洗衣还有女红这些不在话下。我常想办法给我小姑子做点什么零食吃,或是小玩意的,小姑子高兴得不得了。她叫我姐姐不叫嫂子,我听得更亲切。

小姑子初中毕业后在家务农,有许多知识青年下乡到我们村。有一天,小姑子神神秘秘地来到我房间,扭捏了半天才说,“姐,那个谁谁谁你知道不?你觉得他怎么样?”我听后乐了,说,“我觉得蛮好的,虽然他是资本家出身,但他有文化,长得又好,高高的,你好会看人呢!”

小姑子看中的这个男孩子虽然长得好,但瘦,面色不大好。不过这个男孩子文化好,自他来后过年村里人家的对联大多是他热心帮忙写的,大队书记说他写的对联最好。对人也有礼貌,总是微微笑的,我决定来帮下我这小姑子。

此后,但凡我做了点什么好吃的都会拨出一点,让小姑子给他送去,后来他们熟悉了,男孩子也会经常到家玩。每来一次,我都会尽量让他吃顿饱饭,实在没饭菜了,也要烤个红薯或土豆给他吃,每次他吃完都要说谢谢姐姐。他和小姑子一样也是叫我姐姐的。

小姑子的恋爱婆婆开始不知道,知道后她也说怕他出身不好,到时连累大家,意思让小姑子不要和他来往。我便劝婆婆,不是出身不好就代表人不好,人家文化水平又高,待人又和气,长得不错,和妹妹蛮相配的。再说以后会是什么样子谁都不知道,但知识分子总归是吃香的。婆婆听后也就不再多说什么了。

小姑子结婚了。知青回城,小姑子老公第一批回城并招工提了干,小姑子也随老公去了省城,在那儿找了工作。后来家里每谈起小姑子这件婚事,婆婆都说我做得好,小姑子夫妻更是感激我。我老公走后,他们夫妻常接我去省城玩,把家里所有好吃的都拿出来做给我吃,现在我在女儿这住着,他们俩也时常来看我,有个什么头疼脑热的就要把我接省城看病,真真热心哦!

我和老公生了三子两女。三个考出来了,一个做生意,一个当兵出来了。老公对我和孩子们都很好,和气,很少骂人,从不打孩子,他知道我胆小,不喜欢吵吵闹闹,我家里很少有吵闹。这么多孩子都是我一手带大,老公、婆婆要忙田地里的活，我一个人在家也做得来。婆婆对我很满意，她年轻守寡，带大一子一女，后来她有了三个孙子和二个孙女，还有外孙、外孙女，心里特满足，觉得对得起老早死去的公公。婆婆是带着眯眯笑离开我们这些后辈的，我想她也是先苦后甜，没带什么遗憾去见我公公吧。

我老公前几年走的，这辈子他劳作太多，为了我和孩子们把他身体累坏了，该享福的时候却生病，没多长时间就走了，留下我一个人。

孩子们都很孝顺，住谁家都对我好，这段时间我住女儿家，外孙子上大学去了，女儿说来给她们夫妻俩做个伴，所以才会碰到你们，和你们聊天。你看，我女儿来找我了，我要回家吃饭去，下次再聊啊，再见！

听了老妈说的这个故事，我还真想见见老妈的这个老姐妹，我猜想，她是一位慈祥的老太太，因为她的心很善，因为她的生活很幸福，她一定是慈祥的！

（作者系江西省洪城监狱民警）

我俩的四十年幸福旅行

郑小陆

幸福是什么？对我们共和国同龄人而言，幸福，是苦难中的历练，是平凡中的感动，是珍惜当下的一切，更是与新中国共同成长的荣辱与共。

2018 年 10 月，我和爱人准备去西班牙、葡萄牙旅行，这已经是我们记不清第几次踏上异国的旅途了，但令我回味悠长的几件事情，都与旅行有关，我想藉由这个小小的切口，让人们些许窥见中国这 40 年来的沧桑巨变，同时也能深刻地体会到：幸福，就在我们身边。

22 岁那年，我们“穷游”泰山，领略祖国大好河山

1971 年初夏，是我们这些上海知青到安徽宿县插队落户的第二年。在生产队辛勤劳动了一年，我和“插兄插妹”陈广伟、小啦三人商定：爬泰山、看黄河！

陈广伟把自己最值钱的家当，舅舅送他的一块天津产“五一”牌手表送进了寄售商店，得款 18 元，加上我和小啦平时的积蓄，一共凑足了 39 元钱，有了这笔“巨款”，随即开始了那次难忘的旅行。

根据蚌埠知青的经验介绍，我们决定尝试“逃票”乘车。在拥挤的北上的列车，我们坐在过道上，抵挡着不时袭来的困倦，提防着列车员突然查票……

一整夜，我们在担惊受怕中度过。

那个年代的泰山还不收门票，也没有索道，游人十分稀少，这让我们游玩得非常尽兴：一路上，我们惊叹于大自然的鬼斧神工，感叹祖国山河的秀美，如此“奢华”的旅游，也许此生绝无仅有。唯一美中不足的是，我们没有一部属于自己的照相机，不能和壮美的泰山来一张永恒的合影。

那一天下午 5 点多钟，我们三人拖着极度疲惫的双腿，终于登上了泰山之巅。

泰山顶上只有一家国营的“岱顶宾馆”，说是宾馆，其实就是一所设施极其简陋的招待所。进去一问，每人每晚需交住宿费1.5元，为了节省开支，我和小啦两个女生挤一张床，谁知半夜被服务员叫醒，“勒令”补交了1.5元。

两天后，陈广伟从黄河边上唯一的一家照相馆租来了一部海鸥牌相机，这给我们一个大大的惊喜。在滔滔的黄河边上，我们尽情地按动着快门，拍下了一张又一张照片，还请当地老乡为我们拍下了一张合影……

这次旅行，除了在泰山住了一晚宾馆，在陈广伟亲戚家住了两晚，还有两晚是在济南火车站候车室的长椅上度过的。旅行前后5天，我们三人一共花去了32元，居然还有7元钱结余。

每当我翻看当年那些泛黄的老照片，我都会激动不已，因为它们记载着我们这一代人的青春、友谊和爱情。那时的我们是清贫的，也是富有的。

29岁，我们登上长城，憧憬着未来

1978年春节，是我终生难忘的日子：那是我在北京旅行结婚的一段日子。

1977年12月，我和相恋了9年的高中同学陈广伟终于办妥了结婚登记。我们俩是上海“老三届”高中毕业生，在结束了安徽宿县五年的插队生涯，又先后踏上工作岗位后，才如愿以偿终成眷属。我们商定，利用春节和婚假去北京旅行结婚。

为了我们这次蜜月旅行，父亲老早就从上海写信通知了北京的姑母和叔叔，他们都非常热情地期待着我们赴京。1978年春节期间，我们如约来到了小姑的家。小姑拉着我的手亲切地说：“早就收到你爸爸的来信，我已经让保姆把南面的书房打扫干净了，床也铺好了，都是专门为你们准备的。希望你们在北京玩得愉快，把人生这段最美好的日子铭记在心。”

在北京的那些日子里，我们游览了故宫、圆明园、颐和园、香山、八达岭、十三陵等景点。游览八达岭那天，阳光灿烂，万里无云，我们一路攀登，终于登上了最高的那座烽火台。极目望去，蜿蜒的长城犹如一条巨龙，在峻峭的山脊上弯弯曲曲、延绵不绝地伸向远方……我们尽情地赞美着祖国的大好河山，抒发着心中的感叹。

不经意间，在我们周围站满了一群外国人，他们是刚刚登上烽火台的欧美游客，他们或西装革履，或穿着艳丽，人人手持相机，不停地拍摄着长城的壮美景色。时不时地发出“It’s great!”“Really beautiful!”的赞叹声。

在回家的路上,陈广伟突然冒出一句:“什么时候我们也能跟他们一样,出国旅行呀!”

我笑着说:“别做梦啦!”

在后来的日子里,他不止一次地念叨这句话。那时的我们根本不会想到,有朝一日,我们中国人也能周游全世界! 直至现在,我才真正理解了“贫穷限制了你的想象”这句话的含义。

40 年春风化雨,40 年跨越腾飞

从 1978 年至 2018 年,整整 40 年。然而这 40 年在历史的长河中,仅仅是一瞬间。40 年来,我们的祖国和自己周围的一切,都发生了翻天覆地的变化。从前不敢奢望,觉得遥不可及甚至是天方夜谭的出国旅行,对于现在的我们来说,几乎成了家常便饭。

近 10 年来,我们先后去了美国、英国、法国、瑞士、意大利、梵蒂冈、列支敦士登、俄国、德国、匈牙利、奥地利、捷克、斯洛伐克以及新加坡、马来西亚、泰国和日本等 20 多个国家。

2013 年 3 月,我们去美国探亲,从东部的纽约到宾夕法尼亚州的费城、从华盛顿到南方佛罗里达州的奥兰多和迈阿密,再到西部加利福尼亚州的洛杉矶、旧金山、圣何塞、硅谷、圣迭戈以及内华达州的拉斯维加斯。这次美国之旅前后逗留了两个月。

出国旅行大大开阔了我们的眼界。使我们亲眼目睹了世界各族人民创造的辉煌历史和灿烂文化,亲身体会到各个国家的风俗礼仪以及精神文明和物质文明的丰硕成果。

我们每到一地,都会参观当地的博物馆。因为博物馆是人类智慧的结晶,是典藏、陈列和研究自然和人类文化遗产的场所。这些年来,我们先后参观了法国卢浮宫、英国大英博物馆、美国大都会博物馆和俄罗斯的艾尔米塔什博物馆世界四大博物馆以及其他各国大大小小的各类博物馆。

另外,欧洲各国的历史建筑尤其是宗教历史文化建筑,是人类极其宝贵的遗产和瑰宝,如巴黎圣母院大教堂、伦敦威斯敏斯特大教堂、梵蒂冈西斯廷大教堂和俄罗斯叶卡捷琳堡滴血教堂等,这些宏伟的历史建筑无不令人震撼和陶醉。

2018 年 9 月,我们的外孙进幼儿园了,随着孩子的日渐成长,我们不用 24 小时围着他转了。外出旅行的计划又在我们心中萌生。我们还有很多国家没有去过,西班牙、葡萄牙深度游已经提上今年秋天的议事日程。我们商议,力争在 2 年到 3 年内把北欧和巴尔干半岛的几个国家周游一遍,还有澳洲、南美、非洲和南亚各国都在计划之中,我们打算趁着身体、精神健朗,多跑、多看一些国家。

40 年的改革开放让人民群众收获了太多的幸福感、获得感和自豪感,作为改革开放的参与者和见证者,我们正在享受着改革开放带来的繁荣富足和丰硕成果。仅从我们自己的衣食住行就能够强烈感受到 40 年来的日新月异和今非昔比:从过去色调单一的粗布衣衫到现在时尚经典的靓丽服饰,从过去算计着吃到现在变化着吃,从祖孙三代同居陋室到宽敞明亮的宜居住宅,从简陋的自行车到舒适的小轿车,从冒着黑烟的绿皮火车到时速数百公里的电动高铁,我们用仅仅 40 年的时间就跨越了资本主义一百多年的发展进程。

习近平主席指出,改革开放 40 年,“在中国共产党领导下,中国人民凭着一股逢山开路、遇水架桥的闯劲,凭着一股滴水穿石的韧劲,成功走出一条中国特色社会主义道路。我们遇到过困难,我们遇到过挑战,但我们不懈奋斗、与时俱进,用勤劳、勇敢、智慧书写着当代中国发展进步的故事”。

我想,今后,我们还会沿着改革开放的道路继续走下去,因为这是一条解放思想、实事求是的道路;是一条人的现代化与经济社会现代化同程推进的、走向幸福的伟大道路。

(作者系安徽省未成年犯管教所退休干部,
曾任所党委委员、政治处主任)

我们监狱的猫

范　明

初到监狱工作，原以为似《监狱风云》般的乌烟瘴气、杂乱无章，走进高墙，见到的却是水木清华、井井有条，与其说这是一座戒备森严的现代化监狱，不如说是一所封闭式管理的大学。

在这样的环境下工作，心境自然不错。时间一久，眼里便不再有巍峨的高墙、高耸的哨楼，而是每逢开饭食堂外那三五成群、嗷嗷待哺的猫儿们。

这些猫儿并非本地土著，是早些年人为迁入以防鼠患的，它们先于人们入住，成为这座建筑群里第一批外来居民，安逸平静的生存环境，人为投喂的饭食，使猫儿们安定下来，尽情享受着与世无争的惬意生活，几代下来，到如今，它们的数量翻了几番，已经不止最初的二三十只了。与高墙外的同类相比，它们的生活虽算不上锦衣玉食、珍馐玉馔，但也是衣食无忧、步入小康了。

巡逻途中，只要稍作留意，便能寻出它们：或漫步于小径，或蹲坐在池边，或匍匐于草地，像这片土地上的小精灵，无论截取哪个画面，都能找到猫儿的身影。如果你以为猫儿们只甘心于平淡生活就大错特错了，许在不经意间，它们就会给你惊喜，让你惊叹它们主人翁般的存在。

春暖花开的时节，它们会聚在一起慵懒地晒着太阳，或是卧在草地，眯着双眼，折起耳朵，挤在一起，像是在沙滩享受日光浴的贵族；或是四脚朝天，可劲地用背蹭着地面，像撒娇，又貌似流行于美国黑人中的扭臀舞，鸟鸣作音，阳光作灯，大地为台，恬静的画风随之一变，陡然成了灯红酒绿、声色犬马的摩登广场。当舞客尽兴，配乐暂歇，纷纷聚在场边，相互亲昵地梳理毛发，舔舐额眉，春风和煦，和周遭的绿水青山、鸟木花虫相得益彰，共同勾画好一幅和睦春景。

当太阳北移，酷暑来袭，高墙里的猫儿们也有应对之策。印象中，猫是怕水的，但高墙里的猫儿们却对水有着近乎迷恋般的执著。或许是水中有鱼的缘故，池边的高堤上常能看到蹑手蹑脚、跃跃欲试的猫儿，蹲坐在池边，石榴般的眼睛直勾勾地盯着水面，仿佛能穿透水面水中取物一般，一阵风吹过，胡须随风抖动，一对三角耳雷达般地四周转动，油亮的皮毛在阳光下闪着金灿灿的光，温暖而又奢华，若不是碰巧看到猫儿用爪子小心翼翼地触碰水面，真会把猫儿当成一尊尊雕塑，庄严而又肃穆。

夏去秋来，秋高气爽、万里无云的天气是它们的最爱。在这样的光景里，常与猫儿在操场"偶遇"，它们不怕人，见你去了，十步开外，先是警惕地弓起背脊，收紧身体，静止不动，静观你变，锆石般的眼睛看向你，雷达般的耳朵朝向你，或会发出几声轻吟，像是抗议，像是恐吓，倘若你置之不理，执意向前，尚隔五六步距离，便会见它猛然移过身去，尾巴低垂，不时转身观察你的动静。见你依然在走，便会一步三回头，喵呜几声，随后颠颠地钻进草丛，去别处风光，留下驻足的你畅然一笑。

然而，高墙里却又不总是风平浪静，一粒石子投入池中，尚会泛起一层层漪涟，一个不经意，或许就是一场火药味十足的对峙。冬日，银装素裹、白雪皑皑、北风呼啸、万物凋零，虽有固定餐食，但想熬过漫漫严冬，猫儿们还是需要动一番心思的，于是，它们将目光瞄上了同样在高墙里停留的鸟儿。这里的鸟儿以麻雀、百灵、八哥、画眉居多，形体娇小，是猫儿理想的捕猎对象。高墙同样给了鸟儿庇护，对于它们而言，高墙里无疑是寒冬中的避风港，是白雪中的一处世外桃源。

一次路过食堂，有幸见到猫捉鸟的一幕，那矫健的身手，怕是在《动物世界》里才见到过。那是雪后初霁的一天，鸟儿被久违的阳光拂醒，纷纷向太阳绽开笑脸，在阳光下觅食嬉戏。白雪覆地，鸟儿们在为数不多的地面上贪婪地啄食，饥饿让它们放松了警惕，给了猫儿可乘之机。鸟儿们吃得正欢，慢慢的，鸟儿们分散开来，一只虎斑猫从树丛里钻了出来，压低身体，借助掉落地面的树叶隐藏身影，收紧四肢，尾巴贴地，耳目朝前，等到鸟儿低头啄食的瞬间，轻移几步，如行云流水，一气呵成。若鸟儿抬头，它又立即进入待机状态，如磐石般静止不动，张弛有度，距离不断缩短。眼看就要发起致命一击的时候却发生了变故，一只橘猫按捺不住，率先发起了袭击，时机不对，自然是空手而归。这惹恼了虎斑猫，它低吟着走向橘猫，在咆哮，在抗议。橘猫体形稍大，面对咄咄逼人的小兄弟，毫不退让，径直迎上去，只见两只猫弓起身子，竖起脊背上的毛发，立起尾巴，互相打量着，威胁着，像是斗殴前的对骂，又似是撕架前的威吓，丝毫没有在意我的存在，咆哮声越来越尖利，双方只隔着半步远，眼中似有怒火，剑拔弩张，大战一触即发。对峙了半刻，不知为何，它们又收起毛发，缩回利爪，相向擦肩而过，踱着步子背道而行，仿佛一切都没有发生过。

高墙之内，变化的是饱经沧桑的岁月，不变的是回味无穷的冷暖。绿水青山，鸟语花香，猫儿们在高墙内见四季，知冷暖，送一季春秋，感一世恩情。

（作者系安徽省马鞍山监狱民警）

盼 燕 归

华新华

在监狱工作二十多年，我无数次进出监狱大门，因而那里的一砖一瓦已经引起不了我的特别关注。但由于职业的习惯，那里的风吹草动还是逃不过我的眼睛，比如车辆通道的推拉门换新的了，人进出通道增加了关卡。这不，燕子在监狱大门做窝了。

我不能准确地说出燕子是从哪天开始做窝的，但我是自己发现了监狱大门的这个变化而不是别人告诉我的。我发现时，燕子的窝已经初具规模了。

其他民警也不能说出燕子做窝的准确时间，他们和我一样，发现或者得知燕子在监狱大门做窝，都无比的兴奋：燕子居然在监狱大门做窝！这件事情迅速在民警中传开了，以致经过监狱大门的民警都会对燕窝行注目礼，随口一句惊讶："哟，燕子做窝了。"

没多久，更引人关注的事情发生了，燕窝里有了小燕子。小燕子爬到燕窝的边上，露出小小的脑袋，不管下面有没有人经过，都在叽叽喳喳地唱着歌。小生命总是那样讨人喜欢，过往的人们投入了更多的关注和喜爱，还给予赞叹："小燕子没有穿花衣服也很可爱。"显然，现在在职的监狱民警谁不是伴随"小燕子，穿花衣，年年春天来这里"的歌声度过童年的？

燕子在监狱大门做窝、繁殖，让民警进出监狱大门不再脚步匆匆。每逢周三全体民警上班进出监狱大门因为人流量大需要等待时，以往出现的有的民警不耐烦的状况消失了。等待的民警抬头看看小燕子，或者低头聆听燕子的歌声，都是一种享受，再也不必为了那一两分钟发火，伤肝伤肺的。

对于民警过多地关注，燕子似乎不能理解，发生了燕子冒犯人的事情。一次，我进监狱大门，像以前一样，停下了脚步，抬头多看了几眼燕子。一只燕子猛地朝我飞了过来，令我大吃一惊。没有做好怎样应对燕子冒犯准备的我本能地往后退，还好，燕子还没有飞到我的跟前就改变了飞行方向，朝大门外飞去。燕子的冒犯令我半天没有回过神。事后想想，做出这种反应的一定是小燕子的妈妈,它一定是以为我会做出对小燕子不利的事情,它采取这种过激的行为是为了保护它自己,更是为了保护它的孩子。与其说是燕子在监狱大门做窝打扰了监狱民警,倒不如说民警的过多关注影响了燕子的正常生活。

燕子还做出了别的不雅的事情:小燕子出生之后,顾不了体面的燕子便把粪便排到了地上。幸好燕窝不在民警进出的门的正上方,不然的话,民警进出大门可就要提心吊胆了。

这样,内管大队的民警每天多了一件事,就是清扫鸟粪。民警先用扫把清扫,之后再用水刷一刷。这样的事情一天要做好几次,目的是保持地面干净。燕子在上面,看着民警做这样的事,仍然自顾自叽叽喳喳地唱着歌,也不知燕子自认为它们高高在上,民警拿它们没有办法,以胜利者的姿态自居,还是它们被民警的“不计较”感动了,只是燕子随时拉屎拉尿的习惯没有改变。民警仍然没有计较,仍然及时清理粪便。

自从燕子做窝以来,民警多了一件关于燕子的谈资,闲谈中没有对燕子冒犯和不雅的责怪,而是对燕子充满了敬佩之情。燕子是候鸟,冬天飞到南方,春天回归,长途飞行,不远万里,这是鸟类的壮举,没有一定的毅力难以做到;燕子做窝,衔着一滴一滴的春泥,衔着一根一根的草芥,和着口水,垒成燕窝,没有一定的恒心也难以完成;燕子哺育小燕子,衔着自己捕捉的小昆虫,飞回燕窝给嗷嗷待哺的小燕子,燕子的繁衍,没有一定的耐心也难以实现。这些都是燕子值得敬佩的地方。对燕子的敬佩,再加上儿歌《小燕子》给民警自小带来的对燕子的好感,民警对燕子的到来给予欢迎,对燕子的不雅和冒犯给予容忍。

可不知什么时候,燕子忽然又一起消失了。人们之前看到了小燕子的跃跃欲试,知道小燕子长大了,知道会有这么一天,它们将离去。它们终归要离去。随着燕子的离去,大门又恢复了往日的宁静和威严。自此,民警不用担心燕子的冒犯,不用面对燕子的不雅,也不用再清理鸟粪了,但是民警没有因此而高兴,反而有些失落,感觉心里空落落的,因为民警进出监狱大门再也看不到燕子的身影,再也听不到燕子的歌声。

明年,燕子还会来吗?

我想它们一定会再来,因为燕窝还在,那是它们的家!

(作者系江苏省边城监狱民警)

老街人生

戴志福

每天上下班都要经过一条老街，长约五百米，宽约二十米，一年四季，从早到晚，车辆、人群川流不息，引车卖浆之流，补锅修鞋之类，水果摊、杂货店、糕点铺，各种吆喝声沸沸扬扬，寻常日子的热闹、嘈杂，给予人们舒适的归宿感和安全感。

在这条热闹、嘈杂的老街上，有两个做着平常营生的安静老人：年约七旬卖黄桷兰的老婆婆和看样子年逾六旬擦皮鞋的老大爷。

老婆婆的档口位于街边的一个花坛旁，每天上班的时候，就见她坐在一个小木凳上，背对车行道，倚靠着花坛，面前摆放着一个竹筛子，筛子里是一簇簇新鲜的黄桷兰，香气袭人，三朵一串，每串价格一元。老婆婆每天都把自己收拾得体体面面的，一身素色衣服，系一条围裙，花白的头发在脑后挽成一个发髻，显得精干、朴实。她并不吆喝，有人来买花，她便叫顾客自己挑选，选好以后，用针线给客人串好，收下钱，道一声"慢走"，又埋头把一朵朵散开的黄桷兰串起来。她专注，气定神闲的笃定表情，仿佛置身于喧嚣的闹市之外，花儿才是她唯一的世界。

擦鞋匠的地盘是在那家生意兴隆的鸭脑壳店门口的遮阳棚下，擦鞋匠就像个绅士，天热时一身短袖、长裤，天冷后要么西服、领带，要么棉衣、夹克，每天的穿着都是那么得体、整洁，脚上的皮鞋永远锃亮。有人来擦鞋，他先请客人坐着稍等片刻，然后拿起工具，动作娴熟地为客人清洁、上油、抛光，不到五分钟，一双脏鞋就焕然一新。在这条街待久了，经常会有一两个老哥们儿来陪他聊天，他们所聊的话题，既有家长里短，也有新近某高速公路上发生的特大交通事故、韩国朴瑾惠"闺密门"事件、美国的总统特朗普……没有生意、也没人聊天的时候，擦鞋匠就把两只手交叉叠放在腿上，若有所思，一副悠闲自在的神情。

与两位老人形成鲜明反差的，是这条街上最近突然出现的一对乞丐。她们是两个中年妇人，穿着油腻肮脏的棉衣，齐耳的短头发似乎一两个月都没有洗过，乱糟糟地顶在头上。一个妇人裹着一床肮脏得看不出本色的棉被，躺在广告牌下的水泥地上，不时发出痛苦的呻吟，好像病得不轻。另一个妇人一直跪在她旁边，对行人诉说她们的不幸和可怜，不停地向过往行人磕头求助，她们这副凄惨绝伦的样子，让她们面前的小盆子里，很快就攒下了许多面额不等的钞票。

然而仔细观察一会儿，就会发现磕头的女人举止有些怪异：她只是见有人走近了，才鸡啄米似地磕个不停，躺着的妇人则配合着"嗷嗷"地呻吟几声。有人好奇地打听躺着的妇人得了什么病，磕头的妇人答曰"脑溢血"。等到人少的时候，磕头的妇人便把面值较大的钞票挑出来，放进藏在"脑溢血"被子下面的口袋里，后者则仰起上身，关心一下收成。

下午，下班高峰过后，暮色渐起，她们便收摊了。"脑溢血"从被窝里爬起来，卷好被子——人们这才发现，她其实是能够行走的，神智也非常清楚，只是右腿有点瘸。磕头的妇人站起来，揉一揉跪得麻木的腿和膝盖，拿上所有的道具，准备离开。见有人拍照，指责她们不该用这种方式骗取同情，她们就跟人急，骂人"吃饱了""多管闲事"，骂火了，干脆冲上来与对方撕扯，抢夺拍照者的手机。

于是想起了俄国作家契诃夫的短篇小说《乞丐》，描写了一个四肢健全却冒充落魄教师和大学生行乞的中年男人。一个律师揭穿了他："您贫穷，您挨饿，但是这不成其为您可以这么卑鄙无耻地撒谎的理由！"在律师和厨娘的引领下，冒充乞丐的中年男人最终得到了救赎，痛改前非走上了正道——而这两个乞讨的妇人，谁愿意来救赎她们呢？

（作者系四川省资阳强制隔离戒毒所民警）

锦城的日子

张　瑞

我在成都曾经的栖身之所是一处老街上的老房子，在这座城市的中心。走街串巷过去，墙面的油漆脱落成斑驳状，下起雨来水泥地面总是坑坑洼洼，会让人感觉也老上了几岁。

老房子是一个L形的居住楼，有七层，住着许多户人家，楼的外侧被两米多高的墙围了起来，长着一株坚强的爬山虎，夏日里生机盎然的爬山虎总让我忘却其他。

我住七楼，仍是老鼠活跃的地方。有一次，我与它面面相觑，它呆呆地看着我一动不动，我也直愣愣地站在原地。老婆养着几盆花朵，小小的花骨朵儿含苞欲放，居然被老鼠也咬断了茎条，枝叶散落了一地。

老婆深情地看着她的花，我明白她内心的感受。她有时出差，出差前她会嘱咐我，让我照看她的花朵，我一向知道她的秉性与脾气，我是个粗心的人，但也不敢大意，按时浇水。

窗外车来车往，常有走街串巷的卖客，敲敲打打，各种特色的四川话掺杂其间。起初来时，语速快的四川话让我很是困惑。后来与菜店、早餐店的老板熟络了，渐渐觉出他们的热情。坐公交车问路时，大爷大妈都会热情地指路。

我是北方人，生性粗犷。来到成都后，我养了两只生命力极强的乌龟，由于没有按时喂食，饥一顿饱一顿，终究还是被饿死了。在这座城市生活久了，柔情也如点滴的雨延绵不绝了。在这里，我每顿都吃辣，天府之国，以麻辣闻名天下，我虽也爱吃辣，但在这里还是“小巫见大巫”了。按当地人的说法，叫“以辣攻湿”。吃辣，夏天排汗，冬天发热，以解这湿热的气候。

刚来时遇到许多状况，啼笑皆非，倒也不算差，我安慰自己道：生活本身就需要些意趣。我喜欢苏轼，他是四川眉山人。他爱玩、爱吃，生性达观。过去训斥那些不思进取的后辈，常说他们只知道“吃喝玩乐”。在四川，这倒成了一种人生方式。

成都的夜雨多,经常点点滴滴到天明。如果一个人待在屋子里的话,清爽的气息就会游荡于整个房间。有时候,窗外的雨淅沥不停,我会在心中念起东坡先生的一首词:“林断山明竹隐墙,乱蝉衰草小池塘。翻空白鸟时时见,照水红蕖细细香。村舍外,古城旁,杖藜徐步转斜阳。殷勤昨夜三更雨,又得浮生一日凉。”

吟完这首词,似乎自己也置身这样的妙境,旷达冲荡于胸。转念想:假若用四川话吟,定会生色不少。

如今,身在夜雨稀少的新疆,真有些怀念成都的夜雨和在成都的日子。

(作者曾于成都生活两年,此文为怀念寄居成都期间的生活所写。作者系新疆生产建设兵团第八师北野监狱民警)

我追世界杯二十八年

符琼莲

1990年,我还是正茂的大三学生,开始追看世界杯,这一追,就追了二十八年。

那个夏天,我被那个驰骋在球场上的英俊潇洒的身影所吸引:飘逸的马尾辫、忧郁的眼神和优雅的气质,让我印象至深。巴乔对足球的悟性、灵气、快速反应以及把握机会的能力,几乎无人能及。他在球场上的表现彻底颠覆我对足球的认知与理解,以前从来没想到,足球也可以踢得如此从容、如此优雅。从此,开始关注罗伯特·巴乔,关注足球,关注世界杯。

因为巴乔,我成为意大利忠实的铁杆粉丝,1990年、1994年、1998年连续三届世界杯,只要是意大利队比赛,无论是直播还是重播,场场不落,甚至可以通宵达旦、彻夜不眠。

1990年世界杯,二十三岁的巴乔作为国家队的新人,担任的只是打酱油的角色,尽管在与捷克队的最后一场小组赛中,他作为替补出场攻入了本届世界杯上的最佳入球,却无法感动教练,无法成为主力。半决赛对阵阿根廷的关键一战中,巴乔一直到最后才替补上场,但留给他的时间已经不多。在残酷的点球决战中,尽管他攻入一球,但意大利队最终被阿根廷挡在决赛之外。

四年之后1994年世界杯,巴乔已成为意大利队的灵魂人物,正处于足球生涯的巅峰状态,他的脚法细腻,视野开阔,反应灵敏,转身轻盈,只利用盘带间的步点节奏变化就能完成纵向突破,加上飘逸的跑位、准确的传送、灵活的抢断、果断的出脚和精湛的射术,让所有的球迷如痴如醉。他的宁静、洒脱、优雅,更是让所有的粉丝为之倾倒。他几乎凭借一已之力带领意大利队闯入决赛,一切都显得那么完美。然而,和巴西队的决赛中,那一脚高出门柱一米孤独地冲向看台的点球,让梦想和完美成为泡影。看着忧郁王子孤独落寞的身影和深邃忧郁的眼神,作为球迷的我也为他神伤。

1998 年世界杯是巴乔最后的世界杯，这一年他已经三十一岁。作为替补，尽管出场的时间不多，但巴乔依然努力奔跑，用心寻找机会，为意大利攻入了两球。可惜在与法国队比赛的补时阶段，巴乔头球未进。看着捂脸长叹的他，我忽然明白了，不是所有的努力都会有回报，梦想与现实之间，总是有着太多的变数。此后经年，尽管巴乔克服伤病，在俱乐部创造了一个又一个神话，但无论如何，青春不再，2002 年之后，国家队对他永远关上了门。

巴乔走了，我也不再喜欢意大利队了：缺少巴乔的蓝衣军团已不再灵动，不再活力四射，表现得保守、消极、呆板，缺少观赏性了。即使在 2006 年世界杯，蓝衣军团凭借格罗索的“灵光一现”捧回了大力神杯，但始终无法改变我对意大利队的印象。蓝衣军团缺席了 2018 年世界杯，不知是不是因为保守付出的代价。之后，我开始追捧帅哥云集、技术细腻、进攻犀利、配合流畅、控球能力出色的西班牙队，只是，再也找不到像巴乔那样让我怦然心动的巨星了。

二十八年里，世界杯的赛场上送走了一个又一个球星：克鲁伊维特、马尔蒂尼、巴蒂斯图塔、菲戈、欧文、舍甫琴科、大小罗、劳尔、贝克汉姆等。世界杯就这样一届一届地看过来，岁月也就这样四年、四年地数过去了。在守望世界杯的日子里，激情慢慢消退，生活变得平淡无奇。

因为太痴迷巴乔，为了更好地欣赏偶像的精湛球技，曾经很用心地去学习足球的基本常识。那个年代，没有网络、没有手机，资讯来源只能是电视、广播、报纸、杂志以及各种体育书籍等。一度疯狂地恶补越位、角球、任意球、门球、阵型、战术等各种基本常识，尤其是 1990 年、1994 年、1998 年那三届世界杯，熟记了各个强队在世界杯小组赛的积分以及淘汰赛、半决赛、决赛的阵型、阵容、比赛结果，看球的专业程度绝对不亚于男性专业球迷。

在我看来，大多数女人看足球，看的不是球，而是球场的浩瀚，是尽力奔跑的帅哥，是飞扬的激情和肆无忌惮的青春。球场上，帅哥们竭力拼搏，挥汗如雨，激情洋溢，那些鼓起的肌肉，那些刚硬的线条，那些挥洒的汗水，那些喜怒哀乐的表情，甚至那些受伤的瞬间，都展示了男人的力量和蓬勃的生机。足球给我们带来了快乐、激情和勇气，还有对渐行渐远的青春岁月的无限追忆。

有多少世界杯可以重来？有多少球星可以再来？又有多少青春可以重现？

行走在喧嚣纷繁的尘世，经历着各种潮起潮落，渐渐地，年轻的棱角被磨平，闪烁其词取代了心直口快，昔日锋芒毕露的年轻人已经变成沉稳淡定的中年人。只在又一届世界杯来临时,才会满血复活,重新唤醒沉淀在心底的青春记忆。

这就是世界杯的魅力,这就是我愿意一直追逐她的原因!

(作者系海南省司法厅预防犯罪研究所研究人员)

我爱世界杯

吴　坤

手指轻弹，把时光回拨至1998年，在经历了国足十强赛的阵痛过后，浪漫的法兰西之夜带给了我惊喜、欢乐、痴迷：罗伯特·巴乔忧郁的眼神，就像如梦如幻的蓝色地中海；巴蒂斯图塔飘逸的长发、战神式的怒射都在美妙地诠释着潘帕斯草原的狂野；英俊少年劳尔在进球以后总是一边奔跑一边亲吻手上的戒指，向全世界表达他爱的宣言；达沃·苏克用他那能拉出小提琴的左脚，让世人重新认识刚刚独立的克罗地亚；欧文的超长奔袭和惊天一击，以强热的荷尔蒙味道带动了一大批现正步入不惑之年的世纪球迷；克林斯曼、希勒们老骥伏枥，壮志暮年。最终，秃头齐达内和光头巴特斯带领高卢雄鸡一路高奏凯歌，结束了巴西的桑巴舞蹈，《马赛曲》响彻法兰西之夜。

世界杯又来了，四年前的巴西世界杯硝烟似乎尚未散尽，三十三岁的C罗和三十一岁的梅西再次双双挑起国家队大梁，卷土而来，剑指新一代“球王”桂冠。

我一直是意大利和阿根廷的忠诚拥趸。在世界杯赛场上，有一条魔咒，关于意大利的：从1970年至今，意大利每隔十二年打进一次世界杯决赛。以先负后正的规律，决定是否拿到冠军。比如，他们1970年进决赛，输给巴西；1982年进决赛，赢联邦德国夺冠；1994年再进决赛，点球输给巴西；2006年进决赛，点球赢法国。按照这条规律，意大利应该是今年再进世界杯屈居亚军。可是，可是，意大利缺席了本届世界杯，魔咒被打破了，也许这就是一种美。于是，感性的我将我本届世界杯上的所有喜怒哀乐寄托在了阿根廷上。人到中年，早已到了宠辱不惊的年龄，虽不至“生亦何欢死亦何苦”，也应“不以物喜不以己悲”。但我还是想丢下面具，回到那个肆无忌惮的青春年华，想哭就哭、想笑就笑。感谢四年一个轮回的世界杯，让我可以活回真我；感谢阿根廷还在世界杯的赛场，让我继续热爱自己的热爱。

爱意大利，爱阿根廷，只不过是我的一厢情愿而已，他们的夺冠并不源于球迷数量的多少，与我的一路追随也无必然联系。因此，另一个理性的“我”不时提醒着感性的我：看看法国队吧！

1998年第十六届世界杯，“玄学大师”齐达内带领法国队捧得法国历史上的第一个也是目前唯一的世界杯冠军。人生有起有落，一支队伍也是如此。我们往往看到的都是光鲜的外表，却看不到其艰辛的历程和强大的精神内核。

1978年，法国队以年轻球员为主的“青年近卫队”面对主队阿根廷时，吃尽了黑哨的亏，止步小组赛。就在那一年，法国队传奇球星普拉蒂尼惊艳亮相，那年他才二十三岁。1978年世界杯对法国足球来说有着里程碑式的意义，经过这次历练后，法国队迎来了超辉煌时代，先后夺得1982年世界杯的第四名和1986年世界杯的季军。我有这么个论断：每隔二十年，法国队就必定要在世界杯舞台上大放异彩！期待本届世界杯法国队的精彩表现。

作为意大利的球迷，我希望意大利可以继续站在世界杯的赛场；作为阿根廷的球迷，我希望阿根廷在梅西的带领下，勇夺本届大力神杯；作为双料球迷，我最不希望意大利和阿根廷在世界杯赛场上过早相遇。作为球迷，当然是得到满足还会想要更多的满足，这无可厚非，但是这种要求并不实际，自古“得天下容易守天下难”，没有人可以永远站在巅峰。即使“吾日三省吾身”，做到居安思危、未雨绸缪，但是身边全都是充满雄心、充满斗志、充满激情和充满渴望的年轻人，而自己不知不觉间已到“油腻”中年，他们可以把你的长处和短处放在显微镜下去研究，以你为标靶，你说守天下难不难？

世界杯中成功只是一时的，失败却是主旋律，人生也是如此，但是如何面对失败却把人分成了不同的样子。有的人会被失败击垮，有的人会不断爬起来继续向前。

这既是天下球迷的节日，又是一个离别的季节，大学校园里满是忧伤的音乐，或彷徨或充实的大学四年生活即将结束；这还是一个希望的季节，火热的阳光里全是憧憬，高考刚刚结束，填志愿、旅游规划、添置入学“三大件”……

每个人都有过这样的年纪，那时我们有大把的青春可以挥霍，相信这世上有永远，觉得时间很长，再见很远。然而成长是一个硬币，一面让我们体会到自由、兴趣、友谊、爱情……另一面却是面对衰老、面对离别、面对世俗，认识到世上根本没有永远。

也许，最美的人生，就如同经历世界杯：感性的领悟生活，理性的设置生活。

（作者系江苏省司法警官高等职业学校民警）

美丽的发髻

景　燕

小时候，母亲每天给我梳着漂亮的小辫子，为的是让我高兴地去托儿所。长大了，长发随着热播电视剧里人物发生着变化。想起孩提时的天真，忍俊不禁。

如今，我又留起了长发，只是再难有多少机会享受那种长发披肩、迎风款款的惬意，因为警察风纪规定，上班时间头发不得过肩，长发必须扎起来。

女警们都有爱美之心。为了工作，她们有的干脆放弃了长发，而大多数只能选择将自己秀丽的美发拢在脑后，藏匿成团。

如此一来，小小发髻就有了大作为：虽不如直发的飘逸，也不如卷发的妩媚，但那份端庄却是令人生敬的。

女警察比不得男警察那般强悍和威武，日积月累起来的威严中或多或少隐含着女性的温婉与娇柔，而盘起发髻的女警，在形象上倏然间稳重干练起来，给人一种不可侵犯的感觉。

监狱女警这个特殊的职业赋予我们特殊的使命，这个使命需要我们的温柔与细致，也需要我们的端庄与威严。我们不因女性而降低对自己的要求，以娇弱的双肩挑起工作和家庭的重担。我们任劳任怨、悉心照顾家人；我们勇于挑战，在监管改造这一特殊岗位上，用坚定的信念、无限的忠诚、不悔的追求，诠释着新时期监狱女警的高尚情怀，演绎着当代女性的别样风采。从这小小的发髻上可显见的，不仅仅是一种素净的发型那么简单，那是一丝不苟的工作态度，也是英姿焕发的精神面貌。

在我们女警眼里，每一个发髻都那么别致，爱美的心都会在那一朵朵秀美的黑发上翩然舞蹈。各式精致的深色发圈、漂亮的小对夹都在演绎着每个人不同的个性与美丽。

我喜欢在上下班途中欣赏每一个背影，欣赏这些美丽的发髻。谁能知道，八小时以外，换下警服、放下秀发之后，她又会是一位怎样的女性？

一转身，她可能就是一个孝顺的女儿，一个贤淑的妻子或者一个慈祥的母亲。

对了，与时下其他现代女性相比，女警们身上同样还有另一个记号：时尚。

她们是美丽的，庄严的警徽、笔挺的警装，展示着一种威严与神秘。任凭世事如何变迁，她们的美丽不会因岁月而改变，因为这份美丽不在于容颜，也不在于年龄，而在于神圣的职业赋予她们的那刚柔并济的飒爽英姿！

（作者系新疆维吾尔自治区巴音郭楞监狱民警）

芳香飘落点点碎

杨　敏

老监房前的玉兰花开了。

满树的白玉兰，衬着监舍灰墙的底色，有着令人无法言语的庄重、祥和与恬淡。

傍晚，和梅一起走到这里时，我不禁驻足，时而远观，时而细细地端倪。

忽然梅尖叫起来：“哇！你发现了吗？这些玉兰的树杆粗了很多唉！”

我微笑着看着她，点点头，心里想起了那年“非典”。

那个初夏，我们被隔离在监房内，一边思虑着家人安危，一边坚守着工作岗位。

那个时候，为了确保女犯免遭这场流感的侵袭，所有在岗的民警必须隔离后上岗，上岗后又隔离在监房内，与社会断绝了可以避免的一切往来。

作为一名单身、远离家乡的新民警，我工作之余没有很多的家庭事务需要电话处理，因此，跳绳、打羽毛球、转呼啦圈、读书，每天排了满满的项目，以驱散特殊时期的枯燥与不安。那时，只要运动累了，便靠坐在玉兰树边上休息，背倚着硬朗的树杆闭目养神。

有时树上响起一声声脆音，远处飘来一缕缕馨香，我以为是玉兰花开了。有时树下散落着一地碎白，空中有树叶在沙沙作响，我心知是玉兰花落了。每每此时，心里便添进了几分轻松的情愫。喜欢玉兰花由此而来。

其实，即便在最年轻最不谙家事的时候，也能感受到那场隔离给女民警们造成的心理影响：菊的丈夫因工作需要也被隔离了，八岁的儿子暂住在好心的邻居家；珍的母亲常年瘫痪，只好求助义工在家照料；华终年服用的治疗甲状腺结节的药吃完了……可是，在岗位上，在封闭的生活里，她们仍然想方设法地去创造出一种若无其事的轻松氛围来，为此，我实在无法不敬畏她们。

我深信，一代代的女监人就是这样走过来的。我深信，在这片土地上，在这一生的事业里，她们无可避免地遭遇着这样那样的家庭、工作、健康等难题，而她们一直是这样的乐观、坚韧与豁然，仍然认认真真地坚守每一班岗，仔仔细细地教育每一个女犯。

在我们一生的事业里，让我们轻松安静的时刻实在不多。负重前行是永恒不变的旋律，我们常常需要付出太多太多的心力，才能换得这来之不易的安宁和安宁下的丝丝轻松与慰藉。但是，也正因如此，才使我们无限珍惜，就如我们珍惜这玉兰花一般。有了这一树树繁密芳香的玉兰在路边，我们可以一边尽情地投入于工作，做最艰辛最枯燥的繁忙，一边又可以不时地看一眼玉兰花，心里明白，在那里，有一种清新而又恬淡的浪漫正在慢慢散发。

渐渐地，我们喜欢上这样的时刻，因为知道，事业里除了烦碌与不安之外，还有一份宁静与豁然在角落一隅默默绽放。不因任何而改变，正如这玉兰花年年岁岁的幽幽芬芳。

如此，事业才可以继续下去，精神才可以代复一代的传承下去，玉兰花成了我们这条路上的支撑与慰藉。那一路的芬芳，那飘落下来四处碎散又瞬间沁入土壤的玉兰片，陪伴着每一位民警的成长，温润着我那时时需要顾盼的柔弱之心。

沉浸于做这样的监狱民警。

（作者系浙江省女子监狱民警）

嫁给了庄里

刘高艳

二十多年来，我很少离开庄里镇。

即便偶尔作别，举手投足、言语呼吸之间，仍储存着明显的庄里气息。外面的朋友不明白我穿着套子的“怪”，连我自己也说不清，庄里到底是如何把一个外乡人变成了故人？

无数次的，带着这个疑问出门。向北，插入麦田和果园，脚步踩到土路上，悄悄的、静静的、轻轻的。不知不觉，就把单位甩到了远处。

一个人，带领着自己的想象和一大片看不见主人的土地，像土地的主人那样，很富足地朝北山的剪影迈开大步。偶尔还会从古诗里拉起来几个同伙，一路吟吟哦哦、推推敲敲、唱唱和和。

当我感觉自己有能力、有气魄、有魅力率领土地和古人的时候，我幸福得忘乎所以，真希望脚下的路一直延伸到北山后面去：就这样，永远走在路上。

如果向南，那是一条被记忆装点得很多情的路。这条路上，有我青春的倒影，有我的笑、我的泪、我的情。是这条路，把我引到了庄里，让我的人生窖出了陈酿的味道。

每次走过这条路，其实都是在走我的《史记》，根本不用翻页，书页便自己打开到我眼前。有了这一条我走了二十多年仍喜欢走的路，每天的散步，便成了美妙的享受。

西边，我很少去。站在桥面上，一条铁路从远方延展而来。陕压医院坐落在铁路南边，铁路北边安睡着一片墓碑。这样的布局是谁刻意安排，还是无意之中的巧合？人生这条直线连着两个端点，滚烫的生命通过周身的血管沿着我脚下的路线直奔主题。

穿越生死再看那些整齐排布的铁轨，我常常想起医学院的人体模型。特别是胸腔的肋骨部分。当我感觉自己掉进了欲望，脚步有些沉重的时候，我会来西边,走一走,看一看,想一想,回程的路上整个人便轻了,不满、抱怨、难过、失落、烦、疼、痛等这些词,统统都被火车带走了。因为再好的天堂也是地狱,西边的确是修补肉身、缝缀灵魂的好去处。

东边则跟北边一样,是我散步常去的方向。春天桃红李白,心中的火焰比不过满树的繁花;夏天的打麦场上,到处燃放着丰收的欢声笑语;到了秋,白杨树把金黄的叶子分发给大地,苹果、柿子把醉颜和甘美分封给每一位庄里人;白雪纷扬的时候,安静的村庄睡在乡村歌谣的怀里。所不同的是,东边还有一条修得很俊美、管理得很用心的灌溉渠。有了水,大地一下子有了灵气和血性。

傍晚走在渠岸上,看被夕阳染得辉煌绚烂的渠水,一忽儿开出一片洁白的花,一忽儿所有花瓣又全碎到水里不见了,就忍不住唱两句歌。

这时候,两岸披着晚霞的栗树很美,像痴痴等待的新娘。高大的塔松挺立在深沉的绿中,把我心中伟岸、慷慨的意绪集合起来。一小时的散步简直短得像一曲行板,不一会儿就奏完了。我常想,如果没有这么多行人,这么多俗世的烦琐和顾忌,也许满渠音乐的东边是我最喜欢去的。可又想,如果拿掉村庄,拿掉俗常,拿掉热闹喧哗,那灌溉渠也许便成了废渠,渠岸两边的春夏秋冬也便不是那样的了。

回望二十多年的庄里岁月,虽然有些曲折,但是很完整。如果把我的庄里剖开,一半应是鸡鸣犬吠,一半应是花好月圆。我像一枚种子,仿佛一出生就自自然然坐卧其中。

庄里适合睡觉、适合做梦、适合喝酒、适合涂鸦、适合读书作文,适合把心放在肚子里大快朵颐。即便庄里看起来小,可它的“小”本身就带着媚俗的好;即便庄里走起来偏,可它正适合魅惑我偏安一隅的心;即便庄里看起来贫,可它正可取悦我素服淡食的生活。

对我来说,庄里像一块挂在胸口的玉,知人冷暖,懂人心肠,是一处安全、贴心、特别适合思想信马由缰而不必为此惊恐害羞的地方。

也许,我真的是一个情感难打弯的固执人。一旦随风来到了庄里,便把自己毫不迟疑地嫁给这里,从此心无旁骛地在一句庄里口音撑开的树荫里,从一而终地打磨人生。

（作者系陕西省庄里监狱民警）

冬夜里的温暖

何　娅

从美发店烫完头发出来，已是夜里十点，白荷早已饥肠辘辘。

冬天的夜晚，气温很低，白荷裹了裹厚羽绒服，带了围巾、口罩、手套，全副武装地走着，路上行人已经很稀少了，偶尔伴随几束亮光，三三两两的小汽车从眼前驶过。过了马路，就是几个大排档的摊位，那里有一家的红薯粉条汤做得不错，白荷径直走向那里。

"老板，来一小份粉条汤！"

"好嘞！一碗粉条汤不要辣椒！"老板高声地吆喝着，由于是常客，老板很清楚地记得白荷的饮食习惯。

很快，热气腾腾的粉条汤端上了桌，白荷拿了筷子，狼吞虎咽般吃将起来，她想尽快填饱肚子，立马回到温暖的家中，好好看看自己的新发型！

"姑娘，来袋卤花生吧！"一个苍老的声音在耳边响起，白荷抬起头，面前站着一个七十岁模样的老奶奶，满脸堆笑地举着一袋黑乎乎的卤花生。

"不要不要！"白荷皱着眉头，连连摆手，小时候有一次晕车，吐得是稀里哗啦，白荷一直怪上车前吃了花生这种容易闹心的食物，从那以后，也许是条件反射，也许是那次的晕车经历太刻骨铭心了，花生一直是白荷比较抵触的零嘴儿之一。

"哦！"老奶奶的表情一下子由晴转阴，她迟疑着，蹒跚着脚步，转身走向邻座，"不要，不要"在得到一连串的拒绝声后，奶奶失望地准备离开。

就在这时，老奶奶的背影映入了白荷的视野：佝偻的身躯，褴褛的棉衣，单薄的破棉鞋，花白干枯的头发在风中零散着。

"奶奶，我来两袋，多少钱？"白荷动了恻隐之心，语气中满是内疚。

"姑娘，十块！十块，姑娘！"老奶奶忙不迭地走了过来。

"奶奶，早点卖完了好回家，外面冷！"白荷递上了钱，善意地提醒着。

“谢谢姑娘，姑娘真是个好心人哪！”老奶奶顿时高兴了起来，脸上的皱纹似菊花般舒展开来。

“我也买两袋”，“我来一袋”，“我三袋”……

也许是被白荷善良的举动所感染，邻座们也纷纷起身上前，慷慨解囊，不一会儿，老奶奶的花生篮子便见了底。

“奶奶今晚一定可以睡个早觉，一定睡得很香很香！”

回家的路上，白荷心里很暖，她觉得天气没有那么冷了，她脱了帽子围巾，提着两袋花生，大步流星地走在回家的路上，她知道，租住小区的门卫两口子，都喜欢吃花生……

（作者系湖北省襄南监狱民警）

今夜,我把月亮捧成了莲花

戴文会

黑夜里,我遥望着辽远的天空,密密麻麻的星星眨着眼睛,可我觉得没有月亮的星空对于我来说,是不完美的。

终于,在一场春雨后,天幕万里无垠,纯纯青蓝的天空,月亮很圆、很大、很亮,如流水,绵绵潺潺。是因为天空太蓝,还是星星离月亮太远,或是星星故意隐退。在月亮的周围竟然看不到一颗星星。

没有"众星捧月",住在广寒宫的嫦娥一定很孤单寂寞吧,正如惆怅落寞的我一样。"所谓的月下良辰,还有一直悬着的梦,早已随流水东流。"我感叹着岁月的流逝和种种的不如意。

在这花好月圆的大好春光里,我突然有把月亮捧成一朵莲花的冲动。因为莲花有不容亵渎的端庄美丽,是美好、善良、圣洁的象征。

于是,我洗净手,抹上茉莉花香味的护手霜,轻脚轻手地来到小区的长廊里。

皎洁的月光照耀下的万物是那么的神奇、迷人。长廊两旁一棵棵朦朦胧胧的银杏树、香樟树、樱桃树像一个个绿衣美女举着一把把绿伞,在清朗的月色下轻歌曼舞。树下,白的、红的、紫的杜鹃花,混合着泥土气息,随着温柔的春风扑鼻而来。缕缕月辉洒在我碎花的旗袍上,于是我有一种飘飘欲仙的沉醉。

我抬起头,望着月亮,虔诚地伸出了纤细的"莲花手",轻轻地把月亮捧起。月亮刚好落在我的掌心里,月亮如洁白滚圆的"花蕊",我的手指犹如莲花的花瓣。我似乎觉得一朵纯洁高雅的莲花顿时在我手里,极致地绽放了,我让月亮住进清净不染的莲花心里。

此刻,月亮是美丽纯洁的,嫦娥是不孤单的,因为她有吴刚,还有小玉兔。"天上的月也是心中的月",我有亲人,只是我的"小棉袄"暂时远离了我。我的内心是平静与安详的,生活是对我是微笑的,我也是幸福的。

生命本身就是纯粹而干净的,生命更是一场修行,月圆时收敛身心,安顿身心,让心回归身体。不必要把什么事都放在心上,羁绊自己,自寻烦恼。

正所谓:“春有百花秋有月,夏有凉风冬有雪;若无闲事挂心头,便是人间好时节。”

(作者系云南省普洱监狱民警)

每个人都应被温柔对待

陈　帅

那天下班，在公交车站等车。

天已经黑了，候车亭里等车的男男女女都在看着手机，偶尔才抬头向着车来的方向眺望。

这个时候，一个衣着很脏很破的老人，手里摇着一个搪瓷缸，把它伸到候车人的脸庞与手机之间，似乎要与手机较劲争抢焦点。然而，这些努力几乎是徒劳的：有的人继续沉迷在手机里，头并不会稍微为此抬高一点；有的人则保持着身体与手机同步侧身转移的节奏，里面播放的内容并不会因此打扰而受一点影响。而我，也不过是对那老人微微地摇摇头。

直到他走到离我一两米远的一个年轻小伙子身边，就见小伙子把耳机从耳边摘下，在身上翻来翻去，最后说："不好意思，我现在出门都不带钱的。"

那一天，老人在这个站台上最终一无所得，但是，如果换一种角度来看，他其实也得到了，得到的是那个年轻小伙子的唯一馈赠：尊重！

后来我想问自己：我为什么没有做到年轻小伙子那样？

我可以列出一大堆理由：有的人是职业乞丐，他们每月赚的钱比我多；这个世界充满危险，对于陌生人一定要常怀戒心，敬而远之……

我们很容易对亲近、亲爱的人付出我们的爱心，我们可以陪孩子玩耍，陪父母看电视，给爱人买昂贵的礼物或者是请朋友吃饭，但这份爱心也只是局限在亲友和家庭的圈子里。如果遇到一个陌生的需要马上得到帮助的人呢？我们会把我们的爱心没有保留的给予他们吗？

对家人温柔对待，证明我们的爱心并不缺失；对陌生人区别以待，说明我们的爱心具有明显的局限性和指向性。我们不乏爱心，缺少的是对陌生环境和陌生人的理解与信任。

女儿五岁的时候，带她去公园，她会把小鼻子伸到花儿上面去闻花香，脸上写满放松和惬意。孩子的世界没有大人那么复杂,自然也就没有那么多顾虑,他们的惬意是真正的惬意。而大人,已经学会为自己套上一套盔甲,把自己保护得严严实实,这样,伤害自然不会进来,但同时,你的关爱也很难从你身上散发出去。

如果,如果,我们能有那么一刻的工夫,试着体会那个乞讨老人的内心感受,那时候,我们就不再是一个穿着体面同时内心又充满优越感的人,而是一个脆弱的非常渴望得到尊重和关怀的人。

如果,我们不是那些弱者,如果,我们试着放下那些防备和戒备,哪怕只是给他一个微笑或者一句语言,我们会不会温暖他们,同时也温暖了自己?

在强大的世界和命运面前,我们每个人都是弱者。愿人都被温柔相待,因为你对他人的态度,同时也是他人对你的态度。

尊重,其实也是自重!

(作者系北京市第二监狱民警)

滴滴的世界

王苏红

因为过的是双城生活,又没胆儿自驾,于是在家人没空接送的情况下,打个滴滴车成了我时不时地出行选择。

打滴滴多了,“结识”的司机也多了。

说结识其实牵强,有时司机长什么样我都没看全:从后视镜里瞥见的不是一张完整的脸。与其说结识,不如说见识的是各种类型“滴哥”“滴姐”们,感受着他们的处世态度与待客之道。

坐过一个“话痨”型“滴哥”的车。他一路上没停过嘴,用带有明显H市口音的普通话说着过去的生活和现在的变化,谈着南通的经济和民生,让我想起了在北京打出租车的经历,感觉这位和北京的哥还真有相似之处,超热情、超能聊。“滴哥”特别告诉我,在经商上,虽说H市人头脑灵活,大多有经商的天赋和能力,但比起Z省商人来,欠缺的是少了一点团结的意识和共同致富的理念。H市人有商机自己独享,而Z商一有商机立即与同乡分享,于是大家一起致富,所以,Z省的整体经济实力总是杠杠的。

谁说“滴哥”只知挣钱了,这位“滴哥”不是也挺有大眼界的！至少这个商界案例给人留下深刻印象,这不也是在说格局吗?

接触过一个“傲娇”型“滴哥”,一上车,就听到他不停地问:“你是哪儿人呀,到H市干什么呀……”无数个问题抛向你,顿生遭遇“查户口”大叔的感觉。正想着这么多问题怎么应付时,“滴哥”却主动开始说起了自己:这竟是个“强悍”的老爸,用严苛的教育将一双儿女培养成人,送进了名牌大学,居然孩子们学什么专业都是他选的,那个自豪与傲娇劲儿啊,得承认还是蛮有感染力的,也充分证明教育之乡的人总是把教育作为谈资重点。他不无自豪地告诉我:女儿按照他的意愿考上了公务员,当上了中层领导,儿子的事业也蒸蒸日上。一开始女儿一心想学考古专业,他死活不同意。“看,现在多好,学考古的说不定现在饭都吃不上的!”

理想的坚持与现实的选择,可能人人都会碰到的,只是不知道有多少人在梦想和“面包”面前能作出遵从内心的选择?

还有一位“滴姐”穿着优雅,化着精致的妆容,大概一看我就是个生活粗糙的人,但却没有放弃对我的“治疗”,告诉我什么粉底最贴合、什么化妆水最保湿、眼妆怎么化最动人……一路上确实有种“开眼”的感觉,感慨她的经验有的以后说不定还真能用上呢!临下车时,“滴姐”带着幽幽的口气告诉我她是个条件不错的全职太太,每天整理好家务后总有种空落落的感觉,不如开车兜兜,当然,这都是瞒着家人的,肯定是干不长的。这让我很吃惊但又即刻释然:怪不得面对明显异类的我,她都能继续与我海聊!我不也是她的一扇窗口嘛!

往返双城的路上,每次听着“滴哥”“滴姐”们的故事,都能够感受着不一样的“人生风景”,慨叹人生百味。

仔细想来,人生路上,谁又不是别人眼中风景呢!

(作者系江苏省南通女子监狱民警)

天上的风筝

何　杰

《追风筝的人》是美籍阿富汗作家卡勒德·胡赛尼的一部享誉世界的名著。

《追风筝的人》描述的是在阿富汗首都喀布尔市生活的阿米尔和哈桑，他们的童年时代是在春风花草香的时节，看着喜爱的风筝在天空飘舞，看着大街小巷的人群争相追逐跌落的风筝。难忘的童年乐趣，数不尽的快乐时光，都定格在阿米尔的遥远记忆中。

因风筝而欢喜，因风筝而悲愁。追风筝前的临别之时，哈桑双手放在嘴边说出的那一句：为你，千千万万遍。短短几字，深情尽现，感动了许许多多的读者。

风筝大赛的最终获胜，虽然成为全家引以为荣的骄傲，但只有阿米尔自己知道，哈桑用自己的屈辱，促成了他比赛的成功摘桂，也取得了让爸爸对自己刮目相看的资本。

小小风筝天上飞，飞起了他的虚荣心，却跌落了他与哈桑的童年情谊。内心的怯懦让他对困境中的哈桑袖手旁观，并在以后的自我责备中疏远了哈桑，直至演变为后来的栽赃陷害。

哈桑父子自那一刻迈出了家门，和阿米尔竟成永别。铜镜已破，裂痕斑斑，刻骨的伤害永难弥补。

斗转星移，阿米尔父子为躲避战乱，迁居美国加利福尼亚。

阿米尔身处异国他乡，求学工作，并与塔赫里将军的女儿索拉雅成婚。生活的波澜不惊，让阿米尔浑然忘却曾经的过去。

直到他接到来自病危的拉辛汗的电话，尘封的伤疤再次被揭开。

“这儿有再次成为好人的路。”一语惊醒了梦中人。多少次夜深人静时刻，内心的莫名不安和些许愧疚，不正是为当初做的错事埋单吗？昔人已经是无颜相见,背了良心债,朝朝暮暮心不安。

重回故土,眼前的一切,早已物是人非。虽然费尽周折将哈桑的儿子索拉博接到美国居住收养,但阿米尔却总也走不进索拉博的内心世界。认真弥补那些曾经对哈桑的亏欠,尽管显得有些为时已晚,终归也是内心的一次自我救赎。这救赎,就好比在天空随风飘舞的风筝,没有负重,换得一身轻松,一点点融入风的世界。

在风筝的记忆里,哈桑似再度归来,像索拉博一样的年纪,浅浅的微笑,让人看到了第一片雪花的融化,感受到了春天的脚步。

清新自然的文笔,似一泓清泉流过读者的心间。以其宏大的叙事视野,数十年的时空变换,将饱受战火蹂躏的、默默无闻的阿富汗斯坦人,展现在世界面前。

世界其实就是如此,人性的光辉,生命的永恒,点点滴滴都流淌在那些风筝往事中。

(作者系湖北省江北监狱民警)

崔矿的山

胡　旭

崔矿的山，层峦叠嶂，每一座都有松柏装扮，春绿盎然，夏绿勃勃，秋绿成熟，冬绿深邃，充满生机和希望，挺拔林秀而不张扬，任凭时光打磨，巍然不动。

在崔矿登临山顶，是一件很普通的事，随便沿着矿区任何一条道往上走，都能到达一处山顶，领略旖旎风光。

那年的冬天，我一到崔矿，远远望见山上大片的绿，即刻就被吸引。放下行囊，迫不及待去抚摸、亲吻那由一棵棵松柏浸染的绿，顷刻即被感染，融进了群山，融进了那群山的绿中。

年复一年，在崔矿春赏山花烂漫，意气风发；夏观山色如黛，心旷神怡；秋见层林尽染，心潮澎湃；再看冬日雪天，满山青松迎风傲雪，天地一色，银装素裹，北国风光一派，令人振奋，催人奋进。

春去春又归，三十六年过去了。在这里经历风霜雨雪，目睹崔矿改革开放以来的喜人变化，见证崔矿人的顽强拼搏、吃苦耐劳和牺牲奉献，作为其中一员，感到自己的生命充实而有意义。

遥想当年，崔矿人白手起家，因陋就简，自力更生动手烧砖，盖起房屋，垒起高墙，建起监狱大院，开荒种地，办起农场果园，搞副业解决生活难题……一代接着一代，在艰苦条件下默默坚守，奉献人生美好年华，执著地用辛勤的汗水浇灌着园内的一棵棵“残苗”，用心血和智慧耐心地洗刷一个个蒙尘的心灵，惩恶扬善，教育改造形形色色的刑事犯罪分子，使一批批的服刑人员在这里获得新生，回归社会。与此同时，还从阴暗潮湿的千米井下捧出乌金，积累财富，一次次扩大再生产，把 1958 年建矿之初的一个小煤窑，建成一座现代化国营煤矿。改革开放，再次发力，又将其发展成为一座年产二百多万吨的大型国有重点煤炭企业，在肩负国家刑罚执行重任，守卫改革开放的和谐安宁的同时，还承担原煤生产任务，创造巨大经济财富，为中国特色社会主义建设添砖加瓦，为山色增辉,令人动容,感慨万千。

如今,沐浴在新时代的阳光下,崔矿人瞅准新的目标,深化改革,牢记当年几代人历练出的扎根山区、默默奉献、艰苦创业、锐意进取、顽强拼搏精神,更高站位,意气风发再次起航。

崔矿人就像崔矿的松柏,历经风雨永不褪色,装扮渭北高原精神焕发;崔矿人就像崔矿的一座座青山,绵延不断,巍然屹立,永不动摇。

崔矿的山,我要为你歌唱!

(作者胡旭,又名牧石,系陕西省崔家沟监狱民警)

转角现美好

肖玉梅

阳光明媚的初秋，我选择了一次坐火车硬座的短途旅程：到女儿教书的学校去看她。

上车后，坐在靠窗的座位，静静地看了会书，又闭目养养神，眼睛的余光隐约感觉到邻座是个民工模样的男子，并没怎么在意。

车行至约三分之一旅程时，身边发出了鼾声，随着车轮的滚动，鼾声离我越来越近：那男子的头部已越界倾斜着向我靠近，我只得往窗边缩，其歪着的头竟然步步紧逼，最后干脆停靠在了我的肩上。

本已生厌的心情此刻非常恼火了，我肩一耸，顺势将其往旁边一搡，他的身子摇摇晃晃，险些栽倒。

已惊醒过来的他连声道："不好意思，打扰你了！"

我循声望去，所见到的一幕让我惊讶得半天合不拢嘴，他靠近我的右臂袖管竟然是空荡荡的——原来缺少了一只胳膊的支撑，难怪……

见我惊讶的神情，他尴尬地笑着解释："昨晚在工地上值班，实在太困了……"

从他的述说中，我得知他是前几年在工地受伤截了肢，但他却很感激老板承担了全部医药费，还给他安排了工地看守材料的活。通过锻炼，如今他的左手也能干好多事了。这次回家是给儿子送学费的，儿子成绩很好，妻子挺贤惠，在家照顾父母和儿子……

望着他脸上洋溢着幸福的笑容，我在之前的愧疚、怜悯之上又顿生一份敬意，敬佩这位身残志坚的民工兄弟，对待生活竟是如此的顽强和乐观，更可贵的是懂得感恩和回报。

此后，作为心理咨询师的我一直在思考，在这个事件里，自己先后的情绪发生了如此大的反差，由之前的讨厌和愤懑转为之后的怜悯和敬意。这位民工兄弟,面对身体的残缺和生活的困境,不是抱怨指责、萎靡沉沦,而是乐观向上、感恩图报。

人的一生中,常会遇到很多事情,大多数的表象背后都有其难以预测的缘由,如果我们能适时转换看问题的角度和心态,多做些换位思考,那我们表现出的就会是多一些理解和宽容,少一些抱怨和责难,我们的心境就会更敞亮,人与人之间的关系就会更和谐,更美好。

（作者系湖南省怀化监狱民警）

我的生日在七夕

陈无忧

我出生的日子正好是农历七月初七，七夕的早上。

那时战火纷飞，抗战犹酣。父亲在上海工作，我跟着祖母、母亲生活在浙东的一个小城里，总盼望着亲人团聚。我不知道我的生日与七巧有什么联系。只记得夏天的晚上在凉板上，依偎在祖母的怀里，她一边给我挥着蒲扇，送凉驱蚊，一边讲着牛郎织女的故事。她教我辨认头顶上的牛郎织女星，告诉我，在我生日的那天晚上，牛郎会挑着一双儿女，走过鹊桥，到银河那边去一家团聚。因而每到生日的晚上，我就睁大眼睛，等着看天上那喜庆的一幕，但我总是等不到他们相会的时刻就睡着了。第二天问祖母，他们过桥没有？祖母说，过了，要你看，你睡着了，推都推不醒。我懊悔之极，为什么不能坚持到他们相会呢？

唐朝的杜牧《秋夕》诗写道："银烛秋光冷画屏，轻罗小扇扑流萤。天阶夜色凉如水，卧看牵牛织女星。"我以为"卧看"的"卧"是诗的核心，是诗眼。为什么不"站看"，不"坐看"，而是"卧看"？——躺着，躺着，就睡着了：那美丽的故事，悠远的憧憬，美好的祈望，也就在梦中徘徊了。

后来我当了地理教师，绝大部分学生都不识牛郎织女星与天河，我总要在一个晚上，带他们去寻找银河两边的牛郎织女星，告诉他们，它们相距十六点四光年，绝不会有相会的日子。科学与幻想往往是孪生兄弟，但有时竟会隔着十万八千里。

七夕也叫七巧、乞巧，是汉民族的传统节日。起源于汉代，到了宋、元已发展成和春节并行的大节了。许多习俗与女人相关，特别是闺中少女，故而亦被称为"女儿节""少女节"。传说七月初七生的人都与"巧"有关系。我虽生在七巧节，但是男的，就名正言顺地被排除在"巧"的外面了。在湖北原江北中学倒有三个七夕出生的人，人称三代"巧巧"。除我之外，另外两位的确生来就有巧。大巧巧是校友，毕业后经深造，回母校当教师，不仅书教得好，颇受学生领导的欢迎和赞扬。她还写得一手好字与漂亮的文章,屡屡获奖。小巧巧是学生的女儿,她的爸爸也是毕业后深造回来教书的。小巧巧在沙市读书,品学兼优,课余学习舞蹈,我常见她周末回家,在操场上下腰、劈叉,体态优美,落落大方,颇见功夫。她曾随队去北京参加舞蹈比赛,得了金奖,还上过电视呢。

八二届学生,毕业三十年,要选在七月七日聚会,邀我参加,为我做生日。我说,我们一家,上下几辈,从来都不祝寿,做生日,平平淡淡地过着每一天。况且我的生日是阴历,不是阳历。他们就特地将聚会的日子移至七夕。一定要我老两口赴宴。再三婉谢无果,盛情难却,我们去了。聚会上看到三十年前的毛头小伙子、小姑娘,都快成了大伯大妈了。但事业有成,身体强健,下一辈也茁壮成长,成就感写满了每一张脸,我颇感欣慰。但乌飞兔走,光阴易逝的感叹也油然而生。他们送了我一个用百朵大红玫瑰结成的大花篮,这是我一生中收到的最贵重的生日礼物。

到了七夕,仰望星空,数着星星,听着故事,那种感觉真好!

(作者系湖北省江北监狱退休民警)

四十年家国情

雷晓博

改革开放四十年,国家各个方面发生了翻天覆地变化。作为老百姓家庭,四十年来,方方面面也发生了很大变化,每一次变化,都和国家层面变革息息相关。

作为生于20世纪60年代末70年代初的人,我已近五十岁,国家这四十年的变革的记忆都蕴藏在我的心底:有个人、有家庭;有长辈、有妻小;有亲戚、有朋友;有单位、有国家。

回首四十年,一股浓浓的家国情怀油然而生,我不仅感怀世事沧桑,更感慨社会、家庭、个人的变革,这其中有欢笑、有泪水,更有激动之后深深的思考,下一个四十年,我们国家会变得越来越好,我们家庭会变得越来越好!

先说说父亲的变化。父亲生于1926年11月,1949年2月参加工作。新中国成立初期先后在民大四部、西北局、西安人民大厦工作,1954年因患肺结核疗养一年,后在陕西省手工业联社、轻工业厅工作,70年代初下放到离我们家乡合阳较近的韩城钢铁厂。我至今还记得母亲带着幼年的我,从甘井乘客车到韩城,又从韩城倒"闷罐子"到下峪口钢铁厂看望父亲的情景。70年代末落实老干部政策,父亲返回西安,回到二轻厅工作。1985年左右,落实知识分子政策,我们全家"农转非",举家迁往西安,1985年我初中毕业,一次偶然查分数,看到全年级学生花名册,发现二百余人中只有三人属商品粮户口,我显得特别"与众不同"。1985年底,我家在西新街一号分到了一套两居室的房子,父亲给母亲写信,整篇透露着高兴的神情,"我们在五楼(总共六层),高就高点,能看见报话大楼的钟表,站在阳台上,给人一种'会当凌绝顶、一览众山小'的感觉",如今高楼林立,钟表是看不见了,但仍能清晰地听到报时的钟声。母亲托大姐夫找顺便车,把家里大衣柜、标准牌缝纫机、天马牌自行车和一张新做的木床拉到西安。如今,木床和自行车都不见了踪影,唯独衣柜和缝纫机还保存得非常完好，虽然有些陈旧，缝纫机一年也用不了几次，但我们仍舍不得丢弃，那是一种念想，一种时代的记忆。

再说说母亲的变化。母亲是合阳中学五八级毕业生，前年还应邀参加合阳中学百年校庆。母亲中学毕业后回乡当了一名民办教师，从教三十多年，桃李满天下。80年代初，正值实行家庭联产承包责任制，家里分了十几亩地，当时机械化、社会化程度还不高，父亲又在外地工作，姐姐、哥哥在乡上上中学，我年龄小正上小学，十几亩地全靠母亲“求爷爷告奶奶”，亲戚、邻里帮忙，才勉强维持种了几年，1985年后，地全部交给队上。80年代末，母亲一直在我们村周围几所村办学校任教，当时民办教师待遇低，一个月十几元钱，碰到村上条件差，还偶有拖欠；1988年我考上大学后，母亲一度想停止任教，同事们都劝她，再坚持坚持，兴许国家政策有变化。真是好人有好报，大概1992年前后，国家开始着手解决农村民办教师问题，第一年，要参加相关考试，不过有年龄限制，母亲因为超龄失去考试机会，一位热心的亲戚带着母亲找到渭南市教育局长家里，他也无能为力，母亲几乎绝望；第二年，国家针对超龄民办教师，“一揽子”一次性无条件全部解决，母亲终于转为国家公办教师，随后办了退休手续。和母亲同时期几位民办教师，因为种种原因，中途离开教师岗位，转而经商、回家务农，永远失去了这种机会，不过近几年，国家也给这批老同志落实了相关待遇，一个月能发些钱，算作一点补偿，但和正式教师待遇相去甚远。这一点，母亲是幸运的，也是幸福的。

第三说说房子的变化。我家农村的房子建于1971年，几乎和我同龄，单面院子，宽不足八米，长三十多米，紧靠大路边，五间西厦房，门口盖了门厦子，70年代末，买了别人家一间房木料，在门口靠门厦子处又盖了一间厨房。院子靠大路，有点“独自”，我小时胆小，老想着有坏人进来，每天晚上最后一件事情，就是检查大门关了没有，上没上锁。家里搬到西安后，90年代中期，每年七八月天热时分，父母还时常回来小住一段时间。后来暑假，我带着妻子、儿子也住过几次，房子年久失修，晚上睡在炕上，儿子指着屋顶说，“爸爸，我能看见星星”，碰到下大雨，屋里也滴小雨。2000年后，我再没回去住过，每次到家，只是匆匆取点东西，院子里的草长得几乎一人高。大约在2012年前后，一场大雨把东界墙淋倒了，院子就几乎和邻居连在一起。有好几次，邻里打听想买院子，房子虽然破烂，但院子紧靠大路，盖房能做门面房，父母都婉拒了他们的要求。

2015 年 5 月，父母掏钱，我张罗着，旧房一拆而空，在原来的院子里盖成了前面门房、后面上房，大门设计也比较现代，刚好小车进出自如，院子中间有一小块空地，可以种菜、养花，只可惜年迈的父亲没能回来看看，没能小住一段时光就去世了。现在天热时，母亲总喜欢从西安的回来住上几个月，她委托快递，把西安的旧沙发、旧床都搬回来，这些物品价值远低于快递费用，关键是睹物思人，在哪儿都有家的感觉。2018 年 7 月，老家多年吃水难的问题也解决了，天天都有自来水，母亲几乎“乐不思蜀”了。

20 世纪 80 年代，把老家的东西往西安搬，现在又把西安的东西朝老家运，这变化当中，反映了社会几多变迁。

四十年来，变革一直是永恒的主题，国家在变，家庭在变，单位在变，个人也在变；老人在变，孩子在变，我也在变。每一次变革，都充满着希望和未来。

也有一些不变的东西，那是什么呢？是一种情怀，亲情、友情、爱情、乡愁……是四十年家国情！

（作者系陕西省富平监狱民警）

友谊篇

忘 年 交

黄勇峰

“忘年交”最早出自《南史 · 何逊传》:“逊字仲言,八岁能赋诗,弱冠,州举秀才。南乡范云见其对策,大相称赏,因结忘年交。”年龄的差别并不代表“代沟”,年少者与年长者之间也可以架起友谊的桥梁。

天下之友无数,以投缘为佳;天下之谊无尽,以适己为悦;天下之情无量,以称心为重。人这一生,交好友不易,而邂逅“忘年交”更是不易。荆楚大地,暂不细表;荆楚天外,略叙二三。

与张晶先生的交往,如同巴山夜雨的一支萧歌。忆得初次与张晶见面,是在2003年的一个秋夜。我带领沙洋监狱局的首届十佳民警赴江苏考察学习,抵达南京石城饭店时已是晚上九点,在南京大学作完讲座的张晶匆匆赶来。已享盛名的学者,与初出茅庐的小伙一见如故,相谈甚欢。从此,张晶成为我的良师益友和学术上的标杆。

流年似水,邂逅有缘。以后,在不同的城市、不同的会议、不同的场合,我与张晶又有了很多次的思想交流和情感交流。张晶在我国监狱理论界,创造了四个特色:《中国监狱制度由传统走向现代》是我国非常有特色的专门研究中国现代监狱制度的学术专著;《正义试验》是我国非常有特色的监狱学随笔集;《走向启蒙》是我国非常有特色的监狱学书评集;《总矫正师》是我国非常有特色的长篇监狱学术小说。2010年5月27日,“张晶作品研讨会”隆重举行。张晶现象告诉世人:监狱警察不是没有文化、没有修养、没有能力的“三类警察”。我为张晶的成就感到骄傲、自豪,也反省自己的差距和不足。张晶在自己的作品序中写了这样几句话,他说他比不了凤凰,他做不了雄鹰,只是偶尔比鹰飞得高一点,他说他还要飞,迎着太阳,看着自由之风,目标是经常的“偶尔”。人生不能没有追求,光阴不能虚度。但愿张晶先生经常“偶尔”,经常飞得比鹰高,为中国的监狱事业理论之树作出更大贡献。

与张恩水书记的交往,如同一曲《二泉映月》。2002年,全国监狱政工理论研讨会在天津召开,时任安徽省监狱局政委的恩水书记作了一场精彩的演讲,折倒众人,令我钦佩不已。后来几天,与恩水书记同行考察。知识渊博、平易近人、和蔼可亲、待人真诚,这是他给我的最初印象。但职务有距离、年龄有代沟,我与他并没有过多交往。一年后,全国监狱政工理论研讨会恰巧在武汉召开。我有幸获奖,并第一次在大会上发言。恩水书记注意到我,对我表示赞赏。一回生、二回熟。会议间隙,我与恩水书记回忆津门之行、谈论诗文掌故,共享心灵鸡汤。我知道了,恩水书记是由安徽团省委组织部部长,下至省司法厅任政治部主任,再下至省监狱局任政委的。后来,恩水书记卸任省监狱局政委,调省司法厅任纪委书记,最后在这个岗位退休。此后多年,我与他无缘再晤。但是,每年的鸿雁传书不断,手机短信不断:“勇峰老弟:山之间的距离是云,树之间的距离是风,人之间的距离是心,诚挚的祝福见证我们一见如故的情谊。遥祝新年吉祥。恩水贺。”阔别八年后,与恩水书记终于相聚合肥,再话江城故事,共叙淝上沧桑。素有翰墨情怀、在安徽书法界享有盛誉的恩水书记,挥毫赠我“宁静致远”和“勇往直前风光无限”。恩水书记的情谊,我铭记在心,永不会忘。

与王明迪老局长的交往,如同一缕大漠孤烟。2004年,在北京气象宾馆的一个会议上,我就基层民警的权利和罪犯人权保护作了一个发言,引起与会者的强烈共鸣。明迪老局长作为会议主持者,很感兴趣,对我提了好几个问题,我一一作答,他一一评点。后来,在多个会议上,我与他又有一些接触,他的总结发言多次提到过我的拙作。听他的讲话,是一种享受,更是一种学习。在他离任中国监狱学会副会长前的一个会议晚上,我聆听他清唱了一曲《满江红》,歌声激越,沧桑感人。也许,看惯了春花秋月,一蓑烟雨才能任平生;看深了世态人心,一苇渡江才能自逍遥。2008年的一个秋日,丹桂飘香,他来到湖北沙洋,给一位局主要领导说,要见我一面。当时,我正要出差,于是改变行程,留了下来。在局招待所,我与明迪老局长聊了半个多小时,深感他对沙洋监狱工作的重视和对监狱理论研究事业的热爱。这位监狱系统德高望重的老领导,关心后学,鼓励晚辈,其情殷殷,其意切切,令我感动,催我奋进。后来,到北京开会,我又多次和老人家见面、请教,深感老人家风采依旧,酒量不减,才情不减,豪情不减。

“人生交契无老少，论交何必先同调。”年长者与年少者之间只要互相不嫌弃、不摆谱，彼此以诚相待，并经常交流思想，取长补短，那么，“代沟”是完全可以填平的，生命的嫁接也就从这里开始。忘年交，如沐清幽浪漫的月光中，因其纯洁而感觉轻松愉快；忘年交，又如一杯陈年佳酿，好酒需要时间来催化，储存时间越长，酒味就越是馥郁醇美。

人生苦短，我期盼结识更多的忘年交，更感谢旅途中所有帮助过我的忘年交。

（作者系湖北省监狱管理局信息中心主任、预研所所长）

清明时节,我想起了香奎

温明远

清明节来了。

半睡半醒中,忽然听到雨滴纷落的声音,继而是“刷刷”的下雨声。心里一惊,醒了。

到阳台往外望去,原来是楼下的喷泉刚刚启动,发出了疑似下雨的声音。这声音,敲击着我的伤心处。香奎,你让我心疼啊!

2000 年下半年,单位办公室给我派来一位新司机,这就是王香奎同志。

王香奎个子略高,稍瘦,脸色白净,头发稀疏。他的那双大而明亮的眼睛,时时透着笑意。香奎曾经是个军人,军营练就了他的敬业和忠诚。

香奎出身于农家院。刚满十八岁那年,又瘦又小的他从吉林省前郭旗到黑龙江省七台河当兵。吃了不少苦,也带来了父母无尽的牵挂。有年我出差,返回时,还有闲余时间就绕道前郭旗,见到香奎的母亲。我说:“香奎从小当兵在外,您很惦心他吧?”香奎的母亲没及回答,却“哇”的一声哭了。我知道,这一声哭,是一位慈母对漂游在外儿子的无限牵挂的无言回答……

香奎机警、干练,为人处事热情、周到,是机关车队中朋友最多的人,也是一个从来不和别人红脸的人。香奎胜似我家自己的孩子!

出事是在 2005 年的 7 月 1 日。

当时,我们参加黑龙江省华山监狱五十周年庆典。庆典后,我们准备返回哈尔滨。我见到香奎,说:“注意安全。”他和司机们从餐厅往外走,听到我说的话,一笑。谁料想,这竟是他生前我和他说的最后一句话。

返回的时候,天气时晴时阴的,下着小雨,路很滑。走到兰西县时,我们乘坐的车停了一下,王香奎则开着车超过去了。

大约行驶五六分钟,过了榆林镇,同行的同志说:“看,旋风,灾害性天气呀!”只见一阵旋风刮得很高,旋风中夹着白色纸片,在绿色苞米地的映衬下,格外耀眼。

又过了五六分钟，突然来了个电话，说香奎的车出事了！我们急忙赶过去，只见车翻在路基下七八米深的一个大坑里。当我跌跌撞撞地走到坑底，见香奎仰卧在地上，一动也不动。我唤了几声，没有应答，他鼻子和嘴被粉红色泡沫糊住了。我知道，香奎已经不行了。

这时，我脑袋里一片空白，什么意识都没有了。听不见别人说什么，也看不见别人干什么。

后来，我才知道，香奎那天开车超过我们的车以后，车开得有点急。适逢前面新修的水泥路正在安放什么设施，封了左侧。而右侧又占了二分之一。这剩下的四分之一的路面，还有对开来的车。香奎躲车时，右侧的前后两个轮子压在路边的松土上，刚下过雨，土变成了泥，又松又滑。向左打舵，因刚修的水泥路面距泥边路垂直有二十多公分高，右侧车轮咬不上去。再向前，又一个向左的弯道出现了，香奎的车一下子冲下了路。令人想不到的是，下面是一个七八米深的大坑，车在半空中打了几个滚，把人都甩出去了。

当我清醒的时候，我已经到了兰西县的殡仪馆，听到的是王香奎亲属的哭声。

我亲眼看着给王香奎化妆、穿衣。我参加了守灵，筹划送葬事宜。两天两夜，我不曾合眼。

向王香奎遗体告别仪式结束了。当往火化场推走的一霎，想到一个活生生的年轻人就这样永别了，我突然放声大哭起来。这时，我忘了长辈的矜持，哭得惊天动地，若不是有人拉住我，我想冲上去，抱住香奎不放。

事后，我去了香奎家，见到香奎的岳父，仍然不能止住我的哭声。在香奎出殡后的第二天，我病倒了。

听到外面“刷刷”下雨的声音，我又放声地痛哭了。

我哭的是：香奎和我朝夕相处六年多，太熟悉了！

香奎对我百般照顾，无微不至，感情太深了！香奎太年轻了，他父母怎能经受这样地打击！香奎和爱人恩爱和美，两人从来不曾拌嘴，这爱这情，怎能了断？

香奎的孩子还小，她怎能没有父亲！

哭声伴着雨声，留给了我断肠的记忆。这雨声啊……

2006年春节前，香奎的爱人王洁来看我，说她要到香奎父母家过年去，说着哭了。我忍着泪水。晚上回家，我又大病一场。半个多月，发烧才停止。

王洁与香奎爱情甚笃，虽然现在走出了阴影，但她仍不谈再嫁。

（作者系黑龙江省监狱管理局原纪委书记）

过　生　日

马寅蟲

忙碌了一天,正收拾桌上二十四名社区矫正人员的信息资料,一抬眼,俞局长背着手带着司法局班子成员一行人正站在我的办公室门口。

“一定有什么重大任务？否则局领导不可能一个不落地大驾光临!”

我寻思着问俞局长:“俞局,明天有什么工作安排?”

“当然有！但不是明天,是今天。”

“今天？快下班了呀!”我有些蒙圈。

“对,就是今天!”

同行的其他同志神秘地相视一笑,让我感觉迷糊。

“老马同志,今天是什么日子?”

俞局长仍背着手抬了抬眉提示道。

“今天……”

我极力地在脑海里搜索着,睁大的眼睛里怕是只有囧相而没有答案。

正当我百般无解时,俞局长背着的手,也不知什么时候,已捧着一个精美的生日礼盒呈现在我的眼前。

俞局长紧紧合握着我的双手,语重心长地说:“老马,今天是你的生日,首先我代表弋江区司法局的同志向你表达一份生日的祝福,同时也借此机会,对你在司法局挂职期间所开展的卓有成效的工作表示感谢！你把大墙内戒毒工作的好经验和成功做法带到了大墙外,让多位一体的施矫理念在社区矫正中得以延伸,大力提升了社区矫正工作的质量,为营造齐抓共管的良好社区矫正局面发挥了积极作用,真的要感谢你!”

俞局长质朴至真的浓情话语,让我这个“他乡客”一下子找到了家的幸福。已逾天命之年,对自己的生日还真的从未真真切切地关注过,对于自己在工作中取得的成绩,更认为是一种职责所在、使命使然。未曾想,弋江区司法局的领导和同事们如此体恤入微、关怀备至，在我五十三岁生日之际，亲自送来了生日贺礼和融融祝福，更把自己在工作中的一点小小努力视作“榜样与正能量”，真的让我百感交集，一时间激动与感动化作股股热流在心底里奔涌，我由衷地感谢弋江区司法局的领导和同事们！

短短四个月的挂职工作，弋江区司法局这个大家庭的融融暖意和凝心聚力的工作氛围已深深感染了我，我为自己能融入这样的一个大家庭而感到光荣和自豪。作为一名从警三十三年的老同志，社区矫正工作对我而言是一项全新的工作，能够快速融入这个集体，顺利开展工作，在短期内取得一定实效，并能获得组织上的认同，说实话，这都与司法局领导和同事们的关心、支持和帮助分不开，也正因为有了这样一个优秀的集体，才让我视野开阔、获益良多；才让我更加坚定了短期当长期、挂职当任职的信念；才让我更加迸发投身社区矫正事业的激情。

有幸在这样一个优秀的集体工作，与这样一批优秀人才共事为伍，也是我人生经历中的一笔宝贵财富，我将倍加珍惜在挂职路上遇到的每一个人、每一件事。这里每一位优秀的人、每一件典型的事，我都将作为自己学习和工作的标杆，在今后的实际工作中努力再努力，学习再学习，竭尽全力，不负重托，不辱使命，同时我也会把这里崇德尚法、奋发有为、励志进取的人文精神带回南湖，共同分享奔梦路上的收获与喜悦。

老牛自知夕阳晚，不用扬鞭自奋蹄。在新时代的征程中，我愿做一枚行风不熄的蜡烛，不忘初心，继续前进；在社区挂职的工作中，我愿做一名筑梦寻路的践行者，不负厅党委的嘱托，不负弋江区司法局领导和同事们的厚望，更不辱一名人民警察的光荣使命，把弋江区司法局领导和同事们对我的关心、帮助与信任化作不竭动力，为弋江区的社区矫正事业贡献自己的一份绵薄之力。

（作者系安徽省延伸监管驻芜湖司法局民警）

再见青春

韩梅生

下夜班，回家的路上，最能陪伴我的，当数那照向远方的灯光和收音机里的浅吟低唱了。

我将在深秋的黎明出发，
伴着铁皮车厢的摇晃，
伴着野菊花开的芬芳，在梦碎的黎明出发。
再见，青春，再见美丽的疼痛。

每次听到汪峰的《再见青春》，思绪总会被撩拨几下，不知不觉地陷入对过去的回想。

第一次听《再见青春》，是在大学老乡会的时候。KTV 里面，几个高年级的师兄一首接一首地唱着汪峰的歌。他们唱《春天里》，唱《再见青春》，我跟着他们唱《怒放的生命》，唱《像梦一样自由》。最后几乎都是嘶吼，宣泄着释放不尽的青春激情。对于刚上大一的我来说，确实渴望着像梦一样自由，也憧憬着怒放的生命。但对于《再见青春》，着实没有太多共鸣。

喜欢上这首歌，是在大二下学期。六月，大四的师兄师姐们要毕业了，我组织送别泰兴的师兄黄涛的聚会。师弟师妹们早早地到了他宿舍，彼此聊着大学里的种种，小聚会般的热闹。涛哥倚在床上，戴着帽子，把帽檐压得很低，几乎不说话。决定要出发的时候，不知道谁说了一句，“再回头看看自己睡了四年的宿舍吧！”

只此一句，涛哥再也没忍住地抽泣起来。我们也变得安静了，那几秒钟，时间仿佛凝固了，直到一个贴心的师妹拿出纸巾递与他。大家分摊了行李，默默提上，往校门口走去。有递香烟的，有挥手告别的，有握手拥抱的，也有搭着肩膀一直走到外面的。E 字楼到校门口大约有六百米的距离，我们感觉走了很久很久。涛哥临上车时红着眼睛喃喃说道："再见，大家！再见，大学！"涛哥的临别之言，令我至今记忆犹新。而后，又听到《再见青春》的时候，不知为什么，脑海中总会联想起这一幕。

大四的时候，汪峰的歌又火遍大江南北，随着青春剧的热播。从《奋斗》中那乌托邦式的青春梦想，到《北京爱情故事》里的社会现实和鲜血淋漓，描绘的大都是一群刚刚从象牙塔里面走出来的年轻人，怀揣着对梦想的追求、对爱情的渴望、对美好生活的向往，去面对这个复杂社会的故事。我们也曾对于人物角色各执一词，也曾高谈阔论着毕业以后要像谁谁谁一样，内容天马行空，想象肆意挥洒。年轻嘛，谁还没吹过牛呢？但故事毕竟是故事，不到一年就要毕业的我们，也在憧憬着以后的日子。

大四的时间似乎过得更快。当时忙着准备公务员考试，得从保定先回家，再到镇江集中复习迎考。从学校没有直达的车次，必须从北京转。十一月份，正值深秋。当我站在北京的过街天桥上，看着霓虹闪烁一眼望不到头的车流时，也曾扪心自问："我做好应对这个社会的准备了吗？""我的未来会是什么样子？""最终会被现实磨平棱角吗？"

带着这些未知的问题，我背上行囊继续前行。检票、进站，随着熙攘的人流，登上北京开往泰州的T157次列车，蓝白相间的铁皮车厢。

再听《再见青春》，感触就深多了。歌词就是有那样一种魔力，也许同龄的、一同经历过那段岁月的人最有感触。再见青春，倒不见得。再见大学，再见保定，我的第二故乡！大学期间，当自己最后一次坐上那熟悉的列车时，也是我该对四年青葱岁月说再见的时候了。

说实在的，毕业时欠自己一个告别。我不愿像涛哥那样，走得那么伤感，而是想把最好的一面留下来，强忍着内心的波澜，把笑容挂在脸上。直到上了火车，开动的那一刻，泪水终究还是忍不住地往下流淌。

当时想写点什么，努力抓住学生时代的尾巴，给四年警校生涯画上一个句号，但发现自己不敢入手。就像一面湖，向大家展示着"水光潋滟晴方好"，已经习惯地把自己标签化了，生怕任何一个话题的展开，关于学业、友情抑或是爱情，都会激起阵阵涟漪，泛起层层波浪。

然而，在这寂静的夜晚，那幅离别时的画面，从心底探出头来，好似昨日重现。

决定要走的前天晚上，跟舍友、同学、泰州的师弟师妹们依依道别，说着再见。

“记得打电话！”班长拍着肩膀，很认真地说。

“饭（换）号码了第一时间告诉我们！”舍友广东仔始终分不清 h 和 f。

“来北京的话提前通知一声儿，住我家四合院儿！”傻狗家住通州，土豪级别，一口标准的京片子。

“到山西了带你去吃正宗的面条，管饱！”隔壁宿舍“星爷”眼睛眯成一条缝。四年里我们一直调侃他上大学之前是在山西挖煤的，又黑又老又壮实，有时候说话带着一股山西老陈醋的酸味儿。

“等哪年春节带着家人到海南玩儿，我给你们做导游！”小东北很直爽地发出邀请。他家里三个，排行最后，因此得名。父母是候鸟老人，每年都到三亚过冬，后来就在那边定居了。

……

现在的我，好想知道那些讲不出的再见，何时才能再见？远方的朋友们，你们还好吗？毕业快六年了，想必大家都已是另外一番模样了吧……

何时我们能重返校园，再去感受那每日晨操的口号与脚步声，警体训练中的痛苦与汗水，早寝的内务大检查、每晚睡前的党员督察队，课堂上开着的小差与刷着的校内网，临考前泡着的图书馆与自习室……

再去回味那双盛街的美味多与金记酿皮、华电门前的闫家驴肉、狼牙山五壮士广场旁的东北烧烤、双拥广场对面的根据地、再北边的街坊家宴……

再去看看那王庄街的破旧健身房、青少年宫的英派斯、裕华的小商品市场、青年路的四通商场、长城南大街上的东风公园、东风东路上的军校广场……

关于第二故乡的四年，承载了最美好的青春时光。宛如陈年老酒般，只此一杯，便令人心醉。暂且把他打包埋藏心底，待以后慢慢回味吧。若是将来有机会回去再品，又将会是怎样的浓烈醇香！

（作者系江苏省监狱管理局江北医院民警）

兰　青

杨建民

英年早逝的兰青，是我的同学、同事和挚友。

兰青是2011年12月10日18时30分离我们而去的。

兰青与我是同乡，高中时她插班复读，和我同学；后来，她先我考入陕西省警官学校。在警校，韩城乡党很少，同乡的她，既是我高中时的同学，又是我警校的“学姐”。命运的安排，让我们在远离家乡的古城再度成为同学。这样的经历，让我们彼此间的情谊形同亲姐弟。

警校毕业后，兰青在陕北一监狱农场从事罪犯的教育改造工作，后调入韩城市公安局，在多个派出所从事户籍管理工作。因工作成绩突出、公正廉洁、德才兼备，调入市局法制科担任领导职务，直到病故。

1993年春节前，我在中央司法警官学院进修时，得知兰青患了脑血管病，放假回来后，第一件事就是去看她。见面第一句话她就说：“我在家待得急的，恨不得立马去上班！”

我说：“你的工作很辛苦，建议你还是多休养一段时间为好。”

但春节刚过，就听说她拖着病体上班了。在数年后的一次同学聚会上，她悄然对我低语：“我这个病，很是恼人，身体不断发胖，原先的衣服都不能穿了。我常穿警服，那不多的几身便服，成色很新。你家里困难，老婆又没有工作，拿去给她穿吧。你千万不要误会，嫌是旧的。”

善良的兰青，总为他人着想，在帮助我的时候，竟还为我的面子着想，使我一直感激在心。

1999年春节前，我老婆因投资开办铁矿严重亏损，兰青不知从哪里得知了这个消息，给我打电话，说所里要来我们村检查工作，顺便来看我。她到我家后，将一个信封交给我老婆，说：“我借给你们一千元，先过个年吧。”多年以后，当我和我老婆给她还那一千元钱时，我和我老婆极为感激这个比我稍大些的好姐姐。

2010年冬末，我从甘肃返回故里，兰青请我和老婆吃火锅。席间，她总是夸我能吃苦，有耐心；赞我矢志不移，出版了长篇小说《随风飘逝》。

兰青在学生时代是个文学青年，喜欢作诗，爱谈历史及天文地理。我们三人以茶代酒，不断碰杯。期间，谈兴所至，她把自己近期的一些诗作拿出来让我看。我看过之后，极不留情面地告诉她："你写的诗，太直白了，没有什么内涵和意境，想要发表，非下大工夫修改不可！"

我与兰青说这话时，老婆一直在桌子底下踩我的脚，我知其用意，只是不理。兰青听了我的话后，爽朗地开怀大笑，说："老同学，你说的对，我知道我的水平不行，但我爱好文学，喜欢作诗，我还没有发表的念头。"

我们边吃边聊，虽说那天是个星期天，但科里值班室的电话一个接一个叫她，全是关于案子的事情。

"姐，你的工作太辛苦了，你的身体不好，我建议你给局里打个报告，退到二线，换个比较轻松的工作。"

兰青却笑着说："我喜欢这身警服，热爱公安工作，我已习惯了忙忙碌碌，在单位上总想多做些事情。只要在工作，我就觉得浑身有使不完的劲！"

那次别后，我仍奔波于甘、陕之间。我和兰青只是偶尔发个短信、通通电话，直到那一天，才在医院的病床上见到处于极度昏迷状态的兰青！

悲痛之余，我和几位好友一起，为我的好同学、好朋友、好姐姐兰青，撰挽联一副，深表哀悼：

学生时代，因求学心切，挑灯苦读，志在榜上有名；恰同学少年，莘莘学子塬上游，篝火晚会，青春旋律，二十年后再相会。

从警岁月，凭满腔热血，英姿飒爽，誓要为民除害；历几度风雨，赤胆忠心搏激流，一身正气，两袖清风，兰芝馨香松常青。

我对兰青有着太多的回忆和怀念，让这篇短小的文章，寄托我对她的哀思！

（作者杨建民，笔名杨听涛，系陕西省汉中监狱民警、
陕西省作家协会会员）

我从马栏来

焦莹慧

1999 年的秋天，一个风轻云淡的日子，在胖子的目送下，我和五十多位新警离开了陕西省监狱管理局警官培训学院的大门。

车窗外，胖子依依不舍的身影逐渐变得模糊，我和胖子的两地生活就此拉开了帷幕，初为人妻的我还没来得及细细品味婚姻的万种风情，就被生活残酷地关在了幸福的大门之外。想到这里，伤心的眼泪如断了线的珠子一般，只感觉肝肠寸断，若不是在车上人多，我早已泣不成声了。

正在情何以堪的时候，我被一阵歌声所感染，那是大家在培训期间每日必唱的军歌。那是一段紧张有序、团结快乐的时光，那军事化的管理和生活，对于从小在军营长大的我来说倒也是适应，从每日的起床号响，到每日的熄灯号落，从每天的五公里拉练，到三更时分的紧急集合演练，从每一科的理论学习到每一次的讨论演讲，我都是不慌不忙地紧跟着节拍，一切很苦且快乐着。这边，车上一首人民警察之歌正在响起，我也情不自禁地跟着哼唱起来，一想到马上就要步入一个崭新的工作环境，自己的人生价值也要随之得以实现，我满怀期待着。

就在思绪还没来得及走远的当儿，峰回路转处我们已被大巴车载着穿过延绵不绝的大山，缓缓地驶入了一座孤立、肃静的院落，“马栏监狱”四个大字映入了我们的视线，那是一个此生难忘的日子，1999 年 10 月 25 日。

来之前大概了解过马栏监狱，位于陕西省旬邑县马栏镇，东接陕西省黄陵县，西临甘肃省正宁县，属桥山山脉子午岭中南部，是陕北高原、渭北西北的“西双版纳”，是黄土高原上水土流失最小的地区。这里虽不像我想象中那样山花烂漫，但也不乏山谷幽涧、小桥人家、炊烟袅袅的景致，倒是个郊游的好去处。

我们去的时候正值苞谷成熟的季节，刚好赶上秋收大忙，一来便被分去基层监区锻炼。我们被分配去的那个站叫作五一站(后来都改称监区了),站长是一位身材挺拔、魁梧的红脸大汉,每每看到总是笑容可掬。我想会不会是因为有我们的协助,他们站上今年的工作量减轻了不少,所以才会对我们的态度如此之友好?后来我才得知,五一站可是全监最大、监管改造工作最为突出的监区之一。监狱之所以把我们分到这里锻炼,一是为了让我们这些初来者看到监狱最强盛的一面,二是为了不让我们对这片荒芜的土地失去信心,可见政治处也是颇费了一番心机。

玉米终于归仓了,我们结束了为期短暂的调整假期,一行五十人分别被分配到了监狱下属的各个站,男的在站上带工,女的做内勤。我算是比较幸运地留在了监狱办公室,这可能和我所学的专业有关系,大概单位当时正需要文秘写作这方面的工作人员,可是现在想来我后来的表现实在是不尽如人意,辜负了组织对我的期望。

那年的冬天大雪来得早了些,十二月初大雪就纷纷扬扬地淹没了整座大山,本身就人烟稀少的大山越发显得格外地寂寞,除了在路上行走时脚底踩在雪上发出咯吱咯吱作响的声音,再也找不到什么可以吸引你注意力的响动,加之农场的规章制度中一条是放假不放人,有事必须请假才能离开,可我们这些刚参加工作的小兵蛋子一年能有几天假呀。这样的氛围更加深了我的思念,想家成了每天都在重复的必修课,每天一睁眼的第一个念头就是何日才是归期?

那年冬天的雪格外的勤快,隔三岔五地就要光顾一番。山是不寂寞了,可回家的路却时常被这薄情的雪淹没,那年的冬天成了我所经历的最漫长的寒冬。

马栏的春天来得似乎又晚了一些,阳春三月草长莺飞于马栏那简直就是奇迹,到了四月依旧是一片寂静、一片荒凉,五月中旬春播开始,马栏山才蠢蠢欲动起来,星星点点的山桃花慢慢吐露芬芳布及山野。到了六月天气转暖,万物复苏,马栏河边的杨树开始泛绿,我们这才脱去厚重的冬装,轻装行走于马栏河边。

那时我已身怀六甲,最喜做的是每天下午饭后提着一只红色的小桶和我的伙伴们徜徉在马栏河里逮鱼捉蟹,因为身体过于笨拙提桶就成了我力所能及的事情,这形象也曾被她们尽情调笑,于我,倒是件乐事。七月初,我迫不及待地整理行囊准备回家待产,虽然早知道生孩子是件相当痛苦的事情,可因为是要回家且又有家人的陪伴我倒是一点都不害怕，就要为人母的感觉在辛劳之余无不泛起欣喜的涟漪。

再回到马栏已经是十一月了。十一月十二日，那天既是我的生日也是丫头刚过百满一百零一天的日子，我却要在这样幸福时光里离开家，离开家人，离开我心爱的小丫头，孑然一身回到马栏，去我必须坚守的地方。

那天的天空似乎也被这离别的场景所感染，飘散着稀疏的小雨。胖子可能是怕我难过也可能是同我一般不舍，终究还是和他的哥们儿一起，开着借来的吉普车浩浩荡荡地送我回马栏。

我的归来让平静的马栏泛起了一丝涟漪，胖子告诉大家今天是我的生日，一听这话，伙伴们忘记了上班的广播声响，只顾盘算着如何度过这个快乐的时光。紫墨，一个精明能干又很实诚的泼辣小女子提出去她家那里热闹热闹，她的家在来马栏半路上的那一个很大的矿区，因为人口比较密集算是个小闹市区。我接受了紫墨的提议，我们一行七八个人挤在小吉普里向目的地驶去。

这时的雨虽然越下越大，但对我们的兴致却没有丝毫的影响。天色渐渐昏暗，车上的人吵吵嚷嚷，嘻嘻笑笑着竟然没有注意到前面转弯处有一泥潭，吉普车随之陷了进去。大伙只好冒着大雨踩着泥泞，喊着口号：一二，加油！

人多力量大，车被我们拉了上来，雨水加汗水在和着一把大泥巴，我们就像一尊尊还未加工成型的泥塑雕像，怎是一个“美”字可以言表！一路欢笑、一路泥泞，就在这样的夜晚还有大雨作陪，我吃到了这一生最难忘的生日蛋糕，那一天我二十六岁。清晨早起，大家吃过紫墨特意烹制的臊子面，穿上她连夜清洗烘干的衣服、鞋袜，带着感动踏上了各自的征途。

上班第一天就得到了不好的消息，因为我的一年锻炼期出勤天数不够半年，单位决定推迟转正期半年。对于这个决定我很惭愧。来到马栏，我是事假、病假、产假，所有能休假的理由都被我用了个遍，这对少不经事的我来说，是一个严厉的鞭策。如果说过去的这一年我是在用软弱逃避现实，那么时间证明，逃避只会让我更加软弱，对于现实只有坚强才能坦然面对，所以成长的路必须是坚强的。

因为工作的需要我从办公室调到了财务科，当起了小出纳兼库管，一时间大把的钥匙和厚厚的账本接踵而来，压得我有点窒息，每当别人都去食堂打饭了，我还在办公室里盘点结账。没过多久，一件意外的事让我魂飞魄散：一天午后觉醒,我和同居一室的晨曦去办公室上班,中途想起没给炉子架火,回屋却发现房门窗户大开,房子里面一片狼藉,地面上还有扔掉的烟蒂、瓜子皮和口香糖的包装纸……我惊呆了,赶紧喊人,“捉贼!”一番折腾后才知道,是一名外役犯偷跑去下面村子里喝酒喝多了,跑来场部寻衅闹事,嗑了我们的瓜子,吃了我们的口香糖,还给我们扔了一地烟蒂,钱款却没有丢失……

日子就这样波澜不惊地一天天度过,时而欢喜,时而忧愁,季节也随着心情的变化而变换。我们这群人逐渐适应了这地方,这生活;我们学会了在初春的暖阳下带着草帽坐在院子里搓麻将,我们学会了在夏日的黄昏钻到农家地里偷苞谷;到了冬季,我们学会了把炉子生得旺旺地坐在旁边打扑克。

我和胖子就这样你来我往地穿梭于马栏山上,刮风下雨从未间断,我的业务能力也随着时间的推移变得娴熟。马栏这地方山大沟深,交通不便,没有银行,我每周都要坐两个多小时的车去市里办业务,早的话偷空回去瞅一眼丫头,赶在最后一班车再回到马栏。周末忙的话胖子会带着在家买好的水果、菜等一如既往地朝马栏赶,我俩会变着花样琢磨着怎么消化他带来的菜,也会招呼大家一起来分享,于是,我的伙伴后来也成了他的朋友。

不忙的话,我会趁着领导不注意从后山溜下去,坐着路边经过的顺风车,风风火火地往家赶,往往是到家已经伸手不见五指了,隔天早饭后又急匆匆地往车站赶。每次走的时候都是泪眼婆娑、依依不舍,好在丫头尚小,胖子让她说再见,她就冲我摆摆肉乎乎的小手,可爱地说声“妈妈再见!”那时我是绝不敢回头的。

我的生活就这样和这座大山结下了不解之缘,常常不是在去市里的路上,就是在回马栏的途中。出差路上因为雪天路滑,一到山坡路段车轱辘打滑,推车是常有的事。有次在坐班车回家的路上遭遇车祸,差点连车带人翻到山沟里去。也曾亲历过追逃:那个周末下午,坐外地送押犯的顺风车回家,车行至山顶,一押犯说他要解手,车停下来,门刚打开,那押犯就窜了出去向山下冲去。当我们回过神,那押犯早已不见了踪影,我们紧跟着跑下山,一直追到山底也没有看到人影。我作为唯一的本地人赶紧打电话让辖区的“110”配合,并给监狱办公室打电话,让他们安排相关部门协助追逃。一阵混乱之后,办公室打来电话说已在附近矿区抓到那押犯,带队的那位警察这才松了口气,表示对我以及监狱的感谢。

2003 年的“非典”席卷了中国大地。周末早起后我有些发烧，倒也没想着自己就是“非典”，只是想着感冒了吃点药烧一退就没事了，晚上胖子打电话告诉我丫头感冒了也有点发烧，调侃道：“不会是我回家传染了“非典”带给孩子了吧？”我笑了，如果真是那样我怎么也要回去和你们在一起，至少我们在一起。

隔天我还在发烧，药没起任何作用，只好求助于医生了，“没什么的，只是感冒引起的上呼吸道感染”，医生对我说。可是，两天的吊瓶打下来我的烧不但没退还更严重了。这次医生也不再像上次那样乐观了，“实在不行你先住院吧，这个非常时期我得先请示一下场里再说”。本身就在发烧，一听这话我冒了一身冷汗，情绪顿时跌入低谷，幸好有在医院上班的可可在，这丫头一向很自负，“别听他的，不可能的事情”。

住在医院里心情如同打翻了五味瓶一般，担忧、恐惧、孤独、无助、绝望，唯一的依赖就是一部手机和固执的可可。胖子不停地打来电话询问病情，一边安慰我，一边鼓励我要坚强。此时的我除了止不住的眼泪一句话也说不出来，可可很严肃地指责我，让我想想，我若是“非典”那我身边的她们岂不跟着一起遭殃！

一天如同过了一年一般的漫长。入院第二天，胖子一大早打来电话说他要来接我回家。在那个全城戒严的非常时期，一路的盘查，一路的体温计，胖子终于闯了进来，可当时因为我有“非典”的嫌疑，是不允许任何人接触的。好在有可可，这丫头精心策划了一次生离死别的会面，尽管有可可在我也顾不了这许多了，扑在胖子的怀里又一次委屈地哭出声来。胖子紧紧地抱着我只是来回重复着一句话：“不怕，咱们回家！”

我终究还是没有被胖子带走，单位领导告知医院县卫生防疫机构要来检查确诊，我哪儿都不能去，胖子只好偷偷来又偷偷走了。后来才知道家里的情况也一样糟糕，侄女和女儿因为出麻疹都在持续低烧，老爸打来电话只是一味地鼓励我要镇定要坚强，却只字未提两个孩子也打着吊瓶，亲情在这一刻彰显出它无声的伟大。

傍晚时分，可可看我还在持续低烧，就拿着酒精棉球采用物理降温，给我擦拭了额头、耳后、手心、脚掌这些地方。

不知是不是物理降温起了作用，那晚烧退了，我睡了几天来最踏实的一觉。

当我睁开眼时天已大亮，刺眼的阳光照得睁不开眼睛，脸上像是真的过敏了一样刺刺的、痒痒的，掬起一捧凉水拍在脸上，久违的清爽增添了我活下去的勇气，这时可可推门进来，见我惊呼："你果真是出麻疹！我就想你是出麻疹，你还真的是在出麻疹！"就这事就在可可的惊呼声中尘埃落定。

可可的爱人小柯笑着说，可可因为和我有过亲密接触，这几天也被隔离了，吃饭都是偷着跑出去买回来吃，挺刺激！这话虽是玩笑，却让我生出了无以言表的感动，可怜的小两口因为我的缘故增添了这许多麻烦，还有那些每天给我送饭、站在病房门口陪我说话、发短信鼓励我的朋友，一直坚持陪着我的可可，留给了我这一生最宝贵的记忆。

2004 年相较是平静的一年。那一年晨曦调走了；小丫已经是一名出色的财会人员；紫墨刚休完产假很快就投入角色把干灶打理得井井有条，周一到周五绝不重样；娟子虽经历了同父亲的生离死别但工作没有受到丝毫影响，仍旧写的一手好材料；可可仰仗着她的聪慧，自学拿到了医护本科学历；小柯也已经是生产科的副科长了。我虽没有再遇到什么惊天动地的事情，可之前的经历足以让我写一部精彩小说，工作之余我们仍旧会聚在一起海吃海喝、打打麻将、散散步、像孩子一般闹闹矛盾吵吵架。这种状态一直持续到 2005 年 8 月我和胖子终于结束了我们的两地生活，给那段平淡而难忘的记忆画上了一个圆满的句号。

岁月轻轻滑过指尖，许多往事便渐渐弥散在如沙漏般的光阴里面。但在生命的长河中，总有某些东西，让我们刻骨铭心，难以忘记。因为这种记忆是美丽的、芬芳的，让人心情愉悦的，能够温暖人心的！

（作者系陕西省庄里监狱民警）

那时的时光

杨会娟

秋意渐深，想起二十多年前也是怀揣梦想，意气风发，走进单位这绿意葱茏中。那时青涩未褪，眼神清亮，面庞朝气，自带阳光，有一股冲击力和野气。

一起分来的同事都风华正茂，青春逼人，各怀才气和抱负，随和的，有内傲的，有稳重的，有才高八斗的，自我感觉帅帅的、美美的。很快稔熟，并一起训练，累了聊聊天。垂涎于当时院中的葡萄架，青翠欲滴，果粒晶莹，人多壮胆，摘而分食之。不幸被发现，好像还集体写了份检查。当时年轻无知，不晓得轻重，道个歉，赔个不是就完事了，还下笔千钧，写书面检查的。不过，这种不快很快就被相处的愉快冲淡了，毕竟那么多新奇的事物，又乐于他事了。

那时梳一麻花辫，眼里全是真善美。老工程师同事觉得我是广东或湖南人，否定后又回祖上，说记忆里爷爷辈应该就在河南，不甘的心方才罢休。那时老城还是旧貌，古街老巷，雨落青石板。想起从前保守，买衣服不带试的，不好意思，比之，今日之举太过豪放。

那时分来人多，女生一层，这屋串串，那屋转转，热度未减，热情已满。吃个零食，看个照片，聊个家常，逗个趣，打个双升，看个新衣新款。吴同学男友从远方来，闻着肉香，凑个热场，打个牙祭，以慰胃肠。晚上卧谈，嗑个瓜子，放段音乐，忆从前时光，田里地里，校园内外，越聊越畅，夜深不眠，最后说话的一方是清醒的，听者已困，最后相约休谈，被窝一钻，满足而酣。

那时食堂的饭不敢恭维，虽没什么油水，可能心闲，却也能吃得白白胖胖。和季同学一起从餐厅出来，她面对松柏下的一丛一片绿油油麦田，忍不住诗兴大发："啊，好大的韭菜呀！"怒笑狂放，不事农耕，四体虽勤，五谷已不分。在阳光下晃晃，花园小景赏赏，同回屋，她百无聊赖，我也困意袭来，拿出小本本，写段小文字，记个流水事，叙个小心情，也惹她羡慕不已。

在办公楼住宿舍时，那帮女生全去培训，夜晚时分，空荡荡的楼道只余我一人，竟也没想过怕，单位是强大后盾，也过得风生水起，悠悠然神仙一般。热闹的时候，是张同学和男友请我们同年来的吃火锅，热语喧闹，酣畅痛快，说说笑笑。唯一插曲是饭后，头昏昏不适，方才悟起炭火盆通风不好。

那时上班在二楼，住在四楼，最不怕单位查考勤，在一楼大厅内外，不用躲躲藏藏，不忧不惧，不惊不扰，从容而下，云鬓不飘，如拾级绣楼，偷着乐呗。冬天天寒，屋里白天办公楼送暖气，夜里停了尚有余温，还发着取暖费，享受额外补贴，心里更暖。午后起床，嫌水凉，总是掬一把水，于眼处抿一抿，抹一抹，湿一湿，精神抖擞去上班，陈姐笑我猫一般。后挪至宿舍楼，夏热如蒸，冬冰如窟，全靠人多热闹支撑着。

在站里钢球质量检验那一段，相处融融，同心同工忙完，遇队里在院里亲情帮教，改善生活，一同和会计买个菜，拎个兜，帮个厨，气氛很融洽。出纳有事，他们让去帮教会主席台上凑个数。坐定一看，桌上牌子上写“法律咨询处”，这哪敢当，外行永远充不上内行，惴惴不安，又眼神一亮，见一牌“合理化建议处”，忙换过来，舒一口气。但真开会时，虽然坐旁听席上，黑压压人头，还是有点怯场。演讲过的人说把听众看成一颗颗大白菜，有点道理，有点不敬，还得多有想象力。

那时邵同学要回婆家过年，单位年终福利真叫肥年，拎东拎西累得腿软，把出租房钥匙留下，把发的鱼肉放冰箱。和张同学一起送冻带鱼，五斤还是十斤，房东在家，热情招呼，带鱼太长，放不下，女房东一脸慈祥，出主意，把鱼头剁下，并拿至她家厨房，等送出时，却只有鱼身。我俩面面相觑，虽明白也不得语。邵同学虽大方，送不送也得人家拿主张。不由分想，对房东说，用下您的盆，闪进厨房，鱼头赫然躺案板，拿着盆接，顺手一抹，扫进中央。怎么说过年也得头尾身团圆呀。张同学觉得机智，房东有口难言。

忘记了圣诞夜还是元旦，灯光装扮家属院，子夜时分，我和张同学沿坡而下，四周寂寥，放眼周边，这一刻，繁华、辉煌、肆意、舒展是独享，是属于我们内心的呐喊……

“指缝太宽，时光太瘦，一辈子原来真的很短。”一桩桩，一件件，总忆旧时光，总想从前，也许历历在目的往事能勾起美好，即使青春不用证明，也如云掠窗，如春光烂漫，春意盎然……

（作者系河南省豫西监狱民警）

只是那个冬天，此去难相见

田长锁

遥寄那年，警校新生入学度过的第一个严冬。

北方的冬天有一种难以言表的味道。浓重的雾霾中，人们踱着步子，包裹得严严实实的，见到熟人会吆喝一嗓子，或是拍拍肩膀，这种场景是周末出来才能看见的。

在校生周一到周五，早上要例行跑操，上午、下午、晚上都有不间断的课程、训练、自习，只有周末才有时间和心情出来溜达，感受外面的世界与生活。我们241宿舍的八个人来自不同的省份，共同带着对大学的期待，有缘分聚到了一起。

那天晚上，雾蒙蒙的，跟仙境一般。八个人都略带青涩，去了保定长城北大街的“汉丽轩”自助火锅。警校除了早上六点跑操外，还有额外的警体训练，体能消耗非产大，食堂的菜清淡，饿得快。周末哥儿几个一合计，一拍即合，委屈啥也不能委屈了自己的肚子，在那个年代自助火锅可是个新鲜东西，有糕点、有水果、有饮料、有酒品……真正体验了一把“应有尽有”。

应该是“酒壮怂人胆”，几个人把平时不想说、不敢说的话都倾泻而出，鸡毛蒜皮就是家常，柴米油盐就是生活。那一年的冬天我们没有太多的抱负，也没有来自生活太大的压力，难过就哭，高兴就笑，不用注意什么叫做场合，什么叫做有内涵，什么叫做矜持，我们只做我们这个年纪该做的事情，现在想起来就像口嚼苦茶，值得回味，甘之如饴。

最后因为拿多了熟食、吃不了浪费，30元押金就退不了，八个人又放了放裤腰带，继续投入战斗。吃罢，一人扶着一人往学校的方向摇摇晃晃地走去。不用管路人对我们的看法，也不用管路上开过的是宝马还是奥迪，都与我们无关，只希望回到宿舍，回到那属于自己的窝，喝一袋惠友超市买的降价酸奶，然后倒头就睡。袜子被冻硬了，就打在宿舍的暖气片上烘干，有脚臭味也没事儿，等那味道散发出来的时候,全宿舍的人早已鼾声连天。第二天也不用定闹钟,完全随意,睡到自然醒。

氤氲依稀,黑板上粉笔书写的是记忆,逝去的是青春。有人说大学校园是青春的坟墓,但我更多的感觉却是一坛子刚烤制出来的苞谷酒,乡味未脱,辣口热烈,经过大学四年的酝酿,逐渐变得深沉圆润,却容易上头。

时间就像细软的流沙,在指间不停地漏去,推开岁月的门,许多年华依次搁浅。许多的过往,在艰辛的生活中,被封存于记忆的角落,如果不是因为某件事或某个物触景生情想起,也许会被厚厚的岁月尘土永远封存下去,遗忘在历史的长河中。

四年后,警校毕业的那一番离去,或许一别便是一生,婚丧嫁娶只是微信红包随礼,互道寒暄。天南地北各一方,此去相见却难。

(作者系海南省美兰监狱民警)

刘　妈

陈江南

高高的个子，灰中间白的齐耳短发，高颧骨，脸上写满刀刻般的皱纹，走起路来满脚生风，只要刘妈在的地方，不愁不热闹。

1998 年，我们入住老公单位宿舍，经人介绍，七十岁挂零的刘妈成了一岁女儿的保姆。

“娃子交给我你放心，某某某的娃子我带过，都是当自己孙子看待的。”

第一次进门，刘妈咋咋呼呼一口气说了几个我熟悉的同事名，当时孩子好不容易才睡着，我不由得皱起了眉头：这个刘妈太不注意小节了！

无奈除了刘妈，并没有更合适的人选。她家离我家近，我上班她下班，不在我家吃饭，这是刘妈的想法，也符合我们的要求。

“老头子每天都等着我给他烧饭呢。”刘妈说这话的时候，脸上露出满足的笑容。

相处久了，渐渐知道了刘妈一些家事：刘妈育有五个子女，六十多岁时老伴去世，刘妈跟着大儿子一起住，因儿子媳妇常年不和，刘妈感觉没有指望，便跟老公单位的一位退休工人倪伯结了婚。

倪伯工资不高，负担自己的生活及医药费开销已很困难，刘妈来后经济自然不宽裕。好在刘妈身子硬朗，又不肯坐吃闲饭，经常在外面捡破烂卖些钱贴补家用。为了生活，即使是为了一个只卖得一角钱的空纯水瓶也会与人起争执，她还在后院的自留地种了许多蔬菜，加上很会精打细算，生活还算过得去。

倪伯身边多了刘妈照顾，生活有了规律，衣服虽然旧，但穿得干净整齐，比单身的日子要强了许多。

只是因刘妈没有收入，享受照顾的同时倪伯在言语上对刘妈多少有些轻慢，刘妈生性要强，忍受不了便跑回儿子家，不几日便又回来了，说是看着儿子过得不好心里难受，还是自己奔自己的生活好些。

“后来我给人做保姆，自己有了收入，白天不用卖破烂了，他言语上便好了很多。”刘妈边和我收拾孩子的衣服边说。

这是我亲眼看到的，饭桌上倪伯有时品下小酒，饭后抽几根劣质香烟，间或还和学校里的老人打花牌消磨时间。

看得出来，刘妈很珍惜这份给她带来尊严的“职业”，她尽量适应我家的环境，而我不足一月便将工钱给了刘妈，平时家里吃的用的只要有多的都匀给她，刘妈很是感激，对女儿照顾得很上心。

那天我将女儿交给刘妈后，到楼下准备上班，蓦然听刘妈在喊女儿乳名：“巧巧打你，你就打她！”

巧巧是邻家的女儿，和女儿一般大，由自家奶奶带着，平时刘妈经常抱女儿出去和她玩耍。

这可急坏了我，我急忙奔进房内，对刘妈说我生的是个女儿，可不希望孩子争强好胜，刘妈听后嘿嘿地笑，不置可否。

两个月后，我便几次听说女儿将巧巧打哭的事，回家问刘妈，刘妈矢口否认。

半年后的一天，女儿在家玩积木，我逗她，将积木藏在身后，女儿要了几次没成，张口便是一句脏话，那情景和平常刘妈说口头禅时如出一辙，我和老公目瞪口呆，次日婉转告诫刘妈，刘妈竟像个孩子似的不好意思低下了头说：“我一定改！”

刘妈一直赞我能干，说我将家里收拾得井井有条，又东家长、西家短地说起某某的爱人的不是，“她连毛衣都不会打呢！”言谈间很是不屑。

我窃笑不已，打小到大我还没打过一件像样的毛衣，“我也不会呢！”

刘妈一瞬间瞪大了眼睛，张大了嘴，半晌才说：“她哪能和你比？”

只有一次，刘妈朝我发脾气，那是我又一次在人前说起女儿是“丑姑娘”，她嗓音一下子提高八度：“就你不清白，一天到晚说自己女儿丑，哪里丑了？我觉得我们家娃子蛮好看的！”

刘妈怒气冲冲的样子让我不禁莞尔，我知道，从内心深处，刘妈已经将女儿当成了自己的孩子，容不得别人指责半分。

转眼一年半过去，女儿到了上幼儿园的年龄。为了女儿的未来，我们将女儿送往幼儿园，告知刘妈的时候，她的神情很是失落。女儿上幼儿园后，她几次跑到幼儿园看她，孩子看见后，哭着要跟刘妈走，老师又不放，刘妈在外面抹起了泪。

几次之后，老师便找我们告状，我们只好委婉地将老师的话告诉刘妈，刘妈从此不再去幼儿园，只在女儿放学后追逐她的身影。同事的儿子顽皮，有一天将女儿推倒在地，刘妈不知从哪里冒出来扶起女儿，大声吼道："他打你，你怎么不打他？！"

为弥补刘妈不带女儿后的收入减少，我仍尽量资助刘妈，或是送衣物、送药，或是将能够卖钱的东西直接送往她家。刘妈又恢复了捡破烂的日子，每天一手拿着火镰，一手拎着一只大塑料袋，四处到垃圾堆里搜寻。只是不管到哪里，见了女儿，她仍忍不住走上前去，夏天的时候，还掏钱给女儿买冰棒吃。

女儿渐渐长大，对刘妈的印象也渐渐淡漠，有时还因刘妈衣衫破旧不大爱搭理她，因此受到了我的训斥。见女儿挨训，刘妈颇为不忍，以后再见女儿，便只是远远地观望，每次倒都是我们主动同她打招呼。

最后一次见刘妈是在2007年2月前了，由于女儿转学，我们搬到了邻近城市，原来的住处被闲置。那天去那里拿东西，见到了正准备外出捡破烂的刘妈，几年的时间过去，刘妈已是近八十岁的老人，身板不再挺直，行动迟缓了许多，说话也明显地缺了中气，我走上前去喊她，她一怔，想了一会才认出我来，伸出双手欲拉住我的手，突然间想起了什么，又缩了回去，不自然地往身后衣服上擦了擦，咧开嘴笑了。

由于要赶路，我闲话了两句后便离开。没曾想，两月后就传来了她在老家身故的消息，由于知道得迟，我没能赶去见她最后一面，但与刘妈相处那两年多的点点滴滴却留在我脑海中，挥之不去了。

（作者系湖北省江北监狱民警）

关系的艺术

蒋　莉

半夜,接到好友的电话,她又和老公吵架了。

好友是个温柔善良的小女人,每每在单位遇到不愉快的事,总喜欢和老公倾诉:某某同事不讲理,某某领导太强势。

好友的老公在单位是一名领导,每当好友因工作上的事对他发牢骚时,他就习惯性以领导口吻教育开导她,要她反省自己,顾全大局,团结同志。

好友非但不能得到安慰,还被老公一通教育,于是怒火中烧,认为老公不理解自己,情绪激动地和老公大吵一架。

作为女人,我特别能理解好友的心情:和老公抱怨是一种变相的撒娇,而不是要听什么政治教导,被老公认为她思想偏颇,看问题不理性,难免抓狂。

其实,作为成年人,好友在单位的烦恼,不用谁开导,她自己也知道问题出在哪,怎么解决,倾诉只是一种宣泄。在家里,她需要的是老公而不是领导,虽然她的情绪有些过激。

人的关系中有情绪的一方,需要的就是被对方看见的存在感,尤其是面对亲密的人,我们更在意彼此的关注度。不过,我也理解好友老公的态度,面对一个林黛玉式爱使小性的老婆,他毕竟不是会哄女孩子的贾宝玉,难以抚平女人心也正常,所以,我劝好友要学会适当调整对老公表达感情方式的期待值,毕竟,我们改变自己比改变对方要容易。

记得我刚上班那会,秉着低调做人高调做事的理性想法,处处谨小慎微,多干活少讲话,生怕得罪周围同事,有了委屈自己往肚里咽,直到我遇到热情的老好人徐姐。

徐姐人已中年,做事认真,待人热情,对我这样的新人完全没有架子,总是热心提点,无私帮助,丝毫没有中年人的世故,这让我对她的好感油然而生,心理距离瞬间拉近,于是工作中每遇到困难时总是第一时间想找她帮忙,心情烦恼时也喜欢找她倾诉。徐姐直爽热忱的性格,让我在单位有找到了一份忘年友谊的温暖感觉。

然而,随着时间的推移,徐姐对我依然如故,我却对她越来越不满:徐姐能干又热心,大家都爱找她帮忙,有时我有事找她,她因要帮别人而不能搭理我,这样的事情让我异常失落。徐姐说话坦率,本来我最喜欢她这点,这让我在职场避开了很多雷区,但在我工作犯错时她也毫不留情地指责,让我屡感受伤,深觉不被理解。但不管我如何对徐姐生气抱怨,她待我依然大大咧咧热情如故,而我对她的心情却如过山车般,情绪起伏极大,生气时,我甚至想和她绝交。我常自问,为什么和一个那么好的人却处不好关系,是我太作了吗?

一次,和爸爸回老家,叔叔伯伯欢聚一堂吃饭。席间,大伯因为某事和爸爸观点不同,他非常生气地把话说得很重,直嚷着要爸爸闭嘴,爸爸讪讪地闭嘴了。之后,每当爸爸要说什么话时,大伯都狠狠反驳,爸爸诺诺地表示认同,不再多说话了。

我第一次看到爸爸也有这样胆怯的一面,在大伯面前温柔的像个孩子:爸爸是军人出身,在家里家外雷厉风行,对待我们几个孩子更是脾气十分暴躁,一言不合就要发火,小时候没少拿罚跪、棒打惩罚我们几个孩子,即使快七十岁了,依然脾气火爆。

那天吃完饭,爸爸的情绪很低落,自言自语道:“大哥还是这么不听人劝,我讲他是为他好,他也不听,算了,算了,谁让他是我哥哥呢!”

爸爸的这一句“谁让他是我哥哥”的话,突然让我恍然大悟:我和徐姐之间的关系带给我的纠结突然释怀。

爸爸能对大伯包容,因为他把大伯看成哥哥,以哥哥的尊重对待他,所以他能压抑下自己的个性。想当初,徐姐只是我心中的一个同事,她对我的点滴帮助让我感动,她不能帮我、照顾不到我时,我也能理解。而现在,我在心里把她当好友,对她的要求不同,反而处处失落。而徐姐对每个同事都是一样的,她并没因此把我当成特别的好友,当然也不能理解我的失落之处,那么,我和她,回到最初同事的关系,一切都简单了。

人与人之间,合适的关系是融洽的前提,合适是因为你对这段关系有合理的期待值。

一个单位里,把尊敬喜爱的领导当好友,结果,往往做出不尊重领导却满足朋友感情的事，两败俱伤；把喜欢的同事当朋友，不顾对方感受，要求太高，伤人伤己；把恋人当父母，任性所为，结果不堪忍受，一个逃一个恨；把喜欢的朋友当亲人，过多干涉，越亲密越危险……

其实，领导就是领导，尊重就好；同事就是同事，合作就好；恋人就是恋人，亲密就好；朋友就是朋友，真诚就好……

所以，当我们为某段关系烦恼时，顺其自然就好。

每个人都是这样，在烦恼中成长，在人喜乐哀怒中生活，更在生活中追寻。

（作者系安徽省白湖监狱管理分局民警）

遇　见

冯艳华

这样的场景经常出现在我的生活里：每天行走在回家的路上，我在走，他人也在走，在匆忙之余，也不曾忘记给彼此一个微笑，即使是陌生人，心头便会浮出淡淡的喜悦。

经常在小区门口和一位笑脸相迎的妇人相遇，远远地就能感受到她身上散发的愉悦，待接近她时，她温和的笑脸更加浓了。那亲切、晴朗的笑脸，犹如晨曦中那一道道温暖和煦的阳光，让人心生温暖和甜蜜。

一天，我主动和她搭话，谈起她温和的笑脸给我的感受，她说，“每天在路上行走，大家都行色匆匆，互不搭理，让我觉得彼此的内心都很冷漠。直到有一天遇见你，你向我微笑，还点了个头，瞬间让我备感温暖。于是，我也学着主动先向别人点头、微笑，发现大家也给予我同样的反馈。”

这真诚的话语，让我陷入沉思：原来世界是相同的，不同的是我们的心情，而积极情绪的互相传递可达到心情愉悦的目的。在生活中，当你带着友善的微笑去面对遇见的每个人，你会发现大家都很和气，若是你拉着脸，你会感叹世界的无情和冷漠。我们怎能不把这积极的情绪传递下去？

总要路过一个花园，是小区外面的附属建筑，周围栽满了花草，中间一个长亭子，再搭配上两排木凳，便构成了一个花园。不知从什么时候起，它便成了老人们聚集的场所。老人们整天在那儿吹拉弹唱。他们唱云南的传统花灯，由二胡伴奏。每次路过那里，我都会不由自主地放慢脚步，静静地聆听，看着他们投入的弹唱，我通常都会被她们的情绪所感染。“流光容易把人抛，红了樱桃，绿了芭蕉”，这句词悄然浮上心头，这不就是他们的生活写照吗？老人们面对逝水流光，没有感叹青春的流逝，而是装满老年人更多的欣慰和收获，这人生不也是一种幸福吗？看着老人们欢喜的表情，我似乎也看到了我老年的生活场景：学着他们拉二胡、唱花灯。

还有一家杂货店，是我们小区外面近几十米步行街寥寥无几的店铺之一。店主是一对老年夫妻，他们以前生活在农村，年迈后搬到城里和孩子们住在一起。老人常年在农村做农活，到城里后自然闲不住，就开了这家店铺。自从老人经营这家店铺后，就在店铺外面种满了各种花草，有春天的金凤花、夏天的月季、秋天的菊花、冬天的腊梅等，一年四季花儿不断，把昔日这条冷清的街道装典得格外温馨。在老人的精心呵护下，那一盆盆花草长得喜眉喜眼，煞是惹人喜爱。路过的行人不约而同地把目光聚集在老人和花草身上，只见两位老人要么整理货物，要么侍弄花草，在做事之余，还不忘和过往的行人打招呼，“早啊”“下班啦”“改天把花盆送来，我帮你养花”，这些真诚的话语附带着老人慈祥的笑脸迎面而来。

小区的大部分住户家里的盐巴、酱油等调味品用完了，都会选择走进老人的商铺购买。因为光顾他们家的店不仅仅是去买一份商品，更多的是去感受老人内心的那份宁静、那份从容。

人到中年，事业和家庭的忙碌与烦恼纷至沓来，是生活中的这些人和事，在我的生活里唱着歌、跳着舞，让我有“采菊东篱下，悠然见南山”的恬静与怡然……

（作者系云南省第一女子监狱民警）

画　　册

许　印

一个星期天的午后，我无意中翻出了当兵时的画册，脑海里立刻翻腾起那段激情燃烧的青春岁月。

我们老班长是个有点美术专长的优秀军人，在他的影响下，我们班的战士都拿起了画笔，描绘军营生活的点点滴滴。

画册的第一张画是老班长画的，这是一张素描作品，那是1994年的春天，我们刚刚结束了新兵连集训，分配到了中队，班长用优美而流畅的线条把我们全班战士正在训练擒敌拳时生龙活虎的样子勾勒了出来：战士们额头流着汗，忘我地训练着，练得是一招“扼腕锁喉”。那时老班长常挂在嘴边的话是：“同志们，苦不苦，想想红军两万五；累不累，想想雷锋董存瑞。好好练，平时多流汗，关键时才能拉得出去，才能完成上级交给的任务哩；战士责任大，风吹雨打都不怕，要如山如阜，肩抗安宁，所以要下苦功夫练啊……”

第二张是同班战友小奎画的，画的是两个战士在业余时间下象棋。画中一个战士是小奎的同乡，和小奎一起入伍一起学习和训练，小奎的这个老乡下得一手好象棋，部队经常举行棋类竞赛，他逢赛必夺冠，被我们叫做“棋王”。画上的棋王平时下棋的右手缠了绷带，脖子上也挎一条大绷带把右手那样子平吊着，一看就知道右手受了伤：那年正赶上棋王婚期到了，他提出了回家完婚的申请，中队领导按照规定批准了他的婚假，我们大家也盼着棋王按时回家乡完婚，等他归队回来吃喜糖呢！可就在这个节骨眼上，中队接到了上级抢险救灾的命令，棋王立刻放弃了回家完婚的假期，主动请求和战友们一道赶赴灾区，中队经过认真研究答应了他。临行前，棋王把一盘象棋寄回了家，他说通了家人，大婚如期举行，洞房里，他让妻子把那盘象棋放在身边，他说，棋如自己，自己如棋，我们战士穿上军装那一刻就如过河的兵卒，要牢记使命和责任，要舍小家顾大家，向前，向前，再向前！后来这段故事在军营里传为佳话，鼓舞着小奎把完成抢险救灾任务胜利归队而右手在救灾中受了点划伤的棋王下象棋的场面画了下来。

画册的最后一张是我这个绘画大外行的涂鸦,谈不上是白描还是素描,只能算是小“漫画”。这是一张自画像,在复员的那一天演讲会上,我在全班战友的簇拥中深情地演讲着。至今我依然清晰地记得,我演讲的题目是《退伍不褪色,永葆青春记党恩》,当时获得了“军营演讲特等奖”!

画册里的每一张军营画作都是回忆,都是故事,都让我心中有缕缕阳光般的温暖和力量!

复员后,我到了地方基层监狱工作。二十多年来,我一直以做一个普通螺丝钉的要求,立足本职来奉献自我,这要感谢军营给予我的滋养、淬砺和信念!

合上画册,夜色已朦胧,一轮圆月皎洁如水,虽值初冬,心里踏踏实实的,暖暖,暖暖的……

(作者系河北省鹿泉监狱民警、河北省散文学会会员、
河北省石家庄市作家协会会员)

我的江门“湘大故事”

徐文辉

2008年,在那个青葱的岁月,我带着憧憬和梦想来到南粤大地,来到人杰地灵的侨乡江门,开启职业生涯新的征程。

作为湘大学子的我,来到陌生的城市,总会感受到工作上的苦闷、生活上的无助,为排解心情就经常徜徉于网络世界。

网络上吸引我的不是游戏,不是电影,只为在网上浏览湘大的官网、湘大的论坛、湘大湘友QQ群,有关湘大的林林总总,“湘大的故事”就成了我的精神支柱,成了我走出人生低谷,走向新生的精神力量。

我那时在湘大广州校友QQ群吐嘈,偶然间发现有和我一样的湘大学子在江门工作,很是兴奋,因为我并不孤独了:我和这位在江门工作的湘大校友交换了QQ。她叫郭桂莲,是我在江门认识的第一个湘大校友。在江门这个陌生的城市,我们经常通过QQ交流工作上的苦闷,互相鼓励和支持。如今她已去广州发展,创业当老板了。虽时过境迁,我们仍然保持联系,仍互相鼓励,这就是缘起江门的湘大情,湘大总给我惊喜和感动。

湘大广州校友QQ群是我感受湘大的精神家园,在这里,我得到校友的指点、鼓励和支持,有校友在,就有朋友,就有兄弟,就有温情。

那时,我发现有湘大肇庆校友QQ群,为什么没有湘大江门校友群?我把这个想法吐嘈在湘大广州校友QQ群,校友们纷纷鼓励我建一个湘大江门校友群,就这样我被推上了建立湘大江门校友群的“历史舞台”。

说易行难,我从哪里找到江门校友的QQ?然后再拉他们进群,这是摆在我面前的难题。但再困难无法阻止我建立湘大江门校友群的决心,我要建一个湘大江门校友沟通的平台,让大家不再孤单,在侨乡大地上互助互爱,让湘大精神在这里发扬光大!

在这个信念的驱动下,我利用业余时间开展建群工作,通过QQ群、微博搜湘大江门校友,通过其他地区校友或江门校友介绍江门校友等方法,使江门校友群从三个人发展到一百多人,从 QQ 群发展到微信群,从刚毕业的小鲜肉发展到各个行业的大伽。

江门校友力量的壮大让我感到兴奋,他们都是各个行业精英,是我学习的榜样。他们在本行业的勤奋和成功也不断激励我要努力上进,更让我惊喜和感动的是谭鹏图师兄曾帮我渡过难关,公丕刚师兄曾经是我事业上的伙伴,蒋路生师兄曾经和我一起筹办校友聚会,我还和湘大好友胡裕林在这里重逢,更要感谢更多的校友百忙之中抽出时间参加校友聚会,为江门校友会的成立献计献策、筹款捐物。

我的江门"湘大故事"因为我到泰来监狱工作而渐行渐远,但我的江门湘大情缘却从未因时空变化而改变过,我会继续关注和深爱着湘大江门校友,我的江门"湘大故事"将是我人生宝贵的精神财富,是湘大和江门校友共同激励我走出人生低谷,获得新生。

在泰来监狱的工作中,我会把湘大"博学笃行,盛德日新"校训精神发扬光大,开启"湘大故事"的第二季!

(作者系黑龙江省泰来监狱民警)

结亲之路

孙 涛

在清朗的月色中，列车很有规律地挤压在铁轨上的声响，散发在广袤的戈壁原野上。听着这熟悉的运行声音，在车上已坐了十二个小时的人们疲倦了，大多安然入睡，少数还在静静地翻看着手机。

车到了阿克苏站，车厢那头传来了有人上车的声响。已睡下的人们没有在意这一切，猜想着一定是上铺的空位找到了自己的床位。我翻身时无意间看到一位四十岁左右的维吾尔族妇女推着轮椅站在了本节车厢里，轮椅上坐着一位腿缠绷带的维吾尔族小姑娘，她们缓慢地在结亲队员们的床位前停下了。

睡在下铺结亲的队员意识到她们遇到困难了，急忙坐起开口询问情况。原来她们是母女俩，小姑娘今年十二岁了，在家不慎小腿骨折，母亲带着她来阿克苏市医院做手术，术后要返回家乡，可买车票时买到了上铺，她们不知应该怎么办了。

“小姑娘必须睡下铺，我的下铺让给她！”一位结亲的队员听完中年妇女的表述后，立即表态，边说边开始收拾自己床铺上的行李。其他同行的队员也争着要和小姑娘换床铺，坚持要住上铺，把行动方便的下铺床位留给同行的队员，在相互谦让中，还是第一个询问者坚持把下铺让给了小姑娘。大家把小姑娘安排好后，并将母女俩随身携带的行李物品摆放在行李架上。

列车驶出阿克苏站时，乘务员开始查票了，发现小姑娘的母亲是硬座票，按规定只能去硬席就座，这时母女又一次犯难了。母亲要和受伤的孩子分开坐，她是绝对不放心的。

“把孩子交给我们，由我们来替你照看好小姑娘！”让铺的结亲队员热情地说。

母亲问小姑娘同意吗？小姑娘害羞地微笑着点点头，同意了。母亲就交代了女儿几句，然后一个劲地给队员们道谢，这才放心地去了硬席车厢。

这次远行开展结亲周活动恰逢古尔邦节，八月末的南疆，瓜果飘香，大街小巷到处都洋溢着节日的欢乐气氛，家家户户沐浴着党的好政策温暖，随处可见由政府出资建设的抗震安居房，人人脸上都抑制不住幸福的笑容。

下午大家到了结亲的维吾尔族老乡家，男主人已能用刚刚学会的汉语招呼大家了。大哥掩饰不住内心的喜悦，激动地说："党的政策太好了，现在不愁吃，不愁穿，生活亚克西，那些暴恐分子实在太坏了，想破坏新疆的稳定，我们要坚决和他们作斗争，要像爱护自己的眼睛一样爱护民族团结，共同维护我们美好的生活。"大家从他的简短表述中，能看出老百姓虽然日子过得不太富足，生活有些拮据，但他们已完全尝到了党的富民好政策的甜头，他们更亲身感受到祖国各族人民大家庭团结一心奔小康带来的温暖和幸福。

第二天就是古尔邦节，结亲小组计划要和亲戚们一起过一个祥和的节日。大家不约而同地都起了个大早，各有分工，有的队员负责打扫庭院里里外外的卫生，有的队员负责生火做饭。在大家的协同配合下，小院立刻变了模样，队员们在干净利落的小院中找到了小时候家的味道。

中午时分，一大锅诱人的清炖羊肉在庭院中香气四溢，亲戚们陆陆续续地来了，相互拜年送祝福。大家围坐在庭院炕上干净的花毯上，一起品尝着主人为过年自制的馓子和各种干果食品，结亲队员也端上了亲手制作的饭菜。你一言，我一语，共叙着结亲的友情。

结亲之路是新疆干部转变作风之路，结亲之路是新疆脱贫之路，结亲之路是新疆稳定之路，结亲之路是新疆繁荣之路！

[作者系新疆维吾尔自治区教育矫治(戒毒)局教育处民警]

理想篇

高考随忆

谢春武

战鼓隆隆的 2018 年高考，不禁想起了我的高考、我的高中生活……

我的高考在 1992 年，虽已过去二十多年了，但在心灵深处依然触手可及，仿佛从来不曾走远！早些年，每年总会有那么几个梦：快要考试了，手上还有一堆的题不会做，物理的、数学的，翻开书，居然都是那么陌生！一种无可奈何的焦虑，然后在焦虑中惊醒，一身冷汗，恍如刚从金戈铁马的战场惨败而退。这样的梦不时地会光临我的睡眠中，而那高中的三年，也一样烙进我的记忆里。

前段时间和高中的同桌喝酒，酒至半酣，谈起那个岁月，在龙岩二中六楼最西边的那个教室，留下了我们无悔的青春，永远无法忘怀课桌上那林立的课本，永远无法忘怀课间走廊远望的期待眼神，永远无法忘怀教室周围大树上那“居高声自远，非是籍秋风”的鸣蝉。深深记得临考时同桌拿了一道关于 C 元素的化学题声称肯定会考到，没想到在 1992 年的化学考试中真的出现了，完全一模一样，真是奇迹！如今，每年高考时分，我总爱在电脑里查当年的试卷，静静地观看……似曾相识的试题刀一般刻在我的大脑中，想起辛弃疾的“夜里挑灯看剑，梦回吹角连营……”

我来自农村，背着一身行囊来到城里的二中读高中，在处处惊疑中长大！农村的孩子有着比城里孩子更多的艰辛，住在几十个学生的大宿舍里，不时地还会被城里孩子欺负一下。高一的那个冬天，在走廊晾晒的运动鞋被偷了，而我原本只有两双运动鞋替换，这下可惨了，好几次因为刚洗完的另一双回力白球鞋无法当天就晾干，而天气又冷得很，无奈之下，只得趁早操时不出操，爬到上铺将灯泡塞进半干半湿的鞋里，借着灯泡的热量来烘干鞋子。即便如此，鞋子也是难干，上课时间就到了，只得半干半湿将就穿了上课去。一个上午下来，脚上散发的热量也就烘干了鞋。

住宿时的一件趣事让我久久难忘：宿舍旁边没有厕所，同学要跑很远去方便，半夜内急时总免不了随地小便，因此我们住宿的宿舍不仅房子破旧，而且还不时传来阵陈尿骚味。后来学校就在宿舍路边的半山坡上临时搭了个小棚子，内放一大尿桶，如此一来，宿舍周围尿骚味小了不少，只是苦了我们寄宿的同学，倒尿桶的光荣任务只能由我们每天轮流完成了。每天早晨出操时分就由两名同学扛着这大尿桶去倒，回想起同学扛尿桶掩鼻的无奈状，不禁捧腹。没多久学校就择址建了一个厕所，这倒尿桶的光荣任务还没轮到我上阵便寿归正寝了。每每和同窗忆起此事，总感慨岁月不再，记忆犹新。

高三的生活紧张而富有生趣，吃饭的餐具其实就一大盆加一汤匙，都放在教室最后一排的抽屉里。上午最后一节课的下课铃一响，同学就像一群饥饿的老虎，拿了盆具飞一般冲进食堂。二中当时有自己的养猪场，每年都会给学生发餐票大吃一餐，我们总有办法多弄那么一两张肉票。肉多了，大家只拣瘦的，弃了肥肉边角料，每次加餐完，满桌的肥肉堆成小山，这是给我最深的没有酒海的“肉山”印象。

学校和地区医院比邻，晚饭后我最常去的就是医院的楼顶，穿过几道围墙，带上需要大量背诵记忆的政治书、英语书，在还散发着余热的楼顶上，闻着医院高大的白桦树散发出的阵阵清香，踩着隔热层念念有词，硬是把那些枯燥无味的英文单词和政治内容刻入大脑中，也许天生鲁钝，那些字母只能凭着一味地死记硬背记下来。直到现在，那些个英语单词还大多铭记于心。如今，经过医院，都会情不自禁地抬头望那已更加陈旧的屋顶，依然觉得亲切。

走进高考的考场，未来好像就从自己的笔端缓缓流出……好像在挣足通向未来航班的车票钱，也许是承受了太大压力的缘故，那火烧般的三天，我没有一晚是睡着的，似乎都在半梦半醒之间。

第一天考语文，我怯怯地问一个熟识同学，他可否睡得好？原想逮一个也睡不着的给自己压压惊，没想到他答说，好睡着呢，于是我更加心虚！就这么进了考场，就这么糊里糊涂地考完了。

岁月缓缓从身边悄悄逝去，难以忘却 1992 年语文作文素材中那踢瓶子的小伙，难以忘却数学最后的椭圆解析几何，难以忘却那年难度很高的政治题，更难以忘却那 C 材料的化学选择题，也许没那二分，我将与大学本科失之交臂。

挥挥手，告别的只是我们的高考，却又怎能忘了我们的高中生活呢！

（作者系福建省闽西监狱民警）

求学荆门

张　晶

一、选择复读

1980年高考，我又一次名落孙山。

邻居的哥哥嫂子们都为我遗憾。说平时成绩不是很好吗？

我没有过多的解释，我成绩不好的问题，主要是因为偏科：我的数学太差了。英语虽也差，但英语在中专录取中不记入总分。

要不要插班复习？到哪里插班复习？来年能不能有个突破？我的内心没有底：再复习一年，也许只意味着推迟一年成为农民。

爷爷首先没有了耐心，说："还复习啥，又考不上！"语气平淡而坚定。

二哥也是同样的态度。二哥作为我们一家的壮劳力，太需要一个帮手了。大嫂、二嫂是帮手，可她们毕竟是女人，一些重要的农活，女人的力量是不够的。

那时，大哥、大嫂有三个孩子，二哥、二嫂也有两个孩子，孩子的拖累很大，重体力劳动基本靠二哥一人。大哥有时也会在农忙时从徐州回家，但大哥毕竟多年不做农活，也没有多少体力了。那时的父亲已经六十多岁的，只能做辅助劳动，如放放水、扬扬场。所以，二哥的观念中，我复习，就是想逃避劳动。

但母亲的态度很坚决：继续复习！

我没有问过母亲，她的信心来自何处？也许在母亲的心中，她的小儿子一定是最优秀的，怎么可能考不上呢！

父亲基本没有明晰的态度，他也许和爷爷有同样的想法：一次次的复习，一次次的落榜，除了花钱，除了再逃避一年的劳动外，似乎也没有什么意义。然而，作为父亲，他不忍心为他的儿子泼冷水，毕竟每一年的复习，成绩都在进步。

大姐、大姐夫对于我的学习，一直秉持鼓励的态度。每一次落榜，大姐夫都会从湖北荆门寄四五页的长信来，每一次都会告诉我很多名人落榜而奋发成功的故事。

所以,我最后一次复习的地点,就选择了湖北荆门的原航空部的六〇五研究所的子弟学校海慧中学,这是大姐、大姐夫工作的地方。

二、母亲做的沙土点心

在我即将踏上那个一点都没有底数行程的头一天上午,母亲端着一个瓷盆,从村子的西头向家里走来。

母亲裹着小脚,端着那个瓷盆,显得有些吃力。我赶紧几步接下盆子,小声责怪说:“弄这些土来干什么用,要弄的话,该让我去。”

母亲不紧不慢地告诉我:“这是为你特意准备的,让你去,怕你不肯。”

我有些不解。母亲就说:“出过远门的人说,如果水土不服,把老家的沙土放在水里沉淀,喝了有家乡味道的水,水土就服了。我在家的责任田里,弄了最细的沙土,晒了两天,和面粉一样细。你看看!”

母亲就把沙土抓到了手里,抬起来的拳头大头朝上,只见浸透了爱意的沙土,慢慢地如丝线一般从母亲那粗糙的手里流了下来。那一刻,我看到了母亲的皱纹里荡漾出来的满足和安定。那是母亲对我的期待,对我未来的祈福。之后很久,我都被母亲的那份快乐又自信的神情深深地激励着。

进了家门,母亲把早已准备的红纸裁成如现在16开大小的尺寸,把红纸的正面反铺在案板上,白色的一面在上面。只见母亲双手合拢,捧起沙土,放到了红纸的中间。一捧、两捧、三捧。母亲抬头看看我,“三捧土,够了吧?!”

我怕一路受累,就说:“够了。”

母亲便把红纸的四角轻轻地往上一提,那本来已经满纸的沙土立即归拢起来。母亲又把红纸的底角往上一折,慢慢用力地从左边划到了右边,再从左边的一个纸角折向右,右边的纸角反折。再轻轻往上拎一拎,将沙土归拢成为一个四方体的形状,最后,把上方的那个角下折,并且压在左右两折形成的纸型下。这样一个完整而匀称的四四方方的“点心”,就包装好了。母亲把事先准备好的一个扎绳,用十字道捆扎结实。为避免红纸会破烂掉,母亲又找了较大的一个塑料袋,里三层外三层地包扎。母亲生怕我没有记住,又重复了一遍嘱托:“要是水土不服,就把沙土放到水缸里,沙土会沉下去的。这是家乡的土,喝了沙土泡过的水,水土就服了。”

到了大姐家,大姐帮我收拾行李时,以为我带了什么特别的“点心”,打开一看是一包沙土。我说明了缘由,大姐一阵唏嘘,“老娘想得真周到啊!”

那包沙土点心,一直放在我当时学习的书桌前。

三、跟着电视、广播学英语

我的英语很烂,刚到荆门,还没有进入海慧中学,大姐、大姐夫就计划着让我先补英语课,那时最可行的办法就是跟着电视、广播学习英语。

大姐夫的办公室有一台电视机,大姐夫为我抄录了电大的课程表,为我买了电大的英语书。我每天的半下午,就按照课程表的时间,提前步行十来分钟的路程,到大姐夫的办公室,跟着电视机学英语。大约去了十来次,学习的效果是稀里糊涂的。不过,每天早上是广播教授英语的时间,我都能够按时起床跟着学习,并从此对学英语产生了浓厚的兴趣。

四、大姐夫为我辅导数学

我的数学成绩也很烂。于是,大姐夫就根据数学课的内容,每天抽时间帮我复习。

大姐夫的日常工作是负责水上飞机的试验,虽然每天工作很忙,但只要有时间,大姐夫都会辅导我数学。只不过,大姐夫是湖南人,讲的普通话和我的数学一样烂,常常把我教得稀里糊涂的。如数学里有一个概念叫“阶乘”,大姐夫读出来就成了“阶青”。

大姐夫毕业于南京航空学院(现在的南京航空航天大学),数学是大姐夫的长项。所以,大姐夫的辅导对我数学成绩的提高有很大的帮助。可惜我的数学基础太差,在 1981 年的高考中只得了 26 分,这个说不出口的低分数,却也比我历次高考的分数提高了不少。

五、我是班上的“半边天”

我在海慧中学的插班复习从寒假后到 1981 年 4 月初回到江苏参加预考选拔,大体是三个多月的时间。

我插班是在文科班,到班上一看,原先全班的十一人居然全是女生。我的到来,成为“半边天”。好在不久,又来了一个男插班生,是荆门炼油厂职工的子弟,叫王战。据说,他后来考上了北京第二外国语学院。

在全部的插班复习的时间里,我只和王战有过几次交流,和班上的女生,几乎没有讲过话:一是自己的自卑,我来自农村,有一副沧桑的脸,无论是知识结构,还是穿着,都和她们无法接近,和她们有着天然的隔膜;二是她们是女生,那时和女生还没有交流的想法;三是她们十一个女生,以及后来的王战,全部是外语专业,而且她们的成绩特好,我的功底是比较差,尤其是外语基础几乎为零。

后来,班上的全部十三个人(包括我),都考上了大学。在全部女生里,现在只有一个女同学的名字我能记住,她叫叶宁意,脸白、有骨感,是女生中学习成绩最好的。

六、校长为我专门编制课程表

我是文科生,班上的其他同学是学外语的,主要是英语和日语。按照当时的规定,外语是文科。问题是,外语专业不考数学。而我报考的文科要考数学。文科的数学,相对理科的数学简单,可是,学校不可能为我专门开设文科数学课,这就成为一个难题。

后来找到了海慧中学的副校长叫张立胜。张校长的妻子和我大姐是好朋友。大姐专门到了张校长家,说出了我的特殊情况。张校长是个温和的人,当时就答应了下来。此后不久,为我量身定做的课程表就出来了:在外语班上外语的时候,在理科班开设数学课。也就说,在外语班上外语的时候,我要赶到理科班上数学课。因为我的数学基础比较差,加之理科班的数学又比较难,这形成了一个很大的反差,这个反差,就使我的数学成为难以跨越的学习障碍。数学课基本听不懂,后来,就干脆不再到数学课堂去了。

七、我的语文、地理老师

我的英语、数学差,但我的语文和地理,相对来说还比较有优势。

一次语文课,我写的一篇看图说话,因论述得当、层次清楚、思想深刻,被语文老师当做范文。语文老师也是班主任,叫俞美帧,四十岁左右,个子不高,圆脸,面孔慈祥而和善。俞老师的鼓励,对我的促进非常大,从此我的自卑感明显好转。

我的地理老师叫詹贤发,不到三十岁,应该是带我们课的最年轻老师。他教课非常有趣，搞到了很多的地理考题，出了许多新奇的复习资料。后来，我回湖西中学复习时，带回来的那些地理科的题目，成为湖西中学李老师为同学复习的重要参考资料。对我而言，一直到现在我都对地理有很大的兴趣，这很大程度上归功于詹老师的引导。1981年高考，我的地理考了八十九分，据说是全县的前五名。詹老师后来出任海慧中学的校长。

据说，今天的海慧中学已经不属于六〇五研究所的学校，而只是荆门地方的一个小学，但我依然怀念海慧中学。

因为没有海慧中学，就没有我的今天！

（作者系江苏省司法警官高等职业学校党委书记、校长、研究员、二级作家）

爱上“小蝌蚪”

肖玉梅

自两年前开启了电钢琴的学习之旅，便与那些快乐的小精灵般的“小蝌蚪”结下了不解之缘。

“小蝌蚪”是跳动在五线谱上的小音符。

她们的跃动千变万化，精彩纷呈。有时跳在线上，有时进到间里，有时朝上走，有时往下行，有时途中会停下歇息，有时会回复到起点。

她们千姿百态，栩栩如生。有的没有尾巴，有的只带一个尾巴，有的带两个甚至三个尾巴；有的尾巴朝上，有的尾巴向下；有的几个“小蝌蚪”手拉手结伴排列，有的单个行动；有的音长，有的音短；有的音强，有的音弱，有的还会带一个小附点……

与这些“小蝌蚪”的相识结缘，个中的滋味苦乐自知。有识谱的迷茫酸楚、有练曲的枯燥辛苦、有“瓶颈”期的焦虑低沉，更多的却是品尝到其中优美旋律的快乐。

每当开始一首新曲的学习，都是一个波浪式前进的过程。面对新曲，别急于下手，得分步骤，先确定曲子的调式、节拍及节奏，把一个个线上和间内的“小蝌蚪”全部认识一遍，接下来将新曲边唱边打拍，直至唱准熟练为止。

在熟背歌谱之后再上键盘，将“小蝌蚪”在键盘上的位置一个个对应出来，先右手练习主旋律，再左手练习和弦或复调，最后双手合练，这样一首新曲初具雏形，但还得经后期的反复练习仔细琢磨，优美的乐曲才能出炉。整个勤学苦练的过程都是对自己毅力的挑战，当山重水复又现柳暗花明时，随着优美乐曲的呈献，挑战成功的喜悦便充斥胸间。

平日休闲在家，与琴相伴，随心弹奏，心境畅快。凝望着眼前的这些“小蝌蚪”，骤然想到这不正如我们人生的五线谱吗？因为她们的千变万化、千姿百态，才能演奏出抑或高昂激荡、抑或悠扬婉转、抑或余音袅袅的完美乐曲。

人生又何尝不是如此呢？当“小蝌蚪”跳在线上时，正如人生行走在狭小的独木桥上；当“小蝌蚪”进到间里时，又像人生行走在了宽敞的大道上；当“小蝌蚪”不断上行直至上加的线或间达顶点时，正如是人生上升至巅峰期；当“小蝌蚪”往下直至下加的线或间达最低点时，又像是人生回落至低谷期；有时“小蝌蚪”尾巴朝上，正如人生的春风得意；有时尾巴向下，又像人生受挫低落；当“小蝌蚪”手拉手结伴排列时，正如我们与亲友们相伴前行；当“小蝌蚪”单个行动时，又像人生中有段单独的旅程；当遇见休止符“小蝌蚪”需途中停歇一会儿时，又像是人生的驿站，让旅途中累了的我们暂且小憩……

其实，人生的旅程中总要经过春之恋，夏之嬉，秋之愁，冬之别离，这样才是完整的人生。

试想，如果人生没有这些波澜起伏、婉转曲折，就像心电图成了一条直线，没有了生命的迹象，那是多可怕的事情。只有这样，才能谱出生活的苦辣酸咸和欢声笑语，演绎出精彩的人生乐章！

（作者系湖南省怀化监狱民警）

剪　枝

刘世民

今年入春以后，监区办公室前的几十棵樱桃、杏、李子、苹果、梨等果树到了剪枝的时候。

有人说："雇人剪吧。"

也有人说："让伺弄菜园的小许剪。"

思来想去还是决定自己剪：一来我有了去年给自己家两棵果树剪枝的经验；二来从网上看过了，以透风透光为原则，直立枝、平行枝、水枝不能要；三来我这么大岁数不怕别人说什么；四来为单位省几个钱……

还有一点不可示人的是：拿单位的东西练练手，自己多个本事啊！

下了班，换上劳动服，见左右没人，我做贼一样悄悄掏出树剪子，从人迹罕至的那边剪起，一口气就剪了三棵，弄得右手的虎口酸痛。

歇着的空儿，单位的"神七"路过，四下观望，张大了嘴巴："领导，剪枝啊？行啊！"

边说边凑过来，翻着白眼，神情自得，低声道："不过，我可提醒你啊，茬口要扁平，不然刀茬渗水树就得死。知道不？！"

听着倒是有道理，想说"好""谢谢"之类的话，可转念一想：我问谁会剪时，你没吭声，这时候装啥大瓣蒜啊？就笑着看了看他，嘎巴两下剪刀，拉着长声嚷道："这……我懂……你帮我借把手锯就行了……"

他看看我，一撇嘴，也拉了个长声："行……"背着手，眼睛斜看着天，撇着腿，转了小半个圈走了。看着他的背影，我得意地笑了！

第二天同一个时间，我拿着"神七"送来的刀锯，开始锯大枝。这时我才发现锯下的大枝上的小枝已经被我修理过了。于是狠狠地骂了自己一句："真笨！昨天白干了。如果先锯大枝，再锯小枝就好了！"想到这，笑了！像小孩子发现了打游戏的捷径，兴奋得脸上的皱纹都开了！打了鸡血般的我一阵地前锯左锯，上拉下拽，眨眼间十几棵樱桃树、杏树已经有了型，煞是好看，很是自我陶醉！

歇了一根烟的工夫，从果区来监区做服装技术员的小何师傅驻足，一副我有话要说的样子，我忐忑地停了手，试探着请教："何师傅，看我剪的行吗？"

他很认真地扫视了一圈，笑笑："挺好的。"

"真的？"我有些不相信自己的耳朵。

"刚剪，不错了！剪枝有不少学问呢，剪好了得学几年！"他笑眯眯地解释。

"你是行家。你站到边上帮我指挥，我锯，咋样？"

"不过我也是外行，懂点！"他爽快又谦虚。

在他的指点下，我争取阳光，借着月光，胸有成竹地把几十棵果树的大枝锯完了，虽然累得坐在台阶上不想站起来，可感觉自己的剪枝技术不再怕被别人笑话了。更大的收获是我记住了师傅反复强调的："树冠最多留三四个大枝，顶部尽量在一个水平线上。"

次日上班时间，好几个同事夸我剪得好，我压住内心的喜悦，板着脸："是何师傅指点得好！"。

别人的夸奖，成了我的执着。没人的时候，我总是抽空偷偷地透过窗子欣赏自己的杰作，竟意外发现这些果树都是横平竖直的低级错误。禁不住想和别人说说，可是想起"不干没有发言权"的话时，觉着还是沉默的好。

大枝剪完就开始剪小枝了，监狱机关工会的张东看见正在忙活的我："刘哥，还会剪枝啊！"

"凑合剪吧。"我如是说。

他毫不隐讳地笑呵呵指着显着光秃樱桃树："樱桃剪多了不好。我是学习果树的，可就是不敢动手啊！"我听了他的话，几分失落感滑过后，几分骄傲就席卷而来了。

苦剪了一周，五十多棵果树算是收拾完了：整个果园通透得很，每棵树也挺有型的，我很有成就感！

树快打骨朵的时候，两位给监狱果园剪枝的师傅被我请来。他们夸我剪得不错并随手又修剪了不少，看上去比我剪得主次分明，参差有致多了。他们还真诚地告诉我："每棵树都要有整体形象规划。中间为主，四周次之，这样剪出来的型好看，透风透光才好。一些空的地方要培养新主枝。苹果、梨是要有主干的，最少三捧上去，然后再掐尖。不要剪枝太狠，不然会有很多水枝子长出来，来年剪枝就会很累。”

通过半个多月的劳作，我感觉剪枝就像我从事的管教工作一样：要高瞻远瞩，主题鲜明，因人而异，在实践中学习，在学习中进步，要有愚公移山的精神，锲而不舍！

人们常说“春有花来，秋有果”，可我现在就已经收获满满了！

（作者系辽宁省北镇监狱民警）

遗忘并不可怕

黄　勇

大概从三十三岁开始，我的记忆力明显减退，或许用衰退这个词更恰当，这让我感到了悲伤和凄凉。

很吃惊自己竟然在这个年纪就开始遗忘！

记忆力的衰退或许和生病有关，也或许和喝酒有关，但无论怎样，都是我无法控制的，病或许可以治好，但酒，我却无法彻底放弃：我无法拒与绝朋友在一起饮酒作乐时那份炙热的感情！

我曾经以为人的一生都是善变的，不相信所谓的永远，一个人对另一个人，怎么可能一辈子都不会忘记？但后来我信了，品尝过彼此的感情后，我相信这个世界上真的存在一种叫做永恒的东西。

只是我没想到，有些事情明明你不想忘记，但时间却不允许。我曾经想过年老体衰时自己的种种悲伤的情绪，我曾经以为当我走到人生的尽头，我会很舍不得。但后来，随着一次次亲人或朋友离去，我渐渐对死亡变得坦然，因为那些我爱的人、我思念的人，当他们到了那个连鸟都到不了的彼岸，他们也带走了属于我的思念。生与死的安排，是属于上天做的事，等到我的时刻来临，我会坦然地接受那份属于我的安宁。

其实老去并不可怕，可怕的是那颗越走越孤独的心。但如果你不再有思念，也便没有了孤独的根源。或许用不了多少年，我便会忘记那些我爱过、恨过，或是曾经相识过的人。等我的孩子长大，我会告诉她们，在我弥留的时候，如果我不再挂念，那就让我安然离去。我不希望一个没有思念、没有感情的自己，躺在医院，还靠机器维持着自己的呼吸。

最近我把大部分业余时间都放在足球和释梦上，以至于好久都没有写下一篇文字。

我承认我现在越来越离不开手机，我承认它给我带来的便利，但它同样降低了我动手和思考的能力。虽然相机能记录下人生中每一个精彩的画面,但在叙事上,文字依旧有她独特的魅力和无法替代的作用,她可以通过词句,看到我那颗真挚的心和执著的感情。

经常翻看以前的照片,时刻提醒自己不要忘记曾经的点滴,我想牢牢地记住这份感情。坚持看书学习,坚持锻炼身体,我想好好地活下去。我一直坦然地面对工作与生活;坦然地面对亲人和朋友。人,能拥有一份坦然,真的很好,但也不容易。我感恩与满足我所拥有的一切,我享受生活但却不是不思进取,我享受每一次完成工作、踢场球或是接孩子放学所带给我的快乐。

在单位的车棚里,我有一辆布满灰尘的蓝色摩托,那是我的另一个梦,人生就是如此,不可能同时获得或拥有所有的追求、向往。

但只要我们心中有梦想,我们就一定还有诗和远方。

(作者系贵州省海子监狱民警)

我的布鲁托

于海涛

腊八节那天,天气冷得彻骨,在外面待一会儿就被冻透了。

晚饭后,我领着小狗布鲁托去省政协对面的草坪上玩耍。来到雕塑旁,布鲁托围着雕塑飞奔,撒欢儿锻炼身体。忽然,它停了脚步:不远处,一个光着头年逾八旬的老人,仅穿一身薄薄的线衣线裤,趿拉着鞋,迈着小碎步边跑边哭。

一开始我没有注意到老人,我的注意力在布鲁托身上。我喊了它两嗓子,一贯听话的布鲁托一反常态没有听我的,而是朝老人跑过去,然后摇头晃尾巴地回头来呼唤我。我走了过去,这才看见寒风中瑟瑟发抖的老人。

我问老人,可问什么他都是不说,只是嘤嘤地哭泣着。

数九寒天,怕老人冻坏,我急忙脱下来棉袄给他穿上。

旁边围过来两个年轻人,一个打电话报警,一个建议我把老人扶到不远处他的车中。这时,又围上来的一个中年男人告诫我们仨,万一他家人找来讹上我们怎么办?

在当下,他的想法是有一定道理的,但如果我们不伸以援手,老人一旦走到没有人的地方,这么寒冷的夜,一定会出危险!

布鲁托不懂人性的复杂,它感觉到了这个八旬老人的可怜,就围着老人不断地回头来催促着我们,似乎嫌我们太犹豫。

于是,我们就把老人扶上了年轻人的车。

看着蜷缩在车里依然哀哀哭泣的老人,我们仨都有说不出来的感慨:老人不会是精神病人,他的鞋子很干净,一定是遭遇了不顺心的事,伤心到了极点才一心向死!

十几分钟后,一个老太太气喘吁吁地夹着羽绒服跑了过来。一问,真是老人的伴儿,问她详情,原来老人身体有病,又和儿女呕了气,一时想不开,就几乎光着身子冲出了家门准备去寻短见。

"110"民警来后,把老人从年轻人的私家车扶到了警车上,我们仨才放心地离开。

回家后,母亲听说布鲁托的善举,就奖励了它两个刚刚出锅的饺子。

这个腊八之夜,室内,十三个月大的布鲁托在睡梦中发出均匀幸福的鼾声;窗外,寒星璀璨。

我忍不住在朋友圈发了一番感慨,让布鲁托迅速火爆了我的朋友圈,几十人留言点赞:那个老人是不幸的,但也是幸运的!他遇到了布鲁托和我,还有那两个年轻人。

人人都有年迈的长辈,人人都有年老的那一天。

愿我们的社会有更多的布鲁托和它的主人,关爱老人,救助老人,我们才会真正拥有幸福美好的明天!

(作者系吉林省监狱工作协会编辑)

我的坚守

田长锁

海南的夏天异常漫长，稀疏点缀的几只鸣蝉也躲在树荫下，慵懒地待着。只有路边的几棵大榕树静静地伫立，虽然绿意盎然，曝晒在烈日下的枝条，却也蔫头耷脑。

时间过得真快，不觉之间我来海南已经两年多了，我的内心改变了许多。最初的日子里，除过白天的正常上班，剩下的就是深夜对家的思念，思念又能怎么样啊，坚持下来或许就有团圆，为了这一天，我一直坚持着，慢慢地心静了，也爱上了这片土地。

刚来海南，第一次坐通勤车去执勤的时候，对于必经之路灵桂大道记忆犹新。那年头灵桂大道沙尘四起，一片狼藉。清晨的路基上压路机打滑，水车不敢前行，所有的施工车辆都点不了火，难以启动。天快黎明的时候，尽是喷灯打气烧烤油管的怦怦声音，这样的状况维持到了当年年底。

监狱离市区远，我每一天重复着同样的路线同样的工作。这虽然很辛苦，但对于刚从警校毕业的我来说却非常有价值。我从来没有放松那份热乎的心劲，一直对生活是激情饱满，对每一天都充满了希望。

那段时间，单位附近的坡头水库边，碧草茵茵，野花飘香，黄鸭时不时在湖里嬉水。美好的时光都从指尖悄悄划过，自己却没有时间去领略和享受过生活带来的美好，因为刚到海南，水土不服，经常去美兰镇医院消炎打点滴。

刚来单位的时候在特警队，主要职责是巡逻执勤、坚守监狱基建工地和管理队里的一些文案资料。那个把月时间，我除过资料的查缺补漏，剩下时间就是翻阅规范规程读书练字。每天早晚，我就去监狱周边散散步，锻炼锻炼身体。说是散步，其实是为了排解自己心里的郁闷，一个人刚到新环境就容易深思，尤其是在外地工作，生活压力带来的思想包袱是我当初内心世界最大的纠结点。

一个多月时间，我陪伴着监狱基建工地的那一棵树和坡头水库的那一池碧水,想了很多很多。监狱场部周围的大大小小沟壑里,我都去转悠过。我一直在寻找着自己人生的出路。后来的事实证明,平凡的岗位上需要坚守,匠心独具,清风自来。

我的理想,我的梦乡,从每一个坚守开始孕育;我的身心从此一片阳光;我的人生从此远离了阴霾;我从此又一次扬起自己远航的风帆……

(作者系海南省美兰监狱民警)

我的西南政法梦

刘文禄

人的成长岁月里,每个阶段都会有一个梦想或者理想伴随。

小学时,我的梦想是有一个就读西南政法学院(当时学校名称)的亲戚,借此在同伴面前炫耀。中学时的理想就是考上西南政法学院,成为一名高大上的刑警,赢得女同学的好感。工作之后的理想就是成为一名人前风光的监狱警察。

小学时,凡与自己沾半点关系的亲戚只要就读西南政法学院,我便是他的粉丝,一有机会,就天天围在他身边,甚至模仿他的言行。当时,就连一个村里人考上西南政法学院,我也会厚着脸皮加入送亲队伍,妄想有朝一日成为被送的主角。

中学时,一直幻想考上西南政法学院侦查专业,成为一名智勇双全、除暴安良、正义化身的刑警,展我英雄本色。只是那年高考,我十多年的努力结果达不到西南政法学院的录取要求,硬件不够,软件也不行,身高达不到、分数相差有距离,于是转身投入为人师表行业,但心中的梦想力量没有被消灭。

从师范大学毕业后,在男怕入错行的古训前面,毅然选择了当时被列为八大艰苦行业的劳改农场当劳改警察,从事教育改造罪犯工作。随着工作时间的拉长,早已心知肚明,平时从事的是平凡平淡的工作,出镜出彩的概率远远少于刑警。

好像是老天故意安排似的,要经历过无数次擦肩而过,才换来某次真诚相遇。那年,有幸去西南政法大学做短暂培训,圆了儿时、小学、中学时的梦,尽管距离那年高考晚了二十二年。

在西南政法大学,漫步老校区,依然感受到了旧时园内的学术繁华与人气盛景。维护社会安全稳定是政法工作的生命线,是政法机关的职责所在……教育改造罪犯,是做人的工作,也是世界上最难、变化最大、最具有挑战性的工作。

抓住罪犯是起点、是开始，改造罪犯、教育转化为社会守法公民是终点、是终极目标……课堂上，这些朴素的话语和易懂的道理蘸着麻辣味强烈响起。

我知道，这些已在依法治国的道路上吹响了号角。

人生路上，如果说儿时、小学、中学时代是初心的萌芽、是幼苗，那么现在就是成长着的树，成熟了初心，我将重拾初心矢志不渝而追之。

（作者系广西壮族自治区监狱管理局民警）

走好选择的路

郑智颖

虽说台风过境，八月的金华除了在傍晚时分因短暂的雷雨带来过片刻清凉，和往常也没什么不同。可我的生活，却在八月发生了改变，这改变要从那为期一周的训练说起。

紧密的时间表、丰富的培训内容，让抛弃正常作息和荒废锻炼许久的我终于尝到了苦头：晨跑结束，大腿酸痛却还得硬着头皮爬上五楼；站军姿时，炎热、汗水让短短的5分钟变成了一小时；队列训练中，险些记不清在警校学了两年的队列口令。好在那天盘起稍稍过肩的长发精神抖擞地出操时，一向视军训为弱势的我竟还被教官评为“训练标兵”，那份荣光和即将入职的满腔热情一起，把训练的苦楚一下子冲淡了许多。

记得在警校刚穿上藏蓝色的警服时，那按捺不住的兴奋，都舍不得它脏了皱了，穿上它不由自主地把身板儿挺直了，睡觉前用衣架端端正正地把它挂在衣柜上，恨不得看着它入睡。仔细想想，那时候虽对这身警服有着不一般的敬意，可多少和现在有些不同。

十二分钟、一千二百余步，是正式下监区一周来我每日从民警备勤房走到监内厂房的时间与步数。十二分钟，脸和手臂被狠狠穿过遮阳伞的烈日晒得发烫发红；一千二百余步，不知不觉地把身上警服短衬走湿了。可正因为这样，我好像慢慢懂得了这身警服代表的真正意义。

每一个穿着这身警服的人，每一个头顶庄严国徽的人，他们走好自己选择的路，披一身荣光，扛一肩担当，就因为一个共同的名字：监狱人民警察！

作为一名新警，我更想做的是脚踏实地走好未来的每一步。即便我的工作对象是一个无比特殊的群体，即便我将面对的工作内容是单调枯燥却又不容许半点怠慢，即便我的工作制度是时刻要求我保持纪律性和严肃性，但那又怎么样？我已经做好准备迎接挑战，我相信，我一定会走好这条自己选择的路。

习近平总书记说过，现在，青春是用来奋斗的；将来，青春是用来回忆的。我会牢记总书记的话，坚守这一生的选择，无怨无悔！

（作者系浙江省第二女子监狱民警）

青年的马克思

郝雪梅

“一个幽灵,共产主义的幽灵,在欧洲游荡。”《共产党宣言》的首句就给人无限的遐想,那是一个怎样的人?怎会用年轻的生命阐释了全世界无产者联合起来的誓言?

带着对《共产党宣言》的崇敬之心,带着对《共产党宣言》诞生的探索之心,2018年6月22日下午,我和我的同事们一起观看了《青年马克思》影片。

影片节选了马克思在1843年至1848年的生活片段。这五年是马克思主义日臻完善成型的重要阶段,也是整个欧洲矛盾四起、学说林立和迷茫困顿的特殊时期。

1843年,君主专制下的欧洲饥荒肆虐,经济萧条,危机四伏。电影的前部分,一个工人因公受伤,工厂主的儿子看不下去了,他与父亲理论,为了那些工人着想去写书斗争,他就是恩格斯。后来,恩格斯遇到了马克思,两人结交成朋友,恩格斯很欣赏马克思并愿意去资助他,当马克思为物质发愁时,恩格斯总会伸手帮助。影片从一个平凡人的视角讲述了最朴实的马克思和恩格斯。

青年马克思积极奋斗,即使受到资本家和反动势力的迫害,也不改初心。在追求自由、公平的理想奋斗中,马克思也曾叛逆过、迷惘过、苦恼过,但他勤于读书、善于思考、坚持梦想、敢于批评、勇于实践、不畏苦难,靠近梦想。而恩格斯则鼎力支持着马克思的思想实践。马克思和恩格斯受托起草“正义者同盟”规章,一同完成了经典政治文献《共产党宣言》。

《青年马克思》还原了《共产党宣言》诞生的这段艰辛过程,同时描绘了马克思与恩格斯之间的动人友谊,以及马克思与燕妮之间的理想爱情。影片中的马克思不是“圣人”更不是“神”,他也有自己的烦恼,也会纠结于梦想与面包,他有自己的先进思想,更有着一颗为无产阶级与劳动人民奋斗的心。

马克思说:“如果我们选择了最能为人类福利而劳动的职业,那么,重担就不能把我们压倒,因为这是为大家而献身;那时我们所感到的就不是可怜的、有限的、自私的乐趣,我们的幸福将属于千百万人,我们的事业将默默地,但是永恒发挥作用地存在下去,而面对我们的骨灰,高尚的人们将洒下热泪。”马克思的一生都在践行这项事业,他是我们追求知行合一的典范。

如果说新时代中国共产党人的初心和使命,是为中国人民谋幸福,为中华民族谋复兴。那么,对科学社会主义和共产主义的信念,以及为实现共产主义最高理想而奋斗,就是共产党人最根本的初心和终极目标。我们从马克思主义学到的就是为人民服务的初心。

一部影片的成功就是它撼动了无数“一心为民”的心灵,观看《青年马克思》就是一次共产党员坚定信念的洗礼。

(作者系内蒙古自治区五原戒毒所民警)

戒毒民警的书乐

龚　梓

俗话说“兴趣是最好的老师”，对于我来说这个兴趣多了层含义，即乐趣，享受手写或 word 稿变为铅字的乐趣。

第一次变为“铅字”的文章是在大三的时候，记得是发在由江苏省监狱管理局主办的极富监狱文化内涵、在全国监狱系统鼎鼎有名的内刊《江苏警视》上。文章的标题是《由中国监狱史联想到的监狱过去与现在》，是对杨习梅老师讲授的中国监狱史结课有感。当接到印刷精美的样刊和一百五十元稿费的时候，心里头乐开了花。那时微信远未普及，大家都玩校内网，就拍了几张照片，发在校内网上面，与同学分享。宿舍哥们儿“趁机”就着这一百五十元到校外的馆子搓了我一顿，搓得我蛮开心。

我是经过大二下学期开始专业课学习的，那时对监狱学专业产生了浓厚的兴趣，就挑了选修课，去听史殿国老师的《监狱学基础理论》课程。史老师说监狱学是一门应用性极强的法律边缘学科，集刑法学、管理学、社会学、心理学、人类学、医学、历史学等学科知识，等到了监狱一线，某些发现的小微问题就能写出大视角，前提是要有充分的专业知识储备，才能写出有说服力的东西，他让我们趁着在校时间带着问题，多跑跑图书馆。我就根据史老师的荐书，去图书馆借阅，久了，某些好的专业书就爱不释手了。

那时，网购刚兴起，借助当当、亚马逊，我省吃俭用将自己喜欢的专业书买了下来，到毕业前期总共有百来本。随着阅读量的增加，我在大三上学期成功申报了院级 2010 年度学生科研创新能力培养项目《精神病犯管理的现状调查及对策研究》，在陈立成教授的指导下，到湖北省的监狱实地调查，最终课题成果独立完成。在闵征老师担任责编时，我的第一篇学术成果公开发表在《中国监狱学刊》2011 年第 5 期。也因为这，我知道了司法部主管的两本顶级学术刊物中央司法警官学院主办的《中国监狱学刊》和司法部预防犯罪研究所主办的

《犯罪与改造研究》杂志，以及公开发行的《河南司法警官职业学院学报》和《安徽警官职业学院学报》两个系统刊物，通过这些期刊认识了许多系统内和系统外的老师。参加工作后，又结识了《犯罪与改造研究》主编高文研究员、江苏司法警校张晶校长等老师。大学四年，让我迈开了监狱戒毒学术写作坚实的一步。

买书之乐，从监狱到了戒毒

大三选修《劳动教养学》，赤燕老师主持自由讨论课堂，同学们抨击劳教制度气氛相当热闹，让我印象深刻。毕业之后，我选择去劳教所，就想去一线看看劳教管理实际运行的情况。

与课堂上呈现的东西不同，虽然劳教所绝大部分管理人群是戒毒人员，基本没有劳教人员了，但我的眼前却仿佛多了一片红彤彤的高粱地，关注点便逐渐转到戒毒人员身上。

我跟上学时一样，在工作中发现问题，就去专业书上找寻答案和探索。参加工作经济独立了，第一次领到工资，高兴地一口气买了近一千元的书。

那会在当当网上购物搜的关键词是“劳教”“戒毒”，当然还有“监狱”，我始终认为监狱在刑事法律制度层面相对完善，可以被戒毒工作所借鉴。到劳教制度废除时，我买的书已接近三百本，种类涵盖了工作涉及的所有学科。

富有挑战的戒毒工作，让我接触了众多的管理对象及吸毒成瘾人员背后的故事，与领导同事探讨，激活了我的兴趣，独立的经济，购买的大部头专业书，启迪了我的思维。那个时候，有使不完的劲儿，恨不得立刻就找到一剂毒品成瘾戒治良药。

工作第一年，所里举办戒毒管理理论调研征文，我写了一篇《男性戒毒人员社会支持系统存在的问题及对策研究》，因实证数据分析和严谨理论分析，被所领导们评为一等奖，并被省局报送，获得了海南省唯一一个司法部戒毒管理局 2013 年度理论调研评选优秀奖，着实兴奋了一把。紧接着结合三亚地区戒毒管理现状，以我所课题组名义成功申报了 2015 年度、2016 年度三亚市级法学研究课题并结项，连续两年获得三亚市级法学课题三等奖，调研成果也提交三亚市委市政府做“禁毒三年大会战”决策参考，由此更加坚定了我的理论调研的兴趣和购买专业书的劲头，多贵都不要紧。

藏书之乐,从墙外到墙内

购书的乐趣在于让我在完善戒毒警察职业所需专业知识结构的同时,也让我从阅读专业书、业务书不经意间走到了其他学科领域之中,扩展了我的思维广度,使我更好地从事戒毒实务工作。

为了购买更多戒毒专业书籍,我不满足于在当当网、亚马逊两个网站上买书,还向淘宝法律书店铺搜索:淘宝的网上书店更多,书的品种更全,价格也相对便宜。为了了解更多的书讯,我又利用微信公众号功能将"新京报书评""经济观察报书评""燕大元照法律图书""单向街书店""诚品书店""绿茶书情""商务印书馆"等三十多个荐书公号关注,也将上海大学"马斯托禁毒政策研究中心""禁毒研究""清醒人生 soberlife""刑事法前沿推介"等禁毒戒毒微信公众号关注。

某些不经意间买的专业之外的书对理论调研选题具有很强启发作用。比如,2017 年中国司法行政戒毒协会戒毒场所文化建设研究专委会理论调研活动,我就借鉴《景观叙事——讲故事的设计实践》(中国建筑工业出版社)观点——建筑叙事学的"场所"主要包括两个维度的属性:一是空间物质属性,包括场所的物质环境与其中的物体;二是社会人文属性,包括场所中的主体"人"、活动事件及其隐含的意义。将建筑学思维延展到戒毒场所警察文化建设中,写成《场所叙事:司法行政戒毒场所警察文化重构》一文,发表在了《犯罪与改造研究》2017 年第 9 期,以回应劳教制度废除后司法行政戒毒警察文化缺失的问题。这给了我极大的鼓励,之前一直在《海南司法》《海南戒毒》《江苏警视》等系统内刊发文,此次发文离大学期间在《中国监狱学刊》公开发表论文已过去了六年。

藏书之乐,就是一段快乐而闲适的学习过程,由专业书走到更广阔的中国国家地理的民俗、王澍老师的建筑、三联周刊熊猫茶园的茶史、马卫国老师监狱戒毒的警史、徐子沛的大数据、何帆法官智慧司法延展的智慧警务等书籍中,又把专业之外的知识应用到了戒毒实务工作中,不得不说,在书中认识更多书外的东西,是一件非常开心而开朗的事。

现在我有了自己的小家,有了一个可藏书近一千本的实木书架,藏书之乐,学在其中。

我现在时常想起史殿国老师给我上的最后一堂课时说过的话,“有人的地方就有江湖,监狱学就是法学的江湖,刑法学的战场,衷心希望诸位同学带着知识的武器,纵情江湖,快意人生!”

语境是相通的,我想,戒毒管理也是一片法学的江湖,需要理性与知识去改变,让更多深陷毒瘾不可自拔的人找到回家的路。

我愿继续深爱着我的戒毒工作,继续将我思我想与战友们分享,耕耘和守护这片阵地!

(作者系海南省三亚强制隔离戒毒所民警)

成长篇

爬瓜的勾当，我干过

石长青

在农村，爬瓜多指十三四岁少年的调皮捣蛋行为，毕竟与偷瓜脱不了干系，扒和偷的含义相同，在爬瓜与扒瓜的选项上，我认为应该用扒瓜，但又吃不准，便去请教大学贾秐田先生。贾先生思忖片刻，说爬瓜更贴切：pa 瓜者往往在尚未长高的青苗地里爬行，隐身接近瓜田，待瓜到手，又沿去路爬离瓜田，如是，方不易被看瓜人发现。且 pa 瓜者确实多为顽皮少年，然顽皮不同于顽劣，出于玩之成分似乎多于解馋，若用扒字，过于贬损，未必准确。贾先生果然见识不凡，且入情入理，乃真教授也！

于是，我文中就用了爬瓜。

20 世纪五六十年代，城乡的中小学放假是不一样的。城市里的学校只放暑假和寒假，农村多了麦假和秋假。当然，四个假期与两个假期的总天数是基本相当的。

麦假和秋假也叫农忙假。每逢双抢（麦季抢收麦子，抢种晚玉米、晚红薯等；秋季则抢收各类秋粮，抢种冬小麦），社员们忙得一塌糊涂，一日三餐几乎都在地里吃。试想，值此“人误地一时，地误人一季”的紧要关头，老师还能不紧不慢地在教室里为农家子弟传道授业解惑？

如今，人们一年四季能吃上新鲜西瓜，虽然缺少了自然熟西瓜那种原本的厚重味儿，但终究是在你想吃的时候就能吃到。当年可没这么滋润，谷雨前后，种瓜点豆，再经过近五十天的精心呵护，瓜才陆续下来。最早成熟的菜瓜是在芒种之后的麦收期间，菜瓜不甜不酸，寡淡无味，但咬起来脆脆的，水分多，挺解渴。接着是甜瓜，也叫香瓜，又甜又香，名副其实。而要吃上保定本地产的西瓜，过了夏至才行。这个当口，正好是麦假行将结束的时候。

能在开学之前完成一次漂亮地爬瓜，而且爬的是圆滚滚的大西瓜，开学后就有了在诸多同学面前吹牛的资本，这样的好机会，嘎小子们岂肯轻易放过？

不到生产队瓜地整出点动静来，一准儿连睡觉都不踏实。

那次在麦假最后一天的晚上，没日没夜忙活了半个多月的人们，这两天已略显轻松，于是，晚饭后，成年人，尤其是老年人，纷纷搬个麦秸墩，拿把大蒲扇，晃悠着走上街头，找个人堆一坐，边乘凉边聊天，尽情享受收获的喜悦；小点的孩子缠在大人身边，似懂非懂地听着大蒲扇扇出的古老故事，没多久，一个个就趴在大人腿上开始做梦了；年轻的姑娘们则找个角落围成一圈，一会儿毫无顾忌地大笑，一会儿又轻声细语地咬耳朵。

最不安分的要数那些半大小子，三五成群地满街乱窜，要么分成两拨人马混战一场，结束时又互不服气，约好下次再战；要么故意冲进姑娘圈，惹出几声夸张的惊叫；要么混入大人群捣乱，招来几句讨人嫌的呵斥……这拨儿人里就有我。自打回到了老家，我总喜欢跟在大我两三岁的大哥哥小舅舅们屁股后边，听他们讲农村有趣的人、有趣的事，渐渐地，我长了不少见识，也在不知不觉中受了感染，变得有些调皮捣蛋起来，甚至为能够参与他们的某次恶作剧而亢奋。

那个时候，疯够了，野累了，街上静悄悄了，我从经常跟随的这拨人露出的口风猜测到，爬瓜行动就要实施了。可这时，按辈分我该管他叫小舅舅的头目偏偏催我回家，先说我是个乖孩子，如果去爬瓜，我姥姥姥爷知道了，笃定要骂他把我带坏了；后来又说我个子小，跑不快，万一被抓住，免不了挨顿臭揍。连哄带吓的意思很明确：不想让我参加。

我忙不迭地哀求，还一再表态，保证服从指挥，保证不告诉任何人，也保证不会被抓住。见我急得说话都有了哭腔，他才勉强答应带我去。

这次的目标是某生产队位于村西的瓜田，大约二里地远。路上，头目开始分工：谁在前，谁殿后，谁望风，谁接应，交代得一清二楚。接着，又规定了行动暗号。头目说，他白天观察好了，这次要顺着一块芝麻地爬近瓜田，所以，暗号就定为："芝麻花"是"往前爬"；"芝麻队"是"往后退"；"芝麻倒"是"赶快跑"。

我是第一次干这种勾当。听着头目的安排，我对他由佩服上升为崇拜：他哪是组织爬瓜，简直是在部署一场偷袭战役！

在浓浓的夜色中，一行人按顺序快速向着目标地推进。我走在队伍中间，被一股股神秘、刺激、兴奋的气氛笼罩着……

岂料，六月的天，说变就变。我们刚爬进那块芝麻地，一阵雷雨骤然而至，个个被淋成了落汤鸡。有人犹豫,问还干吗?头目坚定地下达指令:没爬到瓜就鸣金收兵,和打了败仗有什么区别?各就各位,继续行动!

爬到瓜田边儿,落汤鸡们都成了泥猴。终于,前面的伙伴传过来第一个战利品。我两手摸着那个瓜,心怦怦直跳,我想,这瓜,肯定比集上买来的好吃十倍!待第二个瓜传到我手上,我激动得浑身发抖,仿佛自己正在扮演着惊天地、泣鬼神的英雄角色!

雨越下越大,负责望风的低声对大头目说:"看瓜老头好像不在,瓜棚里一直没动静。要不咱们去瓜棚,吃着瓜躲雨,雨一停就打道回府。"

头目站起身,朝瓜棚处观察片刻,说:"就这么办!"

谁知,没等我们沿着田埂走几步,正好一道闪电划过夜空,只见瓜棚里钻出一个高大黑影,随后听到一声大喝:"小兔崽子们,看你们往哪儿跑!"

这一声喝,几乎震穿了我的耳膜,我懵了,手里的西瓜也不知哪里去了。我生怕被看瓜人抓住,撒腿就跑,竟然碰巧踩到了掉在地上的西瓜,又绊了一跤。我爬起来再跑的时候,已经辨不清东西南北了。

此时,我惊愕地发现,看瓜人依然站在几十步之外的瓜棚前,原来,他压根就没有去追任何人!更让我惊愕的是,正当我昏昏然不知往哪个方向跑的时候,从瓜棚处传来一句:"别瞎跑,东面才是村子!"

我听到了,既真切,又亲切。可哪里是东?我连滚带爬,好不容易跑到一条大路上,却不知道怎么走能回村,又不敢乱走,怕走反了方向,六神无主的我只好蹲在路边偷偷地哭,此时此刻,什么豪气干云,什么惊天动地,都飞到爪哇国去了。

好在一会儿雨住了,天晴了,不多的天文知识让我抬头寻找北斗星。方位认准了,情绪也稍趋平稳了,我深一脚浅一脚地走上回家的路。估摸着走了一里多地,我听见有人在高声喊我的名字,是头儿!我一阵狂喜:他们在找我。他们没有抛弃我!

与大头目以及另两个人会合后,我见他们都长舒了一口气。进了村,我问:"被发现了,怎么没人说暗号啊?"

头目摇了摇头,拍着我的头说:"小傻瓜,那个时候还顾得上暗号?跑就是了。"

回到家已是半夜,姥姥、姥爷对我好一顿数落,还威胁我说,再去干坏事,就不要我了。我不敢狡辩，洗了洗身上的泥，乖乖地爬到炕上躺下了。

爬瓜着了凉，又受了点惊吓，第二天我就病了，发烧，没去上学。傍晚，有人来我家，是看瓜人。

告状的来了，这下子完了！于是，我赶紧用被子蒙上头。没想到，他只是撩开我的被子，把一个绿皮黑纹的大西瓜放在我的枕头旁。

看瓜人五十多岁，和姥爷先说了几句庄稼长势，随即扯到了我们爬瓜的事，姥爷问都有谁，他说："你心里还不清楚？就那几个坏小子！不过，这几个小子坏归坏，倒还不乱糟蹋瓜，不熟的一个也不瞎摘。一早儿我看了，瓜地没踩坏，跑的时候庄稼也没踩倒几棵。"

临走，他朝我说："咱们外甥是个文明孩子，以后想吃瓜，就去找我，千万别再和那几个坏小子搅和在一起了。"

我赧然无语，心里却热乎乎的。

（作者系原《特殊园丁》社长、主编，《黄丝带》总策划）

孩子，请远离不良的生活方式

高　文

1979年9月的开学季，我去往十二公里外的中学住校。

第一次离开父母的呵护，开始独立的生活，我很是新奇，四处溜达，熟悉着校园的环境。

不远处学校的篮球场上，几个高年级的男女学生在那儿扭着屁股。走近了，看清楚水泥地坪上放着一台双喇叭录音机，里面传来邓丽君的歌曲，这几个学生中，男的都穿着喇叭裤，有两个上身还穿着花衬衫，戴着大墨镜，烫着卷发。他们手里拿着或者嘴里叼着香烟，和两个衣着靓丽长相漂亮的女学生一边说笑，一边跟着邓丽君的歌曲跳舞。

出于好奇，我想在一旁看会热闹，哪知道，中间一个个子不高但非常壮实的男学生，用中指把吸剩了的烟头朝我弹过来，骂道："哪来的毛孩子，看什么看，滚！"

我那时才十二岁，原先一直生活在父母身边，没经历过受欺凌的事，并没有动。旁边的男女学生就对那个男学生起了哄，笑话他，说他的话连小毛孩子都不听。那个男学生脸就红了，骂骂咧咧地朝我冲了过来。

我傻乎乎地站在那儿，不明白他们为什么起哄，更不明白男学生冲过来对我意味着什么，幸好我们家邻居的一个高年级男生从附近经过，他认识那个男生，见状跑了过来，把冲到我面前的那个男生拉到一旁，说了两句，然后，转脸拖着我就走。

走没多远，他俯下身低声告诫我，让我千万躲这些人远点，说他们都是学校的小混混，老师都管不了他们，今天要不是他来得及时，我非挨他们揍不可！

我对他的话将信将疑。

到了吃饭的时候，我打完饭朝宿舍走，半道上遇到一个同学，他匆匆说了一句，搜饭菜票的来了，不容我细问，拉着我躲进了旁边的树丛里。

刚躲好，只见在篮球场的那几个男生走了过来，遇到打饭的新生就拦住要饭菜票，遇到不从的，抬手就扇他的耳光，吓得我心突突地跳。

上了一阵子学，我看清楚了，学校里这样的学生有好几伙，除了欺负弱小的学生外，他们彼此之间还经常殴斗，动刀子动棍的，挺吓人。

他们尽管互相敌对仇视，但在外在表现上却出奇的一致：喝酒抽烟，穿喇叭裤花衬衫，烫发戴墨镜，拎着录音机听邓丽君的歌，晃着膀子走路。

这些外在的表现形式就像服装的招牌一样，将他们与学校其他的学生明显地区分开来了。我们这些低年级的学生，一见到这样打扮的学生出现，就像躲瘟神一般，躲他们远远的。

一次，路过高年级学生的宿室，从里面跑出来一个常欺负我们的学生，叫住我和我的同学，在我俩身上搜了一些饭菜票，加上在别处搜的几张饭菜票，让我俩去食堂打饭菜，供他们在宿舍里喝酒。

他们喝得痛快了，为首的学生姓崔，端起手里的酒对我俩说，这是鸡尾酒，没见过吧，尝尝！

我虽然惧怕他们，但在我的眼里，抽烟喝酒就意味着变得像抽烟喝酒的学生一样坏，所以，我没有喝。

我的那个同学喝了。

崔问他味道如何，他怯怯地说挺好喝。崔就说，好喝就多喝一点，以后会罩着他。然后朝我屁股上踢了一脚，骂我，喝酒都不会，窝囊废一个，滚！

这件事情过后，我这个同年级的学生真的跟崔他们混到了一起，学会了抽烟喝酒，穿花衬衫，更可气的是还跟着崔这帮人欺负我们。以后他没有考上高中，时不时和社会上的一些混混跑到我们的中学捣乱，后来听说，1983 年“严打”的时候，被劳动教养了。

我当了劳改干部以后，见许多服刑人员烟瘾和酒瘾很大，有些人没钱买烟，就偷别人的。劳改队禁止喝酒，但总有一些人想方设法弄来酒。我们那时经常清监，每次都可以清出服刑人员藏在暖水瓶、喝水杯、盐水瓶、油桶甚至酱油瓶、醋瓶里的酒。

抓住这些违规的服刑人员后，我教育他们，让他们戒烟戒酒，他们承诺得很好，但很快就会重犯。我找他们深谈重犯的缘由，得知他们中的绝大多数人都是在未成年的时候沾染上了抽烟喝酒的习惯，成了瘾，戒起来就非常难。

2005 年秋天,我主办的《黄丝带》针对全国的未成年犯发起了一次征文。评选结果出来以后,我去一家未成年犯管教所给在这里服刑的获奖未成年犯发奖和送书。在获奖的未成年犯中,有一个十七八岁的女孩子,面容姣好,理着齐耳短发,说起话来温文尔雅,若不是穿着囚服,很难把她与服刑人员联系在一起。

管教干部告诉我,这个女孩子初二时受坏孩子引诱,学会了抽烟喝酒,初三就逃学,整天跟着社会上的小青年在娱乐场所混,结果混进来了。其实她爸妈都是非常好的人,只是工作太忙了,疏忽了对她的管教。她爸妈现在特别后悔,经常过来协助所里对她进行帮教。

管教干部的话锋一转,说:“要是她的爸妈对她早一点像现在这般用心,就应该从她抽烟喝酒的蛛丝马迹中发现她的不良变化,及时对她开展教育,她也不至于走到今天这个地步,唉,一辈子还没真正开始,就要毁了!”

2015 年,我回家乡过春节的时候,在监狱负责罪犯入监登记工作的姐姐对我说,她在登记罪犯信息的时候,看到很多新收押的服刑人员是“90 后”和“95 后”,最小的甚至是“00 后”。

他们这些服刑人员中,很多人走向毁灭,是从未成年时学会抽烟喝酒,追求奇装异服和刺激的生活开始的。

虽然抽烟喝酒,追求奇装异服和刺激的生活只是一种生活方式,无所谓好坏,但通过这种生活方式聚合的未成年人群,却是失足的高发人群。

接受和学会了这种生活方式,就意味着融入了失足的高发人群,也就意味着踏入人生的危险境地。

为了避免踏入这种危险的境地,最好的办法就是远离这种生活方式。

如果孩子们认识不到这一点,学校和家长们就应该站出来,帮助他们远离这种生活方式。

这是学校的责任,更是家长的责任。

因为,失去了孩子的未来,家长还会有未来吗?

（作者系司法部预防犯罪研究所副所长、研究员）

我工作后的第一篇学术论文

蔚迟玉庆

工作之后，要多写文章，特别是学术论文，这是老师们在学校里告诉我的一件注意事项，也是不少老同事在我入职之初交代的职场指南之一。我的领导曾经说，参加工作后话要少说，事要多知。如果实在有话要说，可以写成文章，包括学术论文。通过文章说话比简单地口说，效果要好。我记住了这一教导。

参加工作后会发现，虽然理论上各种可能出现的问题已经貌似涵盖得很全面了，实践中碰到的问题却比书本上多得多，也复杂得多。这些问题，有的是法律、法规、规章和制度明确规定的，按照规定操作即可；有的是虽然有规定，但是，规定比较笼统，需要规章制度明确后才能操作；有的是规章制度没有规定，需要建立规章制度来明确如何操作。这些模糊地带或者空白地带，在制定规章制度之前，可能就需要学术论文进行探讨，理论界和实务界取得共识后，再加以立法或者制定规章制度才水到渠成。

我刚工作，就碰到一个罪犯申请结婚的问题：罪犯和女朋友打算结婚时，因为事发被捕，没有领成结婚证。这种例子不止一个。

领导让我研究这个问题的答复。我找来规章制度，发现我们的主管部门早在 20 世纪 80 年代初就有规定，罪犯在关押期间不得结婚。如果按照这个规定答复是没有问题，而且罪犯听了之后，因为有规章制度的明确规定，他们便只好作罢。但我听老同事讲，20 世纪 80 年代时，我们系统某个监狱曾为罪犯办理过结婚手续，且当时的报纸还作为探索罪犯帮教改造的新途径从正面报道了。这件事引起了我的兴趣。为啥法律有明文规定的情况下，监狱系统还能允许罪犯结婚呢？

上大学，苏力老师给学生讲“秋菊打官司”的案例，里面谈到了“法律规避”问题。苏力老师认为，当事人如果认为直接执行法律会带来不利后果，而且法律是有规避可能的，则当事人会寻找各种途径来规避法律，而且规避法律不是证明法律失效,而是证明法律是有效力的。从法律规避的角度可以进行研究。

后来,我找来中国监狱史,看看历史上对这个问题是怎么规定的。结果我发现,为了和中国"不孝有三,无后为大"的传统相一致,唐太宗时期允许没有生后代的死刑罪犯的妻子进入监狱和罪犯同居,等有了孩子之后,才把罪犯处死。看来允许罪犯结婚,古已有之。再看看外国的情况,发现外国监狱法规定不一致,有的国家允许罪犯结婚,有的国家不允许。

看完实际的立法例之后,我又从法理的角度进行思考。罪犯结婚与否应该是涉及罪犯的基本权利,按照法理,得由基本法律(也就是全国人民代表大会制定的法律)来规定,当时我国《立法法》虽然没有出台,但是,公民的基本权利由基本法律来规定或者作出限制,这已经基本成为法学界的共识,就等《立法法》加以规定了。而不能由部门的规章制度来规定。后来,我又找了一些监狱学的刊物和书籍来看,发现这个问题基本没有人来写文章探讨,是个空白地带。我意识到,写学术论文的机会来了。于是,在1999年的七八月份,我整理资料,理清思路,开始写作,很快就写完了。

写完之后,凭着年轻人的勇气和锐气,也不管写得如何,就邮寄到司法部预防犯罪研究所主办的《犯罪与改造研究》。当时的编辑是席逢遥,他没有因为我是新人,就对文章不重视,反而认为文章不错,决定采用(所以我到现在还对他心怀感激),文章刊登在1999年第11期的《犯罪与改造研究》上。

后来,我写的这篇文章还参加了1999年我们局的调研文章评比,被评为一等奖。当时的一个评委评完之后,在上班时间给我打电话,说我的文章写得真不错,有理论文章的功底,像大学生的样子,希望我以后继续努力。第一篇论文得到评委的夸奖,感觉还是很不错的。我办公室的同事们知道了,把文章拿过去,读后也认为我写得不错,有理论高度,问题找得准,按照今天时髦的话,叫做"问题意识强"。这篇文章让不少爱好写作理论文章的监狱系统的同行们知道了我的名字,包括我们局的,也有兄弟省市的。

过了一段时间,司法部监狱管理局的领导们知道我这篇文章之后,也找过去读了,给予了充分肯定。据说,原来打算召开这个问题的研讨会,后来因为多种原因没有开成,但是这个问题好像是各省市同行面临的常见问题,因为不少地方实行的是事实婚姻,当事人没有结婚证,但是确系夫妻关系,如果其中一方入狱服刑,因为不具有法律上的夫妻关系,会见罪犯时会遇到身份障碍,就会引发这个问题。过了一年左右,民政部出台了一个关于婚姻法的规章制度,明确了罪犯可以结婚,我不知道这个规章制度出台的背景,或许我的论文还是促成因素之一吧。

不管怎样,看到自己的思考能够形成论文,能够解决实践中的问题,是一件非常高兴的事,就像前一阵听王利明教授在中国法学会的一次会议上说的那样:“学术报国”。虽然我思考的问题涉及面不是很广,但是毕竟是关系到无数可能因为入狱而不能结婚的罪犯。

一篇文章可能会解决很多实践中的问题,这是理论文章的价值所在,也是对实践问题进行理论思考的价值所在。

这就是我工作后写作的第一篇学术论文,也为我之后在工作中能够坚持不懈从事理论研究开了一个好头!

(作者系北京市监狱管理局办公室主任)

我这本事

李　忠

小时候，阅读《当代》杂志的一篇侦探小说，叙述公安民警在一位哈萨克牧民的帮助下，轻松辨别出杀人犯的脚印，并在牧民的向导下，最终抓住了穷凶极恶的杀人犯的故事。那时候，我无论如何也想不明白，牧民怎么会辨别人的脚印呢？这样的事情究竟是真还是假？直到有一天，我成了小小牧羊人的时候，突然发现自己居然比小说里的牧民还要厉害！只可惜，没有人请我去抓杀人犯。

第一次放羊回来，太阳还没有下山，我计划着把羊群一赶进羊圈，就赶紧回家填饱已经饥肠辘辘的肚子。可二百多只羊"咩咩"地争先恐后涌进土坑的羊圈大门后，我居然反反复复数了七八遍也数不清羊的具体数目。

就这样，羊群一次次被赶进羊圈，又一次次被赶出来。眼看着太阳下山了，暮褐色的天际，羊群荡起的灰尘，像一条黄色的带子悬在半空中。我又急又累，又渴又饿，眼泪不由自主地就流了下来。

当警察以后想起这件事，我忍不住会苦笑：羊不是人，怎么可能像人一样整齐地报数或者按着顺序一个一个地蹲下，让你轻松自如地去数数呢？

以后再放羊回家，我就站在羊圈的门口，看着羊群不规则地进去，羊的数目一个都不会少！

再往后，把羊赶回来，我连数也不用数，就知道羊数一个也不会少：我给每一个羊都起了一个不错的名字，而且在羊群走过后留下的错综复杂并且相互叠加的羊蹄印中，我已经能轻易辨别出是哪一只羊留下的脚印。也就是说，二百多只羊的模样我已了然于胸，二百多只羊的羊蹄印在一起，我能辨别出是哪一只羊留下来的！放羊的时候，如果哪一只羊突然不在了，我会马上感觉到！放了七年羊，不知不觉培养了我现在想起来都有点不可思议的认羊本事。

刚当监狱人民警察时，老民警开玩笑说："管理服刑人员就和放羊一样，每天带出去多少人，就要安安全全带回来多少人，安全最重要。"

老民警说得太形象了，每当看到服刑人员出监门集合点名报数，我脑海里真就经常浮现出放羊时的情景，只不过，人会按照顺序一个一个规规矩矩地报数，而动物不会这样而已。

我刚当分监区长时候，独自一人管理一百多名服刑人员，每逢习艺劳作的时候，服刑人员按照互监组模式洒满了劳作场地。那种场面让人看到会万分惶恐：人的心里没有数，不知道会发生什么事情。

还是那一年，单位开展警体业务技能大比武，有一个项目叫做“听音辨人、看影识人”，各个单位被挑选的年轻民警都铆足了劲，人人想争第一，经过一个冬天的严格训练，大家期盼的考核终于开始啦！

“向后转！”

所有的服刑人员听到我的口令，齐刷刷进行着规范的队列动作。这时候，过来三位机关民警考官。

一个考官对服刑人员下口令“第一排、第二排、第四排、第五排蹲下！”

另一个考官随机指向第三排站立的服刑人员，按照程序抽了七八个不同队列，不同队列位置的服刑人员。

看着一模一样着囚服的光头和背影，我准确地辨认并大声叫出每一位服刑人员的姓名、年龄、文化、罪名、原判刑期、余刑和家庭住址。

“所有人员，向后转！”

这个时候，全体服刑人员看着我的背影，而我要根据每一位服刑人员背诵《服刑人员行为规范》的声音，来准确听出并说出背诵者的姓名、年龄、文化、罪名、原判刑期、余刑和家庭住址。

考核既紧张又刺激，当我的警体技能“听音辨人、看影识人”成绩排名第一的时候，那种紧张感瞬间被兴奋感所替代。

警体技能大比武以后，我发现自己带领服刑人员习艺劳作的时候，安全感越来越强啦！我清楚每一个服刑人员的相貌、身高、口音、犯罪经过、改造情况和家庭背景。就因为我掌握了这些特殊的技能，才让我做到了安全在我手中！

无论是放羊，还是管理人，居然有异曲同工之处。

人这辈子，有些事情真的值得回味，意外和惊喜让我的人生充满了令人陶醉的情趣！

（作者系新疆生产建设兵团第八师监狱管理局民警）

童年的牧歌

邹　敏

小时候的记忆里，最爱的一定是夏天。

不说那早起捡的蝉宝宝、正午啃的大西瓜，不说那满天星光下捉不完的迷藏，更不说那雨后打着赤脚带着竹筐到小河沟里捉鱼的笑闹声，单是那牧童牛背上的咿咿呀呀，就能把我的童年谱写成一曲悠扬的牧歌！

“草满池塘水满陂，山衔落日浸寒漪。牧童归去横牛背，短笛无腔信口吹。”回忆起来，我的人生第一个梦想，一定是做个牧童。

那时候，我家没有牛，整个暑假，左邻右舍的小朋友大都有每天帮家里放牛的任务，看他们每天吆五喝六地拉着黄牛经过我家门口，我的心就像是刚脱衣的鸣蝉，蠢蠢欲动。禁不住我的软磨硬泡，终于有一天，爸爸答应了我的要求，将我交给邻居家的哥哥，托他第二天放牛时带着我。

想来小哥哥当时一定是不情不愿的，而我的欢呼雀跃多少有点让他不好意思拒绝。当天晚上，我就开始动起了小脑筋，找出我的黄书包，将里面的书腾出来，趁着妈妈不注意，偷偷钻进大麦柜里，搜罗一个遍，发现能带的只有花生，小手抠抠索索装了小半书包；然后溜进爸爸的药房，将我经常当零食吃的山楂丸装了两大盒；最后，将书包藏进我的被窝里，故作镇定地跑进厨房，找妈妈要明天的干粮，妈妈边埋怨爸爸边递给了我两个枣馍。看着鼓鼓囊囊的小书包，顿时觉得自己就是个大富翁。

第二天所谓的放牧，基本就是小朋友们的郊游大联欢。在空旷的汉江大堤上，大家一把牛散放在一片水草丰茂的地方，就开始玩起了游戏：捡儿颗圆溜的石头子儿抓子儿，削一个尖尖的小木棍儿打锲儿，褪一节匀称的柳条做哨子，或者跑到堤坡下的草丛和水边，捉蜻蜓扑蝴蝶，奔跑着，笑闹着，这些简单的游戏因为这份惬意而妙趣横生。玩累了，就顺势躺在草地上，舒展着身子写下一个小小的“大”字，哼着随心谱写的小调，看蓝天上金光闪闪的太阳和飘飘荡荡的白云,耳边是牛儿的铃铛声,鼻子里充斥着青草的香气,心旌摇曳,在暖风的熏染下迷迷糊糊地睡上一觉,真有天当被地做床的洒脱和满足!

时间过午,太阳开始发威,大家把牛赶进大堤下的林子里,豪华的午餐华丽登场!一色的黄书包,却掏出了各色各样的吃食,有馒头有花卷有油馍,有香瓜有菜瓜有黄瓜,有爆米花有米花棒……最奇特的就是我带的山楂丸了,大家先是拿着那颗蜡封的白球大笑,然后用手一按,白球对半分开,一个黑亮的丸子呈在眼前,大家又是一阵哄笑,好奇地先用牙齿啃一点下来尝尝,哇,酸酸甜甜的唉!于是大家纷纷将丸子丢进自己的口腔,用舌头和牙齿跟小球过招,一番搏斗,小球都乖乖地溜进了肚里,接下来,许多脏兮兮的小黑手开始发力,风卷残云大快朵颐,吃饱了,跑到旁边的小水沟里,用小手捧起一捧水,吸吸溜溜灌上一气儿,拍拍自己的肚子,满意地躺在堤坡上,闭上眼睛,任阳光将辉煌洒满全身……

看看太阳还有一竿子就要落山,小伙伴们牵起肚子吃得滚圆的黄牛,一个跳跃,翻上牛背,两个手指头塞进口腔里打上一个呼哨,就像胜利班师的军队,摇摇荡荡开拔了。

终于坐上了梦寐以求牛背的我,两手紧张地扯着缰绳,两腿紧紧地夹着牛肚,不敢有丝毫的晃动,生怕一个骨碌从牛背上翻身落地。牛感觉到了不舒服,开始摆动,吓得我大叫起来,小伙伴们七嘴八舌一番指导,我终于找到了方法,跟上了节奏,听着此起彼伏的哨音,悠哉悠哉地摇回了家。

那个夏天的风特别的温柔,那个夏天的草特别的浓绿,那个夏天的牛背特别宽厚,那个夏天刻进了我的童年!

现在,每每看到草铺横野,笛弄晚风,我就想起那叮叮当当牛铃声的田园生活!

(作者系湖北省沙洋平湖监狱民警)

双　　抢

汤扬华

在我的家乡，水稻一般种两季，七月早稻成熟收割后，务必在立秋前将二季稻秧苗插下，如果晚了，收成将减少，甚至绝收。二十天左右的工夫，必须完成抢收抢种，所以叫“双抢”。

“双抢”时，要举家上阵，天还朦朦亮，在大人由轻到重的呼唤声中醒来，揉着睡眼惺忪的眼睛，很不情愿地从打满补丁的蚊帐中钻出来，听着大人的唠叨声，喝下几碗粥，赤着脚跟在大人背后，双抢的一天就这样拉开了序幕……

早上清凉，是拔秧的好时机。清新的空气里夹杂着泥土的芬芳，田埂上的小草伸着懒腰，身上的露珠晶莹剔透，在初升的太阳下闪耀着，不时滴落在脚背之上，透着一股沁心的凉意。一大把整齐的扎秧草放在密匝匝的秧苗上，人们弯着腰把秧苗一小把一小把地从秧田里拔起来，凑成一束，放在水田里“哐当哐当”地把秧苗根部的泥巴洗去，再从前面抽出几根扎秧草，简单绕拧成细绳，熟练地打了个活结，随手就把一束秧苗扎起来了，丢在身后。不一会儿，后面翠绿的秧把越来越多，一个个士兵一样，雄赳赳气昂昂地站在秧田里，在晨风中飘摇。

秧田必须要水源充足，农田水利不发达的年代，一般都依池塘而做田，背阴潮湿恰恰也是蚂蟥的天堂。日上三竿时，我们腰酸背疼，饥肠辘辘地从秧田里走上来，吸附在腿肚上的几条蚂蟥，已滚圆滚圆了，一头粘连在腿肉里，还没有吸饱血，饱了就会自己滚落。这时我们一边骂着，一边习以为常地从腿上将它们拽下来，找根细树枝，插进蚂蟥体内，随着滴落的鲜血，蚂蟥皮被整个穿肠翻了过来，丢在火辣的太阳下，终究化成一摊水，再也不能复活。蚂蟥，这个东西很讨厌，好像碎尸几段都没用，翻皮才是绝杀。

小时候，大爷家里有七八亩田，大爷总是胸有成竹地根据每块田里稻子的成熟度，来决定先收割哪块田。割稻时，手持一把锃亮的镰刀顺着水稻倒伏的方向将其一一割断，然后再一把把理好，两把一堆。起先整片金黄的稻穗不见了，一块块稻田在镰刀嚓嚓声中露出了一截截整齐的稻桩。有力气，手快，这是割稻好手。也常见到在田野里捂着手急匆匆、满脸痛苦的小伙伴，手快比不过刀快，你割稻时若有分神，锋利的镰刀就有可能亲吻你的手。

从最初的斛桶到脚踩的打稻机，好长时间我都是专职抱稻铺，裸着身子，只穿个短裤衩，弯着腰把一把把稻谷从泥田里抱起来，深一脚浅一脚踩在泥田里，来来回回，将稻铺递给大人。

临近中午，骄阳喷火。你家田里，他家田里，脚踩的打稻机千篇一律地发出了“嗡嗡嗡、嗡嗡嗡”的声音，震颤飘荡在旷野远方。知了也在声嘶力竭地嘶鸣着，好像在倾诉着夏日的炎热。两种声音在原野上空交织，奏出了农人的艰辛与汗水……

太热了，“歇伙”是一件幸福的事。留守家里做饭的奶奶用大水壶送来了茶水或早晨吃剩的稀饭，算是“打中尖”。这时满身泥巴犹如泥猴的我们顾不上喝水，扑通一下就跳进了池塘。池塘表层的水也是热的，必须下潜到水底，才能感受到一丝清凉，那是一种沁脾的凉爽。片刻的清凉，温热的茶水，换来一丝暂时的惬意；继而发现胳膊上、胸脯上已然留下了一条条被稻铺划扫的红痕，汗水流过，感到一阵一阵刺啦啦的疼。这时大人又吆喝起来：再下田，加把劲，打完这块田，就可以回家吃午饭了，下午还要把打稻机扛到另外一块田里呢……

轰隆隆的齿轮转动声，哗啦啦的脱谷声汇聚成正午的喧嚣。大人们一只脚用力支撑着躯体，一只脚用力踩着打稻机脚踏板，双手紧紧握住稻把，摁在滚轮上用力转动着。随着打稻机消灭了周边的稻铺，我们疾驰在泥巴田里，在越来越远的地方将稻铺抱回来快速递给大人，在大人身体的晃动起伏中，谷粒唱着欢快的歌，离开了稻草，飞入前方的斗中……

“双抢”中午的伙食比平时要好，父母隔三差五尽可能让我们吃上点家养的鸡或鸭什么的，知道大家消耗的体力太大，有意让我们补补身子。饭桌旁边，没有电风扇，流着满头大汗，但我们吃得津津有味。

突然，天空中传来的“轰隆”声响，让所有人都无奈地扔下了饭碗，离开饭桌，奔了出去。六月天娃儿脸，说变就变。我们得快速把上午收回来摊晒在屋前晒坪上的稻谷收起来，否则稻子淋湿后会发芽、发霉，那上半年就白忙活了。此时，村里男女老少全部出动，即便你家没有晒稻也会赶过来帮忙。各种工具将稻谷团成一堆，用大塑料薄膜盖上，压上石头稻草防止被风吹开进雨。整个过程火急火燎，容不得半点松懈，自家稻子盖好后还要帮助其他家盖，必须要保证所有稻子不能淋雨。

也有来不及收稻谷被淋雨的时候，如果碰上持续阴雨天，那晚上就得一锅一锅的炒干，这就麻烦了，炒干了最多能磨点粉，就不能辗成像样的大米。淋雨的稻子也交不了公粮，粮站收稻员拿根空心的铁钎子插进麻袋，又抽出来，在主人可怜巴巴的眼神中，捏起几粒稻谷丢进嘴里，一咬，白眼一翻，拉回去，拒收！碰上这样的事，伴随雨夜炒稻声的是女主人的眼泪和男主人的叹息。

夏天的阵雨，来得突然迅猛，走得也快，很快天又放晴了。这时总觉得这雨是来捣乱的，大人们又骂起了天。

"冰棒冰棒，香蕉冰棒！冰棒冰棒，豆沙冰棒！"一声声吆喝伴着自行车铃铛声，将娃儿们吸引到了一起，卖冰棒的来了。大人为了鼓励我们继续好好干活，也抠点零钱出来给我们解馋。

五分钱一根的冰棒太令人回味无穷了，小心翼翼地剥开冰棒纸，不忘将粘在纸上的碎冰舔到口里，冰棒表面留有一层薄薄的白霜，一股甜丝丝的雾气夹杂着丝丝凉意一下子钻入鼻孔中，迫不及待狠狠咬上一大口，含在嘴里让它缓缓化掉，再一点一点咽下肚去，只半支冰棒下肚顿觉通体舒畅极了。那时觉得更觉神奇的是，冰棒放在铁搪瓷缸里，过一会儿瓷缸外面怎么也会变潮变湿呢？

雨后的凉爽经不住太阳公公的霸道，半下午左右，息风了，整个原野像大蒸笼一样闷热不堪起来。插秧的人们个个汗流浃背，草帽下的汗水顺着额头流到眼里一阵刺辣，却也无法分出手来擦一把。大人们将手里的秧苗掐分成一撮撮，快速地按进滚烫的泥巴里，弓着腰有序地往后倒退着，一棵棵秧苗也就慢慢将水汪汪、白茫茫一片的水田装扮得郁郁葱葱起来。

插秧是个技术活，插得不好不能成活，回头还要补棵，所以大人一般都不让我们插，我们娃儿们只能抬抬秧苗，把秧苗往大人身后传递。

"双抢"的傍晚也是干活最佳的时间段，火烧云的映射下，人们经历一天的劳作，体力消耗得所剩无几，可深知明天农活任务更加艰巨，不得不在蚊子、牛虻的叮咬下，继续奋力抢收抢种着。阵阵犁田人呵斥牛儿的声音，为田间放水而吵架的声音，跟四起的炊烟一同飘忽在田野的上空。天色渐黑，池塘边上挤满了人，洗脚的，洗农具的，牵牛喝水的，抬水的，洗菜的……我们赤身裸体地在池塘中翻滚,肆意嬉笑打闹;相互表演仰浮,肚皮朝上,这在我们这里称之为“漂尸”,不担心溺水的,直到今天我的水性一直很好。

现如今,农业机械化程度越来越高,这渐已消失的“双抢”,伴随我从七岁一直持续到十八岁,已化成一种融入血液与骨头里的记忆,其滋味刻骨铭心、五味杂陈,让人想笑、想哭……

“双抢”的艰辛苦涩,让我在茫茫人生路途中学会了隐忍、无畏、坚强!

“双抢”,虽然此生不会再有,但却已深深镌刻在我的心灵深处了。

(作者系湖南省网岭监狱民警)

那一年，我的毕业季

吴红星

1994年，我二十二岁，迎来了自己的毕业季，没有任何准备地离开了校园，走向了社会。

那时对毕业论文的要求并不高，随便写写就能对付过去。最困扰我的是找工作，对于农家子弟来说，这是关系我一辈子也是关系我一家子的头等大事。

那时没有电脑，手写的简历复印成好多份，撒网式地四处投递；即时也没有互联网，只能漫无目的地在报纸夹缝中搜索信息，而这样的信息大多是工厂、酒楼、私营公司，根本不适合也不需要我们师范类的毕业生。再就是直接上门，到武汉的一些学校、机关毛遂自荐，往往也是碰一鼻子灰。时不时也有单位来学校招聘，但这样的信息总是最先被年级辅导员掌握，他们不会第一时间拿出来共享，总是把这些本来就不多的机会推荐给他们认为合适的同学。没有人指点，一个涉世未深的愣头小青年自己找工作，充满着无奈和艰辛：一次次满怀希望而去，一次次碰壁失望而归，这种落差让人很痛苦，感觉自己如同一只烂苹果，到了无人问津的地步。

那年武汉的夏天似乎比常年来得早，梅雨几乎没怎么发威就消失了，炎热干燥的夏季在5月提前到来。每天点头哈腰穿梭于大大小小的招聘会现场，毕恭毕敬求见形形色色的陌生官员，这样的日子持续了好几个月。奔忙求职的徒劳，努力无果的失望，毕业离校的逼近，叠加日益炎热的天气，更陡然加剧了内心的彷徨、焦虑和困惑。终于在六月盛夏来临前夕，觉得有些撑不住的我决定回到十堰作短暂的休整，顺便在那找找机会、碰碰运气。

回到十堰和家人在一起是轻松的，不用为一日三餐发愁，隔三差五地还能蹭上一场足球，打上一次台球。更重要的是暂时隔绝了学校的消息，也就感觉不到此前的压力。偶尔去跑跑党校、中专、党政机关这些“公家”单位，一直到6月下旬返校前依然没有收获。大概是离校日要到了，反而有一种破罐破摔和挣脱牢笼的释然。

返校后的几天是匆忙和伤感的。一方面要整理行装，把四年的家当带回家；另一方面和要好的同学聚会话别，似乎每时每刻都被一种离愁包裹。就在这样的情绪和氛围中，求职的事有了一线转机，海南省教育厅来到学校招收一批毕业生，这也许是极度失望之余的最后一根救命稻草，也是逃离家乡、圆自己梦的最好机会。来不及查询这个边陲省份的详细信息，只知道是个曾经开发势头如同天气一样热得发烫的特区。也来不及和家人进行深入的沟通和探讨，大约只考虑了十来分钟便作出了决定，签下了合同。

签下合同拿到派遣证已是六月底，这之后的几天就更加匆忙。匆匆回到十堰，收拾好行李为远行准备。匆匆见了两个要好的同学，醉过之后，便在一个炎热的傍晚匆匆登上了南下的火车，赶赴一个从未谋面、心里没底的目的地。

那一年，全国的火车还是以绿皮车为主。龟一般的速度、经常性的临停，从武汉到湛江不到一千四百公里，硬生生被拉成了二十五个小时的旅程。要命的是，超载极其严重，车厢塞得满满登登，像沙丁鱼罐头一样。我和另一个结伴南下的同学没有买到座位，像我们这样的大约有一百多号人，你挤着我，我挤着你，连步子也挪不开。头顶的风扇形同摆设，直愣愣居高临下地瞪着我们，一动不动。车厢里的空气似乎凝固了一样，充斥着各种复杂而奇怪的味道，汗馊、脚臭、酒精、香水、狐臭、口气，各种不知名食物的“飘香”，以及厕所门关不严泄漏出来的尿骚味交织在一起，被浓缩在一个狭小而密闭的空间。身处其中，几乎要窒息过去。虽然上大学几年一直在挤绿皮车，但这样恶劣的体验还是第一次。原本我们就对前景担忧，这下更为忐忑，不过谁也没出声，默默地数着车轮与铁轨的撞击声，随着火车奔向前方。

车至怀化，我们等到了一个座位，而且是靠窗的。两个人挤在一起，原以为后面的旅程会舒服一点，没想到上来了更多的人，超载依旧如故。我们座位的周围如堆积木一样，立体分布了十几个人，有座位和没座位并无多大区别，一样身不由己被别人挤着，也挤着别人。憋到无法忍受时，试着开下窗透透气，才发现适得其反。和我们一样憋闷太久的热气好不容找到出口，从我们鼻子底下奔涌而出，差点没晕过去。干呕几次之后，车窗再度被关上。直到桂林，一场雨让夏夜变得稍微凉爽，车窗也被打开，空气不再那么污浊，疲惫不堪的我们也伴随着火车与铁轨的节律慢慢进入梦乡。

到达湛江已是第二天下午四点多钟。南国的太阳比武汉更加明亮刺眼，满街横冲直撞的红色挂斗三轮摩托车是我踏足南国的第一印象，这一特有的交通工具几乎成了华南地区 20 世纪 90 年代中小城市的标志。直到今天，还能在部分城乡结合部一睹它们的身影。

湛江过海必经徐闻，这一路得换乘汽车，中间被卖了一次“猪猡”，也就是被加价转卖到其他车辆。一辆破旧的大巴，三十多个昏昏欲睡的乘客，一百多公里的路程叮叮当当走了将近三个小时，到达徐闻的海安港已是夜晚时分。草草吃点东西，找了一家旅社安顿下来，只等天亮过海。睡到正香时，同学突然摇醒了我，说旅行社可以安排过海，现在就起床出发。迷迷糊糊的我没有多想，拖着行李和同学跟随着店老板往外走，大约十来分钟后，看到了海边的一条小船。店老板解释说，大船停不了岸边，先用小船过渡。从没到过南方也没见过大海的我们信以为真，跟着上了小船，离开了岸边。海上黑漆漆的，除了小船上微亮的灯泡，再也看不到别的什么光。也不知道过了多久，借着刚露出的一丝曙光，我们看到了不远处一艘硕大的轮船，一条软梯从船舷垂下了来。我们一行七八个人正待要登上软梯，船老板突然发话，要求先买船票。买票乘船天经地义，加上钱不算太多，想也没想便掏了钱。上船之后，被折腾得精疲力竭的我们早已没了当初想要看海的浪漫兴致，靠着行李箱便又睡了过去。

等到再次醒来时，天已大亮，斜射进来的阳光略感灼热。环顾四周，船上乘客寥寥无几，稀稀疏疏的不过二十来个人。往外看了一下，才明白这只是一艘货船，船员顺带走私几个客人赚些烟酒钱而已。再回想凌晨时分小船过渡大船的航程，才有些后怕。茫茫大海，一叶孤舟，虽说近岸，但月黑风高、人生地疏的危险终归还是存在的。

正胡思乱想之际，船停了下来，离岸却有一段距离。一个精瘦的年轻人闯了进来，一边招手一边嚷嚷：快点快点，我们来接你们了。这前前后后的，感觉着怎么像偷渡一样，我们可是正儿八经分配过来的。纵然心底有着种种疑虑，但眼前似乎只有一种选择。无非是打劫，反正外面的零钱不多，最大的一笔早在武汉上车之前就藏在鞋垫底下了，于是横下一条心，跟着他下舷梯，上了停在旁边的小船。和前面的过渡小船差不多，柴油发动机、漆黑的顶棚，狭小的船舱里挤着七八个人，两名船员模样的一头一尾，蹲在船舱的两个出口，眼珠子上上下下、显然是不怀好意地打量着我们，盯得我心里有些发毛。

果然船行一会儿，便打横停了下来。海面上很平静，没什么风浪，船只是随着微浪上下起伏。两名船员同时进舱，凶神恶煞般要我们每个人买票，我抢先把学生证、派遣证给他们看，解释说我们是穷学生，一路来已花得所剩无几，希望他们留点钱给我们上岸乘出租车。这俩人看了看证件，又看了看我们，最终选择了相信和放过，只拿走了我们手上的六十元钱，没有搜身，更没有动我的鞋子。临到最后居然发善心，还给我们十块钱坐车，这或许是这趟惊险之旅唯一的温暖。

小船靠岸，拖着行李徒步走过一片沙滩，看到了海口的大马路和出租车，一颗悬着的心终于落了下来，一波三折的旅程终告一段落。然后的事就比较简单，也比较顺利了，去教育厅报到，和同学告别各奔东西，到新单位工作……

事后有段时间一直都在回想、反思这一年的经历。原本以为这一年自己作了一个很重要的决定，也觉得自己经历了一辈子都难忘的事情。但二十多年后再回望过去，那一年并无特别之处，只是天气稍微热一些；远赴海南的决定其实也很平常，只不过求职无果的最后选择；惊险的坎坷之旅也不过如此，也许是年轻必须付出的代价。

人生就像是一场告别，不断地和过往说再见。

1994 年，我的毕业季。

（作者系海南省司法厅政策法规处干部）

梦开始的地方

杨会娟

我的家乡紧临洛河,在它的南岸,在伊河之北,俗称夹河滩。

春天的时候,草长莺飞,牛羊在坡上啃草。夏季稻米飘香,“佃庄大米”曾是小名牌,风靡一时。只是下苗、插秧、薅草、灌溉太麻烦,种得就少了。

我的家乡有沙滩夕照,有风吹麦浪,有一地金黄,有白雪茫茫。它的美好,它的如烟往事,都刻在我的脑海里,是我梦开始的地方。

小时候,放学了,写好作业,就提篮拿袋,急急忙忙和小伙伴去割猪草。打碗花、刺角芽、荠菜,在菜地里、麦地里、玉米地里,自然疯长,密密匝匝,甚是喜人。疾进入,眼看不过来,手拢不过来,心是喜悦的,动作是欢快的。一搂一大把,绿色染上手,顾不得,收获成果多多,还嫌袋子不够满,按得瓷瓷的,拎着回家,大的剁剁喂猪,小的直接扔猪槽,盼猪长得肥肥的,这是来年的学费和家庭支出。

因为猪是全家的希望所在,还闹过笑话:猪刚下猪娃,去后院茅房时,见一人影在猪圈里移动,也顾不得许多,大喝一声,“谁?!”只听邻居大哥很尴尬的,嗫嚅着回答,“我,来看看!”原来他在后院胡同住,离得近,妈妈叮嘱他帮忙看着猪娃。虚惊一场。

在往稻田放水时,也经历过不善妥之事:父母已把化肥顺水洒入,而别队的稻田紧临我家,那个芳邻为了省事偷闲,把陇道直接扒开,把我家刚放的水引入他家田。当时父母已顺渠走向机井房,没在跟前,我和姐姐在田边,遥见,姐姐腼腆,还有点羞赧,我急了,哪顾许多,一声断喝,“你干啥!凭啥把我们的水改到你地里!还洒过化肥了!”肥水岂容流入外人田?还是不正当得利,那人没料到小孩还这么正气,堵住豁口,后来父母闻讯赶来,也说了他。

最开心的是在生产队的苹果院里拾草。苹果树刚挂上果,小小的、青青的。父亲要去割草,主动请缨去捡草,在他割草时,把草拢成一堆堆的,方便装在箩筐里，趁他不注意，抓几个涩果放筐里，用草盖上，待出院回家后，伺机挪入口袋里。在昏黄的夕阳向晚时，坐在门口的石凳上，急切切拿出来尝，好酸呀！食之不对味，弃之不忍，让它一点点入肠，那酸味现在回想起来还流着口水。

还有忘不掉的农家事：在麦地里割麦，独对热辣辣的阳光；在稻田里插秧，倒行时前方绿意茫茫；在假期拾麦子，同伴互相帮忙填满筐；在玉米地里钻着，种蒜除草汗水淌；在沙滩地收红薯花生，人多果实也壮；在西瓜庵里守望，圆圆的瓜透着蜜凉；在秋风里，摘过绿豆秧；在雪野里，把白菜就地窖藏。一件件，一桩桩，是一家人的努力奔忙。

最思念的乡间小路，曾荷锄，赤足，在耳畔清风时走过，在广袤的田野大地里忙活，放歌，那片热土给了我喂马砍柴的日子，给了我诗意随性的田园生活，由此带来洒脱不羁的性格，不畏艰难的勇气，不惧邪恶的正念，给了我随遇而安的超然和平和。

感谢家乡的那片土地，那条小河，感谢陪伴我童年的麦垛、月光、亲人、伙伴、植物们、庄稼们，我会带着你们留过的印痕，带着你们的嘱托，带着春天的诗歌，走向新的梦想和远方……

（作者系河南省豫西监狱民警）

珍惜童年的好时光

谢倩倩

“太无聊了”“真没意思”，这是不到五岁的女儿时常挂在嘴边的话。

听到这些词儿，再看着她说这些话时的小表情，我总会笑出声来，才多大点儿的娃娃，知道什么是无聊，什么是没意思吗？

回想我的儿时，家中姊妹多，父母忙于工作又外做着小生意贴补家用，无暇顾及，我就缺失了幼儿园时光。虽然没上过幼儿园，但学前教育可没落下，母亲每天抽时间教我认字、数数，说来也是奇怪，那时的我竟然自觉养成了习惯，每天早晨醒来第一件事情就是搬来小板凳，坐在小圆桌前把学过的汉字和数字都温习一遍。

女儿大概也是遗传了我的“好基因”，每天幼儿园放学归来，第一件事情就是先做作业，就算奶奶用各种好吃的诱惑也不为所动。起初，我觉得幼儿园小孩子的“负担”远远超出我的认知，每天除了课本作业之外，还有兴趣班作业、手机 APP 作业和各种手工制作。我想这个年龄的幼儿不应该每天在各种玩乐、游戏中尽情度过吗？

有时我问女儿：“做那么多作业累吗？”

“不累啊，因为又学了很多新知识。”她回答我。

慢慢地我意识到，也许真是时代进步了，孩童接受新事物、适应新环境的能力也变强了。

“80”后的我，儿时一坨泥巴、跳格子、丢沙包、挽起裤腿下河捉鱼虾、挖河蚌，这些“接地气儿”的玩法简直让我玩得不亦乐乎，天黑了都不愿意进家门。每天回家小泥脸、浑身湿透都是家常便饭。晚上洗干净、吃饱饭，最爱的就是躲在被窝里偷偷捧起“连环画”，看着那单色的画面也是小兴奋、回味无穷。那时，电视机是稀罕之物，有时几个小伙伴凑到一起到邻居家去看，黑白画面还伴着时有的小雪花，却丝毫没有影响我们看电视的兴奋与热情。那时，最大的一件乐趣，就是逢庙会跟着奶奶去听露天花鼓戏，为了抢个好位置要搬着小板凳早早去占空地，有时人多找不到空地都坐到了周围住户家的院墙上，虽然大多时候都听不懂唱词，但啃着奶奶买的五毛钱手工面包看戏班子的精彩演出，那是种说不出的愉悦。现在想来，那时也许就是可以吃到面包、爬院墙的乐趣才喜欢上去听戏的吧。

现在的孩童幸福而又幸运，从婴幼儿开始，就有各种材质、不同颜色、琳琅满目的早教玩具，有色彩鲜艳、内容丰富的中外绘本，有鲜活多姿的卡通动漫，还有手机、平板、学习机各种电子产品相伴，想学习、玩游戏、看动画片，只需动动手指立马呈现眼前。每逢周末，爸爸妈妈会带着小宝贝走进电影院看3D、4D超有感觉的动画大片，每逢小长假，还会带着孩子外出旅行，去感受人文风情亦或自然景观。

仔细想来，不论哪个时代的孩童，在他们内心深处都有着属于他们的兴奋与激昂，弹奏着属于他们儿时欢乐无忧的乐章。

当春风拂面之时，携着爱人带着女儿去踏青，登上哪怕不算高的小山包，采摘不知名的小野花，捡一块奇石，让孩子感受万物复苏的气息；当蝉鸣蛙叫之时，携着爱人带着女儿去奔跑，奔向家乡的小荷塘，尽情玩耍，游水嬉戏，让孩子体会炎夏的酷暑和凉爽；当硕果累累之时，携着爱人带着女儿去劳动，冲向果林和田间地头，采摘果实、收割粮食，让孩子体味劳动的艰辛和丰收的喜悦；当寒风瑟瑟之时，携着爱人带着女儿去追逐，撒到皑皑白雪之中，打一场激情四射、驱逐寒冷的雪仗，让孩子感触严寒的磨炼。

只是这时光短而易逝，趁着还年轻，趁着还能奔跑，多多陪伴孩子走过愉快又欢畅的童年吧！

（作者系新疆生产建设兵团第八师北野监狱民警）

无悔军旅

胡安乾

1969 年春,我怀着满腔报国激情和对美好人生的向往与追求,加入了中国人民解放军的行列。

参军的那天早上,我们身穿戎装胸戴红花,在一片锣鼓喧天声中,车开动了。从县武装部到毕节汽车站的路上,街道两边人潮涌动,欢送声不绝于耳,传递着对子弟兵的亲切情感。

我们来到了西南边陲普洱。军车直接开进了汽车 23 团教导队大门。

大家争先恐后地瞧过去,营区的车场上排着一辆辆整洁的油绿色军车,车头上木制的伪装栅架显得格外独特,车库的墙头上挂着汽车分解图,车库里摆放着几个汽车驾驶模型。

在营房的后面的一片空地上,车轮扬起的阵阵红尘弥漫,有十多辆车在来回地转着“8”字:这里就是汽车培训学校。

“能分在汽车教导队多好呀,学开汽车回地方好找工作!”我想,大多数战友也有着同样的想法。

我分到新兵连一排一班,班长是 1966 年入伍的老兵刘海涛,他开口就给我们说规矩:“班长来了要起立,干部来了要喊首长好!”

我们班有个兵叫冯庆山,他的床同我并在一起,晚上从厕所回来对我说:“我路过连部,听说今晚要搞紧急集合,可要注意!”我听了既紧张又兴奋。

晚上十点熄灯哨响后,大家都脱衣上床睡觉。我刚躺下不久,冯庆山就被班长从床上揪了起来。他命令道:“当兵人睡觉只能穿短裤和背心。快把外衣脱掉!”

我先也因为激动睡不着,可后来还是不知不觉睡着了。睡得正香时,被急促的哨声吵醒,见班里已炸开了锅,就慌忙穿衣戴帽打背包,却见冯庆山不在床上,正感到迷蒙时,班长站在室外喊集合。

队伍整理好了，点名时少了一个冯庆山，班长叫我进屋去找，我在屋里转了一圈才在他的床下找到全身穿好衣服已沉睡过去的冯庆山。当我们出来时，我看到班长的脸都青了。

第二天一早，回班里洗涮。冯庆山打着呵欠，怎么也打不开牙膏，只见他对着牙膏的下端用嘴撕开牙膏皮，就往嘴里挤压，由于用力过猛，一管牙膏一下去了三分之一。

“牙膏都不会用！”刘班长吼道。我听到吼声回头一看。天呀，冯庆山的嘴巴里塞满了牙膏，正恶心地往外吐。

“哈哈！”大家笑了起来。

“有什么值得笑的？冯庆山出生在一个贫穷落后的小山沟，没刷过牙不奇怪。”我实在看不下去说道：“毛主席教导我们说：‘我们都是来到五湖四海，为了一个共同的目标走到一起来了……’我们应该互相帮助，互相爱护才是。”

“胡安乾同志说得对！”刘班长接过话来说道：“刚才我吼冯庆山不对，我向他赔不是。今后，大家要团结互助，互相关心，互相学习。”

那段时间，除了参加连队组织的政治军事训练科目外，还热心于连队的文化娱乐活动，办墙报、教战士们唱歌、帮厨……样样都有激情。

为了中国共产党第九次代表大会的召开，团里决定举办全团宣传毛泽东思想文艺汇演。连里要我负责排练，这可是一项重大的政治任务，十一位新同志在我的指导下排练了舞蹈——毛泽东诗词《七律·长征》。一周后的文艺汇演，我们的表演得到了全团指战员的认可。

三个多月的训练结束后，我被分配到团部宣传队，当时心里就咯噔了一下子：以为从此失去了开车的机会。

我们团宣传队有二十四名战士，除队长和指导员外，大多数是两年以上的老兵，均为男演员。

第一个星期天，我们贵州来的五人请假到普洱县城去照相。临出发时，陈高深偷偷把队里的“五四式”手枪带上，在照相馆里大家高兴地分别持枪照相。谁知这事被指导员知道后，我们五人被点名批评，并责令写出检查。

第二天，我将写好的检查交给指导员。指导员看了，对我说，“军队是人民民主专政的坚强柱石，是捍卫社会主义的钢铁长城。严格遵守纪律是我军的政治保障，部队是用铁的纪律来约束军人的，不然就谈不上打胜仗……”指导员苦口婆心的教育使我明白,解放军之所以伟大,是因为有铁的纪律,是战胜敌人的法宝。

通过这件事,我的思想觉悟提高了,除积极参与排练外,有空就学习文化知识。指导员入伍前是民办教师,他见我爱学习,就把他的一本日记借给我看,日记本上摘抄了不少名人名言和一些小说词汇。至今有两位名人名言深深地印在我的脑子里:“人的天才只有火花,要使它成熊熊火焰那就只有学习、学习。”“目标既定,在学习和实践过程中,无论遇到什么困难曲折都不灰心丧气,不轻易改变自己决定的目标,而努力不懈地去学习和奋斗,如此才会有成就,而达到自己的目的。”

从此,我在宣传队努力表现,吹拉弹唱连编带演非常努力。我们出去演出坐的是解放牌大卡车,演出地点大多是部队、农村,虽然条件很差,但那个时候的业余生活和文化生活除了看电影,主要就是看宣传队的演出。

我们每次演出前,各营、各连陆续进入场地,部队开始唱歌,“大刀向鬼子们的头上砍去……”是热火朝天的唱;坐下来的连队开始了拉歌,“呱呱、呱!呱呱、呱!”“修理连,来一个!”掌声、口号声响成一片,指战员们像嗷嗷叫的小老虎,一派朝气蓬勃、生龙活虎,那真是一个火一般的军营和激情燃烧的岁月。

宣传队的生活只持续了一段,我终于实现了开车的愿望,经过三个月的强化训练,我掌握了汽车基本驾驶技术,被分到五连一排三班实习。

三班有十名战士,其中四名党员,三名“新兵蛋子”,其余的都是老兵。梁班长同李排长都是四川人,1966 年入的伍。我在班里算是有点文化,是个“知识分子”,班里开个讨论会,表啥决心,笔杆子都是我大包大揽,战友们对我也另眼相看。

那时,我们团担负着口岸运输任务,从驻地到昆明装战备物资然后运往西南边陲勐腊,每次完成任务需要八天,有时是一个营的车集体出发,公路上,上百辆军车浩浩荡荡,扬起漫天红尘。按行车规定,行车距离相距三十米,不准任意拉长车距,车辆抛锚,要靠边停下检修;途中统一休息时,带队车一停,整个车队一辆接一辆地依次停下来。六月的天气,尽管天气热得发狂,大家都汗流浃背,每个人穿的衬衣都斑斑点点,但却没有一个赤膊上阵,大家都始终保持着中国军人的本色。

我们连队出车,一次是四十五辆车一起出发,连队必须安排一辆报饭车,这辆车必须提前两个多小时出发，然后在中午十二点前将部队的伙食安排好，等车队到达后，他们又到前方兵站联系食宿。最辛苦的是收尾救急车，这辆车是车队技术过硬的老班长开，由分管技术的副连长坐镇指挥，他们要保证把抛锚的车辆修好，一般他们都是晚上十一二点钟才到达宿营地。

有一次我驾驶的车在行车中离合器片打坏，调试后将车开到兵站，为了保证明天车继续行驶，我冒着大雨在车底换离合器片整整泡了两个小时，当晚上睡觉时才感觉到腰部麻木，不管怎样，第二天我还是照常同大家一样按时按点将军用物资送到了前方兵站。

1974 年 2 月，我脱下穿了六年的军装离开了军营。在走出军营的那一刻，我转身面对部队，行了最后一个庄严的军礼，深情地对送行的战友们说："战友们，再见了！多珍重！"

现如今，我已从政法战线上退休了，但每当遇到身穿军装的军人，我都觉得格外亲切。因为，在他们身上，我看到了自己年轻时候的影子：在部队的大家庭和大熔炉中，我学到了在学校、在家庭、在社会上学不到的革命传统教育，感受到了许多书本上没有的知识。

如今，在电视上每每看着我国陆、海、空军力量日渐强大，我都为自己曾经当过兵而无尚自豪！

（作者系贵州省毕节市检察院退休干部）

我与中国罪犯改造质量管理学

叶　扬

中国罪犯改造质量管理学的建立,主要是从20世纪80年代初对刑满释放人员改造质量跟踪调查开始的。

1986年9月,司法部在山东省泰安市召开了新中国成立以来首次全国性提高劳改、劳教工作质量理论研讨会。2002年12月,司法部在山东省济南市召开了全国监狱系统提高罪犯改造质量座谈会,提出了罪犯个体改造质量的认罪悔罪、遵纪守法、服从管理、认真学习、积极劳动和心理健康六项标准,以及罪犯个体改造质量等级(合格、基本合格、较差、危险)和改造质量工作标准,与此同时,监狱学界广泛开展了罪犯改造质量标准大讨论,为罪犯改造质量管理学的建立奠定了基础。

作为一名基层的监狱警察,因工作需要,我长期探索罪犯的改造质量管理理论:1986年,我的第一篇改造质量管理研究论文《改造质量的控制》,发表在中国青少年犯罪研究学会编的《青少年犯罪研究资料》一书中;1988年,我在中央劳改劳教管理干部学院学报《劳改劳教理论研究》1988年第3期上发表了《改造质量管理初探》一文;1989年,我在广东省劳改局、广东省劳改学会主办的《粤劳研究》1989年第3期上发表了《建立改造罪犯质量管理学的若干思考》一文;1990年11月,我和陈向阳等合著,由南海出版公司出版了我国第一本《罪犯改造质量管理学》。

《罪犯改造质量管理学》出版后,引起了我国监狱系统的广泛重视,这本书的基本内容被收进了由司法部组织编写、陈兴良主编、1992年中国政法大学出版社出版的《中国法学著作大词典》,在全国监狱系统广泛推广应用。广东省人民政府则给予了这本书优秀社科成果奖励。

这之后,1992年我主编的《罪犯改造质量教育简明读本》由广东人民出版社出版,作为在我国监狱系统的警察和服刑人员中开展广泛的改造质量教育的专用教材。

进入21世纪后,作为改造质量管理学和实际工作的重要内容之一的改造质量评估在国内掀起了热潮。2004年,由江苏监狱局于爱荣主编的《罪犯改造质量评估》由法律出版社出版。2008年,我在中国监狱工作协会教育改造专业委员会年会上见到这位时任会长的监狱局局长时,他坦诚地告诉我,他们搞改造质量评估,受到了我主编的《罪犯改造质量管理学》的很大启发,这话出自监狱局局长的口,我感到莫大欣慰。

2012年,我撰写的《罪犯改造质量管理学》由中国言实出版社再版。这时离第一次出版已过了二十二年,在这期间,我共进行了五十七项关于改造质量管理的专项调查研究,从而使改造质量管理学的研究体系和方法更加完善。

为了适应科学化和精细化的要求,近些年来,我又对改造质量管理技术进行了专项研究,并在司法部《犯罪与改造研究》2017年第10期上发表了相关研究成果,这项成果在贵州省召开的2017年度中国监狱工作协会教育改造专业委员会年会进行了交流,并获得了二等奖励。

目前,全国监狱系统的有关部门正在组织全国性的《罪犯改造质量评估》方法的研发,我也有幸参加了相关的讨论,并提交了书面意见,我相信,我国的罪犯改造质量管理学研究必将迎来新的发展机遇。

(作者系广东省高明监狱民警)

我的快乐童年

秦亚青

位于安徽省白湖劳改农场姥山脚下的四大队小学是我人生的启蒙地方。

那时,四大队刚刚经历了1969年的蓄洪搬迁,白手起家,一切都在建设中。两栋成L型的平房及前面一块平整的泥土操场,就是我们的学校。

最早的记忆是在姥山脚下,我们一群小孩子在折竹枝。细细长长的竹枝从结节处折成一截截的小竹棒,用皮筋或细绳绑成一捆,然后我们坐在草地上,开始数数:1,2,3……再后来是1+1,1+2……这就是我们最早的算术课了。

大约三年级的时候,学校新来了几名老师,是上海的知识青年。我的小学记忆似乎也就是从这个时候开始渐渐清晰丰富起来了。

20世纪70年代的学校提倡走出课堂,勤工俭学,各种学工、学农、学军、学雷锋活动开展得如火如荼。

那时,劳动是我们的必修课。学校经常组织我们拾稻穗、积肥,不怕苦、不怕脏是基本的要求。有一次,学校安排我们挨家挨户掏鸡粪。那时,很多家庭养了鸡,门前都有一个鸡笼。有的鸡笼是用一条条竹板钉成的镂空方框形,用砖头或石块架起来,这样的鸡笼鸡粪就都落在鸡笼下面,扫帚扫扫,铁锹铲铲就行了;有的鸡笼是用砖头砌起来的,只留了一个一尺见方的小门供鸡进出。鸡笼的角角落落常常是扫不到,铲不到,当时情急之下,我们便不由自主地用手一把一把地抓。现在想起来,不禁觉得有些好笑。相比之下,我们更喜欢拾稻穗,在拾稻穗的同时听老师讲故事。拾完稻穗,中队的叔叔还给我们一些西红柿、黄瓜,抱着回家很是神气。

那时,解放军叔叔是我们的偶像。每次的军训我们都是满怀期待。操场上,解放军班长挺拔的站姿,规范的举手投足,都让我们惊叹不止,争相模仿。齐步走,跑步走……我们练得不亦乐乎,那略带地方口音的、似懂非懂的“前不露肘,后不露手”印象特别深刻。中间休息时,围着班长,小心翼翼地摸摸他手中的步枪。偶尔班长让我们抱一抱枪,那激动的心情无以复加。军训期间有时会刮风,操场上尘土飞扬,常常迷住了我们的眼睛,即使这样,我们依然练得非常开心。

那时,一到暑假,大人们都双抢去了,整个大队部静悄悄的,我们就会分成几个小组,在大队部巡逻:查看有没有可疑的人,有没有坏分子破坏,但做得最多的就是看谁家晒得衣服掉在地上了,帮助捡起来。巡逻之后,我们几个人就集中到一家去写作业。那时没有父母的监督和参与,作业完成得也挺好。我们玩起来更是五花八门。糠池里躲猫猫,睡着了半天都不回家;大沟小壑成了交通壕,你追我赶,来回穿梭。吃饭时间一到,各回各家,炒菜、烧饭、烙饼,我们几乎都会做。一排房子就像一个大家庭,你帮我一下,我助你一把。有一次家里有韭菜,不知道怎么做,隔壁哥哥马上过来现场示范,大火烧锅,锅热油热,倒入韭菜,锅铲几下一拨拉,好了! 我还不大相信,尝一口,果然好吃。

我们的班主任孙老师,是一位上海知青,瘦瘦高高的,说话声音轻轻地,似乎有点腼腆。他教学非常认真,要求也很严,对学生也非常好。有一年,他从上海探亲回来,自掏腰包买了一些钢笔和香橡皮。钢笔有玉米形状的,有水瓶形状的,造型都特别可爱。孙老师把学习文具送给我们,鼓励我们好好学习。要知道,那时的工资是很低的。

那时,大队经常组织各种文艺汇演,节目多是唱歌跳舞。有一年,孙老师根据我们两位同学在放学后发现狂风大作主动赶回教室关好门窗一事,自编自导了一出学雷锋做好事的舞台剧。孙老师精心指导,我们认真排练,在教室里还进行了预演,感觉还不错,学校也认为这是一个内容、形式都很好的节目,特别重点推出。我们信心满满地登上了舞台。大大的舞台上,没有课桌板凳,没有雷锋画像,什么布景道具都没有。我们几个小小的人儿,把空空的舞台当成教室,用稚嫩的声音和动作演绎着在与狂风搏斗中,如何战胜恐惧,向雷锋叔叔学习,齐心协力关上窗户的情景。当时的音响不行,我们的声音根本压不住台下的嗡嗡声。事后,妈妈说只看到你们一个拉一个地用劲拽东西,听不到你们在说什么,这让我们很沮丧,老师虽然满眼失落,但还是安慰鼓励着我们说第一次出演舞台剧,不错了。

记忆中最囧的一件事是上图画课。老师当堂布置作业,要求画好后,先给老师看,通过了才能交作业走人。当时画的什么已经记不得了,只记得我是画了擦，擦了画，一张纸都快擦透了，也没有通过。眼看教室里人越来越少，又急又觉着丢脸，平时我的语文、算术都很好，一般都是同学来问我题目，老师表扬得多。现在，唉，没办法，勉勉强强再画一遍，估计老师看我也画不出更好的了，手下留情，放我过关了。就为这，初中的一年暑假，我还找老师补习过美术。无奈，天资愚钝，直到现在给小孙子画个娃娃啊、太阳公公啊，还被他直呼：太丑了，太丑了！

童年的记忆，陪伴着我们走过了半百，依然纯真美好；如今小孙子三岁了，该上幼儿园了，选择性地参观了几家幼儿园，由衷地感叹社会的进步，生活的巨变。回想起我们的那时，唯愿今天的他们开心快乐，健康成长！

（作者系安徽省白湖监狱管理分局民警）

做一个好人

汪丽芳

"妈妈,妈妈,我们今天碰到了一个好人!"

周末的傍晚,儿子进了家门边大声喊叫,边风急火燎地抱来自己的储存罐,将里面的零钱一股脑儿全部倒在桌子上。

"什么情况,说说你眼中的好人?"

"妈,今天我们在小区玩,捡了一条流浪狗,把它送到门口的宠物店让店员姐姐帮我们检查一下。姐姐不仅帮我们给小狗洗澡、扒了狗蜱虫、剪了指甲、给了个笼子、几袋狗粮、穿了身衣服,还给我们讲,自己不是老板,只能帮这么多了,过几天让我们准备成本钱,大约一百元左右,她给小狗打全部的预防针,你说,姐姐这么愿意帮助别人、爱护动物,是不是一个好人呀?"

"当然是好人!那你们打算怎么养,钱怎么出呢?"

"我们八个人一起养,把它放在朱浩宇家的楼道里,这两天准备好一百元,然后带它去打预防针,有几个伙伴出十三元,有几个出十二元,我是出十三元的,现在已经有九元了,还差四元,妈妈,我这两天好好表现,麻烦你和爸爸每天给我的储存罐里塞点钱吧。"

"好,就看你的表现打赏。"

"我爸呢?今天怎么还没有回来,我们晚上吃什么饭呢?"在儿子的絮絮叨叨声中,他爸开门进入家中。

"老爸,我想吃烤肉。"儿子把他爸堵在门口,边说边拉着他爸的胳膊撒娇。

"没有架火,等爸爸哪天休息了再烤吧。"

"不嘛,我想吃嘛!爸爸,我们现在下楼生火架炉子吧。求求你了,我和妈妈给你帮忙,爸爸,我最爱您啦……"只见儿子一边说着甜言蜜语讨喜他爸,一边拉着他爸的胳膊摇晃撒娇,他爸妥协了。

"老爸,注意,炒烤肉可不能放辣子噢!"

“不放辣子没味道,少放点可以吗?”

“不行,我不能吃辣子。”

“你平时不是可以吃一点吗?”

“不放,这回一丁点儿也不要放,记住了,爸爸,是一丁点儿也不能放。”儿子不忘再次叮嘱他爸一遍。

“就听儿子的吧。”我帮腔儿子。

他爸看了看我,又看了看儿子,带着疑惑的目光在我和儿子的脸上来回打转。我便让儿子将收养流浪狗的事告诉了他爸。

等晚饭端上桌,自然有儿子期盼的一大盘炒烤肉。只见儿子在他的饭碗前比平时多准备了一个空碗和一个盛水的碗,而且往自己的碗里放一块肉,就必须往盛水的碗里也放一块,并且将肉在水里来回洗洗涮涮再放在空碗里,没有洗几块肉,碗里的水已变色了,自己顾不得扒拉饭赶紧又换干净水继续洗涮,看儿子如此,我和他爸也加入了他的行列,帮忙给他洗涮肉块让儿子赶紧吃饭,平时吃饭要磨磨蹭蹭的儿子此次居然很快就收拾起了自己的碗筷,起身找来袋子将洗好的肉装起,穿鞋准备出门时邀请了他爸和我也一同前去喂养小狗,他爸便尾随其后去了。

当天色暗下来时,儿子一脸兴奋地回家了,给我观赏用相机记录下小伙伴与小狗玩耍的快乐瞬间。还告诉我,看小狗的脸上左右眼睛处都长有一块与熊猫一样的黑点,长得与熊猫脸极其相似,于是与伙伴们商量后给小狗起名叫“小熊猫”即便是我提醒他该洗洗上床睡觉了,儿子还是嘴里不停地在念叨“小熊猫”,要将图片做成相册发送到网上,让更多的人关爱小动物,并再次提醒我不要忘了给他储蓄罐里投钱的事。

当儿子躺上床准备睡觉时,他告诉我以后的早晨一定要早点叫他起床,他要喂完“小熊猫”早餐后再去上学,要将“小熊猫”抚养长大,要像宠物店的姐姐学习,做一个有责任心、有爱心、有同情心的好人……

当儿子睡着后,我悄悄地给他的储钱罐里塞了四元钱。

(作者系新疆维吾尔自治区第一监狱民警)

等你还钱

静若幽兰

会见室里,叶子每天都能见到形形色色的人,看到哭哭啼啼的泪。时间一长,见惯了,也就不再受其影响。

这一天,等候大厅长条座椅上,林晓明怀揣一颗惶恐不安的心,倍感孤独。五年了,他是第一次来监狱看望爸爸,他有太多的话想对他说。但他知道除了几声问候什么都不能讲,只有这样爸爸才能安心、放心。

三十分钟的会见结束了,林晓明从二楼回到一楼等候大厅,手拿一副眼镜,焦急地东张西望一番,又上了二楼,一会又急步返回。

叶子见了,从执勤岗位走出来问他:"小伙子,有事吗?"

"给我爸买的老花镜,不见警察来取,我担心'会见车'来了,催我们走,给不到他。"急切的语音带着哭腔,毕竟刚满二十岁,还是一张稚嫩的娃娃脸。

"别急,别慌,我来打个电话。"

老花镜交到了警察手里,终于长长呼出一口气,林晓明又坐到最后排的墙边,面向墙壁,背朝大厅,然后将腰身深深地探向地面,把脸深深地埋在双手间。林晓明控制得住哭声,却无法控制双肩剧烈的起伏颤动。

叶子见惯母亲、妻子、女儿的嚎啕大哭,也见过男人、父亲默默的流泪,却很少有哭成这样的男人,哎,他毕竟还只能算是个大男孩。叶子拿起面巾纸走过去。

"怎么了,小伙子?眼镜不是传给你爸爸了吗?"

他抬起头,接过叶子递过的纸巾。

"谢谢!他老了,真的老了。我想给他留点钱用,可我却只剩下回去的路费。"

"你妈妈呢?"叶子坐在他身边轻声问。

"妈妈几年前在爸爸进来时就离婚走了。我收到爸爸的信说要老花镜,可我还没找到工作呢。"

"坚强点,男孩子不轻易流泪。长得这么高大,何愁赚不来养自己和孝敬爸爸的钱呢。"叶子拍拍他的肩继续道:"怨恨父母吗?"

"不知道。但我恨那些往我家送钱的人,我爸是很好的人,没有他们我爸就不会进来。"

"孩子,做人要有原则,要有底线。不能违背道德,更不能触犯法律。否则就要受到惩罚。这些道理说出来谁都懂,可做起来不容易。"

林晓明低下头。许久抬起脸便露出笑容:"警官姐姐,您人真好!"

"叫我阿姨吧,我的儿子和你差不多大。"

"他真幸运。有令他骄傲的父母。"

"父母不能选择,但生活的路你能自己把握,对不对?将来你也可以成为你孩子的骄傲。想过吗?"

林晓明看着叶子温和的目光不好意思地笑了笑。

"我回去就找工作!"他说得很自信。

"好吧,阿姨再成全你的孝心。借你二百元去存到你爸爸的账上。"

"真的吗?我爸爸在服刑,您相信我是好人吗?"

"相信。阿姨也相信你爸爸是一时糊涂犯下错误。记得下次来看爸爸时要还我哦,我叫叶子。"

"记住了,您带的执勤卡上的名字和卡号:叶子,520。"

林晓明拿着钱开心地奔去存钱的窗口。

"会见车"来了,导见警察组织队伍准备带队离开。林晓明突然从队伍中跑出来,跑到执勤岗前,隔着玻璃对着叶子深深地鞠了一躬。他抬起泪眼,泪水瞬间成串滚落。他盯着叶子,没说一句话。然后转身跟着队伍离开。

叶子心中一酸,她望着林晓明远去的身影,想着他稚嫩的脸庞、无助的孤苦和即将要面临的生存的路。

孩子,你一定要好好的,我等你来还那二百元钱。

(作者静若幽兰,原名杨亚香,系广东省英德监狱民警)

我的孤独

虞幸翰

“举杯邀明月,对影成三人。”

“便纵有风情万种,更与何人说?”

每次读到这些诗词,我的多愁善感仿佛在那一瞬间被唤醒,某种“只可意会不可言传”的情感汹涌而来,我想,这就是属于我的孤独吧。

或许,选择了监狱人民警察这一光荣而神圣的职业,注定是要承受孤独的。

一天晚班,因临时有事,下班比平时晚了。宽阔的路上,昏暗的灯光将我的影子拉得很长很长。一阵冷风袭来,让猝不及防的我打了好几个寒颤,我下意识地将毛领微微拉紧把脖子缩进去。

其实,从我所在的监舍门到出口,不算太遥远,但夜寂静得可怕,孤独的我,只得三步并两步地紧走着。

走过了一半的路程,我的影子才恢复了正常长度,可以看清楚蹦跳的模样了,这让自己有点儿忍俊不禁。

我放缓了脚步,撩一撩被风凌乱了的刘海,一抬眼,满天璀璨的星星,便激动地几乎要叫出声来:仰望星空该是件多么幸福的事啊!

直到现在,无论是早班天未亮时进去,还是晚班天黑中出来,只要想起那一晚的星空,嘴角便会不由自主地上扬。

卢梭曾说,人生而孤独。真正的孤独,其实都是源自个人内心。某天深夜,刚要入睡,电话响起,疲倦中接起,对方是久未联系的好友。

“我今天出差到你的城市,忙到现在,终于空下来啦。一看这个点了,怕你已经睡了,但想想还是该给你打个电话问候下,没啥事情,只是怪想念你的。”

暖意袭来,拥抱友情。我的孤独是好的孤独,正如知己,不刻意去想起,却从未缺席。

“故君子慎其独也。”

作为新时代的女性,向往拥有君子的风度。阅读、写作、朗诵、瑜伽几乎陪伴了我所有的闲暇时光。因为我知道,自己在跟自己“对话”的过程中,都有远方好友的祝福与鼓励。也只有成为更好的自己,才对得住好友的支持,才配得上这好的孤独,才敢说不负这成长中的青春!

(作者系浙江省第二女子监狱准民警)

一张珍贵的稿费单

马鸣远

中午吃饭时,同事袁成走过来,高兴地对我说:“恭喜你,有文章发表,这是你的稿费单!”

我把这张崭新的单子攥在手里,生怕它掉了。这是春节前的一次投稿,因为那时候刚到三监区,自己在监区实习很有收获,便写了工作感悟投给了司法部预防犯罪研究所的《幸福的黄丝带》。想着是司法部的单位,写的文章不一定能上,投过去就忘了。哪料到过了两个月,来自司法部预防犯罪研究所的鼓励确实让我兴奋得脸都红了。

回想从警的这一年多,我经历了特警队、内勤、车间带班好几个阶段,刚到三监区工作时,监区长荣军总是让我跟着他到车间转,哪里消防设施没做好,哪里摄像头是死角要注意盯控,哪里是精神病犯的集中管理区。如何做好罪犯的心理谈话,如何在劳动现场做好“不抬头、不讲话、不走动、不放单”,荣军事无巨细,一一给我讲清楚。我作为一个门外汉,像个初中生一样拿着小本子在旁边记着。

对于监狱事业而言,我是一个新兵蛋子。而我的朋友中,还有像袁成一样的监狱子弟,他们很优秀,从不骄傲自满,而是传授我很多管理和带班的经验。我把自己的所见所闻,工作感受都一一整理出来,写成文字保存在电脑上。特警队的锻炼,强健了我的体魄,培养了纪律作风,那就是:要听从指挥中心的安排,做到快速出警,吃苦耐劳。遇到危险就要挺身而出,敢于同罪犯做殊死搏斗,最终完成我们的使命,维护监狱的安全。之后,我分配在三监区,监区长荣军作为一名“80后”党支部书记,对我说:“监管工作从无小事,头两个月要多听多看,从身边小事做起,从身旁的老干部学起”。

三监区是个老弱病残犯较多的监区,在黄州监狱九个监区中属于押犯数量较大的监区,管理难度可想而知。在2017年,三监区完成了一件大事,车间换产,一些罪犯不熟悉工艺流程,三监区干部们自发地加班加点,以便更好地指导罪犯熟悉工艺流程,提高效率。车间接班后就是大声清点人员,准确统计出哪些人在医院,哪些人在搬运货物。晚点名后,他们总是亲自检查监管设施以及各个功能房的闭锁情况,不让特岗人员代劳。出现了老弱病残犯互相争吵的情况后,干部们很少大声叫骂,而是冷静分析情况,晓之以理,动之以情。暴力犯出现斗殴时,干部总是能第一时间冲锋在前,迅速将其制服,有效避免事态的进一步升级,确保监管安全。在所有干部的齐抓共管下,三监区的新项目天天有进步,月月有新高。

在监区的每一天,都是成长的。忘不了夏教一步一步地指导我写狱内侦查和教育总结,忘不了杨益在车间教我做生产线产品质量表格,更忘不了三监区大集体带给我的帮助。

如果说,一天两天是冲动,一月两月是表现,那么一年两年,从不落下,那就是一名警察的职业习惯。不管是身边的老干部,还是各个岗位上的业务能手,这些可敬可亲的警官行走在冬日早晨的大雾中,行走在寒风呼啸的月光下,行走在监狱每个需要检查的地方。很多时候,我们未必能喊出名字,也未必能认出是在哪个监区,但他们就是监狱上空的这一轮太阳,用自己的光和热,映照着这片他们的事业,他们深爱着的天空。

潜移默化中,我慢慢被这些模范党员影响,形成自然而然的习惯。作为一名后来人,我们没有任何理由去小看小瞧监狱的一些监管琐事,更没有任何理由躺在前辈开荒过后的肥沃土地上不去努力,不去播种,不去耕耘。这十几年来,监狱事业发生了翻天覆地的变化,实现了由农场到城市的超越,前辈的努力历尽艰辛,后生们更应锤炼自己戒骄戒躁,扎根基层苦练本领。

如今的监狱系统还有很多监狱世家,更有好几位黄州监狱青年干警告别监狱大家庭,远赴他乡,支援新疆,他们无论身在何地,都散发着“勤朴为本,勇创一流”的气质。他们用勤劳和智慧再造了一个个新的传奇,续写着新一代监狱人的精彩华章。

最近在三监区车间带班,时间忙碌,我已经两个月没有写什么东西了。看到稿费单后,兴奋得脸红,抽空写了这篇文章来纪念这张稿费单,更要感谢《幸福的黄丝带》给我们监狱警察的写作平台。

对于一个喜欢写作,并把写作当做自己的兴趣爱好的人来说,这两个月,我的写作成绩是“0”分。这次的稿费单很珍贵，感谢平时同事们的悉心指导，更要感谢《幸福的黄丝带》编辑们对我们基层民警工作的大力支持。没有《幸福的黄丝带》，我是体会不到文章发表的那种喜悦感的。

我是一名很平凡的管教干部，很明白我的身份，我的职业是监狱警察，工资收入是我养家户口的经济来源，我得把很多的时间花在工作上，写作只是我的业余爱好，它不是我的职业。但有了这张稿费单，我会鼓足干劲，把监狱的好人好事儿和监区的管理经验继续整理成册，争取多发两篇，不为别的，就是有着热爱写作的那种精神在。

自从湖北监狱开展了“5+1+1”改革后，多出的一天教育日是最有收获最有文化底蕴的一天。干警们上午开完会后，肩上的担子就可以暂时卸下。下午就可以收看云课堂，读最新的《法制日报》或者《幸福的黄丝带》，熟悉新下队的服刑人员情况，做到四知道。我也可以把一段时间的收获做个总结，让自己的心静一静，很多时候，工作上的事情忙完了，我都抓紧时间写一点监区工作的新感受。

这一次的稿费是对我的一个小小物质鼓励，其实文章发表，精神鼓励远远大于物质奖励。因为写的东西，至少有人认可，你的劳动成果有人肯定，这是写作的一种动力。

这张珍贵的稿费单必定会催我向前，让我秉承黄州监狱的勤朴精神，在监管岗位上积极进取，争取更大的进步，取得更好的成绩。

（作者系湖北省黄州监狱民警）

有些爱无法填充

石圣华

阳春三月的一个下午，一名基层民警带着一个年轻人来到了我的办公室。

问明来意后，我意识到，年轻人请求事项虽小但事情本身却很复杂。同情心和责任感告诉我，有必要为这个年轻人做些力所能及的引导工作。于是，我请他坐下来，面对面地耐心沟通。

年轻人很坦诚，说他在省城一所大学读大三，由于没能处理好与老师的关系，现面临着两难的选择：要么留级，要么退学。校方通知今天为作出选择的最后期限，他没法自个儿决定，必须听他父亲的意见，可今天又不是会见日，于是他找到了我们。

我问他，怎么不征求母亲的意见？他说父母之间的关系一直很不好，母亲对他几乎不管不问。

"这事你自己是怎么想的呢？"我的问话严肃中带着亲切，似乎不知不觉中进入了一个父亲的角色。

他说，退学或留级，他都不甘心，他认为自己学习上是努力的，只想好好地读完大学。

"问题是眼下必须作出一个选择，而且是二选一，非此即彼啊！"

听我这么说，他低下头来，倏忽又抬起头，嗫嚅道："如果重新参加高考，也许能考上更好的大学……"

那一刻，我注意到，他的眼中流露出坚毅而又略带犹疑的目光。

应该说，我和另一名民警不谋而合，立即帮助他打消了这个念头。因为我们知道，如果退学重考，不仅有风险，而且将要耽误几年的宝贵时间。

更重要的是，从初步交流来看，这孩子目前处境的症结显而易见，关键是要找准根源和破解办法。

沉默了片刻，我接着问他："依你的学习成绩，怎么会处理不好与老师的关系呢？”老实说，作为初次见面之人，我有些担心我的问话过于敏感和尖锐。

没料到，他直言不讳地告诉我们，上高中时他就跟有的老师合不来，他也不知道为什么？“关键是没有人教我该怎么办啊！”他有些激动和茫然地说。

交谈至此，我知道，在有限的时间内，我对他已是爱莫能助了。无奈之下，我匆忙给他提出以下问题，希望他能认真思考：这次渡过选择的纠结，下次会不会面临同样的选择呢？将来到社会工作了，怎么处理好上下级和同事之间的关系呢？

当然，我无法知晓，在今后的人生中，这个有热情却有些懵懂的年轻人会不会把我的问题当做作业来完成。

在得到同意会见的批准后，这孩子朝我深深地鞠了个躬，然后匆匆地走了，而我则长时间地陷入了沉思。

（作者系安徽省九成监狱管理分局民警）

"80 后"的小时候

孔秋阁

"80 后"小时候,没有空调、没有地暖,连暖气片都没见过。一个或圆或方的铁炉子,连接着一根长长的烟筒,父亲用劈好的木块将炉火引燃,放入一块煤球,就温暖了屋内的每个角落。小小的我们,在炉面上烤红薯、烤玉米,烤得小脸通红,一不小心碰到炉内掉出的炭火,烫坏了妈妈熬夜才做好的新棉鞋,在妈妈的嗔骂中欢快地跑开。

"80 后"小时候,没有"小太阳",没有插电就会发热的毛毯。晚上围着火炉叽叽喳喳不愿上床睡觉,在灯下纳鞋底的妈妈便坐到被窝里去,待我们玩累了,被窝已是暖暖的。迷迷糊糊的还不忘提醒妈妈,要把贴身的秋衣秋裤压在两床被子中间,这样早起穿就不凉了。屋外的北风呼呼地刮,睡梦中的我们全然不知第一场夜雪已悄悄来了。

"80 后"小时候,没有羽绒服、没有雪地靴。穿着妈妈用棉花套做的玫瑰花图案的粗布袄和露着棉絮的棉鞋,戴着用旧衣服改做的袖筒,就觉得自己是最美的姑娘,在村头巷尾给同村的孩子显摆。小时候的我们,不攀比,但也知道臭美。

"80 后"小时候,没有"青蛙王子"、没有"皮皮狗"。那个叫"棒棒油"的东西就是最稀罕的物件。趁妈妈不注意,把自己手、脸和脖子都抹得香香的,出门撞见隔壁的阿婆,阿婆指着像小猴子一样跳跑的背影骂道:"你这个死妮儿,又把一根棒棒油偷抹完了是吧!"但我们依然欢快得像寒风中飘飘洒洒的雪花。

"80 后"小时候,不知道火锅是什么,也没有见过边喝饮料边聊天的什么吧什么园。最大的乐趣,便是农闲时跟着爸爸去村头炸爆米花。在一个圆滚滚的锅里倒入一杯玉米,加入一点糖精,盖上盖子呼呼地摇着。我们随着锅子转动的速度兴奋着,又蹦又叫。待一颗颗白花花的爆米花从锅子里跳出来,散发着甜甜的玉米香。我们哇哇乱叫着一拥而上,抢着往嘴里塞,爸爸在旁边呵呵地笑着。

“80后”小时候，没有手机、没有游戏机，更没有王者荣耀。我们抓石子、踢毽子、跳大绳、打雪仗、打陀螺。用小鞭子把陀螺打得溜溜转，我们高兴得直蹦。一下雪，就撒了欢地跑出去，哪里的雪厚雪白就踩哪里，咯吱咯吱的声音，把年唤了来。跑着、叫着，一不小心踩到雪坑里，自己哎哟哎哟地爬起来，拍拍屁股上的雪，不好意思地傻笑着，冻得通红的小脸在雪地的映衬下依然是那么明快。

“80后”小时候，他们围着火炉取暖，围着火炉玩耍，跳动的火苗就是年少的梦想，燃烧、灭下；小时候，把脚伸在妈妈怀里，伴着爸爸的呼噜声入睡，未曾想过，灯下的爸妈会转眼已满头白发；小时候，穿着妈妈做的花棉袄，傻呵呵、疯疯癫癫地长大，直到妈妈眼花再也穿不了针线，才惊觉日子真是残忍啊；小时候，玩着胡乱编制的小玩具，任它雨再大雪再狂，都不敌年少时的笑声回响；小时候，仰着皴皴的脸，迎着风一路倔强一路成长，就像傲雪的寒梅在凛冽中开放。

我们小时候，什么都没有，却什么都不怕，因为那时候，世界的风霜和雨雪，都有爱在里面融化。

（作者系新疆生产建设兵团金墩监狱民警）

我的“七年之痒”

任雪涛

俗话说:“男怕入错行,女怕嫁错郎。”在我看来工作就是男人的第二次婚姻。从相知相恋到步入殿堂,从风花雪月到柴米油盐,从浪漫激情到相濡以沫。

我,一个戒毒所的普通民警,穿上这身警服已经是七个年头了。和同事聊及这个话题,才发现自己已经不知不觉到了这个敏感的时间点——“七年之痒”。

清晰地记得,接到单位通知报到的那一天,那颗年轻的心里揣着满足和自豪,就像穿着崭新的西服,即将迎娶自己的心上人一般。热情、激动、浑身上下有着使不完的劲头,二十六岁的我像脱缰的野马肆意挥洒着青春:给戒毒学员们上课,带他们训练,组织戒毒学员写家书,和他们倾心交流,还要写一份份记录,整理一份份材料……装着“小马达”的我穿梭在戒毒所的每一个角落。这是我的“蜜月期”。

日子一天天过去,上课、训练、交流、记录,我像一个流水生产线,不停重复着昨天的内容。然而真正流水线上的产品都是远销各地,换回的是真金白银,而我的“成果”却是一张张熟悉的面孔再一次回到了我的“生产线”上,一个个不好意思地对着我打招呼:“任警官,我,我又回来了。”

我感到失望、挫败,就像我努力打拼的“婚后生活质量”一天天下滑,滑到我看不见底的深渊之中。这是我的“磨合期”。

枯燥、乏味、意志消沉。我一度感到迷茫,想沉沦在这戒毒所的围墙之下,做一个闷头撞钟的小沙弥。在戒毒所里流传着一句话“戒毒人员坐的是两年期,而民警坐的是‘无期’”,话糙理不糙,一线戒毒民警的压力之大,只有身在其中才能体会。

我机械地重复着三点一线的工作内容,在大队、习艺区、学员食堂间来来回回,看着夕阳落下,日复一日,年复一年。有时我不免在想,我还年轻,是脱掉这身警服去寻找新的开始？还是浑浑噩噩老去退休？这是我的“叛逆期”。

时光在流逝，人也在成长。而立之年，我也真正步入了婚姻。同样也经历了从激情到平淡、从浪漫到生活、从两人到两个家庭，再到成为父亲。家庭的责任、生活的不易让我学会了很多，也明白了很多。再看我的工作，这份“婚姻”也需要我重新来审视和思考。遇到困难，躲避不是办法，只有迎难而上。面对枯燥，迷茫不是方法，唯有重寻激情。这是我的“重组期”。

如今的我，在新的岗位上又开始重新学习，就像当初踏入这个职业，穿上这身警服，重新经营着这份“婚姻”。其实，男人不怕入错行，只怕自己不爱这行，就像两个相爱的人一样，再大的坎也能迈过去。

我的“七年之痒”就这样度过了，没有什么曲折波澜，有的只是更加坚定的步伐，向着远方继续前行！

（作者系四川省眉山强制隔离戒毒所民警）

新警同志，送您“三做”

曹雪山

新警同志：

大家好！欢迎加入我们白茅岭这个大家庭！

作为师兄，在你们身上，我看到了自己过去的影子，更看到了白茅岭的未来。

作为过来人，我看到身边的大部分人通过长期不懈的努力，成长为监管改造工作的行家里手，但也看到了少数曾经的同事日趋消沉被组织所淘汰，甚至极少数还走上了违法违纪的道路。

所以，当看到你们穿上警服踏上岗位的一刹那，总想把自己从警的体会和感悟与你们分享，希望你们能少走弯路，尽快成长！

要做持之以恒的人

一是防止成为现代版的“伤仲永”。王安石曾经讲述过一位叫方仲永的神童，八岁时能作诗句，而由于他的父亲贪图钱财而“不使学”，最终“泯然为众人”。从这次新警的招录情况看，报考人数多、录取分数高，大家的知识水平应当很高。然而，当前处于知识经济的时代，也是深化监狱体制改革的关键时期，如果大家没有学习的紧迫感，靠啃老底子过日子，必然会成为现代的方仲永。

二是防止成为人间版的“叶公好龙”。新警中的很多同志，在没有参加监狱工作之前，有的羡慕一身神圣威严的警服，有的为了追求一份不错又稳定的收入。而对“选择从警就意味着选择艰辛与责任”仍然停留在初级阶段，对安全防范的危险性、监管改造的艰巨性、教育转化的复杂性还没有足够的思想准备，而这都是从警后所必然遇到的，要做好思想准备。

三是防止成为警察版的“墙角花”。冰心有句诗：“墙角的花，你孤芳自赏时，天地变小了。”对于冰心的诗，我的理解便是墙角的花虽然经历过风雨、经历过严寒,也能成长开花,但由于未能融入集体当中,只能独自绽放、孤芳自赏。在新警中,绝大多数是独生子女,是从学生直接到警察的。学生时代的成长进步可以靠个人努力,一个“两耳不闻窗外事,一心只读圣贤书”的同学可能被师长作为品学兼优的典型津津乐道,而监狱管理的成效则需要团队的合力所产生的火花。

要做精益求精的人

一是要注重形象。心理学有个“晕轮现象”,是指在人际交往中,人身上表现出的某一方面的特征,掩盖了其他特征,从而造成人际认知的障碍。这就提醒我们第一印象是至关重要的。新警必须注重自身的形象,既要注重外在形象,从警容礼仪、到岗尽职等方面入手,避免造成负面影响;更要注重内在形象,也就是人格的魅力。比如,有的民警将监区劳务加工的产品悄悄带回家,有的民警批评罪犯“出工不出力”,自己上班却是“吊儿郎当”,这些就会引起罪犯背后的议论。只有严格约束自己,做到“一身正气,一尘不染”,才能使罪犯对你肃然起敬。

二是要严格管理。新警刚刚走上工作岗位时,不少罪犯就从不同的角度来观察了解新警,企图能找到“对付”的好办法,一旦时机成熟,他们会采取各种方式加以试探,如果尝到甜头,便得寸进尺、有恃无恐,全然不把新警放在眼里。在这个“节骨眼”上,千万不要有暴躁情绪或妥协退让情绪,决不能让这种歪风邪气蔓延,应当有“该出手时就出手”的勇气,抓住有利的时机杀一儆百。记得我刚参加工作之初,两名罪犯为琐事在打架,在制止无效的情况下,我果断地使用了警戒具,并当场宣布两名罪犯当月的计分考评给予扣分,从那以后,明显感觉到我说话的分量大大增加了。

三是要保持距离。人与人之间的关系,很像于丹说的“豪猪哲学”那样,一群豪猪在一起过冬,如果距离太远,彼此之间感受不到温暖;而距离太近身上的刺就会伤到对方。民警与罪犯之间的关系也应当有个“度”,距离太近失去了执法者的威严,距离太远则无法倾听到罪犯真实的心声。现实中,有一部分新警动不动就对罪犯大声呵斥,导致罪犯抵触情绪较大,因而根本不能及时掌握罪犯真实思想;还有一部分新警把罪犯当成朋友,不分场合与罪犯嘻嘻哈哈,随意开玩笑,甚至与罪犯之间关系处得比民警之间关系还要近,久而久之,在罪犯心目中没有了执法者的威严。曾有位同志发现一名罪犯与自己家住得很近，一见该犯，便口口声声地叫“老乡”，可想而知他在该犯心中的形象。

四是要展示才华。很多管教的实践说明，罪犯一旦认可你某一方面的能力，就有可能配合你所有的工作。因此，民警应当利用好一切平台将自己的特长展示出来，有一名新警在一次讲师团授课中，旁征博引、声情并茂，讲话的过程中，高潮迭起，引起了罪犯的刮目相看，产生巨大的感召力，这就为他今后顺利开展工作铺平了道路。在我们白茅岭，大到民警工作室、青年讲师团，小到队列会操比武、监区的篮球比赛、文艺晚会，这些既是教育改造罪犯的平台，也是民警施展才华的舞台，只要大家能加强自身素养，利用好这些平台，就能做到既在道理上说服罪犯又能在学识上征服罪犯。

五是要公平公正。干警能公正处事，就能聚人、聚心、聚威，倘若民警办事不公，就会导致离心、消极、涣散、丧威。干警能否公正、平等地对待罪犯，往往会影响到在罪犯心目中的形象、地位。因而干警在执法过程中千万不能被闲言碎语所迷惑、不能被私心杂念所俘虏，不能因罪犯地域的不同、以往改造表现的好坏、是否是特岗犯等而有所偏差，应当一视同仁，具体问题具体对待、处理。几年的监管改造工作我得出一个结论：只要干警能严格按照规章制度办事，对所有的罪犯实行“一个标准”，即使罪犯违反监规纪律受到处理时，他也不会有任何怨言的。

六是要注重细节。“细节决定成败”。在监管改造工作中，罪犯的反改造手段大多较为隐蔽，这就需要干警抱有严谨、细致的态度，争取练就一双能透过现象看本质的“火眼金睛”，去识破罪犯的反改造伎俩。

七是要信守承诺。在实际工作中，最令罪犯气愤的是干警说话不算数。作为干警对自己讲的话一定要承担责任，说了就要算数，信守诺言；对不一定能做到的事情，决不能轻易许诺，千万不能说了不算、定了不办。一旦作出决定，就要一以贯之、狠抓落实，兑现承诺。对罪犯也要坦诚、率直，一是一，二是二，不当面一套，背后一套。此外，新警对做错的事、说错的话，要敢于承认、及时改正，绝不可推诿于众，文过饰非。只有这样，才能做一个值得罪犯信赖的队长，令罪犯心悦诚服。

八是要依靠同志。在监狱管理过程中，在处理罪犯中的“刺头”以及比较棘手的问题时，作为威信普遍不高的新警应该多借助老同志的威信。这就需要新警在日常工作、学习、生活中，放下身段，融入一个充满正能量的集体中，让罪犯感觉到你的背后是一个强大的团队，不敢轻易地“搭积木”。

九是要注重实绩。“欺生”的现象在监狱里很大程度地存在：同样一个指令，老民警与新民警下达的效果往往大相径庭；同样一个指令，对新收罪犯下达的和对服刑了一段时间的罪犯下达的，也会千差万别。因此，新警要牢固树立一种观念：有作为才有地位。只有对自己高标准、严要求，做出一定的成绩以后，才能取得大家的认可。

要做立场坚定的人

一是要守住“安全防范”的底线。监管安全是监狱工作的底线。我们要时刻绷紧监管安全这根弦，从开收封、点名、收发劳动工具、安全最后一公里等基础工作做起，把白茅岭监狱连续二十一年三防安全无事故的历史朝二十二年、二十三年……无限地向前延长。

二是要瞄准“先进典型”的标线。大家刚穿上警服的一刹那都有干一番事业的雄心壮志，但是，在理想与现实发生冲突的时候、在遇到挫折与不公的时候，有的选择了看破红尘，但有的则选择不向命运低头——我们二监区临近退休民警张裕良同志几十年如一日，选择坚守农场、选择坚守监管改造一线；还有三监区挂职干部陈志伟同志用心、用情做好精神病犯的管理教育，积极探索出一套适合精神障碍罪犯的方式方法。他们以自己的实际行动荣获了首届“上海监狱系统十大感动人物”的殊荣。我们要把张裕良、陈志伟等同志当做自己的榜样，三省吾身、三镜自照，每天当做第一天，用心做好每一件。

三是要走正“成长成才”的路线。从警的道路注定不会一帆风顺，关键是如何看、如何想、如何干。就我个人的体会而言，就是要做到多研究一些规律少研究一些技巧、多讲一些制度少讲一些习惯，坚决杜绝潜规则和亚文化，义正词严地对一些陈规陋习和旁门左道说“不”。白茅岭是上海监狱系统制度管人的故乡，养成凡事按制度执行、制度评判的习惯，做到上标准岗、值标准班、做标准事、树标准像，避免选择性执行和习惯性漠视，日积月累、真抓实干、不弄虚作假，积跬步以致千里，必定会迎来硕果累累的那一天。

四是要不触“法律纪律”的红线。从近年来民警违法违纪事件来看，那些看似低级错误的手机带入监内问题屡禁不绝；看似毫无意义的酒驾问题、生活作风问题层出不穷;看似难以置信的警囚界限问题也是接二连三。因此,我们要熟知"八条禁令"和《监狱人民警察的廉洁自律准则》,使其成为自己的负面清单;要深入剖析纪检部门通报违法违纪案例的深层次原因,使其成为自己的反面教材。从入警之初就扎紧预防违法违纪的藩篱,使遵规守纪养成为自身的内在习惯。

马克思曾经感叹:法兰西不缺少有智慧的人但缺少有骨气的人。我想:今天的白茅岭,同样不缺少有智慧的人但缺少能长期坚守的人。也正因如此,在农场无固定期限的你们才显得格外重要。从今天起,你们将成为南岭大地上新的主人,相信这片诞生过"分类改造""十大规范"的大地上,为上海监狱系统输送过许多中流砥柱的热土上,因为有你们的辛勤耕耘一定会焕发出新的生机,而你们的人生也一定会因为加入白茅岭而更加精彩!

你们的师兄:曹雪山。

(作者系上海市白茅岭监狱民警)

刺

胡晓霞

又多了一根刺，虽细小如鱼刺，却真真切切地扎在心里，隐隐作痛。

一

过年与老友们小聚，闲谈甚欢。

问起莲的家人，她忽然沉默了。良久，才拉我到无人处轻声说，最小的妹妹去年年底吸毒被送强戒了。

这个消息太意外，我一时也怔住了。眼前浮现出的是二十三年前那个小小女娃的影子。

那时的她，尚在襁褓，深秋一个霜重的清晨，在街角的垃圾桶边，在一群人的围观里，莲的妈妈抱回了她，她的眸子清亮灵动，一逗就笑。

那一年，我们初三，莲十七岁。

莲很疼爱这个"捡来"的妹妹，放学后也不再跟同学们玩，总是赶着回家照看她。莲说："我爸妈太辛苦了，我得多帮家里做点事。"那时，莲的父母在小县城里摆摊做点小生意养活全家老小七口人。

莲初中毕业后，也在街上摆个卖水果的小摊，天天背着她的小妹妹。

"她幼师读到一半，就跑回来跟狐朋狗友鬼混"，莲苦笑，我也叹息。

"年前打电话，哭得厉害，说想家了。"莲又说："要过一阵才有时间去看她了。"

就在妹妹被送强戒后一个月，莲的父母相继病倒了。莲有些哽咽，担心年近古稀的父亲是否还能撑到那个令全家人操碎心的小妹妹回家。

聊起往事，莲自责，说以前总觉得那孩子被亲生父母遗弃太可怜，全家人都宠着她，什么事都顺着她，结果反倒是害了她。

莲知道我的工作，很仔细地询问关于强制隔离戒毒的政策和教育戒治情况。末了,她揉揉红红的眼眶对我说:“我的女儿今年高三了,她想报考警校,想当警察,像你那样的。”

莲的女儿今年十八岁,只比她那关在强戒所的小姨小五岁。

二

强在县城里买了套二手房,一家四口不再回位于三公里外的老屋居住了。

强的老屋很“霸气”,两栋两层的小楼两兄弟住,中间的一排平房是父母住的主屋。那里,原是父慈子孝;那里,曾经充满欢声笑语。

忽然,有一天,所有的美好似乎都烟消云散。那个帅气、能干得令强仰视的哥哥不知道什么时候染上了毒瘾。

劝过,闹过,苦苦哀求过;父母的老泪,妻女的悲戚,兄弟的情意都抵不过毒品的诱惑。

好好的家散了,痛心的父母在离世时仍不能瞑目。强说:“从此,就当没有这个哥哥!”

强很难过,也很决绝。甚至不许别人在他面前提及他的哥哥。朋友们都知道,那是扎在强心底最深最痛的一根刺,言谈间,总是小心翼翼地刻意回避。

只有一次,要好的朋友们聚会时,强喝高了,絮絮叨叨说些兄弟间的陈年往事,酒里和着泪,再一杯杯干掉。

在这小县城里,再也见不到当初那个一脸帅气充满活力的男子了,偶尔,能在晨曦里或尚浅的夜色中见到那消瘦的身影。

爱人说,有一次,天色未明,在一条小巷见到过他,他向爱人要了二十元钱说是吃早饭。这事,我没敢跟强提起,怕他翻脸,更怕他伤心。

可我每每想起,心里却不好受。依然清楚地记得,多年前的一个午后,那个热心地给我们买瓜子、拿水果、讲笑话的大哥哥。

三

自从吸毒以后,春好多年都不再与同学们联系了。

春,是家里的独子,生他的时候父母都已年过四旬,老来得子的父母宠溺他胜如珠宝。

一起读书时,春便“拽”得令人避之不及,好不容易熬到初中毕业,他便游手好闲混迹"江湖",也是从那时候起,他开始沉浮于"毒海"。

当他被打捞出"毒海"接受教育戒治时,他的管教民警恰是初中时的一名老同学。

这个老同学说:"心里真是难受!"面对这个曾经的同学如今的被戒治对象,他怒其不争,又怜其老迈的父母,五味杂陈。

最近一次见他,是在同学会上,华灯初上时,他才匆匆从邻近的城市回到小县城。他说:"原本是不来的,但听说你们来了,我就来看看。"他口中的"你们",是那个当过他管教民警的同学和我。

两杯酒后,他准备告别,有同学隐晦地问:"你还碰那个没有?"

他犹豫片刻,望望我们这两个做强戒民警的老同学,说:"没有了,现在待在家里照顾老父母。"

望着夜色里他远去的背影,有叹息,有鄙夷,也有怜悯。

而我心里,却在隐隐作痛,我知道又是那些刺在作祟,虽细小如鱼刺般,却真真切切地扎在心里,时时提醒着自己作为一名强戒工作民警的责任与使命。

(作者系四川省眉山强制隔离戒毒所民警)

父亲篇

多想再带父亲洗次澡

骆　俊

那天一早,我就出发赶往老家安徽省阜阳。

一路上不停揣测:一年多未见,八十六岁的父亲会是什么样?

父亲是安徽省白湖监狱管理分局的前身原白湖农场七大队的老干部,20世纪50年代是“流动”监狱——华东区治淮劳改总队治淮大军中的一员,从事艰苦的兴修水利和改造反革命犯罪分子工作,20世纪90年代初退休后便回老家居住。

父亲的状况平时通过电话了解了一些。几年来,每与父亲见一回,便感觉陌生一回,内心不禁感叹一回、歉疚一回,告诫自己要常回家看看,多在家陪陪。

进家门,眼前的父亲还是让我大吃一惊:面颊黢黑,目光呆滞,整个人佝偻着腰坐在轮椅上,显得小而又小。嫂子用手指着我,大声告诉他,“俊子”回来啦。一连喊了多声,他才稍稍有了些许反应,点了点头。

望着衰老的他,心酸得想落泪:难道这就是我的父亲,就是那个手握放线盘放风筝高飞的父亲,那个以往每次回家过完年非要送我到车站,那个一年前还要喝酒和我们一起打牌的父亲?

下午时间,父亲一直在阳台上就着取暖器,坐在靠椅上闭着眼打瞌睡,间或由于不舒服哼唧两声。或许是我的归来,父亲晚饭比平时吃得略多一些,也顺利一些。

第二天,早上一觉醒来,已是八点多。起床后看到父亲已坐在客厅椅子上。父亲早上很难叫起,每天要喊很多遍,一般都是在十点半左右才起床。或许是记得今天要去洗澡,所以喊起床、穿衣比较顺利。

去澡堂子洗澡,是父亲非常乐意的事情。不巧,因单位临时有事,平时照料他洗澡的哥哥加班去了。

望着父亲失落的眼神、嫂子为难的样子,我决定带他去洗澡。

“你行吗？”嫂子问。

“哪有什么不行的！？”

嘴上这么说，心里还是没有底。毕竟独自带父亲去洗澡，只去过一次，那还是几年前，他的身体状况比现在好得多，能独自行走。

嫂子将父亲的保温杯、换洗衣服和洗澡用具装入一个袋子，拎着先下楼取轮椅。我搀着父亲出门，他扶着楼梯扶手慢慢往下挪动。父亲每迈一步前都是用手先牢牢抓紧扶手，然后再移动脚，十分小心。二楼到一楼不多的一二十个台阶，足足下了二十多分钟，很是费力。一坐上轮椅，父亲便向后一仰，背用力靠在轮椅上，随后长长舒了口气，显得很疲惫。

澡堂距离不远，不一会就到了。门口有台阶，不能直接推入。只好扶着父亲站起来，搀着他的一只手，让他用另一只手扶着墙，慢慢往里一步一步挪。

一进里边，便有人和父亲打招呼。问怎么换人了，问我是父亲什么人……一边一一回答，一边扶着父亲找位置。

管事的很客气，给腾了个进出方便的位置后，赶紧过来帮忙搀扶。闲聊中知道，打招呼的老人比父亲大三岁，与父亲是老相识，两家住所相距不远。他是澡堂的常客，经常一人来泡澡，怕给子女添麻烦，从不要人陪同。前几年，父亲行动自如时，两人在澡堂见面较多，交流不少。他对我的情况也了解甚详，知道我是“公家人”。想是在父亲眼里，对远在外地的儿子还是经常挂念，引以为豪的。

澡堂不大，上下两层。一楼大约有二十来个床位，正对门处放着一张桌子和茶具，左手通往澡池的地方用帘子挡着。可能是时间尚早，来洗澡的人不多，除几张床上放着衣服和躺着人外，其余都是空的。待父亲稍事休息后，便开始给他脱衣服。同时，也学兄长的样子，叫管事的泡两杯茶水，一杯给自己，一杯请管事的。管事的很高兴，连连表示感谢。他比较健谈，跟我说了不少父亲以前来洗澡的事，说哥哥经常带父亲来洗澡，如何细心、周到……

衣服脱好后，扶着父亲往澡池去，管事的也过来帮着搀扶着，一步一步，慢慢移动。进了澡池，父亲半躺着，两只手用力按着池边，稍不注意，身子就会漂浮起来。怕父亲着凉，我不停地用毛巾浸满水自上而下在父亲身上反复擦拭。过了一会儿，感觉差不多了，便招呼已在旁边候着的师傅给父亲搓背。

师傅告诉我，每次父亲来都是他给搓的澡，老爷子年龄大了，身上有不少地方都浮肿,搓起来要特别注意,别的人嫌麻烦不愿接这个活。搓好澡,让父亲在池子里再泡上一时,擦拭点热水,暖暖身。然后,在师傅的帮助下扶父亲来到喷淋头下,让他抓紧栏杆,开始给他清洗头部,往身上打肥皂,做最后收尾。一切处理完毕,扶着父亲出来,管事的少不了又来帮忙,还是如先前一样耐心。在床榻处将父亲身上擦拭干净后,再穿上些衣服,让他躺下休息。许是累了,父亲很快便睡着了,轻轻地打着小酣,均匀而有力,睡得很安适。管事的怕他冻着,给找了床厚毯子盖上。望着父亲舒展的双眉,平静中略带笑意的脸,我不禁长长舒了口气。

父亲一觉醒来,我给他穿好衣服,搀扶着坐上轮椅推车回家。进了屋,在嫂子的夸赞声中,我把整个洗澡过程细细描述了一遍,对澡堂好心人的帮助也不吝表扬了一番。自以为整个过程比较顺利,私下里感到特别满意。后来经哥哥提醒才知道,漏了掏耳朵和修脚两项老爷子最享受的项目,还有要待老爷子睡醒后再进堂子里泡一泡暖暖身,穿衣前抹点药膏。对此,很是惭愧,充满自责,没想到这也成了我终身的遗憾。一个月后父亲走了,洗澡的经历竟定格成了我对父亲最后的记忆。

回顾父亲的一生,简单而平凡,做事时爱抽个烟,一天两顿小闲酒。虽不善表达、不理家务,但对子女如同天下所有慈父一般。由于工作原因,和父亲在一起的时间短而少,尤其是在父亲晚年,也未能多一点时间陪伴和尽孝,把责任义务都扔给了兄妹们,细细想来,唯有无尽的愧疚和无奈。

如果有假如,父亲,我想再带您去洗一次澡!

(作者系安徽省马鞍山监狱民警)

爸爸留给我一支笔

夏敬红

爸爸是和文字连在一起的，有爸爸在，就有温暖和幸福。有文字在，就有爸爸的身影和味道。

因为爸爸的潜移默化，我很早就爱上书本。爱上读书的我，更得父母的偏爱。

爸爸生前是《湖北新生报》特约通讯员，一支不离身的笔、一个笔记本、一辆破旧的自行车和沙洋农场广袤的土地，就是他写作的全部，时光是他的笔迹，日子是他温暖人心的文字。

爸爸很早当上办公室主任，虽然很忙，但只要有空就会关注我的学习。《少年文艺》《儿童文学》这些奢侈品，爸爸年年用稿费给我订阅。偶尔空闲下来，他会讲匡衡凿壁偷光、车胤囊萤夜读、苏东坡"立志读尽人间书"……

我写作文时，爸爸很上心，总先要问我的构思。待我开始动笔，爸爸才拿起那又厚又单调的书，慢慢地品读。作文写好了，我看到爸爸舒展的皱纹和温暖的微笑。

1988 年，我收到家所在的三农场第一张女大学生录取通知书，爸爸坚持摆了两桌酒席，一桌坐家里人，一桌坐我的老师，爸爸说平时照顾我少了，多亏老师们管教。

大学生活开始了，我忙得一团糟，被子不会拆洗，衣服洗不干净，穿衣打扮也搭配不好。周末爸爸来了，"敬红，不怕！有爸呢！"他把被套取下来，将衣服浸在水中，教我洗和抖的方法，走时变戏法般取出一套新衣服和一双新皮鞋给我。望着穿旧衣旧鞋消失在街角的爸爸，我泪眼模糊。

爸爸来校很少，但每当我遇到困难，爸爸的信便如约而至，教我方法，讲明道理，让快乐生活的种子在我心中生根发芽。

大学毕业那年，很多人"缠"在教委千方百计想留在城里工作，但爸爸却支持我选择到偏远的马良农场学校教书。

马良夏天炙烤难耐，蚊虫叮咬……正当我焦躁不安时，爸爸突然出现在面前，送来了蒲扇、皮炎平、蚊香，还用丰富多彩的经历告诉我，人生并不在于舞台的大小，而在于我是否演好了自己的角色。

在校久了，学生变得懂事了，场里人对我也非常尊重，常给我送菜、送米、送水果，这家送一把，那家送一碗。

马良是个贫困农场，我放寒假回家，乡亲送来了鸡、蛋、鱼，爸爸说这片心意我们领了，但坚持要我给他们一些钱。

爸爸对我们的影响是无声的。健壮的爸爸，原本只是一个“乡下娃”，共产党让他读了书，新中国给了他上革命大学的机会，十九岁就到沙洋三农场工作，他的专业知识和写作功底更多是在实践中磨炼和业余自学中积累的。

我生活顺心了，爸爸却因车祸离开了我们。无数认识或不认识的人自发到医院、火葬场、墓地送他，像失去亲人一样悲恸。

苏阿姨帮我家做了三天三夜的饭，泪流干了，声音哭哑了，一直到爸爸下葬，还迟迟不肯离去，她说是夏主任救济了她们一家，让孩子们读书成人。三农场周边群众把爸爸围了一圈又一圈，“是夏主任帮我们种好了田！”

爸爸用他的笔写满群众的喜怒哀乐。我们打开爸爸的遗物，在整齐的笔记本旁，叠放着刊有爸爸文章的《湖北新生报》，最上面一张有爸爸的诗作《毛主席送我一支笔》；在厚厚的日记堆里，日子从爸爸工作写到出事的那天，最后一篇写道：今晚风刮得特大，天气极寒，不知道湖边的张爷房屋是否会垮塌，我想去看看，把老人转移……

不曾想，这一去，爸爸再没有回来，醉酒的农工开车撞到走在路边的爸爸。

爸爸倒在了他常走的路上，倒在他热爱的土地上，鲜血溅落在地上，滴落在1992年底的日历上。

我们把《湖北新生报》记者专程送来的被面盖在爸爸的骨灰盒上，远远看去像一团火。

遗物中还有刊登我文章的《中学生》杂志，上面放着一支钢笔。难为爸爸这么细心，在他的心灵深处，是我们的成长和永远不想放下的笔。

四十个春秋流转，一个生命却依旧鲜活，一支钢笔依旧疾书，依旧在沙洋的田野上被春雨擦亮。

爸爸为了农场和五个儿女放弃了很多上调的机会，他把沙洋精神和农场经验留给我，留给绿水青山和这片蓝色的天空。

现在农场更名监狱，记忆中的单调色彩，变身彩色的油画。新建的高楼取代了原来的平房，爸爸爱走的土路变成了宽阔的柏油马路，爸爸倒下的那段路盖上了厚厚的水泥，却掩盖不了我们对爸爸的思念。

我和老公都是监狱人民警察，也如父辈敬业。忙完工作以后，在深夜，在灯下，在人们的鼾声中，同爸爸一样，用笔为奔忙在这片土地上的人留下深深的印迹。

爸爸兄弟三人，他排行老大，每年都给老家寄钱。直到爸爸离世，家里也一直是亲属、朋友的落脚点。

爸爸走后，家味就淡了。一到春节，我翻开以前的合影，看到父母中间变幻着高度的我，心里空落落的。但在微信中一看到我见报的文章，姊妹们就又回到那满满幸福的时光，就连老人都说，夏主任回来了，他的小女儿提笔就像当年的小夏。

最开心的是，老公也是省局优秀通讯员，恍若爸爸的影子，女儿也爱上了写作。

二十五年后的今天，我到爸爸的墓地，那里有许多像他一样鲜活的生命睡在了红花绿草之中。一个个拓荒者的名字，一段段憾心的故事，镌刻在一座座墓碑上，明亮如灯，催人奋进。

（作者系湖北省沙洋平湖监狱民警）

我的父亲是铁匠

杨会娟

父亲年轻的时候，为了生计去山西学了打铁的手艺，然后在农忙之时打些农具，去集市上卖些钱补贴家用，缓解一下一大家子人捉襟见肘的生活困难。

父亲年轻时，浓眉大眼，英气逼人，和今天一对比，常让人恍惚间以为是两人。那时农忙，家里人口又多，父亲虽然有庄稼汉的壮实，黝黑的脸上被岁月刻得沟沟壑壑，一脸沧桑。父亲为人耿直，说话爱起高腔，让我们觉着害怕，时常心惊肉跳的。

父亲的性格注定他交的多是铁哥们儿，那时，他的这些老伙计帮衬过我家很多，有钱出钱，有力出力。

为了打铁的营生，我家在院里专门盖了一个简易的铺子，一面临厢房，一面临院墙，一面用砖垒了柱子，上面是瓦房，就这样四处透风，砌了个大煤炉，配上风箱，便开了张。逢下雨农闲，邻居便站在炉旁，和忙活的父亲拉着家常。

打铁时，父亲常常挂个白色的溅烧了很多小洞洞的厚围腰，然后把整块铁放在火里，不停地使劲拉起风箱，待铁块烧得通红，快速取出，喝声"让开！"邻居忙四下散开，他把铁块放在砧板上，母亲忙向前，举起锤子，父亲一手拿钳子夹着，一手也拿着锤子，和着母亲的节奏，开始叮咣叮咣地如奏乐般敲打着，待加工塑形得差不多了，随手一甩，扔进旁边的水盆里，噗噗一声，淬火降温。

打铁的材料是从远处买的优质铁块，烧的煤炭是从焦村拉的好炭，再加上用心加工，做成农具、铁钳和棺材上的材钉。逢白事时，有人专门等着来取急用，常常是连忙打制，误不得的。其他农具虽然卖相一般，粗糙一点，但因为用料好，常常被懂行识货的人买走，生意尚可。我仗义的哥哥那时还偷偷拿过铁钳，送给他要好的同学。父亲知道了也不怪罪，只言要告诉大人一声。

过惯了穷日子，吃过苦的铁匠父亲从不讲究吃穿，用他乐观的话说，保持庄稼人的本色。有时他乐观地说自己穿得破旧，出门坐火车遭别人嫌弃，离得远远的，让自己身边很宽敞，可让我听着很心酸。

后来日子好了，父亲去别人家串门，还穿一破了洞的白汗衫，气得母亲把它撕了，没了念想才作罢。

父亲不惑之年才有了我的弟弟，带出门去，面相老成的他被人问起，是儿是孙？他绽放一脸菊花笑，嘻嘻答：本是小儿哩。

现在的父亲因为脑梗已行动不便，也没了年轻时的精气神，但还是喜欢听听戏、看看书、慢慢地踱着步。正如看山的人们心里总是守着他们的山，看着他们的天。

感谢铁匠父亲，是他给了我们这些儿女钢铁般的品质和意志，让我们在纷繁生活中保持着自己的底色，拥有和他一样的善良倔强，来面对匆匆忙忙……

（作者系河南省豫西监狱民警）

填 志 愿

吴 坤

2018 年江苏省高考作文：花解语，鸟自鸣。生活中处处有语言，不同的语言打开不同的世界，比如雕塑、基因等都是语言，还有有声的、无声的语言。语言丰富生活，演绎生命，传承文化。请以此为话题写一篇不少于 800 字的文章，题目自拟，体裁不限，诗歌除外。

我以二十年前的情境和心境尝试而作，试图重回那个激情燃烧的岁月。

昏暗的灯火下，我低着头，一粒一粒地挑着米粒往嘴里送。不时，我偷偷地抬下头瞥下面无表情的父亲，不远处的书包里静静地躺着数学二模的卷子。

一百零九分，这分数在全班既不算好也不算太差，但是对于数学成绩一向出众并且还是复读的我来说，就有失水准了。

“这次数学考得怎么样了？”沉默良久的父亲终于发话了。

“一百……零九分。”我小心翼翼地回答着。虽然从问话中感受不到任何情感，但我仍然紧紧盯着父亲那张紧绷着的脸。

还是没有一丝表情！父亲那张熟悉的脸庞就像一潭死水一样波澜不惊。我有些失望地低下了头，默默地刨起碗里的饭。成绩掉下来了，父亲还是这样……

曾几何时，父亲会因为我获得全镇奥数比赛一等奖而逢人就炫，也会因为我生病没能考上理想大学而白了头，父子俩一起高兴一起伤心，可是现在的父亲……脸上麻木的表情，没有丝毫的感情，儿子的成败仿佛跟他没有关系一样。

自我上高中以后，父亲变得越发沉默寡言：同学们所说的进步的奖励、成功的庆祝，我都不曾感受过；同学们所说的父母对成绩下降的怒火、严厉的呵责，到了父亲这里连一个简单的表情也换不到。想到这里，我不禁黯然神伤。

又是一阵沉默，只剩下我咀嚼下咽的声音在父亲手指尖袅袅升起的香烟中忽明忽暗。

忽然,父亲起了身:“你想吃些什么?我明天去买。”

没头没尾的一句话让我有些惊讶,我木然地回答了一声“哦”之后,又是一阵可怕的沉默。

我有些惘然,刚复读时立下的“非华东政法学院不考”的誓言,在刺目的数学成绩、每次模考每况愈下的现实面前变得越发缥缈。看着洗碗池前默默洗碗的父亲,我忽然有种想哭的冲动,眼泪在眼眶中打转。也许这就是父亲关心人的方式!虽然很简单,也很容易伤人,但这也许就是我所拥有的独有的父爱吧!我忽然觉得父亲的表情不再木讷,赶紧上前与父亲并肩站在一起,帮他洗碗。

父亲忽然笑了,笑得像铁树开花一样灿烂。

夜深人静,我躺在床上依旧回想着父亲在我睡觉前说的一番话,这是他近几年来话说的最长的一句话:“二子,我也不知道你填啥志愿为好,你问问老师吧。这次,你无论考上个啥学校就去读吧,别像去年那样犟了。实在不想读,就回家跟我养鱼。只要肯吃苦,总有饭吃。”

(作者系江苏省司法警官高等职业学校老师)

又逢高考时

张冬梅

又是一个让学子们竞技拼搏的六月。

看到行色匆匆的学子和东奔西忙的家长,我不禁回想起自己当年高考时的情景,在一遍遍的回忆中,细细咀嚼着父爱的伟大和厚重。

我的父母是地道的农民。他们经历了没有知识的痛苦,把心思和希望都寄托在了我的身上。他们平日里省吃俭用,努力给我创造优越的生活条件,把我送到家乡最好的中学读书。

高考前,正值农村的麦收农忙时节,但为了能照顾我的生活,父亲竟置家中的农活于不顾,来到县城,在我们学校附近找了家旅馆,一住就是十几天。

临近高考,父亲更是格外忙碌,到处为我买最新的复习资料,买各种各样的营养品。

考试前的晚上,过度紧张的我,翻来覆去睡不着,父亲不时来到我的床前,一会儿为我打开风扇,一会儿又给我擦拭额头。可我却越急越是睡不着,父亲便把我叫起来,给我端了一杯牛奶,告诉我牛奶里有一片“安定”,能帮助我入睡。

第二天,我精力充沛、满怀信心地走进考场时,暗暗佩服父亲考虑问题周到,能预先想到我的紧张失眠而准备好安眠药。那年,我的高考成绩非常理想,如愿考上了大学。

我上学离家那天,平时不沾酒的父亲破例喝了几盅,带着微微的醉意,父亲给我揭开了那天晚上的“安眠之谜”:他在牛奶中什么都没有放!

我顿悟了。真不知在我翻来覆去的半个小时里,父亲是如何的焦虑、着急!更不知他是怎样的苦苦思索,才编出了那个“谎言”!父亲还说,在成绩出来之前,他不敢把这个秘密告诉我,万一我还有第二次的高考的话,这个办法他还要继续使用。

从那以后，面对人生的考验时，我总会给自己冲上一杯热奶。

透过晶莹的奶杯，我总能感受到父亲凝望我的眼神，立刻全身就充满了激情和力量。

我深深地怀念二十年前高考前夜父亲的那杯“牛奶”，那凝聚着父亲对我浓浓的爱！

（作者系山东省戒毒管理局民警）

父亲的酒

向　超

儿时的记忆略显模糊，但父亲的酒量在我心中一直是个神话般的存在，真正看到过父亲喝醉酒的次数并不多。

自从大姐、二姐陆续离开家，去往南方城市各自打拼，留在家里读书的我并未能料想家中几年后的变故。

高中毕业的我听从家里安排去当兵，退伍后的我有幸在部队考上了地方公务员，需去警校定向委培读书两年。可就在这两年期间，家里人向我隐瞒了母亲的癌症晚期病情，差一点连母亲最后一面都没看到。

在家人善意的谎言面前我未做过多心灵挣扎，只是最大的难过与不舍是对母亲面对病痛折磨的爱怜和我也即将远离故土去奔前程而独留父亲一人在家过活。一个曾经周坊邻居莫名羡慕的家庭，就这样各奔东西，留给他们的只剩一声叹息。

细心的二姐提醒，过年回家时发现父亲近来酒量不似以前，喝几杯就呈现醉态，坐在沙发上一会儿就呼噜声起。

过了几年，正值白天，父亲电话打过来，问我生活工作琐事，但通过父亲舌头尖冒出的话语明显能闻到电话那头的酒气。父亲也不辩解，直截了当地说了句，我喝醉了。

母亲已经走了六年，我明显感觉到，父亲在这六年里，酒量大不如从前，但酒局却多了起来，大部分时间都是父亲自己在家做好一桌子菜，叫上三五朋友“小酌一口”。

父亲是个性格极为内敛的人，一心只知道埋头苦干的人，一个极不善于情感表达的人，一个双手长满老茧撑起了我们一大家子的人，一个爱酒但不嗜酒的人。这几年，给人的感觉却是嗜酒，尽管喝高了从不借酒装疯。

父亲，在远隔千山万水这边，您的儿子能够读懂您贪恋的那壶老酒：在旁人看来，您是有福之人，有个和睦的大家庭，老实本分的一家人曾几何时是您自感身上最为朴实无华的光晕。羡煞旁人的同时您也着实感受着这一点点“虚荣”。只是近几年光景，您发自内心的憨厚笑容少了，不孝儿女对您的关心也少了，而您为了固执地留住时间，为了在每次难得的见面时不显苍老而注重染发剂的质量与数量却多了；您为了让我们放心工作，不要过多惦记您而“招待”朋友的酒局却显得多了、您每次为了排遣内心深处的苦闷、落寞与寂寥喝醉酒的次数却多了。这各自“多”了的背后，其实是您对儿女的思念、牵挂随着深藏在染发剂背后的银发日益增多后，内心一种人的自然属性的体现与感知而已。

今年的三月回家看您老人家时，同样缺乏表达的我只是给您看了自己写的一篇关于《家风》的文章，字里行间都透着“阿谀奉承”您的别扭，您摘下老花镜的片刻，我能够从您那磨盘般的脸颊上读懂一丝欣慰。

每次电话里对您的嘘寒问暖总显得那么刻意生分，每次回家的短聚自己也总是显得那么的不羁，唯独您那“莲子心中苦，梨儿腹内酸”地挥手作别是那么刻骨铭心。

（作者系四川省甘孜监狱民警）

村官父亲

王晓健

瑟瑟的秋风带着绵绵的秋雨如期而至，深秋的大地一片萧杀。八年前的这个季节父亲离我而去，作为父亲最亲最疼的幺儿，我却连声道别的话语和远行的祝福都没能给父亲。夜深人静时思及此，往往辗转不能入睡，这一切皆因我心深处对父亲那份复杂的情感。

父亲出身于一个贫苦农民家庭，在兄妹四个中是老大，奶奶生最小的叔叔时得产后风去世，作为长子的父亲便义无反顾地帮助爷爷挑起了家庭的重担。从此在父亲八十二年的人生历程中，他总是用坚持不懈的拼搏、奋斗，努力地改变着家庭的命运。

父亲在土地革命时期就加入了中国共产党，后来一直在村里当干部。小时候，父亲留给我最深的印象就是忙：白天走东村访西村忙于协调解决各生产队在生产和生活中存在的问题，徒步去公社参加各种工作会（因为穷买不起自行车，一直到老，父亲去哪里都还是步行），晚上有时在大队部开支委会，有时到各生产队开群众大会，有时忙于调解邻里间的矛盾。夜里往往是在我们熟睡后父亲才拖着疲惫的身体回到家里，而次日凌晨父亲就会早早地起床帮助母亲料理家务，待我们起床时小小的农家院子已是一片洁净。

在我所有的记忆中，从没看见父亲睡过懒觉。在乡亲们心里，父亲还是农活的行家里手，除草积肥收割样样不落在别人后头，而父亲这些习惯也一直陪他到老。父亲似乎就是一个从不知疲倦的陀螺，永远都在不停地转着。

父亲从年轻时就参加村里的管理工作，为集体的事呕心沥血，兢兢业业干了一辈子，但他从没有利用自己的职务之便为家里谋一点福利。在那缺吃少穿的岁月，作为大队支书，父亲掌管着全村老少的口粮和集体财产，可每次分配粮食时父亲总会严格按工分分配，自己家也从不例外。由于孩子大多都在上学，能挣工分的劳力自然就少。不管母亲如何计划，每年的口粮都不够吃，父亲宁肯去亲友家转借也从没打过集体粮食的主意。相反,对于村里的一些困难户,他总是想方设法照顾他们,为了给他们多争取些粮食,父亲常常一遍又一遍地去公社找领导说好话,以博得他们的同情和支持,有时甚至还从自己本就不宽裕的口粮中挤出一些去接济那些孤寡老人。

父亲虽然很忙很累,但他非常爱自己的孩子们。记忆中印象最深的就是父亲在闲暇时间总是把年幼的我扛在肩上,在傍晚的村庄里走东家串西家。至今仍清楚地记得瘦小的我赤身在大队供销社泥巴柜台上爬来爬去的场景,偶尔还会把尿撒在上面,看着童年的我在别人的逗玩下乐得“咯咯”笑时,父亲那饱经沧桑的脸也笑成了一朵花,此情此景在几十年后的今天每每想起时心里仍备感温馨。一年四季无论地里农活有多少,无论家务活有多忙,父亲从不让我们兄妹几个去帮忙干,别的同龄孩子像小大人似的帮家里干活时,父亲却让我们姊妹几个该玩耍的玩耍,该学习的学习,长大后的我知道他是在用他那宽阔的肩膀,和母亲一起默默地为孩子们撑起一片天,尽自己的最大所能让孩子们快乐成长。

父亲与母亲一生互敬互爱,记忆中父母很少拌嘴,父亲总是时时处处让着母亲,在二人关系里更像一个“大哥”。母亲因重病于七十岁上突然去世,对已七十五岁高龄的父亲打击沉重,一夜之间沉默寡言的父亲似乎苍老了许多,在人前他安慰我们这几个悲痛欲绝的子女,没人时父亲却老泪纵横,为母亲跟他辛劳一生却从未曾享福,为母亲突然离去而撇下年迈的自己……此后,父亲便再也没离开过老宅,即使出去也从不在外过夜,据村里人讲,父亲每天都会带着一把铁锹去母亲坟头转转,拔拔杂草、培培土,默默地在坟前陪陪母亲。许多次回家时都会撞见父亲在母亲的遗像前黯然神伤、涕泪横流,让我们做儿女的看得也是肝肠寸断、心如刀割,为早逝的母亲,也为重情伤悲的父亲。

身为村官的父亲,一生从没有脱离农业劳动,本质上就是一个地道的农民,晚年从村干部位置上退下来后仍然坚持干农活,七十多岁高龄时收麦除草速度依然不减当年,连年轻气盛的我都追赶不上。一生吃苦受累的父亲练就了一副好身体,直到将近八旬时中风,再不能干农活时他仍然坚持自己料理自己的生活,为的是不轻易给子女添麻烦,多少次姐姐们和我想把他接到城里居住,但父亲一概推辞,一个人守着他辛苦经营一生的老宅直到与世长辞。

父亲一生扎根农村,为集体为家庭默默奉献了毕生精力。父亲的一生极为平凡,没有干出惊天动地的事业,也没有留下什么豪言壮语,更多时候他寡言少语,努力克制着自己的情感,习惯用行动来表达自己对集体对家庭对子女的热爱。

父亲的晚年,有几次回家探望他,他反复交代:我死后就把我拉去烧了,千万不要违反政策搞土葬。不要葬礼,不要通知亲朋好友,悄悄地把我埋了就中。

这就是我的父亲,一个普通的共产党员,一个朴素的农民,一个基层村干部,到死他心里想的还是别人!

我爱父亲,愿父亲在天堂一切安好!

(作者系河南省南阳市监狱医院民警)

才艺父亲

衡　缨

父亲离开我们已经十一年了。

整理父亲的遗物时，四本厚重的剪贴本让我陷入了无限的怀想：剪贴本收录了父亲各个时期在报纸杂志上发表的文章作品，从1963年3月发表于《汉中日报》上的第一篇文章开始，到2007年5月他人生的最后日子里所发表的截止，数量竟有一千余篇！这些题材各样、内容纷呈的作品述说着他叩问文学艺术殿堂艰难跋涉的一生，见证了他执著梦想而奋进的心路历程。

父亲是20世纪50年代西安美术专科学校（现在的西安美术学院）的毕业生，与书画大家茹桂、王西京是同学。当时因操心奶奶一人在家而申请分配到县文化馆搞美术工作，由于酷爱电影摄影专业，一心想投考北京电影学院摄影系深造，领导不允，但抑制不住年少追梦的热望，在"要考就退职"的答复中，毅然决然退职应考，来了一场他那个年代的说走就走。

然而，父亲虽在北京考区专业成绩突出，却因地主成分出身"挡道"，被拒之在北京电影学院的艺术大门之外了。"争气铜、争气铁、争气钢，我为争气写文章为生照相"是父亲坎坷营生路的写照。上学上班两头空的父亲有绘画、摄影技能，他拿上相机走街串巷，为十里八乡大人小孩、男男女女拍下了那个岁月里最珍贵的照片，至今四邻很多家屋里的旧照片还都是父亲为其拍照留存的见证。

后来，父亲开了一家照相馆作为营生的大本营。这个照相馆被区上收并作为区里的群众文化宣传基地后，父亲就用画笔在全地区应邀写大幅标语、画大幅毛主席像（在当时的汉中地区，敢拿起画笔为主席画像的只有两人，父亲便是其中之一），为宣传队编舞、写台本、窜角儿，过年过节画年画、写春联，代写文书、画广告画，十八般武艺样样操练，那架势可谓轰轰烈烈、热闹非凡，俨然一个杂家。

那时，我们一家八口，热气腾腾地过着清贫而富有的生活。父亲用辛苦挣来的钱为家里陆续添置了在当时来说较为先进时髦的东方红自行车、收音机、电视机，订阅了多种报刊书籍，改善了我们的生活状况，拓展了我们的视野：我们骑着自行车可以接远在巴山深处教书的妈妈，可以进城看最流行的电影，可以通过收音机知道外面的世界，聆听《星星火炬》《每周一歌》《评书联播》，可以把报纸和杂志中精美的文章剪贴摘抄下来，可以通过电视机了解光影故事。

正是这段"失意落魄"的"火热"的春风秋雨，锻炼了父亲认识生活、认识自我的深度和广度。父亲白天坚持工作，养育四个嗷嗷待哺的孩子，孝敬两个风烛残年的老人（奶奶和外婆），晚上还要点灯鏖战，将一腔热血铸成熠熠生辉的文字、图片、画作，从脍炙人口的快板、采莲船到隽永深沉的散文、随笔、杂文、电影文学剧本、小说等均有涉猎，恁是把艰涩难熬的生活过的诗意而隆重。

《汉中日报》《衮雪》《桔乡》……像一泓清流温润着父亲的心田，她们成为父亲挥洒才情的舞台和倾吐心声的朋友，她们承载着父亲的梦想，牵引、抚慰和鼓励着父亲笔耕不辍、淬炼细作。当掷地有声的字字句句变成铅字的时候，当鲜活生动的张张图片获得刊载的时候，当红彤彤的证书奖状贴满墙壁的时候，父亲追逐艺术的心有了鲜活的理由。许多编辑、学者也和父亲成了永远难忘的良师益友，如叶浓、肖云儒、宋太海、董晓铎、李耕书、徐永锡、王祥玉、周竞、宋宏、王春贵等，他们探讨文学，探索人生，探讨世事……

当世事喧嚣浮躁，文学惨遭冷遇的时候，父亲依然沉浸其中，乐此不疲，甘做麦田里的守望者，最后一个莫西干人。有时我们在一旁冷嘲热讽：写那些弄那些干吗？熬更守夜的受罪，谁看？能挣几个钱？甚至带着世俗的眼光暗笑他的迂，自恃自己的潮。父亲只是默不作声，埋头苦写，不多做解释。现在想来我们当时是多么的无知、多么的可怜！在父亲最需要理解和宽慰的时候，我们却没能为父亲驻守文学的姿态助一臂之力；在父亲最需要加油和欣赏时，我们却没能为他枯守文学的精神喝彩鼓劲。

天道酬勤，父亲佳作频现，诸多作品获得省、市、县文化部门的表彰奖励。父亲对收集本土民风民俗文化十分关注，他为修复保存故土上元观古镇衡家大院旧址的鼓与呼受到市政府高度重视，并被省文化厅誉为优秀民间文艺家，中国新故事学会、陕西省作家协会和陕西省民间文艺家协会相继吸收他为会员，集结成书的《神奇的茶壶盖》终成为他心血的结晶并被省图书馆收藏，也成为他聊以自慰的精神财富，更成为我们世代相传的家珍。

父亲身有多技，20 世纪 70 年代，被安排在照相馆、电影院工作，一晃二十多年。父亲不是艺术道路上的风云人物，未能在艺术道路上大放光彩是他终生的遗憾，但他的勤奋顽强、他的豁达宽容、他的才情并茂成全了他坚韧旷达的人生底蕴，成就了他多彩丰富艰辛跋涉的微茫的艺术人生，如秋叶之静美。

父亲，他是我的骄傲！

（作者系陕西省汉中监狱民警）

最朴素的爱

马小磨

太阳热辣辣的。

他佝偻着背，砌刀刚好放在半截墙上。

他察觉到身后有人，转身直起了腰，忽然不知所措，愣愣地站着，两脚相互搓了搓。他脚上有鞋，满是灰，几乎辨认不出。

院里一阵阵臭味，隐隐传来猪的哼哼、牛的哞哞声。循声望去，左边不远处有一个铁栅门，连着一道墙，里面是几排猪圈、几个牛棚，几乎占据了半个院落。沿着这道墙，是一条小路，通向远处的玉米地和菜地，清一色的郁郁葱葱。

院子的右侧是正盖的新房，两间地基。红砖外有几根架子，他就站在架子前面，裸露的皮肤已经晒成了古铜色，布满了褶皱，没有亮泽。

新房的旁边，是一间低矮的平房，是他跟老伴儿居住的屋子，很简陋，似乎除了几把旧靠椅和一张四方木桌、一张铺了稻草的床外，就是墙壁了。

社区的工作人员讲，儿子入狱后，他就带着老伴搬到了村外。老伴儿身体不好，干不了多少活，顶多打半个下手。这几亩地、一大片菜园、几十头猪、牛，还有正在盖的新房子，基本全靠他一个人。

看着他，我想起他在监狱里的儿子，听说一年多的时间里，思想顾虑很重，整日沉默寡语、无精打采，又忧心忡忡。分监区民警多次谈话，才知道是一年多没有家人会见，给家里写了几封信也没有任何回复，担心父母是否出了意外，无心改造。

这次家访，我的任务是全程拍摄，并将家属的心声一起拍下带回给他儿子观看，消除他儿子的顾虑。

面对一大拨人，尤其是面对摄像机，他低着头，没有开口的意思。

“你为什么不去看儿子？”不知谁问了一句，语气中自然含有不解。

他虽羸瘦，但腿脚方便，一年多不去看望，也不回音信，是不是恼恨儿子的再次犯罪,决心放弃?

他犹豫着,把手放在脚踝处揉搓。那里,一圈深褐色。

他揉了一会儿,开了口:春天的时候,他打算看儿子,许是活做得急,在田里出了意外,脚受伤了,儿子见了会不会担心牵挂?会不会影响今后的改造?

犹豫了好多天,他决定暂时不去看儿子。他想给儿子捎个信,可他跟老伴都不识几个字。住的地方离村子远,附近没两户人家,一时找不到代写的人,事情却一天比一天多,不是猪饿了,就是牛出了圈。田得一天天种,房子得一天天盖,找人代写的事便一推再推,后来就忙忘记了。

他就急急地辩解,说自己真是忙得抽不开身,脚也没好利索。

看着他着急的样子,一行人反而笑了。父亲的脚受了伤,担心影响儿子改造,便推迟会见日期;狱中,曾经失足的儿子也时刻担心着父母。这就是牵挂,是对家人最朴素的爱。

父亲的牵挂,化成了一股无形而又巨大的力量,支撑着他,扛起了家中所有的重担。儿子的牵挂,会怎样呢?我无法预测遥远的将来,但我相信,这个儿子一定很快奔向新生。

人世间有许多无奈,无法改写自己的过去,但只要心中装满牵挂,就会懂得珍惜,就会往前看,一步步走向目标,不再迷失。

(作者马小磨,原名马汉琴,系湖北省襄北监狱民警)

母亲篇

母亲的酸菜

文锁勤

如今,吃着反季节丰富鲜嫩的时蔬,嘴里感觉反而越来越淡,纵有再香的饭食,都提不起日益挑剔的胃口,而那一缸酸菜,倒让一日三餐的生活,气象翻转。麻木而又迟钝的味蕾,因一盘接一盘的酸菜,一碗又一碗的酸菜面,顿然敏感活泛起来。

那缸酸菜,是去年冬至那日母亲搭着班车从老家送到单位的。

这事,自我离家工作后,一直延续了过来:一个敦实浑圆的黑坛子,流光滑亮,里面整整装了一肚子的酸菜。一口黑粗精致的老陶碗,倒扣在老坛之上,着实让人多出一份特别的念想,而那盖不住的酸香,随着车体的摇晃,窜了出来之后,众人连连夸说:这年月,就这东西稀罕、爽口。

20 世纪七八十年代的北方农村,冬季没有反季节这种新鲜又鲜活的蔬菜,南方菜蔬也因交通的滞后,难以进入寻常百姓之家,自耕自餐的小农经济生活方式,还像吱吱呜呜的牛车,缓慢地行走延续在关中大地。一日三餐的菜供,因红白萝卜、大白菜的轮番上阵,变得更加单调乏味。而酸菜作为一种制作方便,又耐储藏存放的菜品,成了普通家庭餐桌上的最爱。

霜降过后,做酸菜的黄金季来临了,细心周全的母亲,除了是种庄稼的一把好手,也是做家务、拉针线、过日子的贤内助。每年,她都为我们准备酸菜这种口感上乘的自加工食品来调剂冬日的生活。夏末父亲会种许多大白菜、白萝卜、红萝卜。秋收之后,这些菜品成了制作酸菜的上好原料。节俭的母亲,除了把自家地里的菜叶收拾干净,还会从大田里把人家丢弃的菜叶,一点不剩地捡拾回来。我怕被人笑话,面子难堪,常常不屑一顾,暗暗责怪母亲。

天气已经很冷,滴水成冰,而把菜叶放在冰冷的水里,一束一束地清洗、淘涮,再在短短几天里,完成晾晒、切丝、泡制、发酵数道工序,辛苦可想而知。哪料到经过母亲的鼓捣,这些被人丢弃的物什,竟成了我们冬日餐桌上的美味佳肴,连城里的亲戚好友、街坊邻居也热情地向她讨要。

母亲慢慢上了年纪,腿脚不便。从家里到洗菜的泉地,要上一段陡坡,她年年做着酸菜,淘涮冲洗、切剁翻搅,累死累活,乐此不疲。有时做的数量少了,竟难以应酬众人的讨要,出于这样的原因,母亲总会将家里盛水的大缸或者做醋的老瓮洗净,做更多的酸菜,送亲散友,满足大家口福的享用。

照例,年年这缸酸菜,会被我堂而皇之地请上大雅之堂,每天成为饭桌上不可缺少的物什。母亲七十岁了,一个冬天都要住在这里。每天于上班前,早已熬好了窜香的苞谷蓁,又将一束束酸菜从缸里捞出,细切成丝,加上生姜、辣子,精心烹调,酸菜透明泛黄,翡翠一样,还未开吃,就香不可耐,等之不及,垂涎欲滴。每天早上扒着黏稠清香的粥饭,就着清爽可口的酸菜,说不出的爽心幸福洋溢在一家人的脸上。

除了享用母亲酸菜、苞谷蓁的地道爽口,能干的母亲隔三差五还会做酸菜面片、酸菜搅团、酸菜漏鱼,为我们调换花样,满足口福。将酸菜均匀切细,加葱段、生姜、红线辣子、花椒等佐料,放入锅中热炒,加盐、味精,翻搅拌匀,添水烧开,熬成酸菜汤。热面入碗,浇上酸菜汤,酸香扑鼻,余韵袅袅。一碗未曾用完,母亲已将第二碗盛好端来。一坛酸菜,虽简单清淡,却细密讲究,盛满了全家人浓浓不化的亲情。

这缸酸菜空了,第二年立冬后,又一缸酸菜,母亲照例准时送来。

母亲上车时,磕磕绊绊,而那老坛子,多少年了,依然精光黑亮,完好无损,或许那个坛子真要打了的时候,母亲就离我们远了,但愿那坛子,跟母亲一样结实。

(作者系陕西省崔家沟监狱民警)

母亲的心

陈玖生

女儿快满十岁了，母亲打电话说，女儿生日那天一定要来看看，并告诉我和妻子不要去买什么菜，会从家里抓只鸡，在园里摘些新鲜蔬菜带来。

我告诉母亲路途遥远，上下车带东西不易。

母亲执意不肯，说："你姐她们一起来，可以帮提提，不碍事。"

女儿生日那天，母亲很早就和姐姐们坐上了前来的火车，准备赶到家里吃午饭。因值班，我叫妻子和女儿到南昌火车站去接。

不巧，那列火车晚点了，妻子打电话告诉我，赶回家吃午饭太晚了，母亲难得出远门，就找个好点的地方吃饭。

但妻子把母亲带到酒店时，母亲却怎么也不肯进店内，说太贵了。妻子反复劝说："坐车到家还要一个小时，小孩都很饿了。"

看在女儿的面上，母亲才勉强答应，但母亲只准点几个便宜的下饭菜，吃完后还反复唠叨："我们来了，反而花去你们更多的(钱)。"

傍晚，回到家里，我一进门就闻到了熟悉的家乡土鸡香味。母亲已经做了一桌丰盛的生日晚餐，桌子正中放着一大碗热气腾腾的白土鸡。

姐姐告诉我："这只鸡是家里最大的土鸡，足有六斤重！"

母亲养家禽家畜很花心思，鸡、猪、狗等都养得膘肥体壮，但宰杀时，母亲从不忍心，也不去看。

母亲做的米粉肉是妻子和女儿最爱吃的菜。这次来之前，母亲早早叫父亲到集市上买了几斤新鲜的五花肉，切得四方均匀，拌上米粉晒好，动身的那天晚上用家里的茶油把块块米粉肉煎得通黄、香脆。

看到妻子和女儿吃得香，母亲脸上露出了微笑。母亲还炸了一些红薯油子，亲手做了一些皮蛋，摘了大蒜、萝卜等蔬菜，大包小包地摆满了我的客厅。姐姐、姐夫开玩笑说："提这些东西把我们都累坏了，母亲还嫌拿少了呢。"

是啊,每次离开家,母亲总是嫌我们的背包太小了,将东西塞得满满的,而作为儿子的我却不领情。有次回单位前夜,我因为母亲要我多带些腊肉,还冲着母亲发了火,并责怪母亲说:“提着东西上下车很累的,现在什么东西都可以买得到。”直到母亲当着我的面很不情愿地将那袋腊肉拿出来了,我才气愤地上床睡觉。第二天,当我回到单位将背包里的东西拣出来时,最底层仍发现母亲拿出来的那袋腊肉,我的眼眶一下子湿润了……

忙于工作,我很少回家。但每次回家母亲都像招待客人一样,为我们张罗一桌好菜,把家里好吃的东西全部搜出来非要让我们尝个遍。

她怕我们住不惯,每次都准备了专门的被子、鞋子等生活用品,睡觉前母亲总要嘘寒问暖一番,在母亲眼里,我们仍旧是个小孩似的。母亲一直对儿女要求不高,她常说,“只要你们在外面健康平安,我就高兴。”在母亲身边,我犹如钻进了避风港,工作中的不顺心和生活上的烦愁被抛入九霄云外。

总觉得愧对和亏欠母亲！于是,我们每次回家都要到超市买点母亲没吃过的东西带回去,起初母亲嫌贵,后来母亲干脆用责怪口吻说:“不好吃,不要买了。”

妻子心里忐忑不安,以为没有买到母亲中意的东西,甚至误解母亲嫌她不会买东西。我告诉妻子其实母亲真实意思是不想花费我们的钱。于是,母亲说归说,可我们照样买。买回家的东西,母亲也总是东家西家的送,留给自己的少之又少。

每次临走时,我总想拿点钱给母亲,可母亲坚决不要,说:“你们买房、小孩读书都要好多钱,我们在家开支少,不需要花什么钱。”实在没办法,儿女们常把钱藏到家里走后再用电话告诉她,可母亲却把留下的钱存进了银行,变着法子还回去。

如今,年迈的母亲和父亲总是闲不住,仍做些力所能及的农活,父亲平时常到集市上去卖菜卖家禽换些零钱,两老生活过得较充实。我每次打电话回家,母亲都说:“我们身体很好,不要牵挂。”平日里,母亲有病有痛很少告诉我们,怕在外工作的我们为她担心。电话那头,母亲却常叮嘱我们要注意身体,不要太节省了。

母亲对自己的生活要求很低,一辈子为家人呕心沥血:我外婆死得早,外公不久又瘫痪在床,母亲嫁到我家里时很穷,后来小孩又多,母亲成了里里外外一把手，白天下地劳作挣工分，晚上剪纸、纳鞋贴补家用，还常翻山越岭去帮外公擦身洗衣，照顾年幼的弟妹。记忆中母亲常忙得每餐饭都是最后一个吃，桌上的荤菜从不动筷，留给第二天小孩再享用。读中学时，母亲生怕我和妹妹营养不良，每周变着花样给我们炒一大杯子干菜带到学校，杯子底下的菜常被油浸着。有时母亲还背着父亲，偷偷地塞几块零花钱叫我们到学校食堂去买点新鲜菜改善伙食。

善良的母亲命运多舛。十几年前，二姐年纪轻轻就病逝了，留下三个小外甥嗷嗷待哺。白发人送黑发人，母亲悲痛欲绝，老泪纵横，一下子苍老了许多，常为二姐在娘家婆家都没享到福而长吁短叹，独自落泪。此后，母亲时常叫人捎东西去看望三个小外甥，对其疼爱有加，但自己再也没有踏进过二姐的家门。那年外甥订婚时邀请母亲去，母亲仍旧没去，对外甥说："不是我不想去，而是去了就会触景生情，每每想起你母亲，我就会控制不住流泪，你成家了，外婆可是打心眼里高兴呀！"后来外甥结婚，母亲还是坚强地去了。

这次女儿过生日，母亲只在我家小住了一晚，第二天清早，就嚷着要回去，说："你父亲没做惯家务，耳朵又聋了，照顾不好自己；家里的那些鸡要喂养，还有一些作物也要拿出来晒晒……"

我和妻子一再留，惹得母亲十分生气，我只好和女儿一起将母亲送到南昌。在大街上，女儿在前面一蹦一跳，已经长成了一个小姑娘。岁月已刀刻般改变了母亲的模样，那个能干又漂亮的母亲再也看不见了，她清瘦的脸上已布满了老年斑，头发花白，挺拔的身躯变得很佝偻，在川流不息的人群中显得十分瘦小，甚至有些弱不禁风。

当母亲蹒跚穿过地下通道时，我紧紧牵着她的手，小时感觉母亲温暖的那双手，现在已是粗糙不堪且骨瘦如柴，母亲老了！

到站了，在姐姐搀扶下，母亲艰难地爬上了汽车。隔着车窗，母亲示意我们先走，待我和女儿转身离去时，忽然，又听到母亲的喊声，母亲急忙走到女儿跟前，一只手从内衣口袋里拿出两张皱巴巴的钱塞了给女儿，一只手拉着女儿的小手呜咽地说："女崽啊，奶奶走了，在家听话呀！"

汽车载着老态龙钟的母亲离开了我们的视线，我的鼻子酸酸的，懂事的女儿已哭成了一个小泪人。想起每次我们离家时，母亲总是恋恋不舍，都要把我们送出家门到拐弯处那棵樟树下话别，孤零零地一人伫立在树下目送儿女的背影渐渐地远去才肯回家……

一日，姐姐来电话，“弟弟，有空一定要常回家看看！你们每次离开家，母亲就会好一段时间心里感觉堵得慌。”

姐姐的话让我十分震撼，勤劳俭朴的母亲不愿意离开她熟悉的生活环境，但随着年事渐高，却时常渴望子女回去营造天伦之乐的生活氛围，这就是我已年老的母亲！

（作者系江西省洪都监狱民警）

妈妈的眼泪

陈　华

腊月二十三那天拂晓，团妈妈急匆匆出了家门。她不是忙着去办年货，而是去百里外的定西，瞅瞅四年多未曾抚摸的儿子。

三天前，圆儿打来电话，说监狱要举办亲情帮教，让团妈妈来和自己团聚。圆儿说，他累了，想妈妈了。

自接到圆儿的电话，团妈妈的心窝好像圈了一只蹦丢的小白兔，“扑腾扑腾”蹬踏个不停。团妈妈的心被折腾得很痛、很痛，试想着能抓到这只小兔子，可偏偏是止不住的眼泪“扑簌、扑簌”流下来。

团妈妈在长途班车上一路颠簸，迷蒙之中，圆儿的影子一幕一幕在自己脑海里浮现。

圆儿小时候很活泼，皮球一样圆的脸蛋，嵌着一双黑黝黝的大眼睛，睫毛“吧哒吧哒”扇个不停，经常依偎在团妈妈怀里，不肯离开……

团妈妈的脸上绽放出幸福的微笑，嘴里默默念叨着“圆儿，小心摔倒了”，倏然惊醒过来，原来只是一场梦。她黯然地擦了擦未干的泪滴，显得失落又无奈，不知道有多少泪水冲洗过的脸颊，红燥的那么显眼、那么皱褶。

监狱会见室，是团妈妈以前听都听不懂的名字，圆儿在四年前因酒后伤人被关到监狱服刑后。这些年，团妈妈经常要来到这里看她的圆儿。但今天团妈妈不是去会见室，而是去圆儿住的屋子“团聚”，想着想着，几滴幸福的泪花在团妈妈的眼角悄悄滑落。

时间过得好慢、好慢。中午，监狱大门内侧，一群罪犯亲属整齐列队。感觉空气在凝固，格外的寂静。

突然，一腔急骤的哭声打破了凝滞的气氛。大家顺哭声的方向寻去，有一位中年妇女，个头低矮，身着黑红相间暗色的棉袄、旧式方口黑布鞋透露着庄稼人的敦厚，一条蓝色格子的头巾，将前两个角盘到脑后再绾起来。右臂抬起遮住脸眶，袖口来回揉着眼睛，微微低着头。她是团妈妈。

团妈妈的哭声低沉，听着压抑，像是忍而不发。哭声又很宽厚，听着恳切，像骇浪滚滚而至。这是团妈妈感受到朝思暮想的圆儿的气息，还是亲人久别重逢前一刻的激情迸发……

两层铁栅门，团妈妈在这边，圆儿在那边。一颗焦灼的心再也按捺不住，"怦怦怦"快跳到团妈妈的嗓子眼了。她脚下很利索，风转似的蹿到铁栅门前，看不到圆儿，倏溜溜又退回来，躲到民警会议室的门里侧，透过门缝，紧盯铁栅门方向瞄着、瞄着，还是不见圆儿走出来。团妈妈焦急地打几个转儿，一只手掐着头巾的一只角，不时地揩拭着眼角渗出的眼泪，一只手猛地掀开虚掩的门，再冲到铁栅门前……

重复着，重复着，不知道已经有多少遍了。时间好像停下了脚步，只有团妈妈的眼泪在涔涔地流啊流。

一张单人小课桌，团妈妈在这头，圆儿在那头。一双皲裂干瘪的手，像一把钳子，深深地钳入到圆儿的手上，十指交叉紧锁，生怕圆儿再一次在团妈妈的手心溜走。

团妈妈一直没有直视圆儿的脸，也没有抚摸圆儿的头。没有叮咛，没有唠叨，千言万语化作两汪泪泉，"哗哗哗"流出来，日思夜想凝成两眼泪水，"簌簌簌"淌下来。

圆儿满眼噙着泪花，扑闪扑闪的，"妈妈别哭了，妈妈别哭了……"

"可怜天下父母心"，留点时间，给点空间，不要去打扰团妈妈，谁能忍心打扰团妈妈？也许，只有眼泪才是彼此最好的诉说，它是从团妈妈的心里淌出来的。

我揉了揉眼睛，耳畔响起了熟悉的《世上只有妈妈好》的歌，心里暗暗祈祷：愿团妈妈和圆儿早日团圆，今生今世团团圆圆！

（作者系甘肃省定西监狱民警）

妈妈,对不起

侯秋棉

那天晚饭后,母亲用商量的口吻对我说:“我们带着孩子出去转转吧,我都一天没出门了。”

“好啊,好,我们去人工湖!”没容我作答,儿子就拉着母亲朝门外走。于是,祖孙三人一起下楼去人工湖散步。

一路上,儿子活蹦乱跳地跑在我和母亲的前面,为防止儿子发生意外,我一路小跑尾随他身后。走着走着,母亲与我们的距离不觉间远了,我一回头,惊诧地发现,夕阳余晖下的母亲,走起路来十分缓慢,还不时地咳嗽几声,没走上几步,便要停在路边休息一会儿。

此时儿子喊我:“妈妈,快点,别像姥姥,蜗牛一样慢!”

母亲见我停了下来,就加快步伐,气喘吁吁地对我说:“你们快走,不用等我,我缓上一会儿就追上你们了”。

曾经那个年轻漂亮勤劳能干的母亲,头发渐白,皮肤松弛,走起路来上气不接下气,我才意识到,母亲真的老了:我忆起旧照片上那个朝气蓬勃的可爱少女,眉眼灵动,神采飞扬,漫长的岁月里,她的青春随着照片的泛黄在慢慢流逝,而我,却毫无知觉。记得小的时候,每次外出,母亲总会紧紧地拉着我的手,生怕一个不小心,我就会消失在她的视线里一样。此时倒是母亲紧跟着我,生怕自己掉了队,可我为什么不能放慢前行的步伐,等等她呢?

正想时,忽然一阵冷风吹来,不禁打了个寒战,我赶紧挽紧母亲的胳膊,牵着儿子说:“咱仨就这样拉着手走,谁都不许掉队。”

儿子听后,兴高采烈地说:“好啊,好啊,手拉手,谁都不许掉队。”

那天,我能感受到母亲很开心,笑容始终挂在她的脸上。

这让我想起去年的元旦,答应儿子要陪他去参加街舞表演,结果因为临时有事,出门晚了些,就有些心急,可一旁的母亲用乞求的眼神看着我说,“我也想去,去看看孩子舞跳得咋样。”

我不耐烦地朝母亲吼道:“本来就快要来不及了,您还穿着睡衣,能不能别在这个节骨眼上添乱啊!”

“我要姥姥去,我要姥姥去!”儿子朝我大呼着。

无奈之下,我带着母亲、儿子出发了,眼看着儿子表演就要开始了,偏偏又在过马路时,遇上红灯。为了不耽误儿子表演,我一手拉着儿子,一手拉着母亲急过马路,也许是天冷路滑,也许是母亲年纪大了,被我这么一拉扯,母亲摔倒在地,我扶起母亲,不停地埋怨,嫌母亲碍事,母亲则像犯了大错的孩子一样低头不语。今天想来,我当时实在是太不懂事了,从未曾想过,母亲一天天老了,也是需要我这个做儿女的呵护与照顾的,可是我一心却只想着儿子,完全忽略了母亲的感受!

妈妈,对不起,不懂事的时候,我一直将做饭视为你的义务;妈妈,对不起,工作后的我,经常将你当做倾诉筒,我会神采飞扬或哭哭啼啼地和你讲述工作中的喜怒哀乐,你总是安静地听着。可是,我从未问过你有何不顺心,我连一句“今天你过得怎么样”都没问过。

就在那天,我对自己发誓:我的心里要多放父母亲,你们养我小,我养你们老!

妈妈,感谢您让我们的家依旧完整、幸福;感谢您对我们的理解,没有责怪我们不能陪在您的身边;感谢您把世界上所有的美好都给了我们。

妈妈,不管时光如何流逝,苍老的是你的容颜,不变的是您对我们的那份爱心。

妈妈,有您在,就是我们这辈子最大的幸福!

(作者系新疆生产建设兵团钟家庄监狱民警)

严母情深

焦玫颖

从小，妈妈就对我十分严厉。

说起我儿时的话题，父亲经常说，你去幼儿园时，如果是我送你，你就会撒娇耍赖要我带你回家，可如果是你妈，你便兴高采烈地跑进去了，还挥手再见。

高中时，学业的紧张和叛逆期的来临同样考验到了我的妈妈。这个阶段应该是每个妈妈的噩梦，家长会时的如坐针毡、回家路上的满腹生气，直到坐到我身旁，我紧张到连笔都不敢转，因为我感受得到妈妈眼神中的愤怒、凌厉，还有些无奈。

终于，她开口了，在深吸了一口气之后说，“回来的路上我准备劈头盖脸地骂你一顿，可我依然选择心平气和地跟你沟通，今天写作业不是重要的，探讨学习中遇到的各种问题，我们合力解决它，比应付交作业重要得多。”

这次沟通对于一个叛逆期的青少年来说，打通的不止那一个晚上，更是我以后人生的路，以至于时隔多年，这席话的精神力量于我而言好像光芒无限，成为我人生中的记忆节点。

来工作之前，妈妈没有流露一点不舍之意，甚至对比其他同批次考录的公务员晚上岗还有些抱怨，那段时间不止一次地说，“安排得不够紧密，工作不紧凑起来人都容易懒散，不过你们系统一下考录这么多人安排老师场地什么的也需要时间协调……”看到她这么舍得我在外地上班，我忍不住凄凉感叹，“别的妈妈柔情似水，心疼孩子这个心疼孩子那个，妈，我是不是你充话费送的啊？”妈白我一眼之后一本正经地告诉我，“生你那个年代我没有手机”。

临上班走之前妈妈嘱咐我别太想家，要适应环境，处好领导同事关系，努力工作。

虽然习惯了妈妈的“冷漠”，但还是心生些许埋怨。正想着，妈妈发来微信，行李箱里有一千元钱，要好好吃饭，照顾好自己。坐的是夜车，黑暗中，我突然鼻子酸酸的。

上班之后,一个月在家的时间累积起来也就一周左右,别人都觉得是我太恋家,甚至是离不开父母呵护的舒适环境,其实不然。虽然妈妈依旧严厉,跟我的电话视频问工作和交代我努力工作多吃苦用心还是居多,但是也开始问我什么时候回家,跟我讲述最近家里发生了些什么事。我回家去找她睡,嘴上说这么大了还找妈睡,但身体却很诚实地给我挪出地方,伸出胳膊抱着我。

我的母亲是严厉的,是刀子嘴豆腐心;我的母亲是“大骗子”,是无私奉献的“大骗子”。

她给我的爱,藏得很深,很深!

(作者系内蒙古自治区五原戒毒所民警)

母亲的芝麻叶杂面条

宋四美

在我吃过的所有饭菜中，有一种美味，它的外貌看上去没那么华丽光鲜、普通无奇，但我却对它有一种独特的情怀，令我百吃不厌，那就是带有母亲独特味道的芝麻叶杂面条。①

这些年一路走来，品尝过各地琳琅满目、花样繁多的各类面食，但我觉得无论哪一类饭菜，都没有母亲的芝麻叶杂面条温暖贴心，因为母亲的芝麻叶杂面条不是普通的面条，它寄托着母亲对我和家人深切的期盼，凝聚着母亲对我的浓浓的爱、深深的情。

记忆中母亲每次做芝麻叶杂面条时，先把和面用的瓦盆刷洗干净，放置在灶台一个角落备用，然后用葫芦瓢在面缸里盛出面粉和豆面粉，按照一定的比例倒入和面瓦盆，拿水舀子添入少许清水，挽起袖口，双手轻轻揉面团。

不多时，面团在瓦盆内揉得光滑有弹性，用手指轻轻一按一个小面窝，小面窝又可以慢慢回平如初，这时就算和好面团了。面团还要放置“醒”上一段时间，这样擀出的面条会很劲道。母亲会在醒面之余把准备好的芝麻叶泡好，清洗干净备用。

母亲说，和面有技巧的，“一定要做到‘三光’，即盆光、手光、面板光，不能浪费一粒粮食；和面一定要硬，才能不粘刀，切面墩刀才能切得细且匀……”从母亲做芝麻叶杂面条中我悟出了为厨和做人的关键品行：认真、执著、有耐心、有爱心，才能做出让人期待的美味来。

---

① 芝麻叶杂面条，本是河南百姓的餐桌饭，后来部分餐馆也根据食客的要求推出了这款家常面食。主料芝麻叶，是采摘自农历七月底八月初成熟的芝麻。将采摘的芝麻叶洗干净，然后大锅加水倒入芝麻叶，煮至叶子发黄后捞出，用棉纱布包裹，挤压出水分，然后均匀摊开至太阳下晒干即成。面是用大豆面和小麦面按 1∶4 的比例掺和匀称再和好，面融入天然芝麻香和大豆面的豆香，加勾芡的面汤使其口感爽滑浓郁。

面团“醒”好后，母亲把它从和面盆里拿出放到木案板上，撒少许面粉，防止粘连案板和擀面杖。在擀面杖滚压案板的“叽叽呀呀”声中，面团慢慢变成一张又大又圆的面片。大面片被一层层折叠起来，用刀切成均匀的细细面丝，等着下锅煮食。

每次回去等母亲做芝麻叶杂面条时，我依然会像个孩子一样在厨房里眼巴巴地看着，看到面要起锅时会第一时间拿着碗去盛。

每一根面条细细的、糯糯的，条理分明，吃起来劲劲道道、爽爽滑滑、糯糯香香，吃在嘴里，美透身心。吃了一碗又一碗，直吃到撑得肚皮痛了才肯罢休。同时自己女汉子的样子就会在母亲面前展露得一览无余：抚着肚子，嘴里嚷嚷，“撑死了，撑死了！妈，下顿饭我不吃了啊！”

母亲会笑说：“谁也没逼着你吃呀，自己都不知道自己的肚子盛多少东西！还说撑着了，都是为人母的人了，也不怕人笑话……”

母亲做的芝麻叶杂面条是我心中永远的美味，像是一根牵着彼此的线，无论我身在何方，线的那头是母亲暖暖的爱，这头是我牵挂母亲温暖的心。

（作者系新疆生产建设兵团盖米里克监狱民警）

母亲的怀抱

王志超

一

自母亲将我带到这个世上以来，我一直在享受着母亲的恩泽而生长与成熟，然而关于母亲怀抱的记忆，在我的生命中似乎仅存留了三次印象。

我记得最渴望母亲怀抱的时刻，是在父亲去值夜班的漆黑夜晚。每到那样的夜晚，恐惧就会从天而降把我整个身心裹携。工作了一天的母亲疲惫地躺在我与弟弟之间，她伸出一只手臂为弟弟当枕，另一只手臂则轻轻地哄拍着他，弟弟则拱进母亲的怀抱吮吸着乳汁美美睡去。疲惫的母亲待弟弟睡熟实后，就腾出那只哄拍他的手臂送给我，我立即抱紧母亲的臂欲来抵御无尽的长夜。疲惫的母亲已没有精力顾及我的恐惧，她很快发出了轻微的鼾声。

风在黑洞洞的宿舍窗外呼啸，老鼠疯狂地在纸糊的天棚上面奔跑。死一般的沉寂里，没有人听得见我醒着梦着的求救。我多么羡慕躲进母亲怀抱里的弟弟啊！在母亲的怀抱里一定没有恐惧。

二

七岁那年的夏季，镇上突然流行起传染性痢疾，由于当时医疗水平所限，先后已经死去了几个人。就在人们谈痢疾色变、惶惶不可终日之际，我在幼儿园里被传染上了痢疾，正因为患了这个险些送掉性命的疾病，我享受到了母亲的怀抱。

听母亲讲，我昏迷了十来天，一向惧针的我当时就像没有知觉的植物人，任由护士给我做皮肤试敏、肌肉注射及静脉注射，当老中医将长长的银针插入我的头、手及脚的穴位时，母亲心疼得恸哭不止。

至今都令我感到奇怪的是，当时几乎不省人事的我却真切地感受到了母亲的怀抱:我仿佛总是在黑夜里突然醒来,每每张开的眼睛定迎着母亲忧愁恐惧的泪眼。原来我一直是依偎在母亲的怀抱中。后来听父亲讲,人们都以为我的病治不好了,母亲悲痛欲绝天天以泪洗面,此后,她整天整夜地搂抱着我守护着我。不知道母亲是以此来延长与女儿相守的时日呢,还是她坚信女儿定能躲过命运中的这一劫难?

后来,昏死的我突然于一个阳光明媚的午后复活,大病奇迹般地痊愈了。重返学前班的那天早晨,老师与小同学们都热烈地给我鼓掌。那掌声定是为我战胜了病魔而起的,而我却以为,那掌声更应该属于庇护我、帮助我摆脱恐惧与病痛的母亲的怀抱。

三

二十一岁那年的暑期,母亲带我与弟弟回山东探亲,途中需要在青岛换车转程去烟台。我们抵达青岛的时候正值傍晚,订购开往烟台的列车启程时间是翌日凌晨四点了。也就是说,十个小时后我们才将作别青岛,我与弟弟执意要在栈桥海滨度过青岛之夜,母亲就依了我们。

那晚,我们在海滨品尝风味小吃,选购琳琅满目的海洋纪念品,在怡人的仲夏沙滩上漫步游玩。到了半夜,我们姐弟俩挽着母亲的双臂赶往火车站,打算在供旅客休息的长椅上小憩。不料,当我们迈着沉重的脚步赶到车站时却吃了个闭门羹,车站在规定的时间之外禁止行人出入。我们只好将报纸铺在石阶上席地而坐,弟弟伏在母亲的左膝上很快睡熟了,我先是与母亲并肩依偎着闭目养神,后来习习的海风吹来阵阵的凉意,睡意朦胧中我似乎寻到了一处温暖,遂伏下身枕着抱紧的双臂进入梦乡……

当我于晨曦中醒来的时候,发现我和弟弟分别枕伏着母亲的左右膝,而身着单薄衣衫的母亲却用双臂将我们拥入怀中,用她的肉身为儿女遮挡不住袭来的夜风,以她的体温来温暖儿女的梦乡。我的视线不禁模糊了,羞于表达感情的我悄悄地拂去了泪水。

二十一岁那年,我于母亲的怀抱中体验到温暖与安逸,对母爱的内涵有了更深层次的理解。

四

十余年转瞬而逝。此后的岁月里，我虽然也经常回家探望母亲，或者将母亲接来同享天伦，却不再有过被母亲揽入怀中的经验。但我却常常会于不经意间想起母亲的怀抱，闭目回味在母亲怀抱里的感觉。

母亲的怀抱究竟是怎样一种感觉呢？它永远散发着春天般的温暖，它是有着坚实庇护的安全之所，它是智慧与力量产生的发源地。母亲的怀抱所具有的这些特质，是生命赖以健康存活的基本要素。母亲的怀抱象征着忘我的给予，这一寓意正是"母爱"的内涵。"母爱"是一个内涵聚中外延宽泛的词汇，正像"母亲的怀抱"一样，种种"母爱"的外在体现，最终都将凝成一个永恒的核心内涵——无私的奉献。

（作者王志超，笔名子芗，系辽宁省鞍山市南台监狱民警）

亲情篇

父　母　心

马寅彛

那一天，给父母打扫书房，不经意间，发现自己中学时代的学习资料在墙角的书架上，整齐地码放了满满三层，书架外侧还用帷布精心地围护起来，以防灰尘落入。

三十多年过去了，这些曾经伴随自己成长的学习资料，在现在自己的家中只怕是找不出几本，即便是有，也怕是束之高阁、尘封难觅。但在父母心中，这些子女的成长印记，却是如此的宝贵。

今年高考的那段日子，途经芜湖十二中的考点，看着行色匆匆的送考家长和负重赶考的寒窗学子，一种久违的情愫在心头缱绻，情不自禁让我想起女儿学习成长的点点滴滴。

2005 年，女儿小升初，老师对女儿成绩的点评，让我忐忑不安，对于这种不安，我和她妈妈一直潜藏心底，没有流露出丝毫的异样情绪，只是私下里暗自宽慰自己：毕竟是小学嘛！暑假里，我们依旧来了一场说走就走的旅行，女儿玩得尽兴，我们也很开心。

刚入初中，女儿的学习似乎跟不上节拍，我和她妈妈只得采取外松内紧之策，一方面教育引导、心理疏导，一方面制订详尽的学习计划、安排合理的作息时间、调配科学的膳食结构，为女儿的学习全程护航。经过三年的刻苦努力，2008 年的中考，女儿以总分齐 730 分的优异成绩，直接进入宣城中学重点班。

考上理想的高中，女儿似乎一下子长大了，学习自理能力和拼搏进取意识显著增强，我和她妈妈既为之高兴，又为之担忧。高兴的是，女儿已全身心地投入到了学习之中；担忧的是，这样高强度的学习怕她身体吃不消，于是，我和她妈妈决定，从生活调理和后勤保障入手，全力做好服务保障工作。女儿的学习也很给力，三年的学习成绩一直名列前茅。

2011 年高考期间，我们家谢绝一切人情往来，全身心地投入到备战高考当中,我和她妈妈在家好似地下党的活动一样,彼此的交流都靠眼神和手势来完成,生怕弄出什么响动影响女儿的复习和休息。高考前一天的晚上,她妈妈的一个喷嚏,打得我胆战心惊:担心是不是患了感冒,若是传染给女儿,那后果可是不堪设想,好在虚惊一场。

考试的那几日,我和她妈妈对所有有关考试的用品,查了又查,看了又看,生怕有所遗漏,在送考的途中,还会疑神疑鬼地打开手提袋悄悄看看。每次送女儿到考场,当女儿随着成群的考生涌入警戒线内的一刹那,总感觉还有什么未来得及提醒的事宜,一颗悬着的心总是莫名地放不下。

第一场考试结束,接考的我们,不敢正视女儿的眼神,更不敢问及她的考试情况,一路上只管说些轻松的话题。其实哪有轻松,想说不能说,想问不敢问,故作镇定与放松罢了。为的是不想让女儿察觉到我们的"厚望",给她造成的额外精神负担。我们只有在内心里为女儿默默祈祷,所有的答案也只能在女儿说话的语气和神情中无痕寻找。我们只想因势利导地做一名"识时务者"就好,尽善尽美做好服务就好,倾力营造轻松愉悦的氛围,让女儿紧绷的心弦有些许的调解与放松,让女儿在紧张的考试氛围中能够正常发挥出自己应有的水平。

我们的努力似乎不够完美,当最后一场考试结束,女儿淡淡地说了句,有点紧张,我和她妈妈劝慰她,这样的考试谁都紧张。劝慰了女儿,我们自己反倒是有了一种难以名状的紧张。

等待录取通知书是一个漫长的过程,一分一秒都感觉在备受煎熬。当上海海事大学的录取通知书如期而至,我和她妈妈如释重负。此时女儿不经意的一声叹息,又让我们刚刚放下的心再次悬起。我们理解她,女儿对高考的成绩不满意,未能实现理想的大学梦,有负三年的苦读和老师的厚望,是她自己背负得过重。我们只得宽慰女儿说,没关系,这不是终点,这只是人生旅途上的又一个新起点,一定要坚信自己。

在陪女儿赴上海海事大学就学,路过大连路的上海外国语大学时,女儿又不经意地说了一句,这是一所211学校。

2015年,女儿以优异的成绩考取了上海外国语大学金融学研究生,这一成绩的取得,就是女儿负重前行的收获。

女儿的每次考试我和她的妈妈都亲临现场助考,全力做好后勤保障,倾力为其减压释负，女儿没有辜负我们更没有辜负她自己。

时光荏苒，岁月匆匆，女儿一路求学的情景历历在目，仿佛如昨。

今年，女儿研究生毕业，她想留在上海，作为父母，我们却很想她回安徽，但不管怎样，尊重女儿自己的选择，也祝愿女儿的人生之路一帆风顺！

（作者系安徽省延伸监管驻芜湖司法局民警）

我家的煤油灯

晏宝玲

打我记事起,虽然有了电灯,但那时的农场监狱都是自己发电,没有国家的专用电网。遇到收成好的年景,单位挣上钱了,各种发电用的材料及油料都能保证供给,民用电也能有效保证,反之则时供时停。再加上家家条件不是很宽裕,大人们是计划着开支。听着是有电灯,可家家户户的灯泡瓦数赛着个的小,为的是勤俭持家省电费,夜晚的电灯堪比是星星点灯。

那个年代每家都备有各种煤油灯,最简单的一种,是将一个墨水瓶里灌上煤油,将棉花搓捻成灯线放入瓶中,瓶口找个非易燃盖子固定,将灯线从瓶盖子中间穿过,一盏小灯就做好了。不好之处是点燃后的烟炙,肆无忌惮地飘洒于满屋且烟味呛人,并存在诸多安全隐患。

那时,我们家孩子多,父亲准备了两盏灯,一个灯是两头小中间大的带灯罩的,相对于当时来说较美观的,还有一个就是"高大上"的马灯。

也许是为增加灯的亮度,玻璃灯罩感觉比现在的红酒杯还薄,稍不小心就会碎了。煤油灯使用一晚上后,灯罩就会被熏得漆黑。担心灯罩被打碎,细心的父亲从来不让我们去动它,每天父亲下班后会抽空小心翼翼地取下灯罩,用报纸一遍遍地干湿结合着擦,不小心不仅碎了玻璃灯罩,最担心的是伤了手。

每晚,一家人吃罢晚饭,就会围坐在一方桌旁,中间放着煤油灯,我们趴在桌上写作业,父母在单位没有集体学习任务的情况下,都会以灯为"核心"。母亲操持完家务,会端上针线笸在旁边做起针线活。父亲虽然文化不高,但喜欢读书看报,也借着我们学习时微弱的灯光在旁边学习。

这一盏小小的煤油灯光,每晚准时把一家人聚拢在一起,互不干扰,各做各的事,在跳跃的灯光照耀下,一家人是别样的恬静和温馨。这灯制造的虽然没有那么科学,但它不受诸多外部条件的限制,天黑时随手端来即刻使用。这灯虽然没有那么环保,但它让一家人充满着暖暖的爱和博大的情;这灯虽然没有现在的亮堂，但它把我们的心里烘托得更加明亮，好似一座灯塔，照亮了我们前进的步伐。

有了这盏煤油灯，我们不再恐惧黑夜，因为有父母在身边的陪伴，再大的困难我们都不怕。有了这盏煤油灯，我们的成长史刻录得更加清晰，因为它照亮了我们的心路历程，将我们一个个送上了成功的彼岸，再去回报父亲的养育之恩。有了这盏煤油灯，家的寓意更加完美和甜蜜，这是我们一家人能团聚在一起的美好时刻。

心中那盏煤油灯自始至终没有熄灭过，它一次次为我点燃了勇往直前的决心和信心，伴我走向更加阳光灿烂的明天。

（作者系新疆维吾尔自治区巴音郭楞监狱民警）

奶奶的铜顶针

赵　飞

奶奶的床头柜里放着一个小箩筐，小箩筐里有许多针头线脑，这些宝贝是奶奶结婚后一直带在身边。这些针头线脑换了一批又一批，这其中有一只蹭的锃光瓦亮的铜顶针已经陪着奶奶走过了大半辈子。

奶奶的铜顶针上面布满了小坑，套在中指上顶住针尾，可以更好地用力，使针更容易穿透厚的衣物，是奶奶缝补时的好帮手。

在20世纪物质匮乏的六七十年代，许多人家身上穿的衣服，脚上穿的鞋都是自己做。那时每家每户娶媳妇会定一个标准，就是心灵手巧，心灵的标准是顾家，能吃苦，能孝敬老人；手巧，不是能绣花，也不是能绘画，而是会缝缝补补，还能做一双结实耐穿的老布鞋。

做布鞋，是奶奶的拿手活。每次做鞋，奶奶首先把收集来的碎布头一层一层地用糨糊粘好，晾干做成袼褙，然后从我不用的书本中取出用报纸剪成的大大小小的鞋样，将袼褙按照鞋样剪成鞋底。接着用大鼻针，粗棉线纳鞋底，一针一针细密而均匀地将鞋底缝合，这时就要用到顶针了：因为鞋底厚，针扎下去要用很大的力气，针尖穿过鞋底，针尾抵着顶针上密密麻麻的小坑，戴着顶针的中指一用力，针便连着棉线穿到鞋底的另一头，如此往复，如果没有一点手劲和耐心，是无法完成这个活计的。纳完鞋底，还要绱鞋帮，用楦子楦鞋，这样一双鞋才算完成，这往往要数天的时间才能完成。

偶尔从一位老人口中得知，纳一个鞋底要扎二千一百多针，这就能想象出，奶奶是费了多大的心力去做一双鞋的，而一家人春夏秋的单鞋和冬天的棉鞋，还有孩子长身体时快速长大的双脚上合脚的鞋子，都是奶奶一针一针纳出来的，这个铜顶针也就这样伴随着奶奶走过了大半生。

如今，上了年纪的奶奶已经眼花耳鸣，穿针引线要费很大的气力，身体不允许她再去做如此细致费神费力的针线活了，但奶奶一刻也没闲下来。去年离家工作，奶奶从柜子里拎出一串香包递给我说："把这个带在身边，既好看，又可以驱赶蚊虫。"

看着用五彩丝线绣着牡丹的小巧精致的香包，我哭笑不得。我知道这香包是奶奶对远行的我的思念和祈福，但我还是硬着头皮对奶奶说："奶奶，这都什么时代了，不时兴这个了，戴着多土啊！"奶奶默不作声。

今年过年回家，推开门，奶奶正戴着老花镜，盘腿坐在炕上，中指戴着铜顶针，一针一线地在缝着什么。

我挨着奶奶坐下，默默地看奶奶做针线活。奶奶做完针线活，从褥子下拿出几双崭新的鞋垫：自我拒绝香包后，奶奶开始做起了鞋垫，想着鞋垫垫在鞋里，既保暖吸汗又不会被别人看到伤害了我的自尊心，所以一有时间就做鞋垫。鞋垫是用细棉布做的，上面雕龙描凤，栩栩如生，尽管缝制工艺简单，但还是要一针一针地像纳鞋底一样走一圈线，奶奶的手指不像年轻时有力，所以还是要用到顶针。

我打心底里佩服奶奶，尽管奶奶的手皮肤干枯、指节肿大，老茧布满了手掌的每一寸肌肤，而且铜顶针时常磨破关节处的皮肤，但奶奶的手还是一双巧手。而那个铜顶针，虽然很小，小到现在奶奶需要将小箩筐里的针头线脑翻来覆去找很久才能找到，但就是这么个小物件，却见证了奶奶大半辈子为我们付出的爱！

（作者系新疆生产建设兵团八师北野监狱民警）

姥　　姥

张慧珍

那年，姥姥从河北老家来内蒙古时还没有我，我是姥姥来的第二年出生的。

姥姥的到来是对我爸妈这个双职工家庭来说雪中送炭，从此，爸妈可以安心工作，再不用为家中的事情分心了，哥姐无忧无虑快乐的童年就此开始，延续到我和小妹。

打我记事开始，姥姥就是一个不识闲的人。她从早晨五点起床便开始了一天的忙碌：做饭、洗碗、担水、照顾我们姐弟。

那时候，姥姥做完家务，把我们哄睡，便腰里绑着个绳子，挪动着小脚，秋天到庄稼地捡玉米秆、豆秆、捡柴、打草；夏天洗囚服、做囚服（当时没有被服厂，都是家属领回家做）；冬春时节扒麻秆、捡煤核。姥姥用她勤劳的双手，忙碌着以补贴家用，从未听她说过累。

那时候挑水要到井房去挑，爸怕姥姥是裹脚摔着了，不让她挑，可她总是趁着爸上班，把家里的缸、水桶，甚至水盆都装满水，她说："万一哪天井冻了、坏了、没水，干着急没办法，还是多存点好。"有时爸开玩笑说，"姥姥是毛主席教育的好同志'深挖洞，广积粮，不称霸'。"

姥姥能干在我们农场是出了名的，不管是谁家有困难，她能搭把手，就从不推辞。姥姥夫家姓马，大家都叫她马姥姥，谁家大人不在，孩子没人管，马姥姥来了；谁家的鸡没顾上喂，园子没浇，马姥姥来了。一天忙到晚，还真是乐此不疲。姥姥的到来不但把我们家的家务活全包了，周围的邻居全跟着受了益。

小时候，我们家搬到保安沼农场，恰好在路边，每天有拉柴草的车经过，姥姥就站在马路边等车过去，搂路边的柴草。有时我们放学经过这里，看到姥姥站在路边，手里举着耙子，捡马车漏下的草料，我觉得特没面子，回到家里就对姥姥发脾气嫌她丢人，姥姥也不生气，说："我不偷不抢，丢啥人，好吃懒做才丢人！"她的话说得我无言以对，后来家里生炉子我们也挎着个篮子跟姥姥捡煤核,搂树叶烧炕,拔猪菜喂猪。姥姥的言传身教培养了我们从小吃苦耐劳坚韧不拔的毅志,直到今天我们也不怕吃苦,不怕困难。

姥姥没读过书,可给我们讲起故事来,却讲得特别好听。那时候家里没有电视,我们常常缠着姥姥讲故事,姥姥便把在老家看戏的故事讲给我们听,“小姑贤”“小姑刁”姥姥竟然能把整段的戏文背得滚瓜烂熟,还不忘了真假男女声不停地转换,动听极了。姥姥通过讲故事也在向我们传授做人要善良的道理,只要有要饭的经过我们家,姥姥一定要给点吃的。有一年一个七十多岁的老太太经过我们家,说是看儿子走不动了,在我家歇歇脚,姥姥给她吃的留她住了几宿,还给了她点自己的私房钱,老太太千恩万谢地走了,姥姥都不知她姓甚名谁,她只是说:“碰到有困难的人帮一把是应该的,做好事对后代好。”

姥姥就像个抱窝的母鸡保护着她的小雏鸡,我们在她的羽翼下慢慢长大,她善良、宽厚,她与邻里相处得和谐融洽,她从不计较小事,但是当我们需要她呵护支持时,她勇敢坚毅的性格便显现出来。

听姥姥讲,妈小的时候因家里女孩子多,就不遭人待见,再加上重男轻女的思想作怪,那时候太姥爷当家,给孩子们分烙饼,男孩子一张,女孩子半张,没人敢吱声。姥姥找太姥爷说:“一样的干活,发烙饼就不一样,凭什么男娃就比女娃多,不公平不合理,现在是新社会了,男女都一样。”太姥爷也觉得不妥,只好妥协,以后就按姥姥的意见给妈她们分东西了。

姥姥在我们家生活了三十年,她对我们生活上的关心爱护甚于父母,我们生日那天,保准能享受一碗有两个鸡蛋的长寿面;谁爱吃什么,谁喜欢啥东西,姥姥都了如指掌。当我离开姥姥,调往呼市,再次回到故乡见到姥姥时,姥姥就赶紧做我爱吃的面条、煎鱼、炖豆角……这是姥姥的味道,家乡的味道,它在我的心中绵绵留长!

1990 年姥姥说,你们都成家立业了,你们的孩子我也帮你们带大上学了,我完成任务该叶落归根了。我们千般挽留万分不舍地看着姨夫和表哥带姥姥回了老家。

从此姥姥回到故里燕赵大地。

(作者系内蒙古自治区监狱管理局第一病犯管理所退休民警)

我 和 岳 父

罗海军

转眼间和岳父在一起生活已经十八年了。

结婚时没有婚房,结婚后就住在一起了,等到我儿子降生后搬出来住,也基本是分家不分锅,邻居羡慕地说我是吃公攒私地混了这么多年。

岳父兄妹九人,从小家庭生活压力大,十五岁便离家跟人学习养蜂,早早挑起了生活重担。一年后参加招工,远离家乡到大冶探矿一队工作。探矿大队井台上没日没夜都是繁重的体力劳动,每月二十多元的工资,大多寄回家接济年幼读书的弟弟妹妹。1988 年岳父的父亲病逝,因为岳父在家里排行老大,为了照顾家里的弟弟妹妹,1989 年和岳母一起辗转调到沙洋监狱局工作,生活总算安定下来。

岳父是一个性情谦和热心善良的人,在监狱设计院工作期间身担开车和勘探任务,面对每天早出晚归没有规律的出车任务,晚上还要计算数据图纸,岳母颇有微词,岳父却从来没有怨言和推卸,总是不折不扣地完成任务,在工作间隙还常为邻里解决许多家庭生活上的小困难。岳父里里外外的口碑极好,交下了许许多多真诚的朋友。

我们一起生活的这么多年里,岳父从来没对我说过一句重话。即便是我犯了错,也从来没有当面责怪过我。有时我和老婆之间闹别扭,无论对错岳父从来不过问不评判,就当不知道,只是在适当的时候给我们打电话,说家里备了我们喜欢吃的菜,让我们回家吃饭。就这样,一个电话一顿饭让我们夫妻二人惭愧难当,和好如初,再也不敢闹不和了。

生活中岳父没有架子,凡事总和我商量,我们之间亲情上是父子,私下里更是朋友,能够不拘形式内容平等交流,也许是天造有缘人,我们意见总能达成一致,有着惊人的吻合。

有意思的是,曾经我们也是互相挽救生命、经历过生死考验的患难之交。

2012 年,身体一向很健康的我患上重症,医院怀疑为恶性肿瘤,决定尝试手术治疗。恰好本单位在前一年出现一例同样病例年龄相仿的青年人医治无效去世,在此背景之下我们全家笼罩在一片阴暗恐怖的紧张氛围中,老婆不堪重负几近崩溃。这时,岳父站出来主持大局,坦然地说,要钱拿钱,有病治病,不要想得太多。

在武汉手术的日子里,老婆心智大乱,是岳父站在身后稳如泰山多次接送我往返医院,在院外积极组织住院费,跟进病情进展,安慰里里外外的一家人,保障了我的顺利医治。直到今天,我也不知道当时他的心路历程,是如何顶着巨大的压力过来的。幸运的是,手术后我恢复得非常好,没有辜负岳父他们的一番奔波辛劳。

在我身体基本康复的 2015 年,岳父突然罹患了比较特殊的重症。那时我在外地进修学习,等第二天我辗转赶到医院时,岳父已是岌岌病危,严重程度远远超过了我的预期。身为医生的我,了解情况后,想起当年岳父救我时的沉稳,便努力镇定下来,安置好岳母和妻子,全力和医生协商抢救。

在去武汉的救护车上,看着岳父病情渐重奄奄一息,我心如刀绞焦急万分,只怕岳父猝不及防会离我而去,便在心里默默祈祷,一路不停地催促救护车飞驰而行。

在岳父住重症监护室的那些日子,我七天七夜守在外面的过道上。每天面对天文数字的医疗费和复杂多变的病情,我压力巨大,很多次害怕自己不能支撑下去。那些天,我抱着手机就像捧着生命一样,一刻不敢停也不愿停下来,日夜协调相关专业教授、医疗费用、紧缺药品、病房、营养餐等,那种无力回天孤独漫长的煎熬心理只有经历过生死劫难的人才能体会。

也许是我们的真诚和岳父的善良感动了上苍,虽历经千难险阻,终是保住了生命。岳父的乐观性格对恢复病情很有帮助,我一直全程陪同照顾,经过两个多月的治疗,恢复得比较理想,虽现在要一直坚持吃药,但我们已经很满足了。

经过生死考验后,我们感情更加深厚,我也更加珍惜我们平淡生活的点点滴滴:不需复杂的方式,有机会,我就带他们出去吃饭,去旅游。人的一生,说长也长,说短也短,说坚强其实很脆弱,任何人都不能把握,我不愿留下子欲孝而亲不在的遗憾,珍惜当下相互拥有是我最真心的愿望。

岳父对我们从来没有过多的说教,他一直用温和的性情影响着我,特别是对待老人的孝心和耐心,对待小孩宽容开明的教育方式,让我受益诸多。近些年我的性情大改,变得更加刚强坚韧豁达乐观,能够开心满足地工作生活,总是尽己所能地帮助别人,即使有时吃点小亏也不计较没有怨言。耳濡目染多年熏陶,我对老人、对妻子孩子、对朋友同事等待人处事的善意态度都得到成长。

如今,我对岳父滋生了幸福依赖的情感,没事的时候,总喜欢打个问候的电话,天南海北地聊一聊,即便听听声音,心里也是踏实了。而岳父淡淡的爱意,就像冬日的一炉温暖萦绕在我周围,吃饭时他总是不经意地优先点上我喜欢吃的菜肴,从外面回来他总能顺手给我带回一瓶小酒,我遇到困难时他总是不遗余力地出钱出力。有时候我还会任性地要几元早餐钱,或是特意让他帮我做一件事情,他总是很乐意地接受。别人不懂其中的奥妙,我却深谙其中的情怀:他享受了做父亲的快乐,而我,也享受了做儿子的幸福。

岳父自从退休生病后,唯一的爱好就是钓鱼。有机会的时候,我们俩坐在塘边,不需要语言交流,各坐一隅,静静地享受闲暇时光。

我想,所谓的人间天伦,也不过如此吧!

(作者系湖北省沙洋平湖监狱民警)

外婆的名言

胥慧湘

提笔惊觉:外婆离开我已有二十四年了!

外婆年幼时家境富裕,被家人娇生惯养着,很是调皮捣蛋,不愿上学,不思进取,整个孩提时代就这么混过去了,根本没读过书。但自外婆嫁给外公之后,她彻底变了。

外公是一个汽车站的站长,官不大,却也是一个有知识、有身份的人。作为站长夫人,外婆开始意识到没文化的可怕,便开始了认真学习:每一张报纸,每一份杂志,都是外婆学习的教科书。她认真地读,一篇一篇地读,一遍一遍地学,遇到不认识的字就查字典,就连报纸的中缝都不曾遗漏掉,以至于不到几年的功夫,外婆就脱胎换骨成了一名"大家闺秀",不仅增长了文化知识,对国家大事、时事政治也颇有见地了!

得益于读书学习的外婆说得最多的一句名言就是:活到老,学到老,学到八十刚刚好!外婆一直到她走的那一年,九十二岁高龄了,仍常常搬张小木板凳,坐在老屋门口,在暖暖的阳光下,戴着一副老花眼镜,双手有些颤巍巍地拿着报纸,眯着眼睛,认真地阅读着!

我那时就觉得,读书时的外婆真美!

也许是因为外婆这么好学,她抚育出来的我妈妈多才多艺、文舞双全,可惜的是生命无常,妈妈过早地离开了我,外婆就自然而然地承担起了抚育我长大的重任!

在我还未上学的年纪,外婆就让我背《新华字典》:小小的我常常早上六点就起来了,坐在我们那个厂大门的一棵大树下,咿咿呀呀背呀背呀,虽然根本不知道自己具体背了些什么,将来会有什么用,但是我仍旧是认真地背着。来来往往的厂子里的大人们看见我都喜欢夸上我几句,当时心里总是美滋滋的。直到上了初中,有一年老师让我主持班里的文艺晚会,我才发现,当年傻背的那些字词，对我的咬字读音、文学理解乃至朗诵表达、声音塑造是有多么大的帮助！自此之后直到工作，我年年都是主持人，并且在全省监狱系统的大型文艺晚会上也担任过主持！

多读多学，不断提高自身素质，这是外婆教会我的最大的本事和能力！

不幸的是，外婆是个小脚女人。在她的那个只看脚的年代，女孩子要找夫家了，只需坐在桥子里，伸出脚去给人看一眼，脚越小男方家就越满意。外婆告诉我，她不像别的女孩那么乖巧听话，在脚被裹着的过程中，因为实在太疼了，她曾偷偷地拆开过那块又长又臭的裹脚布，让自己可怜的脚得到片刻的放松。所以她的脚并没有被裹到最小，算不上太标准的小脚，以至于家里人还担心她以后嫁不到好婆家。不过外婆很庆幸地说，还好到了她出嫁时，就不再只看脚啦！

所以说，外婆其实也算是赶上了好时候，成为新时代的女性。她的思想理念很有自己鲜明的个性。

外婆说得很多的另一句名言就是："茄子不大，种不好！"这句名言跟我的父亲有很大关系。当年母亲在有好几个人追求的情况下，偏偏选择了父亲这个只会专注于自己喜欢的艺术而显得"百无一用"的书生，外婆是一百个不满意。更让外婆不满意的是，父亲被打成了右派，母亲因此遭受牵连，外婆对父亲的偏见更深。在后来这么漫长的岁月中，尽管外婆一直跟着我们在一起，父亲也一直都孝敬着她，但她对父亲的成见一直都在，只要我们这几个孩子做了什么让她老人家不满意的事或是犯了什么错误让外婆有所失望，外婆就会一边用她尖尖的手指戳着我们的脑袋，一边叨叨着："茄子不大，种不好！"说是这么说，但口气里透出的却满是爱怜！每当这时，我们就会相视一笑，心想：怎么又是无辜的老爸！

一直埋怨父亲的外婆，其实并不是个小肚鸡肠的人，她非常懂得健康养身，而且也的确是个身心都很健康的人。她每餐都坚持一小杯酒，几十年从未断过，但从不酗酒，作息也很有规律，在看书看报之余总是做些力所能及的家务事。甚至在八十岁高龄的时候还主动照看重外甥。我现在还清晰地记得外婆迈着小碎步追在小姐姐的儿子身后的情形："满崽，不要跑，不要跑那么快……"

外婆说过的好多话，在当时好像并没觉得有多高深，可现在回味起来，句句都是真理。这些话语在潜移默化着我们几个孩子,特别是对我这个由她一手带大的最小的外甥女来说,真是受益终身!“腹有诗书气自华”弥补了许多我自身先天的不足,让我日趋健康完善。特别是那句通俗易懂的“茄子不大,种不好”,让我谨记:必须不断修炼自己,完善自身,才能教育好下一代。父母的良好修养,是对下一代最好的教育!

在这样一个明媚的夏天,写下这些文字,用以纪念我那伟大而又平凡的外婆!

(作者系江西省赣州监狱民警)

我想你们了

梁　彬

前段时间，有幸观摩了新疆兵团三师团代表彩排的《跪羊图》。那如歌如泣、如梦似幻的背景乐响起时，我静下心来认真聆听那呢喃的歌词，忽然感觉，那歌中的每一字都如一把利刃，插进了我的心间：我想你们了。

那个冬天，冷冷清清，你送我离家。那时，你有如瀑的青丝，还有一张美丽的脸。我头也没有回，一走就是八年，从此后，他乡变成了故乡。

上次省亲，还是在冬天，你徘徊在家门，头上突然冒出的一缕白发，还有消瘦的脸，刺痛了我的双眼。曾以为，一个人，无牵挂，可以恣意地行走在生活的边缘。但那一刻我才明白，有的东西它一直存在，牵挂，血脉相连。

从此再送我离开，我便不敢回头了，我害怕眼泪会灼伤双眼。我低着头，拉着行李箱，阳光下的倒影，拉得好长。故乡，渐行渐远。故乡已变成了他乡，不知道何时才能重回你的身旁。

印象中，我与父亲好像从来没有过合影。父亲你永远是在忙碌，没有一刻停下来过，为了生活、为了家庭、为了我。曾经，我抬头看着你，如山般伟岸，如大地般沉稳，以为你永远是我的依靠，永远都不会老。而今看来，岁月不会因任何人停留，甚至对你更加刻薄。山还是那样的高，你却越发的苍老、越发的孩子气。

你从来没有参加过我的家长会，唯一一次去学校，还是拎着我的背囊，送我念大学的路上。时间一晃，十三年的光景。

十三年前的我，叛逆，不听任何人的声音；那时的你，放纵了我，你眼里永远的小孩。

十三年后的你，老了，变得偏执，却依然护着我；此时的我，面对家庭，却变得胆怯、懦弱，还是你当年眼中的小孩。

或许，每一个孩子，面对父母，永远只有索取，一味地无理取闹。

但可以肯定，每一对父母，对待子女，都会心甘情愿地付出，包容我们所有的小情绪，宽容我们所犯下的错误，并且会尝试着理解我们一切的“不知所谓”。

一曲《跪羊图》，袅袅相思意，我想你们了。

（作者系新疆生产建设兵团图木舒克监狱民警）

外公的心愿

刁志坚

已记不清是从什么时候突然开始,外公走不动路了。

外公的头发花白,小时候的水塘、田野、玩伴已经永远地从他的身边消失不见,只留下他孤独老迈的背影。

外公年轻时放弃了乡村教师做孩子王的安逸生活,选择了当农民,结果一辈子满眼粮食,从来没有走出过村庄和土地。

有一次外公对我说,木林走后,他的梦里再也没出现过活人了。

木林和大勤是外公最要好的发小,都已离他而去了。木林走之前外公去看他的,那是我印象中第一次看到外公老泪纵横。

人老了,人生突然变得极其短暂,也许是死亡迫近的恐惧几乎不可排遣。外公就总念叨着,我能带他去一趟北京吗?他想去看看毛主席。转念又呢喃道,还是算了吧,他走不动了,我的工作忙。

这也许是他老人家一辈子的心结,是源自特殊年代遗留的精神向往:外公曾坐上过开往北京春天里的列车,去往那个时代所有热血男儿心中的圣地。可惜这一生中唯一一次冲动因为种种原因竟未能如愿,于是在外公心中永远刻下了一句毛主席的语录“不到长城非好汉!”

外公从未忘记过自己的梦想,哪怕在旁人看来其实微不足道,哪怕半个世纪都过去了!

我答应外公,等我有公休假了一定带他去一趟北京,我们去毛主席纪念堂献花,去八达岭长城坐缆车,在天安门广场看升旗,他走不动了,我们全程请人跟着,不差钱。

每每说到这里,外公总是微笑着点头,重复着说,毛主席说的“不到长城非好汉”,看不到毛主席那去北京干吗?言语间流露出的是期待的精神。还不忘担心地说一句,你可不要骗我,不带我去啊,害我有了希望又失望,心里难受。

我说,“不会的,既然答应你了,就一定带你去”。外公方才眯上眼睛,嘴角上扬。

去年外公突然关节痛风发作,一连五天双腿不能落地,不能动弹,整个人仿佛虚脱一般,迅速地衰老下去,这是以前从来没有过的。当时看着他奄奄一息的样子,我十分不忍心,休息天守在他身边陪他聊天。他说,“可能再也去不了北京了,不敢再想这事,这次是真的痛伤了”。

一瞬间明白外公心里最大的心愿依然是北京之旅,我强忍着泪水说:“外公,没事的,你一定会好起来的,你放心,我可以背着你走长城,咱们爷孙俩一起当好汉。”

外公勉强地笑着说:“天黑了,你回去吧,我躺着睡一会儿,亏了你给我买的好椅子,还蛮舒服的。”我知道他心里难过,也只好点点头说,“没事的我再搁你这儿坐一会儿吧”。我不知道他这一次还能不能再站起来,只能安慰他,“外公我们还要去北京呢”。

我深深地理解了“说走就走的旅行”是多么幸福的事情,但是我不能。我身在基层监区,没有法定节假日,却有不可推卸的监管责任,所有假期都是要用同事们的辛苦顶上去的。

但面对外公,我真的是心中愧疚。外公的状况已让我来不及规划行程,来不及做好准备,来不及再等一等了。五月的北京之行计划已经写在了一张几经踌躇斟酌的请假条上,我决定向单位递上这份“陈情表”,完成外公的心愿!

(作者系江苏省溧阳监狱民警)

我的两个女儿

胡安乾

我从小虽是孤儿,但长在红旗下,是共产党哺育了我成长:当过工人,当过兵,当过司法警察,当过检察官。2010 年 2 月,我光荣退休。

我这一生,非常幸福,不仅得益于党和人民对我的培养,还得益于我有两个好女儿。

我的女儿灵灵,是一个心地非常善良的人。

2002 年 4 月的一天,我驾驶小车在倒车中不慎将过路的一位七十多岁的老人吓倒,老人腿部骨折,住进了医院。灵灵每天一下班就往医院跑,给老人买来营养品、水果,安慰老人,还将家传的骨折伤药拿给老人包。

我老伴对灵灵说:"我们已经为老人请了护工,你没有必要这么辛苦,天天跑医院!"

灵灵却说:"妈,关心老人是应该的,何况我这样做,还能够求得老人的谅解,对事后的处理是有利的。"

经过近两个月的医治和灵灵的精心照料,老人康复出院,这件事得到了顺利地解决。

灵灵对老人是爱护的,对我就更加孝敬。

退休的那一年 5 月下旬的一天,我的胸膛就像被他人打了几拳那么疼痛,经医生诊断患了冠心病需住院治疗,但经治疗病情毫无好转,医生判断我的心脏动脉血管阻塞,6 月 4 日贵州省人民医院给我做手术。当天下午四点三十分,手术医生将我接到手术室,这时,手术台的门开了,几个人抬出了一具尸体,家属们哭哭啼啼,我的头立时一片空白:这可是鬼门关呀!

是灵灵在一旁安慰我说,"爸爸,我们在门外等你!"这才让我的心情放松了许多。

手术顺利地完成了。我被送到了病房,那几天多亏了灵灵她们几个孩子轮换着照看。

出院时医生交代,我患病的根源是过去在生活上不注意,经常大鱼大肉,很少吃素菜,烟酒不断。

灵灵心细,记住了医生的话,为我们做吃的,上桌子都是四个菜以上。不是鱼类就是蔬菜,猪肉都是用菜油炒的瘦肉,炖鸡时都要把漂浮在鸡汤面上的油掏尽了才给我吃。为了使我早日康复,灵灵在网上给我买了日产的“发热贴”,药的形状约有口罩那么大、那么厚。冬天我把发热贴贴在心口上,始终保持温度,不宜受凉。正是在灵灵和家人无微不至的关怀下,我的身体迅速地得到恢复,这让我深切体会到老人们最大的幸福其实不是物质上的享受,而是子女们的关心和爱护。

我的另一个女儿周倩是我的儿媳,她是 2014 年 5 月嫁到我们家的。

2015 年 10 月,我老伴因脑出血卧床不起,有一天,灵灵刚走不一会,老伴要解大便,周倩就毫不犹豫地将老伴扶起,但等了二十来分钟,老伴就是拉不出大便来。由于腹痛难忍,周倩看到老伴那痛苦样,心疼了,就用手指直接插入老伴的肛门把大便一砣一砣地掏了出来。等老伴拉完,她又动手帮老伴清洗干净。

这事一般人是做不了的,我听了后十分感动。我问她:“小倩,你不怕脏吗?”

她说:“我看到老妈痛苦样,那还顾得了这么多!”

老伴出院后,我们住进了儿子家。周倩每天问寒问暖。

每天吃什么,她都要征求我们的意见,然后才去购买;早上,为老伴梳头、刷牙、洗脸,照顾老伴服药;晚上,给老伴打水泡脚。对我们床上的垫单、被子经常给予换洗,有时老伴唠叨几句,对的周倩就接受,不对的,周倩也只一笑了之,从不较真。

周倩每天上下班,都要同我们打个招呼,就像亲生的女儿一样。在儿子儿媳的精心护理下,老伴生活可以自理了,于是我们搬出了儿子家。

灵灵又同我们住在了一起。只要她不出差,每天都要给我们做饭,一下班,就忙着做菜,每次炒菜,老伴总爱在旁边指指点点:“油少放点,菜多煮一下,怎么?味精没有了……”

我对老伴说:“女儿都四十来岁的人了,该做什么,怎样做,人家都会,你总把人家当小孩对待。”

老伴不高兴地说:“她是我的女儿,我想怎么说就怎么说。”

我对老伴的这一做法很反感:“你怎么不考虑考虑别人的感受呢?”

灵灵说:“爸,你们别吵了,我了解妈妈,我听她的就是了。”

灵灵有一个可爱的女儿,今年读初二了,学习成绩不错,在我的引导下,曾在《乌蒙新报》《毕节晚报》上发表过《我的同桌》《军事训练》等文章,也是一个非常懂得孝敬的好孩子。

我已经走过了六十八载的风雨历程。幼年就失去父母的我,孤寂曾是我童年的旅伴。想不到,今天我却有了一个快乐幸福的大家庭。孝顺的儿女们,让我的老年生活非常的满足!

我相信善报,难舍亲情。亲情好比两个相切的圆,相切圆有相交点,那一点,无论如何不能割舍,割舍后,它再也不是相切圆了。那一点流露的就是真情、亲情。亲情如一杯浓浓的茶,散发出醉人的香味。亲情永远是我心灵的栖息地、避风港。

(作者系贵州省毕节市人民检察院退休干部)

节日篇

回家过年

李　芙

范同志老家在山西省阳高县的一个小山村,1995 年移居到大同市。

屈指算来,和范同志结婚二十六年,只有三年没陪同他回家过年:一年因为怀孕,两年因为孩子太小。

前两天婆婆和小姑子打来电话说,过节回家什么都别买了,家里什么都不缺。是的,婆婆苦尽甘来,婆婆家的日子越过越好,孩子们车子、房子都是标配,而且房子都不止一套。婆婆是个非常了不起的人,她大字不识,就是照猫画虎,也画不出一个正确的"范"字,可她培养的四个孩子个个出息。婆婆自己种地、养猪,种的粮食一家子吃,猪是年初养年底卖了,给四个孩子交学费。因为家里没有壮劳力,孩子都上寄宿学校,她没少受劳累。公公是乡中心校的语文教师,不是天天回家,身体很弱,干不了什么活。记得第一次陪范同志回去过春节,学校的校长来家拜年,说了许多客套话,我当时听不太懂当地的话,最后校长的意思我明白了:公公一到冬天去学校时,带一个大号的、黑色的包,放学后装满学校的燎碳(好像是没有完全燃尽的煤)带回家,学校一直睁一眼闭一眼,一是知道公公家里穷没钱买煤,二是公公有个出名的儿子,就是我嫁的范同志,他是当年县里的高考文科状元,名字是记在县志上的。当时公公红着脸低下头,憨憨地笑着。

跟公公接触的不多,交流也少,可我儿子对公公很亲。可能就是人们常说的血亲。有一年我们准备返京时,家里所有的人都围着车送行,已经上了车的儿子突然下车跑到公公身边摸索着两边的衣兜,掏出仅有的二百元压岁钱递给公公,让公公随便花,当时儿子七岁。我们的车开出一段路了,只见公公还一只手拄着拐,一只手举着钱在寒风中晃着;婆婆在湿滑的雪地上小跑着,还在喊"路上慢点开,到家来电话",看得我满是心酸。想起前几日送儿子去学校,儿子下车后让我们先走,车到路的尽头,我从后视镜看到儿子仍在挥着手,那一刻我感到的却是欣慰。这可能就是面对迟暮和朝阳的不同感受吧。

儿子给公公的钱,公公一直珍藏在胸前,逢人便拿出炫耀。后来我问儿子为什么给公公钱,他说看着公公弱不禁风的样子很可怜。我默默无语。公公确实身体不好,一个前列腺手术没挺过去,于2007年初去世了,成为我们家人心中永远的痛。

婆婆一直待我很好,原以为是爱屋及乌。直到去年回家过年,婆婆感谢我当年结婚时没有要彩礼,才知道我宽了她多大的心。那时,老大刚结婚不久,家里的妹妹、弟弟都在上寄宿学校,日子过得捉襟见肘,还有饥荒(借的钱)要还。二儿子要结婚,娶的又是大城市的姑娘,这又要拉多少的饥荒呀!这不是要给原本就拮据的日子雪上加霜嘛!婆婆急得满嘴起泡,用她的话说:一颗心在嗓子眼儿忽悠着,气都喘不上来。一听说城里的媳妇不要彩礼,心扑通掉到肚子里了,那叫一个舒畅。范同志从来没有跟我说过当地有女方要彩礼的习俗,其实女人只要是心甘情愿地嫁,只要爱的人在身边,彩礼那都不叫个事儿,何况我认定范同志是个绩优股。

我和范同志的缘分像是上辈子积下的,北京长大的我,却有着很多山西大同人的爱好。

我爱吃酸的。到外面吃饭时等到菜上齐了,总是让老板拿碗醋,所有的菜在醋里蘸一下再吃。特别是水煮鱼,在醋里一过既去油又提鲜;我爱吃莜面,蒸的、抄的、煮的、炖的没有不爱吃的,儿子也爱吃;爱吃土豆粉丸子、刀削面、凉粉等。北京的特色我只能说出炸酱面、烤鸭,其他特色好像都是清真的,不大喜欢。大同不仅美食多而且价廉,像我们这种北京穷人到大同能找到有钱人的感觉,花得特爽快。

大同的城市建设越来越好,蓝天数比北京多得多。可能因为有亲人在的缘故,我早已把它当做故乡了。每每北京雾霾天都要打开大同的天气看看,那儿大多是优良天。大同这几年冬天越来越暖,在和亲人团聚的同时,也能出去玩玩,像滑雪、泡温泉,逛逛新修的城墙、文瀛湖,看看冰灯、旺火,我们还穿过矿工服,下煤矿体验过矿工的工作环境,想想心有点儿飞……

范同志和他的老乡们热衷于聚会,在北京过一段时间甚是想念,就要聚聚。这不算,就说过春节,回大同之前在京聚聚,到大同后要聚聚,返京前要在大同聚聚,回京后再聚一下,这节才过得圆满了。其实就是那么几位,弄得像一日不见如隔三秋似的，就这么重情义。

婆婆虽然嘱咐我不让买东西，可我觉得过节就要有过节的样儿，红红绿绿手上拿，大包小包肩上扛，这个是给你的，那个是给他的，即便礼物没有送到心坎上，但心里都是暖暖的，特别是在这数九寒天的日子。

带上我们的心意启程，2018 年，回家过年！

（作者系司法部《犯罪与改造研究》杂志社副编审）

那时的春节

郭剑敏

春节又到来了。

监舍显现出一片祥和、快乐的气氛,服刑人员有的相互拜年、打招呼,有的聚在一起唠家常;有的看电视;有的下棋;有的看书;有的写信或者找民警打电话,有的摸着溜圆的肚皮躺在铺上想心事,有的在走廊溜达。

巡视完监舍,我站在办公室窗前,望着窗外片片雪花,想起以前监狱过春节时难忘的情景,不由得感慨万千。

以前我们监狱是农业单位,秋天收获后,冬天就开始脱谷送粮食。临近春节,粮送得差不多了,就把场院收拾利索,准备歇歇过年了。

那时,过年是服刑人员最快乐高兴的日子:伙食好,又能休息。只是,不少人开始打违禁品"酒"的主意了。

我们监狱的大门口把守虽然很严密,但服刑人员收工后,对他们仔细搜身,时不时总能搜查出酒来。

外来进入监狱的车辆(四轮车、拉草的大马车)不好查,就叫车停在外面不让进。拉草车卸完,用小推车一车一车往里倒,民警看着。春节前,各中队还负责自己清酒,工作量很大。凡是可疑的地方都要清一遍。

那年月,服刑人员不像现在都住在楼房里,有很多住平房睡大火炕的。清监时,扒开的炕道里、屋外的草灰堆里、雪堆里都能翻出酒来。更有绝的,把酒藏在垃圾堆里、楼房的顶棚或者卫生间的大铁水箱里。尽管服刑人员藏酒的手段五花八门,但总是能被细致的管教民警一一识破,清理出来。

那时过节少不了服刑人员自编自演文艺表演,监狱基建队服刑人员表演了一个小品《秤妈》,说得是哥俩分家后,老母没人赡养,舅舅出面让哥俩轮流各养一个月。交接时,舅舅要拿大钩子称称老母,体重增加有奖,减少处罚。

老二俩口子奸猾,给老母吃得不好,还要她干重活,折磨得老母骨瘦如柴。

舅舅年关前提前了两天来称重,老二夫妻俩措手不及,慌忙应付:老二媳妇巧舌如簧跟舅舅狡辩,说喝米汤是为减肥,干活是为锻炼身体。偷偷让老公往婆婆怀里揣个热水袋,假装关心怕着凉来遮人耳目。

老母心知肚明,碍于亲情没有"点破"。在称重时一不小心将"热水袋"掉出,揭开了真相。舅舅勃然大怒,将夫妇俩好一顿训诫,迫使夫妻俩点头认错,家庭重归于好。

这个小品诙谐、幽默,笑点不断,演员表演得惟妙惟肖,表情神态不次于专业演员。尤其是老太太的扮演者,身体佝偻、头发花白、嘴巴干瘪、眼花耳聋、语言沙哑,俨然一个乡村老太太。此外,小品的思想艺术性强,让人在捧腹大笑之余,想到了"人性"的丑,"不孝"的恶,也让许多服刑人员想到自己以前对待父母亲友的恶行。小品像一面镜子照射出不孝顺母亲的可耻和不道德,与此反衬的是即便子女如此忤逆,但母亲却有一颗宽厚、包容的心。她没有责备,没有抱怨,没发牢骚,而是让子女自己去反思品味,去改过。拳拳"慈母之心"这一点最为打动人,许多观看的服刑人员都面露愧色,唏嘘不已,小品达到了极大的教育效果。此后许多年,在监狱的文艺表演中,我再没看过如此好的小品了。

现在对服刑人员都是规范化管理,不安全的管理已被禁止。但以前那种粗放性的管理下,也还有值得留念的地方。那一年的除夕夜,看完春节文艺晚会,午夜十二点钟声敲响之际,民警带领服刑人员有秩序地来到楼前广场,燃放礼花和鞭炮。

刹那间,广场上噼里啪啦的鞭炮声震耳欲聋,窜天猴呼啸而过,夜光弹五颜六色,大大的礼花高空爆响,火树银花一片,耀眼夺目,人群欢呼声一片。焰火礼花映照下,是监狱民警、服刑人员那一张张兴奋、激动、欢乐欣喜的笑脸。

辞旧迎新,扫去一年的疲劳、晦气,迎来新的一年的开拓和创新。心同此情,情同此理。午夜时分,举国团聚,举家团聚,而监狱人民警察却不能,职责不允;服刑人员触犯法律,限制人身自由,也只能跟家人隔空相望,心语交流了,但监狱人民警察则是他们唯一依赖的最为亲近的人!

鞭炮停息,列队报数,人数齐全,搜身安检,回归监舍,也很到位,也很安全,效果不同。

监区长嗅嗅浓烈的鞭炮味,长长地出了一口气,拍拍沾满灰尘的手,说道:"又一年了!"

满是感慨、憧憬和期待。他在饭桌上的话更是萦绕脑海，回味无穷，让每位民警深受感动："今天是除夕之夜，为了祖国人民能全家团圆，我们小家不圆，仍战斗在工作岗位上，这是我们职责所在。自古忠孝难两全。首先，让我们祝愿家中老人身体健康，平平安安；祝愿我们家庭美满，爱情甜蜜，事业有成。更祝愿我们伟大祖国繁荣昌盛，一日千里，国泰民安。祖国万岁！"

饮料代酒，举杯庆祝，何等豪迈，何等悲壮，何等神圣！多么难忘的除夕年夜饭。

过去的岁月难忘记，想起就甜蜜。

如今，新的一年到来了。监管改造工作的又一个轮回开始了。

（作者系内蒙古自治区乌塔其监狱民警）

年 之 味

郝文体

我是一名监狱民警，每当年节，我和我的同事，总有相当一部分不能回家过年，要在单位里做一种特殊的陪伴，担当重任。

过年的味道，因人而异。小孩子喜欢过年，觉得新奇好玩；老人爱过年，可以儿孙欢聚一堂享天伦之乐；人到中年多了艰辛厚重，年的味道也少了些新鲜，多了些平淡；独在异乡为异客的人觉得过年的味道少了甘甜温馨，因为每逢佳节倍思亲；对于狱内囚子，年一定是五味杂陈的，而年节里坚守岗位的警察，则平添了责任的味道和使命的庄严。这样说年之味，不过就感觉而言，过年的味道，却不应仅此而已。

年之味，因这年节与平日的不同，应品出时光底下潜藏和沉淀着的人生真味。

人们常说平淡是真，有时却要加一份差异比照后的思索。譬如平淡的美，未经绚烂和激烈抑或觉得浅和薄，如同自由和新鲜的空气、洁净的水，总要失去，在一种求之不得的境遇里，才知道平素以为最简单平常的，恰恰更珍贵。因为懂得，所以珍惜。真正地懂得是有深度的，如先知先觉者深邃的目光，可以穿越表象抵达本质。岁别经年，年年年尾接年头，人生就在一次次的“过年”里积累成长，也抵达真实，成熟老练。

因职业关系，我有多个年节是在监狱内值班度过。那几年，单位在一个极其偏僻的荒村野外，节日的光景虽然也有些许喜庆的点缀，但四围格外的寂静，似乎总不能热闹起来。大墙内的年倒别有韵味，眼看着一群失去自由的半大小子们充满欢乐地开心过年，并无太多思亲的怅惘，同事也都深感欣慰，于是特殊的陪伴中多了一丝寄意浩远的年味。那时节民警和囚子的心可以在一种单纯的共同过年的光景里达成朴素的默契，各自安好，平安过年。不同的身份，一样的时间，也是一样的地方。过年成了有些不平常的平常日子，不一样的过年光景,也会成为人生很多年景里别样的记忆。重要的是,不知在这样的平常与淡淡中,身处其间的人能有怎样的领味?

年节一过,便又恢复到一年的平常日子,短暂的年仿佛一个提醒,告诉人们最大的真实还是寻常岁月,过年也就那么几天,过了年便是平常地好好过日子。有生之年有限,也好像用过年的方式强调不可轻易放过岁岁年年,要在有限的年光中感悟最真实的人生味道。

回到平常日子,也如回归人生的本真。庄子说:“吾生也有涯,而知也无涯。以有涯随无涯,殆矣!”连无限的知识也不必去耗费有限的人生时光,何况身外之物的名利浮华呢?人生只有“不满百”的对于“年”的经过,有敬畏,更要回望本真,就像轰轰烈烈、豪壮雄奇也不必成为常态,平平淡淡才是真。

陪大墙内的囚子过年别有感喟,不知少了物质之累,暂免生计之忧、俗务之扰的他们,过年时是否能静思、体味人生真义。一切过往的浮华光芒早已黯然褪去,曾经巨大的声响逐渐沉寂,看似不可一世的威风烟云散尽,一度在意的恩仇爱恨慢慢释怀,原本何等看重的名缰利锁也早变得无足轻重、不值一提……

相反,家人的亲情也许从前并不在意却凸显得无比重要,点滴真情和平凡的关爱都体味到了诚挚的温暖,平常心、清净心、自由健康与平安,这些最寻常的词汇更有深意,对于幸福的理解更真实。

“万物并作,吾以观复。夫物芸芸,各复归其根。归根曰静,是谓复命;复命曰常,知常曰明。”

年轮里不仅积累着岁月的厚重,也应沉淀出人生的真谛。

(作者系山东省历山监狱民警、中国散文学会会员、
中国书法家协会菏泽市分会会员)

我家的年会

邹　敏

晚上我家开年会,因为是例会,主题每年都一样:成长、生活和爱! 主题的内容是回顾、反思、展望和规划。

为了开好年会,下午全家总动员,搞了大扫除,狗狗小贝欢快地在一旁帮着倒忙。

吃罢晚饭,收拾完家务,作为会议主持,我混得挺惨,连个帮手都没有,只有亲自把水果摆上,开水倒上,本子拿出来,小黑板取下来,然后通知在书房的儿子和躲在阳台抽烟的老公。

儿子慢悠悠走出来坐在沙发上,开始逗小狗,老公把烟熄灭,踱进来,端起茶杯,嘬了一口,烫得吸溜嘴。

“这次会议的重要性我再强调一遍,咱们家实行目标管理,目的是有利于团结一致,心往一处想,劲往一处使! 现在对照小黑板把去年订的目标检验一下,看完成情况。儿子,今年咱家最开心的事就是你拿到了奖学金,你很棒,爸妈都为你骄傲!”

“你说的儿子得了多少奖学金你就给他发多少奖金,你给了吗?”老公突然插嘴。

“这个……本来是准备除夕晚上给的。宝,要不妈妈现在转账给你?”

“好啊,随便。”儿子倒是漫不经心。

老公得意地笑了笑,就像儿子能拿奖学金是他运筹帷幄,决胜千里似的。

“下面继续,老公你谈谈吧。”

老公清了清嗓子,“今年我还行,虽然工作压力大,没有休公休陪你们出去旅游,但总算顺利。做家务也挺自觉,你问你妈,她腰不好,洗脚水都没让她倒过,对小贝最好,每天陪它遛它逗它,照顾两边的老人就更没得话说了……”

小贝听到说它,立马跑过去,趴在老公腿上,伸出舌头亲了亲老公的脸。

“问题问题,不是请功会!”

我敲了敲小黑板,指了指去年关于他的一条。

“这个嘛……我也有进步啊,儿子,我酒尽量少喝,烟也抽得很少,饮食也注意,再配合锻炼,我有信心把身体调理好,不让你们操心!”提起身体,老公有点沮丧。

“确实如此,你老爸今年进步很大,做事更有耐心了,脾气也越来越好了,值得表扬!”我看了看气短的老公说。

“爸,给你!”儿子拿了一大把开心果递给老爸。

“怎么光说我们?该你了!”老公拿到开心果,开心的脸色瞬间明朗起来。

我看了看小黑板,“我吧,今年身体管理还不错,腰疼发作次数减少了,乱花钱的问题也有很大改善,经济目标还凑合,对你俩照顾的还行吧,自我成长方面还要努力,工作也还尽职……”

看我们光顾着说话,没人理它,小贝着急了,冲过来扒我的小黑板,夺我手里的笔,然后跳到沙发上拍我的肩膀。

“妈,快点吧,还有啥?”儿子也逗趣儿催我。

“那你就说说,学习、身体、交朋友各方面……怎么样?”

“我学习什么的都不用你们操心,我会努力的,你们只负责后勤就行!”儿子抱起小贝准备撤了。

“哎,还没有制订明年目标呢!”我急了。

“你说了算,反正每年都是你制订的。我百分百支持!”儿子边说边要进书房。

“你写吧,明天我看小黑板就行!”老公拿起遥控器,准备调体育频道。

“还有最重要的一项呢!”我敲起了桌子。

“妈我逗你呢!”儿子哈哈大笑着过来,“今年我反着背你吧,把你的腰扽扽。”儿子双手反挽着我的双手,一弯腰,背起我,开始扽,我的眼泪和笑容一起溢出来……

最后,老公跟我们有点害羞的蜻蜓点水式的拥抱结束了会议。接下来,我还得忙明年的小黑板。唉,看我这主持人,到底是家长还是打杂的啊?

温暖的灯光从儿子的书房里透出来,沙发上老公正开心地烫脚看电视,小贝叼着玩具跑来跑去,这不就是我想要的生活吗?

(作者系湖北省沙洋平湖监狱民警)

写　春　联

连荣长

儿时，一小瓶墨，一支两角钱的学生练字毛笔，加上五分钱一张的大红纸，经我战战兢兢地一番涂鸦，舀半碗米汤糊一糊，便“爆竹声声辞旧岁，梅花点点迎新年”了。至此，大年三十父亲分配与我写春联的任务顺利完成。

不识字的父亲这时总会郑重其事地看了又看，然后竖起大拇指，夸赞，“好，好！工工整整，我娃写得好！”

说来也奇怪，只是一副对联，便让积雪覆盖的土坯门楼温暖了起来。那温暖来自漫天飞舞的雪花，来自一张张笑脸吹出的热气，来自屋顶的袅袅炊烟，来自厨房的阵阵腊肉香味……

那种温暖的场面一晃就四十多年过去了，今年的年三十，又一次在狱内，又一次为服刑人员写春联。

面对“知善行善，从心开始”，他们对出了许多下联：“寻梦圆梦，走向新生”“以心换心，与善同行”“明德育德，以身践道”“懂法学法，文明做人”……不知不觉我和他们心里最柔软的情绪被拨动，狱内充满了年味！

岁月如歌。无数个寒来暑往带来了无数个大年三十，也为我创造了无数个写春联的冲动和机会，不管是我回老家过年，还是在狱内值班。无论是当初“青涩的一笔一画”，还是现在的“停滞或流畅”，总能立即找回心底那份自信和温暖的东西。

因为写春联，带给我的是家的温暖和美好新生活的期盼！

（作者系陕西省安康监狱民警）

2017年的端午节

蒋桂林

2017年的端午，在岗位上。

单位食堂的餐桌上，依照惯例精心准备了粽子和咸蛋。

我拿起一个咸蛋，磕开蛋壳凑到鼻子边深深地吸了口气，没有嗅到记忆中的那股香味。剥开粽子的外衣，散散的、软软的，找不到金黄色糯米粒瓷实敦厚的感觉，也没有那股夹杂着米、豆、槐米、菖蒲的家乡味道。

我一时兴趣索然，匆匆忙忙地把剥好的粽子、咸蛋塞进胃里，起身回到宿舍。

电话那头，是儿子奶声奶气的声音："爸爸，粽子。"

儿子尚小，思维里还没有节日的概念，也不知道爸爸为什么没回家，言语里流露着童真的快乐。可是节日里的妻子，言语之间一丝难言的幽怨却不时流露出来。

点开微博、微信，铺天盖地的全都是粽子、艾草、菖蒲、龙舟……

电视屏幕上，充斥着全国各地过端午、赛龙舟的火热场面。

南疆的端午没有龙舟，节日氛围也没有故乡那么浓烈，但是一家人聚在一起吃一顿有故乡特色的端午食品，小酌两杯，聊一聊赛龙舟的热闹场面，品一品魂梦里的鼓点、鞭炮声，也算得上是对故乡的一种情思。

虽然推开家门的时候，端午早已经过去了，但儿子步履蹒跚地拎着粽子玩耍的样子，桌子上摆放整齐的咸鸭蛋，还有厨房里飘来的熟悉香味都在告诉我，妻子又为我们精心准备了一个迟来的端午节。

"热吃年糕，冷吃粽。"我迫不及待地剥开一个冷粽子猛咬一口，糯米经过长时间蒸煮后形成韧而不黏的劲道，刺激着我的味蕾，瞬间触动了我的食欲，还没来得及细细品味，三两口就把一个粽子吞进胃里。

裹粽子的糯米和竹叶是我陪着妻子在农贸市场挑选的，槐米和菖蒲根是母亲特意寄来的。为了让粽子保持故乡那种特有的味道，妻子还开车去了趟市郊，找来一堆黄豆秆子烧成灰，带回家作为裹粽子的主要佐料。

糯米提前一天淘洗干净浸泡在水里，豆秆子灰要隔在棕片上用滚烫的开水冲洗到瓮里，待水里的泥灰彻底沉淀到瓮底后，把面层清澈透明的豆秆子灰水倒在容器里，用纱布把槐米、菖蒲根包成香料包浸泡在豆秆子灰水里。把浸泡好的糯米和豆秆子灰水拌在一起，准备好洗净的竹叶和绑粽子用的丝线，包粽子的准备工作才算是全部就绪了。

看起来简简单单的粽子，可是要包出一个合格的却不容易。小时候，每年端午前夕看老娘包粽子，总要凑热闹也学着包上几个。虽然我包的粽子看似有模有样，但是煮熟后老娘还是能把它们从一大锅的粽子里轻而易举地挑出来，剥开后不管是外观还是口感都有很大的差距。

刚出锅的粽子香味浓郁口感糯软，冷粽子香味悠远嚼劲丰厚，两者各有千秋，难分伯仲。要是把冷粽子切成一厘米厚的薄片，在平底锅里煎到两面焦脆，那种外脆里糯的口感，则更是一道难得的人间美味。

思绪还停留在故乡的端午节里，没回过神来，一桌子热腾腾的饭菜已经摆开。我抿一口香醪，咬一口粽子，剥一个咸鸭蛋。再看一看儿子无邪的笑脸，品一品妻子脸上的幸福表情，想一想远方的父母和故乡的风物。

2017 年迟来的端午节里，我心里的幸福如约而来，让我记忆到今天。

（作者系新疆生产建设兵团第一师沙河监狱民警）

武威的大月饼

王平永

我的家乡在“河西走廊”的甘肃武威。武威地处祁连山脚下，在古代称为凉州，是古代著名的“丝绸之路”重镇和军事要塞。

武威的天蓝水碧，牛羊遍地，风景优美。正是这样独特的地理环境，悠久的历史文化孕育了武威人的善良朴实、粗犷豁达。也造就了武威大月饼的霸气、细腻柔情，她凝聚着武威人的勤劳、淳朴和智慧……她是武威人的形象代表。

武威大月饼，造型独特、风格迥异，作料为面粉、胡麻、红曲、姜黄、香豆子等纯天然作料和香料磨成的粉。大月饼特别讲究层次感，月饼一般做成五层和七层、九层，最下面一层为胡麻磨成的黑粉，最上一层为黄色是用姜黄磨成的粉，中间几层的颜色互相协调搭配，每一层的颜色都有讲究。最底层和最顶层一个为黑色一个为黄色寓意为黄天沃土。意思是人们盼着来年风调雨顺肥沃的土地能够长出茁壮的庄稼，也孕育着人们对大自然的敬畏之心。

武威大月饼的制作也很简单，和好的面团发酵后用擀面杖将一小块面团来回擀薄赶均匀擀成大而圆的饼型，再用胡麻油或菜籽油均匀地涂抹在面饼上，然后撒上作料和香料就算一层做完了，依次将剩下的几层叠上去再用面饼封个顶就算制作完成了。最后一道工序就是用大大的蒸笼将月饼蒸熟，水蒸气呼呼地冒出一股股香香的月饼味道刺激着人的食欲。

武威人的月饼有一个最大的特点那就是大，仿佛只有做的越大才越能体现出人们对中秋节最好的祝福。小时候每逢中秋节经常和一群小伙伴拉着手跳来跳去唱着最熟悉的童谣：“天爷天爷大大下，月饼蒸上车轱辘大，老汉吃上把炕压塌，小伙子吃上把房跳塌。”随着我的长大，发现外地市场上卖的月饼也只能把它称作点心也不为过。但是小点心并不能给人们带来大月饼所带来的乐趣和节日气氛。

今年的中秋已经过去了，我由于工作原因没能回到家乡，十分怀念家乡的大月饼,喜欢她的味道,喜欢她的样子,喜欢她带给家乡人们的节日喜庆。

更重要的是,我喜欢大月饼能给我带来最美好的童年记忆!

(作者系新疆生产建设兵团其盖麦旦监狱民警)

又是一年中秋到

潘　青

秋天是成熟、收获的季节，中秋又是举家合欢、思念重逢的佳节，月圆中秋，所有的期盼都在亲人的祝福问候与诱人的瓜果月饼中得到安慰。

当脚步匆匆穿越时节，不经意迈进秋天的时候，昨天纠缠不开的满怀疲惫已释然而飞，眺望秋天的枝头，沉醉在无边的秋色，流溢在我们脸上的欢乐与微笑又一回使人心醉。

秋天里，我们的岁月和梦与收成一样沉甸甸的，背着它，纵使让它压弯了腰，也不觉得累，一路上还是那首老歌《今儿个真高兴》，那歌声伴着秋收的喜悦一直唱到季节遥远的尽头。

秋天的空气也是香喷喷的，大吸几口，神采飞扬，精力也活泼旺盛，吸着稻麦的清香，也就等于尝着白生生馒头的香味了，感受着秋天的味道，内心甜美，口水早已溜出嘴角悄然滑落。

秋天的故事里，有喜人的庄稼长势，朴实的乡亲劳作，缤纷的色彩点缀，更有春华秋实，不仅丰富了季节的内涵，也成熟了秋的主题，“稻花香里说丰年，听取蛙声一片”，诗情画意，景美人醉再好不过了。

一路红红火火地走来，偶一抬首，月圆中空，中秋的夜晚千万家，遥望故乡那轮明月，思念随月光漫天铺地弥散开了，月里有我温馨的故乡，还有远方慈祥的妈妈，于是思念有了寄托，化作浓浓的亲情与爱意随月光慷慨地泻回故乡。

月到中秋分外明，这时心儿明朗起来，李白当初“举头望明月，低头思故乡”的感受又在心头涌起，更体味到苏轼“明月几时有，把酒问青天”的苦盼心切，我的全身于是沉浸在柔美祥和的气氛里，心却早已跑回故乡与家人一同团圆。

望着明月，难免哼起早年爷爷教我唱的“八月十五月儿明呀，爷爷为我打月饼呀……”那首亲切年久的歌谣，再嚼一口香甜的月饼，甜蜜在心里荡漾，笑便洒落一地。干脆来个痛快，喝一口九月九的酒，醉个痛快，此时，也就枕着乡思，被月亮妹妹抚摸着渐渐入眠，那香甜的美梦直到天亮也不愿走开。

中秋是一首永远的歌，常常在我的心中唱着，响起。

(作者系山西省阳泉第一监狱民警)

职业篇

劳动是一种立场

高　文

小学三年级的时候，有一篇课文讲述农村的粮食生产的奋斗目标，要"过黄河""过长江"。学校的老师给我们讲解，"过黄河"就是要实现亩产超过三百斤，"过长江"要实现亩产超过五百斤。他刚讲完，大家都笑了。老师不解，问笑什么？有同学回答，就这么点产量，奋斗个什么劲儿呢？

老师反问大家，你们以为亩产应该是多少斤？

大家伙就七嘴八舌地议论了一番，许多人叫道应该在一千斤。

记得老师当时说了一句也不知道是鼓励还是牢骚的话，好吧，希望你们长大后能够实现亩产一千斤。

十年以后，我当了劳改干部，带罪犯在秧田里插秧，品种是密阳一号，是我们劳改农场当年选定的最好品种。

我问身旁负责生产管理的技术员，亩产大概会是多少？他说五百来斤吧，管理好的话，也许能够收到六百斤。

才这么一点！我非常惊讶。

技术员反问我，你觉得应该收多少？那神情让我想起十年前的小学老师。

我说，怎么也应该七八百斤吧。

技术员此时看我的眼神就像看一个局外人一样，问我知道不知道周围农村的产量。

我确实不知道，他就说，小麦一般一百八十多斤，好一点的二百斤，水稻三百五十斤左右。我们农场有化肥农药的保证，灌溉条件也比他们好，小麦能收个三百多斤，水稻在五百斤上下，要想再高，就得算上双季稻了。

我对技术员的话将信将疑。那一年，风调雨顺，到了秋天，一打场，使用了密阳一号的田，单产比上一年多了几十斤，但依然没有超过六百斤。但这一年的劳动过程，却让我知道了农业生产的艰辛：

每天天不亮就带罪犯下田劳作，夕阳西下才收工。赶上抢收抢种的时候，还得挑灯夜战，半夜里收工也是常有的事。一个夏季过来，无论干部还是罪犯，都晒得黑黢黢的，像是从非洲来的。

队里的老同志却说，与他们过去的劳动相比，我们那时的机械化已经使干部和罪犯的劳动强度大幅地下降了。

周边的老百姓就更是羡慕我们了。他们告诉我，他们的劳动强度比农场的罪犯大多了，他们的田地都是一小块一小块圈起来的，没有机械，也没有化肥农药，连灌溉也成问题，他们的粮食产量就远远低于我们农场。罪犯一周改善几次伙食，有肉吃，但他们中很多人整月也见不到一丝荤腥。大约1987年的时候，我们大队对面有个村子跑过来几个农民，主动要求来农场当劳改犯，这让我感到非常震惊。

在劳改农场工作期间，我带罪犯搞了三年多的农业生产，1988年，农场遇到过一次大旱，所有人动员起来，费了很大的力气抗旱，总算勉强稳定住了粮食产量，通过这次抗旱，使我认识到，要保住一斤粮食是件多不容易的事情，要付出多少的汗水和辛苦！

劳改农场的主业是种粮。那时，劳改单位没有实行国家财政保障体制，干部、工人的收入和罪犯伙食的改善基本上全靠农业生产，粮食丰收了，收入也就高了，罪犯的伙食标准也会跟着有提高。但粮食要是减产了，就得扣发保证金。在很长的时间里，我习惯用粮食的数量来衡量自己的收入，发工资的时候，我手里拿着人民币，脑子里闪现的却是一包包粮食。

有了这种想法，我就很少乱花钱，在我看来，乱花钱就是在糟蹋粮食。

到了北京上班以后，很长的一段时间里，单位的财政保障不足。所领导让我负责编辑出版刊物，办刊的经费需要通过所发行刊物来解决，因此，每一年我工作的重点就是想方设法拓宽刊物的发行渠道，增加刊物的发行量，其中的艰辛有时超过了在农场的农业生产：粮食生产出来了不愁卖，但刊物印出了却未必有人要。

年复一年发行刊物的压力，让我经常把手里的人民币看成一本本的刊物，我就更加的节俭，有同事揶揄我是守财奴，给单位挣了钱也舍不得花，但他们不知道，我那样做，是不想辜负自己为发行刊物所付出的汗水和辛酸。

这些年来,每每见到一些人花钱如流水的现象,我的心里也是五味杂陈,总会感觉到一包包的粮食和一本本的刊物被他们挥霍掉了。

我很奇怪自己为什么总有这种想法,想得多了,终于想明白了:

劳动,就是一种立场!

（作者系司法部预防犯罪研究所副所长、研究员）

洗　　澡

杨剑锋　邹雨龙

一

进入六月，杭城的天气已经燥热起来。

身形有些虚胖的顾新根出工踩了一天的缝纫机，囚服粘在身上黏糊糊的，回到监舍小组的第一个念头就是痛痛快快洗个澡。

洗澡的时候，一想到还将日复一日地在机位上煎熬，他就烦闷异常。自从因容留卖淫罪被法院判了八年，眼瞅着自己在大墙里待了快四年，却一天刑期也没减过。也怪自己身体不好，去年十月被查出肺结核和糖尿病，在监狱医院住了半年，月考核成绩大受影响："唉，这样的日子什么时候是个头？"

顾新根嘟哝的这一句，虽然声音很小，但联号组同犯李育武却听到了。李育武长得尖嘴猴腮，一副精明像，却只是小聪明，没有大智慧，不然也不会因犯盗窃罪进了监狱。

"顾老板，好好的叹什么气？"

"想当初老子在外面开浴场，吹吹空调，吃吃西瓜，数数钞票，一个夏天就过去了。现在天气这么热，减刑这么难，我这把老骨头了，还要整天干活出臭汗。唉！"顾新根又深深叹了一口气。

"顾老板，你不是有钱吗？找关系上下打点一下，争取减几天刑，花花世界又是你的。"李育武一脸谀笑地献计献策。

"现在监狱搞了狱务公开，就怕管教民警软硬不吃。"

"有钱能使鬼推磨，这世界有不偷鱼的猫吗！"

"话是这么讲的，可怎么和偷鱼的猫搭上关系呢？"

"让家人打听打听，警官这么多，总会有几个你温州的老乡，说不定就联系上了。"

一句话点醒梦中人。顾新根有一个远房亲戚曾就读于劳改警校,毕业后到了温州市公安系统上班,只是从来没有联系过对方。

这时,现场监督罪犯洗澡的七分监狱二监区监区长吴江吹响了哨子,意味着洗澡马上要结束。顾新根来不及多想,匆匆在水龙头下冲洗一番,又擦拭了身上的水珠,赶紧穿上囚服列队集合。

二

今年刚一入梅雨季节,江南的大雨就“哗哗哗”地下了起来。入梅的第二天,监狱刑罚执行科副科长韩正到七分监狱二监区蹲点带班,这是三年前监狱推出的一项工作举措,目的在于给基层一线支援警力,同时也让机关科室民警深入监区了解实情。

“韩科长,雨这么大,你还来坚持带班,报个到就回去吧!”吴江看到了韩正,立即上前刷卡开门打招呼。

“这哪行呢,我今天就是二监区的普通一兵,归你指挥!”

“那好,E岗的人手不够,你就顶替E岗,主要是现场巡查、监督病犯吃药、带病犯就医、清点人数和劳动工具,任务烦琐点。”

“保证完成任务!”

韩正在基层工作过十多年,对在监区带班并不陌生。上午十点半左右,顾新根报告说要打针,他患有糖尿病,每天十点半必须前往卫生所打一针胰岛素。于是,韩正与另一名执勤的常警官交接了一下,拿伞带人出了门。

早上出工时天还未下雨,顾新根没带雨衣,韩正见了,就让顾新根挨着自己,两人合用一把伞。面对警官的热情相邀,顾新根有些感动:“韩警官,听您的口音,好像是温州人吧?”

韩正很反感服刑人员打听自己的籍贯,除了有些时候为了转化顽固不化的个别服刑人员,打出乡情牌外,他尽量不暴露自己的籍贯,然而乡音终究是很难改变的,一些耳朵灵的服刑人员总能听出他的口音。

对于顾新根的套近乎,韩正既没有肯定,也没有否定,而是有意岔开了话题。待他重新回到岗位上,左边的警服已经湿了一大半。

三

老同学李站平来省城开会，约了韩正和其他几个同学。聚会结束后，李站平搂着韩正的肩膀说："老同学，找个地方聊聊。"

二人出了饭店，旁边有家海纳百川浴场，李站平提议去洗澡。

韩正连连摇头："我们两个都是公职人员，不适合去这种地方吧。"

李站平有些不悦："这个浴场像是不正规的场所吗？咱俩去泡澡聊天。"

韩正只得依了李站平。

浴场里人不多，一番冲洗后两人并排躺在浴池里小憩。李站平突然冲韩正发问："老同学，认识顾新根吗？"

韩正立刻就明白了李站平此行的目的。李站平继续说道："他是我的一个远房亲戚，按辈份我叫他叔叔。父母一天到晚在我耳边唠叨，让我找同学关照他一下。如果不是看在你我老同学份上，我还真开不了口。"

韩正犹豫了一下说："顾新根在监区里改造，不归我管。"

"你是刑罚执行科的副科长，减刑假释不归你管归谁管？你跟下面的人打个招呼还不是小菜一碟！"

"老同学，你对监狱的工作情况不是很了解。现在狱务公开，根本没有暗箱操作的可能！"韩正实话实说。

"事在人为！"李站平仍不死心。

"如今监狱廉政建设抓得非常紧，我要是跟下面打招呼，那就有干涉司法公正的嫌疑。"

"没你说的这么严重吧！"

"你知道我们现在干什么吗？"

"现在？不是在泡澡吗？"李站平丈二和尚摸不着头脑。

"是洗澡，为什么要洗澡？环境中的污垢，身体分泌的汗水、油脂，每天积累在皮肤上，不仅导致皮肤老化，更会滋生细菌，破坏免疫系统。所以每天都需要洗洗澡。"

"这我知道。"

"监狱的减刑假释是一个非常大的风险点，出过多少事情，所以得经常给自己'洗洗澡'，才能防微杜渐、警钟长鸣。"

“你这是在给我上课呀!”李站平有些无奈。

“真不是上课,是心里话! 老同学,打招呼这种事我绝不会做,改造这种事得靠顾新根他自己。”韩正眼见李站平面容紧锁,知道他的面子上有些挂不住,于是话锋一转,继续说道:“不过,有些忙还是可以帮一下的。”

李站平顿时来了精神,露出一丝笑容道:“到底还是老同学情深义厚。”

“我可以从思想上帮助他转变,让他认识到犯罪的错误根源,打消一些顾虑,增强他改造的信心。”

李站平也清楚地知道眼下的政策法律环境是一种什么样的状况,听韩正这么一说,便不再坚持下去了。两人分别时,已是夜晚十点多的杭城,灯火却依然璀璨。

四

这次蹲点带班,韩正选了个教育日去二监区。自从监狱实行“5 + 1 + 1”教育改造工作模式后,罪犯周二至周六白天参加习艺劳动,周日休息会见,周一为教育日,进行政治、文化、技术教育。在教育日找顾新根谈话,时机正合适。

执勤民警小张按要求将顾新根带到了教育室门口。顾新根脸上写满了惶惑,不知道今天警官找他有什么事。

“知道今天找你有什么事吗?”

“报告警官,不知道。”

“你向家人捎带了什么口信我不追究了,但我希望你遵守监狱的有关规定,不该做的不做,明白吗?”

“明白!”

韩正便步入正题,替顾新根分析了其不能获得减刑的原因,既有减刑政策调整的原因,也有其因病住院导致奖励不够的原因。随着谈话的深入,顾新根悬着的心慢慢放了下来。韩正又问顾新根:

“你之前在外面是开浴场的?”

“是的。”

“既然你开过浴场,每天都与洗澡打交道,那我就跟你谈谈洗澡的道理。”“人的一生中要经常洗洗澡,那如何正确‘洗澡’呢? 关键要做到‘三勤’,勤洗头,做信念坚定的人;勤洗手,做廉洁自律的人;勤洗脚,做脚踏实地的人。拿你的犯罪经历来说,你法律观念不强,纵容社会不法分子在浴场里从事不法勾当,分析个中原因,就是有你不勤‘洗头’‘洗手’的缘故。进了监狱你在改造中碰到一点困难,不是想着如何踏实改造,而是想走捷径,通过找关系达到目的。分析个中原因,就是有你不勤‘洗脚’的缘故。你如果再一味执迷不悟,改造道路将是漫长的。”

韩正也没有多大的把握保证顾新根能够完全听进去,但顾新根至少是个聪明人,明白当前的改造要求,对于韩正的话他不停地点头称是,保证今后定会脚踏实地积极改造。

五

当韩正再一次来到二监区,吴江欣喜地告诉他:“自你找顾新根谈话后,他不仅自己改造表现好了很多,上周还制止了一起同犯打架斗殴事件的发生。”

“噢?!”韩正有些惊奇。

“盗窃犯李育武偷拿了隔壁小组同犯的一瓶沐浴露,上周洗澡的时候被人发现了,李育武却不肯承认是他偷的,还拿那瓶沐浴露砸对方,顾新根刚好在旁边洗澡,一把将李抱住,及时阻止了事态进一步恶化。”吴江喝了一口水,接着说:“李育武因为偷窃及争执被扣分了,情绪很低落,包管民警对他进行了个别教育,并安排顾新根盯着李育武。他俩本身是一个联号组,顾新根知道李育武家庭条件不好,账上也没什么钱,就主动将多出的部分生活物品赠与李育武,并配合警官一起做思想工作。顾新根还跟李育武讲了一段‘洗澡理论’,也不知道他这个‘洗澡理论’是不是进来之前开浴场得出来的,正好在监狱改造的时候派上了用场。李育武后来主动向警官认错,表示要积极改造。鉴于顾新根制止打架斗殴的发生并完成了警官交给他帮助李育武的任务,所以监区对顾新根进行了表扬,并综合考虑他的改造表现及刑期、考核分等情况,下一批呈报减刑中将有他。”

“还是你们监区管理有方啊!”

韩正想起自己是来带班的,便微笑地问道“今天又安排我干啥活?”

“老规矩,E 岗。”

“好嘞!”

上午的阳光穿过窗户玻璃,照在韩正的身上,让他有了一种暖暖的感觉。

(作者系浙江省乔司监狱民警)

我们的信仰

岑来明

信仰是什么?

是白天的一缕光芒,晚上的一丝月光;是顺境时的克制,逆境时的坚守和盼望!

监狱戒毒民警的信仰是什么?

是用心呵护金盾文化、帮教文化、新岸文化一起共同组成完整的监狱戒毒机关形象:物质并不富有,精神无比高贵。

新中国成立六十多年来,全国广大监狱戒毒人民警察围湖造田、开山建矿、修建水库、制造汽车、改造执法对象,将一个个人迹罕至的地方变成监狱戒毒民警的战场,为了实现“改造自然、改造社会”的伟大理想,为新中国的工农业生产谱写了华丽篇章。

我国是人口大国,更是文化大国。文化名人和名篇犹如群星闪烁:开启哲学风气之先的诸子百家孔孟老庄;名垂青史的诗经、汉赋、史记、楚辞、唐诗、宋词、元曲、明清小说及说唱;新文化运动之陈独秀、李大钊、鲁迅;丝绸、瓷器、茶叶和京剧……沐浴其中的我们,是幸运,是荣光,也有责任传承和弘扬。在全国的司法系统,我们的监狱戒毒民警以协会、刊物、网站和微信为平台,拍摄电影电视剧,出版金盾文化系列丛书,涌现了一批作家、画家、摄影家、书法家和理论工匠,为中国监狱戒毒事业的发展起到了宣传、鼓舞、记录和谋划的作用,犹如繁星在闪亮,我们理应为之敬仰、为之传承、为之讴歌、为之传唱!。

中国监狱戒毒人民警察几代人,为社会稳定和发展创造了无数辉煌,“忠诚、为民、公正、廉洁”是我们监狱戒毒民警的核心价值观,也是我们的群体形象。我们每位监狱戒毒民警都应该珍惜,都应该以自己良好的言行去努力为之添彩增光!

为了我们的信仰,更是为了社会的和谐和健康,我们要提高人文素养,增加创作源泉，推出文艺及理论精品，造就优秀团队，展示中国监狱戒毒人民警察的良好形象，为建设美丽中国、富强祖国，贡献自己的一份力量！

（作者系安徽省监狱工作研究所副编审、
《安徽法制报》特约评论员）

邂　逅

陈　斌

一场大雪像一条洁白的哈达围在州城大街小巷的脖子上。

街道上出租车比往常少了许多,为了去参加朋友聚会,我边走边打车,已经是第十一次招手,但出租车都是一滑而过。

我是守时的人,宁愿我等人,不愿人等我,走出一里多路,雪花又飘落了下来,尽管背后的商洛大剧院里传来我最喜欢听的商洛花鼓唱段《天狗吞月》,但我急切的心开始焦躁起来。

正当我无比失望的时候,一辆出租车“滋”的一声停在我身边。

“陈队长,去哪呀?我把你捎上!”司机从车窗里伸出头来。

我向车里望去,副驾驶上已经有人。我知道叫我“队长”的肯定是里边出去的人,就有些犹豫。

司机又热情地说:“快上车吧,外边冷得能把人鼻子冻掉!”

瞌睡遇见了枕头,我便拉开车门,坐了进去。

“陈队长,不认识我了吧,我是咱老三队的。我那时在咱队上验水晶球。”

迟疑了半秒,我终于想起来了:“别人喜欢把你叫‘栽怪’。”

“哈哈,就是的!你还记得2008年那场大雪,中午在操场开饭时,我和赵乐开玩笑,给他脖项塞了个雪蛋蛋,那家伙恼了,追着我满院子打,结果他一个仰绊,把胳膊绊伤了,队上要处分我,最后还多亏你给队长说了,批评教育,没有扣我分。要是扣了我的分,最后一批减刑就毙了,我要多坐一年牢。”

“十年前的事,我记不得了。”

“可我永远记得!你在队上,对我们很好,没有骂过我一句。每次周清,你都会给我们讲一些故事。”

“你是很聪明的人,就是脑子容易发热。”

“是的,村子的人背地里都叫我祸害。我到现在还记得你给我讲周处除三害的故事，真让我改变了不少。”

“开出租还行吗？”

“好着呢，我和我老俵合买了一辆出租车跑着，现在正装修房子，准备结婚呢。”

“那好得很，祝贺你！”

“我那时当咱队上的质检员，整天和老板磨嘴皮。”

“没办法，产品的质量得由人家老板说了算。2008 年那场大雪过后，原来说是次品的，积压了几十万个次品球，过了年全部卖出去了。”

“哈哈，其实我们也就是稍微修了一下，就成了精品。”

“一百二十个面要抛光，一点瑕疵没有，做到这点，很不容易。”

“陈队长，你在城里的时间长，你看我装修买啥瓷砖好？”

“你问着了，咱们里边出去的刘强在建材批发城里卖瓷砖，你去找他，他会给你优惠的。”

“太好了！”

正说着话，目的地到了。

我给他留了电话，正要掏钱，他说，“陈队长，你是我的大恩人，我还能收你的钱？”

话还没说完，他打转方向，“滋”的一声，迎着漫天飞舞的雪花跑远了。

吃饭的时候，我一直想着这个“栽怪”，他就像打磨了的水晶球，现在能装成水晶灯了。又想我是一场雪，亦或一条哈达，曾经覆盖了他的一段人生。

（作者系陕西省商州监狱民警）

小镜子,“大”事件

徐　猛

一个人走在乡间的小路上,清风徐吹,稻香鲜绵。路边的村寨里,不时地传来几声鸡鸣狗吠;炊烟袅袅,散学的乡村学童已回家,宽敞的农家小院时不时传来阵阵欢声笑语。

“滴答滴答”,微信信息提示音乍然响起。我看看手机,原来是王,出所已经有一年多了,当时在所时,他是集中教育班的一名组长,协助管理班级的事务。

本来对他印象不太深刻,有一次大队搞“纪律整顿月”,严打各种违规违纪、私藏违禁品的行为。就是在这次专项整顿活动中,我和他有了一次针锋相对的碰面。

那天在习艺车间巡查,他在照镜子,被我抓个正着,于是便“无情”地收走了违禁品镜子。过后他私下找我,说镜子是别人的,想要回去,被我微笑着一口回绝了。接连软磨硬泡地找了我两次,依然无果后,他便开始耍起了脾气,表现出了对我些微的不尊重。

我心里的火突突向外窜,想臭骂他一顿,然后报告队长关他紧闭。

就在内心的“火山”即将喷发的那一刻,“以人为本、综合矫治”的戒毒理念突然闪现过我的脑际,瞬间浇灭了我心中沸腾的烈火。

我想起了这位学员平常的表现:积极参与学员的管理,对集中班的工作认真负责,每次遇到我都面带微笑,对管教和老师也都礼貌有加。

其实这位学员表现还是不错的,难道因为他偶尔的耍性子我就要采用简单粗暴的方式,放弃对他循循善诱的教导吗?关禁闭真的可以把问题解决掉,还是会使问题恶化?以人为本,是不是应该攻心为上?

这样想着,我的情绪慢慢地平静下来,跟他开始了推心置腹的交谈。

我告诉王,他私藏违禁品,有错在先,按规定要接受处罚。作为组长更要

"罪加一等";拒不接受管教的管理,不尊重管教,还要再加一等罪。就凭这两条,直接报告队长,就可以扣他的考核,关他的禁闭。但我觉得他平常表现不错,虽然收了他镜子,但并没有报告队长,就为了让他避免受到处罚。可他怎么是这个态度?我让他仔细想想自己到底做得对不对?

听着我虚实结合的话,王低下了头,他的怒意在消退,悔改的情绪慢慢浮现了出来。我见好就收,让他回去仔细想想,然后再找我。

第二天一早,他就面带微笑向我问好,并交给我一份检讨书,"镜子事件"就这样完美地解决了。从此之后,他的表现更积极,遇到什么问题都喜欢向我求助。

出所的那一天,王向我要了电话和微信,然后,我目送着他走出戒毒所的大门。

回归社会以后,王每周都会和我微信聊天,讲一讲他新生活的安排和规划。他说和我聊天既让他警醒自己不要再次沾染毒品,也让他告诫自己不能辜负了我的好意。

我和王之间发生的镜子"大"事件,细小而又普通,虽然已过去了很久,但这件事情让我明白,在戒毒管理和教育工作中,只要我们管教是真心为他们着想,他们一定会感受得到。面对管理中的问题,解决方法一定要充满人性的力量和味道,只有这样才能让戒毒人员打心底里认同我们的管理和教育,努力改过自新,认真戒毒,顺利回归社会,开始全新的生活。

目光离开手机,一轮圆月已悄悄升起,在这月光如水水如天的星空下,一束束沉甸甸的稻穗,随风晃动着。

真心地祝福王,在以后的人生道路上,心里要一直有光,哪怕微弱,也一定会引导他收获水稻般饱满的幸福和美好生活!

(作者系海南省琼山强制隔离戒毒所民警)

一叠信笺

郝文体

随着单位转型，旧有业务告一段落，于是整理起了从业多年留存的文案，一叠当年管理教育未成年犯时的信笺跃入眼帘。

时过境迁，那些失足的少年现在有的早已重返社会，大多数也都不再是懵懂少年、愣头小子，只是不知他们的心智，是否有了彻底改观？

信笺是那时在一线做包教民警时未成年犯们写给我的，他们当年多数在十四岁至十六岁之间，大的十七岁，犯罪种类形形色色，来到未管所后就像激流中颠簸的小船，人生的航向需要快速地拨正，心中的烛光也需要重新点亮。在那充满激烈内心冲突的当口，交织着黑白灰黄红绿的人生色调，必须情理法并用地让他们静心思过，然后奋起前行，燃起积极新生的希望。

这些信笺里描述的事实和经历，以及所思所想，至今乍看也不乏触目惊心，所有的犯罪都是对正常人生轨迹的冲破，一些少年真如脱缰野马直奔悬崖：一名少年因和家人闹矛盾无端迁怒旁人，在一个景区将一名青年打伤推下水然后逃窜，若无其事地去上网时被抓获。那个景点我前些日刚刚去过，水不深，从水里上来接着报警很容易，只是无知轻狂的人生轨迹就完全改变了。信笺里详细描写了他难以排遣的郁闷和无处发泄的恼火，又回忆起童年的甜蜜和成长中的变迁，以及事发带来的冷静后悔。还有的信笺里描述自己如何从成绩优秀的小学生到初中因为偏科导致信心一步步丧失，越来越封闭自己，心理崩溃酿成杀人犯罪。还有一个写到小时候一次写字自己觉得很自信拿给父亲看却被怀疑不是自己写的，乃至于被爱喝酒的父亲痛打，从此再也不愿学习，情况越变越差。有一封信写得很乱，就像杂草，一如其心境，所述也是不堪的悲惨遭际，一个月之后再写时已经大不一样，字体的井然透出心绪的稳定。

其实，那些文字写了什么，不必多说，也都了然。尽管，不幸的人生各有不同，却都呈现一个同样的事理：不幸在身，更在其心。懵懂无知，遇到了难处、矛盾,不计后果地胡行妄做。心中不明,眼中无是非标准,看不到法律的红线、人生的底线,很容易跨过警戒线。所有的未成年人犯罪都是教育的不充分所导致,如果有过早的倾诉和聆听,如果有高他数筹的点拨和教导,如果有一位家人、老师或者朋友能够解开那缠了很久的心结,也许大量的惨剧就可以不发生。

所有的信笺都暴露出一个共同的致命伤:眼中无道理,心中无格局。那些致命的罪错难道不是大是大非吗?一失足成千古恨,难道不值得深思吗?少年教育,重在明理,心要大些,有大一点的格局,才能避免小不忍铸大错。如果不能教化成人,又焉能避免变成罪人?

所有的叙事,情节无论怎样跌宕离奇,重要的还是所蕴含的真情至理。

想来,整理出的这些信笺,内容如何并没有多少要紧,那些如雏鹰折翼、花季枯萎的少年们,重新在心中种下良知正道的种子,心明眼亮走好还很长的未来人生路,才是至关紧要!

(作者系山东省历山监狱民警、山东省监狱学会会员)

监狱要恶

葛新成

近读张晶老师的文章《监狱的恶》颇有一番感慨。监狱惩罚的价值在于抑恶扬善，即通过给罪犯制造痛苦，让他们在痛苦体验中痛定思痛，弃恶从善，监狱的恶与世人所理解的恶又有着本质的区别。监狱的恶是以恶行的形式来表达善意，即惩罚的目的在于改造人，向社会输送合格产品。因此，监狱的恶从本质上说对罪犯、对社会都是一个极大的善。像医院一样，开刀是对病人身体的伤害，是一种恶行，但治病救人则是最大的善意。

之所以说感慨良多，是因为就在前些天，一则消息深深地刺痛了我。安徽省泾县人民医院发生一起命案，犯罪嫌疑人卫某陪着妻子去做胃镜检查，与胃镜室主任赵某某发生了纠纷，用随身携带的匕首将其刺伤，后者经抢救无效死亡。

医患矛盾并不鲜见，之所以触动我的神经是因为这个犯罪嫌疑人曾在监狱服刑过，且是我曾经带过的一名罪犯。

这名犯罪嫌疑人身材瘦小，身体状况不是太好，有肺结核病，在服刑期间曾因小病大养、抗拒改造被列为重点罪犯控制。那时自己的教育能力相对较弱，教育工作只秉持“精诚所至、金石为开”的原则开展。在我的教育下，他的思想开始发生了变化，带病劳动到吐血都不向民警请假休息，也变成了一个积极改造的范例。

后来，我因工作的变动和这个犯罪嫌疑人失去了联系。但就在不久前，他不知从哪找到了我的新号码，兴奋地打电话向我汇报他的生活情况，真心实意地表达了对我改造他的谢意，邀请我去泾县作客，谈到自己马上要结婚更是激动不已，我也为他能拥有稳定的生活而深感欣慰。

他的这次行凶杀人让我不得不反思自己的工作，我们对罪犯到底该给予一个怎样的改造环境？难道真像我们理解的那样，多些阳光救助，让罪犯学会感恩,就能把罪犯改造好吗?

答案显然不是我们所期待的那样,而是:不能!

呵护式改造只能让罪犯更加不能适应社会生活!客观地说,社会环境还不是我们预期的那样和谐,罪犯回归社会后还会遇到很多这样那样的难题,需要他们有能力去面对、去解决,不可能像在监狱一样有求必应。

监狱本身就是恶的形象,只有充分体现这种恶,才能让罪犯感受社会的善。监狱不是慈善机构,救助这样的善举应是社会的责任和义务,如果监狱的善走得太快了,监狱的大善必然会让罪犯看到更多社会的小恶,在惯性思维下,他们则会更加增强对社会的仇视与对抗。

这名犯罪嫌疑人为什么随身带着匕首,就是一个很好的说明:他缺乏安全感。

在我离开之后他经历了什么,已无从可知;回归社会后他又遇到过什么,更是无从可知。但他对这个社会的不信任,我们却能从这个事件中清晰地看到。

杀人偿命,等待这个犯罪嫌疑人的将是法律严惩。但监狱仅立足于罪犯感受的满足而忽视罪犯认知的改变难道不应该引起我们的反思吗?

如何才能实现恶行与善意的统一,现代社会的巨婴症是一个不容忽视的问题,他们只在乎感受,不注意自身的成长。如果不能对症下药,监狱所开展的工作将永远是一厢情愿、自我感觉良好的改造。

凡事要看流弊、看其深远影响,监狱的恶不是打骂体罚,而是以严格的监管,严格的执法让罪犯在体会丧失感中,珍惜自由和社会生活的美好,产生向往社会生活、感恩社会的内生动力。

在监狱有痛苦性是其天然属性。监狱工作如果不能深刻领会这个恶的定位,盲目行善,以自身之善去折射社会之恶,不仅对罪犯是误导,对社会更是犯罪,一切皆因错位。

(作者系安徽省马鞍山监狱民警)

女为警则强

胡　敏

女性,一直是被社会热议的话题。

我印象中,有张引起大众格外关注的照片,拍摄于2010年:一位年轻的母亲,背负巨大沉重的包袱,脊梁负荷弯弓成了九十度,一手提着装过多物件撑裂了的背包,一手将襁褓包裹的孩子紧紧揽在怀中。她眼光坚毅、脚步笃定向前!

人们追踪关注她,她是谁?在哪工作,她及家人还好吗?

人们说,“女为母则刚!”

而我要说,“女为警则强!”

在海南,人们把女性称为“阿强”,寓意就是希望女性“自尊、自信、自立、自强!”

余秋雨先生从明朝大儒邱浚、海瑞离岛赴任为官,想念母亲祈盼回家的情怀;从黄道婆传授棉纺织技术、冼夫人把海岛纳入中华版图、宋氏三姐妹推进中国政治历史的重大影响中,归纳了海南的灵魂——女性文明和家园文明。

海南司法行政戒毒系统的女警们,从祖国的四面八方、大江南北来到这片热土,自然熏陶着“阿强”精神,传播着女性文明和家园文明。

她们本着以人为本、关怀救助的原则,为吸毒多年大脑中枢神经系统被损害,感染艾滋、结核、肝炎等严重疾病的戒毒人员实施科学戒毒、综合矫治。戒毒所里,她们的身影在教育讲台上,诲人不倦;在心理咨询室里,指点迷津;在戒治医疗房中,救死扶伤;在运动康复场上,体育训练。

和照片中的年轻母亲一样,她们是女儿,侍候老人也是左手父亲,右手母亲;她们是母亲,也是辅导大宝,哺乳小宝;她们是妻子,也是坚强后盾,建设家园。

她们深知,每一位戒毒人员连接的都是父母妻子儿女兄弟姐妹,和自己没有什么不一样,每个人都是负重前行!

身为戒毒民警尤其担负着帮助戒毒人员戒除毒瘾,引领戒毒人员回归家庭融入社会的重任。

戒毒女警中有全国劳动模范黄小芳、有海南省最美家庭妻子王海玲、有全国个别教育能手王云……众多的女警"阿强"创建了"巾帼建功"先进集体、全国"人民满意公务员"集体、全国"文明单位"……

戒毒女警的感人事迹虽不被社会大众追踪关注、探究热议,但她们的奉献是值得被记录歌颂和发扬光大的。她们不是"苔花如米小,也学牡丹开",而是"无意苦争春,一任群芳妒"。她们的工作,使许许多多被毒品侵蚀、千疮百孔的家庭恢复了生气,使亲人间支离破碎的亲情恢复了温暖;使蜷缩在阴暗角落里的吸毒人员找回了尊严;使社会和谐稳定洋溢着和煦的春风。

她们柔韧又刚强,独立又友爱,平和又坚定,智慧又力量。正是"俏也不争春,只把春来报"。

女为警则强!

我爱你,戒毒女警"阿强"!

(作者系海南省戒毒管理局民警)

向师弟学习

褚荣兴

在办公室做了一天的台账,头快炸了,就成功地撩起一位师兄和我一道去习艺场,去了解一些自己承包监组服刑人员今天的改造情况,正好也放松放松。

推开习艺场的大门,里面暖烘烘的,但各种机器的嘈杂声混合起来的噪声让人有些不耐烦,不想久留。

我加快了脚步,走到我承包的监组长工位,简短地询问了监组长监组里的情况,又去问了一下组里病犯的情况,见和通常情况一样,没什么事,这才放心地朝着习艺场民警办公室走去。

师兄不耐烦地喊着:“你磨叽啥? 快来办公室坐一会儿。”

我紧走几步,推开办公室的门,眼前的一幕令我和师兄迷惑:一个小桌子前端端正正地摆着两把同样的椅子,一把坐的是2016年刚参加工作的师弟,一把坐的是一名服刑人员,师弟手里拿着几张纸,我们都不明白这是在干什么。

我和师兄以为师弟不懂得掌握教育服刑人员的尺度,和服刑人员平起平坐,破坏了“规矩”。工作中,我们经常遇到一些服刑人员钻新民警业务不熟的空子,或者是不断试探新民警的执法底线,我们刚参加工作的时候都遇到过类似的情形,所以师兄就上前质问那名服刑人员:“你怎么回事? 你自己的小板凳呢? 这把椅子你也坐? 懂不懂规矩?”

师弟连忙站起来解释,说他在做测评,需要一个相对温和的环境,请求我和师兄回避一下。

从办公室出来,师兄和我抱怨:“作为一个过来人,‘那些人’目无新干警的情况我见多了,我这是给他助威,给他打气,可这小伙不领情,还让我们回避! 想想就来气!”

我赶忙劝师兄不要生气,解释师弟肯定没那意思,但我心里一直在想,到底是师兄错了,还是师弟错了?

后来，又见到这位师弟，他向我解释说，那天，他在做新版本的“罪犯危险度评估”测试试验，根据操作要求，需要建立一个舒适的评估环境，这样调查出来的数据才更加贴近真实，我才知道，师弟原来是监区唯一的“评估员”！

直到这时，我终于明白了，其实他们都没错，只是出发点不同。

师兄是从一个过来人的角度出发，为了尽可能避免师弟上了“老官司”的圈套，关键时刻挺身而出，在他身上体现了监狱民警团结互助的精神以及作为师兄的责任担当意识。而师弟则是从做好工作的角度出发，认认真真做好每一个值得注重的细节，工作中注重对服刑人员心理感受的考虑，更加追求改造服刑人员的科学性，而非形式主义。

我想，我和师兄都低估了这个刚参加工作一年多的师弟，因为他的这次评估是成功的，他已不再需要我们的所谓“助威”，并且他已经树立起了自己的“威信”：他身上体现的这种人本主义思想就是一种超强磁场的“威信”！

工作中，我们一直在强调服刑人员身份意识，总是怀疑“老官司”给新民警“搭节目”，然而从某种程度上讲，这不就是在给服刑人员贴标签吗？

其实，师弟给我们上了一课。

我们应该向师弟学习！

（作者系上海市白茅岭监狱民警）

倒　气

李　忠

20 世纪 70 年代,为了让忙碌的父母得空清闲一下,刚上一年级的李卫疆和哥哥,经常会在周末放假的时候,替父母放养公家的那两百多只羊。

春天的戈壁滩上,一群群羊像一朵朵白色的棉花,洒在一望无际的戈壁滩上。隐隐约约可以听到牧羊人甩鞭和驱赶羊群的口哨声。

各种野草零星地破土长出绿芽,虽然,就那么薄薄的一层,但这就是羊群最好的长膘草料! 通常这种时候,羊群是最安静的,马背上的兄弟俩甚至可以听到羊咀嚼青草的声音。牧羊犬张着大嘴,舌头吐得老长,悠闲地跟在羊群的后面跑来跑去。哥哥把李卫疆从马背上放下,看护着羊群。自个儿骑着白色的大马,来到几棵柳树下,用心编织了两个柳条帽,两人分别戴在头上,那种场景,让哥俩找到了电影《渡江侦察记》里解放军埋伏的镜头。

半晌午,兄弟俩赶着羊群,准备到渠边给羊群喂水。突然,羊群兴奋地"咩咩"地叫着,朝着一片绿色的庄稼地奔跑起来。兄弟二人跟在羊群的后面大声地吆喝着,想要阻止羊群,但此刻的羊群却发了疯一般,直接跑进了这片苜蓿地,贪婪地大口大口吃起来。

兄弟俩拼命想要把羊群赶出苜蓿地,可刚把这片羊群赶出来,结果那片羊群又跑了进来,牧羊犬虽然也竭尽全力帮着主人,"旺、旺"地撕咬着羊群,可平时一向老实的羊群此时根本就不理会这一切。

不一会儿,最早进苜蓿地的那几只羊,忽然肚子像气球一样胀了起来,慢慢地躺倒在苜蓿地边,大声地喘着粗气,四肢开始蹬直。李卫疆害怕了,如果羊就这样胀死了,爸爸会被连队处理的!

正在这个危险时刻,牧羊人段晓敏叔叔赶来了。

"孩子们,快,把你们的柳条帽给我!"

段叔叔干脆利落地抽出一根根柳条,给躺在地边上喘粗气的羊的嘴里绑上一根柳条,羊十分难受地晃动着脑袋,并不断地想要咀嚼柳条。

不一会,只见躺倒的羊嘴里不断冒出了白色的气泡,圆咕隆咚的肚子也渐渐瘪了下去!

这个时候,段叔叔又大声指挥道:“孩子们,赶紧把羊群赶出去!”

兄弟俩没有想到羊群很听话,居然全部都被赶出了苜蓿地。奇迹发生了,三五分钟以后,那几只胀得要死的羊,居然陆续站起来,“咩咩”叫着若无其事地跑回了羊群。

那一次,哥俩才知道羊是会被苜蓿胀死的,柳条绑进羊的嘴里,羊腹内的胀气才能倒出来。那时候,羊的叫声,是生命的一种声音。

多年以后,李卫疆成了兵团的一名监狱民警。有一天,他发现服刑人员阿果接到了一封信,看完以后,情绪就和以往大不相同:少言寡语,唉声叹气,经常发愣,有时候还自言自语,流露出活着真的没有什么意义的想法。

李卫疆看过信的内容,知道阿果情绪低落的原因,他找到阿果,与他进行了一次长谈。

李卫疆告诉阿果,他家庭发生的事确实都值得同情!但他应该认真想一想,发生这样的悲剧,罪魁祸首究竟是谁?是毒品,让他再也见不到他的亲人!是毒品,让他家破人亡!虽然这封信让他觉得一下子什么都没有了,可是,他还有父母等待着他刑满释放以后来赡养,还有一对儿女等着父亲回家,难道,他想让他的孩子们永远活在没有父亲的阴影中吗?

李卫疆规劝阿果的时候,想起了儿时那次给羊倒气的经历。他知道,悲观失望的阿果正处于人生最灰暗的时刻,必须把他心里憋着的气倒出来,唤出他的新生命!

李卫疆鼓励阿果,作为一个男人,绝不能太自私,一味只考虑自己的感受!应该敢作敢当,触犯刑律,就要认罪悔罪接受刑罚的惩罚!这就是赎罪!每个人的生命,都是父母给予的。父母健在,做儿女的岂能远行,这是做子女的孝行。人的生命,只有一次,任何人,都没有权力把父母给予的生命不负责任地毁灭!

李卫疆的话深深打动了阿果,他紧锁的眉头渐渐舒展开来,从此,他走出了万念俱灰的阴影,重新踏上了积极改造的新生之路。

从此以后,李卫疆知道了,学会倒气,是监狱人民警察的一项基本功!

（作者系新疆生产建设兵团第八师监狱管理局民警）

囚 之 善

裴俊杰

“帮我好好看着文学，别让他跟着人学坏了！”罪犯刘金华（化名）再一次嘱托妹妹。

还是在1998年8月的一天，我带刘金华参加亲情会见。那时的刘金华三十七岁，因盗窃、抢劫罪被判处有期徒刑十四年，1993年入狱服刑。

刘金华入狱前外出打工时认识一女子，未婚同居并生育一个男孩，1996年孩子的母亲外出打工再未回来，孩子就只能由刘金华的父母和嫁到邻村的妹妹帮助抚养。

那次会见者是刘金华的父亲，一位六十多岁、明显苍老的农民，还有刘金华的妹妹，一位典型的山区农村妇女。

“文学没来吗？”刘金华向来人后边看了看。

“想带他来着，但怎么也拉不来。”妹妹答道。

“唉，不来就不来吧！”沉默了一会儿，刘金华又问，“学习怎么样？”

“初一上学期成绩还好，不知怎地，这下学期就忽然不想上了，成绩倒数。放暑假一直帮着干活，说坚决不上学了。怕你骂他，不敢来见你。”妹妹连珠炮般地诉说着。

“文学他娘还没有信？”刘金华有些期待。

“嫂子两年多一直没回来，曾托人捎来五百块钱，给文学上学用……听说又找了个人家。”妹妹断断续续地作答。

“爹娘年纪大，劳累你了。文学跟你好，还太小，还是劝劝他接着上。”刘金华满脸期望地盯着妹妹。

“文学一向听话，我们都劝他了，估计是真不想上了。就别逼他了，不行让跟着他姑父种大棚吧！”妹妹劝刘金华。

又是好长一段时间沉默，刘金华才似下定了决心：“我不怪文学他娘。文学实在不愿意上，就，就跟着你们吧。给我好好看着，别让他跟着人学坏了！可不能走我的老路！”

“文学怪招人待见的。你放心好了，有我一口吃的，就饿不着他。我们会看紧的。”妹妹赶紧表态性回应。

“俺娘的病有好转吧？”刘金华目光转向一直低着头、未说一句话的老头。

“还那样，多年的老病。”父亲抬起头，盯着刘金华，似乎把憋着的话一股脑儿倾泻出来，“孩子我们养着，给你看住。你在外边不听话，在里边有政府管着，可得好好听政府的话，多干活，早点出来，稳当的，帮文学盖上屋，娶上媳妇。”

“……”

“你们早点回吧，别误了车。记着，看紧文学，别让他跟着人学坏了！”望着正在离去的父亲和妹妹，刘金华脸贴着菱形的隔离网又一次叮嘱。

半小时的会见，大多是沉默，感觉很漫长。监狱警察学校毕业参加工作虽未满一年，但看惯了犯罪人从监狱大门“进进出出”，领略了禁闭集训队一场场“违规者的闹剧”，见多了会见室一幕幕的“悲欢离合”，一句“别让他跟着人学坏了”，对我准警察时期满脑子如何管住罪犯、如何识破罪犯的阴谋诡计等“理念”产生了震撼性冲击，多年来，一直萦绕在脑际。

人性是多元的，每个人内心都藏着善和恶，罪犯也不例外。教育改造好罪犯，关键在于教育者的“唤醒”，根本在于受教育者的觉醒归正。改造灵魂的工程师——监狱人民警察，唯有心存善念，方能开启扬善抑恶之灯，触发罪犯内心深处向善本能，引导罪犯开悟心智—悔过自新—规劝警示，预防和减少犯罪，共建和谐社会。

如是，则善莫大焉！

（作者系山东省鲁南监狱民警）

大　学

王杭莉

高三主动辍学的她,在酒吧打工遇见了他。

四目相对,气宇轩昂的他眼里满是温柔的笑意。

“为什么不考大学?”

“上了大学还不是穷?!”

“哈哈哈……”他喝了口酒,笑着说,“跟着我,包你有钱!”

“你?”她看他衣着朴素,脖上没金链玉石,手上没佛珠金表,于是不屑地说,“跟着你,还不如读大学去。”

“你确定?”他看着她疑惑的表情又笑了,“我可比大学精彩。”

就这样,她跟着他来到了他所在的城市,才知道他姓柳,竟是城管执法局长。

“给我钱。”

“大学之道在明明德,人要自食其力。”

“可我什么都不会,怎么赚钱?”

“你去风月街租店,会有人给你一间设备齐全的店面。你租下后,只需要在店门外贴上‘招工’两个字,我保证你财源滚滚。”

她将信将疑,不付租金就能租店?贴“招工”两字就有员工自己上门?那又是什么生意?

结果真如柳局所言,一切都那么容易,招工广告一贴出来,马上就有一个个妖艳的女子上门要求在这工作,晚上就有形形色色的男子进出,而且男男女女都喊她老板娘。

她真的有钱了。就算她不住店,每天她的微信里都能收到女人们转账给她的提成钱,一个半月她就从那些女人们身上赚了二十万元。期间,公安来扫黄打非,整条风月街都被清了,只有她的店安然无恙。

“谢谢柳局,您这所大学我算是上对了。”她拎着两瓶五粮液要感谢他。

“你知道什么是‘四风’吗?”

“我知道您是我的东风。”

“哈哈哈”,柳局笑了,“大学之道,在亲民。知道怎么亲民的吗?”

“不拿群众一针一线。”

“对啊。你说,这酒我怎么敢收”,柳局话锋一转,“不过路边店总归不上档次,我朋友饭店缺个经理……”

“我去我去。”她急急地表态却又难过地低下头,“可是我没经验”。

“你有微笑就好了。”

这饭店可比她街边小店高大上多了。门庭金碧辉煌、包厢觥筹交错,迎来送往的都是本地官商,“推杯问盏”间没有下千万的生意,而这样的饭局天天都在上演,怪不得叫“人间天堂”。

确实在这当经理只要微笑就好了,贫穷限制了她的想象力……

“柳局的这个标我接了”,陈总说,“大家照顾一下”。

“那是,那是。”另几个总随声附和。

“没有柳局我们哪能发财。”

“为财神爷干杯!”

那一顿饭吃了三万块现金。她也收到了单笔最高提成一万二千块。

为表感谢,她花重金买了幅大师字画决定送给柳局。

“小姑娘来送礼的吧。”保安叫住了她。

“你怎么知道?”

“这里住的都是实权领导,送礼感谢的人不要太多,我看一眼就知道是不是。”保安顿了顿说,“你啊还是死心吧。这里的领导廉政意识都很强。特别是柳局可是非常廉洁自律的人,上次有人来送礼吃了闭门羹,不死心,放在他家门口。结果柳局叫司机给人送了回去”。

次日,她果然收到了一个快递,拆开除了字画还留八个字“原物奉还,下不为例”。

“党风廉政是大事。我们要营造风清气正的良好环境,最重要的就是抓自身树形象……”廉政课堂,他在电视里慷慨激昂,她看得热泪盈眶。这么好的领导干部,大家的财神爷,可自己还住个破小区,衣食简朴,送礼都不收,连小区的保安都歌颂他……

“柳局,大家都说你是财神爷。”

“大学之道,在止于至善。我只是积德行善罢了。”

“柳局,我心中一直有个疑问。素昧平生,您为什么这么帮我?”

“因为你长得像我前妻。”

“那她现在呢?”

“车祸……带着孩子一起走了。”柳局淡淡地说。

她上前抱住了柳局,那晚她成了他的情人。

可惜“天有不测风云”,这么好的大善人般的柳局,突然就被上级纪检部门带走了,说是“权力寻租”“官商勾结”“串标”、贪贿一个多亿元……没等她叹息柳局,自己也被警察逮捕了,说是涉嫌组织卖淫罪。

犯罪!她没听完就昏倒了……

四年后,她在高墙内的特殊学校,通过警官的指点和自己的阅读学习,以成人自考的形式从大学毕业,慢慢才悟出“大学之道在明明德,在亲民,在止于至善”的真谛。

明德就不会涉黄,亲民就不会公权私用,至善就不会官商勾结、侵吞公有财产……

柳是个害人害己的贪官,怪自己只认“东风”,不知“四风”,当初没选择上大学。

(作者系浙江省乔司监狱民警)

阿　宝

赵法剑

阿宝回家了,村里人先是惊讶了几天,随后便忙各自活计了。春种秋收,不等人,闲不得。

阿宝曾是村里的名人,当初很是风光:年后外出,年前回家,大大小小总带不少东西,煞是惊羡了村人,以至于一些村妇呵斥偷懒的子女,总拿阿宝作比:看人家,一年到头不做农活,到年来就有的好吃穿!阿宝也很是得意。

只是后来发生的事,让村民由瞠目到无语。阿宝被警方带走,进了高墙。村民们才明白了阿宝经常炫耀外出谋生的所谓开锁手艺意味着什么。

阿宝作为小村开天辟地第一个"进去"的人,成了村民田间地头的主要谈资。当然,再也不能拿来引导儿女了,而且有时甚至成为儿女奚落父母的材料,让当初教育孩子以阿宝为榜样的父母很没脾气,常常涨红面孔哑口无言。

一晃十多年过去了,关于阿宝的故事很多人都已模糊或淡忘,只是看到阿宝青亮的脑壳,才恍然大悟,问一句"回来了",阿宝便笑笑,算是回答。

阿宝唯一的亲人老母亲已于几年前过世,阿宝先是到坟头嚎哭了一场,随后整饬了自家的老屋。阿宝三十大几的人了,不会干农活。阿宝村里有个小学,村里的娃娃大都在里面读书识字。阿宝看到农忙时很多村民顾不得娃娃吃喝,便在学校旁边搭建了个凉棚,经过一番操办,卖起了馄饨。阿宝的馄饨味道鲜美、价格便宜,先是在学生娃娃中传开,随后大人们也被吸引,给娃娃几个小钱吃碗馄饨,倒省得做饭耽误农活。很多时候大人忘了给娃娃零钱,阿宝便准备了一个小本子,让娃娃们自己记上,从来不拒绝娃娃。看着村民领着娃娃或娃娃自己坐在矮凳上吃馄饨的样子,阿宝一脸轻松满足。

只是有些村民问起阿宝凉棚前挂起的令人费解的"大熊馄饨"招牌时,阿宝才神情凝重。

大熊是阿宝在"墙内"结识的警察朋友,五十多岁,长得虎背熊腰,但满脸祥和,“进去”的人都叫他大熊,他从不恼怒。刚“进去”时,阿宝想了很多,有村邻、有亲友,更多的是他的老娘。父亲去世早,母亲视他如生命,他外出“做事”从不给母亲说,母亲知道他是个乖孩子,放心的孩子却做出惊天的大事,慈爱的母亲如何承受此打击?

阿宝懊悔之余,开始自暴自弃,一时有了轻生的念想,抗拒劳动,甚至以头撞地,但各种方法在大熊面前都终归无效,阿宝像其他“进去”的人一样被软化“俘虏”,最后与大熊成了朋友。他们曾开玩笑地说,“大熊,你的脾气不适合做警察,更不适合做‘墙内’的警察哩!”大熊有时与阿宝敞开心扉:再过半年就要退休了,儿子也快结婚了,等有了孙子,该享享福了。

言谈间,阿宝总感觉大熊是个平常人,像兄长,又像父亲。就是这样的兄长和父亲告诉他要自食其力,要做对社会有用的人,并教会了他做馄饨,为此阿宝曾偷偷哭过几次。

然而,后来发生的事让阿宝铭刻终生。那是个紧张劳动的日子,一场灾难不期而至,当沉重的预制板从天而降时,正埋头填土的阿宝隐约中听到大熊一声怒吼,自己被推出一边,大熊却再也没有起来。悲痛中,阿宝也从大熊同事口中知道了多年来大熊一直关心着自己远在他乡的母亲,汇钱寄物。母亲显然没有完全原谅阿宝,死讯都不让告诉阿宝。

小村依然在忙碌中。一日,村邻铁蛋匆忙出门,一串钥匙落到屋内,便有人想起阿宝的“手艺”。阿宝有些尴尬,但在铁蛋家人求告下,阿宝无奈中打开了锁。

事情好像悄无声息,不几日,很多村邻都对与铁蛋家相同的锁头进行了更换,而且,虽然农忙,一些院落显然留了人。又过一些时日,村民突然发现,“大熊馄饨”的招牌仍在秋风中飘摇,阿宝却不见了踪迹。有在村头赶羊的娃娃说,阿宝叔走时好像哭了。

多年后,消息传到村里,阿宝在外地因抢劫又进去了,村民很是震惊,诧异莫名。

(作者系山东省单县公安局民警)

我的会计生涯

赵春艳

由于身体原因，我离开了为之奋斗多年的会计岗位。

坐在时光的阑珊之处，翻阅着经年，那一抹淡淡而又泛着微黄青涩的回忆，有许多的快乐和怀念。

那是一个阳光明媚的清晨，我刚参加会计工作第一次"出差"，去市郊某单位办事。同车除我之外全是清一色的小伙子，和我一样二十岁出头，花一样的年华。一路上，我们一边听着收音机里播放的歌曲，一边和着音乐高声唱着。忽然间，不远的山坡上，五彩斑斓，各种不知名的花呈现在眼前，我们就这样与它不经意间邂逅了。我们奔向它，投入它的怀抱。掬一把，轻嗅它，醉人的花香，沁人心田。躺在它的身旁，感觉大地也是慈祥的。我们追逐着，云儿也仿佛牵着我们的衣襟在跑，我们陶醉在其中。

然而，会计工作并不像初次"出差"那样轻松、美好。日复一日，坐在桌子前、电脑旁，摆弄着那一成不变的会计凭证。我们财务科总是有做不完的凭证和账本，总是有循环往复的操作程序。枯燥、乏味！每当夜幕降临时，办公大楼灯火通明的地方，也总能看到财务科加班加点忙碌的身影。每当节假日别人都可以早早下班回家团圆，我们却不能！

我按捺不住，问老会计们："每天这些繁杂和琐碎的工作就已经让人头痛，还要加班加点。有时为了坚持原则，得罪人，也没有多拿一分钱，值得吗？"他们回答道："会计这份工作是清贫，但苦也罢，乐也罢，得也好，失也好，心中要有一泓清泉，你就会从中悟出来的。要认真做好手头的每一件事情，尽量做到极致，不要给自己懈怠的理由。"

老会计们满含期待的眼神，将我烦躁的心带回。静下心来，扎扎实实地练算盘，练钢笔字，练小蝌蚪似的阿拉伯数字这些会计的基本功。渐渐地，与这些数字相通了，能读懂它所编织出的喜怒哀乐。

老会计们是我的榜样：每当看到他们全身心地投入工作而不能顾及家人的生活和小孩的学习时，我懂得了，什么是平凡和奉献。每当看到他们计较一分一厘的得失而严格把关，把不合理的开支拒之门外时，我懂得了，什么是执著和坚守。每当看到他们对每一笔账目都了然于胸，并展开细致的分析时，我懂得了，什么是一丝不苟、严谨细致的工作作风。每当看到他们勤勤恳恳数十载，任青丝变成白发，我懂得了，什么是无怨无悔。

会计工作就是这种朴实中的执著，平凡里的奉献。春夏秋冬，一颗淡泊宁静的心，甘于清贫，甘于寂寞。他们在业务上坚守着会计人员的职业道德和会计法规。他们用精准的会计核算，用真实可靠的会计数据为上级的决策提供有力保障。会计工作就是这种持之以恒的严谨，一丝不苟的真实。他们用辛勤的汗水描绘着监狱飞速发展的轨迹。

我追寻着这种严谨，这份真实。我追求着这种执著、这份奉献。因为我已然成为他们中的一员。也曾常常加班加点，直到看到电脑里的数字就想吐的程度；也曾为了坚持原则而受到非议；也曾看到自己的报表获得一等奖而感到欣喜。

我爱这些阿拉伯数字，爱着这份会计工作！

在会计这样一个需要终身学习的行业当中，我们不仅要脚踏实地勤奋工作，更需要创新的理念和丰富的知识。老会计们关爱着我们年轻一代的成长，希望我们能不断探索去超越他们。他们送我一本本会计书籍，引领我向更高更远的目标前进。我永远记得，是老会计领着我去参加第一个会计生涯的考试。永远记得，当我把助理会计师证放在老会计面前时，他笑着对我说："什么时候把助理两字去掉就好了"。从会计员、助理会计师、会计师、高级会计师，我每一次的进步都离不开老会计们的鼓励。挑灯夜读，努力完善自己，让思想走向深刻，走向纯净，让自己变得好一些，更好一些！几分耕耘，几分收获，我在老会计们的激励中认真和努力地成长着……

我无比珍惜会计生涯中的点点滴滴！我无比感激在成长过程中有他们的珍爱！我无悔曾经是一名会计人！

不忘初心，牢记使命！会计精神将照耀我一路前行！

（作者系广西壮族自治区桂林监狱民警）

碎花书签

天　姝

1999年，我从警校毕业分配在江南的一所女子监狱。

我分管小组里一个会画画的叫孙艳丽的女孩，不知为什么越来越枯槁憔悴，可每次谈话，她却又是告诉我没事。

一个秋阳明媚的下午，我在机器隆隆的车间值班。孙艳丽过来喝水，经过警务台。目光相对时，我微笑了一下，孙艳丽恭敬地说："警官好。"

我说："你专门学过画画？"

午后的阳光透过窗户，在她脸上投下斑驳的阴影，她笑得很真诚："报告警官，我没有学过。"

我用赞叹的语气说："你画得真好。宣传栏里都是你画的吧？"

得到民警表扬是服刑罪犯的最大的快乐，孙艳丽的脸上立刻漾起了一层喜悦。我照例问了她一些劳动生产以及学习改造方面的情况，孙艳丽在回答后也问我一个问题："警官，有没有人姓'六'？"

我想了想，告诉她没有。孙艳丽眨巴着眼睛，不好意思地说："我也没有听说过。"然后从口袋里掏出一封信，指着其中的一个字，"请问您，这个字是怎么念？"

我一看笑了，原来是一个写得四仰八叉的"卞"字。孙艳丽弟弟给她写信，新交一个女朋友，叫卞小娜。她弟弟二十岁，那个卞小娜十九岁。

孙艳丽是被养父母抱养的孩子，出生年月都是养父母估算的，读书不多，弟弟出生后不久，养父母就相继去世，孙艳丽和弟弟便跟着舅舅生活，姐弟俩自小就有了相依为命的深厚情谊。

我用笔一边写，一边说："将'六'这一撇拉直，就念'卞'。"

孙艳丽认真地看着，然后对我点头："谢谢警官，我又认了一个汉字。"她回到劳动岗位时一副忧心忡忡的样子，之后的谈话我知道了，她是担心弟弟这么小就谈恋爱,没有谋生的本领,将来会和她一样走进监狱。但这应该不是她越来越没精神的真正原因。

孙艳丽因为虚开增值税发票罪被判无期,那时候刚改判十九年。她身材苗条是监狱艺术团的舞蹈演员。男朋友是她的同案犯,在另一所监狱服刑。她是因为他才犯罪,在男朋友的蛊惑下,两个年轻人一次次在梦中描绘花天酒地的奢侈生活。

孙艳丽太希望给男朋友那种生活,于是利用自己会计的身份在前后一年的时间里虚开近百万假发票。

公安抓捕的时候,孙艳丽仍然陪着男朋友做梦,而那个男孩在被扭进警车的刹那,对孙艳丽破口大骂,他说是被她害了。

孙艳丽知道那个男孩只是利用她,他有别的女人,他不断从孙艳丽这里骗钱来取悦那个女人。但孙艳丽还是爱他。她在服刑的每天都在日记里写对他的思念,而我们通过监狱之间的联系,得知那个男孩对孙艳丽只有恨。他恨她毁了他的前途。

孙艳丽被监狱艺术团退了回来,原因是她的近期身体状况差,不足以支撑一场舞蹈的排练。我见到她被一群浓墨重彩的演员抬回来时,如一片虚无的黄叶,孤寂悲凉。

我安慰孙艳丽养好身体,重回舞台,争取早日回家和弟弟团圆,还有她爱的那个男孩,经过岁月的洗礼,男孩也一定会理解孙艳丽。

孙艳丽露出很怅然的表情,仿佛那是一个遥远的将来,遥远得她都无法确定自己的将来。孙艳丽说:“警官,我改判下来十九年。再过十九年,我都四十多岁了。”她凄凉地笑了笑,心事沉重。

医院对病犯的普查结果下来了。监区长将孙艳丽的病例给我,我的心猛一沉:子宫颈癌晚期!我问:“还需要复检吗?”监区长叹息说:“这就是复检结果了。医院对此很慎重。”

孙艳丽被监狱送到市第一人民医院治疗,同时,我也忙碌地开始办理她保外就医的手续,心境苦涩。

孙艳丽的那个在税务所做领导的舅舅听到这样的消息,立刻就哽咽了,说对不起孙艳丽死去的养父母,当初利用私权安排孙艳丽来税务所工作,只想着她能够有一个生存的饭碗,但是却没有在心灵上教育培养她,让孙艳丽更健康地成长。老人在电话里一直忏悔着,哭着。

对孙艳丽,一切都保密。

某天晚上,我在医院值班监护,月光透过窗帘洒下一片朦胧的光。孙艳丽双眼空洞地望着天花板,忽然,我注意到,两颗大大的泪珠从她眼眶里滚落。一会孙艳丽对我说:"警官,我什么都知道!"

我心里一阵心酸,"知道什么?"

孙艳丽说,以前她男朋友将性病传染给她,她反复地治疗,总也治不好,那时医生就告诉过她可能的后果。很长一段时间她就开始不规则出血。她不敢去面对,就如她始终不敢面对男朋友从来不曾爱过她这个事实。

孙艳丽脸上浮现一丝笑容:"您很关心我。您看我的眼神多温暖啊,仿佛我是一个没有犯罪过的人,我在你的眼睛里好干净,真幸福!"她顿了顿,落泪补充了一句:"从来没有人这么对我好。"

我转身,眼圈红了。端来苦涩的中药,递给孙艳丽,她秀气的脸庞映在药汤里,神情凄暗,说:"我很快就可以和弟弟团圆了。"眼里的泪掉了下来,落在药汤里,激起一圈圈暗褐色的涟漪。

她是说她快回家了,这个从出生就被抛弃的孩子,一直在盼望一个温暖的家,家庭里人人互相关爱,彼此慰藉。病魔缩写了十九年的刑期,却是以青春和生命为代价。病房暗黄的灯光下,孙艳丽垂着眼帘喝光药脸色依旧苍白,长长的睫毛在脸颊投下一丝丝阴影。窗外是繁华的都市和喧闹的人群。

我握住她枯瘦的手鼓励她:"现代医学很先进,一定会好的。"我说了一连串的疑难病症,比如过去的肺结核、最恐怖的艾滋病,都在医学家的努力下得到了最好的控制和治疗。

孙艳丽跟着低声笑说:"会好的,我相信,一定会好的!"语气却浮浮的,说得我一阵心慌。

隔了一会孙艳丽说:"我还要开一个手工画作坊,警官您那次说,我画得真好。"

我笑着说了个谎:"是的,那次监狱给你画的画廊评了第一名。可是你却住院了。艺术团的姐妹们也盼着你早日回去。"

孙艳丽眼睛亮了亮,开心地笑了。

我心里难受,孙艳丽才二十七岁!难以启齿的疾病是她一直以来真正的精神折磨，不能面对事实的人，连反击的余地都没有。

孙艳丽回家后一个月左右的某一天，大概下午五点多钟，天色暗沉，下着小雨。门岗打电话给我，说有人找我，孙晓明。我想起孙艳丽向我问是否有人姓“六”时，那封信的右下角歪歪扭扭的“孙晓明”的落款。

孙晓明眼睛红肿，说孙艳丽前天死了。他从口袋中摸出一个卡片：“这是姐姐在病床上做的，也是她画的最后一张画。她要我给您，告诉您，她永远记得您的好。永远谢谢您。也祝福您。”

我心里一阵阵难过。回到办公室，我掏出卡片仔细地看，才发现这不是一张卡片，而是一张书签，穿孔的部位有鲜红的穗子。书签以浅粉色的碎花为底色，上面是月光下被拉长的手搀手的两个人的背影，走在一条通往鲜花的悠远的小径上。

很多年过去了，书签仍然在使用，想起孙艳丽，我会觉得心酸。她每次用蘸了水的梳子将短发梳得很服帖的样子和那年轻的纯净的眼睛，还会时常浮现在我脑海，一切恍若如梦。

（作者天姝，本名孟天姝，系江苏省南京市女子监狱民警）

幸福的“我们”

汪　彤

早就听说闫警官的性子急躁。

每次遇到闫警官大队上的民警，他们总用这样的口气说：“我们闫警官如何……如何……我们闫警官怎么……怎么。我们闫警官今天在支部会上，为这事还冲我发了一顿火，把我批评的……”

受批评还“我们……闫警官”，我纳闷：只要是闫警官队上的同事，不管是年轻的，还是即将退休的老前辈，他们似乎都被闫警官洗过脑，说起他，好像是家里一口人，嘴上总离不开：“我们……我们闫警官……”

民警这样“暧昧”的称呼“我们”就算了，闫警官作为大队的党支部书记，队上只有十二三个民警，可是几百号服刑人员统一口径，无论是家里人接见，还是检察院调查案子，开口闭口都是“我们闫警官”。这让做监狱理论研究工作的我心里常常纳闷，除了理论研究，我也想“研究”一下闫警官为何这么受民警和服刑人员的喜欢和爱戴。

那天，恰巧去闫警官的大队开狱情分析会。一进车间，广播里正放着阎维文唱母亲的歌：“你爱吃的三鲜馅，有人给你包；你委屈的泪花，有人给你擦……”

车间里满眼绿意，服刑人员习艺工作台上，整整齐齐摆放着一盆盆绿色的花草，只要一抬头，眼里便是绿叶和各色的鲜花。身边的民警小张，看到我赞赏的样子，乐呵呵地解释：“我们闫警官说：要把我们监区打造成‘绿色、环保、希望’为主题的文化监区……”

他的话没说完，旁边的民警小马急不可耐地插嘴说：“让每一个服刑人员养一盆花，让他们从一颗种子的发芽开始观察，让他们天天在希望中生活，最后看到开花的幸福，这是我们闫警官说的……”

我努努嘴，心里想：“又是我们闫警官”。推开监区会议室的门，闫警官正在给病犯家属打电话，他并没有因我是机关来的女同志而热情地招呼我。他黑胖的脸上，没有一点表情，他的声音从来都是又亮又高，有时觉得耳膜被震得难受。他对服刑人员家属说："吴亮最近转变很大，他认识到自己对家人犯下的过错，你们要多关心他，尽快来看一趟他，他的身体很好，就是心病……你们家里人来了，给他个态度，他的病很快就好了。你们放心，只要他精神上恢复健康，三五年的改造，我给你们保证他出去一定会成为一名守法公民！喂……喂！"

闫警官的话还没说完，家属那边的电话已经挂了。他每天就这样苦口婆心，找服刑人员谈话，教育服刑人员好好改造；找家属谈话，多关心服刑人员，帮助改造。"教育改造"和"改造教育"是闫警官头上悬着的一把雌雄宝剑，这两把剑，一柄向内，督促自己；一柄向外，扫平一切教育改造罪犯的难题。

闫警官放下电话，转头对内勤说："会议推迟十分钟，我给贾亮的妻子打个电话，这女人为养活两个孩子，白天晚上打三份工，就下午两点到三点有时间。"他又用铜铃一样的眼睛，看一下我，算是打了招呼。

"喂，贾亮的妻子吗？我是闫警官，你的离婚起诉书收到了，我的意思是，这个婚咱们能不能先不离，你看贾亮以后的表现，行不行……"

终于闫警官在十分钟之内挂了电话，他却低头随手写一张便条，递给内勤小刘："今天下午就把便条送到社保局去……"

原来，局长是闫警官的大学同学，他给服刑人员贾亮的妻子找了一份有稳定收入的工作，贾亮的妻子答应暂时不离婚。

"贾亮已经割腕自杀过一次，不能再让他受刺激，今天的犯情分析会，咱们先说说转化贾亮这个危险犯的事。谁攻坚，大家表个态……"

闫警官的话音刚落，七八个同事，都举手，大家争着抢着要啃下这块难啃的"骨头"。

我默默地坐着，有些不敢相信自己的耳朵。怎么可能呢？在其他大队上，攻坚危顽犯可都是推诿扯皮的事情。

我在监狱也是小有名气的才女，可是闫警官每次见了我都黑着脸，从来不苟言笑。但有一天，他却破天荒到我办公室找我："小汪，今天我收到一封信，你看看。"闫警官掏出一支烟，点燃。

我打开信，一张绢纸上，恭恭敬敬用小楷毛笔抄着二百六十字的心经。

我抬头看闫警官，他泛黑的脸上，有些红润，他溜圆的眼睛，微微眯起，带着笑意欣赏着这幅作品。他依旧是我不习惯的大嗓门，声音却略显得有些甜腻："这是去年释放的一名服刑人员，因和邻居发生口角，一铁锨把人打死了，被判了个死缓。他是个文盲，三十岁进监狱，我们给他教文化，教写字，没想到这家伙，虽然是个文盲，却一学就会，写一首好字。练了十几年书法，天天抄各种经书，去年出狱了，给各个寺庙抄经，也能养活自己。"

我细看闫警官，他脸上露出一丝幸福的微笑。他的表情让我想起孔子的一句话："君子有三变：望之俨然，即之也温，听其言也厉。"意思是："君子会使人感到有三种变化：远远望去庄严可畏，接近他时却温和可亲，听他说话则严厉不苟。"

我正望着"心经"思想抛锚，闫警官却恳切而又不好意思地对我说："小汪啊，我想麻烦你一件事。"

"你说，你说，闫警官。"

闫警官说："我想请你写一个《服刑人员出狱帮教倡议书》发在晚报上，我们队上的服刑人员技能很不错，希望有厂家能提前联系他们，出狱后他们也就可以自食其力了……"

我写好的倡议书很快就在晚报上刊登了，我打电话叫来闫警官的内勤小刘，把报纸递给了小刘，又郑重地把闫警官送我的"心经"，也一起交给了小刘："把这个给闫警官，你就说，这是他的幸福记忆，我不能替他保存。"

小刘显得有些为难："汪警官，你就收下吧，这是我们闫警官的心意，他知道，你们才女就爱这个……"

小刘又絮絮叨叨说："我们闫警官经常夸你，说干咱们监狱警察的，要有信仰，才能不患得患失，站稳立场，才能抗住压力，把工作干好。"

"哎呀，小刘，这话是闫警官夸我的吗？这不是那天犯情分析会上，你们闫警官的发言吗？你怎么尽拣好听的给我……"我笑着打断小刘。

可小刘的话匣子似乎和他们闫警官一样长，他又说："我们闫警官平时教育我们：'一把钥匙开一把锁，话总要说到人家心坎里去……处理问题要一碗水端平……'"

小刘把闫警官的话当圣经背了。我连忙笑着把小刘推出门，"好了，好了，你们闫警官就是个神，我算是服了。你告诉他，我心领了，以后有要写的，还来找我。”

前两天，我去一家公司参观，公司的讲解员指着墙上的标语说：“这是我们习总书记提出来的‘无论何时心里要装着人民’……”

“我们习总书记”，我突然觉得这个“我们”意味深长。我也更理解监区民警和服刑人员，为何嘴上总是挂着“我们闫警官”。

说“我们”时，人们从心底里，溢出来的是幸福的感觉……

（作者系甘肃省天水监狱民警）

老家来信

邹雨龙

春节一过,魏书林接到任务,蹲点三分监狱二监区带班一周。

监区长胡西北得知魏书林来带班一周,急匆匆赶了过来。

魏书林和胡西北既是老乡又是从高中一直到警校的同学,毕业后两人同分配在了同一个监狱工作,魏书林被分配在了一分监狱,胡西北则去了三分监狱。虽然在同一个监狱,但两个分监狱却相距甚远,两人各自成家后就很少见面了。三年前魏书林上调到监狱刑罚执行科任副科长,而胡西北则在监区长这个位置上一干就是七年。

两人见面,魏书林劈头问胡西北:“还记得莫小军吗?”

“当然记得,听说他高中毕业后下了海经商,混得不错。”

“不错啥,现在是肝癌晚期!”

“啊!”胡西北不敢相信自己耳朵。

“春节期间我回老家医院探望他,临走他给我一封信,要一定当面交给你。”

“……西北老同学,我恐怕时日无多,求你件事,我亲侄儿李立渊就在你手下,请务必帮忙关照,让他早日出狱! 莫小军相托。”

“李立渊?”胡西北脑子里闪出一个熟悉的身影,这不就是年初六那天因分菜不均将菜汤泼向同犯的那个刺头吗,平时这小子一直吊儿郎当,大错不犯小错不断,这两天监区正在研究此事,根据规定,他的这一严重违规行为将被扣分。扣还是不扣? 扣了意味着李立渊今年又不可能呈报减刑了,老同学的遗愿恐怕兑现不了。不扣的话,会对监内的改造秩序造成混乱,又何以教育其他服刑人员,监区其他民警又怎么看,胡西北顿时有些心焦。

很快,李立渊违规违纪被扣思想改造分二十分的处分决定还是上墙公示了。再遇见魏书林时,胡西北脸上有些挂不住,忙不迭地解释:“老魏,监区对李立渊的处理是经过集体研究的，再说这件事本身就是李立渊做错了，处理他合法合理……"

魏书林咧了咧嘴，挤了个难看的笑。他递过手机："李雪红上星期发了个短信给我，本不想让你看的，想想也没啥，自己看吧。"

李雪红曾是胡西北的初恋女友，终因两地分居断了姻缘。

"书林，今有一事相求，西北手下有个叫李立渊的，是我姑独子，她命苦，就这么一个儿子，还坐了牢，请你和西北帮帮忙，看能不能早点放他出来。"

"又是李立渊。"胡西北心里有些叫苦不迭。

过了几日，魏书林和胡西北两人小酌。借着酒劲，魏书林数落开来，"你这家伙，别的都好，就是寡情。莫小东将死之人，同学一场求你办点事，你不给办。李雪红谁？当年你落魄，谁送电脑补饭钱替你买衣送裤？她求你你也不给面子。寡情！知道寡字怎么写吗？宝盖头，一个人独住在房子下面，这，叫寡！"

魏书林点了点酒在桌子上写出个大大的"寡"字。

"换作你，怎么做？"

胡西北死死地盯着魏书林，看得老魏心里直发毛。

魏书林喷着酒气，含糊不清地嘟囔着："寡，寡夫。"踉跄着出了门。

又过几日，胡西北收到一封来信。

信是老家继父托村里麻杆子写的。胡西北从小丧父，母亲改嫁，过继给叔带大。他这些年一直想把继父母接到城里生活，但俩老怕连累他工作，借口过不惯城里生活不肯过来。

信很短，文化不高的麻杆子信里总算说清楚了一件事儿：叔和李立渊沾着亲，求他关照一下，能早点放人就放了。

手捧着信，胡西北有点懵圈。社会就是张网，人人都身在网中央，谁也逃不了被网住的命，莫小军是，李雪红是，继父也是，他胡西北更是。

胡西北下了决心，自己来包管李立渊，点化这块顽石。

经过胡西北不厌其烦的谈话教育后，李立渊终于开始变化了：脏活累活抢着干了，改造成绩一天比一天好了。

那一天下班，胡西北刚走出监门，魏书林就站在门口冲他一笑，说："老同学，祝贺你！"

"祝贺我？"胡西北丈二和尚摸不着头脑。

“不知道吧，老同学，我年前刚调到监狱纪委，办的第一个‘案子’就和你相关。我们收到举报信，说你利用监区长的权力徇私枉法。春节期间我特意回老家办了点事，安排了几封信交给你，通过这段时间的观察，你完全经受住考验，我可以负责任地说，胡西北你干干净净，我可以写报告了。”

“另外，莫小军也挺好，没病，他让我带信，有空一起去吃大户！”

魏书林说完，摆摆手，喜气洋洋地走了。

胡西北气不打一处来，想追上魏书林痛骂他一顿，刚迈出脚，忽然发现积压在身上多日的那块石头突然不见了，便冲上去搂住了魏书林，快快乐乐地下班了。

（作者系浙江省乔司监狱民警）

一根油条

李航宇

那是一个周四的早晨，风和日丽，我的心情如同天气一样，温暖而平静。

跟平日一样，我早餐点了清粥小菜以及爱吃的油条。

可能胃口不好，我没有吃掉这根油条。

室友开玩笑说："怎么吃这么一点？跟女朋友吵架了？"

"没有什么胃口。只是这么好吃的油条，丢掉太可惜了！"

室友建议我将油条带到车间给服刑人员，说其他监区也会有民警为了奖励服刑人员，会给他们带吃的。

我迟疑了一下，脑袋里快速想起监狱禁令中有明确规定，不得随意给服刑人员携带东西，但转念一想，这仅仅是一根油条，不是什么违禁品，便把这根油条扳成了两半放在塑料袋中，随手塞进口袋里，去上班了。

有个服刑人员张某某，六十二岁，在车间的角落做黏合机工作。我经常巡视这个区域，时间一长，对这个人的品性有了大概的了解：他很尊重民警，做事规规矩矩，工作也是积极卖力，即便对我这个实习小警察，他也非常尊敬，服从我的管教。

看到认真工作的他，我想到了家中年迈的老父亲。我走过去，把口袋里的油条拿出来，放在他的机器下面，说："油条吃不下了，不想浪费，带来给你吃。"说完，我转身去巡逻了。

大概两个小时后，等我再次巡视到他面前，他对我哽咽着："李警官，谢谢你！我已经六年六个月零十一天没吃过油条了！我会永远记住你的恩情，我一定不会忘记你的。谢……"还未说完第二个"谢"字，他的泪水已经滑过他那苍老如树皮的脸庞，落在紧握在胸前、略微颤抖的手上。

看着他那张被泪水浸花的脸，我竟有点不知所措，只是淡淡地回了一句"没事"。我真没想到他会哭，他那句"我会永远记住你的恩情"的话，一直在我的脑海里回荡。

我从没想过，一根小小的油条，竟能有如此神奇的力量，能够让一个曾经犯过大罪的人，落下如此真挚的泪水。我想，对于这位服刑人员来说，这根油条已不仅仅是油条，而是六年六个月零十一天之前拥有过的自由，是久违的关怀，是充满人情味慰藉，是未来坚持生活下去的希望。

我把这件事讲给老民警听，他们让我以后不要再做了这种事情了。他们给我分析：第一，偷偷摸摸给服刑人员送东西，别的服刑人员会以为他是关系犯。第二，万一服刑人员吃坏了肚子，到时候很难说清楚，会制造不必要的麻烦。第三，其他民警会觉得我在拉拢服刑人员。我当初之所以这么做，只是不想浪费食物，没有想太多，哪里料到可能会出现这些隐患。我承认，自己在做这件事时是有些唐突、欠考虑，以后会多多思考，要往深层次去想一想。

我知道监狱严苛的规章制度能够规范服刑人员的行为，监狱警察的严厉能够喝止服刑人员规规矩矩做事，但这些是不是都能让所有服刑人员真心悔过？是不是就不能有法外温情？

我突然想到《风与太阳》的寓言故事，它告诉我们，有时候，温暖的力量可能更大。

我坚信这一点！

（作者系浙江省监狱系统实习民警）

指望警察

杨亚香

会见室的接待处，一位白发苍苍的老伯那灰土色的一张脸上，挂满哀愁与无奈。

老伯弓着脊背，弯着手臂，颤颤巍巍地从内衣的口袋里摸出一个皱巴巴的手帕，手帕用塑料带包裹着。他小心地打开，把一张百元人民币和一沓散碎元角票紧紧地捏在手里。

"给我儿子存二百元，行吗？"他问得小心翼翼，生怕工作人员嫌少不给他办理。

存完款，他就静静地坐在会见等候室等待广播叫名字。当广播叫到他时，他迫不及待地走向会见室。

看到了儿子，拿起了电话。

"你妈不放心你，叫我来看看。"老伯的语音比刚才交存款时更加的小心翼翼。

"给我存钱了吗？"儿子怨声怨气地问，好像犯错的是老伯。

"存了，存了。"老伯一迭声地应着，"存了二百元。"老伯的声音低了下去。

"那你来干什么？还要花二百多元的路费，把钱都寄给我不就完了吗！"

老伯握着电话的手颤抖着，嘴巴张了张，两腮的肌肉抽搐着，好久才发出声。

"你妈的老毛病又犯了，这个月的退休工资都给她用了，你妈住院我也没时间出去收废品换钱。昨天来晚了，停止接见，我在外面的桥下待了一夜。下个月，下个月会多给你点。"

沉默，无声的沉默。

啪的一声，老伯惊愕地瞪大眼睛，儿子把电话重重地挂掉了。老伯的心往下沉，沉到了无底深渊。话筒就停在了耳边，不动了。

监听警察刷地站起，摘下耳机，严肃地对老伯儿子说道：“他是生你养你的父亲，看看他的一头白发，这么大的年纪每个月都从大老远跑来看你，你不觉得愧对他吗？对他说对不起！”

老伯儿子看一眼警察，慢慢吞吞地去拿电话。玻璃窗外的老伯却放下电话，抹了一把眼泪转身离开了。他走得有点磕磕绊绊，哽哽咽咽地对自己说：“他听警察的话，他还能听警察的话，这就好。”

维持秩序的警察将老伯带到休息室，倒了杯水送到他的眼前。

老伯连声道谢，老泪就顺着脸颊的沟壑流淌下来。他说他和老伴是晚年得子，从小就娇宠着，要什么就给什么。孩子大了，要的东西他们给不起了，他就去偷就去骗，管也管不了。

警察安慰着老伯，告诉他以后不用每个月都来看，钱也不用每个月给。他进来的时间不长，接受教育的时间也不长，但他们保证他一年后会有变化的，你到时再来看他，他一定不会是今天的态度。

老伯含泪离开了监狱，走两步回头看看，走两步又回头看看，那扇黑色的大门就像千斤重石压在心头。

他对自己嘟囔着：“近期不来看你了，你要好好听警察的话，想你改好，在我咽气前能出来，能出来。”

老伯抹一把浑浊的老泪，灰白的头发在阳光的照射下就更加显得白发苍苍，脊背也更加弯了。

（作者系广东省英德监狱民警）

窗　外

沈扬波

又是一个星期天,服刑人员不用出工,在监内正常休息。

早餐后,服刑人员有的聚集到大厅欣赏监区投影播放的电影大片;有的在监舍里面观看电视剧;有的摆开了棋局或翻开了书本。

王东有点感冒,对这些提不起兴趣,就搬了条凳子来到朝南的窗户边坐下,在春日的暖阳沐浴下,视线投向了窗外。

监舍位于三楼,视野挺好,可以看到监狱围墙外面的马路和整片田野。

马路是连接监狱与外界的唯一通道,平时来往车辆和行人较少,但一到星期天和法定节假日,就会热闹起来,因为是家属会见日。今天也不例外,虽然才上午八点多,但已经有不少人和车经过了。

马路另一侧是20世纪50年代初期在江滩上围垦出来的大片土地,经过几代人数十年的耕耘,原本的荒滩野地已经成了肥沃的农业示范基地,为所在城市提供新鲜的蔬菜和瓜果。整片土地经过科学的规划,阡陌纵横,沟渠密布,在南北向的田埂侧沿还种着一排排笔直的防风林。听警官说,作为劳动改造的重要手段,早几年前这些地都还是由服刑人员耕种,后来全省监狱系统进行产业结构调整,服刑人员劳动全部转入室内,农田就外包给承包户们种植了。

那整片田野在灿烂的阳光下,呈现出生机勃勃的景象:一畦畦蔬菜绿意葱茏,尽情地向远方延伸;一方方油菜如巨幅的金色锦缎;果园里的果树正当花期,粉白相间的鲜花迎风怒放。各类作物构成形状、大小不一的斑斓色块,在大地上肆意铺陈。点缀其中的是几排果蔬大棚,钢架上罩着的塑料薄膜反射着阳光,风起时微微晃动,有如水面粼粼的波光。防风林的枝头及田埂沟渠边,则有喜鹊和白鹭等野鸟在叽叽喳喳、起起落落。勤劳的农民穿梭于田间地头,摘菜、除草、施肥、浇水,谈笑声混杂着花香,被和煦的春风断断续续地传送过来。

窗外这一切牵着王东的思绪飞回了千里之外的家乡:老家农村也有美丽的

田野。曾几何时，自己与父母妻儿也过着日出而作、日落而息的田园生活。那段时光，虽然生活稍显拮据，但一家人相互扶持，和睦相处，日子过得坦然平和。

转折发生在一年前，春节前夕，在村中消失了几年的小学同学阿根忽然衣着光鲜地回来，他告诉王东，在沿海地区做生意发了点小财，这次回乡，是想找个帮手把生意做大。王东听了他天花乱坠的吹嘘，想到自己的双亲都已年过六旬，女儿即将到镇上去读初中，年幼的儿子也快入学，家里的开销越来越大，单靠种那几亩地，这穷日子不知啥时是个头，于是便在节后跟着阿根离开了家乡。谁知这一去便是上了贼船，原来阿根是个毒贩，这几年来一直在闽浙两省之间从事贩卖冰毒的不法勾当。得知真相后，王东开始很生气，当时就想转身回家，但禁不住阿根那三寸不烂之舌的教唆，加之贪念作祟，最终还是铤而走险当了他的跟班。也是造化弄人，仅仅过了几天，在某次交易过程中，两人被警方人赃俱获。阿根数罪并罚，被判了无期徒刑，投入一所重型犯监狱改造。王东因系初犯和从犯，被判处有期徒刑三年六个月，在这所农场型监狱改造。

得知王东犯罪入狱后，原本身体就不好的母亲病倒了。父亲已经年迈，家里的重担主要都压在了瘦弱且左腿略有残疾的妻子肩上。

妻子恨其不争，且两地相隔千里，投改以后没有来会见过王东，仅仅在节假日通过几次电话，有两次还在电话中与王东吵了起来。

在监区警官和同犯眼里，入监初期的王东性格内向孤僻，情绪起伏不定，有时魂不守舍，有时自怨自艾，不信任任何人，对警官态度消极，与同犯关系紧张。改造中，劳动任务完不成，文化课学不进，一度成了监区里的问题人物。

这时，省司法厅提出了“修心教育”理念，作为监狱贯彻落实的举措之一，在全监组织开展了大型心理巡诊活动，监区便将王东列为重点对象进行心理矫治。在心理咨询师一次次不厌其烦的开导之下，王东终于敞开了心扉，表露了深深的自责，对家庭无比的愧疚，以及对将来的焦虑。经验丰富的心理咨询师运用不同方法针对性地对其进行了矫治，监区警官也特意安排了两名老成持重的同犯作为他的联号小组成员，在厂区则让生产组长加强对他的技术指导。更让王东感动的是，经监区申请，监狱去年还为他的孩子汇去一笔“服刑人员子女助学金”。就这样，王东心中的坚冰被融化了，心态渐渐阳光起来，通过努力，先后过了学习关和劳动关，走上了正常改造之路。

因为进步明显，2018 年春节假期拨打亲情电话时，当电话接通后，监区警官并没有马上把话筒递给他，而是先对王东妻子说了不少表扬他的话，建议她有时间来看看他，为他的改造注入亲情的力量。王东虽然非常渴望见到妻子，但一想到路途遥远，盘缠是妻子一笔不小的负担，所以就说了违心的话，让她照顾好家人和自己，人就别来了，平时写写信、节假日打打电话就可以。

虽说在监狱内是度日如年，但有时又觉得时间过得还是蛮快的。上次亲情电话的情景还历历在目，现在已经进入了三月。孩子们自然早就结束寒假回到校园去了，家乡应该也进入了春耕时节，不知父母和妻子今天又在忙些什么？前些天看《新闻联播》，知道中央正大力实施乡村振兴战略，并且在刚刚结束的“两会”期间习总书记特别提到要推进脱贫攻坚，推动乡村生活富裕，看来家乡长期贫困落后的面貌有望改变了。这一周来王东感到内心特别充实，积极改造、争取减刑的信念也是前所未有的强烈，他想早日回家，与妻子一起参与到建设美好家园的进程中去。

“嘟嘟”，王东的思绪被一声特响的汽车喇叭声打断了，原来是马路拐向监狱大门方向的那个路口，一辆小车正向几个刚从公交车上下来的行人鸣笛。

在人群中，王东忽然发现一个熟悉的身影，那瘦削的身形，走路时略跛的样子，像是妻子。

王东使劲揉了揉双眼再看，没错，就是她，她来看自己了！身上穿着的那件红色格子大衣还是两年前自己在镇上给她买的呢！

王东的心狂跳起来，差点就要喊出妻子的名字，猛地想起监狱规定不得向窗外大喊大叫，尤其不许与围墙外面的人谈话交流。

王东硬生生地把到嘴边的名字吞了回去，但随即鼻子一酸，眼前的一切都模糊了……

（作者系浙江省乔司监狱民警）

两颗李核

王树荣　周丽芝

几棵柳树在窗外的微风中摇摆，翠绿的叶子，迎着太阳发着亮。这亮光比翡翠更轻盈，比玻璃更真实……

在这样美好的早晨里，我即将把又一个曾经迷途的人送上回家的路。

按照规定，监狱要对每一个刑满释放的人进行一次彻底的搜查。

什么都没有发现，但我还是让她摊开手掌。

她看着我的眼神闪躲不安，动作迟疑缓慢。

两颗干瘪的李核静静地躺在她布满沟壑的掌心：同葵花籽一样大小，毫无必要的两颗李核。

刹那间，恨铁不成钢的恼怒振荡着我的心。思想快速到过去，一一开始播放，从刚入监时的第三十八条行为规范到基础法律知识，从种菜养猪、针线缝纫的技巧到吃苦耐劳、酸甜苦辣的生活道理，书本上的、切身经历的，那么多苦口婆心，推心置腹的时光居然换不回任何一点的觉醒和悔悟！

习惯性的职业警觉牵引着我，不管这两颗李核有无特殊之处，我都不愿意让她带出监管区。“安全离监，不留隐患”是我此刻不停运转的想法。

“我求求你！”

看着她几近流出眼眶的泪水，我的心猛然跳动起来，我怕自己会动摇，索性不说话，再次摇摇头。

“这两颗李核是你给我的……”

记起来了，那颗种在监管区里的李树。初到监区时天气正暖，走进大门总要路过它挂着红彤彤果实的身旁。小小的果实拼命爬满枝头，感觉只有如此虔诚才对得起这远离喧嚣的寂静，不至于亵渎或是浪费了这恰逢其时的温暖。

就在这颗李树下，记起了她。一天、两天，长叶、开花、结果，她总是小心翼翼地注视着，像失落了什么，有点迷惘，又像在期待什么，有点慌乱。

她原本有一份体面的工作，一个爱她的丈夫和听话的孩子，就是这样波澜不惊的幸福破碎在她贪婪的欲望下。一片平静的湖水，激起无数波涌，丈夫失望的眼神、孩子伤心的泪水时时拍打着她的心。

“我家门前原来也有这样一棵李树，因为它太平常了，我从来没有尝过。”她在那棵李树下告诉我。

是啊，同样的果实，它却这样细小平凡，要不是这孤寂，又怎能发现它原来也枝繁叶茂，硕果累累。

我摘下两颗李子递到她的手里，后来，她告诉我李子酸甜可口，微微有点苦涩。

现在，她仰着头看着我，两颗李核依然静静地躺在那儿。“我想把李核带回去，种在我家门前，这样我就可以时时想到这里，时时想到你们。”她的言语中充满恳切。

我点了头。

又是这样一泻阳光，一片树影交错，我不知道她带去的李核是否生根发芽，但在我心中，它们早已枝繁叶茂，有力地，坚韧地，横过昨天。

（作者系云南省曲靖监狱民警）

罗晓旋圆谎

鲁晓松

迈出大山深处考入警校的四年，加之农村娃的生性淳朴，共同造就了罗晓旋同志坚定的意志与刚正不阿的性格。警校毕业后，他成了一名监狱警察。经过老干警师傅的带领，他顺利地成长为一线带队队长，每天工作安排井井有条，只是最近生产线上从其他监区调来的一名服刑人员很让他操心。

这个服刑人员是有名的“刺头”，人送外号“滚刀肉”，劳动他偷懒耍滑，队长管理他哼哈应答，哪个队都不想留他。大队长找到了罗晓旋跟他说明了情况，罗晓轩爽快地答应了。

罗晓旋认真阅读这位服刑人员的案卷：自幼丧父，由母亲一人抚养长大，家中七个姐姐。他从小虽是农村长大，却百般娇惯，在村里游手好闲，好吃懒做，因欠了大量借款冲动杀了人，被判无期。

罗晓旋接手这位“滚刀肉”后，发现他从不与家里联系，问他为什么？他就含糊其辞说自己是从石头缝蹦出来的，没有爹娘！最近几天，他不是跟同屋人打架，就是无故旷工。罗晓旋晓之以理动之以情地找他谈过几次话，但无丝毫收获。为此，罗晓旋伤透了脑筋。

初春的早晨，天气很冷，罗晓旋照例很早就到了单位，远远地看见监狱大门口有位衣衫褴褛的老人在徘徊。她见罗晓旋要进大门，急忙用极其浓重的地方方言，对着罗晓旋说半懂不懂的话。“娃，我找我家娃……他叫二虎，我是他娘。”

罗晓旋打量了一下这位七十多岁头发苍白的老人，从她的言语中大概明白她是要探监，可是具体问他儿子在哪监区，叫什么名字时，老人却支支吾吾答不上来，她说只知道儿子姓吴，小名叫二虎。

罗晓旋又具体问了问家庭地址和相关情况，终于碰巧让他猜到，原来就是那“刺头”的妈。罗晓旋说：“大娘，您放心，您儿子正好在我队里呢！”

老人激动万分，一下子拉住罗晓旋的手不肯放，生怕就这样错过了见儿子的机会一样。罗晓旋看着这双手,心里一酸,这是怎样的一双手啊！经历了太多的岁月沧桑与磨难,褶皱深深的裂口。

罗晓旋到监区找到吴某。“罗队长,又有啥新思想新指示啊?”这是吴某常用的说辞。

罗晓旋仔细看了看他,与老人确实有几分相像。“走,我带你去见个人!”

吴某丈二的和尚,一脸疑惑地嘟囔着:“带我见谁啊?! 又是不想要我了吧……哼!”

罗晓旋没有答话,吴某疑惑地问道:“这是要给我调哪个队去? 我可不去,我在这待得好好的,罗队长！你说话啊！我有错以后改还不行吗！你,你倒说话啊!”

罗晓旋笑着说:“我不调你走,带你见个人。”

吴某虽然稍微放心不用调队了,心里还是疑惑要见什么人。这么多年了,从未有人来看过他。

一进接见室,吴某看见玻璃墙对面那位沧桑的老妇人,不禁愣住了神。

罗晓旋随即说:“你看看,认识对面的人吗?”

对面的老人猛地站起身来,浑浊的两眼紧紧地眯成了缝,突然迸发出了光芒,失声地喊着:“虎儿,是娘啊……”

吴某三步并两步奔到接见台,扑通跪倒在地上,“娘,娘,孩儿不孝啊!”泪水与忏悔交织在那张曾经无法无天作恶多端的脸上。

罗晓旋一声轻微的叹息,随即退到一边与值班干警站在一旁。值班干警说:“小罗,你认识这老太太? 昨天就在咱单位门口来回走,问也听不懂说什么,你队服刑人员家属啊?”

罗晓旋这才知道老人昨天就已经来到了,苦于语言交流和所知道的信息有限,差一点就没能见到儿子。

接见的时间结束了,罗晓旋走上前去,看着哭成泪人的母子,心中一阵酸楚。

老人依依不舍地看着儿子,吴某看罗晓旋走过来说,“娘,你好好保重身体,真的还有两年,就两年,我就出去了。到时候我一定孝敬您！不信您问罗队长。”吴某渴求的眼睛对罗晓旋一眨一眨的。

老人见罗晓旋走过来了,就问:“罗队长,虎儿真只有两年就能出来了吗?”

罗晓旋迅速回忆着案卷上的刑期,两个字在他脑海里蹦出“无期!”

可是面对这样的老人,那期待的眼神和吴某忏悔祈求的样子,让罗晓旋第一次为服刑人员圆了谎:“是,大娘!”

老人那满脸的皱纹随之渐渐地舒展开来,自顾自地叨念着“太好了,太好了。”

刚要转身走,老人忽又返回来,拿着电话说:“儿啊,娘给你种了四十棵果树,你出来树就能结果卖钱了,讨个老婆好好过日子哈!”

吴某的眼泪又一次流了出来,愣愣地站在那直到干警叫他离开。

罗晓旋将吴某送回监区,刚要离开,吴某脸上挂着未干的眼泪,叫住了罗晓旋,“队长,我……我想求你一件事。”

“说吧!”

“您……能给我娘买张回去的火车票吗?”说着大声地哭了出来,“她是去年冬天就偷偷从四川家里一路走一路坐绿皮火车过来的,家里人不同意她来看我,她偷偷带着干粮……队长,我娘七十八岁了,我真不知道她还能不能回得去啊!”

罗晓旋大为震惊,吃惊之余就留下一句“好的!”转身就飞快出监狱大门追赶老人,终于在路的尽头处,看到了老人的身影。

在火车站,罗晓旋给老人买好了票,老人千恩万谢,从衣服内兜里掏出破旧却折得板板正正的五十元钱,要给罗晓旋。罗晓旋说:“大娘,您路上用得着。我们干警可不能收家属的钱啊!不然我就违反纪律了!”

老人“嗯嗯”地笑着,仔细地又收回了钱。

一次意外的接见,居然如魔咒般地改变了一个人。大家这几天都议论吴某,勤勤恳恳任劳任怨像变了一个人似的。罗晓旋改造了一个“刺头”,像一阵风一样刮遍各个监区。见面就有人问:“小罗,有两把刷子啊!居然改造了这么个滚刀肉,用的啥法子交流交流……”

经历了这件事,罗晓旋更加明白了自己工作的意义与价值,也清晰地知晓了那些服刑人员的心理与他们家属深深的期盼。

渐渐地,罗晓旋懂得了工作中的方式方法,工作也渐入佳境如鱼得水。

太阳每天从东边升起西边落下,罗晓旋还是每天披星戴月地早出晚归,不同的是,曾经笼罩在他头上的一片乌云,渐渐变成了七彩的光环。

(作者系辽宁省锦州监狱民警)

白衣天使的四十八小时

黄　丽

早上六点三十分，今天轮到护士小张值班，她不敢耽搁片刻，起床做好早饭，就马不停蹄地伺候两个孩子穿衣、洗漱，以最快的速度把早饭塞进孩子们肚子里，再一路催促着把他们送进小学和幼儿园。

上午八点三十分，下雨路面湿滑，加上堵车，平时三十分钟的车程，今天整整用了一个小时才终于开车到了单位，来不及去食堂吃饭了，小张快速换好警服，直奔二楼住院部。

这里的病人不是普通的病人，他们是强制隔离戒毒人员，由于长期吸毒导致身体患上各种急性或慢性疾病，以高血压、糖尿病、脉管炎、肺结核等最为常见。为了不让这部分人逍遥法外，省戒毒管理局将四川省成都戒毒康复所设置为收治病残吸毒人员专所，在系统内抽调了专门的医疗力量，购买社会医疗力量，双管齐下，确保医院正常运行，维护了场所的安全稳定，解决了棘手的社会问题。

上午九点，交班时间到了。接班的重点内容：昨天新收了三个病人，护理资料今天要在内网上完成；病区有个患肝腹水的危重病人，需要随时观察病情，做好护理记录；老病人李某某，患癫痫五年，按照他的发病规律，这两天可能要发病了，要警惕意外的发生。

九点三十分，小张开始摆药。一天一共要发七次口服药，最近病房里的糖尿病人特别多，餐前药还要根据血糖的数据临时调整。发药车上一溜儿的药瓶，要一个一个地核对，不能有任何差错。

十点，给高血压病人测量血压后，小张开始协助今天的治疗护士给病人进行输液治疗。因为长期吸食毒品，很多病人的血管严重硬化，更有些静脉炎病人，全身上下都找不到血管，只能去外面医院做中心静脉穿刺。每天的静脉输液是一项考眼力又考技术的活儿！

十点四十分，十五个病人的静脉穿刺终于完成，小张在心里自嘲了一番，这个时间以前在外面医院输三十个病人都没有问题，而这些吸毒的病人，血管就是这么难找！

稍稍可以歇息一会了，小张感觉胃部有点不舒服，匆忙到值班室吃了一点东西，才感觉不那么难受。

上午的时间就在不停地换液体、取液体，还有输液输肿了、重新输的节奏中度过了。

十一点三十分，吃饭时间，小张刚吃了两口，就听到对讲机里呼叫她，有个病人发生了过敏反应。小张知道如果不是情况严重，白班护士不会把她叫下去，迅速地跑回病房，细看这个病人，胸前和四肢有红斑，嘴唇肿得老高，说话都不是很清晰。护士立即换掉液体，根据医嘱往静脉推了一组激素，吸氧，安心电监护，十分钟过去后，病人的症状逐渐好转。小张的午饭也没心思再去吃了，只是很疑惑这个病人明明青霉素和头孢皮试都是阴性，为什么就过敏了呢？哎，过敏的原因谁都说不清，只有随时观察病情变化，正确地处理。

十二点，再一次发口服药，这是糖尿病人的餐前药。

管教干警早已打开指纹门，等待吃药的病员端着杯子排队等待吃药，吃完药还需要张开嘴巴，待干警检查后才能回到病房。这是为了杜绝有偷偷藏药的情况发生。

十二点二十分，趁着中午人少，电脑空闲，小张把该记录的护理文书在内网上一一完成。

十三点三十分，发药，这是普通病人的第二次发药。

十四点，准备好换药车。病房里有几个因下肢注射海洛因、异丙嗪等导致局部肌肉组织坏死的病人，隔一天需要换药一次，剥开层层的纱布，小张熟练地给溃烂的创口消毒，再包扎。动作娴熟，有条不紊。

和她一起进病房的“绿叶”小磊，是能文能武的男护士。文能打针输液写文章，武能搬运抬重跑腿。在女护士不能单独进病房的制度下，男护士的作用凸显出了它的优越。在管教人手不足的情况下，他们常常身兼护士与管教干警双重角色，是康复所医院不可或缺的“宝贝”。

十六点，给病房里的高血压病人量血压并做好记录。

十七点，白班的同事们换下警服，下班了。小张羡慕地看着他们的背影，没有时间多想，继续在电脑面前完成护理记录。

十七点三十分，给糖尿病人发餐前药。

十八点，值班干警在监管区吃饭。

十九点，这周轮到小张给病人做健康宣传了，护士长一周前就给她安排了这项工作。因为近期肺部感染病人比较多，小张专门做了一个关于结核病的预防与治疗的课件。在管教民警陪同下，在病区里的教室里，给病员们上了一堂生动的课。从病区出来，她还能听到学员们热烈的掌声，看到今天的值班大队长对着自己竖起了大拇指，那一刻，小张觉得，今天的辛苦也值得了！

二十点，发口服药。

二十一点，发睡前药。最近有几个病人晚上严重失眠，特别是新入所的生理脱毒期刚刚结束的病人，要遵医嘱给予帮助睡眠的药。

二十二点，给高血压病人量血压并记录。

二十四点，测量危重病人的生命体征暂时平稳后，洗漱睡觉。

夜里，每隔两个小时就起床查看那个危重病人的生命体征，心电监护的声音在寂静的夜晚显得特别刺耳，但是不能调成静音，担心一旦有突发的病情变化，不能及时地处理。

值班的晚上，小张基本上没法进入深睡眠状态，但又不能不睡，因为要保存足够的精力，确保第二天白天的工作状态。

因为警力有限，这里的护士值班二十四小时都不能休息，第二天还要上白班。

六点三十分，起床洗漱。

七点，发糖尿病人的餐前药以及结核病人药。

八点，其他病人发药。

八点三十分，写交班报告，准备交班。

九点，接班医生护士到场，开始交班。

九点四十五分，癫痫病人李某某上厕所时突然向后倒地，手脚强直，口中胡乱地大喊，嘴角有鲜血流出，量约十几毫升。小张担心的事情还是发生了，李某某每次发作癫痫都会口吐鲜血，现场特别血腥，但她们已经习惯了。医生护士迅速到达现场，固定住病人的四肢，用纱布口罩制作的防咬伤“神器”塞进病人的口腔，整个过程大约持续了一分钟，病人的肌肉逐渐放松，意识也渐渐恢复。

十点三十分,和护士长一起核对医嘱。

十二点,终于可以坐在食堂安安心心地吃一顿午饭了,今天的午餐很丰盛,有小张最喜欢的酸菜鱼,还有银耳汤。

十三点三十分,今天公安送来的吸毒成瘾认定的人特别多,两名医生中午都没有休息,小张的白班工作职责之一就是协助医生打印吸毒成瘾报告。

坐在电脑前,真的是喝水的时间都是挤出来的,不停地把医生给吸毒人员做的记录与诊断打在固定的格式上,再经过两名医生确认后,打印出来,盖章,交给公安民警。

忙碌的时间总是过得很快,终于到了下班时间,小张疲惫地脱下护士服,换下警服,穿上自己的便装。

现在,她才能离开管理区,拿出电话。噢!她拍拍自己的脑袋,居然忘了今天是妈妈的生日!看到手机上的未接来电,她愧疚地给妈妈拨去电话,父母早已习惯,知道女儿的工作性质,不接电话就是在值班。只是,小张的心里还是感觉有一丝心酸,哽咽着说道:“妈妈,对不起,生日快乐!”

这就是戒毒康复所里护士的工作常态。她们当中,有两个孩子的妈妈、有刚刚结婚的新娘、有才参加工作的新人。除了护士,她们还有一个共同的名字——警察!

她们是康复所里唯一参与基层大队值班的女性,她们的工作性质决定了她们要和一群失去自由的病人“关”在一起。没错,在限制戒毒人员自由的同时,她们也失去了自由。

但她们无怨无悔,病人需要她们,国家需要她们,毫无疑问,这体现了她们的人生价值。

(作者系四川省成都戒毒康复所民警)

吴桐的成功

周　浩

“有钱没有？我没有生活费了……什么，又没有！那就让我自生自灭吧！”

没等电话那头的人把话说完，电话已经被他狠狠地摔到了墙上。

虽然他满脸怒气，双拳紧握，情绪激动，似乎受到了很大的委屈。但我却仿佛看到了电话那头已经头发花白的母亲流出伤心和失望的泪水。服刑十年间，母亲风雪无阻、穷年累月、跋山涉水奔走在相隔千里的探监路上，头发一次比一次花白，身体一次比一次苍老。但这一次次的奔波并没有换来不孝儿哪怕一次的关心和感恩。

不出意外，他又一次被送去冰冷阴森的“小黑屋”里反省：值班警察询问他为什么要摔电话时，他依然控制不住自己的情绪，大吵大闹。他好像忘记了自己的身份，好像忘记了这是什么地方，他应该已经记不清是第几次去“小黑屋”反省了。

他就是大漠（化名），监狱里的“名人”，刚满十六周岁时就因抢劫罪被判处有期徒刑八个月，2007年又因为贩卖毒品罪被判处有期徒刑三年六个月，服刑期间又因为犯故意伤害罪被判处合并执行十七年。2009年被分流至陕西省商州监狱服刑。

大漠是一个生长在边远山区的农村孩子，家中有一个姐姐和两个妹妹，在他很小的时候父亲就去世了，母亲为了能将四个子女拉扯长大，辞去了乡村教师的工作，白天一边照顾四兄妹一边做些手工活补贴家用，靠着这些补贴他们兄妹四人得以入学读书。因为家中只有这么一个儿子，母亲对他甚是宠爱，姐姐妹妹都让着他，他成了家里说一不二的“小皇帝”，慢慢地养成了天不怕地不怕的性格，一步一步地走上了犯罪的道路。

入监以来，大漠打架、赌博、行凶、抗劳抗管，几乎所有违反监规纪律的行为他都做了，几年间辗转多个监区。

因为大漠早已“声名在外”，监区为他制定了详细的转化方案，安排年轻的吴桐为包联包教警察，负责具体落实。

吴桐发现，大漠性情孤僻，和其他服刑人员几乎没有交流，但很依赖自己的母亲，最开心最激动的就是每周一次给母亲打电话的时候。于是，吴桐决定从这里打开突破口，在每次会见看到他母亲时，都会对老人敬爱有加、嘘寒问暖，帮她宽心。

多少次，母亲一手拿着电话，一手隔着玻璃扒在儿子的脸上，语重心长地对他说：“儿啊，在里面不要和人打架，遇到事情要多忍耐，你们吴管教是个好人，要多听他的话。”

母亲一次又一次耐心的劝说，不知不觉间让大漠对吴警官有了很好的印象。

吴桐还发现大漠对一档叫做《一站到底》的答题类节目非常感兴趣，每次节目播出的时候他都看得很入神，吴桐就去书店将《一站到底》全套题库买回来送给了他，虽然吴桐的细心和体贴没有换来期待的一句“谢谢”，但从那一刻开始，大漠似乎已经开始认可了这个年轻的管教干事。

2015 年底，商州监狱开展亲情帮教活动，当得知这次可以和亲人面对面接触后，大漠很是激动，但他知道以他的现实表现，亲情帮教名单里是不会有他的。虽然心里极度渴望见到年迈的母亲，但是碍于心里放不下的那点小自尊，他还是不愿主动找监区领导提及这个事情。

吴桐看出了他的心事，主动找他说：“这次因为小羽（化名）家里有事来不了，还有一个名额就给你吧，如何？”大漠轻轻地点了点头，冷漠的表情下却掩饰不了因激动而微微发抖的身躯。

亲情帮教活动当天，大漠很早就起床洗脸刷牙，胡须也很仔细地剃干净了，还特意换上了洗干净的衣服，排到了会见服刑人员最前面等候。刚步入会场，大漠看到母亲的第一眼，便泪如泉涌，疾步跑到母亲身边，一把紧紧抓住母亲满是皱纹的双手，仿佛那一刻有人要从他手里将母亲夺走似的。大漠请示监区警察能不能提供个盆子让他给母亲洗一次脚。他的感恩行动得到了允许，也在服刑人员中受到了如潮好评。

亲情帮教活动过后，大漠变了，懂得了感恩，明白了如何能尽早地拥抱亲情。每次吴桐上夜班时，他都会主动找吴桐述说心事，听吴桐讲历史文化知识，有时候两个人还拿《一站到底》里的题目进行比赛。

2016 年初,监区组织服刑人员进行演讲比赛,大漠在吴桐的鼓励下报名参加,演讲自创的《想对妈妈说句话》。大漠在演讲时,声情并茂、声泪俱下,引来台下其他服刑人员的一阵叫好声和连绵不断得掌声,大漠的努力换来了收获,大漠获得演讲比赛一等奖,这让大漠第一次获得了自我认同感。2016 年底,大漠因为遵守监规纪律,积极参加劳动改造,计分考核成绩名列前茅,被评为 2016 年监狱“劳动能手”。

从违纪不断、自甘堕落、抗劳抗管、散布消极言论的“害群之马”,到遵规守纪、知错感恩、积极改造、成绩名列前茅的“三好学生”,很多人都觉得他的转变是带有目的性的,只是暂时的,他始终还是一个表里不一、反复无常、不可轻信的人。

考验大漠的时候到了。从 2017 年 1 月开始,最高人民法院对减刑、假释政策作出重大修改,大漠好不容易用积极改造换来的考核成绩,从之前最多可以减刑两年,到现在最多只能减刑九个月。法院最终裁定减刑六个月,当他拿到减刑通知书后,监区担心他因为自身利益受损,可能会出现情绪波动,就专门召开了会议,将他重新列为重点管控对象,制订了详细的管控方案。

就在这时,大漠主动找吴桐汇报思想:“吴管教,这个结果我早就想到了,政策是国家制定的,谁也改变不了,能减六个月我已经很满足了。我妈越来越老了,我要尽早出去照顾她,今后我还要多努力,多减刑,才能不辜负她。”

简短的汇报后,习艺车间里,他又埋着头认真地劳动起来。

大漠终于转变了,这是吴桐的成功,更是我们监狱教育改造信念的成功。

正是无数个吴桐的成功,才换来了我们社会的祥和安宁,向他们致敬!

(作者系陕西省商州监狱民警)

早知今日

王海玲

她的口才真好!

周日晚间,某监区组织服刑人员学习。走过监区阅览室时,几名服刑人员正在看书、谈论心得体会,其中一人滔滔不绝,很在状态,不由得停下脚步听了听。

她们看的是《弟子规》。只听得她从书的内容拓展开来,从人生观、价值观讲到家庭、亲情、责任,又延伸到社会主义核心价值观,联系改造实际,到底应该怎样做,洋洋洒洒,内容丰富,层次分明,表达流畅,极具感染力。

翻看案卷,又听其言,她人生迄今为止的三个段落,分别写着:

第一段,意气风发苦作乐。20 世纪 80 年代,她青春年少,满怀报国情怀,在乡里工作,田间地头上,晴天一身土、雨天一身泥,苦中作乐,“那个时候,就想着多做点事,不想向组织提任何要求,人很单纯,起早贪黑也不觉得苦,充实快乐。”

第二段,乱花渐欲迷人眼。工作努力得到组织肯定,逐渐走上了领导岗位。转眼就到了她的中年时期,不知从何时起,滋生出了贪念,认为,“给别人办事拿一点好处是应该的,权力观念、法治观念和群众观念都出现了严重的偏差:办事拿好处,对送礼者来者不拒,有权不用,过期作废。虽有在职研究生的文化程度,但决策中的法治观念却很匮乏,群众很不满意。”沉醉于有权就用的春风得意之中,她醺醺然不觉醒。

第三段,身陷囹圄自思量。她一步一步滑向泥潭、走向深渊,终于因受贿、滥用职权罪而被判刑,人生前半场以负数告终、以耻辱收场,此时的她如梦初醒。入狱初期,人生境遇的云泥之别,让她灰暗的气色犹如曾过火的灰烬,一副“哀莫大于心死”的神态。也是在监狱,她从人生的低谷慢慢振作起来,认识到自己违法造成的后果,忏悔书中,写满了“悔不当初!”她说,“做错了,就要接受惩罚。坐牢本质上是一种拯救。人生的列车已然脱轨,是刑罚及时地止住了这疯狂的游戏,否则更加无法预料,将造成何等更严重的后果。”她还说:“在外面的时候,很少关注到本市还有这样一所监狱,哪会想到还有这么多监狱警官在默默地做着这样有价值的工作,现在亲身感受到了,监狱工作很不容易、很有价值。早知今日……”

她的话戛然而止,至此缄默。

“早知今日”,最后一句话,她并没有说完。

早知今日。她也许想表达的是,一定会像读《弟子规》后所感悟的那样,好好思量人生观、价值观,将传统文化谨于心、慎于行,而不止宣之于口,似“两面人”一般形神分离。

早知今日。她也许想表达的是,一定会坚守初心,珍惜拥有,更审慎地对待手中的权力,铭记法律,恪守规矩,不越红线,不触底线。

早知今日。她也许想表达的是,如果以前知道监狱工作价值所在,作为一方父母官,可能会更多关注支持监狱工作。如果那时能警钟长鸣,也许不至于在犯罪道路上走这么远。如果不被贪欲蒙心,也许人生完全不同,她仍然是一个学者型的儒雅领导,一番好口才,在台上侃侃而谈。

只不过,早知今日,靠的是一个人的定力和品行。世上,所有犯错之后的“早知今日”,听来真是讽刺。

但愿,她的“早知今日”,是真正悔过的开始,犹可期许,明日新生。

(作者系江苏省南通女子监狱民警)

青　　春

虞幸翰

我们女监这支队伍中虽多半是跟我岁数相差无几的民警,但他们都是我从警生涯中的师兄师姐。

大家最初的出发点各有不同:有的是冲着一身帅气警服来的,有的据说是大学毕业后为谋得一份工作而来,但更多的是为了个人情怀和时代使命而来。

作为实习民警的我,对目前所处的环境,说到情怀未免过于老成,但谈到岗位职责所在,懵懵懂懂中眼帘里跳出这样一幅幅奉献的画面:每天交接班的时候早到五分钟进监房换班,现场管理中多积极担待些琐碎工作,多分担点中队台账,多找分管的服刑人员谈话……

这些实实在在的工作,去除了自己"90后"的稚气,转而干练、担当、从容地接纳监狱工作的枯燥、单一、严谨。

犹记得在学校时,据说我们传统文化课的老师会占卦,便在下课时好奇地想让老师帮忙"算算"个人命运。不料,老师马上正色道:"未来,你们中绝大部分人的主线不变,依然是监狱人民警察。你们要把这份职业作为你们的事业来发展。"

是啊,要把职业看成事业来发展! 老子曾云:"上善若水。水善利万物而不争,处众人之所恶,故几於道。"在日复一日年复一年地跟形形色色的服刑人员接触后依然不失本真,开展"修心教育"落实治本安全观新理念从而输送"合格产品",在这一时代命题下情怀依旧需要用心书写,"大局意识"促使我们行之久远。

青春易逝,何以永存? 唯有初心如磐,使命在肩! 属于父辈们的青春已远去,而我们这一代正意气风发,恰好可以谨记他们的谆谆教诲,从他们手中接过历史的"接力棒",更像是接过了一份必须做好的时代答卷!

"长风破浪会有时,直挂云帆济沧海。"愿自己永远能对监狱事业抱有热忱,不负韶华!

(作者系浙江省第二女子监狱实习民警)

如果每天多一个小时

于　翔

漫天星斗之时,他开始了一天的工作:重复了一遍又一遍,很多事机械而又习惯,打开了一扇又一扇门,这一天,和平常未有什么不同。

吃早饭时,他监督着排队的人们,迎面一声好,他微笑着点了点头。新的一天总算在积极向上的氛围中开始了。

他说不清早上为什么会这么忙,就如繁华的街市,早高峰总是很固定:列队,出操,步入车间,一个个点清楚名字,认真地检查好每一台机器,他就像一个侦探,一点一滴,每一个细节,比谁都要尽善尽美。

等到自己真的坐下了,却不太饿了,吃过早饭了么?分明没有!

机器在轰鸣,他的思绪飞了一下:昨晚妻子为他做了一个大蛋糕,为什么要做蛋糕呢?想不清了,反正妻子的手艺一向都是他最喜欢的,她甚至知道他最喜欢水果的夹心。此刻真是很让人开心的,他突然觉得,再辛苦都很值得,家,总是心灵的港湾。

太阳越发炽热,路队一排排站好,午饭时间到了。他清了清嗓子,该轮到他喊口号了,声音洪亮是必需的,这本事他早已练就。

午休对于他来说是最奢侈的,吃中饭的时候他感觉嘴里起了个泡,硌着人生疼,他平时很少吃水果,不是他不喜欢,是他没时间去买,不过还好,总归还有那个水果蛋糕。

他将眼睛注视着屏幕,全神贯注,聚精会神,腰挺得笔直,水杯端到嘴边,哎呀,好烫。他笑笑,还是那句话,习惯就好,反正嘴里这个泡,差不多也是这么来的。

下午两点,机械性地重复,再一次出操,机器再次轰鸣,他四处巡视着,他知道,这是要害的时段,丝毫都经不起马虎。

夕阳落下时,他并没有回家,他还没下班,夜色的开始只是工作中平常的另一面。

十九点，新闻开始了，他坐着，随着播音员的播报，高速旋转着思绪。他要把复杂的话尽量简单地概括，并且贴合生活的实际，转达给他的“学生”们。

夜色深沉了，再一次锁上门，一天的工作总算结束了，哦，不对，他还需要看着屏幕坚守到午夜，但屏幕上放的可不是电视节目。

时针滴答滴答地作响，万物都很安静，此刻，他也仿佛能听见自己的心跳。

他又想起了那个问题，为什么，妻子要在今天为我做蛋糕？

眼光扫过墙上的日历，今天，啊，今天是我的生日！

时钟已经指向二十三点五十九分，嗯，还有一分钟，该为自己庆祝一下了。

他笑了，笑着笑着，眼泪止不住从眼角滑落，是咸的，大约他的心，也会是这个味道。

假如每天能多一个小时，是否他就能释怀，释怀心中的酸楚，释怀对妻子的万千亏欠？

恐怕公平的时间之神不会给他这个机会了。

因为他是监狱人民警察！

（作者系江苏省高淳监狱民警）

龙山鹰篮球队

吴一然

“我们面临着龙山鹰篮球队去年获得全局第一的压力，怎么说这份荣誉也不能砸在我们手里。”

白湖监狱管理分局龙山监区的服刑人员赵成回头与身后的队员对了个眼神，黝黑的皮肤是他们健康的优势特点，腼腆的笑意中带着几分自豪。

赵成是龙山鹰篮球队的队长，也是他进入龙山监区的第一个半年，但他的眼神，已经从刚进入高墙时的惶恐不安，变为如今坚定坦然了。

“赵成刚来的时候，我记得情绪比较阴沉，平时也不怎么说话，只有到亲情电话、家属会见的时候，那眼神才会放光。”龙山监区教育矫治分监区民警刘杰回忆道。刘杰是龙山鹰篮球队的教练，曾是白湖中学体育老师，虽已年过半百，但出于热爱与责任感，他主动担负起从第一届到第四届龙山鹰篮球队的训练任务。

“刚来的时候心里很懵，不敢想自己进入监狱这个事实，只能用机械式的重复生活麻痹自己，每天都在倒计时，算着下一次和家人通话、会见的时间。”赵成曾是当地国土局一名公务员，原本拥有一个幸福美满的人生，而思想滑坡后走上歧路，犯诈骗罪被判有期徒刑十年。身份的巨大落差让他遇到一个难以逾越的人生“转角”，无法面对自己将要度过的漫长服刑岁月。

一次偶然的机会，让赵成接触到了篮球。原本在学校时就是校篮球队主力的赵成，在摸到篮球那陌生而又熟悉的质感时，不禁想起了在校时与伙伴们的热血时光，运球、传球、投篮，很多美好的记忆在他的脑海中闪过，一刹那，赵成心中仿佛燃起了一丝火苗。

“打篮球的时候啥子都不想，就想着要赢，赢了，心里就会好受些。”赵成的篮球天赋让他很快在监区脱颖而出，被刘杰吸收到龙山鹰篮球队，开始了为期一个月的集中训练。

2017 年是龙山监区“连续四届体育运动会团体一等奖”决胜的关键节点，想要获此殊荣，监区在每个团体项目上都要拿到高分。龙山鹰篮球队是监区的“王牌队伍”，2015 年获得亚军，2014 年、2016 年均获冠军，如果今年他们在篮球比赛上卫冕冠军，他们获胜的希望将大增。

“虽然赵成刚来球队的时候有点特立独行，但他人比较沉稳，讲话有说服力，组织能力、领导力都比较强。”篮球队老队员王淮解释当初推选赵成当队长的原因。王淮负责球队组织后卫，历经了四届服刑人员运动会。

“真的没想到我会成为队长，心里特别高兴，就像是漂浮的心突然找到了一个沉下去的点。”被剥离家庭责任感的赵成，在成为篮球队队长后心理上找到了新的归宿。渐渐地，赵成的性格在训练中变得开朗起来，与队员们也形成了难得的默契，每个队员心里只有一个目标，就是为了龙山鹰篮球队的荣誉奋力一搏，为了监区能够取得好名次贡献自己最大的力量。

“有些年纪比较小的，可能没有家庭观念，没有团体这样的意识，但是通过这一个月的训练，能够明显感受到他们的成长和进步，有了集体荣誉感，我作为队长心里也特别高兴。”赵成说起这事，虽然没有指名道姓是谁，但他身后那个年纪最小的球员不好意思地挠了挠头，引起大家的阵阵笑声。

龙山鹰篮球队在经历了小组赛、半决赛、决赛六场比赛后，最终成功卫冕冠军，龙山监区也在白湖分局第四届服刑人员运动会上获得团体一等奖。龙山鹰篮球队夺冠后名声大振，很多服刑人员开始找球队队员询问入队的事，球场上的身影也渐渐多了起来。

“我觉得能够夺冠的因素，一个是监区特别的支持，给我们创造这样的机会去挑战自己；二个是非常感谢刘教练，在我们身上倾注了很多心血，平时训练虽然严苛，但生活上对我们就像是对待自己的孩子；第三点可能也是咱们确实实力比较强吧，哈哈。”如今的赵成，已经不再迷茫麻木，常常主动给有心结的其他服刑人员做思想工作，对有困难的同犯施以援手，成了监区的“知心大哥”。他在自己的“倒计时”上加上了下一届服刑人员运动会的时间，不仅常常活跃在监区的各项文体活动中，还报名参加了高自考，期望通过学习与努力，在出狱后能够弥补对妻子这么多年的亏欠。

“我们希望每年都是新队员，老队员能够早日回归社会，以后在外面，再好好地打一次球。”赵成虽然笑着对王淮说，但眼眶有些红红的。因为表现优秀，王淮获得年底的一次减刑机会,明年的龙山鹰篮球队将不再有这位老队员的身影。

“对,咱们出去了再好好打一次球,我等着你们!”王淮也红着眼眶对队员们说道,在落日的余晖中,他们将手叠在一起,许下这个坚定的诺言。

在他们的身上,笔者看到了自信与果敢,看到了自我救赎与直面人生的勇气,看到了对生活重燃热情的希望,看到了向他们迎面招手的崭新人生。

(本文涉及服刑人员名字均使用化名)

(作者系安徽省白湖监狱管理分局民警)

我的早晨从黄昏开始

王　鑫

对于值夜班的监狱民警来说，通常都是白天睡觉，临近黄昏才起床，我们的每一个早晨都是从黄昏时刻开始。

尽管很多人说，这样的作息习惯对健康不好，但我却很喜欢这种颠倒过来的生活节奏。并不是我的觉悟有多高，争着去同事们不太乐意的夜班，而是实实在在地喜欢值夜班时那种宁静的感觉。

黄昏起床刷完牙，忘不了喝上一杯浓浓的热牛奶，找一找早晨的感觉。迎着夕阳在营区周边的公路上慢跑一会，算是晨练。至于跑多远，主要是看兴致如何，三五公里抑或是十公里都行，我不喜欢给自己设定太多的条条框框。

冲个热水澡，吃过早餐（一般人的晚餐），泡上一杯浓浓的香茶，给家人打个电话，然后关掉手机电源锁到抽屉里，一身轻松地奔赴岗位开始新一天的工作。

夜幕降临，随着楼道里的灯光亮起，白天的喧嚣渐渐褪尽。

月色好的夜晚，我可以遥望圣洁的雪峰，想一想美丽的银色世界的魅力。也可以静静地凝视院子里月光透过柳树枝叶投射在地上的斑驳光影，大的，小的，方的，圆的，静止的，变幻的……各有各的意境，各有各的情趣。

在漆黑到连星光都找不到的夜晚，我静静地靠在窗前，聆听虫鸣声、鸟叫声、微风拂过树梢时的沙沙声、狂风敲打窗户的砰砰声、远处隐隐约约的狗吠声、雄鸡报晓声……我在不同频率的振动节奏里，捕获不一样的美感。即使什么声音都没有，我也能在静谧中放飞思绪，去感受茫茫宇宙的无比宏大和人类生命的如此渺小。

柔柔春风中，我看到柳树梢头慢慢变绿，密密麻麻的小点点慢慢变粗，伸展的叶芽慢慢变长，直到绿满枝头、迎风摇曳。静谧的夜里，我一次次见证了生命的神奇力量。

炎炎夏夜里，远处若隐若现的戈壁，诉说着沧海桑田的变幻。近处昏黄的灯光下，嗡嗡飞舞的蚊子把我视作唾手可得的猎物，正寻找最佳时机奋力一击，为了延续生命、繁衍后代作舍命一拼。

萧瑟的秋风中，我看到地面上的枯叶，时聚时散、时缓时急、时高时低地飘舞着，用最后一丝力量书写完生命的诗篇。柳树枝头，零星残留的叶子拼了最后的力气，紧紧咬住树枝不肯放开，长长的尾巴水蛇般扭动着，变幻的光影在地面上画出一幅幅美丽而怪异的图案。

寒冷的冬夜里，纷纷翻滚的雪花从窗户外滑落。雪花隔着玻璃搔首弄姿，展示着晶莹的身躯，释放着火热的激情，不放过生命中任何一个可以展示自我的瞬间。

风霜雨雪，阴晴晦明。时序更替中，我享受了四时不同的夜色，也收获了不一样的人生感悟。当一轮旭日唤醒大地生灵的时候，我给自己平凡的一天交上一份完美的答卷。当日渐西斜倦鸟投林的时候，我精神抖擞，迎着霞光走向新的一天。

人生何尝不是如此。年少时，青涩懵懂不知所为何事；壮年时，冲动好胜不知收敛含蓄。当我们踏过坎坷、尝遍冷暖，终于有所感悟的时候，往往已经斜阳在望。

我的早晨是从黄昏开始的。

所以，我可以放下羁绊，整理行装，从黄昏开始书写出新的人生篇章！

（作者系新疆生产建设兵团第一师沙河监狱民警）

人最宝贵的财富是自由

钱　荣

这世上，有多少美好的人和事，拥有时可能会觉得稀松平常；一旦失去，再想要挽回，却已是一种奢望。

昔日不再，幸福止步于生命的终结。

当然，还有自由的禁锢。关于这一点，相信大墙内的囚子们应该会有切身感悟。

那一年，我所在的白湖分局面向服刑人员组织开展了一次以"感悟亲情"为主题的亲情家书征文比赛活动。

我作为评委参与其中，通过那一段段锥心泣血的文字，切身感受到犯罪背后鲜为人知的故事。

在这些家书里，有对亲人的思念，也有对过往罪行的忏悔；有对未来的憧憬，还有对现实的剖析。

鲜有抱怨，更多的是在悔罪和感恩。

我印象深刻的是这样一段文字：

"女儿，离开你的这段时间，爸爸经常想起我们一家三口在小区花园散步的情景。还有往日我们走在街上，经常听到路人回头感叹我们一家'真幸福'。如今，这些对寻常家庭再平常不过的小事，现在对我来讲却成为奢望，好后悔啊！

这段回忆好像一根刺，不偏不倚扎在我内心最柔软的部位，鲜血喷涌；原来思念竟然还有另外一个名字，叫疼痛。"

身陷牢狱，远离亲情，方才领略到幸福的要义和自由的真谛。那一封封沾满热泪的亲情家书，引发的是服刑人员灵魂深处最真诚的悔，还有最深切的痛。

而痛定思痛，对亲情的向往，还有对幸福的怀念，才能够让他们在人生最低谷反躬自问，幡然醒悟。

在参加征文的这些服刑人员当中，有些是平民草根，由于无知而触犯了法律；有的则是来自领导岗位，因为一时的贪欲葬送了美好的前程。但无论是哪一种，他们都在要为自己的行径埋单——远离父母和家人，在高墙内沉淀自我，重塑本真。

虽然有民警的引导、家人的陪伴，还有来自社会各界的无私帮助，也许他们的重生之路并不再遥远。

但对他们整个人生来说，他们无不存在着缺憾，承受着痛苦！

对于我们每一个人来，时光未老，父母还在，妻儿守在身边，能够与家人随时随地团聚，这就是一件何等幸福之事啊！

所以，自由真的是人最宝贵的财富！

（作者系安徽省白湖监狱管理分局民警）

春天的味道

余智明

早春二月的一个星期天,为赶一个材料,一大早我乘车到监狱上班。

走下公共汽车,春风迎面拂来,路边柳条随风起舞,定睛一看,都仿佛睁开稀松的眼,冒出些黄黄的绿来——这就是春天。

自己一天到晚待在高墙里,春天迎面走到跟前都还不知道,我正暗自懊悔,停下脚步,想把柳条儿捋在手心,仔细瞧瞧这春天的模样,问问春天的情怀,嗅嗅春天的味道,耳边忽然响起一个似曾相识的声音:

"余科长,余科长……"

循声望去,十几米远处的街边,有一个人站着,在望着我笑:是他……

十二年前,我从警校毕业分配到这个监狱作了一名管教民警。他是我最早认识和管教过的罪犯之一。我对他印象很深,他因为遵规守纪,劳动突出,曾用双手把罪犯厕所洗得干干净净,多次为监区争得卫生流动红旗,经常上台领奖,几乎得过监狱发给的所有行政奖励。我在狱政科、教育科工作期间,到监区检查时,只要碰上他,总忍不住问几句他的改造情况。四年前,我到了监狱办公室,就再也没有碰到过他,没想到,在这个地方碰面了。

"余科长,您今天又加班哪。我今天满刑了,在这儿等车。"他递过来一张纸。

不用看《释放证明书》,我从他一身崭新而又不太合时宜的衣服上就知道,今天是他的好日子。

我微笑着把《释放证明书》还给他:"祝贺你! 你要把它保管好,回去交到派出所,丢了很麻烦。"

"谢谢!"他点点头,然后很小心地把《释放证明书》折好,轻轻地揣进内衣口袋里。

我粗略地算了一下他的刑期,问道:"你出狱算很快的吧?"

“在同期入狱那批人中，我是最快的一个了。”他回答得很干脆。

“出去准备干什么？”

“我回去想把这两年在监狱里学到的烹饪技术发挥出来，如果实在不行，就种地吧。”他搓搓手，淡淡的笑容，掩饰不住对未来的美好憧憬和隐隐担心。

我走近一步，下意识地伸出右手，郑重地、紧紧地握住他的手，说道：“这么多年了，只有今天，我才有机会和你握手，我是希望……”

“谢谢余科长！自从进监狱改造，自从认识您，我对自己的改造，对未来，就从来没有丧失希望，我会……我会的！”他接过我的话，但他最终没有说出他到底会怎么样，但我已知道，并且相信他。

因为我发现，我握住的手是那么的温暖、坚定和有力，仿佛他的手心藏着一团火，藏着一个春天，藏着一个姹紫嫣红的未来！

我想，对未来没有希望的人，手心一定不会是温暖的。

直到公共汽车再次走近，我才松开手，送他上车。

不知道是内心的希望唤醒了沉睡的太阳，还是灿烂的阳光唤醒了我们内心沉睡的希望，抬头，我看见，新一天的阳光正穿透层层云雾，直向每一个人倾泻而来！

（作者系四川省监狱管理局民警）

四季篇

食　　春

陆　伟

"春",蕴藏着无穷无尽的生活哲学:在广袤田地里,它是"春耕"的劳作信号;在花香鸟语间,它是"春醒"的自然信使;在万家灯火中,它是"春节"的欢聚一堂。

春,被人为地赋予了太多的精神内涵,说不尽、道不完。与我而言,春更多的是溪涧田野之中的美食碰撞……

我个人对于美食的热爱,用现代的一个流行语来形容就是一个"资深的吃货"。多年以来,有一类素食的味道始终让我趋之若鹜,欲罢不能:那就是早春的野菜。

起初对于早春野菜的喜欢,并不是因为它的味道,更多的是因为它的疗效。野菜因其发轫于溪涧田野之间,以周遭自然环境为养分,自生、自长、自熟,完全靠汲取日照雨淋虫采土润的自然精华而生。因此,相较于人工添加养料助长的蔬菜,自然是不可多得的进补上品,顺理成章地成为街头巷尾高价哄抢的食材。其具有的代表性便是南京野菜中家喻户晓的"七头一脑",即枸杞头、马兰头、小蒜头、苜蓿头、荠菜头、豌豆头、香椿头、菊花脑。

其实,不止是南京人,在幅员辽阔的中国版图上,早春三四月份,只要是在溪涧,在田野,随处可见摘菜人。人们利用周末的闲暇时间,赶早地起床,带上孩子,一家子驱车从城市赶到乡下去追寻最原始的味道。趁着雨后初晴的滋润,手提着塑料袋穿梭在芦苇荡、田地间,抢摘着刚冒出的新叶,生怕手慢了被别人摘了去。这既能在身体力行中培育孩子的生活实践技能,又能在春日亲子游的时光中尽情地享受着大自然的馈赠。可谓是一举双得！到了傍晚夕阳下山,回到城市的家中,在厨房里尽情挥舞一番后,便是一桌天然的美味佳肴。这样一种平凡的生活景象,在清明前后的一个半月里屡见不鲜。

要论起吃野菜,最受我倾心的当属枸杞头和香椿头。

枸杞头天然味苦,经过低油高火清炒数分钟后,在出锅前撒上半勺子糖以覆盖过重的苦味。入口后天然的清香夹杂着涩涩的苦味在舌尖处蔓延，当即就可以感受出天然中药的味道。其清热解毒、降压保肝的疗效更是时下“三高”危害的杀手锏。

香椿头，一般人的第一个反应就是“少而贵”。香椿由于其生长周期相对较长，单树产量不高且香椿树源较少，因而造成了“物以稀为贵”的现状。早春市场上的香椿芽可达八十元一斤，其营养价值不言而喻。“香椿涨蛋”是早春时节一道精贵的养生名菜，香椿芽经热水焯烫数秒去除亚硝酸盐后，切成碎菜末和鸡蛋打在一起。经清炒后香椿的鲜嫩与鸡蛋的劲道相得益彰，得到充分的发挥，满足了舌尖对味蕾的追求。

“竹外桃花三两枝，春江水暖鸭先知。蒌蒿满地芦芽短，正是河豚欲上时。”一首耳熟能详的《惠崇春江晚景》，将春天的味道描绘得淋漓尽致。蒌蒿苔的细嫩和河豚鱼的鲜美摆放在一起，既丰富了春日的味道，又暗含了荤素搭配的健康饮食之道，可谓是妙笔生花。相较于“七菜一脑”，妻子对于蒌蒿苔的喜爱更加倾心。以至于蒌蒿苔炒肉丝是春日里家庭餐桌上一道必不可少的养生菜。虽说时下蒌蒿苔四季都有，然而以春蒿最嫩，碧如细针，嫩不须嚼，且无异味。相较于其他野菜的味苦，蒌蒿苔称得上是一道可口的下饭菜。

若论春天水中的美味河豚，其实我并没有发语权，因为亲尝次数并不算多。河豚有“长江三鲜”的美誉，虽说产地较广，然而近年来由于长江水质污染的日益严重，加之人工的过度捕捞，使这一野生美味的天然产量已少得可怜。河豚鱼的做法很多，主要以红烧和清汤为主，其最具权威性的吃法非江苏扬中莫属。“扬中河豚”早已成了这一座城市的名片。每年早春持续一个多月的扬中河豚节，都吸引着大批的中外食客来这里一饱口福。从最初的味蕾体验到今日的特色美食节，人们在对美食的追寻中也悟出了一条发家致富的经商之道。饮食的广泛效应再一次被深刻凸显。

春耕、夏耘、秋收、冬藏，中国人在“天人合一”的古老生存法则延续下，熟练掌握了饮食的依时而变、随季进补。正如《舌尖上的中国3》所说：“中医营养摄生学说创造了食材运用的新天地，儒家伦理道德则把心意和家的味道端上我们的餐桌。”虽然农业科技的迅猛发展使得食材早已突破了时间的限制而变得四季常有。然而，季节性进补，取材于自然的养生之道却始终伴随着一缕缕炊烟的升起而传承下去……

（作者系江苏省句容监狱民警）

绿之翠湖

李春东

“翠湖是昆明的眼睛”，诗人费嘉如是说。

没有翠湖，昆明就不成其为昆明了。

翠湖是昆明市中心的一个湖，翠湖最早不叫翠湖。据史料记载，九泉所出，汇而成池，故名九龙池。

翠湖的水是绿的，湖心亭、长堤、湖畔又都是绿树，整个湖就像一方翡翠。湖水、柳树、粉红色的水浮莲、红鱼，共同组成一个印象：翠！

翠湖的树多是垂柳、海棠、竹子、棕榈，一年四季都是绿绿的，郁郁葱葱。尤其是雨季，翠湖的树真是绿得好像要滴下来。

春天，柳絮飞花花满天，鱼龙潜跃水成纹；夏天，荷花满池别样红，翠绿欲滴沾满衣；秋天，满地落叶映金色，秋水无痕静谧心；冬天，海鸥翔击溅碧湖，人海鸥潮笑语喧。

绿色是翠湖的生命，绿色是翠湖的灵魂，翠湖的绿，不是写在书上，也不是染在画上，而是融入了春城市民的血液中。

春城之春，翠湖写下了最浓的一笔。翠湖也把绿色诠释得淋漓尽致。可以说，翠湖是一种关于绿的记忆，关于自然的记忆，关于生命原色的记忆。

湖中有一条贯通南北的长堤，迂回曲折。在翠湖边上班，近水楼台先得月。从喧嚣扰攘的闹市和刻板枯燥的机关里，匆匆忙忙地走过来，一进了翠湖，即刻就会觉得浑身放松下来，生活的重压、尘烟世事冲淡许多。

翠湖的每天每日，给了昆明人多少浮世的安慰和精神的疗养。十年前，翠湖公园拆除了传统的围墙，不收门票，东西南北门随脚踏进，没有任何阻拦。翠美的湖光、葱绿的翠柳免费向世人开放，人鸥嬉戏与翠柳湖光融合在美丽的城市中，一幅绝美的人与自然和谐的经典图画。

每年的冬春季节，会有成千上万的红嘴鸥飞到翠湖来，或游戏于翠绿碧波水中,或栖息在玻璃瓦之上,或上下翱翔于春城的天空,人来不惊,争相觅食,游人把面包、鸥粮抛向空中,红嘴鸥就会飞旋着争吃食物。那人鸥相戏的图景很是动人,“翠湖鸥影”已成了昆明最美的景观之一。

翠湖,用她的绿色容纳着纷繁的城市,纷繁的人;翠湖,用她不变的绿应对着变幻着的人间烟事。君不见,翠湖的每一个枝叶都爬满了诗词,满湖粼粼的波光都是智慧的散句。

在翠湖,每一棵树下都有一串故事,每一椅上都有一串情事,每一只小船都承载着浪漫的爱情故事。还有里面的湖心亭、太阳岛、阮堤、唐堤、聂耳墓、燕子桥、观鱼楼、翠湖春晓等,每一个名字都有叙述不尽的韵趣。可以说,翠湖水是情人的泪聚成的,翠湖的茂枝繁叶是文人的诗文给滋养着的。据说,昆明的诗人要蘸着翠湖的纯绿才能写出好诗。所以,翠湖除了本身的风光旖旎外,还有一池的古诗文词,正如宋代诗人俞佳所写“白鸥飞处带诗来”。唐、宋、元、明、清至今,数百诗词楹联,足以让翠湖涨几次潮。

翠湖,昆明的文脉缘起。依山傍水的东陆大学(现在的云南大学),就是文脉源头的一大力证。此外,翠湖的东边有省文联,南边是省图书馆,北边通往北门书屋、云师大(原西南联大旧址),而西边则是朱德就读过的云南陆军讲武堂。可以说,昆明八百年的大事,差不多都与翠湖有关。因此,昆明的珍藏便成了翠湖酝酿的一坛历史,打开它,近千年凝聚的文脉气息便从翠湖岸边一一飘来。有人夸张地说,在翠湖边散步,走三步就可能碰见一位名人,由此可见翠湖的文化积淀之深。

四季把春天留给了昆明,昆明把春天藏在了翠湖。翠湖永远的绿,就是对人生最好的暗示:昆明人依赖着翠湖,翠湖依赖着昆明,是昆明的翠湖,翠湖的昆明。

(作者系云南省监狱管理局民警)

南 酸 枣

谢春武

闽西监狱向南约五公里的天马山栈道，是跑步健身的绝好去处，近四公里的木栈道环山而筑。栈道两边，阔大叶子的栗子树、散发淡淡幽香的秋枫、苍劲虬髯的老朴树、高高昂立的松树次第排开，浓厚树荫掩映着栈道，拦下灼热的阳光；画眉婉转清唱，蝉鸣此起彼伏，为枯燥的跑步频添几分生气。穿行于一株株高大的南酸枣树之间，仰头，春天茂密的绿叶拉开一张繁密的绿幕；秋天，稀疏拉黄的叶子半掩着成熟的果实，将天空染上一层生酸的秋色。

南酸枣并非酸枣，南酸枣树乃落叶乔木，可长高至二十余米，与低矮灌木的酸枣树种属完全不同，在温暖湿润的南方分布甚广。南酸枣树的果实又名四眼果、鼻涕果，更因内核长有五个小眼，雅称五福果，寓意“五福临门”。

福建龙岩的四季并不分明，不知何时，秋已经悄悄地来临，常说一叶落知秋，南酸枣树却不买账，它对秋天的宣示，是那果实。上山途中，似乎听到“扑哧”一声，环顾四周毫无动静，低垂眼神，往往于那一堆绿韵婆娑的草丛中，已然躺着一粒南酸枣，不自觉地抬头上望，静谧无声，只有微风摇曳下变幻的叶子切割蓝天和云朵！我想这粒南酸枣该是秋天的信使，告诉我，在四季不甚分明的家乡，它带着几许秋意静静地来了！拾起黄中还泛着许多淡青点的果实，饱满得好似容下了整个秋。

轻轻撕开光滑的果皮，透出晶莹的果实，丝绸般细腻，反射着微微的光。这果肉着实让我的两腮泛起了酸水。南酸枣漂亮的果肉诱惑欺骗过许多的人，初尝的人无不为那看似甜美的细腻果肉所诱惑，等味蕾细胞发现已经来不及，它的酸早已渗入你的舌，你的腮，你那皱起的眉！原来南酸枣是如此的酸，真是不负南酸之名！但仅有酸吗？不，还有那沁人心肺的丝丝的甜！如果你度过了严酸，南酸枣必不负你，将补偿你几丝的甜蜜，那是酸涩后的甜，让你颇得几分惊喜！曾经捡回几粒南酸枣，女儿只舌头轻轻舔一下就皱眉吐出。在各类水果丰富的今天，南酸枣是上不得桌面的杂浆野果！但于我，细品果实，那绵绵的酸中，揉着丝丝的甜，却感觉回味无穷，连接着儿时的记忆。

我的童年在南方的乡下度过的。南方的各种水果，大多盛产于溽夏，到了作物丰收的秋天，只有山上的柿子、桃金娘、小栗子等不多种的野果。于是每到周末，和小伙伴一起上山采撷野果成了一项令人兴奋向往的活动。村子的西边，是一大片树木繁茂的山林，山上有许多高大的栗子树、南酸枣树，山脚的崇文书院，历经百年虽已是残垣断壁，但那残壁上的精美壁画无不让人流连于曾经的书香，夕阳的余晖将书院及身后的密林染成金色。

我总想起看管书院的那位慈祥老者。那次，我和更大些的伙伴到书院后山坡上捡南酸枣，那些读四五年级的伙伴人高腿长，爬坡飞快，很快每人就捡了满满两裤兜，而才上一年级的我连跌带滑，只捡到几个半烂的南酸枣果，让同行伙伴一番取笑。我沮丧着走过书院大门，管院老人轻声叫住我说："等那些大孩子走后你留下，我带你去一个地方，肯定能捡到许多枣子。"我满心欢喜，扔了那几个半烂枣子，期待满裤兜新鲜金黄的果子。终于等到那些大孩子走了，老人带我到了后山一棵环抱的大树下，果然满地的枣子，个个饱满精神，我兴奋地大叫，很快裤兜就满了，老人在旁边站着，苍老的脸上挂着神秘的微笑。不过让我疑惑的是，这棵大树，好像那些大伙伴刚刚从下面转悠过，我也依稀记得自己也曾在树下捡拾过啊！怎么一会儿工夫就掉那么多的果子下来了啊！

等我慢慢长大，我知道是老人见我没有收获，趁大孩子下山坡后偷偷把他捡拾的枣又扔到树下的！如今，老人早已过世，书院后的南酸枣树长得更加高大了。每当回老家，傍晚时看着远方笼罩在斜阳下的书院和树林，总深深地怀念不知名字的管院老人，怀念那高大挺拔的南酸枣树！

随着秋色的加深，不断地有熟透果子从树上掉下，山下的居民便漫山在草丛中寻找酸枣，加工成厚纸皮般橙黄的酸枣糕。南酸枣的果实貌似很大，但因大而硬的果核，果肉无几，山农将果肉按比例混合了蒸熟的龙岩红心地瓜及白砂糖，放通风处阴干，几天后，水分蒸发变成橙黄略带透明的酸枣糕，其口感酸甜适度，生津止渴，甚是美味，而且维生素含量特别高。

等附近山民在木栈道各路口兜售酸枣糕时，细细嚼着酸甜的酸枣糕，看着飘落的满地黄叶，漫山的南酸枣树上只剩稀拉的几粒干瘪果实在坚守残秋，迎接即将如约而至的冬日！

（作者系福建省闽西监狱民警）

栖霞的红叶

刘 颖

提到红叶,最自然想到的就是南京栖霞山的那片红!

在这天气渐渐转凉的时节,栖霞的红叶剥落岁月的尘封,在记忆中越发嫣红。

二十年前,我第一次去栖霞,是慕栖霞寺的名气而去的。

那时不是秋天,没有红叶的艳丽,却因为绿树幽林、袅袅的烟火和石窟的佛像斑驳,让年轻的我感受到古刹的幽静神秘。

我那时刚读过李叔同的传记,停留在对其才学的倾慕,所以,那个透着年岁久远的弘一大师舍利塔让我心怀朝圣般的虔诚。他的出家让我觉得伤感和惋惜,青春年少的我是诗意的忧伤,未经风雨历练,不懂得大师的慈悲。人生总要几番峰回路转才知道回归,皈依原初的心。

那次我走了很远的路,爬山,途中在潺潺溪流旁小憩,山上少有游人,男友一路拉着我的手,虽然累却觉得一切安静美好,下山、离开,我全然不曾想过此处因红叶有名,而我来得不是时候,连小小的遗憾都不曾在心边滑过。

后来,工作在龙潭,离得近,去得便也多了。有一次印象特别地深刻。那是一个深秋,是栖霞山红叶最红的时候。我从寺院兜转到后山,那里有最多的枫树,一眼望去,满目的嫣红如醉。

叶红不同花红,若是满山的红花即使红如火都是千娇百媚,都是花儿在心上的糯软,但红叶不是。枫树越多红叶越红,越觉得心头震撼,这经风霜之后的红艳,即使不带一丝苍凉却依然让我觉得凄艳,依然觉得沧桑。这红叶承受的是一番寒霜苦,这美丽经过了挣扎,经过了考验,是多少风雨里的自强不息,是多少寒霜里的不畏不惧才呈现在你眼底的。但你看到的只是我华丽的红颜,你看到的只是我的如花开放。霜林如醉是泪染还是相思浸淫唯有自知了。

盘桓在枫林间,我看叶满眼泪,由此及彼地触及当时的生活状态,觉得困顿迷茫,红叶美景既让我眼前一亮,也让我眼里一湿。从此,栖霞红叶的美艳深深烙印心头,即使后来到别处多次看过,却再比不了那时情景。

后来,我调到城里工作,常常在晚秋听到去栖霞山看红叶的建议,脑海里立时就会出现那满目叶红。

那么熟悉了,还要去吗?想想确实很久没去了,但是怎么栖霞的那片红叶还是那么明晰于眼前呢?

原来栖霞的红叶一直在陪伴着我走过岁月。

(作者系江苏省监狱管理局民警、二级作家)

想起了春晨

石圣华

忙了一天,在这秋夜人静的时候,总想写点东西。

思绪飘忽不定,像丝丝缕缕的柳絮告别轻曳的枝头,在一弯清浅的水域上空漫无目的地飞,又像三三两两的粉蝶,悠然穿梭在姹紫嫣红的花丛中和一碧如洗的草地上。

这么想着,思绪忽然聚焦在一片田畴上,而且是春天的田畴,我那时经常早晨走过的田畴。那些日子,我每天上班,有意从这片田畴中间的小路绕行,不只是为了多走些路锻炼身体,也为了打量这片田地,感受那个季节的勃勃生机。

一望无边,郁郁葱葱的麦子开始抽穗了。伫立田头,我时时都在惊奇,因为麦子头天抽的穗还没这么多:很多的成长都是快速而无声的。难怪有人说,庄稼是在听着农业人的脚步声中一点点生长和成熟的。一阵风吹来,是“吹面不寒杨柳风”的风,目光所及,麦浪像海水荡漾,又像绿色的绸缎在轻柔地抖动。

沟渠里,流水潺潺,哗哗作响。一只低头觅食的野鸭引起了我的注意,我想留下这朝阳里专注的剪影,于是掏出手机准备拍照,咔嚓一声,野鸭自然受到了惊吓,腾空一跃,在水面滑翔了十多米,飞走了,留下优美的弧线和经久不息的涟漪。

路边,草木种类繁多,杂花生树,密而不乱的枝叶间,几只不知名的鸟儿一会儿蹦蹦跳跳,一会儿梳理羽毛,一会儿尽情啁啾,自由欢悦,旁若无人。我突然觉得,那清脆的鸟语似草地上的露水,晶莹、圆润,和着空气中隐隐浮动的花香,确有几分韵味。

纵横阡陌间,我不紧不慢地走着,我不必担心上班迟到。因为这里没有单行道,没有熙来攘往的拥堵,有的却是清新中孕育着新一天的希望,是脚踩土地时刻汲取地气的坚实。

如今,秋已经来临,农场的田畴里满是收获,金黄色的喜悦中,我又想起了那些春天的早晨,诗意的早晨。

那是我工作的农场,我时常漫步的地方。

(作者系安徽省九成监狱管理分局民警)

大　雪　天

陈效民

冬季，最美的日子要数下大雪的天了。

每到这个时候，人们都要穿起厚厚的棉衣、棉鞋，戴上棉帽和棉手套，所有人的嘴里、鼻孔里都会冒出一股股的白烟（哈气），就像我们每个人都随身携带上了一只只小小的烟筒似的……

天空中，刚刚还是阳光灿烂，转眼间，好像让谁给拉上了一道大幕，不管是中午，还是傍晚，只要大雪要降临，天一下子就要变得比平时暗淡了许多。紧接着寒风四起，再过一会儿，洁白如玉，数也数不尽的白色的天使，便如同天女散花儿般地，飘飘扬扬撒满了大地。

一场大雪过后，外边所有的一切都被白白的雪覆盖得严严实实，整个世界洁白透明。

我们跑到户外，雪儿，像是被踩疼了一般，在我脚下发出“咔哧，咔哧”的响声。我不忍，又不得不从厚厚的一层白雪之上踩出一条小路来。

街上的人们已经踩出一条小路，但大家好像都心心相通似的，谁也不愿意踩出太多的路，而大部分人，都是踩着别人的路向前走着。

马路上的汽车，开始艰难地在雪地上爬行，风仍然在不停地刮着，但却比下大雪前小了许多。

一切又归于平静，只是寒气并没有减弱，但这时，人们便不再像刚一入冬时那样对寒冷心存恐惧和忧虑了。

大雪天翻过去后，冬天就好像同我们混熟了一样，它在我们的面前所展示的不再是寒冷和萧条了，它预示着漫长的冬季很快就会过去。

是啊，春天就不远了！

（作者系湖北省沙洋平湖监狱民警）

巴音郭楞的冬

关艳秋

似乎是一个清晨的醒来，推开门，就站在了漫天漫地的洁白里。冬天，就这样来了。

阳光不再温暖，清冷中透着凛冽；空气不再湿润，阴冷伴着寒风；大地不再繁茂，白雪覆盖着凋零。冬，以冷雪和寒风，处处宣告着她的冷峻，她的存在。

冬天处处寒风劲舞，一切萧然肃然，人们不得不穿起厚重的衣服，缩起手脚，匆匆行走。

其实，如果你慢下脚步，从严实的衣帽中抬起头，就会看到冬的风采，领略她的柔情。

你看那天空，净蓝碧透；你看那远山，玉树琼枝；你看那田野，银装素裹；你看那白杨，傲然独立；你看那小草，静待萌发……

不需要任何色彩的渲染，不需要任何情感的表白，冬，以它最质朴、最无华的形象展露在面前，如同一首冬日恋歌，低声吟唱；如同一个冷艳舞者，舞动着一个个美丽的冬日。

最喜欢走在雪地里，怀着美丽的心情，绽着柔浅的笑靥，任雪花打湿发梢，看压满雪的树枝依然撑直腰杆，人们相互搀扶着走路，孩子们在冰雪里嬉戏，宠物狗们扑腾着雪花……

沉浸在冬的怀抱里，心灵复归到原始，所有的喧嚣和烦忧，顷刻间荡然无存。

这便是冬的力量，冬的韵味，用心感受，遍地四溢。

我心以为，四季皆景，冬韵最美。

我爱这冬天，爱她的纯净和空灵，爱她的宁静和质朴，爱她那如诗如画般的美景，还有那令人心驰神迷的旋律……

（作者系新疆维吾尔自治区巴音郭楞监狱民警）

“雪国”阿勒泰

刘应尧

平生爱雪,缘自从小生长于“雪国”阿勒泰。

每年九月,阿勒泰的冬季就进入了倒计时。洋芋、大白菜、胡萝卜等冬菜边收、边入窖时,片片雪花已飞舞在眼前。

“十一”刚过,还没等地里的玉米收回,纷纷扬扬的雪花已洒落在玉米地里。为了抢时间,全体职工和中学生都全力以赴参加抢收玉米的劳动,把带叶的玉米用拖拉机一车车抢运到粮仓的场上。

连降几场雪后,屋顶、羊圈、鸡舍,因盖了厚厚地“雪被”显得臃肿而低矮,公路两旁的林带和杂草、路边的电线,都妆上了一件银白色树挂外套。

两只麻雀掠过,抖落一枝晶莹的树挂,霜雪落在观景人的脖子与身上,霎时冰凉透过全身。

刹那间,会有一架马拉雪橇驶入画面:雪橇载着一个围红头巾的姑娘,穿过雾凇的世界,消失在茫茫的雪原。

有时候,一连几天的下雪,会在半夜时分或清晨突然停下来,而寒流会尾随其后。此时气温骤然下降至零下二三十度。白毛风犹如惹怒的“黑旋风”操着扫帚,一刻不停地清扫着雪原,并把积雪一遍遍堆向公路的山口要道,甚至会堆起一堵厚实的雪墙栏住通道。

一年冬天,一对年轻的哈萨克夫妇怀抱不满两岁的孩子,骑着一匹骆驼赶路,遇上了寒流天。白毛风刮得睁不开眼,怕迷失了方向,夫妇俩蜷起身子紧紧包裹住孩子,贴在骆驼卧地身子背风的一面。气温越来越低,夫妇俩预感他们将会冻死,于是将孩子放在骆驼脖子和前胸弯蜷的部位。那是骆驼绒毛又多又厚最温暖的地方。孩子在“襁褓”中熟睡着,直到寒流过后被人救起,而那对哈族夫妇却已冻死在骆驼旁。

这个感人的故事,在“雪国”久久传颂,一次次叩打着人们的心扉……

雪量充沛，对庄稼大有好处。但有时，雪会给你开个意想不到的玩笑。早晨急着去上学，却突然推不开门。使劲推开一点缝隙才发现，寒流吹起的积雪把房门死死堵住。无奈之下，只好用铲子一点点从门缝往外掏雪，边掏边推开门。再一瞧自家的猪圈也被积雪掩埋得没了踪影。担心猪被闷死在圈里，快速将积雪铲完，却见猪不仅活着，而且浑身还冒着热气。

下雪后上学是一桩费力的事情，清早天还未亮，童年的我跑到路队的集合点，通往校园的雪路还没踏开。点完人数，高年级的同学走在队伍最前面。他们一脚踩下，一脚拔出，艰难地往前走。我们人小腿短，要踩在没膝的雪窝里挪步前行，行走一个多小时才能到校，每个同学都头上冒热气，浑身出汗。

有趣的是，春节前后压在路面上的积雪光滑如溜冰场，稍不小心会跌上一跤。而这给爱滑冰的孩子们带来了乐趣，他们双脚踩冰刀，如飞燕穿梭在大街的人群中。我们连队的孩子也会自制一种简易的脚踏滑雪板，在光滑如镜的雪路上一路滑行着去上学。

雪有情，但人更有情。我执教中学的一位物理老师因胃大出血急需输血，因不知谁的血型才符合病人，只有去了医院才会知道，学校的全体男教员都去医院输血。

那天的雪一直下不停，天地间白茫茫一片。输血的十几个老师坐在拖拉机的车厢里，向十五公里以外的阿勒泰市医院赶去。

雪大路滑，蹲在车厢里的人都成了雪人。崎岖的山路没走出三分之一，车子突然在爬坡的山路上打滑不前，我们只好一路推着拖拉机车厢往前走。经过六个多钟头雪路上的跋涉、推车，终于赶到了医院。大家顾不上喝口水，吃碗饭，拖着疲惫的双腿赶快验血、输血。

这么多年过去了，我依然能够感受到那一幕温馨的雪中情。

啊，“雪国”阿勒泰，那是让我终生难忘的地方！

（作者系甘肃省临夏监狱民警）

新疆巴湖的秋

叶　婧

新疆的秋往往是突如其来的就与夏完成了一场更迭。每到这个时候，秋水生凉，寒气渐沉，温暖的东西就格外让人想念。所以，养目而斑斓的户外之景象是一种特意的挽留，让人可以在轻轻浅浅的思绪里感叹一番。

巴湖的秋，天高云淡，秋风低吟，秋雨浅唱，一夜之间，林木田野都换了颜色，赤橙黄绿，仿佛画家打翻了调色板渲染出一个彩色的世界。晨曦中，笔直挺拔的白杨树上，叶子由绿变黄，不时从高处飘下，翻滚着落在草坪中，掀起一层层纠纠葛葛的秋绪。枝繁叶茂的海棠树、山楂树、苹果树上，红的、青的、黄的果实挂满枝头，俯瞰着滋养它的大地。漫步在铺满青砖的弯曲小路上，想想前程往事，想想居家小事，安静而美好，很多无法释怀的事，在眺望远山的深思中，得到了平静。

尤喜午后的片刻休闲时光，安歇灵魂，也停靠疲惫，放松而慵懒，无关风月，无关情衷。一些过往的岁月浓缩成一幅画卷，深藏心里；一些见或不见的相逢也都回归到擦肩而过，深埋记忆；一些留存心底的痕迹也飘忽成秋日里的缕缕烟尘，归于寂静。只是上下班路上必经的花园里，昨日还是花团锦簇，今日却见落叶飘零，一片片花瓣，在日渐枯萎的草丛中，寻找自己的归宿，让我的心在一瞬间跟着变换。

夜幕时分，夕阳西下，远山苍茫，倦鸟归飞。将一颗疲倦的心，对映在空灵、纯净、飘逸中，积压的杂念，一如斑驳的尘埃飘浮在宇宙里。朗朗的秋月，洒不尽的银辉，笼罩在休闲中心的湖面上，仿佛映出了家乡的山川、家乡的河水、家乡的亲人，映出了“隔千里兮共明月”的安慰，照出了“但愿人长久，千里共婵娟”的祝福。夜色渐深，各色灯光像天上闪烁的星星、长空划过的彩虹，红的、绿的、蓝的、黄的，聚成一片，闪耀在迷人的湖边、树林里、花丛中、亭台间，令人眼迷心醉。依着灯火阑珊，细品花蕊深处的故事，那些趁着夜色掩护下的落寞和惆怅，仿佛都化成了一缕青烟袅袅飘散，让我更加明白，一个人无论遇到怎样的磨难和艰辛，都不应放弃心灵的宁静。

巴湖的秋夜，总是很静，很静。窗外风吹叶落，总会牵动着人的心绪，仿佛满地落叶，载着无限思绪，最后消失在黑夜的尽头。落叶归根还有来年的新绿延续它的美丽，满树的凋零不也是为了来年的茂盛吗？花落花开开不休，上善若水水自流。季节的变换，总是要有生灵粉墨登场，去衬托时空的鲜活和自然的生息。而尘世中的我们，不也是一朵花、一片叶吗？在生命的秋天，也终会慢慢逝去。只是，当生命的秋天来临时，我们每个人都能如秋叶般沉静，如秋花般安然吗？

有人说，春去秋来，秋风萧瑟，无尽的悲凉滋味……然而，一年四季，却也有数不尽的文人墨客独爱金秋。只因为，秋天有着独具一格的内涵，有韵，有殇，有无尽的思念，还有些许的惆怅。所以，有人喜欢把哀愁写在秋天，有人喜欢感悟秋天，有人喜欢观赏秋天，还有人把自己融入了秋天。每个人都有着自己不同的故事，然后每个人的故事都只有自己懂得。你难过，你快乐，都是自己的。我们每天穿行于同一条公路，去往同一个目的地，对沿途的景观似乎已经麻木了。秋风从脸上拂过，秋叶落在肩上，我们常常将其忽略，可是，忽然有一天我们会发现，只要心中有景，何处不是花香满径？

这些年来，迷上了在路上的感觉，坐着车，什么都不想，听着喜欢的歌曲，看着窗外的农舍、田野、树林，还有一望无际的长路和遥远的天际，安然地欣赏着"落霞与孤鹜齐飞，秋水共长天一色"的美景，体味着岁月的静好……但现实却是无法成行。有遗憾、有失落，可回头想想，也许人生就是这样，每个人都是在失去和得到中漫长行走，在泪水和微笑中拥抱生活。再想想身边的人，他们也想要走向田野、长路，奔跑在蔚蓝的天空下，然而，他们的身影也依然坚守在高高的大墙内、繁忙的工地上，不是不喜爱金秋浓烈的色彩，不是不喜爱金秋丰富的内涵，只因为有责任在他们的肩上，有信念在他们的心中。"哪有什么岁月静好，不过是有人在替我们负重前行。"虽然他们时常用这句话来表达自己生活在和平年代的感受，而事实上，他们自己也一直在负重前行！

岁月，只能抹去浅浅的记忆，不会疏淡刻骨铭心的情怀；人生，只能沉淀斑驳的泥沙，不会忘记路过心的人和事；生命，只能稀释风雨的沧桑，不会懈怠信念的追求。当第一缕晨光透过缝隙晕染我们的眼，当最后一丝暖意随夕阳一同下山，当又一阵秋风吹过树梢的黄叶，我们的身影依旧奔走在熟悉的马路上，依旧忙碌在熟悉的地点，不管它春去秋来。因为在心中，我们早已与秋天相遇。

（作者系新疆维吾尔自治区昌吉监狱民警）

梧桐听秋

张丽琼

秋，终于轻轻地、慢慢地越来越浓，枝头的梧桐叶一点一点地变黄，轻柔而缓慢地一片一片又一片飘落。

秋光暖暖的日子，我喜欢走在街头巷尾，去听那梧桐叶落下的声音。

我细细地听，却听到了秋风轻拂梧桐叶的声音，那声音带着一抹温柔、一抹不舍……秋天的声音是那样的温暖。

昨夜，秋雨一阵一阵从我的窗前洒落。我推开窗，雨滴敲打着梧桐叶，梧桐叶在灯光的照耀下散发着柔柔的光亮。突然，一片片树叶随着雨滴落下。我发现经过雨水的敲打，雨和树叶紧紧地拥抱在了一起，轻轻地、柔柔地落入了广博的大地，秋的另一种声音是那样轻柔细腻。

深夜，雨住了。月光洒满了大地，我走出房门。月光如水倾泻在一片一片落下的梧桐叶上，叶儿带着雨水透明了起来，叶脉在月光的照耀下如此清晰，似乎在述说着生命轮回的故事。此时此刻，"睡起秋声无觅处，满阶梧桐月明中"。

我捡起一片落叶，夹进我手中的一本诗书中，落叶上的雨水映湿一页诗书。秋的声音带着一脉书香缓缓而来，是那样的一往情深。

清晨，雨住了。我踩着一地的潮湿走在小巷深处，一棵梧桐树边不知是谁家的桂花树经过秋雨的敲打，桂花、梧桐叶落在地上，如同一幅织锦闪耀着深深浅浅的金黄。

此时，太阳光轻轻洒了下来，落在了小巷里，远处的院落里有了孩童和老人甜甜的笑声。秋的声音是那样的幸福。

走出小巷，我踏着深秋的梧桐叶继续前行，伸开双臂去拥抱这个我深爱的秋。秋风掠过我的发丝飞扬，我一步一步走进深深的秋，期待在那深秋处转身，与你轻轻相约，一同梧桐听秋。

（作者系云南省大理监狱民警）

励志篇

老警的青春记

吴　鼎

那年暑假，遥远却又让我怀念……
也许只是一刹那的决定，
也许就是一个小小的志愿，
就让我成为了监狱人民警察。

三十年的光阴过去了，也许就是在那个暑假，
命运似乎就将我与这段事业牵上了红线，
让藏青蓝成了我一生的选择！

那个被风吹过的夏天

我是句容监狱民警付腊生，今年五十二岁，从警三十年。

我出生在农村，排行老大，有兄妹三个。

20世纪60年代，那时候的经济相对匮乏，生活也显得艰辛。

高二那年，为了缓解家庭负担，在暑假期间，我瞒着父母前往临县的建筑站开始了打工生活。

每天早上，天蒙蒙亮，我就在工友的嘈杂声中起床了。

我每天的工作，就是用一把铁锹和黄沙、水泥打交道，用水将黄沙和水泥搅拌在一起，不停地向建筑工地进行输送。

工地没有电风扇，更没有空调，为了防暑降温，我戴着一顶大草帽，实在累了，才到阴凉处喝喝水。

每天身上湿了干，干了湿，皮肤晒得黝黑，但依然会有三次快乐的小时光。

第一次是吃午饭。我的饭量并不大，可能是体力消耗比较多的缘故，我都是使用瓷盆吃。吃完，就找个树荫，捧本书开始学习。

第二次是下班领薪。每天下工后，工地负责人挨个发钱，我的报酬是一元/天。每次把钱拿到手里，心里都有一种满足感，正对应着那句话：幸福都是奋斗出来的。

第三次是洗澡。收工后，满身都是汗水味，我就和工友一起跑到工地旁的小河边，跳进河里，痛痛快快地洗个澡。傍晚的清风徐徐吹来，阵阵凉爽……

假期快结束的时候，我离开了工地，回到了家。一进门，妈妈就抱住了我，对我说，我们悄悄地去看过你，你瘦了变黑了，也长大了。那天，我的眼泪禁不住流了下来……

正是这段经历，让我在高三那年更加坚定了好好学习的决心。最终，我如愿以偿，成为了一名监狱人民警察。但无论多久，我都会记得那年夏天，那个瓷盆、那个一元/天的报酬，那阵阵凉爽的风……

每当时值暑假，每每身上的警服湿了干、干了湿，我脑海中浮现的总是那个被风吹过的夏天，总是那段快乐而充实的时光。

甘之如饴的平凡

我是句容监狱民警徐鸿琦，今年五十二岁，从警三十年。

1984 年高考后，从紧张的备考阶段到整日的等分时光，我整个人一下子就“空”了下来，显得很不习惯。

为了让自己更加充实，也为了缓解家庭压力，我与大哥一起前往市区的建筑工地打工，被安排到维修某部队的营房项目。

我每天的工作就是运砖、扛水泥、提灰桶，虽然很累也很辛苦，但部队的大礼堂里有一台电视机，每天都会播放奥运会信息，尤其是中国女排的比赛，几乎是每场必播。每天的空闲时间，我也会悄悄地溜进去，去感受竞技体育的魅力，看着中国女排一场又一场的胜利，直到她们夺冠的时候，我被她们的精神感动得热泪盈眶。

与中国女排夺冠的好消息一起到来的，是我的高考成绩四百三十九分，超过当年的中专线七分，这就意味着我已经成为一名“准大学生”了，那种喜悦之情无法言语，囊中羞涩的哥哥特地为我庆祝了下。

我综合考量了家庭因素、经济因素、社会因素，填报志愿的时候，填写了江苏省人民警察学校。

第二天,有工友问我,“你都考上大学了,怎么还来干活?”我回复,“干活的时候,我觉得自己能充实点,也能够减轻家里的经济负担”。

那时候,工友笑着说,“你真是实在人,将来肯定会把平凡的事做得不平凡”。

一转眼,三十年过去了,我虽没做出什么不平凡的事,但在从警的这些岁月中,从警员、副队长、队长、副教导员、教导员……我一步一个脚印地行走在改造一线。

当年的青丝变成了如今的白发,年少的青涩也蜕化成了成熟与稳重,岁月的痕迹也悄悄地爬上了脸庞,但每一次在和服刑人员对话之前,我都会默默地和自己说,“尽可能交流得更多一点、更细一点,更深一点,力求找到突破口,点亮一盏‘心灯’,照亮他们回归的路……”

这样的平凡,我甘之如饴。

一代人有一代人的故事,一代人有一代人的芳华,向三十年如一日,奋战在平凡岗位的民警致敬!

一代人有一代人的使命,一代人有一代人的担当,让我们立足新时代,推动监狱高质量发展。

(作者系江苏省盛句容监狱民警)

半根石笔

李亚伟

张诚晚上在家整理屋子的时候，从柜子里掉出一个东西，"啪嗒"一声落在地板上摔成了四五节，吓了他一跳：原来是半根石笔。

石笔是用过的，只剩了半根，笔的一端棱角分明，另一端则被磨得很圆滑。把石笔一节节捏在手里，摩挲着光滑直溜的棱角，张诚的记忆一下子回到了六年前。

六年前张诚警校毕业，班里的大部分同学都渴望成为一名刑警，可在张诚看来，到监狱去，用自己所学的知识帮助服刑人员改过自新、重新做人，应该更有意义。

与张诚一起报到的有六个人，刚到监狱的时候，政治处的陈峰带他们先到监舍、习艺车间等地方参观了一圈。这一圈下来完全出乎他们几个的意料之外，这里跟之前自己脑海里想象的监狱完全不一样：监狱七监区的习艺车间里有十几台半旧的机床和五六条焊机，五六十名服刑人员围在机床和焊机前，正在听一名民警讲解机床的维护和焊机的使用方法。

张诚恍然间觉得，这里不是监狱，更像是职业技术学校的课堂。

张诚他们在单位集训了两个月后，就被分到各监区开始上岗了。而张诚刚好被分到七监区。对于张诚来说，车床和焊机并不陌生，张诚家是农村的，每年寒暑假都会跟着堂哥到南方的机械厂打工，别看他年纪轻轻的，车、铣、刨、磨各种机械设备都能熟练操作。

政治处也正是了解到了这一点，才把张诚安排到七监区的。

张诚上班后，每天定时组织服刑人员出工、收工、接见、打开水、看病、购物、上课、写家信。七监区的习艺产品是卡车传动轴，刚来的时候，张诚一出工，就跟着老民警韩磊到车间里转悠。

说是老民警，韩磊也就四十岁出头，只不过头发白的多，看起来比较苍老，同事开玩笑叫他“老韩”，叫着叫着，大家就忘了他其实也就四十来岁。

老韩也是监区里的一把好手，监区里所有的习艺产品，在上线之前，老韩都要亲自操作一遍，不操作不知道哪里容易出问题，也没法更好地指导服刑人员学习。

老韩对别人严格，对自己更严格。他在车间里说得最多的一句话就是：万贯钱财不如身傍一技。曾有刚下队的服刑人员不了解他，当面向他叫号，说他不懂技术。老韩二话不说，撸起袖子来到操作台边，把这位服刑人员看得一愣一愣的，从此对老韩心服口服。

一个月不到，张诚把车间里的各工种几乎都体验了一遍，也大致明白了一件成品的完成需要几道工序，知道了哪些地方容易出错，哪些地方容易有漏洞。在这短短的一个月里，张诚对老韩佩服得五体投地。

老韩每天都提前半个多小时来到车间，这个时候他的手中时常会攥一根石笔。一件焊件，不管是焊渣过多，还是焊的时候电流开大了，不管是焊缝中有气泡，还是焊缝有开裂的，老韩总是能一眼看出来。如果有问题，他便会直接用石笔在有问题的地方画出来，然后记下来，收工讲评的时候通报给大家。

刚开始的时候，老韩不允许张诚在巡查的时候带石笔，直到一个月后，这石笔才被张诚拿在了手中。到车间检查的时候，张诚时常把石笔放在口袋里，而老韩则习惯把石笔攥在手里。

让张诚一直不明白的是，从同一个盒子里拿出来的石笔，为什么老韩手中的石笔是那样的晶莹剔透，如玉一般的光滑，而自己手中的石笔却是粉白粉白的，一点都不透亮。直到后来张诚一个人拿着石笔独自到车间检查时，他才知道原因：夏天车间里很热，穿着厚重的劳保鞋和长袖衬衫，不一会儿身上就黏糊糊的，那捏着石笔的手也浸满了汗水。石笔在汗水中一泡，光滑透亮，原本乳白色的石笔这个时候就会变成如玉一般的光滑和晶莹。张诚这才明白，原来只有经过汗水的浸泡，那石笔才会有玉一般的光泽。

两个月后，老韩交给张诚一个厚厚的牛皮本子，然后拍了拍张诚的肩膀。张诚接过来一掂量，沉甸甸的，原来这是老韩从警二十多年积攒的所有经验，里面有顽危犯的转化案例，有开展个别教育的心得，也有如何针对不同的服刑人员做心理疏导。

把本子翻完后，张诚觉得手里的本子更加厚重了，这是一位老民警几十年的心血啊。

半年后，张诚被调到了刑罚科，走的时候他特地向老韩要了那半根石笔作为纪念。再后来，搬过两三次家，直到今天整理东西，石笔才从绒袋里掉了出来碎了一地。

那记忆，如石笔一样，碎成了眼前这清晰的模样。

（作者系河南省许昌监狱民警）

拥抱不朽的历史荣光

张永林

在四川省彭山县城一隅，四川省眉州监狱大门之侧，毗邻着一幢气势恢宏的建筑，它方正的外形如国之重器、法之重鼎，日夜默默地守护着和平与安宁。它，就是四川监狱博物馆。

当我们的脚步静静地踏上这里，望着那一幅幅记录着四川监狱峥嵘岁月的老照片、一件件刻画着历史沧桑的老物件，记忆里那些有关四川监狱的历史碎片渐渐串连成清晰的影像，从岁月的长河中缓缓走来，浓墨重彩，历久弥新。

“筚路蓝缕，白手兴业，划地为牢，以防为圉”，这是何开四先生所作、镌刻在四川监狱博物馆卧碑上的《四川监狱赋》中对四川监狱建设初期的真实写照。

学生时代，无数次在老师们的讲述中知道了年轻的龙日农场、雷马屏农场既要组织罪犯生产劳动、进行思想改造、不让他们坐吃闲饭，还要抵御狱外土匪对红色政权的袭击，为此付出了血的代价。时隔多年，在博物馆庄重的墙上，我们终于亲眼见到了那些倒在土匪枪口下的烈士照片，他们用年轻的生命捍卫了农场的安全，长眠在四川的青山绿水间，音容笑貌犹在。

随着剿除匪患的胜利和国家政权的巩固，一座座煤矿、铅锌矿、石棉矿、硫磺矿，一家家机床厂、汽车配件厂、离合器厂，一个个茶场、果场、园艺场……如繁星般镶嵌在巴蜀大地上，闪耀着夺目的光芒。数以十万计的罪犯在这里洗心革面，把刑期当学期，学到了一技之长成为“合格产品”。博物馆里陈列的电风扇、皮鞋、磨床等产品就是当年学徒们的手艺，这些产品有的得到国家领导人的褒奖，有的漂洋过海走上了国际舞台，无言地诉说着曾经的辉煌。

如今，经过布局调整的四川监狱焕发出新的生机，监狱都搬到城市周边，全部退出高危行业，民警工作、罪犯改造环境都发生了巨大变化。在罪犯作品陈列室里陈列的不仅有出版的诗集，也有航母模型、书画作品、手工艺品，还有制作的衣服等，繁多的品种更彰显出现代文化监狱的内涵，铭刻着他们成为“合格产品”、融入社会的坚实足迹。

在博物馆里，出乎意料地遇见了我二十年前的旧相识，一幅巨大的民警练兵图，几乎占据了一面墙的练兵图！图中，四十名男女民警排成扇形，身着橄榄色制服，腰扎武装带，飒飒英气扑面而来。二十年前，我刚在川中监狱参加工作时见过这幅图的原图，当年与它初次相识就被它独具匠心的构图、英武逼人的气势所吸引。我调离那从小长大的监狱已整整十年了，望着它，不禁想起那些年与图中的大哥大姐们共事的情景，质朴纯真，莫名地一股暖流在心中悄悄流淌。十年了，当初拍摄这幅作品的大哥和图中的有些大哥大姐已退休了，他们中有的已走上监狱领导岗位，有的调去了外地……而监狱，也因为就地改扩建，将原来陈旧的监舍、厂房全部拆除修建一新。世事变幻，物是人非，身在百里之外的我与它邂逅，唯有轻轻地问一句：“你们，好吗？”

让我眼窝发热的是陈列的警服变迁。公安蓝！久违的公安蓝！！

少年时代，我们是那样狂热地喜欢公安蓝，谁家男孩要是穿上一身父亲的公安蓝，再跨上一只军用挎包，那神气绝不亚于“文革”时期的大院子弟。不过，女孩子要是穿上它，就有点痞气的感觉了。于是，大多数监狱子弟就在众多地方学生的羡慕中挥洒着骄傲与自豪。夏天时，警察的制服是上白下蓝，大概因为白色太不经脏，少有家长拿给孩子穿。可惜，我是女生，只能看着父亲身着警服的英姿空叹息……

参加工作后，我经历了橄榄色、藏蓝色的变换。记得要换装藏蓝时，传言甚多，什么与国际接轨像香港警察那样的制服颜色呀、厂家专人量体裁衣呀、衣服品种多样呀等，让人好生期待。这一次换装，第一次认识了多功能服、作训服、执勤服，多种多样，功能齐全，大家的渴望一一成为现实。哦，还有警衔，我首次授衔从三级警司开始，到现在已是一级警督，匆匆走过二十二年的时光，从青春年少走到了两鬓如霜。

馆里二楼，一个个创业者血红的手模让人震撼！2017 年年初，我有幸参与了创业者的手模采集，有六位老革命的手模是监狱离退休管理办公室的同志和我一起去老革命家里采集的。他们有的是筑路大队撤销后分来的，有的是从其他劳改单位调来的，一张张饱经风霜的脸庞、一双双青筋纵横的大手，让人想起在监狱创业初期的艰辛。他们和我的父亲一样，兢兢业业从事监狱工作一生，把最美好的年华奉献给了监狱事业,见证了监狱事业的艰难创业与辉煌发展。

手模采集后,他们在采集纸上虔诚地写下“感谢党、感谢毛主席”!握笔的手已经颤抖,写下的字已不再遒劲,可信仰却在心中牢牢扎根!

回望博物馆,一句诗在耳边响起:“苔花如米小,也学牡丹开!”在新中国百万监狱民警中,我们不过是沧海一粟。我们的一生也许没有丰功伟绩,没有腰缠万贯,但我们这些渺小的苔花,平凡而又普通的苔花,却应让自己的生命像花中之王牡丹一样绽放出灿烂与尊贵!

让我们在父辈的热望中、在历史的荣光中奋力前行,不负时代,不惧未来,用忠诚、干净、担当书写新时代监狱工作新的篇章!

(作者系四川省成都监狱民警)

白湖之水

卜祥辉

水是白湖的眼睛。

在白湖，随处可以见到一潭潭、一汪汪清澈的眼睛。她们闪烁着柔软的光芒，母亲般慈爱地注视着人们，给人一份安然，一份豁达。

可以说，白湖人的胸襟便是水培养起来的。

在白湖行走，应该慢下自己的脚步，随着日升日落，发出流水一样清脆的足音，一步步慢慢地行走，才能真正度量出白湖的美与幽静。

在微雨中漫步白湖，能看见雨点落在地上溅起的水花开得比别处更肆意些；能听出雨敲打地面的刷刷声比别处更悦耳些；能闻到那清新湿润的雨的气息，因着树木荫庇，负氧离子浓度也比别处更高一些。

雨中的白湖，一切是朦胧的，一切也因朦胧而变得神秘。尘埃被雨水洗刷殆尽，留下一片生命的绿，一片纯净的蓝，一片洁净亮丽的心情。抬眼望去，远处人家的灯正在逐一亮起，在高低不等的房子里亮晶晶的令人感动。

雨过天晴，夏日夜晚，白湖是安静的。一川的溪水，晃晃悠悠，把月亮都摇碎了，心静下来，山是安静的，水就更加安静，白湖在夜色的怀抱中显得安详静谧。

安静的氛围中，最适合阅读，我回过头来，发现白湖俨然已化成了一本线装书，原始的封面上，渐渐显现一条旖旎的小路，沿着回忆的路线，白湖之美撩拨的情丝无关风月，却有关乡愁——我来自北方，多少次，我曾站在村头小河的浅水处，一直往南走，为了寻一棵桑葚树，不惜迎着日头，和伙伴一起开始了人生最初的跋涉。

日光拍打在水面上，水面漾着白晃晃的光芒，我们不敢把眼光投向河流，正午的河流和晒蔫的人不一样，它血气方刚的模样让人害怕，但一条河用它不停歇的行走姿态告诉我们，什么是自由，什么是思想者走出了囚室，什么是纯朴而坚定的信仰。

光阴荏苒，转眼我就长大了，但是水赋予我的情怀却不曾泯灭。来安徽工作后，我曾去一些古村落游览，当南方的风土人情终于从宣纸的水墨淡远变成眼前坐北朝南的徽式建筑，尤其让我印象深刻的却不是眼前的雕梁画栋，不是倚山面水的人情风物，而是在老房子里看到的那一副副对联，“几百年人家无非积善，第一等好事只是读书。”“诗书传家久，耕读继世长。”

好一句“诗书传家久”。

我出身农村，但是父母亲皆热爱读书，每当过年，家里的对联也常常是父亲手书的。他们教育我和姐姐从来没有多少严肃的话语，只是在农忙之外，一家人各自捧起自己手中的一本书。就这样，我和姐姐相继考入大学并都走上公务员岗位。

我身居皖中，但我深知，一个人不管走得多远，好家风都是他最重的行囊。

今夜，在白湖，我想起父母的叮嘱，便觉得这无边夜色更是迷人了。

（作者系安徽省白湖监狱管理分局民警）

戈壁红柳

殷耀斌

红柳,是西部广袤戈壁上的一处绝胜,是抵御风沙永不退缩的一面旗帜!

在气候恶劣的青藏高原,在长年干旱少雨的柴达木盆地,人烟稀少、环境恶劣。这里冬季严寒、夏季干旱,土地贫瘠、遍地盐碱。在这里,植被是非常罕见的,甚至有的地方寸草不生,长年无绿。但红柳却全然不惧:抗严寒,斗干旱,不畏盐碱,不怕风沙,顽强地生长。一旦扎下根来,她就会把根扎得很深,把触须伸得更长,甚至可达三十米,向地表的最深处去汲取水分,全然不顾环境的恶劣、条件的艰苦,不惜用生命去捍卫脚下的每一寸土地。

青海监狱早期的拓荒人,就如同红柳一般,在一穷二白、环境恶劣、条件艰苦的情况下,不畏惧、不退缩,以大无畏的革命精神,战严寒、斗风沙,用勤劳的双手、坚强的意志和一颗对新中国的赤胆忠心,坚定信仰、守住寂寞,在荒无人烟的戈壁里拓荒开垦,在沙漠里发展绿洲农业,把戈壁变成良田,为青海省早期的经济发展作出了卓越贡献,创造了人间奇迹。1978 年,就在西部戈壁滩上,在柴达木盆地的香日德农场,在青海监狱工作者手中,创造了春小麦亩产一千零一十三公斤的纪录。

在人迹罕至的戈壁深处,在植被稀疏的荒漠地带,沙石裸露,地表干燥,风沙活动频繁,沙暴成为这里特有的景观。沙暴一起,狂风肆虐,飞沙走石,直刮得遮天蔽日,天昏地暗,大白天里能见度也不足两三米。但红柳却从未被击垮、从未被吓倒。她的枝条在狂风中可以被吹弯,但绝不会折断,可以低头,但绝不会倒下。她可以把被流沙掩埋的枝干演变成根须,再从沙层里长出新枝,用柔弱的躯干,把流沙踩在脚下。沙暴一次又一次地袭击,红柳的根却越扎越深,花也越开越艳。

红柳精神的青海监狱创业者,从炮火硝烟的战场上,转战到改造罪犯的阵地,从风光秀丽的江南,来到西部荒凉的戈壁。没有被恶劣的环境吓倒,没有为工作的艰难退缩，面对艰苦的条件无所畏惧，以战天斗地的革命豪情，哪里有需要就到哪里去，干一行爱一行钻一行，在戈壁瀚海里扎根，担负起历史赋予的责任，承担起改造人的重任。在他们的拼搏努力下，成功改造了原国民党的军政特宪人员、改造了形形色色的刑事犯罪分子，紧守炸药包、守住火山口，捍卫了国家的安全稳定，守卫了万家平安。

在广袤的青藏高原上，红柳是最普通、最常见的一种植物，没有伟岸的身躯、没有婀娜的风韵。红柳有着极强的适应力、极强的生命力，不挑地点、不选环境，盐碱滩、沙丘上、河边漫滩、河谷两岸，只要具备生存的条件，就能遍地生根开花，默默地奉献，却从不索取。红柳春天的嫩枝还是治疗高原风湿病的良药，能够让人摆脱病痛的折磨，被当地百姓亲切地称为“观音柳”和“菩提树”。

青海的监狱民警又何尝不是这样。他们在平日里默默无闻、无私奉献，经常被曲解、被误读，甚至背负着骂名，被人看不起、瞧不上，是名副其实的“无名英雄”。但他们实际上担负着改造人的思想的重任，从事着世界上第一等的难事，被誉为攀登十八盘的勇士、改造灵魂的工程师。就是这些无名英雄，创造了一个又一个奇迹。1990 年 4 月 26 日发生的塘河大地震，震惊了全国、震惊了世界。位于震中的青海省塘河监狱在押罪犯，在民警带领下投入抗震救灾，在无人看押、黑灯瞎火、一片混乱的情况下无一人脱逃。这个改造成果被记入中国改造罪犯的白皮书，向全世界宣告。也为中国监狱树立起一座丰碑，被誉为西部监狱的奇迹，足以让万世敬仰。

红柳藏身于戈壁深处，枝干短小柔弱，但根系发达强壮，外表普通，但生命力强悍。正因为如此，他才能守得住信仰、扛得起重担、耐得住寂寞，他就是青海监狱精神的化身，青海监狱民警的写照！

（作者系青海省监狱管理局民警）

沙　　柳

王　波

监区的院子正中长着一棵沙柳，树干有一人怀抱那么粗。

年纪大的老警察说，这棵沙柳至少四十多年树龄了，自他们到监狱工作时，就已经长在这里。只是当时沙柳的周围是荒地，没有修车间，沙柳看起来不是很大，也不是很起眼，就没有人注意它。

2006 年，监狱扩建，新修了车间，随着区域管控制度的强化，监区前面的荒地被平整硬化，周围用防护网隔离开来，形成一个封闭的小院子，这棵沙柳自然而然就成了院子里最引人注目的风景。

沙柳没有笔直挺拔的树干，长得歪歪扭扭的，谈不上美感，却很结实。2017 年夏天下雨的时候，因为上面的枝叶过于茂盛，有两个粗壮的枝干被压的几乎与地面平行，出于安全考虑，就把那两个枝干砍掉了。现在高处的枝干少了，看起来与粗壮的树干很不协调，给人有一种已至暮年的沧桑感。

夏天，应该是这棵沙柳"人气"最高的时候：它可以带来阴凉，每到饭点开饭的时候，习艺车间的服刑人员总会急匆匆地从车间跑出来，占据一个有利位置，享受片刻的凉爽。饭前清查人数时，位于有利位置的号舍服刑人员总是乐呵呵地看着艳阳高照下的其他号舍众人，仿佛他们是违纪违规的"落后分子"，就连报数的声音貌似也比其他人高了那么一些，似乎这株沙柳给他们带来的阴凉是一种独有的奖励。

秋末冬初，是沙柳日子最"难熬"的时候，每天都有树叶落下来，扫地的服刑人员要反复打扫几遍。如果晚上下过雨，第二天早上扫地时，叶子会粘在地上，要花很大的力气才能扫起来。这时的扫地声就会伴着嘟囔声，那些服刑人员嘟囔的肯定不是赞美，应该是牢骚。有时候开饭再有几片树叶恰好掉进饭桶里，或者掉进某些人的碗里，那些瞬间定格的画面，看着就像是一个奥斯卡小金人获得者的完美表演：眼睛里先是带着震惊、不可思议，接着脸上散出一丝气愤、懊恼，最后想了一下可能在暗暗说服自己，头微微地摇了摇似乎带着点无可奈何，拿筷子把树叶挑出去后当做什么事情也没有发生，继续大口吃饭。

沙柳在很多时候都不是话题的中心，以它平凡的身姿和身处的地域，它不具备主角的光环。有时候，它甚至比不过监区路边的三叶草更能吸引眼球。大多数的时间里，沙柳只是一个旁观者，默默地看着脚下的土地，默默地看着土地上的人们。只有在某些充满希望的对话里，它才会被反复提及，它才会显得那么重要：比如等春芽变绿的时候，我就该刑满释放了；比如等秋叶落完了，我的成绩就应该够报减刑标准了。

记忆中，我调入监区报到时，正是十月份，沙柳的叶子已经由绿变黄了，有些已经开始掉落，映着监墙外西坡上的野草，让人早早地感觉到了秋冬之交的萧索。不知不觉中，两年过去了，我从一名新兵到现在的老兵，学到了很多做人做事的道理。而沙柳，就像是一棵“不老树”，似乎并没有什么变化，好像没有长粗，好像并没有变老。

看着沙柳，有时候我会想，等我退休了，这沙柳会不会还在？以后会不会也有警察和我一样，站在这株沙柳下，想象着自己的未来和以后。那些从这里走出去的服刑人员是不是也会偶尔想起改造岁月里有一株沙柳陪伴他们度过了人生的低谷，见证了他们这一段泥泞中的快乐与泪水，见证了他们从跌倒再爬起的历程。

沙柳就像一个时间的使者，无声无息地在监狱中长了四十多年，从当初的并不引人注目到现在的监狱“树王”，它默默地见证了监狱四十年来的发展历程，看着一代代监狱警察在这个地方默默付出、无私奉献，看着一个个服刑人员在这里浪子回头、洗心革面。它是一株并不美丽的树，但在我的心中，沙柳更像是一段值得回忆的历史。

我期待着从警的日子始终能有沙柳为伴，也期待着这株沙柳能永葆生机，更期待着它能见证着我们监狱的一步步壮大，一步步发展。

沙柳，你在成长，我在坚守。我们共勉！

（作者系陕西省商州监狱民警）

沙洋的这棵老榆树

胡少元

房前，有棵与沙洋农场同生的老榆树，扭着两人合围的身躯，舒张密密实实的枝叶，途经我的窗前，顺墙延伸到六层高的楼顶，撑起绿伞，形成苍翠的天幕。

四季相守，日夜为伴，榆树贴近我的生活，融入我的情怀。

春天来临，树枝催发新芽，并结出串串脆嫩的榆钱，引来群鸟在枝头振翅舞蹈，甜脆的歌声穿过门窗，涌进屋内，在房间婉转回响。

盛夏，绿荫是大人们的“乐园”，也是孩子们的“乐土”，树上蝉声嘹亮，树下浓荫满地，居民娱乐的脆响、孩子玩耍的欢笑，汇成悦耳的交响乐。

秋日，金色的阳光久久依恋在树梢，扑鼻的桂花香浓浓笼罩在树下，鸟轻轻飞，人缓缓行，绘就一幅充满诗意的画卷。

冬雪飘来，晶莹的冰溜子从枝头漫下，把苍劲的树枝和伟岸的树干封存成城区一道最亮丽的风景。

这棵榆树，暗灰色的树皮镌刻着年轮，也承载着农场的发展史：1952 年 8 月，一群干部带着数千名罪犯来到遍地荒凉的沙洋，开荒造田、挖沟开渠、修路盖房。“栽树、种粮、种蔬菜”，“搬砖、砌墙、搞基建”，荒湖秃岭变成沃野千里的农场。1958 年，为了实现粮、油、肉、菜的自给自足，农场在榆树旁修建了一座油脂厂，把各场生产的芝麻、菜籽、花生、棉籽加工成油，绿色油脂养护了数以万计的沙洋人，油渣制成肥皂，化身人见人爱的洗涤用品。

油脂厂坐落在平湖东岸，污水排放渐渐影响湖区周边及流域下游居民的日常生活质量。1996 年 5 月，监地政府联合公布“保护平湖水资源”公告，强力控污，油脂厂全面停产。2000 年年初，旧厂房拆除，直入云霄的水塔离开了人们的视线，就地建起平湖警苑小区，一栋栋高楼拔地而起，把杂草丛生的湖岸擦亮。

老榆树也是绿色生态文明建设的标识，小区住宅依树而建，道路绕树而设，草坪循树而生,使榆树能晨迎朝阳,午顶烈日,夕送晚霞,夜浴月色。近五年,城区路面变宽,行道树变密,绿化带沿路伸展,环湖路绕湖蜿蜒,风景树随着四季变换色彩,大大美化了城区的绿色空间。

如今,榆树枝繁叶茂,小区住宅楼前后空着的地方,绿树成片,让建筑在绿荫掩映下尽显清雅韵味。金桂、香樟、银杏树,一簇簇拥长在道旁,为城区注入蓬勃生机;桃花、樱花、广玉兰,一团团盛放在树丛,让家园平添好几分浪漫色彩。小区活力与悠闲并存,让人们得以在绿色的摇篮里享受着清心的生活。

城区绿起来,鸟儿多起来,老榆树成为鸟群的聚散地。清晨,鸟儿们在树上叽叽喳喳,呼朋唤伴,闹到朝阳亮透树冠。下午,鸟群时而振翅舞蹈,时而飞上飞下,又一起飞向湖心岛,追随火红的晚霞。夜里,树冠成为静怡的家园,叶下的枝上宿着一只只鸟儿,细碎的月光落在它们身上,掀起银色的梦幻。

“环湖树成荫,沿道绿化带。青春寄沙洋,汗水沃大地。”沙洋的绿色风貌是这样一棵一棵地栽出来的。沙洋人在“荒湖秃岗”建家园的绿化“接力赛”所结出的硕果,形成绿色的生态屏障。汉江、平湖、翠堤、公园、小区领跑生态绿化进程,让居民真正感受到“不出城郭而获绿荫之怡,身处闹市而尝林湖之致”的幸福感。

沐浴在绿荫缝隙里洒下的阳光,触摸沙洋历史的年轮,感受“艰苦创业、求实守纪”的沙洋精神力量,随老榆树的目光展望漫卷的绿色画卷,“和国家一起成长,我们的心胸、视野、境界和格局便会随之成长”的情感油然而生。

(作者系湖北省沙洋平湖监狱民警)

石　不　语

远去的村庄

浓雾笼罩着大地，我从上虞开车到单位上班，汽车驶过九堡大桥，宽阔的钱塘江就在脚下，大江两岸高楼林立，江两岸蜿蜒到远方的长堤，全部是条石砌成，在古时称为“海塘石”，塘石埋头不语，把心事藏得很深。

作为监狱民警，我一直很自豪。但一天，我却像海塘石一样沉默了：村里一位连级军官的老娘自语道，我儿子退伍，选择了很好的公家单位——检察院。我嘴贱问，为什么不去当监狱民警？那位大娘嗤道，堂堂连级军官，去当一个区区监狱小卒，面对那些戾气很重的坏人，有什么意思！语气甚是不屑，被她这么一说，我心里也有点乱了。

的确，监狱的舞台不大，前途也不是很光明……

不过，我从没有想要放弃这份职业。让我浮躁的心安定了下来，归功于送一个服刑人员去青春医院就诊。

一名服刑人员因为腰疼得直不起来，要送青春医院，给他戴手铐、脚铐的时候，他问我，“朱警官，我想问一个问题？”

“你说！”

“我去就诊的医院是社会医院吗？会不会被别人看见我现在这个戴枷锁的模样？”他怯怯地问，双手提了一下因为脚铐而被卡住的裤脚，脸涨得跟番茄一样红。

我一怔，他还有羞耻之心。他是渔民的儿子，犯“抢劫罪”进来，我一直以为他天不怕地不怕。

我安慰他说，青春医院是监狱医院，基本上与社会隔绝。

到了青春医院，检查结果一切正常，他很高兴，红光满面，是劳动者血气饱满的红光。对我来说，看到他脸上洋溢的笑容，我就觉得我的工作很有意义。他服刑的这些日子，深有悔意，改造表现积极，偶尔聊起来，他给自己的职业规划是出监狱以后卖海鲜,做一个自食其力的人。

我面对的服刑人员有点特殊,都是心智未完全成熟的少年犯。他们三观未正,在监狱里面还不老实:有的偷手电筒晚上看小说,有的一言不合用拳头说话,还有的甚至挟持外来上课的女教师……但是我们没有放弃。冰心说:“没有爱就没有世界。”没有爱的世界是冰冷的,这些服刑人员总有一天会结束刑期回到社会,善待他们,给他们温暖,即使不能完全感化他们,也要让他们心存善念,知道自由的可贵,不要再伤害其他人,做一个太平中国的太平人。

钱江潮水,远看一条白线,横贯江面,近看一堵水墙,犹如千万匹白色的骏马齐头并进,浩浩荡荡,潮水,每个瞬间都是不一样的,让人赏心悦目。谁又会注意,岸两边坚守的海塘石,任波涛日夜冲啮,卧听海浪私语……

六和塔祈福钟声作响,高墙内少年书声琅琅。钱塘江水欢快地流淌,新生的浪子奔向远方……

(作者远去的村庄,原名朱明,系浙江省未成年犯管教所民警)

胡麻情怀

许　印

我的家乡张垣坝上草原是个好地方，老家人一张口就能说出家乡的三件宝：山药、莜面、大皮袄。其实照细说，宝贝可多了去啦——譬如胡麻！

胡麻，一种油料作物，适宜在老家的草原分布生长，其性喜凉爽及温润的气候，这种作物大日期的是小满前种，中日期的是小满后种，小日期的是芒种左右那几天种。等到胡麻开花的时候，广袤草原上会有那片片宝石蓝，微风那么一吹，成片的胡麻花都宛如波纹涌动，丝丝纯香送爽。

秋天成熟了的胡麻，其籽能榨上好的食油，这就是俗称的坝上一绝——麻油了。麻油有抗衰老、调养肌肤、治疗哮喘及减肥健体等多种功效。胡麻杆经过加工取其纤维做成布料，此种布料做的衣服很养皮肤。胡麻榨完油的其他渣质经过简单操作后可制成一种叫麻参的东东，这是喂牲畜的好饲料。此外，麻参也可当好多农作物的肥料。

年轻的监狱警察小仝同志是省城人，当年省警校读书时就立志要好好用自己所学奉献于基层岗位。毕业后，小仝来到了张垣草原的一个偏远的监狱，这里的工作条件虽然清苦，远离了都市的繁华，但他心里知道这是实现自己价值的选择，心里美滋滋的。尤其是这个偏远单位的麻油炒的菜，味香可口，吃得身上暖暖的，同志们的鼓励和关照，真有家的温暖呢。

小仝同志爱吃麻油炒的菜，做的饭，更爱基层第一线的工作。每每完成了一天的执勤任务后，总要饱饱吃一回麻油炒的几样当地菜，既解饿又能养好精神头，从而投入到次日的工作任务中。他把自己工作的情况汇报给家中的父母时，还把胡麻的功效和作用说给了二老听，他说等年休假时给父母带回些麻油让全家来尝尝鲜呢，没承想，干了一辈子厨师的老父亲比小仝还通晓，老人说，早就知道胡麻全身都是宝，特别是榨的麻油味道好、营养价值极高！

小仝来到基层工作真没有一点“小情绪”、一点小想法吗？还真有。

来这里的第二个年头，褪去了刚刚上班的热乎劲，小仝时不时也觉得这里地域偏远，驻地单位又在高寒处，工作和生活环境也远不如省城优越，就有点迷茫和动摇了，有了调回省城工作的念头。

小仝把这些想法和家人说了，想征求家人的意见，但父母回信却只字未提工作调动的事，只是让小仝等到年休假回来时，一定带回一些麻油来，说是全家好好聚聚。

终于等到年休假得到审批通过后，小仝如期回到了省城的家，当然他没忘带了一桶麻油。家人难得一聚，老父亲自下厨，麻油炒菜，不一会做了一桌子的美味佳肴，老父亲提议不提小仝工作的事，只谈他带回的麻油。全家你一句，我一句，气氛真是暖融融，笑融融。然而，第二天老父亲却严肃地对小仝讲：聚也聚了，假期虽然没完毕，你也得回到本职岗位上去，那里才是你真正的大家庭。

小仝一头雾水，不知如何是好。喜爱书法的父亲郑重地给了他一个大信封，再三强调让小仝回到单位后打开就啥也明白了！

小仝拗不过老人，只得提前归队。当他打开父亲的那个大信封，原来是装着一副横幅，是老父亲遒劲有力的行草：

坝上草原奇珍多，胡麻堪称宝中宝。

立足脚下系基层，努力奉献有初心。

刹那间，小仝明白了老家人的心意：想想当初的志向，想想如同胡麻一样付出全部的监狱奉献者们，想想鼓励和关爱自己的领导和以苦为乐、立足本职的同事们。

小仝想通了，自此，小仝一心扑在基层工作上，一干就是十年，如今小仝也有人喊老仝了，他多次受到嘉奖，现如今已是一名先进监区的监区长了，心里有阳光，脚步不停歇！

（作者系河北鹿泉监狱民警、中国散文学会会员、
河北石家庄作家协会会员）

战友廖毛生

邹志芳

廖毛生,1991年8月从江西省劳改工作警察学校毕业,分配到江西省赣西监狱工作,生前任赣西监狱三监区副监区长。工作近三十年,廖毛生一直坚守在基层,从事过管教、生产、安全等工作,是基层工作中的“多面手”,同龄人亲切地叫他“廖毛”。大伙都觉得他很好相处,一致认可他既有丰富的管教经验,又有灵活有效的管教方法。

廖毛生,中等身材,微微斑白的鬓角,威严中不失和蔼。他一步一个脚印地走着,从不叫苦喊累、抱怨推托,从掌握监区基本犯情和思想动态,到及时有效排除隐患、解决矛盾,他都亲力亲为,成为监区民警中的工作“标杆”。大家都觉得他的心是年轻的,就像一棵胡杨,无论经过怎样的风沙,始终挺拔着向上的身姿。

廖毛生经常教育监区年轻民警,管教工作要有耐心,这是最基本的要求。据三监区民警蓝伟回忆,他刚担任管教副分监区长时,工作中遇到难题,都是廖毛生给他答疑解惑。当时监区指定小蓝承包转化重点犯李某某,小蓝多次找该犯谈话,收效甚微。小蓝有点沮丧,向他请教。他拍着小蓝的肩膀说:“不要急,我们一起去找李犯!”只见廖毛生从亲情入手不厌其烦,李犯从开始的闭口不言到后面的主动倾诉,小蓝就在旁边看着、听着,那份从容娴熟,让小蓝佩服得五体投地。谈话结束后,廖毛生又叮嘱要时刻关注李犯的动态,安排人员对其进行包夹。

2018年2月,廖毛生忽然出现经常性拉肚子的症状,但由于放心不下刚接手的三监区管教工作,于是他选择就近治疗,一边用药物调理一边坚持正常上班,同事们都催他去大医院住院进行系统检查,他却因为工作忙而一拖再拖。

5月6日,他再次出现身体不适,在家人的“胁迫”下前往省中医院就诊,医院告知需住院一周进行全面检查。5月8日,他刚接受完部分检查,由于记挂着5月9日、10日当班，就急匆匆驱车赶回了单位。当天晚上，妻子不放心，翻看他的检查结果，向医生询问详细情况，直到双手颤抖，没想到表面健康的他病情已经恶化到这种程度，看着他满脑子都还只有工作，心如刀绞。

5月9日清晨，他早早起来，安静地带上家门，警容严整地出现在监区门口，开始了忙碌的一天。妻子了解他工作起来的倔脾气，知道拗不过他，又不想让他知道自己病情的恶化程度，只能向监狱领导汇报情况。监狱领导第一时间命令他出来，并安排监区其他领导接手值班工作，他才安心出来。下午，在家人的合力劝说下，他再次前往省中医院继续接受检查，确诊为肝癌晚期。

5月11日下午，他知道自己的病情后，反倒安慰妻子说："这个病也没什么大不了的，只要配合医生治疗就行。"还念叨着说回家后，还是要去监区一趟，因为5月15日监狱举办"只因有你"大型公益帮教活动，服刑人员邹某某情绪不太稳定，安排了帮教，到时家属来了，怕他情绪失控。5月12日上午，他出现在监区里，同事们都很震惊，在大家的一再劝说下，他仍旧坚持布置完帮教活动的相关事宜才离开，并表示活动当日，他还要来。那时的他，已经消瘦了很多，但眼中还是透着精干的光。

5月13日，家人再三坚持要他去上海接受治疗，他却一再称等帮教活动结束后再去。监区长周青组织民警去他家探望，告知活动已安排妥当，叫他放心地去医院治疗。他却拉着管教副分监区长详细嘱咐，半个多小时的时间里，谈论的全是与工作相关的事，却只字未提自己的病情。大家表面神色轻松，认真地听着，心却紧紧地揪着。

7月13日晚8时5分，经医院全力抢救无效后，廖毛生永远地离开了我们，默默地告别了他热爱的岗位、告别了他的战友、告别了他的家人。

廖毛生是一名普通的监狱民警，毕生没有竞技场上的神勇和威武，也没有领奖台上的光环和荣耀，有的只是高墙内一次次的值守。从工作的那天起，他就在基层一线，简单而又平凡。

廖毛生，这名基层民警，他将自己生命中最壮美的时光献给了挚爱的监狱事业，用自己的满腔热血践行了一个人民警察的铮铮誓言，他无愧于自己二十七年的警营生涯，也无愧于头顶熠熠闪光的警徽。

（作者系江西省赣西监狱民警）

军人王增军

张荣航

2014 年,对于王增军来说是难忘的一年。这一年,他从部队光荣转业了。填报志愿时,他毫不犹豫选择了英城监狱。他说:“干警察和当军人有很多相似之处,容易入门。”

来到英城监狱后,王增军发现,当警察和当军人有很多不同之处,尤其是一名监狱警察。监狱警察需要熟知法律和各项规章制度,他对法律和监狱业务基本上是一窍不通。另外,管战士和管服刑人员也有很多不同之处。面对困难,走到哪,他都是军人!不会,就从头学起。为此,他付出了比别人更多的汗水和努力。

功夫不负有心人,王增军很快就熟悉了监狱警察的业务:收出工时他像在部队时一样,站在队伍前下达静止间和行进间口令;布置生产任务还像布置训练任务一样,有板有眼,有条有理;接收上级指示还像接受首长命令一样雷厉风行,不打折扣。终于,他从一名转业军人成长为一名合格的监狱民警。

2017 年 5 月,根据吉林省吉新集团公司要求,英城监狱要派一人参加监狱系统“第十届 QC 小组成果汇报比赛”。生产科经过仔细研究,找到了王增军。他二话不说,欣然接受了安排。但他一点参赛经验也没有,为尽快提高竞赛水平,他在有限的时间内,主动放弃休息时间,到“老大哥”单位四平监狱学习。在学习中,他能够做到虚心求教,不懂就问。回来后又加班编写讲稿,制作课件,没耽误一天工作。比赛中,他充分发挥自身优势,沉着应对,获得了 B 组第二名、全省监狱系统 QC 小组汇报比赛二等奖、加零点五分绩效分的好成绩,为单位增添了荣誉。

2018 年 7 月,又是类似的比赛,不过升级为全省行业间的比赛,叫“吉林省第三十二次质量管理小组代表会议”。王增军又一次代表英城监狱参加,获得了“省优”、加一分绩效分的好成绩,再次为监狱争了光。

如果说监狱机关民警是“专家”，精通本职业务；那监狱基层民警就是“多面手”，行行都得懂。作为一名中队长，王增军“身兼数职”，他是狱政科的防暴队员、安全科的安全员、宣教科的报道员、教育科的小教员……哪个科室有事最后都要落到他这里，他都能忙而不乱、有条不紊地完成好。多次受到上级的好评。面对表扬，王增军说：“我只是千千万万军转干部中的普通一员。”

“八一”建军节到了，谨以此篇向各条战线上像王增军一样奋斗的军转干部致敬！你们为党为国家为人民作出的贡献有目共睹，谢谢你们！祝你们节日快乐！

（作者系吉林省英城监狱民警）

升　　旗

李　环

烈日下，三名旗手在武警战士的指点下操练着护旗步骤，汗水把浅蓝色的短袖警服晕染出不均匀的深色，作训帽下看得出有汗水滴在下巴那里，晶莹透亮。

作为保障电动升旗杆正常运转的后勤人员，我一直在旁边看他们训练，蓝天、白云、青春的脸庞、黝黑的肤色、警服和鲜艳的红旗，汇成一幅壮美的画面。

旁边旗杆商家的维修人员不停用草帽扇着风说："你们监狱的人真够死脑筋的，这么热的天，怎么不找个阴凉的地方练习练习？"

我心里白了他一个眼：警察的荣誉，你怎么懂得！

休息空隙，在政治处的同事比对升旗和国歌时间时，我对其中的一个比较熟悉的年轻民警说："天太热了，要不要报纸扇扇风？"

他笑着说："就是要热点，我们彩排的时候要穿常服！"

我有点头晕："三十几度，你穿常服？"

他奇怪地看了我一眼："当然，穿常服才显得庄重威严嘛！"

他仰头看着正在下降的红旗说："这是我们第一次开展升旗活动，从警好几年，我还没有在自己单位对着红旗敬礼呢。"

顿了顿他又说："我挺激动的，能选来当护旗手，怎么也要做好。"

我赞同地说："人都是自尊和骄傲的，何况这种庄重的时刻。"

话还没说完，那边叫集合了，他回头冲我笑笑，赶快跑过去。很快集合的这三个人的队伍，戴着白手套的手随着口令一动不动重复动作，热烈的阳光让他们明亮灿烂，一种自豪骄傲的情绪充盈了我的内心，我的双眼竟有些湿润，这就是我们的监狱青年民警。我旁边的商家维修人员也忍不住说："这几个监狱警察真是好样的！"

常人总是说"85 后""90 后"是被宠坏的一代，缺乏吃苦耐劳的精神，可我们监狱的这一批年轻人,用他们的热情、坚持、聪慧,活跃在监狱的各个岗位上,武能在各种高强度训练、各种特警行动中出色完成任务;文能让自动化办公效率高,文艺活动有声有色,连我这个自诩博学的人有时候都被他们的奇思妙想的文采折服。

以前电视上看升旗,觉得激动,身临其境,才觉得这种庄严隆重的爱国主义教育和集体主义教育的重要仪式是多么重要。

三名旗手踏着整齐的正步过来,擎旗的旗手的脸被右肩扛着的红旗半遮住,两名护旗手神色肃穆,来到升旗台,升旗手把红旗顺着挂杆扣在旗杆底部,国歌响起,全体敬礼。

当国旗升之适当高度时,旗手抓住旗角向斜上方干脆利落展开国旗,手臂略停顿后,迅速恢复成立正敬礼姿势。

这个在屏幕上重复无数次的画面展示在眼前,对于国家和民族的自豪、澎湃的激情、警察的荣誉,各种激动的情感都在冉冉上升的国旗和亮亮的国歌声中沉淀积累。

礼毕,迎风招展的五星红旗,在远处的青山衬托下,那么永恒、那么浓烈!

(作者系贵州省遵义监狱民警)

老马不老

魏军民

大家习惯称呼他老马。老马虽已逾知天命的年纪,但他勤于学、善于思、敏于行的工作作风与走路带风的干练身形,一点都不输给年轻人。

我和老马的相识,是在南湖所文明办工作期间。

2017 年 2 月,老马从一大队调至文明办,分管文明创建工作。在此之前,老马从事过的工作岗位有劳教管理、戒毒管理、康复矫治、工人管理和生产经营等,唯独没有从事过文明创建工作,用他自己的话说,心里没底。但既然组织上安排自己到这个岗位上工作,那就不仅仅是干,还要干好,干出成效。老马是这么说的,更是这么干的!

为打开工作局面,老马不辞辛苦,组织带领文明办工作人员,深入周边文明创建工作起步早、基础好、经验足的相关单位和部门,实地调研学习,大量收集有关文明创建的信息和资料。通过不断学习和摸索,老马逐渐有了自己的思路和想法:文明创建就是要营造氛围、扮靓场所、提高素质,就是达到"硬件"与"软件"的有机统一,进而实现"干干净净,彬彬有礼"的总体目标。"硬件"达标相对容易,只要人力、物力具备,短时间内就能出效果,而"软件"达标却不那么容易,因为人的素质的提高不是一朝一夕。经过深思熟虑,老马将目光锁定在好人好事、先进典型的推荐和宣传上,通过模范人物和先进典型的推荐,一方面,树立标杆发挥榜样的力量,增强广大民警职工的看齐意识,激发大家的工作热情;另一方面,通过模范人物和先进典型的宣传,搭建场所与社会沟通的桥梁,在宣传中展现场所的精神风貌,在宣传中增进社会对场所的了解与关注,进而为文明创建工作的开展和文明单位的评选开辟社会通道。

目标锁定,接下来就是模范人物和先进典型的寻找和挖掘。老马走到了群众当中,把目光聚焦在"小人物"身上,用心发现他们每个人身上的闪光点,再把发现的这些闪光点让群众作评判,因为群众的眼睛是"雪亮的",群众的呼声最具说服力、最具代表性,有了这把“尺子”,在往返于“群众路线”的推荐中,老马多次深入基层一线和偏远大队,对“小人物”的凡人善举潜心调研,把一个个动人的故事进行深入细致地收集整理、深度挖掘,于是一个个南湖人自己的“宣州好人”“宣城好人”“安徽好人”荣耀登场,一系列“好人”的推出,受到社会各界的广泛关注和一致好评,宣州文明网、宣城文明网、宣城电视台、安徽文明网、中安在线等多家媒体与网络相继报道了南湖人的先进事迹。南湖,也因此成了瞩目的焦点,2017 年一举荣获“市级文明单位”光荣称号。

老马不仅独具慧眼,更具踏石有痕的实干。2017 年,正值宣城市创建全国文明城市的决战决胜之年,南湖所肩负宣城市第七网格区的管理重任,点多面广、时久线长、事多繁杂,没有统一的协调指挥和顽强的工作作风肯定不行。作为南湖所文明办的分管领导,老马亲临现场、坐镇指挥,按照市委市政府的统一部署和所党委的会议要求,严格落实责任分工,确保各项工作的顺利开展。

在六月至九月的迎检阶段,时值高温酷暑,为给大家鼓劲,老马始终冲锋在一线,高温下,大家总能看到他头戴小红帽,手拿垃圾钳,一路捡拾垃圾的身影。为确保责任区的环境卫生和管理秩序在迎检中不失分,老马组织带领各单位各部门的同志,坚持朝七晚九全天候、全境域地毯式检查,对车库清理、楼道清理、公共卫生、公共秩序、牛皮癣整治做到“零容忍”,对入户宣传做到“全覆盖”。在迎检的关键时期,老马的岳母病危在床,老马却只字未提,只是在迎检结束后,老马才内疚地淡淡说起。当宣城市成功跻身全国文明城市的喜讯传来,老马欣然一笑:“我们的辛苦都值了!”

迎检结束后,老马又马不停蹄,协同文明办工作人员,组织编写了六万多字的《南湖戒毒所文明创建汇编》,对南湖所自开展文明创建工作以来的点点滴滴作了全面的回顾和总结,这也将是一抹永久的记忆和珍贵的史料。

如今的老马又有了新的任务,带着安徽省司法厅党委的嘱托、带着地方社区的期盼,再次舍小家,为大家,为互帮共建、延伸监管工作、促进社区矫正规范化建设,无怨无悔远赴他乡,踏入支援地方社区矫正的行列之中。

老马老吗?

老马不老!

(作者系安徽省南湖强制隔离戒毒所民警)

永不退休的忠诚

赖书田

一个个闪光的名字,让我们学到了改造育人的本领。

他们是我们曾经的领导、前辈和导师。

回眸往昔,纵然两鬓染成白霜,青春褪去光华,风霜刻出皱纹,却峥嵘依旧,不改初心。

老游,我们监狱资历最老、工龄最长的一名同志,2018 年 8 月荣退了。老游从警四十四年,无论在任何工作岗位上,都把工作做到了最好:每天清晨,艳阳还未来得及普照大地,老游已经开始了一天的忙碌;当鲜花和掌声不属于他的时候,当人们从记忆里把他遗忘的时候,老游选择了沉默。

老游曾对我说过,选择了监狱人民警察就选择了平凡。公正执法,是我们毕生工作的永恒主题。无论社会多么复杂,无论环境如何变幻,我们不能动摇。这平凡的语言饱含着老游对监狱工作的忠诚。

在我们监狱人民警察的队伍里,像老游这样的老同志还有许许多多。我虽然叫不出他们的名字,但我知道这些前辈就是我们的榜样:他们不善言辞,却胸怀大爱;他们没有豪言壮语,却可歌可泣。他们默默地把奉献凝聚在大墙之内,像燃烧的红烛一样无悔地放射光华!

人总归会老。当年意气风发的帅小伙,满怀憧憬来到这片土地,带着理想与信念,义无反顾地加入监狱人民警察的队伍。如今,远逝了青春年华,已青丝染霜,临近退休,但这并不意味着生命的衰落,而恰恰相反,作为一个共产党员,职责还远未尽到,退休将是一个新生活的起点。在我的身边,就有很多老游这样的老同志,更是把退休当做人生的第二起跑线,准备在夕阳中继续走好人生之路。

在从警之前,我总认为所有壮烈的言辞和举动,都要有轰轰烈烈的理由;"奉献""牺牲"这些被弘扬的旋律,被高唱的凯歌,离我们这些普通人太遥远。

然而，回过头来看看身边的老前辈，看看这些“平凡人”，我深深地震撼了：没有惊天动地的壮举，没有辉煌的业绩，这里，只有为监狱的稳健发展而兢兢业业、默默奉献的监狱人，只有在平凡中折射出的一种对工作极端负责、爱岗敬业的精神。

老骥伏枥，退休续谱夕阳曲；苍松傲雪，余生再唱春牛歌。

我坚信即使卸下“征衣”，但监狱人民警察心中坚守的这份忠诚，却永不退休！

（作者系福建省闽西监狱民警）

老张队长

王　波

老张队长名叫张建国，1963年出生。之所以叫建国，是因为他父亲也是劳改干部，是个一颗红心向着党的老革命，老人家的家国情怀不但绽放在自身精神世界里，还要求下一代也要以奉献为使命，儿子的名字里就要体现出时代的最强音。

老张队长是个大嗓门，他们监区的习艺车间和我的监区紧挨着，有时我坐在值班室里都能听见他给服刑人员谈话的声音，甚至有那么几次声音很大，我还以为发生了什么事情，跑出去一看，原来虚惊一场。

我一直好奇为什么老张队长说话声音大得很自然，而我给服刑人员讲话时却要刻意地提高声调，就这样还不能保证所有人都能听到。有一次我就这个问题向他请教，他笑着说，这是历史造就的。20世纪八九十年代，出外工时服刑人员多警察少，比较分散，加之通信不便，没有对讲机等近距离通信工具，“交通基本靠走，通信基本靠吼”是那个时代最直观的写照。久而久之，大嗓门就练出来了。

老张队长身体不太好，虽然我很早就发现老张队长走路姿势有点不大对头，但是出于礼貌，一直没好意思问他。有一次在聊天中他说脑梗导致他的左腿有点不利索，穿不了鞋底太硬的鞋，只能穿鞋底厚一点比较软的运动鞋，而且还不能长时间久坐，要适当的活动活动，有利于缓解病情。因为这身行头有悖于警察着装规定，在了解实际情况后，监狱领导特许他可以穿运动鞋上下班，虽然有“特权”，但老张队长一点也不任性，为了搭配裤子，买的所有运动鞋都是纯黑色，不细看，真看不出来是运动鞋。

老张队长是个闲不住的人。每次接班他都提前近半个小时到岗，用他的话来说就是提前半个小时不算什么，只要不迟到就好，万一上班的同事有什么急事不能按时下班不就给人家耽误了。我和他的班次一样，不管是寒冬腊月还是酷暑炎炎,好多次我带服刑人员倒垃圾时遇到老张队长带着人倒垃圾,我问他监区不是有年轻干警嘛,你腿脚不利索还跑来跑去,他哈哈一笑,说年纪大了,才要多动弹,再说年轻人有年轻人的事,这点小事他就可以干,没必要劳烦年轻人。

老张队长喜欢和人聊天,但因为工作职责所限,他的聊天对象主要以服刑人员为主,家长里短、天南地北,聊着聊着有些服刑人员就不知不觉间敞开了心扉,会和老张队长谈及他家里的情况、自身的问题、将来的打算。当然,这个宝贵的经验也是我陪聊的过程中老张队长传授给我的,在工作中产生了很好的效果。

老张队长最爱说的一句话就是你们年轻人要知足,你们现在真是享福了,他们那会儿那个辛苦,你们现在这些小年轻根本就无法想象。印象中每次聊天聊得开心了,老张队长就开始给我讲那些年他的劳改工作,末了就给我再来一句你们现在条件好了要知足,好好干等等,像极了小时候我吃饭时如果把饭菜撒到地上,外公就必给我讲一下五六十年代他们生活困苦时的语气和神情。

听老张队长讲20世纪八九十年代监狱的状况和监狱警察的付出与艰辛,我能想象出那个年代他们的不易,对比现在的各个方面,我们确实很幸福,我们应该满足。老张队长时代发展了,我相信监狱的未来也将更加光明和璀璨。

2015年,应该是老张队长最难忘的一年,他入党了。

我听说以前老张队长年年写入党申请书的事迹,没承想这都五十多岁了,还在一直坚持。功夫不负有心人,组织终于向他敞开了怀抱。

有一次我见了老张队长就问他怎么这个年纪了还对入党这件事念念不忘,他嘿嘿一笑,说他们家几个弟兄都是党员,逢年过节聚到一起,他这非党人士的身份总会成为一个话题,不知道的还以为他觉悟多低似的。监区的警察基本上都是党员,每年《公务员年度考核登记表》上"政治面貌"那一栏别人都填的"中共党员",而年龄那么大的老张队长反而填个"群众",显得有些落后了。所以,老张队长就一直坚持写入党申请,对照着《党章》发现自身的不足,改正存在的缺点,自觉做到遵纪守法、爱岗敬业。想想也是,老张队长兢兢业业一辈子,忠于职守、尽职尽责,的确当得起党员这个称呼。

今年新年后的第一个班次,我在值班室又听见那标志性的大嗓门,透过窗户我看见正在车间门口给服刑人员谈话的老张队长。岁月好像忘记了他的年龄,岁月似乎铭记着他的样子。

一天又一天,在这所监狱里,似乎总有那么一些人像极了老张队长,一年又一年,在我身边,在我从警的日子里,也必将有着更多和蔼可亲、爱岗敬业的“老张队长”伴着我坚守,伴着我成长。

(作者系陕西省商州监狱民警)

岗楼上的爬山虎

褚荣兴

单位每年都组织参观老农场旧址活动,这一次我早早地就报了名。

我们选择参观的是二大队旧址,带队的是年近六十的张裕良同志。

从单位出发,车行驶了约十多分钟,张老指着前方说,前面路口右拐。汽车沿着张老的指向右拐后,映入眼帘的是敞开的破旧大门上挂着一块白底黑字的木质公司挂牌,大门里到处堆满了废旧钢铁等杂物。原来,这里已经租给一家钢材加工公司,但老大队的基本构造仍然清晰可见。

除了张老,其他参加活动的都是青年民警,均为第一次来二大队旧址,每个人都很兴奋,在车上就开始各种讨论猜想旧址的构造与设施条件等,一下车就开始四处张望,不愿意放过任何一个可以观看的角落。

在张老的带领下,我们在二大队门外参观了干部办公楼、食堂及家属生活区,进入二大队门后参观了旧址监舍、炊场、车间及活动区域。有的房屋因常年不能维修而接近倒塌。在车间区域及室外墙体还模糊能看到“志不强者智不达,言不信者行不果”和“实施定置管理”等标语。

在大家强烈要求下,张老同意带领大家去看看20世纪武警岗楼的构造。

张老带领我们走出旧址大门,在右边枯草横生下的一条小道上披荆斩棘,犹如深山冒险,跨越了数条小沟,撩起了N次歪倒的树枝,步行百余米,来到当年的武警岗楼前。

岗楼的门窗已没了,里面的楼梯也失去了扶手,我们小心翼翼地扶着墙沿着狭窄的楼梯往上爬。

二楼地板上积满了树叶,大家越了过去向三楼爬。到了三楼,都情不自禁地向四面望去,全方位体验一下武警同志上哨的感觉,虽然这20世纪的农场岗楼与现在差别已经很大,但也一定程度上满足了大伙儿的好奇心。

由于年久失修,草木疯长,围墙外长满了树枝,如果是在夏天,一定都被树叶遮挡住了视线。爬山虎的藤从窗外蔓延到了岗楼内的墙体上，将藤枝狠狠地扎在了墙缝里。

张老指着大墙内的废墟，向我们介绍着当年一件件鲜为人知的故事。听着张老的介绍，我的心里有种说不出的感觉与感慨。就在大家相互讨论时，我发现张老目光凝视着扎满墙缝的爬山虎发呆，直到被一个同事喊着帮忙解答才转过神来。

张老是地地道道的上海人，二十岁出头时离开大上海来到这偏远的皖南山区，一干就是三十四年。这三十四年远离妻儿的艰难困苦只有他自己最清楚，三十四年里，他有太多的理由选择调回大上海，但他并没有选择调走，而是毅然坚守在这皖南山区。

寒冬中只剩下爬山虎仍然静静地扎根在岗楼的墙缝间，任风吹雨打，毫不动摇。那种不屈不挠、迎难而上的顽强精神正是张老这样老一辈监狱民警精神的具体体现。

“岗楼上的爬山虎”，值得我们尊敬！

（作者系上海市白茅岭监狱民警）

阳光天使

包建红

这里独处五华山一隅，既没有闹市往来的喧嚣，也没有名川显赫的地位，只是门前左右各挂着一块牌子：云南省委省人民政府信访局、云南省人民政府群众来访接待室。

门里有一群不被人知的人。在令人瞩目的场合，你看不到他们的身影；在一展风采的地方，你看不到他们光彩照人的亮相。很多人，甚至就在五华山工作的人曾问“信访局在哪儿？”“你们太舒服了吧？平均一天几个来访？”面对太多太多的不为人知，他们有的只是脸上浅浅的微笑，他们并不想告诉人们“信访工作是天下第一难”，接访大厅门口“为党分忧，为民解难”八个大字是他们最深情的独白。

这是一群热爱生活的人。来到他们的办公室，首先迎接你的是“走廊花园”里十几盆生机勃勃的花卉，这里一年开着各色不同的鲜花，四季荡漾着深深浅浅的绿意。办公桌上、电脑旁边……目光所及之处，满是养眼的绿色，尽显生命的勃发。他们说，我们栽的不是花，是心情，给人温暖的人哪能没有阳光？送人玫瑰的人怎能不在自己心里建盖一座“花园”？

这是一群积极上进的人。在他们的案头，摆满了《中国当代信访工作制度》《全国信访工作调研报告选编》《云南信访条例》等各类信访工作的“葵花宝典”。说的是信访案，聊的是信访人，想的是信访工作如何规范，谋的是信访工作如何创新。他们修订了《云南省信访工作条例》，制定了《云南省信访工作责任制实施意见》《云南省推进信访工作法治化实施意见》……一个又一个规范性文件的出台，推动着云南信访工作迈上一个又一个新台阶。

这是一群爱岗敬业的人。每天清晨，踏着朝露而来；每天傍晚，衬着斜阳归去；很多时，映着星光加班。吃快餐是信访处室的家常便饭，晒成“高原红”是调研处室的“标准配置”，每一封来信都认真阅读，每一条留言都认真浏览，每一次接访都面带微笑……他们用兢兢业业地努力践行着“以人民为中心”的思想;用勤勤恳恳的态度推进着阳光信访、责任信访、法治信访向更高水平的发展;用踏踏实实的作风成就了一群信访新人眼里的“金牌接访”“万能主任”……

这是一群直面困难的人。面对“骨头案”“钉子案”,他们一往无前,迎难而上,无数次接访下访,无数次督查督办,2017 年所有省级领导包案化解的积案在他们的努力协调下全部化解。当群众的合理诉求得到解决,当信访困难家庭得到帮扶,谁又能数得清他们为了这些积案的化解跑了多少路,加了多少班?

这是一群精致细腻的人。他们在心与心的交流里,有时是医生,在解剖着来访者的灵魂;有时像母亲,要抚慰受伤的心灵;有时如智者,为来访者指点着迷津。笑容亲切,倾听仔细,循循善诱……他们灵活地运用着各种信访谈话技术,贯穿全过程的尊重总能让来访者带着情绪而来,满怀轻松而去。每当听到来访者话语中透着感激,每当看到求助者诉求得到解决,他们的心里啊,一朵花儿在悄悄绽放。

这是一群创新发展的人。他们建设了信访信息系统,打造了网上信访平台,建成了五级视频接访系统,“让数据多跑路,让群众少跑腿”,真诚倾听群众呼声,真实反映群众愿望,真情关心群众疾苦是他们心中最美好的心愿。

这是一群普通平凡的人。他们也曾有过委屈,但他们把委屈藏在自己心底;他们也曾有过泪水,但他们把泪水滴在自己心间。他们也有自己的喜怒哀乐,也会感受悲欢离合,也在经受“上有老,下有小”的经济压力,也要每一天演奏“锅碗瓢盆的生活交响”。

这里有郭金富副局长五十篇工作札记三十余万字里饱含的对信访工作的殷殷期盼;这里有网信办周林忠处长键盘上翻飞的双手带领同志们全年办理网上信访一千二百多件的辛勤付出;这里有杨增红处长面对访民时的微微一笑,云淡风轻地带领接访处完成了全年四千七百余批八千八百余人次接待的艰辛努力;这里有谢明处长恬淡微笑,慢条斯理中与处室人员一同办理一万余件群众来信的敬业精神;这里更有朱家美局长“把群众的来访当家访,把群众来信当家信,把群众的事情当家事”的谆谆教诲。

这是一个微笑的局,这是一群阳光的人。他们在平凡的岗位上闪耀着太阳的光彩。他们就是春天的使者，播撒着希望的种子；他们就是阳光的天使，让来访者的心灵从此有了阳光的味道，从此能感受太阳的温暖！

（作者系云南省宜良监狱民警，在云南省委、省人民政府锻炼，被省信访局工作人员积极的工作态度所感动，写下这篇短文记录省信访局工作干部，也献给战斗在监狱系统的信访干部）

排　　班

刘伟豪

漫天飞雪，让年的气氛格外浓郁，也让我对假期的到来充满了期待。

可指导员却连日眉头紧锁，越是佳节到来之际越是监区波动之时：春节不仅仅是个节日，更是流淌在每个国人血液中难以抹去的印记，代表着温暖，代表着团圆，无论是罪犯还是民警，都想在佳节到来之时回到亲朋好友的身边，回到温暖的家中。

服刑人员是躁动的，同时也是活跃的。他们所关注的热点从谈论春节各地习俗到讨论过年大帐的食品，从会见的人数增多到信件的次数往来频繁等，他们群体间弥漫着浮躁的气氛，陡然增加了许多小摩擦需要指导员处理。

民警过年期间的上班安排也让指导员焦头烂额，既要理解外地民警回家探亲的不易，也要体谅假期有结婚、生育需求民警的难处；既要保障青年民警休息时间，又要照顾老民警的身体状况。如何协调好中队民警各方需求，真真切切是一盘难解的棋，过年的排班表只得一改再改，迟迟没有公布。

监狱组织科的应科长给我们开会时曾说过自己的经历："从警校毕业走上监狱工作岗位，这么多年，我春节休假的时间没有超过六天，你们要好好珍惜学生时代的寒假啊。"

应科长的话让我知道了，穿上了这件警服就意味着有所牺牲、有所担当：要牺牲陪伴家人的时间，要坚守远隔两地的思念，要耐住远离城市的寂寞，要适应循环往复的单调。

在我身边，有着一群指导员、应科长这样志同道合的战友，他们把美好的青春浇灌在了这片监狱的土地上，他们为自己的辛苦付出而骄傲自豪。他们牺牲了自己大量的休息时间，换来的是监狱的稳定、社会的稳定！

中队微信群里频繁传来的消息提醒，让指导员舒展了眉头，那都是民警主动申请过年期间留下来上班的消息。

监狱民警心连心，都希望自己多付出一点，让其他民警多休息一点，都希望自己的努力能够使监狱度过一个稳定祥和的春节。

一份工作一份担当，没有起伏的情节，只有平凡的坚守；没有华丽的展现，只有无私的奉献。

谁是最可爱的人？

每一个爱岗敬业的监狱人民警察就是最可爱的人！

（作者系浙江省十里丰监狱实习民警）

月牙湖畔　静坐乔司

裘昊辉

杭州，是花柳繁华之地，是怡然漫步的好去处。

在杭州，还有一块管得住心，耐得住寂寞的地方。此地名唤乔司监狱，一个依傍于闹市之旁，闹中取静之所。

此处有挡得住人却挡不住好奇心的高墙，有放得下人却放不下对亲情深深牵挂的监舍。

作为刑罚执行的重要场所之一和决定改造结果的重要一关，乔司监狱一直深耕细作于监狱基础建设、安全建设、文化建设和制度建设之中。

乔司监狱，身处月牙湖畔，静待日月变换更迭，只为服刑人员走出监狱大门时，能焕然新生，做合法公民。它是一座监狱，收押着近万的服刑人员；它是一座城，生活着几万人，职工、民警日复一日如齿轮般维持着乔司监狱的稳步运行；它更是一所特殊的学校，教育的对象是一群陷入迷途之人，正待明灯指路，走上正途。

乔司监狱，没有惊天动地的行动，而是由内而外地进行着变革。

作为模范监狱、监狱中的标杆，乔司监狱一直走在前列，发挥“领头雁”作用。能力越大，责任越大。

智慧监狱，是乔司监狱近期努力追求的目标。在追求智能化监狱的道路上，乔司监狱抓住互联网迅猛发展的势头，先人一步，勇立潮头，敢为弄潮儿。没有过多的宣传，没有巨大的阵仗，只有默默的建设，潜移默化，由内而外展现着发展。

监狱人民警察不同于公安，一直是一支不被公众所熟识的队伍。但他们的付出、他们的信念，从来不比其他队伍差。他们在繁杂台账面前的深思熟虑、奋笔疾书，在服刑人员面前的苦口婆心、细心开导，这些默默地付出，就够他人的肯定，他人的赞扬。但是他们从来不求什么肯定，不求赞扬，他们只是爱岗敬业,默默奉献,只求服刑人员能顺利改造,获得新生,这就是对他们不断付出的最大的回报。

乔司监狱的民警们一直秉承着以老带新的传帮带传统,让乔司精神一脉相承。他们奋力践行"两特两为"精神,为我们表率。

他们对天天奔波于家和单位之间已习以为常,单位就是第二个家。他们始终把安全放在第一位,牢记包干小组成员的信息,在有先进仪器的点名设备下还保持口头点名的二次确认。往返隔离门时,听到锁声才确认离开。他们不断提升自己的工作能力,学习创新,和乔司监狱共发展、共奋进。

他们对我们这些乔司监狱后备军们寄予了殷切的希望。他们说:"青年兴则乔司兴,青年强则乔司强。"乔司监狱的包容性、发展性,吸纳了更多优秀的年轻人和高技术人才投入监狱事业,逐步完善监控布局,智能识别,让乔司监狱的高墙铁网转变为科技高墙。

我相信,在前辈们和后生们的共同努力下,智能化乔司监狱指日可待!

(作者系浙江省乔司监狱实习民警)

书痴姑娘

张玉瑜

工作后的这么多年,我见到了一位爱读书的姑娘,就给她起个绰号:“书痴姑娘”。

书痴姑娘从小就喜欢看书,在她不识字的时候,母亲就给她买回来一堆书,让她翻阅。她好像天性就是为读书而生似得,一拿起书来就忘乎所有,整日废寝忘食地进入书中情节无法自拔。大学时因学校的借书卡有限制,每次只能借阅两本书,为了多看几本书,她四处问同学们借卡读书,每个月都会阅读十几本书,这个习惯一直延续到工作后。她尤其喜欢读厚书,越厚越好,读完后如情人要远行般恋恋不舍,叫嚷着:“怎么就结束了呢?”即使做了母亲,她依然对书爱不释手,每天把几个月的孩子哄睡后,又开始了如饥似渴地阅读,在书中似乎可以忘却所有的疲惫和烦忧。

记得第一次见到书痴姑娘时的情景:一袭长发,小巧灵动的身姿正在舞台上翩翩起舞,一闪一闪的大眼睛里似乎藏着一弯纯净的湖水,白皙的皮肤如剥了壳的鸡蛋找不到任何瑕疵,每一次见到她都有一种冲动,好想掐掐她的脸,看看能否掐出水来。

和她的相知缘于她写的小说和诗歌,很惊讶她一个小姑娘竟然把诗歌写得如此豪情万丈,小说文风也很是大气,一口气看完她的作品后,心里竟然激动了半天,赶紧加了她的微信,而她的网名却让我瞠目结舌:狼牙山五壮士!下巴差一点掉下来,那一瞬间莫名其妙地、无可救药地喜欢上了她。

在一次单位读书会上,看见她拿了一本书在看,旁边还放着一大壶水,不一会儿壶里的水就下去了一大半,书也看了一大截子。她看书的速度和喝水的速度一样惊人,终于知道她的皮肤为什么弹指可破,真的是腹有诗书气自华啊。

慢慢熟悉后,我从她那儿借了几本书,分享着彼此看书的心得和阅读习惯。

暮秋的一个清晨,看见她在朋友圈发了一条微信:我看见一只白色的鸟在漫天飞舞的雪花中朝南面飞去，鸟儿飞过围墙，消失在南方大雪弥漫的空中——《世界尽头与冷酷仙境》，插图是她和姥姥的一张合影照片。我留言说："我也想看村上春树的《世界尽头与冷酷仙境》，姥姥挺精神的！"她回复说："来吧，你的书到了。"我开心地跑到楼下去找她，她拿着新书说："我刚才不小心把书的外膜划了一道痕，我喜欢拿上新书拆封时的那一份欣喜，想你也是喜欢书的人，喏，这本书我就送你了，你自己拆吧！"书上附有一张卡片，卡片上写着："取次花丛懒回顾，半缘修道半缘君。"几个清秀的字体，一时间惊喜万分，真是个有心的姑娘。

"我在看完《世界尽头与冷酷仙境》结尾时，一直奇怪自己沉浸在书中的情节里走不出来，好像是给姥姥的去世留下的伏笔，前几日我才写了一篇关于姥姥的文章《亲爱的奶奶您还记得我吗》发表在监狱纪检监察网站上，一切都好像是冥冥中安排好的。昨天她走得很安详，我看见她时就觉得她是睡着了……"窗外一束阳光照在她白皙的脸上，她眼眶红红地、平静地说着姥姥的生平往事。

我说："那你怎么没有请假给姥姥料理后事呢？你孩子还在哺乳期，也有哺乳假啊，怎么天天都看见你和我们一样上下班呢？"

"我妈说家里有他们，让我好好上班，明天下葬再让我去。单位这么忙，我得正常上班。"她说。

昨日在单位《第一监狱志》个人荣誉中看见她的名字：高思思，局级演讲比赛二等奖、监狱系统优秀共青团员、局级公文处理工作先进个人，书痴姑娘原来不仅仅读书痴，干起工作来也是同样的痴狂！

回来后，我把给她微信朋友圈内的留言"姥姥挺精神的"几个字默默删除了。莫名地心疼那个在阳光下坚强的她，心情久久不能平复，希望书痴姑娘走出悲伤，一路向阳！

（作者系新疆维吾尔自治区第一监狱民警）

老　　警

郭剑敏

那日下午，去附近的南山公园散步，遇到一位精神矍铄的老人，我俩边走边聊，原来老人是内蒙古保安沼农场的建场先辈，今年八十四岁，已退休多年。说起过去的艰难岁月，他如数家珍，侃侃而谈。

老人姓张，河北省石家庄人，原先在石家庄公安部队一支队服役，守卫着桥梁隧道，后来随部队来到保安沼农场。老伴是他的老乡，同地同村，相距不远，从小青梅竹马，1966 年结婚到如今，风风雨雨已经走过五十二个年头。

老人笑着说："没想到一来这里就待了一辈子！"

如今老人有一女两男，女儿是工人，已退休，两个儿子都是监狱人民警察，均已成家立业。晚辈里外孙女研究生毕业，已是副教授，其他两个孙子也发展不错。老人教子有方，家风好，全家其乐融融。老人的心态好，养生有方，每天下午出来锻炼一个小时左右，长年累月从不间断。

老人向我回忆着过去带领罪犯披星戴月，摸爬滚打，修水渠，平整土地，修堤围堰，战天斗地，改造自然的难忘岁月。正说着时，地上有个烟头我没在意，老人家竟弯腰捡起来扔在垃圾箱里。我不禁肃然起敬，也学着老人将草丛里的一个空矿泉水瓶捡了起来。

老人问我，现在的罪犯好不好管理，民警们如何去管？我说现在罪犯不从事外役劳动，民警和罪犯沟通的少了，不像原先不分时间、地点、场合，遇到罪犯存在的错误及时批评指正，随时随地进行个别教育。

老人便和我讲起了他过去管理罪犯的方法。他说管理罪犯不能简单采用高压，他从来就没打过罪犯，但罪犯却相当听他的。管理罪犯得以情感人，罪犯也是人，他们也有感情。

老人给我讲了一个故事：有一个罪犯杂工组长，有一次生病了，高烧不退，好几天没有吃饭。老人家里只有三个苹果，这在当时，苹果是多么的"精贵"，可他却一下子拿了两个给这个罪犯组长吃了。过后，罪犯胃口好了，开始吃饭了，病也慢慢痊愈了。自此，这个罪犯组长对老人非常敬重，见面毕恭毕敬，非常懂得感恩报答，带得小组罪犯无论在遵守监规纪律方面还是生活劳动方面，总是完成任务又多又好。老人说："你对他真心好，他就会站在你的角度去考虑问题，维护你，支持你的工作。"

看着老人童真的笑脸，我略显遗憾地说："现在监狱不让民警给罪犯拿东西，那是违反规定，与罪犯界限不清。现在监狱里有超市，什么东西都能买得到。"

"哦，是这样！但你不和罪犯沟通感情，他怎么会信任你？他不信任你，你教育他的话还会听吗？"我觉得老人说得非常有道理。

老人继续对我说："管理罪犯没别的，只要你行得正，走得直，说到做到，坚持公正，奖罚分明，以身作则，管好身边人，就会有威信，罪犯才服你，身教重于言教！"

老人自豪地说，以前他们管理过的罪犯，前些年还有联系，不少已成家立业，没有再犯事的。

和老人分别的时候才得知，老人的生活不仅能完全自理，而且还亲身伺候瘫痪在床的老伴达八年之久，令我敬佩不已！

从老人的身上，我再一次看到了千千万万老一辈警察的奋斗和无私奉献的精神，我们要把这种精神传承下去。

（作者系内蒙古自治区乌塔其监狱民警）

山水篇

热爱国家的教育先从热爱家乡的教育开始

高　文

2000年,我去芬兰的赫尔辛基参加国际会议。出国前,通过查阅许多资料了解到,芬兰虽然国土面积小,却是北欧地区最为发达的国家之一。

下了飞机,我国驻芬兰大使馆的同志接我们去旅馆的途中,给我们介绍了许多芬兰的美景。会议期间,我们走访了芬兰的许多地方,看到的是大片的森林、沼泽和杂草地,让我们惊讶的是首都赫尔辛基市内也有成片的森林和沼泽,与我同行的其他同志兴奋不已,一路连声夸赞芬兰的美丽。

又过了几年,我去奥地利的维也纳开会,休息日时,使馆的同志带我们去维也纳的乡间和多瑙河游览。维也纳的乡间小路两旁开满了各色的鲜花,多瑙河水面宽阔、流水湍急,河岸边丛林密布,一眼望不到边。使馆的同志介绍说,这些地方是欧洲风景最美的地方。

维也纳的乡间和多瑙河无疑是美丽的,尤其是黄昏时刻,斜下的夕阳给维也纳的乡村和多瑙河镀上了金色的油彩,整个大地一下子就静谧安详了。

不过,我还是挺诧异这两次出国与我一起同行的同志对芬兰和奥地利两国美丽的景色所表现出的那种惊叹。在我看来,这两国美丽的景色与我曾经生活过的安徽省九成农场和白湖农场的田园风光有着惊人的相似,因而,我感到的更多是熟悉和亲切。

记得刚在白湖农场参加工作的时候,一天晚上和几个同事畅聊,谈到自己的梦想,我说想去心目中国内三个最美丽的地方——内蒙古大草原、长江三峡和云南西双版纳看看。那时,还没敢奢望去国外看看,电影和画册给了我新的认识,就是国外有许多我们身边所无法比拟的美景。

到北京上班以后,有很多机会去全国各地出差,很快,走过的国内美景就远远超过了当初的梦想,但我又很快地发现,除了大海、沙漠和雪山以外,绝大多数的美景,我都嗅出了熟悉的味道。

这种味道就是我在农场所经历过的那种恬静自然的生活气息。

1975 年，我家搬到白湖农场十三大队，这是个新建的单位，土地刚刚从军垦手中接收回来（“文革”期间，白湖农场有部分土地被军队接管），荒芜许久的土地一眼望不到头，长满了青草和野花，到处都是树木、沼泽和溪流，里面游动着五颜六色的小鱼（比今天家养的金鱼好看有灵气），随便扔出一块石头，就会惊走藏在草丛里的野兔子、野鸡、野鸭和黄鼠狼。到了晚上，不远处山上的野狼还会跑过来，袭击家养的牲畜。

我去过新疆伊犁天山脚下的草原，也去过内蒙古锡林郭勒和呼伦贝尔草原，但是，风吹草低见牛羊的景象，我只在白湖农场的田野里感受过。

上初中以后，我开始大量阅读国外文学名著，因为对国外的历史文化及名著的写作背景不太了解，很多国外名著我读起来非常的吃力，有的读着读着，就读不下去了，唯有《静静的顿河》，我第一次读，就迅速喜欢上了这本书，以后又多次阅读过。肖洛霍夫在书中所描写的顿河、顿河草原以及哥萨克的农场生活，在我看来，很多地方简直就是在描述我生活过的白湖农场。前不久，中央电视台第六频道放映《静静的顿河》，看着葛里高利一家在顿河草原上打草的场面，我立刻就想起了白湖农场广袤的田野，想起了我和小伙伴在高高的草垛上翻爬滚打的往事。

有一天，中央电视台第四频道有个栏目《远方的家》，播放了一期节目，介绍在东南亚华人圈子里影响深远的佛道两教圣地浮山。在电视的影像中，浮山“山浮水面水浮山”，景色优美，文化独特，保存了五百多块摩崖石刻。越看我越坐不住了，因为这个浮山就在白湖农场的边上，一座不大也不高的小山，我虽早有耳闻，但并未真正在意过，因而也从未考虑去过，却未曾想，浮山早已走出了国门，声名扬于海外了。

看完了这期节目，我找出地图，仔细查看了一下白湖农场周边的名胜古迹：巢湖银屏山、庐江冶父山、巢湖三千年柘皋古镇、肥西三河古镇……这些个景点我鲜有去过，很多从未听说过。

小时候和年轻的时候，总觉得美景在远方，在国外。现在却没有想到，原来美景一直在身边！

这让我想起了在白湖生活和休假的情景：白湖的四季温暖潮湿，植被茂盛，即便是冬季，路边也会像维也纳乡间小路一样，开着各色各样的野花，除了极少数的野花,大多数的野花我都无法叫出它们的名字。树丛和草地里穿来穿去各色各样的鸟儿,大部分的鸟儿我也叫不上名字,甚至连菜地里长的许多植物,我也叫不上名字,这让我有种多年的书算是白读的感觉。

不知道身边的风景和历史,是我所受教育的缺陷,这让我生活在白湖的美景中,却长久地感受不到这些美景,直到走过了许多地方,才发现白湖真的是美丽。

我很幸运,走过了许多的地方,才知道了白湖的美丽。但对于许多没有条件和机会远足的白湖人而言,依然只向往和憧憬远方的美丽。

今天,在白湖成长的孩童和年轻人,他们全都认识和熟悉在白湖见不到的大熊猫和袋鼠,但却没有人和书本知识教他们认识熟悉白湖的鸟儿和白湖的野花,他们有可能像过去的我一样,无法感知白湖的美丽。而不知道白湖的美丽,就注定不会从心里去热爱白湖。

白湖是我儿时生活和成长的地方,白湖之于我就是家乡。我特别希望在每一个人成长的过程中,都能不欠缺对家乡的历史和知识的教育。

有了对家乡的美好认识,就能够激发起热爱家乡、建设家乡的热情。

而我们所有人的家乡组合起来,就是我们美丽的中国。

所以说,热爱国家的教育就应该先从热爱家乡的教育开始!

(作者系司法部预防犯罪研究所副所长、研究员)

鸣沙流年

黄勇峰

曾经无数次遐想,一个人独自在沙漠中,像一棵孤零零的胡杨,不知前后,不辨南北、左右,体验一种前所未有的感觉。

而今,在沙漠的边缘,一个叫鸣沙山的地方,我真真切切地感知这片沙漠:踩出两行脚印,在双肩上拂落流沙,将自己的烙印短暂地留在这片浩瀚的世界。

绵绵沙山下是无与伦比的天下美景,长河落日下是千年不变的天上人间。在沙山的环绕之中,一轮弯月映在眼底,那就是月牙泉。山泉共处,沙水共生,泉不离山,沙不掩泉。漫漫黄沙,澄澄泉水,相守相伴,不离不弃,让人神醉情驰,叹为观止。

坐在山坡上,遥看月牙泉,静思人间事,身心两隔,不知今昔是何年?

鸣沙山山体由五色流沙堆积而成,东西长四十公里、南北宽二十公里的沙山群一眼望不到尽头。为了一睹月牙泉的芳姿,有人爬上山项后,坐着滑沙板顺坡而下;有人骑上沙漠之舟骆驼,不急不慢地走来;还有人则坐着现代的电瓶车风驰电掣而来。不管用什么方式,人们最终还是要徒步跋涉一片沙漠,才能一亲芳泽。不管在月牙泉边停留多久,游人最终还是要踏上归程。

时间太瘦,指缝太宽。掬一捧沙,让它从指缝中悄悄滑落,我深深感受到时光流逝的惆怅。古往今来,月牙泉的美震撼了无数的游人。漫天的飞沙不曾将它填平,夜半的飓风也不曾将它吸干!然而,到了现代,人类对自然平衡的破坏,却使它的水位日渐下降,她的美丽日渐消退。据说月牙泉的水面原来很大,后来由于地下水位下降而缩小了,人们不得不引自来水来补充它的水源。沙不填泉,泉不涸竭,沙泉共存的美景不知还能保留多久?

谁都不能在时光面前屹立不倒。如同月牙泉一样,莫高窟的飞天壁画在时光的流逝中,也在氧化褪色,不复当年的风采。人们已在石窟外复制石窟,再过若干年,莫高窟会完全封闭,游人将只能参观复制的石窟。然而,如果因为莫高窟终会破损,就不去开凿不去维修;如果因为月牙泉终会干涸,就不去引水不去保护,那么,人们又怎能来欣赏这文化瑰宝和自然奇观呢?

远离钢筋水泥的丛林,远离无休止的工作,远离俗世中的种种压力和烦恼,我在月牙泉前小憩,月牙泉给我温暖的慰藉。这沙,这泉,深深地印在我的脑海中,让我一生都难以忘怀。

我无法抗拒时间,我不能在月牙泉永久停留。对月牙泉而言,我不过是一个匆匆过客。我留下的足印,会很快地湮灭;我停驻的身影,也只能在相机中定格瞬间。

在千回百转的时光里,开始和结局似乎没有差别。从起点到终点,一切往往归零。看得见开始,猜得到结局,我们是否还要在尘世里翻滚,做一个心带惆怅的红尘过客!

时间就像流沙,我们即使被它掩埋,也要留下自己的跫音。

(作者系湖北省监狱管理局民警)

乌兰巴托印象

岑来明

少时，梦想过当作家和教授。由县城考到省城上大学随之就业，最多借调京城工作数月、出差数日，从未梦想过离开母国到异域探亲和旅行。2018年初，我踏上了与我们有千丝万缕联系的国度——蒙古国土地。

飞机降落前，透过舷窗，看到了蓝天白云下群山环绕中，烟雾升腾的乌兰巴托，一个与祖国没有时差却有温差的最冷世界首都！

在乌兰巴托去往著名的北京街的途中，熟悉的成吉思汗画像嵌刻在道路中间巨大的石碑上。来往行驶的公共汽车印有韩文，那是韩国捐赠的；会议大厦形似日式可能为日本援建，国立蒙古大学等也耸立其中。

参观国家宫和成吉思汗广场，明显带有俄罗斯建筑风格：庞大、厚重、庄严。适逢其召开全国教育工作会议，陆续见到参加会议的数十名代表进场。蒙古国全国人口三百二十万人，一半居住工作在首都。其国家领导人仅有六位：总统一人，正副总理各一人，议长一正两副。期间，披头士（The Beatles）主题爵士音乐会正在这里举行，广告做在冰雕上。

继续前往西南穿行城中的图拉河，手扶20世纪五六十年代中国援建的和平桥，中蒙铁路蜿蜒而过，冬天的河面上时常在此溜冰的人不知这里曾经牺牲过中国工人。

再西去，就是博格达山，青松挺立、白雪覆盖，山坡上建有别墅和民房，还有滑雪的少年儿童。但到了晚上，这儿就无电无水无暖气，只能靠蜡烛、羊油照明，牛粪、废弃轮胎燃烧取暖，浓烟与电厂白烟混合在空气里。中国政府正在将改造棚户区的经验移植于此，在市区建设低价商品房，可惜绝大多数人购买不起。当地矗立的数幢烂尾楼见证了资金的不足。《乌兰巴托之夜》更是咏唱不了，当然，欢快的歌舞依然不绝于耳，“蒙古好声音”选拔赛即将举行。没有发现骆驼和骏马，却有栩栩如生的骆驼塑像和骏马图；引以为傲的民族图腾雄鹰因为在遥远野外故而未见,倒是经常听到乌鸦的鸣叫声。

闲来无事逛超市。各国的货物品种齐全:日本、韩国的无人机、电器、手表、服装、清酒,中国的蔬菜、水果、餐具、文具,俄罗斯的伏特加、巧克力、面包,蒙古国的奶茶、糕点和香炉等。

蒙古国自己的烟酒多与俄中两国合营。虽然这里衣食皆有,但蔬菜、水果差不多系奢侈品,价格偏贵。好在肯德基和日本料理店就在附近,随时可以用餐。银行和超市也都能兑换主要国家货币。

扎堆到戈壁羊绒工厂店(这种店前面是商店后面是工厂)购物,这里主要出售民族服装和皮毛制品,帽子、围巾、手套、大衣、毛衣和鞋袜等,一应俱全。时有东亚和中亚购物者穿梭其中,汉语广告"您今天看起来很漂亮"随处可见。最高档的香格里拉商场,仅有稀稀拉拉的高端蒙古人和外国人光临,楼下的使馆街车流不息。营业员的英语、汉语能力往往派不上用场,他们之中不乏华侨,即使其藏传佛教藏历新年期间——白月节亦如此。听说的奢侈国际学校和医院,价格与国内一二线城市不相上下。

大快朵颐品尝现代牧民午餐。类似西安羊肉夹馍的"火烧",当地的奶茶和面包也是食物的一部分。墙上云龙纹似飘逸,引领我们想起蒙元时期。隔几日,晚上享受公牛酒店火锅,与北京火锅几乎无异——每人一份底锅,酒水自我选择:多国白酒,蒙古国的红酒、啤酒,牛羊肉和蔬菜水果自取!室内暖气太足,交杯换盏之余,很多人在吃冰淇淋。宾馆内要配加湿器,否则,次日鼻子、嗓子会干燥出血。

物质之余补充精神,领略藏传佛教圣地达西乔伊伦寺庙。卍字标志,心灵相通。三三两两的信徒,或捐赠,或祈福,或还愿,或治病。多数与国内佛教场所相近。我们轻轻转动金色转经筒,心怀敬意地观察之。毡包式的庙宇之内,供奉着中国捐赠的《大藏经》;红墙包围的庙宇之外,是中国雍和宫捐建的米勒大佛铜像。"转经"一词,在我家乡方言里是"奔波操心"的意思,与佛教的虔诚、恭敬、修行并未矛盾。

街上行驶的大量日系二手车和超市的免费 WiFi,又让人回到现代。车辆拥堵,行人稀少,礼让行人做得非常到位。可是,遗留的近代王爷宫殿冬宫夏宫就在眼前,更会使周边国家的游人穿越到蒙元时期的金帐汗国(今中亚、东欧)和印度莫卧儿王朝。过往的勇猛无比、征服世界,时下的断念近佛、稍富即安;

奔驰的骏马呼啸的队伍,悠扬的琴弦嘹亮的歌声。这些都存在于一个民族身上!

听说蒙古国花果飘香的夏季才四个月(五月中旬至九月中旬),其他时间基本为白雪皑皑的冬季,零下二三十度的寒冷,鲜见骑自行车的人,而路边打黑头车的人比比皆是!

今天的乌兰巴托,感觉正在背负辉煌与隐痛中艰难地前行着。

(作者系安徽省监狱工作研究所副编审、
《安徽法制报》特约评论员)

椒陵小记

韩　瑜

全椒者，皖东名县也，古称椒陵，始建于西汉，绵延千年而不绝。全椒地处江淮之间，接滁州、近金陵，有“江淮背腹、吴楚冲衢”之谓。其民谙孔孟之道，淳厚之余略显孟浪，别于陕甘，异于江浙，与湘赣或有三分情似。物性通北地，饮食兼南北，米面混杂，食米居多，人情风俗偏于中原。

岁少，吾负笈津门，与保定、济宁、富平等北地之女同居一舍。舍友以吾娇小羸弱，动多静少，举止利索，皆视吾为南方女子。

岁长，嫁皖南山人，夫家一度隶徽州，循古例当入籍徽郡。首履江南腹地徽州，出入黑瓦白墙青山绿水，村野老少、人前背后照例视吾为“北侉”。

我朝疆域广阔、风情迥异，由此可见一般。北人呼南人“南蛮”，南人谓北人“北侉”，南北之异，异于称谓，此为其一。

鲁迅在杂文《北人与南人》中云：“据我所见，北人的优点是厚重，南人的优点是机灵。但厚重之弊也愚，机灵之弊也狡，所以某先生（此先生实指明末清初大儒顾炎武）曾道：北方人是‘饱食终日，无所用心’，南方人是‘群居终日，言不及义’。”

在我看来，“南蛮”“北侉”称谓之异不过表面，南北人处世视野之异，异于心念，实乃深异，此为其二。

“南蛮”“北侉”称谓之别，南人北人义利之辩，至今华夏众生仍各有不解、亦各有不屑。吾之惑，乃不知当归入何类矣。

旧历丁酉正月初一，天光晴好，惠风和畅，与夫君携手漫步襄河之畔，不觉间，竟至吴氏敬梓故居。

晚清文宿吴敬梓，乃我千年古县全椒历史文化名人之翘楚。一部《儒林外史》，道尽士林之不堪。然，“儒林”二字，已俨然全椒之别谓也。放眼望去，虽云故居，不过翻建，簇新有余，了无旧意。落第秀才当年生计践祚，做梦亦未必可见如斯高堂华宇。吾之欣喜，在于目睹游人络绎，三三两两、流连不辍。相较于沉湎牌局酒局，毕竟多几分文气，添几分雅致。今人虽多已无从想象儒林往事，然近文胜于近酒，观山水胜于坐赌局，教化自此又向前迈进一大步矣！所谓斯文更迭、代际传习，抑或在此之间也。

高晓松歌词中云："生活不止眼前的苟且，还有诗和远方的田野。"历史，许是另一种境界之诗意与远方。与远逝岁月亲近，与文化名人神交，诗意在其中，乐亦在其中矣！

噫！赞吾乡文宿大儒吴氏敬梓！斯人，斯文，泽被椒陵后人，幸甚至哉！

（作者系浙江省警官职业学院教师）

金陵第一胜概赏心亭

刘　颖

有时候，一场入心的遇见，也需要机缘。

那个周末的下午，漫无目的地骑行在南京城，一不留神在水西门大街的路口，撞到了一处大景：赏心亭，曾经的"金陵第一胜概"！

秦淮河畔的赏心亭，在悠悠岁月中，托浓墨、浸重彩，饱含古今多少事。

从公元前472年，范蠡在南京秦淮河之南筑建越城的源起；从南朝陈叔宝的美人如玉张丽华和靡靡之音"玉树后庭花"的绮丽；从大唐王朝浪漫诗人李白的"同居长干里，两小无嫌猜"的烟火气息……都是光影的幕布，都作了这一座亭的背景。这座亭，从宋代，从那幅成为传说的《袁安卧雪图》开始，因名画，建名亭，于是有了浮沉兴衰，有了骚客感喟，有了抚今追昔……

从外观上看，在四周高楼林立的现代建筑中，赏心亭是卓然不群的古典韵味，稍一留心注目就会发现此处的与众不同，只是不曾想，这样的繁华喧嚣闹市，静立着这样厚重的历史遗迹，有这样"冠绝吴都"的金字招牌。虽为旧址，今日依然是美的，倚栏望秦淮，不见船影，不闻脂粉香气，但水波粼粼，依然流淌不息，还是负载着沉沉岁月的秦淮河，河边垂柳依依，桥上车流不息，还是满眼人间风景。

在亭附近，据传有南朝贵妃张丽华之墓，这个美得不可方物的女子虽难逃红颜薄命的劫数，但能在身后与名亭胜景相伴，也算相得益彰，各不辜负，美人幽魂也是美的吧。

当终于攀爬登顶，看得更高更远，可见天边的云，可见更远的山峦，风送梧桐花香，衣袂飘举中不免心神恍惚，分不清是今是昨，这样的古色古香古意里，还需要穿越吗？人有什么不同，不过都是岁月的过客。

曾经，在这个地方，陆游登亭洒泪，辛弃疾三度赋咏，留下诗词歌赋的名家不在少数，比如苏东坡、范成大、张孝祥、晁补之等。

细读来，英雄的悲泪虽已冷，赤子的心依旧是温热，赏心亭何幸，云集多少豪杰！这样想更多了敬畏、赞叹和无比的荣幸之感。穿过时间的隧道，追寻旧踪迹，总有挥不去的依依。

赏心亭内的《袁安卧雪图》，原画出自唐代的王维还是周昉无确证，但此后诸多名家仿摹创新，催生缕缕风雅是实实在在的。临此一亭，足可感知金陵的才情汇聚。

在向晚的彩霞中，赏心亭笼罩着闪闪金光，我在离去时回望，觉得这虽为复建，但满满古意的亭台，一半没入天空，一半静默于时间之外。任雨打风吹，赏心亭，停住岁月流转的目光。

有倦鸟飞在头顶，日暮回还，我想绕亭而飞的，皆是归鸿。

（作者系江苏省监狱管理局民警、二级作家）

重游天池

裴晓晴

初次见天池,是在五年前的那个初春。

那时的我尚在校园,一个马尾,几颗青春痘,三两同室好友,一路谈笑无忧。

那时的天池,除去皑皑白雪稍稍掩掉她的脉络线条,样子与这次没有大的分别,依然美得肃穆、沉静,我想那是她天生的气质和品格。

南北两条路,我选择了五年前放弃的北边栈道。

积雪未消,脚印稀疏,该是少有人来往于此。下午三点,太阳不声不响地已经开始向西边滑落,晴间多云,阳光不时光顾着栈道,走在木阶上,走在山边,走在冰上,走在阳光下,我与天池融为了一体,这让我想象着我也变成了美景。

不同于南面平坦的柏油步道,栈道显得小巧精致:一段用宽厚的石板铺设,平缓踏实,一侧的石柱上有不知名的身形浑圆的小鸟蹦跳休憩;一段用钢管支出骨架,表面固定木板,悬在石壁上,凌驾在凝固的碧波之上,走在上面兴奋又刺激。

第一次这样近距离地走近天池,也第一次这样清楚地听见天池,让我又惊又喜:冰层下的活水因为不停流动冲击,发出沉闷的咚咚隆隆的声音,我知道那是她在向我问好,鼓励我继续前行!

五年后,我又见到天池,也见到我自己。

头发长了又剪,剪了又长,常常纠结发型美观,又顾虑打理难度,如今又是一个马尾来见天池。

脸颊的痘痘此消彼长,常常担心感染留疤,又不情愿忌甜忌辣,如今还是带着几颗痘痘来见你。

身边的朋友越来越多也越来越少,有时担心自己的过度热情会吓跑对方,又怕自己掌握不好冷静的尺度,如今常联系的依然是那几个朋友。

自己好像一点也没变,又好像变了些什么,直到我又看见了天池:天池天生丽质的坚毅，透露出隐匿又张扬的自信。大雪扑簌洒下填平她的深沟浅壑，春雪消融滋润她岩下青色苔藓，她静静地站着，享受沧海桑田的轮回变化。我明白了，不改的本色，原是她的初心。

五年，经历无数选择，也经历了走下去和回头重新来过。

这一次我再回到这里，与天池面对面地站着，为我和她一样都怀抱初心而沾沾自喜，也为我不似她那般坚强自信而心生愧意。

这一次我见天池，并没有满心好奇地去尝试新的风景，也许是因为，我想回头看看自己。

我们将依然经历冰消雪融，春回大地，鲜花载道，果实累累，愿她美丽，愿我坚毅！

（作者系新疆生产建设兵团第六师芳草湖监狱民警）

海南印象

朱莉莎

离开南京的时候，天空飘着雪，等公交的人纷纷跺着脚、搓着手，呼出一团又一团的白气。两个半小时后，一踏上海南的土地，扑面而来的却是湿润的暖风。

尽管已是冬天，但上天赐予海南优良的地理位置，让这个四面环海的岛屿四季如夏，让全国各地的人们在这里享受着日光的照拂。

海南岛遍地都是绿植：椰子树、槟榔树、橡胶树、菠萝蜜树高高耸立着。海南遍地椰树，就如南京遍地梧桐，成为海南的象征。

在海南，十五元一个椰子既可以喝到甘甜的椰子水，又能将其剖开吃其果肉。而椰子片、椰奶咖啡、椰香薄饼这些经过加工制成的食品，更是海南特有的美味。

比起椰子树，让当地人更为感恩的植物是橡胶。他们认为"我们这里的人靠天吃饭"，因为一场台风就可能会夺取他们的所有，而橡胶可以生产乳胶，用于出口。国家通过"一带一路"的建设引进泰国乳胶技术，鼓励扶持民族企业自产自销，提高了海南 GDP，促进了海南的建设与发展。

海南有独特的黎族文化。黎族的"三不等"是作为家训世代流传的：一是健康不能等。在椰田古寨这个村子里，有许多百岁老人，他们将健康放在第一位，从小用自家打造的银碗吃饭喝水，银梳子梳头、刮痧，生病了就用苗药。二是孝顺不能等。黎族的人很少外出打工，因为比起挣大钱，守在父母身边更为重要，这里的孩子很小的时候就知道为父母按摩。三是教育不能等。在椰田古寨游玩过程中每每听到钟声响，内导就会集体停下来，右手放在胸前背诵《弟子规》，黎族的孩子从小学习《弟子规》，牢记心中，作为自己的行为准则。

海南的海是美丽的，不管是天涯海角，还是分界洲岛、大东海，波光粼粼的海面反射着日光，熠熠生辉。蔚蓝的海浪不停地翻滚。海滩上，搭城堡的小孩子、游泳的人们、穿着比基尼的姑娘，每个人都欢声笑语。到了晚上，沙滩上举行篝火晚会，来自五湖四海的男女老少，手牵着手载歌载舞，每个人都洋溢着欢快的笑容，满足而幸福。

走在海南海边坑洼松软的沙滩上，想要奔跑是十分吃力的，我觉得人生也是如此，只有脚踏实地，才能拥有奔跑的力量，才能获得更广阔的快乐！

（作者系江苏省司法警官高等职业学校学生）

喀纳斯的夏牧场

彭　莹

七月,前往新疆阿勒泰地区的喀纳斯,从布尔津县到喀纳斯湖旅游的必经之路,是哈巴河县那仁夏牧场。

在进入鬼怪陆离、怪石嶙峋的山谷后,突然如闯入世外桃源一般:一大片一大片绿毯般的草原映入眼帘,白色的毡房点点像蘑菇一样,牛群羊群和天际线上的朵朵白云交织,整个画面呈现出史诗般的宁静、庄严和肃穆。

“快看,夏牧场!”锡伯族的贺导指着车窗外兴奋地喊到。

2012年,新疆作家李娟在中国文坛上横空出世,被誉为“阿勒泰的精灵”,她的《冬牧场》和《深山夏牧场》记述了作者跟随哈萨克牧民深入阿勒泰南部牧场生活的点点滴滴,让我们了解了这种远离城市的古老的与自然同步的生活。

西陲山脉的北坡起伏明显,降水相对丰富,草原植被生长茂盛,是优良的夏牧场。每年六月中下旬开始,牧民们陆续迁徙至此,直至九月才离开,山沟谷和山坡间的草场是他们赖以生存的绿水青山。那仁河蜿蜒地流过那仁夏牧场,滋养着这一方游牧人的夏季家园。虽值盛夏时节,这里却凉爽宜人。这里是草的海,翻滚着花的浪,野花野草长得热闹无比。牧场边缘是由云杉、冷杉、红松等珍贵树木组成的森林,极目远眺,阿尔泰山主峰——友谊峰常年不化的积雪在阳光的照耀下熠熠生辉。行走在大片绿油油的草原上,草原山谷间,空气无比清新,犹入仙境之中。

这时,几个又黑又结实的男孩子骑着高头大马从毡房里奔来,“一次三十元”,这些和我孩子一样大的小朋友,皮肤晒得黝黑,但眼睛特别亮,眼底是牛奶般的白色,眼睛黑得像葡萄,露出一口洁白牙,向我们叫出价来。我和他们愉快地聊起来,原来他们是哈萨克族牧民的孩子,放假了,在跟着父母游牧的同时也来挣点外快,一天最多时能挣一百多元。

带着一份好奇,我走近一个眼神看着空洞的老大爷,试图和他交流,想看看从未见过的毡房：毡房，很容易被游客们错认为“蒙古包”。毡房形状大致上是仿蒙古包的，蒙古包下部是规整的圆柱形，而毡房比蒙古包显得要小巧，顶部要尖一些，由于是用白色毡子做成，哈萨克人称为“白色的宫殿”。

三季牧场的经常迁徙，牧区的哈萨克牧民一年要搬十几次家，毡房携带方便，易于搭卸，可以在很短的时间内，将整个毡房和生活用具，用毛绳绑扎停当，搭好家园，游牧生活便在琐碎、平实中展开。

庆幸的是老大爷居然能听懂汉语。我表达了想进毡房参观的想法后，老大爷很爽快地答应了，并掀开围帘。只见毡房里有三米左右高，占地面积二三十平方米，上面是圆形的屋顶，四周是环形的毡墙，陈设与布置都有一定的规矩，分成住宿和放物品两部分，内设美观漂亮，从墙上到床上到地上到处是花毡，都是刺绣艺术品，富有浓郁的民族特色。

此时是下午五六时，夏季牧场上有一望无际的、让人宠辱皆忘的碧绿和柔软，自由的风抚弄从尘世远道而来的喜悦和惆怅。没有人声鼎沸，没有汽笛嘈杂，悠闲自在的牛羊、马群、山峦、河流与蓝天和白云有总也说不完的情话。

世界突然变得真实了，草原上的爱与恨都异常坦荡，精神和肉体自在而且铿锵。从自然里走出来的人类，只有回到自然才是率性不羁、载欣载奔的。

（作者系湖北省汉口监狱民警）

风追司马

杨筱英

怀着敬仰与虔诚,我来到韩城拜访一个人,太史公司马迁。司马迁是韩城绕不开的注脚,是韩城永久的名片。

韩城芝川镇的韩奕坡上坐落着司马祠,芝川河水缓缓流淌,吟诵着一首不老的歌谣。穿过芝水上的芝秀桥,眼前便是一座山坡,坡以大小不一的石块铺就而成,路面粗砺坚硬、坎坷不平。这个原本叫韩奕的坡,始建于春秋时期,历经数千年,饱经风霜,坡上布满辙痕的石块、两旁静默肃穆的古柏,一同见证了历史的变迁与岁月的沧桑,后因司马祠建于此而改名司马坡。当年车马萧萧,人头攒动,如今,这里只属于太史公一个人,也安静了许多,它接纳了每一位拜谒者的敬仰与感怀。

行至"高山仰止"的牌楼下,停下脚步,慢慢品味,细细斟酌,庄重古朴的牌楼,像是一部简装的教科书。"高山仰止,景行行止",是太史公德高如山的真实写照,相信每一个理解了这句话的人,心中自然有了努力的方向。登九十九级台阶的神道通向司马祠,九为数字之尊,这是历经千难万险,忍辱负重,终成大业的九九归一啊,也是后人对太史公至高无上的赞誉。祠下面"河山之阳"的牌楼,出自《太史公自序》"迁生龙门,耕牧于河山之阳",依稀之间,似乎看见在高门原,生于斯长于斯的少年司马迁,耕作读书,快乐成长。迁,升迁之意,寄寓了家人美好的期望,故土滋养了他,赋予他成长的肌理与养分,给予他秉笔直书,"究天人之际,通古今之变,成一家之言"的历史情怀。

祠内的司马迁塑像,方脸长髯,目光炯炯,有着义无反顾的坚毅。这一张脸,让人想起秦俑:司马迁就有着秦人倔强耿直、不屈不挠的个性。我虔诚跪拜这位心中的神,"历史是什么?"我向太史公请教,"是一面镜子!"历史照见过去,记录当下,洞察未来,可不就是一面最客观真实的镜子吗?

司马迁遵循父亲的遗命,做了太史,当李陵从英雄被定为叛徒时,满朝文武官员闭口不言，唯有刚直不阿的太史公义薄云天、挺身而谏，替李陵讲了几句公道话，汉帝国的权威遭到了挑战，惹怒了刚愎自用的汉武帝。腐刑之辱，带给他的是精神与肉体双重的折磨和苦痛，心中的信念支撑他走过屈辱苦难的日子，铁骨铮铮的关中汉子，用泪水、鲜血和生命完成了心中的使命。大笔如椽，五十二万字的皇皇巨著，字字珠玑，中国五千年的历史，太史公写了三千年。郭沫若“功业追尼父，千秋太史公”，鲁迅“史家之绝唱，无韵之离骚”，是对太史公最高的赞誉，《史记》成就了他苍凉悲壮而又绚烂的一生，《史记》更是灿烂的中华文化绵绵不绝的凌凌血脉。

站在圆形的太史公墓前，思绪起伏，他因腐刑死后没有进入祖先的坟茔，在这韩奕坡的悬崖上，东临黄河，西枕梁山，北靠潺潺芝水，南边魏长城相望，这样的落脚之处，更有意义。墓顶上，一株破土而出的柏树分为五个茂盛的枝干，苍劲的虬枝直指苍穹，这参天的古柏，是诘问，是倾诉，是不屈……

距离司马祠不远的徐村居住着同、冯两姓，这是司马姓氏被历史的刀斧生生劈开的结果，他们都是司马迁的后裔。徐村法王庙上的“法王行宫”，倒过来便是“宫刑枉法”，这是司马后裔无声的呐喊，村子的牌楼上“风追司马”四个大字苍劲有力，这是后人对于先祖最深情的告白和缅怀。

太史公远去了，但他和那伟大的著作，一起横亘在岁月的长河里，坚如磐石！

（作者系陕西省监狱罪犯职业技能教育监督管理所民警）

宣城寻诗

陈　帅

宣城,安徽境内一个不大的城市,在中国旅游名城中,宣城显得那么低调。

到了宣城才知道,这里竟是一座文化名城:东晋时期谢朓曾在这里做过太守,两百多年以后,追随谢朓的足迹,大诗人李白又来到了这里,并在这儿留下了脍炙人口的诗句。

宣城有山,首属敬亭。

“众鸟高飞尽,孤云独去闲。相看两不厌,只有敬亭山。”李白看敬亭自是越看越喜欢,敬亭山也因为诗人的喜爱而名扬天下。

宣城有楼,名叫谢朓。李白登高望远,送别友人,怀古追今,心中不禁生出一股惆怅落寞之感,“抽刀断水水更流,举杯消愁愁更愁”,便就成了相传一千多年最流行的诗句。

宣城有人,其情更笃。来到宣城,在追踪李白足迹以及他所留下诗句的同时,我发现,似乎是李白写人的诗句更清新更自然也更有人情味。

读李白的诗句,有点像看现在的小清新电影,总有那么一处能够打动你,让你再也忘不掉。

“李白乘舟将欲行,忽闻岸上踏歌声。桃花潭水深千尺,不及汪伦送我情。”这首诗创作于宣城的桃花潭。如今,桃花潭水依旧青翠碧绿,只是斯人已逝,唯有后人在此仰慕、唏嘘。

宣城寻诗,我还发现了一首流传没有上面三首那么广泛,却更有韵味的小诗,它就像一株野草,一朵小花,却散发着恒久的馨香:“纪叟黄泉里,还应酿老春。夜台无李白,沽酒与何人。”

宣城一个酿老春酒的纪叟死了,李白生前很爱喝他的酒,如今酿酒人离去,李白问在阴间的纪叟,我不在那里,你酿酒给谁喝呢?戏谑之余,实是饱含痛心与哀悼,让读诗的人初始想笑,继而想哭,诗歌的魅力,大抵如此。

一天的走马观花，就像敬亭山一样，总也看不够，而在离别之际，更是心生怅惘。

诗人已逝千余年，而他的诗句却流传至今，真正的文学艺术是长青不老的，而诗人的生命也因为其伟大的作品以及瞻仰它的后人而得到了永远的延续。

再见，宣城；再见，李白！

（作者系北京市第二监狱民警）

诗意德令哈

李　颖

西北高原上的六月还有些许寒意。

我跟随羽毛球俱乐部的爱好者来到青海省海西藏族蒙古族自治州的州府所在地德令哈参加全省“民族团结杯”羽毛球邀请赛，赛期三天。在高手如云的比赛队伍中，我们早早被淘汰了，于是便心安理得地逛了逛这座高原小城。

“德令哈”，是蒙古语“金色的世界”的意思，位于柴达木盆地的东北边缘，海拔近三千米，虽是一座高原小城，却绿意盎然，树木粗壮。

初到德令哈，便赶上蒙蒙细雨。细密的小雨让德令哈这座高原小城萌生出一丝江南烟雨中的感觉，一条蒙古语译为“幸福的河”的巴音河横穿整个城市，把小城装扮得灵动生气。行走在静谧的巴音河岸边，远眺着皑皑雪山，不觉间心旷神怡，整个世界瞬间安静了。

也许是因为海子的缘故，德令哈这个名字变得浪漫而温情。

1989 年的一个雨夜，二十四岁的年轻诗人海子，在前往西藏途经德令哈时，许是高原小城的静谧和沿途的荒芜，酝酿已久的诗情伴随着积压许久的哀怨，写下了一首名叫《日记》的诗。八个月后，他在火车慢行道上卧轨自杀，结束了自己年轻的生命，从此，这座小城便和传奇诗人结下了生死之缘。

傍晚，冒着细密的雨滴，我踱步到位于巴音河边的海子诗歌陈列馆，不知是不是海子魂归了这座城，德令哈人为他修建了这座陈列馆以纪念这位诗人，陈列馆的里面藏着无数人心中的德令哈，期望着这里会有他春暖花开的诗情画意。陈列馆外面形状颜色各异的石头上刻上了海子的诗歌和人们纪念海子的诗歌，在这座已不再荒凉的小城的雨夜中，路过的、居住的、专程拜访的人们仿佛感受到他痛苦的眼泪混在雨水中汇入这巴音河里漂向无尽的大海。

海子走了，但他把精彩留在了德令哈，因为德令哈，人们了解了海子，因为海子，人们知道了德令哈。

诗因城而生，城因诗而名。因为海子，也因为《日记》，德令哈成为诗人的朝圣之地，这里每年都会举办“海子诗歌文化节”，诗歌节的举办使这里成为中国现代诗歌史的路标，成为中国文化记忆里一座千年飘雨的城。

我边走边想，在去往德令哈的路上，有的人是探寻风景，有的人是探寻内心，有的人是路过歇脚，有的人是慕名而来。亲爱的，请你告诉我，我是为何而来？

（作者系青海省柴达木监狱民警）

梦回江南

夏必俊

风,柔柔的。

阳光,也柔柔的。

是谁的芳容倩影一次次越过千山万水飘进我的梦乡? 又是谁的绝世清辉一夜夜踏着蓝天白云,不停闪烁在我的梦中?

一梦经年。

那如诗如画的水墨江南仿佛就在昨日的梦里,如水一般的轻灵,又似少女般的妩媚。

蝶儿在繁花中飞舞,舞一幕婀娜多姿的矫情。

鸟儿在山溪间轻唱,唱一曲不曾老去的心曲。

淡泊安静的古镇水乡,柔情万种的小桥流水,还在那灼灼芳菲中轻歌曼舞,等待与我一起相约那一片桃花林。

只是怕别离时惊醒了这一帘幽梦,留下的依旧是刻骨铭心的痛。

长溪寻梦

就在那群山脚下。

潺潺溪水,沿着光滑的青石板流淌了千年百年,居之世外的桃园惊艳了寻梦者的脚步。

粉墙黛瓦,袅袅炊烟,一幅江南村落古老的写意风貌。

热情好客,无欺童叟,悠久的文化遗留下山里人家纯朴的民风。

也在那翠绿丛中。

层层金黄,爬坡过坎铺满了长溪春天的山岭,一树桃花映红了寻梦人的心情。

“山深人不觉,犹在画中游。”

走过，路过，都是梦里的向往。

一方静静的水土，一地浓浓的情思。

瑶里梦远

古树水车山花，小桥流水人家。

凝聚厚重历史的瑶里古村，绽放着华美艳丽的春光。

瑶河两岸，刻录历史的沧桑，更有岁月的荣光。

远山，近水，飘逸着花香，弥漫着温馨，无边的春色铺天盖地，一位江南少女的双手无意搅动了一溪春水。

山涧溪水醉了，醉在轻盈欢快的笑语声中。

我的目光醉了，醉在情乱意迷的繁花丛里。

无法收拢驿动的心绪，随着那山溪一起漂泊，任由江南丝竹涉过没有噪声烦心的森林，舞动少年的激情。

即便路长梦远，又怎能将这片淡雅的、醉意缠绵的山水遗忘？

（作者系安徽省白湖监狱管理分局民警）

梅里归来

张　萌

"生命中真正重要的不是你遭遇了什么,而是你记住了哪些事,又是如何铭记的。"

在梅里,听说,当金色的阳光洒满整个山头,每一个人都可以在这里找到心灵的归宿。这是离天最近的地方,太阳和月亮,就停泊在你心头。

从噶丹松赞林寺出来,小和走了老路,雨季这个选择是需要勇气的。师傅念我们初来梅里,体验一把险峻的刺激,且车少行程近,可观白马雪山雄伟。翻过四千二百九十二米的垭口,说好的惊喜成了惊吓,化作尖叫忐忑。从白昼颠簸到子夜,方至飞来寺。没有星星,也没有月光,立于深寒中,四周寂静如常,辨不清方向,却能感受它的所在。

天鱼白,便有人匆忙下楼,赴千年之约。当伫立十三座白塔间,面朝梅里,汹涌的心潮,迫使眼前不断浮现划破夜空、日照金顶的虚幻。弄不清从何处,悄无声息地漫过一阵阵浓雾,又厚又沉,如涨潮吞噬岸边礁石般,吞噬着十三座山峰,她们逐一沉入海底陷入无边无垠。这雾更像穆斯林女子羞涩的面纱,朦朦胧胧,飘飘缈缈,迷离而神秘,没人能看见她的真容。卡瓦格博,等待了一万年,等待了四万公里,安静圣洁,化成巍峨的寒雪傲骨,此刻却可望而不可即……

撮一块糌粑,抿一口酥油,再拨动一颗念珠,似乎这样,才心近神山,像一个虔诚的藏民。朵朵似乎猜到我的心思,合十祷告……那一刻,我猜,她脑海里浮现的一定有普达措的雨、东竹林的坛城和独克宗的老板娘……

普达措的雨

八月。普达措雨特别多,可能因为好客的缘故,不好意思倾盆地下,只是蜘蛛丝似的一缕缕地洒下来。雨虽然细得望去都看不见,天色却非常阴沉。平常这种时候,会遐想,江村小屋里,靠着玻璃窗,烘着白炭火钵,一杯清茶,同友人谈闲话,惬意自在。

背包客们,攒了半年的积蓄和体力,翻山越岭,不辞辛劳。绵绵阴雨笼罩着远山近水,犹如挥之不去的雾霾缠缠绕绕;又如黄梅时节,孤山下苏堤时断时续的春雨,裹着斜风和着杨柳,精灵般轻盈飞扬,闲庭信步,不顾背包客匆忙的狼狈和迷离的目光。雨季也迷人,松茸开始涌动,三五只萌宠的松鼠为争夺食物,在欣喜和尖叫间嬉戏穿梭,游刃有余,镇定自若。雨初霁,金色的光用力穿透茂密的树桠,满地斑驳,明灭可见,无法收拾。沿着栈道左转,只见一道绚烂的彩虹缓缓升起,一头隐入丛林,另一头扎进湖里,如龙吸水一般。迎着闪耀,小姑娘赶忙攥住小手紧闭双眼,喃喃自语。用童真的心看世界,一切都那么美好。

从属都湖出来,要经过弥里塘亚高山牧场,才抵达海拔三千六百米的碧塔海。湖畔四周,苍松古栎,遮天蔽日,碧塔海被黛色的群山环抱,像一颗镶嵌在群山中的绿宝石。高山临湖,山光水色融为一体。广阔的草甸上,成群的牛羊悠然徜徉,湖光与草原相映成趣。每到五六月杜鹃花开,花瓣落入湖中,鱼儿吃了会翻了肚皮浮上水面,称为"杜鹃醉鱼"。

东竹林寺的坛城

格桑赤烈,结识于六年前的大理,高原肤色,使人无法准确猜测他的年龄。普通话虽不顺畅,但简单交流是没有障碍的。那晚,皓月当空,丹桂飘香,他是客栈老板的座上宾,大家围坐桂树一起纳凉,吃茶聊人生,朵妹与他投缘,邀我们去迪庆走走看看,说那里才有诗和远方。

沿金沙江北往迪庆,必经奔子栏,当地盛产西瓜,小有名气。出奔子栏二十分钟,即至东竹林寺。相比松赞林傍山依湖的气势,东竹林就低调得多了,落在山边一处缓坡下,开车稍不留神就从门前呼啸过去了。庙不大,但质朴厚重,沧桑久远。追溯历史,它始建于康熙六年(1667 年),原名冲冲措岗寺,意为仙鹤湖畔之寺,后更名噶丹东竹林。

作为康区十三林大寺之一,寺内的法器和文物件件是无价之宝。赤烈一脸轻松,领着一行人拾阶而上参观佛殿,殿内一派肃穆,平日里调皮的小男孩也毕恭毕敬,像佛教徒,甚至呼吸都充满虔诚。此前,没有谁这么近距离接触过释迦牟尼、观世音、文殊、度母、普贤等佛和菩萨塑像,以及经堂、唐卡、壁画、坛城,还有堪布念经和起居的静室,除了双眼的好奇,耳朵的灵敏,就是嘴巴的欷歔。

镇寺之宝是第三层的黄金坛城，这是云南唯一的三座“立体坛城”，分别是密集金刚、喜乐金刚和大威德金刚的道场。坛城上镶嵌有天珠、玛瑙、红绿松石等珍宝。坛城亦称道场，轮圆具足。梵语称为“曼陀罗”。密乘本尊及其眷属聚合的场合，本智以为主尊，道果功德以为眷属，眷属环绕本尊游戏庄严，称为轮圆。坛城，多为一幅充满神秘色彩的复杂几何图案。东竹林的坛城则是用黄金打造的立体坛城，人物花鸟、神仙鬼怪一应俱全，十分珍贵。

独克宗的老板娘

十年后，重游丽江，已难复昔日木府青石板街的踪影。晌午雨霁，巷子里轻轻飘摇着幽幽的曲子，耳边流淌着却是汩汩的流水。三五吹友围而煮茶论道，歪歪斜斜地倚在松软的沙发上，似乎要把一年的慵懒都融化掉，融化在一张发黄的唱片里，一面手鼓的喧嚣里，一幅精致的光影里，一次不期而遇的邂逅里。留下一些故事，等风来……

磨房的驴友，2004年辞工卖房，打着观照内心的幌子，走遍大半个中国，花光所有积蓄，在玉龙雪山脚下的四方街，歇了脚。

这次，经他介绍，才识得老板娘小茶。深圳的朋友来香格里拉，她都热心帮忙联系，人靠谱。从小茶闯荡江湖的面相语调和泼辣干练的行事风格，我认为她定是武侠小说中“金镶玉”式的角色，在化外之地开了“龙门客栈”。后面，才知她与深圳很多老友都相熟相知，她家人也在深圳，2001年从深大中文系毕业，潮汕人。大学毕业那年和一帮同学到川滇藏区转山，被天上人间一般的美景迷恋，铁了心要留在中甸，任凭家人怎么劝也无济于事。

后来嫁了当地的纳西汉子，学着打理客栈生意，日子红火，快意江湖。2013年，独克宗一场大火，她的客栈也未能幸免，后又辗转丽江开了这家小有名气的饭店“老爹厨房”。我一直好奇，纤弱的岭南姑娘为什么愿意扎根滇西山区？文化、信仰差异如此大的人，又是怎么在一起的？雪域高原的魅力，既牵强也不能让人信服。直到我见着老爹“土司大人”。纯正的牛皮毡帽，两头使劲上翘、黄褐色的边缘磨得泛了白，沾着一层油渍。帽子遮不住长发的飘逸不羁、乌黑浓密，个性十足。铿锵有力的嗓音和粗犷的眉宇，透出纳西部族的直爽开朗，更像狂野豪放的金属摇滚歌者。记得冯小刚导演曾说：“糖水虽然甜，容易下口，但还是喜欢喝酒，要喝高度的青稞酒，虽然辣嗓子但过瘾……”

“所谓生命，仅仅靠自身无法被完整创造出来，生命自有缺陷，需要他人来填满。”一路上，遇到的人，还有那些事，谁填满了谁？我们又因谁而完整？

蒋勋说，出走是很大的反省，是用异文化，去检查自身文化应该反省的东西。比较才知不同，文化没有优劣。梅里归来，慢慢体会到，在出走里，慢慢修正自己的偏见跟主观，才是好的旅行。不只向外观察，更要向内反省。

任何一次出走都是值得的，因为你都会回来检讨自己的生命意义和价值。不只是看，更是找到自己内在，最美的东西。

外在的风景，其实是心情。

（作者系广东省深圳监狱民警）

凤　　凰

杨仙燕

走进凤凰，乍看，整个小镇暗沉沉的，是旧木头的颜色，是千片石瓦万块砖层层叠叠而成的颜色，是沱江流动的水色。远山如黛入画来，为沱江添碧色；沱江又在吊脚楼群中蜿蜒而过，赋予凤凰灵气和秀气。

最妙的是黄昏时分，日头快垂到山和水的那头，天光暗下来，水色也沉下去。可凤凰的夜晚不会就这样结束，影影绰绰的光亮，从水中映入人们的眼；灯笼高高地挂起来了，红色的灯影也便开始摇曳着、跳跃着，时而又被桨声划碎，却怎么也沉不下。只见江畔人来人往，熙熙攘攘。古楼前站着的，可能是一个留影的旅客，也可能是一位迎来送往笑意盈盈的老板娘，桨声又近了，抬头望见一只小小的游船，摇晃着，穿过古老的虹桥，摇碎了江面的颜色，也摇碎了旅人的心，凤凰的夜晚开始了。

我不知道有多少人到此，也不知道踏梦而来的人中有多少能如愿以偿。我与凤凰，虽是一生一面，但夜色将至时的一面之缘，也算圆了我的一半心愿。

那么，另一半呢？凤凰实在是钟灵毓秀的福地，人才辈出，而沈从文先生必定是这济济人才中不得不提的一位。

我对于凤凰的执念，就源于他的文字。一本《边城》更是心头之好，茶峒边的故事，有爱无恨，有情无仇。角色与角色之间，无论主角配角，一律有淳朴善良的心性和自然无遮拦的情感。凤凰养育了《边城》的创作者。凤凰的风物，经由他的文字、他的创造，愈加透出神秘的吸引力。“一个士兵不是战死沙场，便是回到故乡。”他生于斯，长于斯，人生浮沉多少度，终于落叶归根。听涛山下，扎根故园沃土，沱水通脉，含霞饮景。

到先生墓园瞻仰，一行人在一块五彩石前驻足许久。石头正面为沈从文先生手迹，背面则是张充和女士手迹，文曰：“不折不从，亦慈亦让；星斗其文，赤子其人。”句尾相连，便念作“从文让人”。

好一个从文让人！好一片赤子之心！读罢，似有清风拂面，又送来阵阵林涛。鞠躬拜别老先生，愿这静谧常在，这精神万古长存。

凤凰或是边城，它的存在正提醒我们：人心人性的纯洁，在你我心里。

人人都愿留一方纯净美好的自然之地，今天，凤凰之行心愿至此算是达成。

（作者系云南省中安监狱民警）

美丽的根河

刘占平

根河，这个意为"清澈透明的河"的地方，蒙语叫"葛根高勒"。

根河市地处内蒙古呼伦贝尔盟东北部，大兴安岭北段的西坡。是高纬度、高寒冷地区，也是内蒙古自治区平均气温最低的旗市。更是中国最冷的城市，年平均气温零下五点三摄氏度，极端低温零下五十八摄氏度。根河市的主体资源是森林，覆盖率高达百分之七十五。

汽车在泥泞的小路上颠簸着，司机兼导游小鲁介绍，这是一条横穿大兴安岭森林去往根河的道路，沿途都是原始森林。

还未认真听完小鲁的介绍，我就已经被公路两边的美景所吸引：眼前的草原是我到呼伦贝尔八天以来最美丽的草原。放眼望去满眼的绿，郁郁葱葱，蓝天白云之下的景致随处都是那么的完美，仿佛就是带有层次的一幅风景画。山坡上高高挺拔的落叶松，因为雾气的原因，灰蒙蒙的一望无际延伸到天的尽头。金灿灿的油菜花在整片绿色的衬托下更加斑斓夺目。

在这般美景的陪伴下，车行了二十分钟，终于走进了大兴安岭原始森林：绿色中掺杂着白色，那绿色的是马尾松、落地松，白色的是白桦树，森林延绵起伏，挺拔茂密。沿着公路一直往前走，突然发现这片森林又变了模样，一排排整齐有序、高低粗细一样的马尾松映入眼帘，据小鲁介绍这是火灾以后勤劳的根河人民人工种植的松树。

走出森林来到了敖鲁古雅，据说这里被称为"最后的原始部落"，是唯一的养鹿部落鄂温克族居住的地方。鄂温克是民族自称，意思是"住在大山林里的人们"。

沿着木栈道一直往里走。突然一只牛犊大小的鹿出现在我们的眼前。这是一只驯鹿，在中国东北大兴安岭原始森林腹地，它是鄂温克族人的宝贝，对鄂温克族人民来说意义重大。生活在这样的原始森林里，驯鹿既是交通工具，也是鄂温克族人保暖、饮食的主要来源。

真想做一次鄂温克部落的猎人，望着青山绿水，呼吸着纯净的空气，体验原始社会的生活方式，也许那样才能真正体会到生命不老、生态不朽的原始意义。

在根河市，大自然是那么纯净，纯净得让我的心也随着那么的纯、那么的净了。

（作者系新疆生产建设兵团金墩监狱民警）

后　　记

党的十九大在论述习近平新时代中国特色社会主义思想时指出，中国特色社会主义文化，源自于中华民族五千多年文明历史所孕育的中华优秀传统文化，熔铸于党领导人民在革命、建设、改革中创造的革命文化和社会主义先进文化，植根于中国特色社会主义伟大实践。

作为中国特色社会主义文化重要组成部分的我国司法工作文化，是植根于我国社会主义司法改革与发展的伟大实践的。

为了贯彻落实司法部党组布置的认真学习贯彻党的十九大精神，坚持以习近平新时代中国特色社会主义思想为指导谋划和推进全国司法工作的改革与发展，充分发挥司法工作在全面推进依法治国中的重要职能作用的任务，大力推进我国司法工作文化建设，进而推进我国社会主义文化建设，司法部预防犯罪研究所继编辑出版2017年卷《幸福的黄丝带——全国司法行政干警优秀作品选》后，又在《幸福的黄丝带》微信公众号推送的全国司法干警作品中，遴选出优秀成果，汇编成2018年卷《幸福的黄丝带——全国司法干警优秀作品选》，这本书将继续通过展示全国司法干警丰富多彩的文化生活和精神世界，从全国司法干警的多个视角，进一步反映出我国司法工作以人民为中心的改革与发展之路。

本书由司法部预防犯罪研究所高文同志、李芙同志、席逢遥同志策划组织，《犯罪与改造研究》杂志社全体人员负责编辑工作，办公室和人事处全体人员负责联络工作，由于水平有限，书中不当之处，敬请批评指正。

法律出版社对本书的出版给予了大力支持，郑导编辑做了大量认真细致的工作，在此表示衷心感谢！

编　者

2018年10月

图书在版编目(CIP)数据

幸福的黄丝带：全国司法干警优秀作品选. 2018 / 高文主编. -- 北京：法律出版社，2019
ISBN 978-7-5197-3042-0

Ⅰ. ①幸… Ⅱ. ①高… Ⅲ. ①中国文学-当代文学-作品综合集 Ⅳ. ①I217.1

中国版本图书馆 CIP 数据核字(2019)第 017196 号

幸福的黄丝带
——全国司法干警优秀作品选(2018)
XINGFU DE HUANGSIDAI
—QUANGUO SIFA GANJING YOUXIU ZUOPINXUAN(2018)

高 文 主编
李 芙、席逢遥 副主编

策划编辑 郑 导
责任编辑 郑 导
装帧设计 鲍龙卉

出版 法律出版社
总发行 中国法律图书有限公司
经销 新华书店
印刷 天津嘉恒印务有限公司
责任校对 王晓萍
责任印制 张建伟

编辑统筹 独立项目策划部
开本 720 毫米×960 毫米 1/16
印张 36.75
字数 595 千
版本 2019 年 1 月第 1 版
印次 2019 年 1 月第 1 次印刷

法律出版社/北京市丰台区莲花池西里 7 号(100073)
网址/www.lawpress.com.cn
投稿邮箱/info@lawpress.com.cn
举报维权邮箱/jbwq@lawpress.com.cn
销售热线/010-83938336
咨询电话/010-63939796

中国法律图书有限公司/北京市丰台区莲花池西里 7 号(100073)
全国各地中法图分、子公司销售电话：
统一销售客服/400-660-6393
第一法律书店/010-83938334/8335 西安分公司/029-85330678 重庆分公司/023-67453036
上海分公司/021-62071639/1636 深圳分公司/0755-83072995

书号：ISBN 978-7-5197-3042-0 **定价**：98.00 元